Thomas Mann

Erzählungen

Mit einem Nachwort
von Reinhard Baumgart

Fischer Taschenbuch Verlag

Limitierte Sonderausgabe
Veröffentlicht im Fischer Taschenbuch Verlag,
einem Unternehmen der S. Fischer Verlag GmbH,
Frankfurt am Main, April 2003

Druck und Bindung: Clausen & Bosse, Leck
Printed in Germany
ISBN 3-596-50633-6

Unsere Adresse im Internet: www.fischer-tb.de

Inhalt

Der kleine Herr Friedemann

I.

Die Amme hatte die Schuld. – Was half es, daß, als der erste Verdacht entstand, Frau Konsul Friedemann ihr ernstlich zuredete, solches Laster zu unterdrücken? Was half es, daß sie ihr außer dem nahrhaften Bier ein Glas Rotwein täglich verabreichte? Es stellte sich plötzlich heraus, daß dieses Mädchen sich herbeiließ, auch noch den Spiritus zu trinken, der für den Kochapparat verwendet werden sollte, und ehe Ersatz für sie eingetroffen war, ehe man sie hatte fortschicken können, war das Unglück geschehen. Als die Mutter und ihre drei halbwüchsigen Töchter eines Tages von einem Ausgange zurückkehrten, lag der kleine, etwa einen Monat alte Johannes, vom Wickeltische gestürzt, mit einem entsetzlich leisen Wimmern am Boden, während die Amme stumpfsinnig daneben stand.

Der Arzt, der mit einer behutsamen Festigkeit die Glieder des gekrümmten und zuckenden kleinen Wesens prüfte, machte ein sehr, sehr ernstes Gesicht, die drei Töchter standen schluchzend in einem Winkel, und Frau Friedemann in ihrer Herzensangst betete laut.

Die arme Frau hatte es noch vor der Geburt des Kindes erleben müssen, daß ihr Gatte, der niederländische Konsul, von einer ebenso plötzlichen wie heftigen Krankheit dahingerafft wurde, und sie war noch zu gebrochen, um überhaupt der Hoffnung fähig zu sein, der kleine Johannes möchte ihr erhalten bleiben. Allein nach zwei Tagen erklärte ihr der Arzt mit einem ermutigenden Händedruck, eine unmittelbare Gefahr sei schlechterdings nicht mehr vorhanden, die leichte Gehirnaffektion, vor allem, sei gänzlich behoben, was man schon an dem Blicke sehen könne, der durchaus nicht mehr den stieren Ausdruck zeige wie anfangs... Freilich müsse man abwarten, wie im übrigen sich die Sache entwickeln werde – und das Beste hoffen, wie gesagt, das Beste hoffen...

II.

Das graue Giebelhaus, in dem Johannes Friedemann aufwuchs, lag am nördlichen Tore der alten, kaum mittelgroßen Handelsstadt. Durch die Haustür betrat man eine geräumige, mit Steinfliesen versehene Diele, von der eine Treppe mit weißgemaltem Holzgeländer in die Etagen hinaufführte. Die Tapeten des Wohnzimmers im ersten Stock zeigten verblichene Landschaften, und um den schweren Mahagoni-Tisch mit der dunkelroten Plüschdecke standen steiflehnige Möbel.

Hier saß er oft in seiner Kindheit am Fenster, vor dem stets schöne Blumen prangten, auf einem kleinen Schemel zu den Füßen seiner Mutter und lauschte etwa, während er ihren glatten, grauen Scheitel und ihr gutes, sanftmütiges Gesicht betrachtete und den leisen Duft atmete, der immer von ihr ausging, auf eine wundervolle Geschichte. Oder er ließ sich vielleicht das Bild des Vaters zeigen, eines freundlichen Herrn mit grauem Backenbart. Er befand sich im Himmel, sagte die Mutter, und erwartete dort sie alle.

Hinter dem Hause war ein kleiner Garten, in dem man während des Sommers einen guten Teil des Tages zuzubringen pflegte, trotz des süßlichen Dunstes, der von einer nahen Zuckerbrennerei fast immer herüberwehte. Ein alter, knorriger Walnußbaum stand dort, und in seinem Schatten saß der kleine Johannes oft auf einem niedrigen Holzsessel und knackte Nüsse, während Frau Friedemann und die drei nun schon erwachsenen Schwestern in einem Zelt aus grauem Segeltuch beisammen waren. Der Blick der Mutter aber hob sich oft von ihrer Handarbeit, um mit wehmütiger Freundlichkeit zu dem Kinde hinüberzugleiten.

Er war nicht schön, der kleine Johannes, und wie er so mit seiner spitzen und hohen Brust, seinem weit ausladenden Rükken und seinen viel zu langen, mageren Armen auf dem Schemel hockte und mit einem behenden Eifer seine Nüsse knackte, bot er einen höchst seltsamen Anblick. Seine Hände und Füße aber waren zartgeformt und schmal, und er hatte große, rehbraune Augen, einen weichgeschnittenen Mund und feines, lichtbraunes Haar. Obgleich sein Gesicht so jämmerlich zwischen den Schultern saß, war es doch beinahe schön zu nennen.

III.

Als er sieben Jahre alt war, ward er zur Schule geschickt, und nun vergingen die Jahre einförmig und schnell. Täglich wanderte er, mit der komisch wichtigen Gangart, die Verwachsenen manchmal eigen ist, zwischen den Giebelhäusern und Läden hindurch nach dem alten Schulhaus mit den gotischen Gewölben; und wenn er daheim seine Arbeit getan hatte, las er vielleicht in seinen Büchern mit den schönen, bunten Titelbildern oder beschäftigte sich im Garten, während die Schwestern der kränkelnden Mutter den Hausstand führten. Auch besuchten sie Gesellschaften, denn Friedemanns gehörten zu den ersten Kreisen der Stadt; aber geheiratet hatten sie leider noch nicht, denn ihr Vermögen war nicht eben groß, und sie waren ziemlich häßlich.

Johannes erhielt wohl ebenfalls von seinen Altersgenossen hie und da eine Einladung, aber er hatte nicht viel Freude an dem Verkehr mit ihnen. Er vermochte an ihren Spielen nicht teilzunehmen, und da sie ihm gegenüber eine befangene Zurückhaltung immer bewahrten, so konnte es zu einer Kameradschaft nicht kommen.

Es kam die Zeit, wo er sie auf dem Schulhofe oft von gewissen Erlebnissen sprechen hörte; aufmerksam und mit großen Augen lauschte er, wie sie von ihren Schwärmereien für dies oder jenes kleine Mädchen redeten, und schwieg dazu. Diese Dinge, sagte er sich, von denen die Anderen ersichtlich ganz erfüllt waren, gehörten zu denen, für die er sich nicht eignete, wie Turnen und

Ballwerfen. Das machte manchmal ein wenig traurig; am Ende aber war er von jeher daran gewöhnt, für sich zu stehen und die Interessen der anderen nicht zu teilen.

Dennoch geschah es, daß er – sechzehn Jahre zählte er damals – zu einem gleichalterigen Mädchen eine plötzliche Neigung faßte. Sie war die Schwester eines seiner Klassengenossen, ein blondes, ausgelassen fröhliches Geschöpf, und bei ihrem Bruder lernte er sie kennen. Er empfand eine seltsame Beklommenheit in ihrer Nähe, und die befangene und künstlich freundliche Art, mit der auch sie ihn behandelte, erfüllte ihn mit tiefer Traurigkeit.

Als er eines Sommernachmittags einsam vor der Stadt auf dem Walle spazieren ging, vernahm er hinter einem Jasminstrauch ein Flüstern und lauschte vorsichtig zwischen den Zweigen hindurch. Auf der Bank, die dort stand, saß jenes Mädchen neben einem langen, rotköpfigen Jungen, den er sehr wohl kannte; er hatte den Arm um sie gelegt und drückte einen Kuß auf ihre Lippen, den sie kichernd erwiderte. Als Johannes Friedemann dies gesehen hatte, machte er kehrt und ging leise von dannen.

Sein Kopf saß tiefer als je zwischen den Schultern, seine Hände zitterten, und ein scharfer, drängender Schmerz stieg ihm aus der Brust in den Hals hinauf. Aber er würgte ihn hinunter und richtete sich entschlossen auf, so gut er das vermochte. »Gut«, sagte er zu sich, »das ist zu Ende. Ich will mich niemals wieder um dies alles bekümmern. Den anderen gewährt es Glück und Freude, mir aber vermag es immer nur Gram und Leid zu bringen. Ich bin fertig damit. Es ist für mich abgetan. Nie wieder. –«

Der Entschluß tat ihm wohl. Er verzichtete, verzichtete auf immer. Er ging nach Hause und nahm ein Buch zur Hand oder spielte Violine, was er trotz seiner verwachsenen Brust erlernt hatte.

IV.

Mit siebenzehn Jahren verließ er die Schule, um Kaufmann zu werden, wie in seinen Kreisen alle Welt es war, und trat in das große Holzgeschäft des Herrn Schlievogt, unten am Fluß, als Lehrling ein. Man behandelte ihn mit Nachsicht, er seinerseits war freundlich und entgegenkommend, und friedlich und geregelt verging die Zeit. In seinem einundzwanzigsten Lebensjahre aber starb nach langem Leiden seine Mutter.

Das war ein großer Schmerz für Johannes Friedemann, den er sich lange bewahrte. Er genoß ihn, diesen Schmerz, er gab sich ihm hin, wie man sich einem großen Glücke hingibt, er pflegte ihn mit tausend Kindheitserinnerungen und beutete ihn aus als sein erstes starkes Erlebnis.

Ist nicht das Leben an sich etwas Gutes, gleichviel, ob es sich nun so für uns gestaltet, daß man es »glücklich« nennt? Johannes Friedemann fühlte das, und er liebte das Leben. Niemand versteht, mit welcher innigen Sorgfalt er, der auf das größte Glück, das es uns zu bieten vermag, Verzicht geleistet hatte, die Freuden, die ihm zugänglich waren, zu genießen wußte. Ein Spaziergang zur Frühlingszeit draußen in den Anlagen vor der Stadt, der Duft einer Blume, der Gesang eines Vogels – konnte man für solche Dinge nicht dankbar sein?

Und daß zur Genußfähigkeit Bildung gehört, ja, daß Bildung immer nur gleich Genußfähigkeit ist, – auch das verstand er: und er bildete sich. Er liebte die Musik und besuchte alle Konzerte, die etwa in der Stadt veranstaltet wurden. Er selbst spielte allmählich, obgleich er sich ungemein merkwürdig dabei ausnahm, die Geige nicht übel und freute sich an jedem schönen und weichen Ton, der ihm gelang. Auch hatte er sich durch viele Lektüre mit der Zeit einen literarischen Geschmack angeeignet, den er wohl in der Stadt mit niemandem teilte. Er war unterrichtet über die neueren Erscheinungen des In- und Auslandes, er wußte den rhythmischen Reiz eines Gedichtes auszukosten, die intime Stimmung einer fein geschriebenen Novelle auf sich wirken zu lassen... oh! man konnte beinahe sagen, daß er ein Epikuräer war.

Er lernte begreifen, daß alles genießenswert, und daß es beinahe töricht ist, zwischen glücklichen und unglücklichen Erlebnissen zu unterscheiden. Er nahm alle seine Empfindungen und Stimmungen bereitwilligst auf und pflegte sie, die trüben so gut wie die heiteren: auch die unerfüllten Wünsche, – die Sehnsucht. Er liebte sie um ihrer selbst willen und sagte sich, daß mit der Erfüllung das Beste vorbei sein würde. Ist das süße, schmerzliche, vage Sehnen und Hoffen stiller Frühlingsabende nicht genußreicher als alle Erfüllungen, die der Sommer zu bringen vermöchte? – Ja, er war ein Epikuräer, der kleine Herr Friedemann!

Das wußten die Leute wohl nicht, die ihn auf der Straße mit jener mitleidig freundlichen Art begrüßten, an die er von jeher gewöhnt war. Sie wußten nicht, daß dieser unglückliche Krüppel, der da mit seiner putzigen Wichtigkeit in hellem Überzieher und blankem Cylinder – er war seltsamerweise ein wenig eitel – durch die Straßen marschierte, das Leben zärtlich liebte, das ihm sanft dahinfloß, ohne große Affekte, aber erfüllt von einem stillen und zarten Glück, das er sich zu schaffen wußte.

V.

Die Hauptneigung aber des Herrn Friedemann, seine eigentliche Leidenschaft war das Theater. Er besaß ein ungemein starkes dramatisches Empfinden, und bei einer wuchtigen Bühnenwirkung, der Katastrophe eines Trauerspiels, konnte sein ganzer kleiner Körper ins Zittern geraten. Er hatte auf dem ersten Range des Stadttheaters seinen bestimmten Platz, den er mit Regelmäßigkeit besuchte, und hin und wieder begleiteten ihn seine drei Schwestern dorthin. Sie führten seit dem Tode der Mutter sich und ihrem Bruder allein die Wirtschaft in dem alten Hause, in dessen Besitz sie sich mit ihm teilten.

Verheiratet waren sie leider noch immer nicht; aber sie waren längst in einem Alter, in dem man sich bescheidet, denn Friederike, die Älteste, hatte siebzehn Jahre vor Herrn Friedemann voraus. Sie und ihre Schwester Henriette waren ein wenig zu lang und dünn, während Pfiffi, die Jüngste, allzu klein und beleibt erschien. Letztere übrigens hatte eine drollige Art, sich bei jedem Worte zu schütteln und Feuchtigkeit dabei in die Mundwinkel zu bekommen.

Der kleine Herr Friedemann kümmerte sich nicht viel um die drei Mädchen: sie aber hielten treu zusammen und waren stets einer Meinung. Besonders wenn eine Verlobung in ihrer Bekanntschaft sich ereignete, betonten sie einstimmig, daß dies ja s e h r erfreulich sei.

Ihr Bruder fuhr fort, bei ihnen zu wohnen, auch als er die Holzhandlung des Herrn Schlievogt verließ und sich selbständig machte, indem er irgend ein kleines Geschäft übernahm, eine Agentur oder dergleichen, was nicht allzuviel Arbeit in Anspruch nahm. Er hatte ein paar Parterre-Räumlichkeiten des Hauses inne, damit er nur zu den Mahlzeiten die Treppe hinaufzusteigen brauchte, denn hin und wieder litt er ein wenig an Asthma.

An seinem dreißigsten Geburtstage, einem hellen und warmen Junitage, saß er nach dem Mittagessen in dem grauen Gartenzelt mit einer neuen Nackenrolle, die Henriette ihm gearbeitet hatte, einer guten Cigarre im Munde und einem guten Buche in der Hand. Dann und wann hielt er das letztere beiseite, horchte auf das vergnügte Zwitschern von Sperlingen, die in dem alten Nußbaum saßen, und blickte auf den sauberen Kiesweg, der zum Hause führte, und auf den Rasenplatz mit den bunten Beeten.

Der kleine Herr Friedemann trug keinen Bart, und sein Gesicht hatte sich fast gar nicht verändert; nur daß die Züge ein wenig schärfer geworden waren. Sein feines, lichtbraunes Haar trug er seitwärts glatt gescheitelt.

Als er einmal das Buch ganz auf die Kniee hinabsinken ließ und hinauf in den blauen, sonnigen Himmel blinzelte, sagte er zu sich: »Das wären nun dreißig Jahre. Nun kommen vielleicht noch zehn oder auch noch zwanzig, Gott weiß es. Sie werden still und geräuschlos daherkommen und vorüberziehen wie die verflossenen, und ich erwarte sie mit Seelenfrieden.« –

VI.

Im Juli desselben Jahres ereignete sich jener Wechsel in der Bezirkskommandantur, der alle Welt in Erregung versetzte. Der beleibte, joviale Herr, der lange Jahre hindurch diesen Posten innegehabt hatte, war in den gesellschaftlichen Kreisen sehr beliebt gewesen, und man sah ihn ungern scheiden. Gott weiß, infolge welches Umstandes nun ausgemacht Herr von Rinnlingen aus der Hauptstadt hierher gelangte.

Der Tausch schien übrigens nicht übel zu sein, denn der neue Oberstlieutenant, der verheiratet aber kinderlos war, mietete in der südlichen Vorstadt eine sehr geräumige Villa, woraus man schloß, daß er ein Haus zu machen gedachte. Jedenfalls wurde das Gerücht, er sei ganz außerordentlich vermögend, auch dadurch bestätigt, daß er vier Dienstboten, fünf Reit- und Wagenpferde, einen Landauer und einen leichten Jagdwagen mit sich brachte.

Die Herrschaften begannen bald nach ihrer Ankunft bei den angesehenen Familien Besuche zu machen, und ihr Name war in aller Munde; das Hauptinteresse aber nahm schlechterdings nicht Herr von Rinnlingen selbst in Anspruch, sondern seine Gattin. Die Herren waren verblüfft und hatten vorderhand noch kein Urteil; die Damen aber waren geradeheraus nicht einverstanden mit dem Sein und Wesen Gerdas von Rinnlingen.

»Daß man die hauptstädtische Luft verspürt«, äußerte sich Frau Rechtsanwalt Hagenström gesprächsweise gegen Henriette Friedemann, – »nun, das ist natürlich. Sie raucht, sie reitet – einverstanden! Aber ihr Benehmen ist nicht nur frei, es ist burschikos, und auch das ist noch nicht das rechte Wort... Sehen Sie, sie ist durchaus nicht häßlich, man könnte sie sogar hübsch finden: und dennoch entbehrt sie jedes weiblichen Reizes, und ihrem Blick, ihrem Lachen, ihren Bewegungen fehlt alles, was Männer lieben. Sie ist nicht kokett, und ich bin, Gott weiß es, die letzte, die das nicht lobenswert fände; aber darf eine so junge Frau – sie ist vierundzwanzig Jahre alt – die natürliche anmutige Anziehungskraft... vollkommen vermissen lassen? Liebste, ich bin nicht zungenfertig, aber ich weiß, was ich meine. Unsere Herren sind jetzt noch wie vor den Kopf geschlagen: Sie werden sehen, daß sie sich nach ein paar Wochen gänzlich dégoutiert von ihr abwenden...«

»Nun«, sagte Fräulein Friedemann, »sie ist ja vortrefflich versorgt.«

»Ja, ihr Mann!« rief Frau Hagenström. »Wie behandelt sie ihn? Sie sollten es sehen! Sie werden es sehen! Ich bin die erste, die darauf besteht, daß eine verheiratete Frau gegen das andere Geschlecht bis zu einem gewissen Grade abweisend zu sein hat. Wie aber benimmt sie sich gegen ihren eigenen Mann? Sie hat eine Art, ihn eiskalt anzusehen und mit einer mitleidigen Betonung ›Lieber Freund‹ zu ihm zu sagen, die mich empört! Denn man muß ihn dabei sehen – korrekt, stramm, ritterlich, ein prächtig konservierter Vierziger, ein glänzender Offizier! Vier Jahre sind sie verheiratet... Liebste...«

VII.

Der Ort, an dem es dem kleinen Herrn Friedemann zum ersten Male vergönnt war, Frau von Rinnlingen zu erblicken, war die Hauptstraße, an der fast ausschließlich Geschäftshäuser lagen, und diese Begegnung ereignete sich um die Mittagszeit, als er soeben von der Börse kam, wo er ein Wörtchen mitgeredet hatte.

Er spazierte, winzig und wichtig, neben dem Großkaufmann Stephens, einem ungewöhnlich großen und vierschrötigen Herrn mit rundgeschnittenem Backenbart und furchtbar dicken Augenbrauen. Beide trugen Cylinder und hatten wegen der großen Wärme die Überzieher geöffnet. Sie sprachen über Politik, wobei sie taktmäßig ihre Spazierstöcke auf das Trottoir stießen; als sie aber etwa bis zur Mitte der Straße gekommen waren, sagte plötzlich der Großkaufmann Stephens:

»Der Teufel hole mich, wenn dort nicht die Rinnlingen dahergefahren kommt.«

»Nun, das trifft sich gut«, sagte Herr Friedemann mit seiner hohen und etwas scharfen Stimme und blickte erwartungsvoll geradeaus. »Ich habe sie nämlich noch immer nicht zu Gesichte bekommen. Da haben wir den gelben Wagen.«

In der Tat war es der gelbe Jagdwagen, den Frau von Rinnlingen heute benutzte, und sie lenkte die beiden schlanken Pferde in eigener Person, während der Diener mit verschränkten Armen hinter ihr saß. Sie trug eine weite, ganz helle Jacke, und auch der Rock war hell. Unter dem kleinen, runden Strohhut mit braunem Lederbande quoll das rotblonde Haar hervor, das über die Ohren frisiert war und als ein dicker Knoten tief in den Nacken fiel. Die Hautfarbe ihres ovalen Gesichtes war mattweiß, und in den Winkeln ihrer ungewöhnlich nahe bei einander liegenden braunen Augen lagerten bläuliche Schatten. Über ihrer kurzen, aber recht fein geschnittenen Nase saß ein kleiner Sattel von Sommersprossen, was sie gut kleidete; ob aber ihr Mund schön war, konnte man nicht erkennen, denn sie schob unaufhörlich die Unterlippe vor und wieder zurück, indem sie sie an der Oberlippe scheuerte.

Großkaufmann Stephens grüßte außerordentlich ehrerbietig, als der Wagen herangekommen war, und auch der kleine Herr Friedemann lüftete seinen Hut, wobei er Frau von Rinnlingen groß und aufmerksam ansah. Sie senkte ihre Peitsche, nickte leicht mit dem Kopfe und fuhr langsam vorüber, indem sie rechts und links die Häuser und Schaufenster betrachtete.

Nach ein paar Schritten sagte der Großkaufmann:

»Sie hat eine Spazierfahrt gemacht und fährt nun nach Hause.«

Der kleine Herr Friedemann antwortete nicht, sondern blickte vor sich nieder auf das Pflaster. Dann sah er plötzlich den Großkaufmann an und fragte:

»Wie meinten Sie?«

Und Herr Stephens wiederholte seine scharfsinnige Bemerkung.

VIII.

Drei Tage später kam Johannes Friedemann um 12 Uhr mittags von seinem regelmäßigen Spaziergange nach Hause. Um halb 1 Uhr wurde zu Mittag gespeist, und er wollte gerade noch für eine halbe Stunde in sein »Bureau« gehen, das gleich rechts neben der Haustür lag, als das Dienstmädchen über die Diele kam und zu ihm sagte:

»Es ist Besuch da, Herr Friedemann.«

»Bei mir?« fragte er.

»Nein, oben, bei den Damen.«

»Wer denn?«

»Herr und Frau Oberstlieutenant von Rinnlingen.«

»Oh«, sagte Herr Friedemann, »da will ich doch...«

Und er ging die Treppe hinauf. Oben schritt er über den Vorplatz, und er hatte schon den Griff der hohen, weißen Tür in der Hand, die zum »Landschaftszimmer« führte, als er plötzlich innehielt, einen Schritt zurücktrat, kehrt machte und langsam wieder davonging, wie er gekommen war. Und obgleich er vollkommen allein war, sagte er ganz laut vor sich hin:

»Nein. Lieber nicht. –«

Er ging hinunter in sein »Bureau«, setzte sich an den Schreibtisch und nahm die Zeitung zur Hand. Nach einer Minute aber ließ er sie wieder sinken und blickte seitwärts zum Fenster hinaus. So blieb er sitzen, bis das Mädchen kam und meldete, daß angerichtet sei; dann begab er sich hinauf ins Speisezimmer, wo die Schwestern schon seiner warteten, und nahm auf seinem Stuhle Platz, auf dem drei Notenbücher lagen.

Henriette, welche die Suppe auffüllte, sagte:

»Weißt du, Johannes, wer hier war?«

»Nun?« fragte er.

»Die neuen Oberstlieutenants.«

»Ja, so? Das ist liebenswürdig.«

»Ja«, sagte Pfiffi und bekam Flüssigkeit in die Mundwinkel, »ich finde, daß beide durchaus angenehme Menschen sind.«

»Jedenfalls«, sagte Friederike, »dürfen wir mit unserem Ge-

genbesuch nicht zögern. Ich schlage vor, daß wir übermorgen gehen, Sonntag.«

»Sonntag«, sagten Henriette und Pfiffi.

»Du wirst doch mit uns gehen, Johannes?« fragte Friederike.

»Selbstredend!« sagte Pfiffi und schüttelte sich. Herr Friedemann hatte die Frage ganz überhört und aß mit einer stillen und ängstlichen Miene seine Suppe. Es war, als ob er irgendwohin horchte, auf irgendein unheimliches Geräusch.

IX.

Am folgenden Abend gab man im Stadttheater den »Lohengrin«, und alle gebildeten Leute waren anwesend. Der kleine Raum war besetzt von oben bis unten und erfüllt von summendem Geräusch, Gasgeruch und Parfums. Alle Augengläser aber, im Parquet wie auf den Rängen, richteten sich auf Loge 13, gleich rechts neben der Bühne, denn dort waren heute zum ersten Male Herr von Rinnlingen nebst Frau erschienen, und man hatte Gelegenheit, das Paar einmal gründlich zu mustern.

Als der kleine Herr Friedemann in tadellosem schwarzen Anzug mit glänzend weißem, spitz hervorstehendem Hemdeinsatz seine Loge – Loge 13 – betrat, zuckte er in der Tür zurück, wobei er eine Bewegung mit der Hand nach der Stirn machte und seine Nasenflügel sich einen Augenblick krampfhaft öffneten. Dann aber ließ er sich auf seinem Sessel nieder, dem Platze links von Frau von Rinnlingen.

Sie blickte ihn, während er sich setzte, eine Weile aufmerksam an, indem sie die Unterlippe vorschob, und wandte sich dann, um mit ihrem Gatten, der hinter ihr stand, ein paar Worte zu wechseln. Es war ein großer, breiter Herr mit aufgebürstetem Schnurrbart und einem braunen, gutmütigen Gesicht.

Als die Ouvertüre begann und Frau von Rinnlingen sich über die Brüstung beugte, ließ Herr Friedemann einen raschen, hastigen Seitenblick über sie hingleiten. Sie trug eine helle Gesellschaftstoilette und war, als die einzige der anwesenden Damen, sogar ein wenig dekolletiert. Ihre Ärmel waren sehr weit und bauschig, und die weißen Handschuhe reichten bis an die Ellenbogen. Ihre Gestalt hatte heute etwas Üppiges, was neulich, als sie die weite Jacke trug, nicht bemerkbar gewesen war; ihr Busen hob und senkte sich voll und langsam, und der Knoten des rotblonden Haares fiel tief und schwer in den Nacken.

Herr Friedemann war bleich, viel bleicher als gewöhnlich, und unter dem glattgescheitelten braunen Haar standen kleine Tropfen auf seiner Stirn. Frau von Rinnlingen hatte von ihrem linken Arm, der auf dem roten Sammet der Brüstung lag, den Handschuh gestreift, und diesen runden, mattweißen Arm, der wie die schmucklose Hand von ganz blaßblauem Geäder durchzogen war, sah er immer; das war nicht zu ändern.

Die Geigen sangen, die Posaunen schmetterten darein, Telramund fiel, im Orchester herrschte allgemeiner Jubel, und der kleine Herr Friedemann saß unbeweglich, blaß und still, den Kopf tief zwischen den Schultern, einen Zeigefinger am Munde und die andere Hand im Aufschlage seines Rockes.

Während der Vorhang fiel, erhob sich Frau von Rinnlingen, um mit ihrem Gatten die Loge zu verlassen. Herr Friedemann sah es ohne hinzublicken, fuhr mit seinem Taschentuch leicht über die Stirn, stand plötzlich auf, ging bis an die Tür, die auf den Korridor führte, kehrte wieder um, setzte sich an seinen Platz und verharrte dort regungslos in der Stellung, die er vorher innegehabt hatte.

Als das Klingelzeichen erscholl und seine Nachbarn wieder eintraten, fühlte er, daß Frau von Rinnlingens Augen auf ihm ruhten, und ohne es zu wollen, erhob er den Kopf nach ihr. Als ihre Blicke sich trafen, sah sie durchaus nicht beiseite, sondern fuhr fort, ihn ohne eine Spur von Verlegenheit aufmerksam zu betrachten, bis er selbst, bezwungen und gedemütigt, die Augen niederschlug. Er ward noch bleicher dabei, und ein seltsamer, süßlich beizender Zorn stieg in ihm auf... Die Musik begann.

Gegen Ende dieses Aufzuges geschah es, daß Frau von Rinnlingen sich ihren Fächer entgleiten ließ und daß derselbe neben Herrn Friedemann zu Boden fiel. Beide bückten sich gleichzeitig, aber sie ergriff ihn selbst und sagte mit einem Lächeln, das spöttisch war:

»Ich danke.«

Ihre Köpfe waren ganz dicht beieinander gewesen, und er hatte einen Augenblick den warmen Duft ihrer Brust atmen müssen. Sein Gesicht war verzerrt, sein ganzer Körper zog sich zusammen, und sein Herz klopfte so gräßlich schwer und wuchtig, daß ihm der Atem verging. Er saß noch eine halbe Minute, dann schob er den Sessel zurück, stand leise auf und ging leise hinaus.

X.

Er ging, gefolgt von den Klängen der Musik, über den Korridor, ließ sich an der Garderobe seinen Cylinder, seinen hellen Überzieher und seinen Stock geben und schritt die Treppe hinab auf die Straße.

Es war ein warmer, stiller Abend. Im Lichte der Gaslaternen standen die grauen Giebelhäuser schweigend gegen den Himmel, an dem die Sterne hell und milde glänzten. Die Schritte der wenigen Menschen, die Herrn Friedemann begegneten, hallten auf dem Trottoir. Jemand grüßte ihn, aber er sah es nicht; er hielt den Kopf tief gesenkt, und seine hohe, spitze Brust zitterte, so schwer atmete er. Dann und wann sagte er leise vor sich hin:

»Mein Gott! Mein Gott!«

Er sah mit einem entsetzten und angstvollen Blick in sich hinein, wie sein Empfinden, das er so sanft gepflegt, so milde und klug stets behandelt hatte, nun emporgerissen war, aufgewirbelt, zerwühlt... Und plötzlich, ganz überwältigt, in einem Zustand von Schwindel, Trunkenheit, Sehnsucht und Qual, lehnte er sich gegen einen Laternenpfahl und flüsterte bebend:

»Gerda!« –

Alles blieb still. Weit und breit war in diesem Augenblick kein Mensch zu sehen. Der kleine Herr Friedemann raffte sich auf und schritt weiter. Er war die Straße hinaufgegangen, in der das Theater lag und die ziemlich steil zum Flusse hinunterlief, und verfolgte nun die Hauptstraße nach Norden, seiner Wohnung zu...

Wie sie ihn angesehen hatte! Wie? Sie hatte ihn gezwungen, die Augen niederzuschlagen? Sie hatte ihn mit ihrem Blick gedemütigt? War sie nicht eine Frau und er ein Mann? Und hatten ihre seltsamen braunen Augen nicht förmlich dabei vor Freude gezittert?

Er fühlte wieder diesen ohnmächtigen, wollüstigen Haß in sich aufsteigen, aber dann dachte er an jenen Augenblick, wo ihr Kopf den seinen berührt, wo er den Duft ihres Körpers eingeatmet hatte, und er blieb zum zweiten Male stehen, beugte den verwachsenen Oberkörper zurück, zog die Luft durch die Zähne ein und murmelte dann abermals völlig ratlos, verzweifelt, außer sich:

»Mein Gott! Mein Gott!«

Und wieder schritt er mechanisch weiter, langsam, durch die schwüle Abendluft, durch die menschenleeren, hallenden Straßen, bis er vor seiner Wohnung stand. Auf der Diele verweilte er einen Augenblick und sog den kühlen, kellerigen Geruch ein, der dort herrschte; dann trat er in sein »Bureau«.

Er setzte sich an den Schreibtisch am offenen Fenster und starrte geradeaus auf eine große, gelbe Rose, die jemand ihm dort ins Wasserglas gestellt hatte. Er nahm sie und atmete mit geschlossenen Augen ihren Duft; aber dann schob er sie mit einer müden und traurigen Gebärde beiseite. Nein, nein, das war zu Ende! Was war ihm noch solcher Duft? Was war ihm noch alles, was bis jetzt sein »Glück« ausgemacht hatte? ...

Er wandte sich zur Seite und blickte auf die stille Straße hinaus. Dann und wann klangen Schritte auf und hallten vorüber. Die Sterne standen und glitzerten. Wie todmüde und schwach er wurde! Sein Kopf war so leer, und seine Verzweiflung begann, in eine große, sanfte Wehmut sich aufzulösen. Ein paar Gedichtzeilen flatterten ihm durch den Sinn, die Lohengrin-Musik klang ihm wieder in den Ohren, er sah noch einmal Frau von Rinnlingens Gestalt vor sich, ihren weißen Arm auf dem roten Sammet, und dann verfiel er in einen schweren, fieberdumpfen Schlaf.

XI.

Oft war er dicht am Erwachen, aber er fürchtete sich davor und versank jedesmal aufs neue in Bewußtlosigkeit. Als es aber völlig hell geworden war, schlug er die Augen auf und sah mit einem großen, schmerzlichen Blick um sich. Alles stand ihm klar vor der Seele; es war, als sei sein Leiden durch den Schlaf gar nicht unterbrochen worden.

Sein Kopf war dumpf und die Augen brannten ihm; als er sich aber gewaschen und die Stirn mit Eau de Cologne benetzt hatte, fühlte er sich wohler und setzte sich still wieder an seinen Platz am Fenster, das offen geblieben war. Es war noch ganz früh am Tage, etwa um 5 Uhr. Dann und wann ging ein Bäckerjunge vorüber, sonst war niemand zu sehen. Gegenüber waren noch alle Rouleaux geschlossen. Aber die Vögel zwitscherten und der Himmel war leuchtend blau. Es war ein wunderschöner Sonntagmorgen.

Ein Gefühl von Behaglichkeit und Vertrauen überkam den kleinen Herrn Friedemann. Wovor ängstigte er sich? War nicht alles wie sonst? Zugegeben, daß es gestern ein schlimmer Anfall gewesen war; nun, aber damit sollte es ein Ende haben! Noch war es nicht zu spät, noch konnte er dem Verderben entrinnen! Jeder Veranlassung mußte er ausweichen, die den Anfall erneuern könnte; er fühlte die Kraft dazu. Er fühlte die Kraft, es zu überwinden und es gänzlich in sich zu ersticken....

Als es halb acht Uhr schlug, trat Friederike ein und stellte den Kaffee auf den runden Tisch, der vor dem Ledersofa an der Rückwand stand.

»Guten Morgen, Johannes«, sagte sie, »hier ist Dein Frühstück.«

»Danke«, sagte Herr Friedemann. Und dann: »Liebe Friederike, es tut mir leid, daß ihr den Besuch werdet allein machen müssen. Ich fühle mich nicht wohl genug, um Euch begleiten zu können. Ich habe schlecht geschlafen, habe Kopfschmerzen, und kurz und gut, ich muß Euch bitten...«

Friederike antwortete:

»Das ist schade. Du darfst den Besuch keinesfalls ganz unterlassen. Aber es ist wahr, daß Du krank aussiehst. Soll ich Dir meinen Migränestift leihen?«

»Danke«, sagte Herr Friedemann. »Es wird vorübergehen.« Und Friederike ging.

Er trank, am Tische stehend, langsam seinen Kaffee und aß ein Hörnchen dazu. Er war zufrieden mit sich und stolz auf seine Entschlossenheit. Als er fertig war, nahm er eine Cigarre und setzte sich wieder ans Fenster. Das Frühstück hatte ihm wohl getan, und er fühlte sich glücklich und hoffnungsvoll. Er nahm ein Buch, las, rauchte und blickte blinzelnd hinaus in die Sonne.

Es war jetzt lebendig geworden auf der Straße; Wagengerassel, Gespräch und das Klingeln der Pferdebahn tönten zu ihm herein; zwischen allem aber war das Zwitschern der Vögel zu vernehmen, und vom strahlend blauen Himmel wehte eine weiche, warme Luft.

Um zehn Uhr hörte er die Schwestern über die Diele kommen, hörte die Haustür knarren und sah die drei Damen dann am Fenster vorübergehen, ohne daß er besonders darauf achtete. Eine Stunde verging; er fühlte sich glücklicher und glücklicher.

Eine Art von Übermut begann ihn zu erfüllen. Was für eine Luft das war, und wie die Vögel zwitscherten! Wie wäre es, wenn er ein wenig spazieren ginge? – Und da, plötzlich, ohne einen Nebengedanken, stieg mit einem süßen Schrecken der Gedanke in ihm auf: Wenn ich zu ihr ginge? – Und indem er, förmlich mit einer Muskelanstrengung, alles in sich unterdrückte, was angstvoll warnte, fügte er mit einer glückseligen Entschlossenheit hinzu: Ich will zu ihr gehen!

Und er zog seinen schwarzen Sonntagsanzug an, nahm Cylinder und Stock und ging schnell und hastig atmend durch die ganze Stadt in die südliche Vorstadt. Ohne einen Menschen zu sehen, hob und senkte er bei jedem Schritte in eifriger Weise den Kopf, ganz in einem abwesenden, exaltierten Zustand befangen, bis er draußen in der Kastanienallee vor der roten Villa stand, an deren Eingang der Name »Oberstlieutenant von Rinnlingen« zu lesen war.

XII.

Hier befiel ihn ein Zittern, und das Herz pochte ihm krampfhaft und schwer gegen die Brust. Aber er ging über den Flur und klingelte drinnen. Nun war es entschieden, und es gab kein Zurück. Mochte alles seinen Gang gehen, dachte er. In ihm war es plötzlich totenstill.

Die Tür sprang auf, der Diener kam ihm über den Vorplatz entgegen, nahm die Karte in Empfang und eilte damit die Treppe hinauf, auf der ein roter Läufer lag. Auf diesen starrte Herr Friedemann unbeweglich, bis der Diener zurückkam und erklärte, die gnädige Frau lasse bitten, sich hinauf zu verfügen.

Oben neben der Salontür, wo er seinen Stock abstellte, warf er einen Blick in den Spiegel. Sein Gesicht war bleich, und über den geröteten Augen klebte das Haar an der Stirn; die Hand, in der er den Cylinder hielt, zitterte unaufhaltsam.

Der Diener öffnete, und er trat ein. Er sah sich in einem ziemlich großen, halbdunklen Gemach; die Fenster waren verhängt. Rechts stand ein Flügel, und in der Mitte um den runden Tisch gruppierten sich Lehnsessel in brauner Seide. Über dem Sofa an der linken Seitenwand hing eine Landschaft in schwerem Goldrahmen. Auch die Tapete war dunkel. Hinten im Erker standen Palmen.

Eine Minute verging, bis Frau von Rinnlingen rechts die Portiere auseinanderschlug und ihm auf dem dicken braunen Teppich lautlos entgegenkam. Sie trug ein ganz einfach gearbeitetes, rot und schwarz gewürfeltes Kleid. Vom Erker her fiel eine Lichtsäule, in welcher der Staub tanzte, gerade auf ihr schweres, rotes Haar, so daß es einen Augenblick goldig aufleuchtete. Sie hielt ihre seltsamen Augen forschend auf ihn gerichtet und schob wie gewöhnlich die Unterlippe vor.

»Gnädige Frau«, begann Herr Friedemann und blickte zu ihr in die Höhe, denn er reichte ihr nur bis zur Brust, »ich möchte Ihnen auch meinerseits meine Aufwartung machen. Ich war, als Sie meine Schwestern beehrten, leider abwesend und... bedauerte das aufrichtig...«

Er wußte durchaus nicht mehr zu sagen, aber sie stand und sah ihn unerbittlich an, als wollte sie ihn zwingen, weiter zu sprechen. Alles Blut stieg ihm plötzlich zu Kopfe. Sie will mich quälen und verhöhnen! dachte er, und sie durchschaut mich! Wie ihre Augen zittern!... Endlich sagte sie mit einer ganz hellen und ganz klaren Stimme:

»Es ist liebenswürdig, daß Sie gekommen sind. Ich habe neulich ebenfalls bedauert, Sie zu verfehlen. Haben Sie die Güte, Platz zu nehmen?«

Sie setzte sich nahe bei ihm, legte die Arme auf die Seitenlehnen des Sessels und lehnte sich zurück. Er saß vorgebeugt und hielt den Hut zwischen den Knieen. Sie sagte:

»Wissen Sie, daß noch vor einer Viertelstunde Ihre Fräulein Schwestern hier waren? Sie sagten mir, Sie seien krank?«

»Das ist wahr«, erwiderte Herr Friedemann, »ich fühlte mich nicht wohl heute Morgen. Ich glaubte nicht ausgehen zu können. Ich bitte wegen meiner Verspätung um Entschuldigung.«

»Sie sehen auch jetzt noch nicht gesund aus«, sagte sie ganz ruhig und blickte ihn unverwandt an. »Sie sind bleich, und Ihre Augen sind entzündet. Ihre Gesundheit läßt überhaupt zu wünschen übrig?«

»Oh...« stammelte Herr Friedemann, »ich bin im allgemeinen zufrieden...«

»Auch ich bin viel krank«, fuhr sie fort, ohne die Augen von ihm abzuwenden; »aber niemand merkt es. Ich bin nervös und kenne die merkwürdigsten Zustände.«

Sie schwieg, legte das Kinn auf die Brust und sah ihn von unten herauf wartend an. Aber er antwortete nicht. Er saß still und hielt seine Augen groß und sinnend auf sie gerichtet. Wie seltsam sie sprach, und wie ihre helle, haltlose Stimme ihn berührte! Sein Herz hatte sich beruhigt; ihm war, als träumte er. – Frau von Rinnlingen begann aufs neue:

»Ich müßte mich irren, wenn Sie nicht gestern das Theater vor Schluß der Vorstellung verließen?«

»Ja, gnädige Frau.«

»Ich bedauerte das. Sie waren ein andächtiger Nachbar, obgleich die Aufführung nicht gut war, oder nur relativ gut. Sie lieben die Musik? Spielen Sie Klavier?«

»Ich spiele ein wenig Violine«, sagte Herr Friedemann. »Das heißt – es ist beinahe nichts...«

»Sie spielen Violine?« fragte sie; dann sah sie an ihm vorbei in die Luft und dachte nach.

»Aber dann könnten wir hin und wieder miteinander musizieren«, sagte sie plötzlich. »Ich kann etwas begleiten. Es würde mich freuen, hier jemanden gefunden zu haben... Werden Sie kommen?«

»Ich stehe der gnädigen Frau mit Vergnügen zur Verfügung«, sagte er, immer wie im Traum. Es entstand eine Pause. Da änderte sich plötzlich der Ausdruck ihres Gesichtes. Er sah, wie es sich in einem kaum merklichen grausamen Spott verzerrte, wie ihre Augen sich wieder mit jenem unheimlichen Zittern fest und forschend auf ihn richteten, wie schon zweimal vorher. Sein Gesicht ward glühend rot, und ohne zu wissen, wohin er sich wenden sollte, völlig ratlos und außer sich, ließ er seinen Kopf ganz zwischen die Schultern sinken und blickte fassungslos auf den Teppich nieder. Wie ein kurzer Schauer aber durchrieselte ihn wieder jene ohnmächtige, süßlich peinigende Wut...

Als er mit einem verzweifelten Entschluß den Blick wieder erhob, sah sie ihn nicht mehr an, sondern blickte ruhig über seinen Kopf hinweg auf die Tür. Er brachte mühsam ein paar Worte hervor:

»Und sind gnädige Frau bis jetzt leidlich zufrieden mit Ihrem Aufenthalt in unserer Stadt?«

»Oh«, sagte Frau von Rinnlingen gleichgültig, »gewiß. Warum sollte ich nicht zufrieden sein? Freilich ein wenig beengt und beobachtet komme ich mir vor, aber... Übrigens«, fuhr sie gleich darauf fort, »ehe ich es vergesse: Wir denken in den nächsten Tagen einige Leute bei uns zu sehen, eine kleine, zwanglose Gesellschaft. Man könnte ein wenig Musik machen, ein wenig plaudern... Überdies haben wir hinterm Hause einen recht hübschen Garten; er geht bis zum Flusse hinunter. Kurz und gut: Sie und Ihre Damen werden selbstverständlich noch eine Einladung erhalten, aber ich bitte Sie gleich hiermit um Ihre Teilnahme; werden Sie uns das Vergnügen machen?«

Herr Friedemann hatte kaum seinen Dank und seine Zusage hervorgebracht, als der Türgriff energisch niedergedrückt wurde und der Oberstlieutenant eintrat. Beide erhoben sich, und während Frau von Rinnlingen die Herren einander vorstellte, verbeugte sich ihr Gatte mit der gleichen Höflichkeit vor Herrn Friedemann wie vor ihr. Sein braunes Gesicht war ganz blank vor Wärme.

Während er sich die Handschuhe auszog, sprach er mit seiner kräftigen und scharfen Stimme irgend etwas zu Herrn Friedemann, der mit großen, gedankenlosen Augen zu ihm in die Höhe blickte und immer erwartete, wohlwollend von ihm auf die Schulter geklopft zu werden. Indessen wandte sich der Oberstlieutenant mit zusammengezogenen Absätzen und leicht vorgebeugtem Oberkörper an seine Gattin und sagte mit merklich gedämpfter Stimme:

»Hast Du Herrn Friedemann um seine Gegenwart bei unserer kleinen Zusammenkunft gebeten, meine Liebe? Wenn es Dir angenehm ist, so denke ich, daß wir sie in acht Tagen veranstalten. Ich hoffe, daß das Wetter sich halten wird, und daß wir uns auch im Garten aufhalten können.«

»Wie Du meinst«, antwortete Frau von Rinnlingen und blickte an ihm vorbei.

Zwei Minuten später empfahl sich Herr Friedemann. Als er sich an der Tür noch einmal verbeugte, begegnete er ihren Augen, die ohne Ausdruck auf ihm ruhten.

XIII.

Er ging fort, er ging nicht zur Stadt zurück, sondern schlug, ohne es zu wollen, einen Weg ein, der von der Allee abzweigte und zu dem ehemaligen Festungswall am Flusse führte. Es gab dort wohlgepflegte Anlagen, schattige Wege und Bänke.

Er ging schnell und besinnungslos, ohne aufzublicken. Es war ihm unerträglich heiß, und er fühlte, wie die Flammen in ihm auf und nieder schlugen, und wie es in seinem müden Kopfe unerbittlich pochte...

Lag noch immer nicht ihr Blick auf ihm? Aber nicht wie zuletzt, leer und ohne Ausdruck, sondern wie vorher, mit dieser zitternden Grausamkeit, nachdem sie eben noch in jener seltsam stillen Art zu ihm gesprochen hatte? Ach, ergötzte es sie, ihn hilflos zu machen und außer sich zu bringen? Konnte sie, wenn sie ihn durchschaute, nicht ein wenig Mitleid mit ihm haben?...

Er war unten am Flusse entlang gegangen, neben dem grün bewachsenen Walle hin, und er setzte sich auf eine Bank, die von Jasmingebüsch im Halbkreis umgeben war. Rings war alles voll süßen, schwülen Duftes. Vor ihm brütete die Sonne auf dem zitternden Wasser.

Wie müde und abgehetzt er sich fühlte, und wie doch alles in ihm in qualvollem Aufruhr war! War es nicht das beste, noch einmal um sich zu blicken und dann hinunter in das stille Wasser zu gehen, um nach einem kurzen Leiden befreit und hinübergerettet zu sein in die Ruhe? Ach, Ruhe, Ruhe war es ja, was er wollte! Aber nicht die Ruhe im leeren und tauben Nichts, sondern ein sanftbesonnter Friede, erfüllt von guten, stillen Gedanken.

Seine ganze zärtliche Liebe zum Leben durchzitterte ihn in diesem Augenblick und die tiefe Sehnsucht nach seinem verlorenen Glück. Aber dann blickte er um sich in die schweigende, unendlich gleichgültige Ruhe der Natur, sah, wie der Fluß in der Sonne seines Weges zog, wie das Gras sich zitternd bewegte und die Blumen dastanden, wo sie erblüht waren, um dann zu welken und zu verwehen, sah, wie alles, alles mit dieser stummen Ergebenheit dem Dasein sich beugte, – und es überkam ihn auf einmal die Empfindung von Freundschaft und Einverständnis mit der Notwendigkeit, die eine Art von Überlegenheit über alles Schicksal zu geben vermag.

Er dachte an jenen Nachmittag seines dreißigsten Geburtstages, als er, glücklich im Besitze des Friedens, ohne Furcht und Hoffnung über den Rest seines Lebens hinzublicken geglaubt hatte. Kein Licht und keinen Schatten hatte er da gesehen, sondern in mildem Dämmerschein hatte alles vor ihm gelegen, bis es dort hinten, unmerklich fast, im Dunkel verschwamm, und mit einem ruhigen und überlegenen Lächeln hatte er den Jahren entgegen gesehen, die noch zu kommen hatten – wie lange war das her?

Da war diese Frau gekommen, sie mußte kommen, es war sein Schicksal, sie selbst war sein Schicksal, sie allein! Hatte er das nicht gefühlt vom ersten Augenblicke an? Sie war gekommen, und ob er auch versucht hatte, seinen Frieden zu verteidigen, – für sie mußte sich alles in ihm empören, was er von Jugend auf in sich unterdrückt hatte, weil er fühlte, daß es für ihn Qual und Untergang bedeutete; es hatte ihn mit furchtbarer, unwiderstehlicher Gewalt ergriffen und richtete ihn zu Grunde!

Es richtete ihn zu Grunde, das fühlte er. Aber wozu noch kämpfen und sich quälen? Mochte alles seinen Lauf nehmen! Mochte er seinen Weg weitergehen und die Augen schließen vor dem gähnenden Abgrund dort hinten, gehorsam dem Schicksal, gehorsam der überstarken, peinigend süßen Macht, der man nicht zu entgehen vermag.

Das Wasser glitzerte, der Jasmin atmete seinen scharfen, schwülen Duft, die Vögel zwitscherten rings umher in den Bäumen, zwischen denen ein schwerer, sammetblauer Himmel leuchtete. Der kleine bucklige Herr Friedemann aber saß noch lange auf seiner Bank. Er saß vornüber gebeugt, die Stirn in beide Hände gestützt.

XIV.

Alle waren sich einig, daß man sich bei Rinnlingens vortrefflich unterhielt. Etwa dreißig Personen saßen an der langen, geschmackvoll dekorierten Tafel, die sich durch den weiten Speisesaal hinzog; der Bediente und zwei Lohndiener eilten bereits mit dem Eise umher, es herrschte Geklirr, Geklapper und ein warmer Dunst von Speisen und Parfüms. Gemütliche Großkaufleute mit ihren Gemahlinnen und Töchtern waren hier versammelt; außerdem fast sämtliche Offiziere der Garnison, ein alter, beliebter Arzt, ein paar Juristen und was sonst den ersten Kreisen sich beizählte. Auch ein Student der Mathematik war anwesend, ein Neffe des Oberstlieutenants, der bei seinen Verwandten zu Besuch war; er führte die tiefsten Gespräche mit Fräulein Hagenström, die Herrn Friedemann gegenüber ihren Platz hatte.

Dieser saß auf einem schönen Sammetkissen am unteren Ende der Tafel neben der nicht schönen Gattin des Gymnasialdirektors, nicht weit von Frau von Rinnlingen, die von Konsul Stephens zu Tische geführt worden war. Es war erstaunlich, was für eine Veränderung in diesen acht Tagen mit dem kleinen Herrn Friedemann sich ereignet hatte. Vielleicht lag es zum Teil an dem weißen Gasglühlicht, von dem der Saal erfüllt war, daß sein Gesicht so erschreckend bleich erschien; aber seine Wangen waren eingefallen, seine geröteten und dunkel umschatteten Augen zeigten einen unsäglich traurigen Schimmer, und es sah aus, als sei seine Gestalt verkrüppelter als je. – Er trank viel Wein und richtete hie und da ein paar Worte an seine Nachbarin.

Frau von Rinnlingen hatte bei Tische noch kein Wort mit Herrn Friedemann gewechselt; jetzt beugte sie sich ein wenig vor und rief ihm zu:

»Ich habe Sie in diesen Tagen vergeblich erwartet, Sie und Ihre Geige.«

Er sah sie einen Augenblick vollkommen abwesend an, bevor er antwortete. Sie trug eine helle, leichte Toilette, die ihren weißen Hals freiließ, und eine voll erblühte Maréchal-Niel-Rose war in ihrem leuchtenden Haar befestigt. Ihre Wangen waren heute Abend ein wenig gerötet, aber wie immer lagerten bläuliche Schatten in den Winkeln ihrer Augen.

Herr Friedemann blickte auf seinen Teller nieder und brachte irgend etwas als Antwort hervor, worauf er der Gymnasialdirektorin die Frage beantworten mußte, ob er Beethoven liebe. In diesem Augenblick aber warf der Oberstlieutenant, der ganz oben am Tische saß, seiner Gattin einen Blick zu, schlug ans Glas und sagte:

»Meine Herrschaften, ich schlage vor, daß wir unseren Kaffee in den anderen Zimmern trinken; übrigens muß es heute Abend auch im Garten nicht übel sein, und wenn jemand dort ein wenig Luft schöpfen will, so halte ich es mit ihm.«

In die eingetretene Stille hinein machte Lieutenant von Deidesheim aus Taktgefühl einen Witz, so daß alles sich unter fröhlichem Gelächter erhob. Herr Friedemann verließ als einer der letzten mit seiner Dame den Saal, geleitete sie durch das altdeutsche Zimmer, wo man bereits zu rauchen begann, in das halbdunkle und behagliche Wohngemach und verabschiedete sich von ihr.

Er war mit Sorgfalt gekleidet; sein Frack war ohne Tadel, sein Hemd blendend weiß, und seine schmalen und schön geformten Füße steckten in Lackschuhen. Dann und wann konnte man sehen, daß er rotseidene Strümpfe trug.

Er blickte auf den Korridor hinaus und sah, daß größere Gruppen sich bereits die Treppe hinunter in den Garten begaben. Aber er setzte sich mit seiner Cigarre und seinem Kaffee an die Tür des altdeutschen Zimmers, in dem einige Herren plaudernd beisammen standen, und blickte in das Wohngemach hinein.

Gleich rechts von der Tür saß um einen kleinen Tisch ein Kreis, dessen Mittelpunkt von dem Studenten gebildet ward, der mit Eifer sprach. Er hatte die Behauptung aufgestellt, daß man durch einen Punkt mehr als eine Parallele zu einer Geraden ziehen könne, Frau Rechtsanwalt Hagenström hatte gerufen: »Dies ist unmöglich!« und nun bewies er es so schlagend, daß alle taten, als hätten sie es verstanden.

Im Hintergrunde des Zimmers aber, auf der Ottomane, neben der die niedrige, rotverhüllte Lampe stand, saß im Gespräch mit dem jungen Fräulein Stephens Gerda von Rinnlingen. Sie saß ein wenig in das gelbseidene Kissen zurückgelehnt, einen Fuß über den anderen gestellt, und rauchte langsam eine Cigarette, wobei sie den Rauch durch die Nase ausatmete und die Unterlippe vorschob. Fräulein Stephens saß aufrecht und wie aus Holz geschnitzt vor ihr und antwortete ängstlich lächelnd.

Niemand beachtete den kleinen Herrn Friedemann, und niemand bemerkte, daß seine großen Augen ohne Unterlaß auf Frau von Rinnlingen gerichtet waren. In einer schlaffen Haltung saß er und sah sie an. Es war nichts Leidenschaftliches in seinem Blick und kaum ein Schmerz; etwas Stumpfes und Totes lag darin, eine dumpfe, kraft- und willenlose Hingabe.

Zehn Minuten etwa vergingen so; da erhob Frau von Rinnlingen sich plötzlich, und ohne ihn anzublicken, als ob sie ihn während der ganzen Zeit heimlich beobachtet hätte, schritt sie auf ihn zu und blieb vor ihm stehen. Er stand auf, sah zu ihr in die Höhe und vernahm die Worte:

»Haben Sie Lust, mich in den Garten zu begleiten, Herr Friedemann?«

Er antwortete:

»Mit Vergnügen, gnädige Frau.«

XV.

»Sie haben unseren Garten noch nicht gesehen?« sagte sie auf der Treppe zu ihm. »Er ist ziemlich groß. Hoffentlich sind noch nicht zu viele Menschen dort; ich möchte gern ein wenig aufatmen. Ich habe während des Essens Kopfschmerzen bekommen; vielleicht war mir dieser Rotwein zu kräftig... Hier durch die Tür müssen wir hinausgehen.« Es war eine Glastür, durch die sie vom Vorplatz aus einen kleinen, kühlen Flur betraten; dann führten ein paar Stufen ins Freie.

In der wundervoll sternklaren, warmen Nacht quoll der Duft von allen Beeten. Der Garten lag in vollem Mondlicht, und auf den weiß leuchtenden Kieswegen gingen die Gäste plaudernd und rauchend umher. Eine Gruppe hatte sich um den Springbrunnen versammelt, wo der alte, beliebte Arzt unter allgemeinem Gelächter Papierschiffchen schwimmen ließ.

Frau von Rinnlingen ging mit einem leichten Kopfnicken vorüber und wies in die Ferne, wo der zierliche und duftende Blumengarten zum Park sich verdunkelte.

»Wir wollen die Mittelallee hinuntergehen«, sagte sie. Am Eingange standen zwei niedrige, breite Obelisken.

Dort hinten, am Ende der schnurgeraden Kastanienallee sahen sie grünlich und blank den Fluß im Mondlicht schimmern. Rings umher war es dunkel und kühl. Hie und da zweigte ein Seitenweg ab, der im Bogen wohl ebenfalls zum Flusse führte. Es ließ sich lange Zeit kein Laut vernehmen.

»Am Wasser«, sagte sie, »ist ein hübscher Platz, wo ich schon oft gesessen habe. Dort könnten wir einen Augenblick plaudern. – Sehen Sie, dann und wann glitzert zwischen dem Laub ein Stern hindurch.«

Er antwortete nicht und blickte auf die grüne, schimmernde Fläche, der sie sich näherten. Man konnte das jenseitige Ufer erkennen, die Wallanlagen. Als sie die Allee verließen und auf den Grasplatz hinaustraten, der sich zum Flusse hinabsenkte, sagte Frau von Rinnlingen:

»Hier ein wenig nach rechts ist unser Platz; sehen Sie, er ist unbesetzt.«

Die Bank, auf der sie sich niederließen, lehnte sich sechs Schritte seitwärts von der Allee an den Park. Hier war es wärmer als zwischen den breiten Bäumen. Die Grillen zirpten in dem Grase, das hart am Wasser in dünnes Schilf überging. Der mondhelle Fluß gab ein mildes Licht.

Sie schwiegen beide eine Weile und blickten auf das Wasser. Dann aber horchte er ganz erschüttert, denn der Ton, den er vor einer Woche vernommen, dieser leise, nachdenkliche und sanfte Ton berührte ihn wieder:

»Seit wann haben Sie Ihr Gebrechen, Herr Friedemann?« fragte sie. »Sind Sie damit geboren?«

Er schluckte hinunter, denn die Kehle war ihm wie zugeschnürt. Dann antwortete er leise und artig:

»Nein, gnädige Frau. Als kleines Kind ließ man mich zu Boden fallen; daher stammt es.«

»Und wie alt sind Sie nun?« fragte sie weiter.

»Dreißig Jahre, gnädige Frau.«

»Dreißig Jahre«, wiederholte sie. »Und Sie waren nicht glücklich, diese dreißig Jahre?«

Herr Friedemann schüttelte den Kopf, und seine Lippen bebten. »Nein«, sagte er; »das war Lüge und Einbildung.«

»Sie haben also geglaubt, glücklich zu sein?« fragte sie.

»Ich habe es versucht«, sagte er, und sie antwortete:

»Das war tapfer.«

Eine Minute verstrich. Nur die Grillen zirpten, und hinter ihnen rauschte es ganz leise in den Bäumen.

»Ich verstehe mich ein wenig auf das Unglück«, sagte sie dann. »Solche Sommernächte am Wasser sind das beste dafür.«

Hierauf antwortete er nicht, sondern wies mit einer schwachen Gebärde hinüber nach dem jenseitigen Ufer, das friedlich im Dunkel lag.

»Dort habe ich neulich gesessen«, sagte er.

»Als Sie von mir kamen?« fragte sie.

Er nickte nur.

Dann aber bebte er plötzlich auf seinem Sitz in die Höhe, schluchzte auf, stieß einen Laut aus, einen Klagelaut, der doch zugleich etwas Erlösendes hatte, und sank langsam vor ihr zu Boden. Er hatte mit seiner Hand die ihre berührt, die neben ihm auf der Bank geruht hatte, und während er sie nun festhielt, während er auch die andere ergriff, während dieser kleine, gänzlich verwachsene Mensch zitternd und zuckend vor ihr auf den Knieen lag und sein Gesicht in ihren Schoß drückte, stammelte er mit einer unmenschlichen, keuchenden Stimme:

»Sie wissen es ja ... Laß mich ... Ich kann nicht mehr ... Mein Gott ... Mein Gott ...«

Sie wehrte ihm nicht, sie beugte sich auch nicht zu ihm nieder. Sie saß hoch aufgerichtet, ein wenig von ihm zurückgelehnt, und ihre kleinen, nahe beieinander liegenden Augen, in denen sich der feuchte Schimmer des Wassers zu spiegeln schien, blickten starr und gespannt gradeaus, über ihn fort, ins Weite.

Und dann, plötzlich, mit einem Ruck, mit einem kurzen, stolzen, verächtlichen Lachen hatte sie ihre Hände seinen heißen Fingern entrissen, hatte ihn am Arm gepackt, ihn seitwärts vollends zu Boden geschleudert, war aufgesprungen und in der Allee verschwunden.

Er lag da, das Gesicht im Grase, betäubt, außer sich, und ein Zucken lief jeden Augenblick durch seinen Körper. Er raffte sich auf, tat zwei Schritte und stürzte wieder zu Boden. Er lag am Wasser. –

Was ging eigentlich in ihm vor, bei dem, was nun geschah? Vielleicht war es dieser wollüstige Haß, den er empfunden hatte, wenn sie ihn mit ihrem Blicke demütigte, der jetzt, wo er, behandelt von ihr wie ein Hund, am Boden lag, in eine irrsinnige Wut ausartete, die er betätigen mußte, sei es auch gegen sich selbst... ein Ekel vielleicht vor sich selbst, der ihn mit einem Durst erfüllte, sich zu vernichten, sich in Stücke zu zerreißen, sich auszulöschen...

Auf dem Bauche schob er sich noch weiter vorwärts, erhob den Oberkörper und ließ ihn ins Wasser fallen. Er hob den Kopf nicht wieder; nicht einmal die Beine, die am Ufer lagen, bewegte er mehr.

Bei dem Aufklatschen des Wassers waren die Grillen einen Augenblick verstummt. Nun setzte ihr Zirpen wieder ein, der Park rauschte leise auf, und durch die lange Allee herunter klang gedämpftes Lachen.

Tristan

I.

Hier ist »Einfried«, das Sanatorium! Weiß und geradlinig liegt es mit seinem langgestreckten Hauptgebäude und seinem Seitenflügel inmitten des weiten Gartens, der mit Grotten, Laubengängen und kleinen Pavillons aus Baumrinde ergötzlich ausgestattet ist, und hinter seinen Schieferdächern ragen tannengrün, massig und weich zerklüftet die Berge himmelan.

Nach wie vor leitet Doktor Leander die Anstalt. Mit seinem zweispitzigen schwarzen Bart, der hart und kraus ist, wie das Roßhaar, mit dem man die Meubles stopft, seinen dicken, funkelnden Brillengläsern und diesem Aspekt eines Mannes, den die Wissenschaft gekältet, gehärtet und mit stillem, nachsichtigem Pessimismus erfüllt hat, hält er auf kurz angebundene und verschlossene Art die Leidenden in seinem Bann, – alle diese Individuen, die, zu schwach, sich selbst Gesetze zu geben und sie zu halten, ihm ihr Vermögen ausliefern, um sich von seiner Strenge stützen lassen zu dürfen.

Was Fräulein von Osterloh betrifft, so steht sie mit unermüdlicher Hingabe dem Haushalte vor. Mein Gott, wie tätig sie, treppauf und treppab, von einem Ende der Anstalt zum anderen eilt! Sie herrscht in Küche und Vorratskammer, sie klettert in den Wäscheschränken umher, sie kommandiert die Dienerschaft und bestellt unter den Gesichtspunkten der Sparsamkeit, der Hygiene, des Wohlgeschmacks und der äußeren Anmut den Tisch des Hauses, sie wirtschaftet mit einer rasenden Umsicht, und in ihrer extremen Tüchtigkeit liegt ein beständiger Vorwurf für die gesamte Männerwelt verborgen, von der noch niemand darauf verfallen ist, sie heimzuführen. Auf ihren Wangen aber glüht in zwei runden, karmoisinroten Flecken die unauslöschliche Hoffnung, dereinst Frau Doktor Leander zu werden...

Ozon und stille, stille Luft... für Lungenkranke ist »Einfried«, was Doktor Leanders Neider und Rivalen auch sagen mögen, aufs wärmste zu empfehlen. Aber es halten sich nicht nur Phthisiker, es halten sich Patienten aller Art, Herren, Damen und sogar Kinder hier auf: Doktor Leander hat auf den verschiedensten Gebieten Erfolge aufzuweisen. Es gibt hier gastrisch Leidende, wie die Magistratsrätin Spatz, die überdies an den Ohren krankt, Herrschaften mit Herzfehlern, Paralytiker, Rheumatiker und Nervöse in allen Zuständen. Ein diabetischer General verzehrt hier unter immerwährendem Murren seine Pension. Mehrere Herren mit entfleischten Gesichtern werfen auf jene unbeherrschte Art ihre Beine, die nichts Gutes bedeutet. Eine fünfzigjährige Dame, die Pastorin Höhlenrauch, die neunzehn Kinder zur Welt gebracht hat und absolut keines Gedankens mehr fähig ist, gelangt dennoch nicht zum Frieden, sondern irrt, von einer blöden Unrast getrieben, seit einem Jahre bereits am Arm ihrer Privatpflegerin starr und stumm, ziellos und unheimlich durch das ganze Haus.

Dann und wann stirbt jemand von den »Schweren«, die in ihren Zimmern liegen und nicht zu den Mahlzeiten noch im Konversationszimmer erscheinen, und niemand, selbst der Zimmernachbar nicht, erfährt etwas davon. In stiller Nacht wird der wächserne Gast beiseite geschafft, und ungestört nimmt das Treiben in »Einfried« seinen Fortgang, das Massieren, Elektrisieren und Injizieren, das Duschen, Baden, Turnen, Schwitzen und Inhalieren in den verschiedenen mit allen Errungenschaften der Neuzeit ausgestatteten Räumlichkeiten...

Ja, es geht lebhaft zu hierselbst. Das Institut steht in Flor. Der Portier, am Eingange des Seitenflügels, rührt die große Glocke, wenn neue Gäste eintreffen, und in aller Form geleitet Doktor Leander, zusammen mit Fräulein von Osterloh, die Abreisenden zum Wagen. Was für Existenzen hat »Einfried« nicht schon beherbergt! Sogar ein Schriftsteller ist da, ein excentrischer Mensch, der den Namen irgend eines Minerals oder Edelsteines führt und hier dem Herrgott die Tage stiehlt...

Übrigens ist, neben Herrn Doktor Leander, noch ein zweiter Arzt vorhanden, für die leichten Fälle und die Hoffnungslosen. Aber er heißt Müller und ist überhaupt nicht der Rede wert.

II.

Anfang Januar brachte Großkaufmann Klöterjahn – in Firma A. C. Klöterjahn u. Comp. – seine Gattin nach »Einfried«; der Portier rührte die Glocke, und Fräulein von Osterloh begrüßte die weither gereisten Herrschaften im Empfangszimmer zu ebener Erde, das, wie beinahe das ganze vornehme alte Haus, in wunderbar reinem Empirestil eingerichtet war. Gleich darauf erschien auch Doktor Leander; er verbeugte sich, und es entspann sich eine erste, für beide Teile orientierende Konversation.

Draußen lag der winterliche Garten mit Matten über den Beeten, verschneiten Grotten und vereinsamten Tempelchen, und zwei Hausknechte schleppten vom Wagen her, der auf der Chaussee vor der Gatterpforte hielt, – denn es führte keine Anfahrt zum Hause – die Koffer der neuen Gäste herbei.

»Langsam, Gabriele, take care, mein Engel, und halte den Mund zu«, hatte Herr Klöterjahn gesagt, als er seine Frau durch den Garten führte; und in dieses »take care« mußte zärtlichen und zitternden Herzens jedermann innerlich einstimmen, der sie erblickte, – wenn auch nicht zu leugnen ist, daß Herr Klöterjahn es anstandslos auf deutsch hätte sagen können.

Der Kutscher, welcher die Herrschaften von der Station zum Sanatorium gefahren hatte, ein roher, unbewußter Mann ohne Feingefühl, hatte geradezu die Zunge zwischen die Zähne genommen vor ohnmächtiger Behutsamkeit, während der Großkaufmann seiner Gattin beim Aussteigen behilflich war; ja, es hatte ausgesehen, als ob die beiden Braunen, in der stillen Frostluft qualmend, mit rückwärts gerollten Augen angestrengt diesen ängstlichen Vorgang verfolgten, voll Besorgnis für soviel schwache Grazie und zarten Liebreiz.

Die junge Frau litt an der Luftröhre, wie ausdrücklich in dem anmeldenden Schreiben zu lesen stand, das Herr Klöterjahn vom Strande der Ostsee aus an den dirigierenden Arzt von »Einfried« gerichtet hatte, und Gott sei Dank, daß es nicht die Lunge war! Wenn es aber dennoch die Lunge gewesen wäre, – diese neue Patientin hätte keinen holderen und veredelteren, keinen entrückteren und unstofflicheren Anblick gewähren können, als jetzt, da sie an der Seite ihres stämmigen Gatten, weich und ermüdet in den weiß lackierten, gradlinigen Armsessel zurückgelehnt, dem Gespräche folgte.

Ihre schönen, blassen Hände, ohne Schmuck bis auf den schlichten Ehering, ruhten in den Schoßfalten eines schweren und dunklen Tuchrockes, und sie trug eine silbergraue, anschließende Taille mit festem Stehkragen, die mit hochaufliegenden Sammetarabesken über und über besetzt war. Aber diese gewichtigen und warmen Stoffe ließen die unsägliche Zartheit, Süßigkeit und Mattigkeit des Köpfchens nur noch rührender, unirdischer und lieblicher erscheinen. Ihr lichtbraunes Haar, tief im Nacken zu einem Knoten zusammengefaßt, war glatt zurückgestrichen, und nur in der Nähe der rechten Schläfe fiel eine krause, lose Locke in die Stirn, unfern der Stelle, wo über der markant gezeichneten Braue ein kleines, seltsames Äderchen sich blaßblau und kränklich in der Klarheit und Makellosigkeit dieser wie durchsichtigen Stirn verzweigte. Dies blaue Äderchen über dem Auge beherrschte auf eine beunruhigende Art das ganze feine Oval des Gesichts. Es trat sichtbarer hervor, sobald die Frau zu sprechen begann, ja, sobald sie auch nur lächelte, und es gab alsdann dem Gesichtsausdruck etwas Angestrengtes, ja selbst Bedrängtes, was unbestimmte Befürchtungen erweckte. Dennoch sprach sie und lächelte. Sie sprach freimütig und freundlich mit ihrer leicht verschleierten Stimme, und sie lächelte mit ihren Augen, die ein wenig mühsam blickten, ja hie und da eine kleine Neigung zum Verschießen zeigten, und deren Winkel, zu beiden Seiten der schmalen Nasenwurzel, in tiefem Schatten lagen, sowie mit ihrem schönen, breiten Munde, der blaß war und dennoch zu leuchten schien, vielleicht, weil seine Lippen so überaus scharf und deutlich umrissen waren. Manchmal hüstelte sie. Hierbei führte sie ihr Taschentuch zum Munde und betrachtete es alsdann.

»Hüstle nicht, Gabriele«, sagte Herr Klöterjahn. »Du weißt, daß Doktor Hinzpeter zu Hause es dir extra verboten hat, darling, und es ist bloß, daß man sich zusammennimmt, mein Engel. Es ist, wie gesagt, die Luftröhre«, wiederholte er. »Ich glaubte wahrhaftig, es wäre die Lunge, als es losging, und kriegte, weiß Gott, einen Schreck. Aber es ist nicht die Lunge, nee, Deubel noch mal, auf so was lassen wir uns nicht ein, was, Gabriele? hö, hö!«

»Zweifelsohne«, sagte Doktor Leander und funkelte sie mit seinen Brillengläsern an.

Hierauf verlangte Herr Klöterjahn Kaffee – Kaffee und Buttersemmeln, und er hatte eine anschauliche Art, den K-Laut ganz hinten im Schlunde zu bilden und »Bottersemmeln« zu sagen, daß jedermann Appetit bekommen mußte.

Er bekam, was er wünschte, bekam auch Zimmer für sich und seine Gattin, und man richtete sich ein.

Übrigens übernahm Doktor Leander selbst die Behandlung, ohne Doktor Müller für den Fall in Anspruch zu nehmen.

III.

Die Persönlichkeit der neuen Patientin erregte ungewöhnliches Aufsehen in »Einfried«, und Herr Klöterjahn, gewöhnt an solche Erfolge, nahm jede Huldigung, die man ihr darbrachte, mit Genugtuung entgegen. Der diabetische General hörte einen Augenblick zu murren auf, als er ihrer zum ersten Male ansichtig wurde, die Herren mit den entfleischten Gesichtern lächelten und versuchten angestrengt, ihre Beine zu beherrschen, wenn sie in ihre Nähe kamen, und die Magistratsrätin Spatz schloß sich ihr sofort als ältere Freundin an. Ja, sie machte Eindruck, die Frau, die Herrn Klöterjahns Namen trug! Ein Schriftsteller, der seit ein paar Wochen in »Einfried« seine Zeit verbrachte, ein befremdender Kauz, dessen

Name wie der eines Edelgesteines lautete, verfärbte sich geradezu, als sie auf dem Korridor an ihm vorüberging, blieb stehen und stand noch immer wie angewurzelt, als sie schon längst entschwunden war.

Zwei Tage waren noch nicht vergangen, als die ganze Kurgesellschaft mit ihrer Geschichte vertraut war. Sie war aus Bremen gebürtig, was übrigens, wenn sie sprach, an gewissen liebenswürdigen Lautverzerrungen zu erkennen war, und hatte dortselbst vor zwiefacher Jahresfrist dem Großhändler Klöterjahn ihr Ja-Wort fürs Leben erteilt. Sie war ihm in seine Vaterstadt, dort oben am Ostseestrande, gefolgt und hatte ihm vor nun etwa zehn Monaten unter ganz außergewöhnlich schweren und gefährlichen Umständen ein Kind, einen bewundernswert lebhaften und wohlgeratenen Sohn und Erben beschert. Seit diesen furchtbaren Tagen aber war sie nicht wieder zu Kräften gekommen, gesetzt, daß sie jemals bei Kräften gewesen war. Sie war kaum vom Wochenbette erstanden, äußerst erschöpft, äußerst verarmt an Lebenskräften, als sie beim Husten ein wenig Blut aufgebracht hatte, – o, nicht viel, ein unbedeutendes bißchen Blut; aber es wäre doch besser überhaupt nicht zum Vorschein gekommen, und das Bedenkliche war, daß der selbe kleine, unheimliche Vorfall sich nach kurzer Zeit wiederholte. Nun, es gab Mittel hiergegen, und Doktor Hinzpeter, der Hausarzt, bediente sich ihrer. Vollständige Ruhe wurde geboten, Eisstückchen wurden geschluckt, Morphium ward gegen den Hustenreiz verabfolgt und das Herz nach Möglichkeit beruhigt. Die Genesung aber wollte sich nicht einstellen, und während das Kind, Anton Klöterjahn der Jüngere, ein Prachtstück von einem Baby, mit ungeheurer Energie und Rücksichtslosigkeit seinen Platz im Leben eroberte und behauptete, schien die junge Mutter in einer sanften und stillen Glut dahinzuschwinden... Es war, wie gesagt, die Luftröhre, ein Wort, das in Doktor Hinzpeters Munde eine überraschend tröstliche, beruhigende, fast erheiternde Wirkung auf alle Gemüter ausübte. Aber obgleich es nicht die Lunge war, hatte der Doktor schließlich den Einfluß eines milderen Klimas und des Aufenthaltes in einer Kuranstalt zur Beschleunigung der Heilung als dringend wünschenswert erachtet, und der Ruf des Sanatoriums »Einfried« und seines Leiters hatte das übrige getan.

So verhielt es sich; und Herr Klöterjahn selbst erzählte es jedem, der Interesse dafür an den Tag legte. Er redete laut, salopp und gutgelaunt, wie ein Mann, dessen Verdauung sich in so guter Ordnung befindet wie seine Börse, mit weit ausladenden Lippenbewegungen, in der breiten und dennoch rapiden Art der Küstenbewohner vom Norden. Manche Worte schleuderte er hervor, daß jeder Laut einer kleinen Entladung glich, und lachte darüber wie über einen gelungenen Spaß.

Er war mittelgroß, breit, stark und kurzbeinig und besaß ein volles, rotes Gesicht mit wasserblauen Augen, die von ganz hellblonden Wimpern beschattet waren, geräumigen Nüstern und feuchten Lippen. Er trug einen englischen Backenbart, war ganz englisch gekleidet und zeigte sich entzückt, eine englische Familie, Vater, Mutter und drei hübsche Kinder mit ihrer nurse, in »Einfried« anzutreffen, die sich hier aufhielt, einzig und allein, weil sie nicht wußte, wo sie sich sonst aufhalten sollte, und mit der er morgens englisch frühstückte. Überhaupt liebte er es, viel und gut zu speisen und zu trinken, zeigte sich als ein wirklicher Kenner von Küche und Keller und unterhielt die Kurgesellschaft aufs anregendste von den Diners, die daheim in seinem Bekanntenkreise gegeben wurden, sowie mit der Schilderung gewisser auserlesener, hier unbekannter Platten. Hierbei zogen seine Augen sich mit freundlichem Ausdruck zusammen und seine Sprache erhielt etwas Gaumiges und Nasales, indes leicht schmatzende Geräusche im Schlunde sie begleiteten. Daß er auch anderen irdischen Freuden nicht grundsätzlich abhold war, bewies er an jenem Abend, als ein Kurgast von »Einfried«, ein Schriftsteller von Beruf, ihn auf dem Korridor in ziemlich unerlaubter Weise mit einem Stubenmädchen scherzen sah, – ein kleiner, humoristischer Vorgang, zu dem der betreffende Schriftsteller eine lächerlich angeekelte Miene machte.

Was Herrn Klöterjahns Gattin anging, so war klar und deutlich zu beobachten, daß sie ihm von Herzen zugetan war. Sie folgte lächelnd seinen Worten und Bewegungen: nicht mit der überheblichen Nachsicht, die manche Leidenden den Gesunden entgegenbringen, sondern mit der liebenswürdigen Freude und Teilnahme gutgearteter Kranker an den zuversichtlichen Lebensäußerungen von Leuten, die in ihrer Haut sich wohlfühlen.

Herr Klöterjahn verweilte nicht lange in »Einfried«. Er hatte seine Gattin hierher geleitet; nach Verlauf einer Woche aber, als er sie wohl aufgehoben und in guten Händen wußte, war seines Bleibens nicht länger. Pflichten von gleicher Wichtigkeit, sein blühendes Kind, sein ebenfalls blühendes Geschäft, riefen ihn in die Heimat zurück; sie zwangen ihn, abzureisen und seine Frau im Genusse der besten Pflege zurückzulassen.

IV.

Spinell hieß der Schriftsteller, der seit mehreren Wochen in »Einfried« lebte, Detlev Spinell war sein Name, und sein Äußeres war wunderlich.

Man vergegenwärtige sich einen Brünetten am Anfang der Dreißiger und von stattlicher Statur, dessen Haar an den Schläfen schon merklich zu ergrauen beginnt, dessen rundes, weißes, ein wenig gedunsenes Gesicht aber nicht die Spur irgend eines Bartwuchses zeigt. Es war nicht rasiert, – man hätte es gesehen; weich, verwischt und knabenhaft, war es nur hier und da mit einzelnen Flaumhärchen besetzt. Und das sah ganz merkwürdig aus. Der Blick seiner rehbraunen, blanken Augen war von sanftem Ausdruck, die Nase gedrungen und ein wenig zu fleischig. Ferner besaß Herr Spinell eine gewölbte, poröse Oberlippe römischen Charakters, große, kariöse Zähne und Füße von seltenem Umfange. Einer der Herren mit den unbeherrschten Beinen, der ein Cyniker und Witzbold war, hatte ihn hinter seinem Rücken »der verweste Säugling« getauft; aber das war hämisch und wenig zutreffend. – Er ging gut und modisch gekleidet, in langem schwarzen Rock und farbig punktierter Weste.

Er war ungesellig und hielt mit keiner Seele Gemeinschaft. Nur zuweilen konnte eine leutselige, liebevolle und überquellende Stimmung ihn befallen, und das geschah jedesmal, wenn Herr Spinell in ästhetischen Zustand verfiel, wenn der Anblick von irgend etwas Schönem, der Zusammenklang zweier Farben, eine Vase von edler Form, das vom Sonnenuntergang bestrahlte Gebirge ihn zu lauter Bewunderung hinriß. »Wie schön!« sagte er dann, indem er den Kopf auf die Seite legte, die Schultern emporzog, die Hände spreizte und Nase und Lippen krauste. »Gott, sehen Sie, wie schön!« Und er war imstande, blindlings die distinguiertesten Herrschaften, ob Mann oder Weib, zu umhalsen in der Bewegung solcher Augenblicke...

Beständig lag auf seinem Tische, für jeden sichtbar, der sein Zimmer betrat, das Buch, das er geschrieben hatte. Es war ein Roman von mäßigem Umfange, mit einer vollkommen verwirrenden Umschlagzeichnung versehen und gedruckt auf einer Art von Kaffee-Sieb-Papier mit Buchstaben, von denen ein jeder aussah wie eine gotische Kathedrale. Fräulein von Osterloh hatte es in einer müßigen Viertelstunde gelesen und fand es »raffiniert«, was ihre Form war, das Urteil »unmenschlich langweilig« zu umschreiben. Es spielte in mondänen Salons, in üppigen Frauengemächern, die voller erlesener Gegenstände waren, voll von Gobelins, uralten Meubles, köstlichem Porzellan, unbezahlbaren Stoffen und künstlerischen Kleinodien aller Art. Auf die Schilderung dieser Dinge war der liebevollste Wert gelegt, und beständig sah man dabei Herrn Spinell, wie er die Nase kraus zog und sagte: »Wie schön! Gott, sehen Sie, wie schön!« ... Übrigens mußte es wunder nehmen, daß er noch nicht mehr Bücher verfaßt hatte, als dieses eine, denn augenscheinlich schrieb er mit Leidenschaft. Er verbrachte den größeren Teil des Tages schreibend auf seinem Zimmer und ließ außerordentlich viele Briefe zur Post befördern, fast täglich einen oder zwei, – wobei es nur als befremdend und belustigend auffiel, daß er seinerseits höchst selten welche empfing...

V.

Herr Spinell saß der Gattin Herrn Klöterjahns bei Tische gegenüber. Zur ersten Mahlzeit, an der die Herrschaften teilnahmen, erschien er ein wenig zu spät in dem großen Speisesaal im Erdgeschoß des Seitenflügels, sprach mit weicher Stimme einen an alle gerichteten Gruß und begab sich an seinen Platz, worauf Doktor Leander ihn ohne viel Ceremonie den neu Angekommenen vorstellte. Er verbeugte sich und begann dann, offenbar ein wenig verlegen, zu essen, indem er Messer und Gabel mit seinen großen, weißen und schön geformten Händen, die aus sehr engen Ärmeln hervorsahen, in ziemlich affektierter Weise bewegte. Später ward er frei und betrachtete in Gelassenheit abwechselnd Herrn Klöterjahn und seine Gattin. Auch richtete Herr Klöterjahn im Verlaufe der Mahlzeit einige Fragen und Bemerkungen betreffend die Anlage und das Klima von »Einfried« an ihn, in die seine Frau in ihrer lieblichen Art zwei oder drei Worte einfließen ließ, und die Herr Spinell höflich beantwortete. Seine Stimme war mild und recht angenehm; aber er hatte eine etwas behinderte und schlürfende Art zu sprechen, als seien seine Zähne der Zunge im Wege.

Nach Tische, als man ins Konversationszimmer hinübergegangen war und Doktor Leander den neuen Gästen im besonderen eine gesegnete Mahlzeit wünschte, erkundigte sich Herrn Klöterjahns Gattin nach ihrem Gegenüber.

»Wie heißt der Herr?« fragte sie ... »Spinelli? Ich habe den Namen nicht verstanden.«

»Spinell ... nicht Spinelli, gnädige Frau. Nein, er ist kein Italiener, sondern bloß aus Lemberg gebürtig, soviel ich weiß ...«

»Was sagten Sie? Er ist Schriftsteller? Oder was?« fragte Herr Klöterjahn; er hielt die Hände in den Taschen seiner bequemen englischen Hose, neigte sein Ohr dem Doktor zu und öffnete, wie manche Leute pflegen, den Mund beim Horchen.

»Ja, ich weiß nicht, – er schreibt ...« antwortete Doktor Leander. »Er hat, glaube ich, ein Buch veröffentlicht, eine Art Roman, ich weiß wirklich nicht ...«

Dieses wiederholte »Ich weiß nicht« deutete an, daß Doktor Leander keine großen Stücke auf den Schriftsteller hielt und jede Verantwortung für ihn ablehnte.

»Aber das ist ja sehr interessant!« sagte Herrn Klöterjahns Gattin. Sie hatte noch nie einen Schriftsteller von Angesicht zu Angesicht gesehen.

»Oh ja«, erwiderte Doktor Leander entgegenkommend. »Er soll sich eines gewissen Rufes erfreuen...« Dann wurde nicht mehr von dem Schriftsteller gesprochen.

Aber ein wenig später, als die neuen Gäste sich zurückgezogen hatten und Doktor Leander ebenfalls das Konversationszimmer verlassen wollte, hielt Herr Spinell ihn zurück und erkundigte sich auch seinerseits.

»Wie ist der Name des Paares?« fragte er... »Ich habe natürlich nichts verstanden.«

»Klöterjahn«, antwortete Doktor Leander und ging schon wieder.

»W i e heißt der Mann?« fragte Herr Spinell...

»K l ö t e r j a h n heißen sie!« sagte Doktor Leander und ging seiner Wege. – Er hielt gar keine großen Stücke auf den Schriftsteller.

VI.

Waren wir schon so weit, daß Herr Klöterjahn in die Heimat zurückgekehrt war? Ja, er weilte wieder am Ostseestrande, bei seinen Geschäften und seinem Kinde, diesem rücksichtslosen und lebensvollen kleinen Geschöpf, das seiner Mutter sehr viele Leiden und einen kleinen Defekt an der Luftröhre gekostet hatte. Sie selbst aber, die junge Frau, blieb in »Einfried« zurück, und die Magistratsrätin Spatz schloß sich ihr als ältere Freundin an. Das aber hinderte nicht, daß Herrn Klöterjahns Gattin auch mit den übrigen Kurgästen gute Kameradschaft pflegte, zum Beispiel mit Herrn Spinell, der ihr zum Erstaunen aller (denn er hatte bislang mit keiner Seele Gemeinschaft gehalten) von Anbeginn eine außerordentliche Ergebenheit und Dienstfertigkeit entgegenbrachte, und mit dem sie in den Freistunden, die eine strenge Tagesordnung ihr ließ, nicht ungern plauderte.

Er näherte sich ihr mit einer ungeheuren Behutsamkeit und Ehrerbietung und sprach zu ihr nicht anders, als mit sorgfältig gedämpfter Stimme, sodaß die Rätin Spatz, die an den Ohren krankte, meistens überhaupt nichts von dem verstand, was er sagte. Er trat auf den Spitzen seiner großen Füße zu dem Sessel, in dem Herrn Klöterjahns Gattin zart und lächelnd lehnte, blieb in einer Entfernung von zwei Schritten stehen, hielt das eine Bein zurückgestellt und den Oberkörper vorgebeugt und sprach in seiner etwas behinderten und schlürfenden Art leise, eindringlich und jeden Augenblick bereit, eilends zurückzutreten und zu verschwinden, sobald ein Zeichen von Ermüdung und Überdruß sich auf ihrem Gesicht bemerkbar machen würde. Aber er verdroß sie nicht; sie forderte ihn auf, sich zu ihr und der Rätin zu setzen, richtete irgend eine Frage an ihn und hörte ihm dann lächelnd und neugierig zu, denn manchmal ließ er sich so amüsant und seltsam vernehmen, wie es ihr noch niemals begegnet war.

»Warum sind Sie eigentlich in ›Einfried‹?« fragte sie. »Welche Kur gebrauchen Sie, Herr Spinell?«

»Kur? ... Ich werde ein bißchen elektrisiert. Nein, das ist nicht der Rede wert. Ich werde Ihnen sagen, gnädige Frau, warum ich hier bin. – Des Stiles wegen.«

»Ah!« sagte Herrn Klöterjahns Gattin, stützte das Kinn in die Hand und wandte sich ihm mit einem übertriebenen Eifer zu, wie man ihn Kindern vorspielt, wenn sie etwas erzählen wollen.

»Ja, gnädige Frau. ›Einfried‹ ist ganz empire, es ist ehedem ein Schloß, eine Sommer-Residenz gewesen, wie man mir sagt. Dieser Seitenflügel ist ja ein Anbau aus späterer Zeit, aber das Hauptgebäude ist alt und echt. Es gibt nun Zeiten, in denen ich das empire einfach nicht entbehren kann, in denen es mir, um einen bescheidenen Grad des Wohlbefindens zu erreichen, unbedingt nötig ist. Es ist klar, daß man sich anders befindet zwischen Möbeln, weich und bequem bis zur Lascivität, und anders zwischen diesen geradlinigen Tischen, Sesseln und Draperieen... Diese Helligkeit und Härte, diese kalte, herbe Einfachheit und reservierte Strenge verleiht mir Haltung und Würde, gnädige Frau, sie hat auf die Dauer eine innere Reinigung und Restaurierung zur Folge, sie hebt mich sittlich, ohne Frage...«

»Ja, das ist merkwürdig«, sagte sie. »Übrigens verstehe ich es, wenn ich mir Mühe gebe.«

Hierauf erwiderte er, daß es irgend welcher Mühe nicht lohne, und dann lachten sie miteinander. Auch die Rätin Spatz lachte und fand es merkwürdig; aber sie sagte nicht, daß sie es verstünde.

Das Konversationszimmer war geräumig und schön. Die hohe, weiße Flügeltür zu dem anstoßenden Billard-Raume stand weit geöffnet, wo die Herren mit den unbeherrschten Beinen und andere sich vergnügten. Andererseits gewährte eine Glastür den Ausblick auf die breite Terrasse und den Garten. Seitwärts davon stand ein Piano. Ein grün ausgeschlagener Spieltisch war vorhanden, an dem der diabetische General mit ein paar anderen Herren Whist spielte. Damen lasen und waren mit Handarbeiten beschäftigt. Ein eiserner Ofen besorgte die Heizung, aber vor dem stilvollen Kamin, in dem nachgeahmte, mit glühroten Papierstreifen beklebte Kohlen lagen, waren behagliche Plauderplätze.

»Sie sind ein Frühaufsteher, Herr Spinell«, sagte Herrn Klöterjahns Gattin. »Zufällig habe ich Sie nun schon zwei- oder dreimal um halb acht Uhr am Morgen das Haus verlassen sehen.«

»Ein Frühaufsteher? Ach, sehr mit Unterschied, gnädige Frau. Die Sache ist die, daß ich früh aufstehe, weil ich eigentlich ein Langschläfer bin.«

»Das müssen Sie nun erklären, Herr Spinell!« – Auch die Rätin Spatz wollte es erklärt haben.

»Nun... ist man ein Frühaufsteher, so hat man es, dünkt mich, nicht nötig, gar so früh aufzustehen. Das Gewissen, gnädige Frau... es ist eine schlimme Sache mit dem Gewissen! Ich und meinesgleichen, wir schlagen uns Zeit unseres Lebens damit herum und haben alle Hände voll zu tun, es hier und da zu betrügen und ihm kleine, schlaue Genugtuungen zu teil werden zu lassen. Wir sind unnütze Geschöpfe, ich und meinesgleichen, und abgesehen von wenigen guten Stunden schleppen wir uns an dem Bewußtsein unserer Unnützlichkeit wund und krank. Wir hassen das Nützliche, wir wissen, daß es gemein und unschön ist, und wir verteidigen diese Wahrheit, wie man nur Wahrheiten verteidigt, die man unbedingt nötig hat. Und dennoch sind wir so ganz vom bösen Gewissen zernagt, daß kein heiler Fleck mehr an uns ist. Hinzu kommt, daß die ganze Art unserer inneren Existenz, unsere Weltanschauung, unsere Arbeitsweise... von schrecklich ungesunder, unterminierender, aufreibender Wirkung ist, und auch dies verschlimmert die Sache. Da gibt es nun kleine Linderungsmittel, ohne die man es einfach nicht aushielte. Eine gewisse Artigkeit und hygienische Strenge der Lebensführung zum Beispiel ist manchen von uns Bedürfnis. Früh aufstehen, grausam früh, ein kaltes Bad und ein Spaziergang hinaus in den Schnee... Das macht, daß wir vielleicht eine Stunde lang ein wenig zufrieden mit uns sind. Gäbe ich mich, wie ich bin, so würde ich bis in den Nachmittag hinein im Bette liegen, glauben Sie mir. Wenn ich früh aufstehe, so ist das eigentlich Heuchelei.«

»Nein, weshalb, Herr Spinell! Ich nenne das Selbstüberwindung... Nicht wahr, Frau Rätin?« – Auch die Rätin Spatz nannte es Selbstüberwindung.

»Heuchelei oder Selbstüberwindung, gnädige Frau! Welches Wort man nun vorzieht. Ich bin so gramvoll ehrlich veranlagt, daß ich...«

»Das ist es. Sicher grämen Sie sich zu viel.«

»Ja, gnädige Frau, ich gräme mich viel.«

– Das gute Wetter hielt an. Weiß, hart und sauber, in Windstille und lichtem Frost, in blendender Helle und bläulichem Schatten lag die Gegend, lagen Berge, Haus und Garten, und ein zartblauer Himmel, in dem Myriaden von flimmernden Leuchtkörperchen, von glitzernden Krystallen zu tanzen schienen, wölbte sich makellos über dem Ganzen. Der Gattin Herrn Klöterjahns ging es leidlich in dieser Zeit; sie war fieberfrei, hustete fast gar nicht und aß ohne allzu viel Widerwillen. Oftmals saß sie, wie das ihre Vorschrift war, stundenlang im sonnigen Frost auf der Terrasse. Sie saß im Schnee, ganz in Decken und Pelzwerk verpackt, und atmete hoffnungsvoll die reine, eisige Luft, um ihrer Luftröhre zu dienen. Dann bemerkte sie zuweilen Herrn Spinell, wie er, ebenfalls warm gekleidet und in Pelzschuhen, die seinen Füßen einen phantastischen Umfang verliehen, sich im Garten erging. Er ging mit tastenden Schritten und einer gewissen behutsamen und steif-graziösen Armhaltung durch den Schnee, grüßte sie ehrerbietig, wenn er zur Terrasse kam, und stieg die unteren Stufen hinan, um ein kleines Gespräch zu beginnen.

»Heute, auf meinem Morgenspaziergang, habe ich eine schöne Frau gesehen... Gott, sie war schön!« sagte er, legte den Kopf auf die Seite und spreizte die Hände.

»Wirklich, Herr Spinell? Beschreiben Sie sie mir doch!«

»Nein, das kann ich nicht. Oder ich würde Ihnen doch ein unrichtiges Bild von ihr geben. Ich habe die Dame im Vorübergehen nur mit einem halben Blicke gestreift, ich habe sie in Wirklichkeit nicht gesehen. Aber der verwischte Schatten von ihr, den ich empfing, hat genügt, meine Phantasie anzuregen und mich ein Bild mit fortnehmen zu lassen, das schön ist... Gott, es ist schön!«

Sie lachte. »Ist das Ihre Art, sich schöne Frauen zu betrachten, Herr Spinell?«

»Ja, gnädige Frau; und es ist eine bessere Art, als wenn ich ihnen plump und wirklichkeitsgierig ins Gesicht starrte und den Eindruck einer fehlerhaften Tatsächlichkeit davontrüge...«

»Wirklichkeitsgierig... Das ist ein sonderbares Wort! Ein richtiges Schriftstellerwort, Herr Spinell! Aber es macht Eindruck auf mich, will ich Ihnen sagen. Es liegt so manches darin, wovon ich ein wenig verstehe, etwas Unabhängiges und Freies, das sogar der Wirklichkeit die Achtung kündigt, obgleich sie doch das Respektabelste ist, was es gibt, ja das Respektable selbst... Und dann begreife ich, daß es etwas gibt außer dem Handgreiflichen, etwas Zarteres...«

»Ich weiß nur ein Gesicht«, sagte er plötzlich mit einer seltsam freudigen Bewegung in der Stimme, erhob seine geballten Hände zu den Schultern und ließ in einem exaltierten Lächeln seine kariösen Zähne sehen... »Ich weiß nur ein Gesicht, dessen veredelte Wirklichkeit durch meine Einbildung korrigieren zu wollen sündhaft wäre, das ich betrachten, auf dem ich verweilen möchte, nicht Minuten, nicht Stunden, sondern mein ganzes Leben lang, mich ganz darin verlieren und alles Irdische darüber vergessen...«

»Ja, ja, Herr Spinell! Nur daß Fräulein von Osterloh doch ziemlich abstehende Ohren hat.«

Er schwieg und verbeugte sich tief. Als er wieder aufrecht stand, ruhten seine Augen mit einem Ausdruck von Verlegenheit und Schmerz auf dem kleinen, seltsamen Äderchen, das sich blaßblau und kränklich in der Klarheit ihrer wie durchsichtigen Stirn verzweigte.

VII.

Ein Kauz, ein ganz wunderlicher Kauz! Herrn Klöterjahns Gattin dachte zuweilen nach über ihn, denn sie hatte sehr viel Zeit zum Nachdenken. Sei es, daß der Luftwechsel anfing, die Wirkung zu versagen, oder daß irgend ein positiv schädlicher Einfluß sie berührt hatte: ihr Befinden war schlechter geworden, der Zustand ihrer Luftröhre schien zu wünschen übrig zu lassen, sie fühlte sich schwach, müde, appetitlos, fieberte nicht selten; und Doktor Leander hatte ihr aufs entschiedenste Ruhe, Stillverhalten und Vorsicht empfohlen. So saß sie, wenn sie nicht liegen mußte, in Gesellschaft der Rätin Spatz, verhielt sich still und hing, eine Handarbeit im Schoße, an der sie nicht arbeitete, diesem oder jenem Gedanken nach.

Ja, er machte ihr Gedanken, dieser absonderliche Herr Spinell, und, was das Merkwürdige war, nicht sowohl über seine als über ihre eigene Person; auf irgend eine Weise rief er in ihr eine seltsame Neugier, ein nie gekanntes Interesse für ihr eigenes Sein hervor. Eines Tages hatte er gesprächsweise geäußert:

»Nein, es sind rätselvolle Tatsachen, die Frauen... so wenig neu es ist, so wenig kann man ablassen, davor zu stehen und zu staunen. Da ist ein wunderbares Geschöpf, eine Sylphe, ein Duftgebild, ein Märchentraum von einem Wesen. Was tut sie? Sie geht hin und ergibt sich einem Jahrmarktsherkules oder Schlächterburschen. Sie kommt an seinem Arme daher, lehnt vielleicht sogar ihren Kopf an seine Schulter und blickt dabei verschlagen lächelnd um sich her, als wollte sie sagen: Ja, nun zerbrecht euch die Köpfe über diese Erscheinung! – Und wir zerbrechen sie uns. –«

Hiermit hatte Herrn Klöterjahns Gattin sich wiederholt beschäftigt.

Eines anderen Tages fand zum Erstaunen der Rätin Spatz folgendes Zwiegespräch zwischen ihnen statt.

»Darf ich einmal fragen, gnädige Frau (aber es ist wohl naseweis), wie Sie heißen, wie eigentlich Ihr Name ist?«

»Ich heiße doch Klöterjahn, Herr Spinell!«

»Hm. – Das weiß ich. Oder vielmehr: ich leugne es. Ich meine natürlich Ihren eigenen Namen, Ihren Mädchennamen. Sie werden gerecht sein und einräumen, gnädige Frau, daß, wer Sie ›Frau Klöterjahn‹ nennen wollte, die Peitsche verdiente.«

Sie lachte so herzlich, daß das blaue Äderchen über ihrer Braue beängstigend deutlich hervortrat und ihrem zarten, süßen Gesicht einen Ausdruck von Anstrengung und Bedrängnis verlieh, der tief beunruhigte.

»Nein! Bewahre, Herr Spinell! Die Peitsche? Ist ›Klöterjahn‹ Ihnen so fürchterlich?«

»Ja, gnädige Frau, ich hasse diesen Namen aus Herzensgrund, seit ich ihn zum erstenmal vernahm. Er ist komisch und zum Verzweifeln unschön, und es ist Barbarei und Niedertracht, wenn man die Sitte so weit treibt, auf Sie den Namen Ihres Herrn Gemahls zu übertragen.«

»Nun, und ›Eckhof‹? Ist Eckhof schöner? Mein Vater heißt Eckhof.«

»Oh, sehen Sie! ›Eckhof‹ ist etwas ganz anderes! Eckhof hieß sogar ein großer Schauspieler. Eckhof passiert. – Sie erwähnten nur Ihres Vaters. Ist Ihre Frau Mutter ...«

»Ja; meine Mutter starb, als ich noch klein war.«

»Ah. – Sprechen Sie mir doch ein wenig mehr von Ihnen, darf ich Sie bitten? Wenn es Sie ermüdet, dann nicht. Dann ruhen Sie, und ich fahre fort, Ihnen von Paris zu erzählen, wie neulich. Aber Sie könnten ja ganz leise reden, ja, wenn Sie flüstern, so wird das alles nur schöner machen... Sie wurden in Bremen geboren?« Und diese Frage tat er beinahe tonlos, mit einem ehrfurchtsvollen und inhaltsschweren Ausdruck, als sei Bremen eine Stadt ohnegleichen, eine Stadt voller unnennbarer Abenteuer und verschwiegener Schönheiten, in der geboren zu sein eine geheimnisvolle Hoheit verleihe.

»Ja, denken Sie!« sagte sie unwillkürlich. »Ich bin aus Bremen.«

»Ich war einmal dort«, bemerkte er nachdenklich. –

»Mein Gott, Sie waren auch d o r t? Nein, hören Sie, Herr Spinell, zwischen Tunis und Spitzbergen haben Sie, glaube ich, alles gesehen!«

»Ja, ich war einmal dort«, wiederholte er. »Ein paar kurze Abendstunden. Ich entsinne mich einer alten, schmalen Straße, über deren Giebeln schief und seltsam der Mond stand. Dann war ich in einem Keller, in dem es nach Wein und Moder roch. Das ist eine durchdringende Erinnerung...«

»Wirklich? Wo mag das gewesen sein? – Ja, in solchem grauen Giebelhause, einem alten Kaufmannshause mit hallender Diele und weiß lackierter Galerie, bin ich geboren.«

»Ihr Herr Vater ist also Kaufmann?« fragte er ein wenig zögernd.

»Ja. Aber außerdem und eigentlich wohl in erster Linie ist er ein Künstler.«

»Ah! Ah! Inwiefern?«

»Er spielt die Geige... Aber das sagt nicht viel. W i e er sie spielt, Herr Spinell, das ist die Sache! Einige Töne habe ich niemals hören können, ohne daß mir die Tränen so merkwürdig brennend in die Augen stiegen, wie sonst bei keinem Erlebnis. Sie glauben es nicht...«

»Ich glaube es! Ach, ob ich es glaube! ... Sagen Sie mir, gnädige Frau: Ihre Familie ist wohl alt? Es haben wohl schon viele Generationen in dem grauen Giebelhaus gelebt, gearbeitet und das Zeitliche gesegnet?«

»Ja. – Warum fragen Sie übrigens?«

»Weil es nicht selten geschieht, daß ein Geschlecht mit praktischen, bürgerlichen und trockenen Traditionen sich gegen das Ende seiner Tage noch einmal durch die Kunst verklärt.«

»Ist dem so? – Ja, was meinen Vater betrifft, so ist er sicherlich mehr ein Künstler, als mancher, der sich so nennt und vom Ruhme lebt. Ich spiele nur ein bißchen Klavier. Jetzt haben sie es mir ja verboten; aber damals, zu Hause, spielte ich noch. Mein Vater und ich, wir spielten zusammen... Ja, ich habe all die Jahre in lieber Erinnerung; besonders den Garten, unseren Garten, hinterm Hause. Er war jämmerlich verwildert und verwuchert und von zerbröckelten, bemoosten Mauern eingeschlossen; aber gerade das gab ihm viel Reiz. In der Mitte war ein Springbrunnen, mit einem dichten Kranz von Schwertlilien umgeben. Im Sommer verbrachte ich dort lange Stunden mit meinen Freundinnen. Wir saßen alle auf kleinen Feldsesseln rund um den Springbrunnen herum...«

»Wie schön!« sagte Herr Spinell und zog die Schultern empor. »Saßen Sie und sangen?«

»Nein, wir häkelten meistens.«

»Immerhin... Immerhin...«

»Ja, wir häkelten und schwatzten, meine sechs Freundinnen und ich...«

»Wie schön! Gott, hören Sie, wie schön!« rief Herr Spinell, und sein Gesicht war gänzlich verzerrt.

»Was finden Sie nun *hieran* so besonders schön, Herr Spinell!«

»Oh, dies, daß es sechs außer Ihnen waren, daß Sie nicht in diese Zahl eingeschlossen waren, sondern daß Sie gleichsam als Königin daraus hervortraten... Sie waren ausgezeichnet vor Ihren sechs Freundinnen. Eine kleine goldene Krone, ganz unscheinbar aber bedeutungsvoll, saß in Ihrem Haar und blinkte...«

»Nein, Unsinn, nichts von einer Krone...«

»Doch, sie blinkte heimlich. Ich hätte sie gesehen, hätte sie deutlich in Ihrem Haar gesehen, wenn ich in einer dieser Stunden unvermerkt im Gestrüpp gestanden hätte...«

»Gott weiß, was Sie gesehen hätten. Sie standen aber nicht dort, sondern eines Tages war es mein jetziger Mann, der zusammen mit meinem Vater aus dem Gebüsch hervortrat. Ich fürchte, sie hatten sogar allerhand von unserem Geschwätz belauscht...«

»Dort war es also, wo Sie Ihren Herrn Gemahl kennen lernten, gnädige Frau?«

»Ja, dort lernte ich ihn kennen!« sagte sie laut und fröhlich, und indem sie lächelte, trat das zartblaue Äderchen angestrengt und seltsam über ihrer Braue hervor. »Er besuchte meinen Vater in Geschäften, wissen Sie. Am nächsten Tage war er zum Diner geladen, und noch drei Tage später hielt er um meine Hand an.«

»Wirklich! Ging das alles so außerordentlich schnell?«

»Ja... Das heißt, von nun an ging es ein wenig langsamer. Denn mein Vater war der Sache eigentlich gar nicht geneigt, müssen Sie wissen, und machte eine längere Bedenkzeit zur Bedingung. Erstens wollte er mich lieber bei sich behalten, und dann hatte er noch andere Skrupeln. Aber...«

»Aber?«

»Aber ich w o l l t e es eben«, sagte sie lächelnd, und wieder beherrschte das blaßblaue Äderchen mit einem bedrängten und kränklichen Ausdruck ihr ganzes liebliches Gesicht.

»Ah, Sie wollten es.«

»Ja, und ich habe einen ganz festen und respektablen Willen gezeigt, wie Sie sehen...«

»Wie ich es sehe. Ja.«

»... sodaß mein Vater sich schließlich darein ergeben mußte.«

»Und so verließen Sie ihn denn und seine Geige, verließen das alte Haus, den verwucherten Garten, den Springbrunnen und Ihre sechs Freundinnen und zogen mit Herrn Klöterjahn.«

»Und zog mit... Sie haben eine Ausdrucksweise, Herr Spinell –! Beinahe biblisch! – Ja, ich verließ das alles, denn so will es ja die Natur.«

»Ja, so will sie es wohl.«

»Und dann handelte es sich ja um mein Glück.«

»Gewiß. Und es kam, das Glück...«

»Das kam in der Stunde, Herr Spinell, als man mir zuerst den kleinen Anton brachte, unseren kleinen Anton, und als er so kräftig mit seinen kleinen gesunden Lungen schrie, stark und gesund wie er ist...«

»Es ist nicht das erste Mal, daß ich Sie von der Gesundheit Ihres kleinen Anton sprechen höre, gnädige Frau. Er muß ganz ungewöhnlich gesund sein?«

»Das ist er. Und er sieht meinem Mann so lächerlich ähnlich!«

»Ah! – Ja, so begab es sich also. Und nun heißen Sie nicht mehr Eckhof sondern anders und haben den kleinen gesunden Anton und leiden ein wenig an der Luftröhre.«

»Ja. – Und Sie sind ein durch und durch rätselhafter Mensch, Herr Spinell, dessen versichere ich Sie...«

»Ja, straf' mich Gott, das sind Sie!« sagte die Rätin Spatz, die übrigens auch noch vorhanden war.

Aber auch mit diesem Gespräch beschäftigte Herrn Klöterjahns Gattin sich mehrere Male in ihrem Innern. So nichtssagend es war, so barg es doch einiges auf seinem Grunde, was ihren Gedanken über sich selbst Nahrung gab. War dies der schädliche Einfluß, der sie berührte? Ihre Schwäche nahm zu, und oft stellte Fieber sich ein, eine stille Glut, in der sie mit einem Gefühle sanfter Gehobenheit ruhte, der sie sich in einer nachdenklichen, preziösen, selbstgefälligen und ein wenig beleidigten Stimmung überließ. Wenn sie nicht das Bett hütete und Herr Spinell auf den Spitzen seiner großen Füße mit ungeheurer Behutsamkeit zu ihr trat, in einer Entfernung von zwei Schritten stehen blieb und, das eine Bein zurückgestellt und den Oberkörper vorgebeugt, mit ehrfürchtig gedämpfter Stimme zu ihr sprach, wie als höbe er sie in scheuer Andacht sanft und hoch empor und bettete sie auf Wolkenpfühle, woselbst kein schriller Laut und keine irdische Berührung sie erreichen solle..., so erinnerte sie sich der Art, in der Herr Klöterjahn zu sagen pflegte: »Vorsichtig, Gabriele, take care, mein Engel, und halte den Mund zu!« eine Art, die wirkte, als schlüge er einem hart und wohlmeinend auf die Schulter. Dann aber wandte sie sich rasch von dieser Erinnerung ab, um in Schwäche und Gehobenheit auf den Wolkenpfühlen zu ruhen, die Herr Spinell ihr dienend bereitete.

Eines Tages kam sie unvermittelt auf das kleine Gespräch zurück, das sie mit ihm über ihre Herkunft und Jugend geführt hatte.

»Es ist also wahr«, fragte sie, »Herr Spinell, daß Sie die Krone gesehen hätten?«

Und obgleich jene Plauderei schon vierzehn Tage zurücklag, wußte er sofort, um was es sich handelte, und versicherte ihr mit bewegten Worten, daß er damals am Springbrunnen, als sie unter ihren sechs Freundinnen saß, die kleine Krone hätte blinken – sie heimlich in ihrem Haar hätte blinken sehen.

Einige Tage später erkundigte sich ein Kurgast aus Artigkeit bei ihr nach dem Wohlergehen ihres kleinen Anton daheim. Sie ließ zu Herrn Spinell, der sich in der Nähe befand, einen hurtigen Blick hinübergleiten und antwortete ein wenig gelangweilt:

»Danke; wie soll es dem wohl gehen? – Ihm und meinem Mann geht es gut.«

VIII.

Ende Februar, an einem Frosttage, reiner und leuchtender, als alle, die vorhergegangen waren, herrschte in »Einfried« nichts als Übermut. Die Herrschaften mit den Herzfehlern besprachen sich untereinander mit geröteten Wangen, der diabetische General trällerte wie ein Jüngling, und die Herren mit den unbeherrschten Beinen waren ganz außer Rand und Band. Was ging vor? Nichts Geringeres, als daß eine gemeinsame Ausfahrt unternommen werden sollte, eine Schlittenpartie in mehreren Fuhrwerken mit Schellenklang und Peitschenknall ins Gebirge hinein: Doktor Leander hatte zur Zerstreuung seiner Patienten diesen Beschluß gefaßt.

Natürlich mußten die »Schweren« zu Hause bleiben. Die armen »Schweren«! Man nickte sich zu und verabredete sich, sie nichts von dem Ganzen wissen zu lassen; es tat allgemein wohl, ein wenig Mitleid üben und Rücksicht nehmen zu können. Aber auch von denen, die sich an dem Vergnügen sehr wohl hätten beteiligen können, schlossen sich einige aus. Was Fräulein von Osterloh anging, so war sie ohne weiteres entschuldigt. Wer wie sie mit Pflichten überhäuft war, durfte an Schlittenpartieen nicht ernstlich denken. Der Hausstand verlangte gebieterisch ihre Anwesenheit, und kurzum: sie blieb in »Einfried«. Daß aber auch Herrn Klöterjahns Gattin erklärte, daheim bleiben zu wollen, verstimmte allseitig. Vergebens redete Doktor Leander ihr zu, die frische Fahrt auf sich wirken zu lassen; sie behauptete, nicht aufgelegt zu sein, Migräne zu haben, sich matt zu fühlen, und so mußte man sich fügen. Der Cyniker und Witzbold aber nahm Anlaß zu der Bemerkung:

»Geben Sie acht, nun fährt auch der verweste Säugling nicht mit.«

Und er bekam recht, denn Herr Spinell ließ wissen, daß er heute Nachmittag arbeiten wolle – er gebrauchte sehr gern das Wort »arbeiten« für seine zweifelhafte Tätigkeit. Übrigens beklagte sich keine Seele über sein Fortbleiben, und ebenso leicht verschmerzte man es, daß die Rätin Spatz sich entschloß, ihrer jüngeren Freundin Gesellschaft zu leisten, da das Fahren sie seekrank mache.

Gleich nach dem Mittagessen, das heute schon gegen zwölf Uhr stattgefunden hatte, hielten die Schlitten vor »Einfried«, und in lebhaften Gruppen, warm vermummt, neugierig und angeregt, bewegten sich die Gäste durch den Garten. Herrn Klöterjahns Gattin stand mit der Rätin Spatz an der Glastür, die zur Terrasse führte, und Herr Spinell am Fenster seines Zimmers, um der Abfahrt zuzusehen. Sie beobachteten, wie unter Scherzen und Gelächter kleine Kämpfe um die besten Plätze entstanden, wie Fräulein von Osterloh, eine Pelzboa um den Hals, von einem Gespann zum anderen lief, um Körbe mit Eßwaren unter die Sitze zu schieben, wie Doktor Leander, die Pelzmütze in der

Stirn, mit seinen funkelnden Brillengläsern noch einmal das Ganze überschaute, dann ebenfalls Platz nahm und das Zeichen zum Aufbruch gab... Die Pferde zogen an, ein paar Damen kreischten und fielen hintüber, die Schellen klapperten, die kurzstieligen Peitschen knallten und ließen ihre langen Schnüre im Schnee hinter den Kufen dreinschleppen, und Fräulein von Osterloh stand an der Gatterpforte und winkte mit ihrem Schnupftuch, bis an einer Biegung der Landstraße die gleitenden Gefährte verschwanden, das frohe Geräusch sich verlor. Dann kehrte sie durch den Garten zurück, um ihren Pflichten nachzueilen, die beiden Damen verließen die Glastür, und fast gleichzeitig trat auch Herr Spinell von seinem Aussichtspunkte ab.

Ruhe herrschte in »Einfried«. Die Expedition war vor Abend nicht zurückzuerwarten. Die »Schweren« lagen in ihren Zimmern und litten. Herrn Klöterjahns Gattin und ihre ältere Freundin unternahmen einen kurzen Spaziergang, worauf sie in ihre Gemächer zurückkehrten. Auch Herr Spinell befand sich in dem seinen und beschäftigte sich auf seine Art. Gegen vier Uhr brachte man den Damen je einen halben Liter Milch, während Herr Spinell seinen leichten Tee erhielt. Kurze Zeit darauf pochte Herrn Klöterjahns Gattin an die Wand, die ihr Zimmer von dem der Magistratsrätin Spatz trennte, und sagte:

»Wollen wir nicht ins Konversationszimmer hinuntergehen, Frau Rätin? Ich weiß nicht mehr, was ich hier anfangen soll.«

»Sogleich, meine Liebe!« antwortete die Rätin. »Ich ziehe nur meine Stiefel an, wenn Sie erlauben. Ich habe nämlich auf dem Bette gelegen, müssen Sie wissen.«

Wie zu erwarten stand, war das Konversationszimmer leer. Die Damen nahmen am Kamine Platz. Die Rätin Spatz stickte Blumen auf ein Stück Stramin, und auch Herrn Klöterjahns Gattin tat ein paar Stiche, worauf sie die Handarbeit in den Schoß sinken ließ und über die Armlehne ihres Sessels hinweg ins Leere träumte. Schließlich machte sie eine Bemerkung, die nicht lohnte, daß man ihretwegen die Zähne voneinander tat; da aber die Rätin Spatz trotzdem »Wie?« fragte, so mußte sie zu ihrer Demütigung den ganzen Satz wiederholen. Die Rätin Spatz fragte nochmals »Wie?« In diesem Augenblicke aber wurden auf dem Vorplatze Schritte laut, die Tür öffnete sich, und Herr Spinell trat ein.

»Störe ich?« fragte er noch an der Schwelle mit sanfter Stimme, während er ausschließlich Herrn Klöterjahns Gattin anblickte und den Oberkörper auf eine gewisse zarte und schwebende Art nach vorne beugte... Die junge Frau antwortete:

»Ei, warum nicht gar? Erstens ist dieses Zimmer doch als Freihafen gedacht, Herr Spinell, und dann: worin sollten Sie uns stören. Ich habe das entschiedene Gefühl, die Rätin zu langweilen...«

Hierauf wußte er nichts mehr zu erwidern, sondern ließ nur lächelnd seine kariösen Zähne sehen und ging unter den Augen der Damen mit ziemlich unfreien Schritten bis zur Glastür, woselbst er stehen blieb und hinausschaute, indem er in etwas unerzogener Weise den Damen den Rücken zuwandte. Dann machte er eine halbe Wendung rückwärts, fuhr aber fort, in den Garten hinauszublicken, indes er sagte:

»Die Sonne ist fort. Unvermerkt hat der Himmel sich bezogen. Es fängt schon an, dunkel zu werden.«

»Wahrhaftig, ja, alles liegt in Schatten«, antwortete Herrn Klöterjahns Gattin. »Unsere Ausflügler werden doch noch Schnee bekommen, wie es scheint. Gestern war es um diese Zeit noch voller Tag; nun dämmert es schon.«

»Ach«, sagte er, »nach allen diesen überhellen Wochen tut das Dunkel den Augen wohl. Ich bin dieser Sonne, die Schönes und Gemeines mit gleich aufdringlicher Deutlichkeit bestrahlt, geradezu dankbar, daß sie sich endlich ein wenig verhüllt.«

»Lieben Sie die Sonne nicht, Herr Spinell?«

»Da ich kein Maler bin... Man wird innerlicher, ohne Sonne. – Es ist eine dicke, weißgraue Wolkenschicht. Vielleicht bedeutet es Tauwetter für morgen. Übrigens würde ich Ihnen nicht raten, dort hinten noch auf die Handarbeit zu blicken, gnädige Frau.«

»Ach, seien Sie unbesorgt, das tue ich ohnehin nicht. Aber was soll man beginnen?«

Er hatte sich auf den Drehsessel vorm Piano niedergelassen, indem er einen Arm auf den Deckel des Instrumentes stützte.

»Musik...« sagte er. »Wer jetzt ein bißchen Musik zu hören bekäme! Manchmal singen die englischen Kinder kleine niggersongs, das ist alles.«

»Und gestern Nachmittag hat Fräulein von Osterloh in aller Eile die Klosterglocken gespielt«, bemerkte Herrn Klöterjahns Gattin.

»Aber Sie spielen ja, gnädige Frau«, sagte er bittend und stand auf... »Sie haben ehemals täglich mit Ihrem Herrn Vater musiziert.«

»Ja, Herr Spinell, das war damals! Zur Zeit des Springbrunnens, wissen Sie...«

»Tun Sie es heute!« bat er. »Lassen Sie dies eine Mal ein paar Takte hören! Wenn Sie wüßten, wie ich dürste...«

»Unser Hausarzt sowohl wie Doktor Leander haben es mir ausdrücklich verboten, Herr Spinell.«

»Sie sind nicht da, weder der eine noch der andere! Wir sind frei... Sie sind frei, gnädige Frau! Ein paar armselige Accorde...«

»Nein, Herr Spinell, daraus wird nichts. Wer weiß, was für Wunderdinge Sie von mir erwarten! Und ich habe alles verlernt, glauben Sie mir. Auswendig kann ich beinahe nichts.«

»Oh, dann spielen Sie dieses Beinahe-nichts! Und zum Überfluß sind hier Noten, hier liegen sie, oben auf dem Klavier. Nein, dies hier ist nichts. Aber hier ist Chopin...«

»Chopin?«

»Ja, die Nocturnes. Und nun fehlt nur, daß ich die Kerzen anzünde...«

»Glauben Sie nicht, daß ich spiele, Herr Spinell! Ich darf nicht. Wenn es mir nun schadet?!« –

Er verstummte. Er stand, mit seinen großen Füßen, seinem langen, schwarzen Rock und seinem grauhaarigen, verwischten, bartlosen Kopf, im Lichte der beiden Klavierkerzen und ließ die Hände hinunterhängen.

»Nun bitte ich nicht mehr«, sagte er endlich leise. »Wenn Sie fürchten, sich zu schaden, gnädige Frau, so lassen Sie die Schönheit tot und stumm, die unter Ihren Fingern laut werden möchte. Sie waren nicht immer so sehr verständig; wenigstens nicht, als es im Gegenteile galt, sich der Schönheit zu begeben. Sie waren nicht besorgt um Ihren Körper und zeigten einen unbedenklicheren und festeren Willen, als Sie den Springbrunnen verließen und die kleine goldene Krone ablegten... Hören Sie«, sagte er nach einer Pause, und seine Stimme senkte sich noch mehr, »wenn Sie jetzt hier niedersitzen und spielen wie einst, als noch Ihr Vater neben Ihnen stand und seine Geige jene Töne singen ließ, die Sie weinen machten... dann kann es geschehen, daß man sie wieder heimlich in Ihrem Haare blinken sieht, die kleine, goldene Krone...«

»Wirklich?« fragte sie und lächelte... Zufällig versagte ihr die Stimme bei diesem Wort, sodaß es zur Hälfte heiser und zur Hälfte tonlos herauskam. Sie hüstelte und sagte dann:

»Sind es wirklich die Nocturnes von Chopin, die Sie da haben?«

»Gewiß. Sie sind aufgeschlagen, und alles ist bereit.«

»Nun, so will ich denn in Gottes Namen eins davon spielen«, sagte sie. »Aber nur eines, hören Sie? Dann werden Sie ohnehin für immer genug haben.«

Damit erhob sie sich, legte ihre Handarbeit beiseite und ging zum Klavier. Sie nahm auf dem Drehsessel Platz, auf dem ein paar gebundene Notenbücher lagen, richtete die Leuchter und blätterte in den Noten. Herr Spinell hatte einen Stuhl an ihre Seite gerückt und saß neben ihr wie ein Musiklehrer.

Sie spielte das Nocturne in es-dur, opus 9, Nummer 2. Wenn sie wirklich einiges verlernt hatte, so mußte ihr Vortrag ehedem vollkommen künstlerisch gewesen sein. Das Piano war nur mittelmäßig, aber schon nach den ersten Griffen wußte sie es mit sicherem Geschmack zu behandeln. Sie zeigte einen nervösen Sinn für differenzierte Klangfarbe und eine Freude an rhythmischer Beweglichkeit, die bis zum Phantastischen ging. Ihr Anschlag war sowohl fest als weich. Unter ihren Händen sang die Melodie ihre letzte Süßigkeit aus, und mit einer zögernden Grazie schmiegten sich die Verzierungen um ihre Glieder.

Sie trug das Kleid vom Tage ihrer Ankunft: die dunkle, gewichtige Taille mit den plastischen Sammetarabesken, die Haupt und Hände so unirdisch zart erscheinen ließ. Ihr Gesichtsausdruck veränderte sich nicht beim Spiele, aber es schien, als ob die Umrisse ihrer Lippen noch klarer würden, die Schatten in den Winkeln ihrer Augen sich vertieften. Als sie geendigt hatte, legte sie die Hände in den Schoß und fuhr fort, auf die Noten zu blicken. Herr Spinell blieb ohne Laut und Bewegung sitzen.

Sie spielte noch ein Nocturne, spielte ein zweites und drittes. Dann erhob sie sich; aber nur, um auf dem oberen Klavierdeckel nach neuen Noten zu suchen.

Herr Spinell hatte den Einfall, die Bände in schwarzen Pappdeckeln zu untersuchen, die auf dem Drehsessel lagen. Plötzlich stieß er einen unverständlichen Laut aus, und seine großen, weißen Hände fingerten leidenschaftlich an einem dieser vernachlässigten Bücher.

»Nicht möglich! ... Es ist nicht wahr! ...« sagte er... »Und dennoch täusche ich mich nicht! ... Wissen Sie, was es ist? ... Was hier lag? ... Was ich hier halte? ...«

»Was ist es?« fragte sie.

Da wies er ihr stumm das Titelblatt. Er war ganz bleich, ließ das Buch sinken und sah sie mit zitternden Lippen an.

»Wahrhaftig? Wie kommt das hierher? Also geben Sie«, sagte sie einfach, stellte die Noten aufs Pult, setzte sich und begann nach einem Augenblick der Stille mit der ersten Seite.

Er saß neben ihr, vornübergebeugt, die Hände zwischen den Knieen gefaltet, mit gesenktem Kopfe. Sie spielte den Anfang mit einer ausschweifenden und quälenden Langsamkeit, mit beunruhigend gedehnten Pausen zwischen den einzelnen Figuren. Das Sehnsuchtsmotiv, eine einsame und irrende Stimme in der Nacht, ließ leise seine bange Frage vernehmen. Eine Stille und ein Warten. Und siehe, es antwortet: derselbe zage und einsame Klang, nur heller, nur zarter. Ein neues Schweigen. Da setzte mit jenem gedämpften und wundervollen Sforzato, das ist wie ein Sich-Aufraffen und seliges Aufbegehren der Leidenschaft, das Liebesmotiv ein, stieg aufwärts, rang sich entzückt empor bis zur süßen Verschlingung, sank, sich lösend, zurück, und mit ihrem tiefen Gesange von schwerer, schmerzlicher Wonne traten die Celli hervor und führten die Weise fort...

Nicht ohne Erfolg versuchte die Spielende auf dem armseligen Instrument die Wirkungen des Orchesters anzudeuten. Die Violinläufe der großen Steigerung erklangen mit leuchtender Präzision. Sie spielte mit preziöser Andacht, verharrte gläubig bei jedem Gebilde und hob demütig und demonstrativ das Einzelne hervor, wie der Priester das Allerheiligste über sein Haupt erhebt. Was geschah? Zwei Kräfte, zwei entrückte Wesen strebten in Leiden und Seligkeit nach einander und umarmten sich in dem verzückten und wahnsinnigen Begehren nach dem Ewigen und Absoluten... Das Vorspiel flammte auf und neigte sich. Sie endigte da, wo der Vorhang sich teilt, und fuhr dann fort, schweigend auf die Noten zu blicken.

Unterdessen hatte bei der Rätin Spatz die Langeweile jenen Grad erreicht, wo sie des Menschen Antlitz entstellt, ihm die Augen aus dem Kopfe treibt und ihm einen leichenhaften und furchteinflößenden Ausdruck verleiht. Außerdem wirkte diese Art von Musik auf ihre Magennerven, sie versetzte diesen dyspeptischen Organismus in Angstzustände und machte, daß die Rätin einen Krampfanfall befürchtete.

»Ich bin genötigt, auf mein Zimmer zu gehen«, sagte sie schwach. »Leben Sie wohl, ich kehre zurück...«

Damit ging sie. Die Dämmerung war weit vorgeschritten. Draußen sah man dicht und lautlos den Schnee auf die Terrasse herniedergehen. Die beiden Kerzen gaben ein wankendes und begrenztes Licht.

»Den zweiten Aufzug«, flüsterte er; und sie wandte die Seiten und begann mit dem zweiten Aufzug.

Hörnerschall verlor sich in der Ferne. Wie? oder war es das Säuseln des Laubes? Das sanfte Rieseln des Quells? Schon hatte die Nacht ihr Schweigen durch Hain und Haus gegossen, und kein flehendes Mahnen vermochte dem Walten der Sehnsucht mehr Einhalt zu tun. Das heilige Geheimnis vollendete sich. Die

Leuchte erlosch, mit einer seltsamen, plötzlich gedeckten Klangfarbe senkte das Todesmotiv sich herab, und in jagender Ungeduld ließ die Sehnsucht ihren weißen Schleier dem Geliebten entgegenflattern, der ihr mit ausgebreiteten Armen durchs Dunkel nahte.

O überschwänglicher und unersättlicher Jubel der Vereinigung im ewigen Jenseits der Dinge! Des quälenden Irrtums entledigt, den Fesseln des Raumes und der Zeit entronnen verschmolzen das Du und das Ich, das Dein und Mein sich zu erhabener Wonne. Trennen konnte sie des Tages tückisches Blendwerk, doch seine prahlende Lüge vermochte die Nachtsichtigen nicht mehr zu täuschen, seit die Kraft des Zaubertrankes ihnen den Blick geweiht. Wer liebend des Todes Nacht und ihr süßes Geheimnis erschaute, dem blieb im Wahn des Lichtes ein einzig Sehnen, die Sehnsucht hin zur heiligen Nacht, der ewigen, wahren, der einsmachenden...

O sink hernieder, Nacht der Liebe, gib ihnen jenes Vergessen, das sie ersehnen, umschließe sie ganz mit deiner Wonne und löse sie los von der Welt des Truges und der Trennung. Siehe, die letzte Leuchte verlosch! Denken und Dünken versank in heiliger Dämmerung, die sich welterlösend über des Wahnes Qualen breitet. Dann, wenn das Blendwerk erbleicht, wenn in Entzücken sich mein Auge bricht: Das, wovon die Lüge des Tages mich ausschloß, was sie zu unstillbarer Qual meiner Sehnsucht täuschend entgegenstellte, – selbst dann, o Wunder der Erfüllung! selbst dann bin ich die Welt. – Und es erfolgte zu Brangänens dunklem Habet-Acht-Gesange jener Aufstieg der Violinen, welcher höher ist, als alle Vernunft.

»Ich verstehe nicht alles, Herr Spinell; sehr vieles ahne ich nur. Was bedeutet doch dieses – Selbst – dann bin ich die Welt?«

Er erklärte es ihr, leise und kurz.

»Ja, so ist es. – Wie kommt es nur, daß Sie, der Sie es so gut verstehen, es nicht auch spielen können?«

Seltsamerweise vermochte er dieser harmlosen Frage nicht stand zu halten. Er errötete, rang die Hände und versank gleichsam mit seinem Stuhle.

»Das trifft selten zusammen«, sagte er endlich gequält. »Nein, spielen kann ich nicht. – Aber fahren Sie fort.«

Und sie fuhren fort in den trunkenen Gesängen des Mysterienspieles. Starb je die Liebe? Tristans Liebe? Die Liebe deiner und meiner Isolde? Oh, des Todes Streiche erreichen die Ewige nicht! Was stürbe wohl ihm, als was uns stört, was die Einigen täuschend entzweit? Durch ein süßes Und verknüpfte sie beide die Liebe... zerriß es der Tod, wie anders, als mit des einen eigenem Leben, wäre dem anderen der Tod gegeben? Und ein geheimnisvoller Zwiegesang vereinigte sie in der namenlosen Hoffnung des Liebestodes, des endlos ungetrennten Umfangenseins im Wunderreiche der Nacht. Süße Nacht! Ewige Liebesnacht! Alles umspannendes Land der Seligkeit! Wer dich ahnend erschaut, wie könnte er ohne Bangen je zum öden Tage zurückerwachen? Banne du das Bangen, holder Tod! Löse du nun die Sehnenden ganz von der Not des Erwachens! O fassungsloser Sturm der Rhythmen! O chromatisch empordrängendes Entzücken der metaphysischen Erkenntnis! Wie sie fassen, wie sie lassen, diese Wonne fern den Trennungsqualen des Lichts? Sanftes Sehnen ohne Trug und Bangen, hehres, leidloses Verlöschen, überseliges Dämmern im Unermeßlichen! Du Isolde, Tristan ich, nicht mehr Tristan, nicht mehr Isolde – – –

Plötzlich geschah etwas Erschreckendes. Die Spielende brach ab und führte ihre Hand über die Augen, um ins Dunkel zu spähen, und Herr Spinell wandte sich rasch auf seinem Sitze herum. Die Tür dort hinten, die zum Korridor führte, hatte sich geöffnet, und herein kam eine finstere Gestalt, gestützt auf den Arm einer zweiten. Es war ein Gast von »Einfried«, der gleichfalls nicht in der Lage gewesen war, an der Schlittenpartie teilzunehmen, sondern diese Abendstunde zu einem seiner instinktiven und traurigen Rundgänge durch die Anstalt benutzte, es war jene Kranke, die neunzehn Kinder zur Welt gebracht hatte und keines Gedankens mehr fähig war, es war die Pastorin Höhlenrauch am Arme ihrer Pflegerin. Ohne aufzublicken, durchmaß sie mit tappenden, wandernden Schritten den Hintergrund des

Gemaches und entschwand durch die entgegengesetzte Tür, – stumm und stier, irrwandelnd und unbewußt. – Es herrschte Stille.

»Das war die Pastorin Höhlenrauch«, sagte er.

»Ja, das war die arme Höhlenrauch«, sagte sie. Dann wandte sie die Blätter und spielte den Schluß des Ganzen, spielte Isoldens Liebestod.

Wie farblos und klar ihre Lippen waren, und wie die Schatten in den Winkeln ihrer Augen sich vertieften! Oberhalb der Braue, in ihrer durchsichtigen Stirn, trat angestrengt und beunruhigend das blaßblaue Äderchen deutlicher und deutlicher hervor. Unter ihren arbeitenden Händen vollzog sich die unerhörte Steigerung, zerteilt von jenem beinahe ruchlosen, plötzlichen Pianissimo, das wie ein Entgleiten des Bodens unter den Füßen und wie ein Versinken in sublimer Begierde ist. Der Überschwang einer ungeheuren Lösung und Erfüllung brach herein, wiederholte sich, ein betäubendes Brausen maßloser Befriedigung, unersättlich wieder und wieder, formte sich zurückflutend um, schien verhauchen zu wollen, wob noch einmal das Sehnsuchtsmotiv in seine Harmonie, atmete aus, erstarb, verklang, entschwebte. Tiefe Stille.

Sie horchten beide, legten die Köpfe auf die Seite und horchten.

»Das sind Schellen«, sagte sie.

»Es sind die Schlitten«, sagte er. »Ich gehe.«

Er stand auf und ging durch das Zimmer. An der Tür dort hinten machte er halt, wandte sich um und trat einen Augenblick unruhig von einem Fuß auf den anderen. Und dann begab es sich, daß er, fünfzehn oder zwanzig Schritte von ihr entfernt, auf seine Kniee sank, lautlos auf beide Kniee. Sein langer, schwarzer Gehrock breitete sich auf dem Boden aus. Er hielt die Hände über seinem Munde gefaltet, und seine Schultern zuckten.

Sie saß, die Hände im Schoße, vornüber gelehnt, vom Klavier abgewandt, und blickte auf ihn. Ein ungewisses und bedrängtes Lächeln lag auf ihrem Gesicht, und ihre Augen spähten sinnend und so mühsam ins Halbdunkel, daß sie eine kleine Neigung zum Verschießen zeigten.

Aus weiter Ferne her näherten sich Schellenklappern, Peitschenknall und das Ineinanderklingen menschlicher Stimmen.

IX.

Die Schlittenpartie, von der lange noch alle sprachen, hatte am 26. Februar stattgefunden. Am 27., einem Tauwettertage, an dem alles sich erweichte, tropfte, planschte, floß, ging es der Gattin Herrn Klöterjahns vortrefflich. Am 28. gab sie ein wenig Blut von sich... o, unbedeutend; aber es war Blut. Zu gleicher Zeit wurde sie von einer Schwäche befallen, so groß wie noch niemals, und legte sich nieder.

Doktor Leander untersuchte sie, und sein Gesicht war steinkalt dabei. Dann verordnete er, was die Wissenschaft vorschreibt: Eisstückchen, Morphium, unbedingte Ruhe. Übrigens legte er am folgenden Tage wegen Überbürdung die Behandlung nieder und übertrug sie an Doktor Müller, der sie pflicht- und kontraktgemäß in aller Sanftmut übernahm: ein stiller, blasser, unbedeutender und wehmütiger Mann, dessen bescheidene und ruhmlose Tätigkeit den beinahe Gesunden und den Hoffnungslosen gewidmet war.

Die Ansicht, der er vor allem Ausdruck gab, war die, daß die Trennung zwischen dem Klöterjahnschen Ehepaare nun schon recht lange währe. Es sei dringend wünschenswert, daß Herr Klöterjahn, wenn anders sein blühendes Geschäft es irgend gestatte, wieder einmal zu Besuch nach »Einfried« käme. Man könne ihm schreiben, ihm vielleicht ein kleines Telegramm zukommen lassen... Und sicherlich werde es die junge Mutter beglücken und stärken, wenn er den kleinen Anton mitbrächte: abgesehen davon, daß es für die Ärzte geradezu interessant sein werde, die Bekanntschaft dieses gesunden kleinen Anton zu machen.

Und siehe, Herr Klöterjahn erschien. Er hatte Doktor Müllers kleines Telegramm erhalten und kam vom Strande der Ostsee. Er stieg aus dem Wagen, ließ sich Kaffee und Buttersemmeln geben und sah sehr verdutzt aus.

»Herr«, sagte er, »was ist? Warum ruft man mich zu ihr?«

»Weil es wünschenswert ist«, antwortete Doktor Müller, »daß Sie jetzt in der Nähe Ihrer Frau Gemahlin weilen.«

»Wünschenswert... Wünschenswert... Aber auch notwendig? Ich sehe auf mein Geld, mein Herr, die Zeiten sind schlecht und die Eisenbahnen sind teuer. War diese Tagesreise nicht zu umgehen? Ich wollte nichts sagen, wenn es beispielsweise die Lunge wäre; aber da es Gott sei Dank die Luftröhre ist...«

»Herr Klöterjahn«, sagte Doktor Müller sanft, »erstens ist die Luftröhre ein wichtiges Organ...« Er sagte unkorrekterweise »erstens«, obgleich er gar kein »Zweitens« darauf folgen ließ.

Gleichzeitig aber mit Herrn Klöterjahn war eine üppige, ganz in Rot, Schottisch und Gold gehüllte Person in »Einfried« eingetroffen, und sie war es, die auf ihrem Arme Anton Klöterjahn den Jüngeren, den kleinen gesunden Anton trug. Ja, er war da, und niemand konnte leugnen, daß er in der Tat von einer excessiven Gesundheit war. Rosig und weiß, sauber und frisch gekleidet, dick und duftig lastete er auf dem nackten, roten Arm seiner betreßten Dienerin, verschlang gewaltige Mengen von Milch und gehacktem Fleisch, schrie und überließ sich in jeder Beziehung seinen Instinkten.

Vom Fenster seines Zimmers aus hatte der Schriftsteller Spinell die Ankunft des jungen Klöterjahn beobachtet. Mit einem seltsamen, verschleierten und dennoch scharfen Blick hatte er ihn ins Auge gefaßt, während er vom Wagen ins Haus getragen wurde, und war dann noch längere Zeit mit demselben Gesichtsausdruck an seinem Platze verharrt.

Von da an mied er das Zusammentreffen mit Anton Klöterjahn dem Jüngeren so weit als tunlich.

X.

Herr Spinell saß in seinem Zimmer und »arbeitete«.

Es war ein Zimmer wie alle in »Einfried«: altmodisch, einfach und distinguiert. Die massige Kommode war mit metallenen Löwenköpfen beschlagen, der hohe Wandspiegel war keine glatte Fläche, sondern aus vielen kleinen quadratischen in Blei gefaßten Scherben zusammengesetzt, kein Teppich bedeckte den bläulich lackierten Estrich, in dem die steifen Beine der Meubles als klare Schatten sich fortsetzten. Ein geräumiger Schreibtisch stand in der Nähe des Fensters, vor welches der Romancier einen gelben Vorhang gezogen hatte, wahrscheinlich, um sich innerlicher zu machen.

In gelblicher Dämmerung saß er über die Platte des Sekretärs gebeugt und schrieb, – schrieb an einem jener zahlreichen Briefe, die er allwöchentlich zur Post befördern ließ, und auf die er belustigenderweise meistens gar keine Antwort erhielt. Ein großer, starker Bogen lag vor ihm, in dessen linkem oberen Winkel unter einer verzwickt gezeichneten Landschaft der Name Detlev Spinell in völlig neuartigen Lettern zu lesen war, und den er mit einer kleinen, sorgfältig gemalten und überaus reinlichen Handschrift bedeckte.

»Mein Herr!« stand dort. »Ich richte die folgenden Zeilen an Sie, weil ich nicht anders kann, weil das, was ich Ihnen zu sagen habe, mich erfüllt, mich quält und zittern macht, weil mir die Worte mit einer solchen Heftigkeit zuströmen, daß ich an ihnen ersticken würde, dürfte ich mich ihrer nicht in diesem Briefe entlasten...«

Der Wahrheit die Ehre zu geben, so war dies mit dem »Zuströmen« ganz einfach nicht der Fall, und Gott wußte, aus was für eitlen Gründen Herr Spinell es behauptete. Die Worte schienen ihm durchaus nicht zuzuströmen, für einen, dessen bürgerlicher Beruf das Schreiben ist, kam er jämmerlich langsam von der Stelle, und wer ihn sah, mußte zu der Anschauung gelangen, daß ein Schriftsteller ein Mann ist, dem das Schreiben schwerer fällt, als allen anderen Leuten.

Mit zwei Fingerspitzen hielt er eins der sonderbaren Flaumhärchen an seiner Wange erfaßt und drehte Viertelstunden lang daran, indem er ins Leere starrte und nicht um eine Zeile vorwärts rückte, schrieb dann ein paar zierliche Wörter und stockte aufs neue. Andererseits muß man zugeben, daß das, was schließlich zustande kam, den Eindruck der Glätte und Lebhaftigkeit erweckte, wenn es auch inhaltlich einen wunderlichen, fragwürdigen und oft sogar unverständlichen Charakter trug.

»Es ist«, so setzte der Brief sich fort, »das unabweisliche Bedürfnis, das, was ich sehe, was seit Wochen als eine unauslöschliche Vision vor meinen Augen steht, auch Sie sehen zu machen, es Sie mit meinen Augen, in derjenigen sprachlichen Beleuchtung schauen zu lassen, in der es vor meinem inneren Blicke steht. Ich bin gewohnt, diesem Drange zu weichen, der mich zwingt, in unvergeßlich und flammend richtig an ihrem Platze stehenden Worten meine Erlebnisse zu denen der Welt zu machen. Und darum hören Sie mich an.

Ich will nichts, als sagen, was war und ist, ich erzähle lediglich eine Geschichte, eine ganz kurze, unsäglich empörende Geschichte, erzähle sie ohne Kommentar, ohne Anklage und Urteil, nur mit meinen Worten. Es ist die Geschichte Gabriele Eckhofs, mein Herr, der Frau, die Sie die Ihrige nennen... und merken Sie wohl! Sie waren es, der sie erlebte; und dennoch bin ich es, dessen Wort sie Ihnen erst in Wahrheit zur Bedeutung eines Erlebnisses erheben wird.

Erinnern Sie sich des Gartens, mein Herr, des alten, verwucherten Gartens hinter dem grauen Patrizierhause? Das grüne Moos sproß in den Fugen der verwitterten Mauern, die seine verträumte Wildnis umschlossen. Erinnern Sie sich auch des Springbrunnens in seiner Mitte? Lilafarbene Lilien neigten sich über sein morsches Rund, und sein weißer Strahl plauderte geheimnisvoll auf das zerklüftete Gestein hinab. Der Sommertag neigte sich.

Sieben Jungfrauen saßen im Kreis um den Brunnen; in das Haar der Siebenten aber, der Ersten, der Einen, schien die sinkende Sonne heimlich ein schimmerndes Abzeichen der Oberhoheit zu weben. Ihre Augen waren wie ängstliche Träume, und dennoch lächelten ihre klaren Lippen...

Sie sangen. Sie hielten ihre schmalen Gesichter zur Höhe des Springstrahles emporgewandt, dorthin, wo er in müder und edler Rundung sich zum Falle neigte, und ihre leisen, hellen Stimmen umschwebten seinen schlanken Tanz. Vielleicht hielten sie ihre zarten Hände um ihre Kniee gefaltet, indes sie sangen...

Entsinnen Sie sich des Bildes, mein Herr? Sahen Sie es? Sie sahen es nicht. Ihre Augen waren nicht geschaffen dafür, und Ihre Ohren nicht, die keusche Süßigkeit seiner Melodie zu vernehmen. Sahen Sie es – Sie durften nicht wagen, zu atmen, Sie mußten Ihrem Herzen zu schlagen verwehren. Sie mußten gehen, zurück ins Leben, in Ihr Leben, und für den Rest Ihres Erdendaseins das Geschaute als ein unantastbares und unverletzliches Heiligtum in Ihrer Seele bewahren. Was aber taten Sie?

Dies Bild war ein Ende, mein Herr; mußten Sie kommen und es zerstören, um ihm eine Fortsetzung der Gemeinheit und des häßlichen Leidens zu geben? Es war eine rührende und friedevolle Apotheose, getaucht in die abendliche Verklärung des Verfalles, der Auflösung und des Verlöschens. Ein altes Geschlecht, zu müde bereits und zu edel zur Tat und zum Leben, steht am Ende seiner Tage, und seine letzten Äußerungen sind Laute der Kunst, ein paar Geigentöne, voll von der wissenden Wehmut der Sterbensreife... Sahen Sie die Augen, denen diese Töne Tränen entlockten? Vielleicht, daß die Seelen der sechs Gespielinnen dem Leben gehörten; diejenige aber ihrer schwesterlichen Herrin gehörte der Schönheit und dem Tode.

Sie sahen sie, diese Todesschönheit: sahen sie an, um ihrer zu begehren. Nichts von Ehrfurcht, nichts von Scheu berührte Ihr Herz gegenüber ihrer rührenden Heiligkeit. Es genügte Ihnen nicht, zu schauen; Sie mußten besitzen, ausnützen, entweihen... Wie fein Sie Ihre Wahl trafen! Sie sind ein Gourmand, mein Herr, ein plebejischer Gourmand, ein Bauer mit Geschmack.

Ich bitte Sie, zu bemerken, daß ich keineswegs den Wunsch hege, Sie zu kränken. Was ich sage, ist kein Schimpf, sondern die

Formel, die einfache psychologische Formel für Ihre einfache, literarisch gänzlich uninteressante Persönlichkeit, und ich spreche sie aus, nur weil es mich treibt, Ihnen Ihr eigenes Tun und Wesen ein wenig zu erhellen, weil es auf Erden mein unausweichlicher Beruf ist, die Dinge bei Namen zu nennen, sie reden zu machen, und das Unbewußte zu durchleuchten. Die Welt ist voll von dem, was ich den ›unbewußten Typus‹ nenne: und ich ertrage sie nicht, alle diese unbewußten Typen! Ich ertrage es nicht, all dies dumpfe, unwissende und erkenntnislose Leben und Handeln, diese Welt von aufreizender Naivität um mich her! Es treibt mich mit qualvoller Unwiderstehlichkeit, alles Sein in der Runde – so weit meine Kräfte reichen – zu erläutern, auszusprechen und zum Bewußtsein zu bringen, – unbekümmert darum, ob dies eine fördernde oder hemmende Wirkung nach sich zieht, ob es Trost und Linderung bringt oder Schmerz zufügt.

Sie sind, mein Herr, wie ich sagte, ein plebejischer Gourmand, ein Bauer mit Geschmack. Eigentlich von plumper Konstitution und auf einer äußerst niedrigen Entwicklungsstufe befindlich, sind Sie durch Reichtum und sitzende Lebensweise zu einer plötzlichen, unhistorischen und barbarischen Korruption des Nervensystems gelangt, die eine gewisse lüsterne Verfeinerung des Genußbedürfnisses nach sich zieht. Wohl möglich, daß die Muskeln Ihres Schlundes in eine schmatzende Bewegung gerieten, wie angesichts einer köstlichen Suppe oder seltenen Platte, als Sie beschlossen, Gabriele Eckhof zu eigen zu nehmen...

In der Tat, Sie lenken ihren verträumten Willen in die Irre, Sie führen sie aus dem verwucherten Garten in das Leben und in die Häßlichkeit, Sie geben ihr Ihren ordinären Namen und machen sie zum Eheweibe, zur Hausfrau, machen sie zur Mutter. Sie erniedrigen die müde, scheue und in erhabener Unbrauchbarkeit blühende Schönheit des Todes in den Dienst des gemeinen Alltags und jenes blöden, ungefügen und verächtlichen Götzen, den man die Natur nennt, und nicht eine Ahnung von der tiefen Niedertracht dieses Beginnens regt sich in Ihrem bäuerischen Gewissen.

Nochmals: Was geschieht? Sie, mit den Augen, die wie ängstliche Träume sind, schenkt Ihnen ein Kind; sie gibt diesem Wesen, das eine Fortsetzung der niedrigen Existenz seines Erzeugers ist, alles mit, was sie an Blut und Lebensmöglichkeit besitzt, und stirbt. Sie stirbt, mein Herr! Und wenn sie nicht in Gemeinheit dahinfährt, wenn sie dennoch zuletzt sich aus den Tiefen ihrer Erniedrigung erhob und stolz und selig unter dem tödlichen Kusse der Schönheit vergeht, so ist das meine Sorge gewesen. Die Ihrige war es wohl unterdessen, sich auf verschwiegenen Korridoren mit Stubenmädchen die Zeit zu verkürzen.

Ihr Kind aber, Gabriele Eckhofs Sohn, gedeiht, lebt und triumphiert. Vielleicht wird er das Leben seines Vaters fortführen, ein handeltreibender, Steuern zahlender und gut speisender Bürger werden; vielleicht ein Soldat oder Beamter, eine unwissende und tüchtige Stütze des Staates; in jedem Falle ein amusisches, normal funktionierendes Geschöpf, skrupellos und zuversichtlich, stark und dumm.

Nehmen Sie das Geständnis, mein Herr, daß ich Sie hasse, Sie und Ihr Kind, wie ich das Leben selbst hasse, das gemeine, das lächerliche und dennoch triumphierende Leben, das Sie darstellen, den ewigen Gegensatz und Todfeind der Schönheit. Ich darf nicht sagen, daß ich Sie verachte. Ich kann es nicht. Ich bin ehrlich. Sie sind der Stärkere. Ich habe Ihnen im Kampfe nur eines entgegenzustellen, das erhabene Gewaffen und Rachewerkzeug der Schwachen: Geist und Wort. Heute habe ich mich seiner bedient. Denn dieser Brief – auch darin bin ich ehrlich, mein Herr, – ist nichts als ein Racheakt, und ist nur ein einziges Wort darin scharf, glänzend und schön genug, Sie betroffen zu machen, Sie eine fremde Macht spüren zu lassen, Ihren robusten Gleichmut einen Augenblick ins Wanken zu bringen, so will ich frohlocken.

Detlev Spinell.«

Und dieses Schriftstück couvertierte und frankierte Herr Spinell, versah es mit einer zierlichen Adresse und überlieferte es der Post.

XI.

Herr Klöterjahn pochte an Herrn Spinells Stubentür; er hielt einen großen, reinlich beschriebenen Bogen in der Hand und sah aus wie ein Mann, der entschlossen ist, energisch vorzugehen. Die Post hatte ihre Pflicht getan, der Brief war seinen Weg gegangen, er hatte die wunderliche Reise von »Einfried« nach »Einfried« gemacht und war richtig in die Hände des Adressaten gelangt. Es war vier Uhr am Nachmittage.

Als Herr Klöterjahn eintrat, saß Herr Spinell auf dem Sofa und las in seinem eigenen Roman mit der verwirrenden Umschlagzeichnung. Er stand auf und sah den Besucher überrascht und fragend an, obgleich er deutlich errötete.

»Guten Tag«, sagte Herr Klöterjahn. »Entschuldigen Sie, daß ich Sie in Ihren Beschäftigungen störe. Aber darf ich fragen, ob Sie dies geschrieben haben?« Damit hielt er den großen, reinlich beschriebenen Bogen mit der linken Hand empor und schlug mit dem Rücken der Rechten darauf, sodaß es heftig knisterte. Hierauf schob er die Rechte in die Tasche seines weiten, bequemen Beinkleides, legte den Kopf auf die Seite und öffnete, wie manche Leute pflegen, den Mund zum Horchen.

Sonderbarerweise lächelte Herr Spinell; er lächelte zuvorkommend, ein wenig verwirrt und halb entschuldigend, führte die Hand zum Kopfe, als besänne er sich und sagte:

»Ah, richtig ... ja ... ich erlaubte mir ...«

Die Sache war die, daß er sich heute gegeben hatte, wie er war, und bis gegen Mittag geschlafen hatte. Infolge hiervon litt er an schlimmem Gewissen und blödem Kopfe, fühlte er sich nervös und wenig widerstandsfähig. Hinzu kam, daß die Frühlingsluft, die eingetreten war, ihn matt und zur Verzweiflung geneigt machte. Dies alles muß erwähnt werden als Erklärung dafür, daß er sich während dieser Scene so äußerst albern benahm.

»So! Aha! Schön!« sagte Herr Klöterjahn, indem er das Kinn auf die Brust drückte, die Brauen emporzog, die Arme reckte und eine Menge ähnlicher Anstalten traf, nach Erledigung dieser Formfrage ohne Erbarmen zur Sache zu kommen. Aus Freude an seiner Person ging er ein wenig zu weit in diesen Anstalten; was schließlich erfolgte, entsprach nicht völlig der drohenden Umständlichkeit dieser mimischen Vorbereitungen. Aber Herr Spinell war ziemlich bleich.

»Sehr schön!« wiederholte Herr Klöterjahn. »Dann lassen Sie sich die Antwort mündlich geben, mein Lieber, und zwar in Anbetracht des Umstandes, daß ich es für blödsinnig halte, jemandem, den man stündlich sprechen kann, seitenlange Briefe zu schreiben...«

»Nun... blödsinnig...« sagte Herr Spinell lächelnd, entschuldigend und beinahe demütig...

»Blödsinnig!« wiederholte Herr Klöterjahn und schüttelte heftig den Kopf, um zu zeigen, wie unangreifbar sicher er seiner Sache sei. »Und ich würde dies Geschreibsel nicht eines Wortes würdigen, es wäre mir, offen gestanden, ganz einfach als Butterbrotpapier zu schlecht, wenn es mich nicht über gewisse Dinge aufklärte, die ich bis dahin nicht begriff, gewisse Veränderungen... Übrigens geht Sie das nichts an und gehört nicht zur Sache. Ich bin ein tätiger Mann, ich habe Besseres zu bedenken, als Ihre unaussprechlichen Visionen...«

»Ich habe ›unauslöschliche Vision‹ geschrieben«, sagte Herr Spinell und richtete sich auf. Es war der einzige Moment dieses Auftrittes, in dem er ein wenig Würde an den Tag legte.

»Unauslöschlich... unaussprechlich...!« entgegnete Herr Klöterjahn und blickte ins Manuskript. »Sie schreiben eine Hand, die miserabel ist, mein Lieber; ich möchte Sie nicht in meinem Kontor beschäftigen. Auf den ersten Blick scheint es ganz sauber, aber bei Licht besehen ist es voller Lücken und Zittrigkeiten. Aber das ist Ihre Sache und geht mich nichts an. Ich bin gekommen, um Ihnen zu sagen, daß Sie erstens ein Hanswurst sind, – nun, das ist Ihnen hoffentlich bekannt. Außerdem aber sind Sie ein großer Feigling, und auch das brauche ich Ihnen wohl nicht ausführlich zu beweisen. Meine Frau hat mir einmal geschrieben, Sie sähen den Weibspersonen, denen Sie begegnen, nicht ins Gesicht, sondern schielten nur so hin, um eine schöne Ahnung davonzutragen, aus Angst vor der Wirklichkeit. Leider hat sie später aufgehört, in ihren Briefen von Ihnen zu erzählen; sonst wüßte ich noch mehr Geschichten von Ihnen. Aber so sind Sie. ›Schönheit‹ ist Ihr drittes Wort, aber im Grunde ist es nichts als Bangebüchsigkeit und Duckmäuserei und Neid, und daher wohl auch Ihre unverschämte Bemerkung von den ›verschwiegenen Korridoren‹, die mich wahrscheinlich so recht durchbohren sollte und mir doch bloß Spaß gemacht hat. Spaß hat sie mir gemacht! Aber wissen Sie nun Bescheid? Habe ich Ihnen Ihr... Ihr ›Tun und Wesen‹ nun ›ein wenig erhellt‹, Sie Jammermensch? Obgleich es nicht mein ›unausbleiblicher Beruf‹ ist, hö, hö!...«

»Ich habe ›unausweichlicher Beruf‹ geschrieben«, sagte Herr Spinell; aber er gab es gleich wieder auf. Er stand da, hilflos und abgekanzelt, wie ein großer, kläglicher, grauhaariger Schuljunge.

»Unausweichlich... unausbleiblich... Ein niederträchtiger Feigling sind Sie, sage ich Ihnen. Täglich sehen Sie mich bei Tische. Sie grüßen mich und lächeln, Sie reichen mir Schüsseln und lächeln, Sie wünschen mir gesegnete Mahlzeit und lächeln. Und eines Tages schicken Sie mir solch einen Wisch voll blödsinniger Injurien auf den Hals. Hö, ja, schriftlich haben Sie Mut! Und wenn es bloß dieser lachhafte Brief wäre. Aber Sie haben gegen mich intriguiert, hinter meinem Rücken gegen mich intriguiert, ich begreife es jetzt sehr wohl... obgleich Sie sich nicht einzubilden brauchen, daß es Ihnen etwas genützt hat! Wenn Sie sich etwa der Hoffnung hingeben, meiner Frau Grillen in den Kopf gesetzt zu haben, so befinden Sie sich auf dem Holzwege, mein wertgeschätzter Herr, dazu ist sie ein zu vernünftiger Mensch! Oder wenn Sie am Ende gar glauben, daß sie mich irgendwie anders als sonst empfangen hat, mich und das Kind, als wir kamen, so setzten Sie Ihrer Abgeschmacktheit die Krone auf! Wenn sie dem Kleinen keinen Kuß gegeben hat, so geschah es aus Vorsicht, weil neuerdings die Hypothese aufgetaucht ist, daß es nicht die Luftröhre, sondern die Lunge ist und man in diesem Falle nicht wissen kann... obgleich es übrigens noch sehr zu beweisen ist, das mit der Lunge, und Sie mit Ihrem – ›sie stirbt, mein Herr!‹ Sie sind ein Esel!«

Hier suchte Herr Klöterjahn seine Atmung ein wenig zu regeln. Er war nun sehr in Zorn geraten, stach beständig mit dem rechten Zeigefinger in die Luft und richtete das Manuskript in seiner Linken aufs übelste zu. Sein Gesicht, zwischen dem blonden englischen Backenbart, war furchtbar rot, und seine umwölkte Stirn war von geschwollenen Adern zerrissen wie von Zornesblitzen.

»Sie hassen mich«, fuhr er fort, »und Sie würden mich verachten, wenn ich nicht der Stärkere wäre... Ja, das bin ich, zum Teufel, ich habe das Herz auf dem rechten Fleck, während Sie das Ihre wohl meistens in den Hosen haben, und ich würde Sie in die Pfanne hauen mitsamt Ihrem ›Geist und Wort‹, Sie hinterlistiger Idiot, wenn das nicht verboten wäre. Aber damit ist nicht gesagt, mein Lieber, daß ich mir Ihre Invektiven so ohne weiteres gefallen lasse, und wenn ich das mit dem ›ordinären Namen‹ zu Haus meinem Anwalt zeige, so wollen wir sehen, ob Sie nicht Ihr blaues Wunder erleben. Mein Name ist gut, mein Herr, und zwar durch mein Verdienst. Ob Ihnen jemand auf den Ihren auch nur einen Silbergroschen borgt, diese Frage mögen Sie mit sich selbst erörtern, Sie hergelaufener Bummler! Gegen Sie muß man gesetzlich vorgehen! Sie sind gemeingefährlich! Sie machen die Leute verrückt!... Obgleich Sie sich nicht einzubilden brauchen, daß es Ihnen diesmal gelungen ist, Sie heimtückischer Patron! Von Individuen, wie Sie eins sind, lasse ich mich denn doch nicht aus dem Felde schlagen. Ich habe das Herz auf dem rechten Fleck...«

Herr Klöterjahn war nun wirklich äußerst erregt. Er schrie und sagte wiederholt, daß er das Herz auf dem rechten Fleck habe.

»›Sie sangen.‹ Punkt. Sie sangen gar nicht! Sie strickten. Außerdem sprachen sie, soviel ich verstanden habe, von einem Rezept für Kartoffelpuffer, und wenn ich das mit dem ›Verfall‹ und der ›Auflösung‹ meinem Schwiegervater sage, so belangt er Sie gleichfalls von Rechts wegen, da können Sie sicher sein! ...Sahen Sie das Bild, sahen Sie es? Natürlich sah ich es, aber ich begreife nicht, warum ich deshalb den Atem anhalten und davonlaufen sollte. Ich schiele den Weibern nicht am Gesicht vorbei, ich sehe sie mir an, und wenn sie mir gefallen, und wenn sie mich wollen, so nehme ich sie mir. Ich habe das Herz auf dem rechten Fl...«

Es pochte. – Es pochte gleich neun- oder zehnmal ganz rasch hinter einander an die Stubentür, ein kleiner, heftiger, ängstlicher Wirbel, der Herrn Klöterjahn verstummen machte, und eine Stimme, die gar keinen Halt hatte, sondern vor Bedrängnis fortwährend aus den Fugen ging, sagte in größter Hast:

»Herr Klöterjahn, Herr Klöterjahn, ach, ist Herr Klöterjahn da?«

»Draußen bleiben«, sagte Herr Klöterjahn unwirsch... »Was ist? Ich habe hier zu reden.«

»Herr Klöterjahn«, sagte die schwankende und sich brechende Stimme, »Sie müssen kommen... auch die Ärzte sind da... oh, es ist so entsetzlich traurig...«

Da war er mit einem Schritt an der Tür und riß sie auf. Die Rätin Spatz stand draußen. Sie hielt ihr Schnupftuch vor den Mund, und große, längliche Tränen rollten paarweise in dieses Tuch hinein.

»Herr Klöterjahn«, brachte sie hervor..., »es ist so entsetzlich traurig... Sie hat so viel Blut aufgebracht, so fürchterlich viel... Sie saß ganz ruhig im Bette und summte ein Stückchen Musik vor sich hin, und da kam es, lieber Gott, so übermäßig viel...«

»Ist sie tot?!« schrie Herr Klöterjahn... Dabei packte er die Rätin am Oberarm und zog sie auf der Schwelle hin und her. »Nein, nicht ganz, wie? Noch nicht ganz, sie kann mich noch sehen... Hat sie wieder ein bißchen Blut aufgebracht? Aus der Lunge, wie? Ich gebe zu, daß es vielleicht aus der Lunge kommt... Gabriele!« sagte er plötzlich, indem die Augen ihm übergingen, und man sah, wie ein warmes, gutes, menschliches und redliches Gefühl aus ihm hervorbrach. »Ja, ich komme!« sagte er, und mit langen Schritten schleppte er die Rätin aus dem Zimmer hinaus und über den Korridor davon. Von einem entlegenen Teile des Wandelganges her vernahm man noch immer sein rasch sich entfernendes »Nicht ganz, wie? ...Aus der Lunge, was?...«

XII.

Herr Spinell stand auf dem Fleck, wo er während Herrn Klöterjahns so jäh unterbrochener Visite gestanden hatte und blickte auf die offene Tür. Endlich tat er ein paar Schritte vorwärts und horchte ins Weite. Aber alles war still, und so schloß er die Tür und kehrte ins Zimmer zurück.

Eine Weile betrachtete er sich im Spiegel. Hierauf ging er zum Schreibtisch, holte ein kleines Flacon und ein Gläschen aus einem Fache hervor und nahm einen Cognac zu sich, was kein Mensch ihm verdenken konnte. Dann streckte er sich auf dem Sofa aus und schloß die Augen.

Die obere Klappe des Fensters stand offen. Draußen im Garten von »Einfried« zwitscherten die Vögel, und in diesen kleinen, zarten und kecken Lauten lag fein und durchdringend der ganze Frühling ausgedrückt. Einmal sagte Herr Spinell leise vor sich hin: »Unausbleiblicher Beruf...« Dann bewegte er den Kopf hin und her und zog die Luft durch die Zähne ein, wie bei einem heftigen Nervenschmerz.

Es war unmöglich, zur Ruhe und Sammlung zu gelangen. Man ist nicht geschaffen für so plumpe Erlebnisse wie dieses da! – Durch einen seelischen Vorgang, dessen Analyse zu weit führen würde, gelangte Herr Spinell zu dem Entschlusse, sich zu erheben und sich ein wenig Bewegung zu machen, sich ein wenig im Freien zu ergehen. So nahm er den Hut und verließ das Zimmer.

Als er aus dem Hause trat und die milde, würzige Luft ihn umfing, wandte er das Haupt und ließ seine Augen langsam an dem Gebäude empor bis zu einem der Fenster gleiten, einem verhängten Fenster, an dem sein Blick eine Weile ernst, fest und dunkel haftete. Dann legte er die Hände auf den Rükken und schritt über die Kieswege dahin. Er schritt in tiefem Sinnen.

Noch waren die Beete mit Matten bedeckt, und Bäume und Sträucher waren noch nackt; aber der Schnee war fort, und die Wege zeigten nur hier und da noch feuchte Spuren. Der weite

Garten mit seinen Grotten, Laubengängen und kleinen Pavillons lag in prächtig farbiger Nachmittagsbeleuchtung, mit kräftigen Schatten und sattem, goldigem Licht, und das dunkle Geäst der Bäume stand scharf und zart gegliedert gegen den hellen Himmel.

Es war um die Stunde, da die Sonne Gestalt annimmt, da die formlose Lichtmasse zur sichtbar sinkenden Scheibe wird, deren sattere, mildere Glut das Auge duldet. Herr Spinell sah die Sonne nicht; sein Weg führte ihn so, daß sie ihm verdeckt und verborgen war. Er ging gesenkten Hauptes und summte ein Stückchen Musik vor sich hin, ein kurzes Gebild, eine bang und klagend aufwärtssteigende Figur, das Sehnsuchtsmotiv... Plötzlich aber, mit einem Ruck, einem kurzen, krampfhaften Aufatmen, blieb er gefesselt stehen, und unter heftig zusammengezogenen Brauen starrten seine erweiterten Augen mit dem Ausdruck entsetzter Abwehr geradeaus...

Der Weg wandte sich; er führte der sinkenden Sonne entgegen. Durchzogen von zwei schmalen, erleuchteten Wolkenstreifen mit vergoldeten Rändern stand sie groß und schräge am Himmel, setzte die Wipfel der Bäume in Glut und goß ihren gelbrötlichen Glanz über den Garten hin. Und inmitten dieser goldigen Verklärung, die gewaltige Gloriole der Sonnenscheibe zu Häupten, stand hochaufgerichtet im Wege eine üppige, ganz in Rot, Gold und Schottisch gekleidete Person, die ihre Rechte in die schwellende Hüfte stemmte und mit der Linken ein grazil geformtes Wägelchen leicht vor sich hin und her bewegte. In diesem Wägelchen aber saß das Kind, saß Anton Klöterjahn der Jüngere, saß Gabriele Eckhofs dicker Sohn!

Er saß, bekleidet mit einer weißen Flausjacke und einem großen weißen Hut, pausbäckig, prächtig und wohlgeraten in den Kissen, und sein Blick begegnete lustig und unbeirrbar demjenigen Herrn Spinells. Der Romancier war im Begriffe, sich aufzuraffen, er war ein Mann, er hätte die Kraft besessen, an dieser unerwarteten, in Glanz getauchten Erscheinung vorüberzuschreiten und seinen Spaziergang fortzusetzen. Da aber geschah das Gräßliche, daß Anton Klöterjahn zu lachen und zu jubeln begann, er kreischte vor unerklärlicher Lust, es konnte einem unheimlich zu Sinne werden.

Gott weiß, was ihn anfocht, ob die schwarze Gestalt ihm gegenüber ihn in diese wilde Heiterkeit versetzte oder was für ein Anfall von animalischem Wohlbefinden ihn packte. Er hielt in der einen Hand einen knöchernen Beißring und in der anderen eine blecherne Klapperbüchse. Diese beiden Gegenstände reckte er jauchzend in den Sonnenschein empor, schüttelte sie und schlug sie zusammen, als wollte er jemanden spottend verscheuchen. Seine Augen waren beinahe geschlossen vor Vergnügen, und sein Mund war so klaffend aufgerissen, daß man seinen ganzen rosigen Gaumen sah. Er warf sogar seinen Kopf hin und her, indes er jauchzte.

Da machte Herr Spinell kehrt und ging von dannen. Er ging, gefolgt von dem Jubilieren des kleinen Klöterjahn, mit einer gewissen behutsamen und steif-graziösen Armhaltung über den Kies, mit den gewaltsam zögernden Schritten jemandes, der verbergen will, daß er innerlich davonläuft.

Tonio Kröger

1.

Die Wintersonne stand nur als armer Schein, milchig und matt hinter Wolkenschichten über der engen Stadt. Naß und zugig war's in den giebeligen Gassen, und manchmal fiel eine Art von weichem Hagel, nicht Eis, nicht Schnee.

Die Schule war aus. Über den gepflasterten Hof und heraus aus der Gatterpforte strömten die Scharen der Befreiten, teilten sich und enteilten nach rechts und links. Große Schüler hielten mit Würde ihre Bücherpäckchen hoch gegen die linke Schulter gedrückt, indem sie mit dem rechten Arm wider den Wind dem Mittagessen entgegen ruderten; kleines Volk setzte sich lustig in Trab, daß der Eisbrei umherspritzte und die Siebensachen der Wissenschaft in den Seehundsränzeln klapperten. Aber hie und da riß alles mit frommen Augen die Mützen herunter vor dem Wotanshut und dem Jupiterbart eines gemessen hinschreitenden Oberlehrers...

»Kommst du endlich, Hans?« sagte Tonio Kröger, der lange auf dem Fahrdamm gewartet hatte; lächelnd trat er dem Freunde entgegen, der im Gespräch mit anderen Kameraden aus der Pforte kam und schon im Begriffe war, mit ihnen davon zu gehen... »Wieso?« fragte er und sah Tonio an... »Ja, das ist wahr! Nun gehen wir noch ein bißchen.«

Tonio verstummte, und seine Augen trübten sich. Hatte Hans es vergessen, fiel es ihm erst jetzt wieder ein, daß sie heute Mittag ein wenig zusammen spazieren gehen wollten? Und er selbst hatte sich seit der Verabredung beinahe unausgesetzt darauf gefreut!

»Ja, adieu, ihr!« sagte Hans Hansen zu den Kameraden. »Dann gehe ich noch ein bißchen mit Kröger.« – Und die Beiden wandten sich nach links, indes die Anderen nach rechts schlenderten.

Hans und Tonio hatten Zeit, nach der Schule spazieren zu gehen, weil sie beide Häusern angehörten, in denen erst um vier Uhr zu Mittag gegessen wurde. Ihre Väter waren große Kaufleute, die öffentliche Ämter bekleideten und mächtig waren in der Stadt. Den Hansens gehörten schon seit manchem Menschenalter die weitläufigen Holz-Lagerplätze drunten am Fluß, wo gewaltige Sägemaschinen unter Fauchen und Zischen die Stämme zerlegten. Aber Tonio war Konsul Krögers Sohn, dessen Getreidesäcke mit dem breiten schwarzen Firmendruck man Tag für Tag durch die Straßen kutschieren sah; und seiner Vorfahren großes altes Haus war das herrschaftlichste der ganzen Stadt... Beständig mußten die Freunde, der vielen Bekannten wegen, die Mützen herunternehmen, ja, von manchen Leuten wurden die Vierzehnjährigen zuerst gegrüßt...

Beide hatten die Schulmappen über die Schultern gehängt, und beide waren sie gut und warm gekleidet; Hans in eine kurze Seemanns-Überjacke, über welcher auf Schultern und Rücken der breite, blaue Kragen seines Marine-Anzuges lag, und Tonio in einen grauen Gurt-Paletot. Hans trug eine dänische Matrosenmütze mit kurzen Bändern, unter der ein Schopf seines bastblonden Haares hervorquoll. Er war außerordentlich hübsch und wohlgestaltet, breit in den Schultern und schmal in den Hüften, mit freiliegenden und scharf blickenden stahlblauen Augen. Aber unter Tonios runder Pelzmütze blickten aus einem brünetten und ganz südlich scharf geschnittenen Gesicht dunkle und zart umschattete Augen mit zu schweren Lidern träumerisch und ein wenig zaghaft hervor... Mund und Kinn waren ihm ungewöhnlich weich gebildet. Er ging nachlässig und ungleichmäßig, während Hansens schlanke Beine in den schwarzen Strümpfen so elastisch und taktfest einherschritten...

Tonio sprach nicht. Er empfand Schmerz. Indem er seine etwas schräg stehenden Brauen zusammenzog und die Lippen zum Pfeifen gerundet hielt, blickte er seitwärts geneigten Kopfes ins Weite. Diese Haltung und Miene war ihm eigentümlich.

Plötzlich schob Hans seinen Arm unter den Tonios und sah

ihn dabei von der Seite an, denn er begriff sehr wohl, um was es sich handelte. Und obgleich Tonio auch bei den nächsten Schritten noch schwieg, so ward er doch auf einmal sehr weich gestimmt.

»Ich hatte es nämlich nicht vergessen, Tonio«, sagte Hans und blickte vor sich nieder auf das Trottoir, »sondern ich dachte nur, daß heute doch wohl nichts daraus werden könnte, weil es ja so naß und windig ist. Aber mir macht das gar nichts, und ich finde es famos, daß du trotzdem auf mich gewartet hast. Ich glaubte schon, du seist nach Hause gegangen, und ärgerte mich...«

Alles in Tonio geriet in eine hüpfende und jubelnde Bewegung bei diesen Worten.

»Ja, wir gehen nun also über die Wälle!« sagte er mit bewegter Stimme. »Über den Mühlenwall und den Holstenwall, und so bringe ich dich nach Hause, Hans... Bewahre, das schadet gar nichts, daß ich dann meinen Heimweg allein mache; das nächste Mal begleitest du mich.«

Im Grunde glaubte er nicht sehr fest an das, was Hans gesagt hatte, und fühlte genau, daß jener nur halb so viel Gewicht auf diesen Spaziergang zu zweien legte, wie er. Aber er sah doch, daß Hans seine Vergeßlichkeit bereute und es sich angelegen sein ließ, ihn zu versöhnen. Und er war weit von der Absicht entfernt, die Versöhnung hintanzuhalten...

Die Sache war die, daß Tonio Hans Hansen liebte und schon Vieles um ihn gelitten hatte. Wer am meisten liebt, ist der Unterlegene und muß leiden, – diese schlichte und harte Lehre hatte seine vierzehnjährige Seele bereits vom Leben entgegengenommen; und er war so geartet, daß er solche Erfahrungen wohl vermerkte, sie gleichsam innerlich aufschrieb und gewissermaßen seine Freude daran hatte, ohne sich freilich für seine Person danach zu richten und praktischen Nutzen daraus zu ziehen. Auch war es so mit ihm bestellt, daß er solche Lehren weit wichtiger und interessanter achtete, als die Kenntnisse, die man ihm in der Schule aufnötigte, ja, daß er sich während der Unterrichtsstunden in den gotischen Klassengewölben meistens damit abgab, solche Einsichten bis auf den Grund zu empfinden und völlig auszudenken. Und diese Beschäftigung bereitete ihm eine ganz ähnliche Genugtuung, wie wenn er mit seiner Geige (denn er spielte die Geige) in seinem Zimmer umherging und die Töne, so weich, wie er sie nur hervorzubringen vermochte, in das Plätschern des Springstrahles hinein erklingen ließ, der drunten im Garten unter den Zweigen des alten Walnußbaumes tänzelnd emporstieg...

Der Springbrunnen, der alte Walnußbaum, seine Geige und in der Ferne das Meer, die Ostsee, deren sommerliche Träume er in den Ferien belauschen durfte, diese Dinge waren es, die er liebte, mit denen er sich gleichsam umstellte, und zwischen denen sich sein inneres Leben abspielte, Dinge, deren Namen mit guter Wirkung in Versen zu verwenden sind und auch wirklich in den Versen, die Tonio Kröger zuweilen verfertigte, immer wieder erklangen.

Dieses, daß er ein Heft mit selbstgeschriebenen Versen besaß, war durch sein eigenes Verschulden bekannt geworden und schadete ihm sehr, bei seinen Mitschülern sowohl wie bei den Lehrern. Dem Sohne Konsul Krögers schien es einerseits, als sei es dumm und gemein, daran Anstoß zu nehmen, und er verachtete dafür sowohl die Mitschüler wie die Lehrer, deren schlechte Manieren ihn obendrein abstießen, und deren persönliche Schwächen er seltsam eindringlich durchschaute. Andererseits aber empfand er selbst es als ausschweifend und eigentlich ungehörig, Verse zu machen, und mußte all denen gewissermaßen recht geben, die es für eine befremdende Beschäftigung hielten. Allein das vermochte ihn nicht, davon abzulassen...

Da er daheim seine Zeit vertat, beim Unterricht langsamen und abgewandten Geistes war und bei den Lehrern schlecht angeschrieben stand, so brachte er beständig die erbärmlichsten Zensuren nach Hause, worüber sein Vater, ein langer, sorgfältig gekleideter Herr mit sinnenden blauen Augen, der immer eine Feldblume im Knopfloch trug, sich sehr erzürnt und bekümmert zeigte. Der Mutter Tonios jedoch, seiner schönen, schwarzhaarigen Mutter, die Consuelo mit Vornamen hieß und überhaupt so anders war als die übrigen Damen der Stadt, weil der Vater sie sich einstmals von ganz unten auf der Landkarte heraufgeholt hatte, – seiner Mutter waren die Zeugnisse grundeinerlei...

Tonio liebte seine dunkle und feurige Mutter, die so wunderbar den Flügel und die Mandoline spielte, und er war froh, daß sie sich ob seiner zweifelhaften Stellung unter den Menschen nicht grämte. Andererseits aber empfand er, daß der Zorn des Vaters weit würdiger und respektabler sei, und war, obgleich er von ihm gescholten wurde, im Grunde ganz einverstanden mit ihm, während er die heitere Gleichgültigkeit der Mutter ein wenig liederlich fand. Manchmal dachte er ungefähr: Es ist gerade genug, daß ich bin, wie ich bin, und mich nicht ändern will und kann, fahrlässig, widerspenstig und auf Dinge bedacht, an die sonst niemand denkt. Wenigstens gehört es sich, daß man mich ernstlich schilt und straft dafür, und nicht mit Küssen und Musik darüber hinweggeht. Wir sind doch keine Zigeuner im grünen Wagen, sondern anständige Leute, Konsul Krögers, die Familie der Kröger... Nicht selten dachte er auch: Warum bin ich doch so sonderlich und in Widerstreit mit allem, zerfallen mit den Lehrern und fremd unter den anderen Jungen? Siehe sie an, die guten Schüler und die von solider Mittelmäßigkeit. Sie finden die Lehrer nicht komisch, sie machen keine Verse und denken nur Dinge, die man eben denkt und die man laut aussprechen kann. Wie ordentlich und einverstanden mit allem und jedermann sie sich fühlen müssen! Das muß gut sein... Was aber ist mit mir, und wie wird dies alles ablaufen?

Diese Art und Weise, sich selbst und sein Verhältnis zum Leben zu betrachten, spielte eine wichtige Rolle in Tonios Liebe zu Hans Hansen. Er liebte ihn zunächst, weil er schön war; dann aber, weil er in allen Stücken als sein eigenes Widerspiel und Gegenteil erschien. Hans Hansen war ein vortrefflicher Schüler und außerdem ein frischer Gesell, der ritt, turnte, schwamm wie ein Held und sich der allgemeinen Beliebtheit erfreute. Die Lehrer waren ihm beinahe mit Zärtlichkeit zugetan, nannten ihn mit Vornamen und förderten ihn auf alle Weise, die Kameraden waren auf seine Gunst bedacht, und auf der Straße hielten ihn Herren und Damen an, faßten ihn an dem Schopfe bastblonden Haares, der unter seiner dänischen Schiffermütze hervorquoll und sagten: »Guten Tag, Hans Hansen, mit deinem netten Schopf! Bist du noch Primus? Grüß' Papa und Mama, mein prächtiger Junge...«

So war Hans Hansen, und seit Tonio Kröger ihn kannte, empfand er Sehnsucht, sobald er ihn erblickte, eine neidische Sehnsucht, die oberhalb der Brust saß und brannte. Wer so blaue Augen hätte, dachte er, und so in Ordnung und glücklicher Gemeinschaft mit aller Welt lebte, wie du! Stets bist du auf eine wohlanständige und allgemein respektierte Weise beschäftigt. Wenn du die Schulaufgaben erledigt hast, so nimmst du Reitstunden oder arbeitest mit der Laubsäge, und selbst in den Ferien, an der See, bist du vom Rudern, Segeln und Schwimmen in Anspruch genommen, indes ich müßiggängerisch und verloren im Sande liege und auf die geheimnisvoll wechselnden Mienenspiele starre, die über des Meeres Antlitz huschen. Aber darum sind deine Augen so klar. Zu sein wie du...

Er machte nicht den Versuch, zu werden wie Hans Hansen, und vielleicht war es ihm nicht einmal sehr ernst mit diesem Wunsche. Aber er begehrte schmerzlich, so, wie er war, von ihm geliebt zu werden, und er warb um seine Liebe auf seine Art, eine langsame und innige, hingebungsvolle, leidende und wehmütige Art, aber von einer Wehmut, die tiefer und zehrender brennen kann, als alle jähe Leidenschaftlichkeit, die man von seinem fremden Äußeren hätte erwarten können.

Und er warb nicht ganz vergebens, denn Hans, der übrigens eine gewisse Überlegenheit an ihm achtete, eine Gewandtheit des Mundes, die Tonio befähigte, schwierige Dinge auszusprechen, begriff ganz wohl, daß hier eine ungewöhnlich starke und zarte Empfindung für ihn lebendig sei, erwies sich dankbar und bereitete ihm manches Glück durch sein Entgegenkommen – aber auch manche Pein der Eifersucht, der Enttäuschung und der vergeblichen Mühe, eine geistige Gemeinschaft herzustellen. Denn es war das Merkwürdige, daß Tonio, der Hans Hansen doch um seine Daseinsart beneidete, beständig trachtete, ihn zu seiner eigenen herüberzuziehen, was höchstens auf Augenblicke und auch dann nur scheinbar gelingen konnte...

»Ich habe jetzt etwas Wundervolles gelesen, etwas Prachtvolles...« sagte er. Sie gingen und aßen gemeinsam aus einer Tüte Fruchtbonbons, die sie bei Krämer Iwersen in der Mühlenstraße für zehn Pfennige erstanden hatten. »Du mußt es lesen, Hans, es ist nämlich Don Carlos von Schiller... Ich leihe es dir, wenn du willst...«

»Ach nein«, sagte Hans Hansen, »das laß nur, Tonio, das paßt nicht für mich. Ich bleibe bei meinen Pferdebüchern, weißt du. Famose Abbildungen sind darin, sage ich dir. Wenn du mal bei mir bist, zeige ich sie dir. Es sind Augenblicks-Photographien, und man sieht die Gäule im Trab und im Galopp und im Sprunge, in allen Stellungen, die man in Wirklichkeit gar nicht zu sehen bekommt, weil es zu schnell geht...«

»In allen Stellungen?« fragte Tonio höflich. »Ja, das ist fein. Was aber Don Carlos betrifft, so geht das über alle Begriffe. Es sind Stellen darin, du sollst sehen, die so schön sind, daß es einem einen Ruck gibt, daß es gleichsam knallt...«

»Knallt es?« fragte Hans Hansen... »Wieso?«

»Da ist zum Beispiel die Stelle, wo der König geweint hat, weil er von dem Marquis betrogen ist... aber der Marquis hat ihn nur dem Prinzen zu Liebe betrogen, verstehst du, für den er sich opfert. Und nun kommt aus dem Kabinett in das Vorzimmer die Nachricht, daß der König geweint hat. ›Geweint?‹ ›Der König geweint?‹ Alle Hofmänner sind fürchterlich betreten, und es geht einem durch und durch, denn es ist ein schrecklich starrer und strenger König. Aber man begreift es so gut, daß er geweint hat, und mir tut er eigentlich mehr leid als der Prinz und der Marquis zusammengenommen. Er ist immer so ganz allein und ohne Liebe, und nun glaubt er einen Menschen gefunden zu haben, und der verrät ihn...«

Hans Hansen sah von der Seite in Tonios Gesicht, und irgend etwas in diesem Gesicht mußte ihn wohl dem Gegenstande gewinnen, denn er schob plötzlich wieder seinen Arm unter den Tonios und fragte:

»Auf welche Weise verrät er ihn denn, Tonio?«

Tonio geriet in Bewegung.

»Ja, die Sache ist«, fing er an, »daß alle Briefe nach Brabant und Flandern...«

»Da kommt Erwin Jimmerthal«, sagte Hans.

Tonio verstummte. Möchte ihn doch, dachte er, die Erde verschlingen, diesen Jimmerthal! Warum muß er kommen und uns stören! Wenn er nur nicht mit uns geht und den ganzen Weg von der Reitstunde spricht... Denn Erwin Jimmerthal hatte ebenfalls Reitstunde. Er war der Sohn des Bankdirektors und wohnte hier draußen vorm Tore. Mit seinen krummen Beinen und Schlitzaugen kam er ihnen, schon ohne Schulmappe, durch die Allee entgegen.

»Tag, Jimmerthal«, sagte Hans. »Ich gehe ein bißchen mit Kröger...«

»Ich muß zur Stadt«, sagte Jimmerthal, »und etwas besorgen. Aber ich gehe noch ein Stück mit euch... Das sind wohl Fruchtbonbons, die ihr da habt? Ja, danke, ein paar esse ich. Morgen haben wir wieder Stunde, Hans.« – Es war die Reitstunde gemeint.

»Famos!« sagte Hans. »Ich bekomme jetzt die ledernen Gamaschen, du, weil ich neulich die Eins im Exercitium hatte...«

»Du hast wohl keine Reitstunde, Kröger?« fragte Jimmerthal, und seine Augen waren nur ein Paar blanker Ritzen...

»Nein...« antwortete Tonio mit ganz ungewisser Betonung.

»Du solltest«, bemerkte Hans Hansen, »deinen Vater bitten, daß du auch Stunde bekommst, Kröger.«

»Ja...« sagte Tonio zugleich hastig und gleichgültig. Einen Augenblick schnürte sich ihm die Kehle zusammen, weil Hans ihn mit Nachnamen angeredet hatte; und Hans schien dies zu fühlen, denn er sagte erläuternd:

»Ich nenne dich Kröger, weil dein Vorname so verrückt ist, du, entschuldige, aber ich mag ihn nicht leiden. Tonio... Das ist doch überhaupt kein Name. Übrigens kannst du ja nichts dafür, bewahre!«

»Nein, du heißt wohl hauptsächlich so, weil es so ausländisch klingt und etwas Besonderes ist...« sagte Jimmerthal und tat, als ob er zum Guten reden wollte.

Tonios Mund zuckte. Er nahm sich zusammen und sagte:

»Ja, es ist ein alberner Name, ich möchte, weiß Gott, lieber Heinrich oder Wilhelm heißen, das könnt ihr mir glauben. Aber es kommt daher, daß ein Bruder meiner Mutter, nach dem ich getauft worden bin, Antonio heißt; denn meine Mutter ist doch von drüben...«

Dann schwieg er und ließ die beiden von Pferden und Lederzeug sprechen. Hans hatte Jimmerthal untergefaßt und redete mit einer geläufigen Teilnahme, die für Don Carlos niemals in ihm zu erwecken gewesen wäre... Von Zeit zu Zeit fühlte Tonio, wie der Drang zu weinen ihm prickelnd in die Nase stieg; auch hatte er Mühe, sein Kinn in der Gewalt zu behalten, das beständig ins Zittern geriet...

Hans mochte seinen Namen nicht leiden, – was war dabei zu tun? Es selbst hieß Hans, und Jimmerthal hieß Erwin, gut, das waren allgemein anerkannte Namen, die niemand befremdeten. Aber »Tonio« war etwas Ausländisches und Besonderes. Ja, es war in allen Stücken etwas Besonderes mit ihm, ob er wollte oder nicht, und er war allein und ausgeschlossen von den Ordentlichen und Gewöhnlichen, obgleich er doch kein Zigeuner im grünen Wagen war, sondern ein Sohn Konsul Krögers, aus der Familie der Kröger... Aber warum nannte Hans ihn Tonio, solange sie allein waren, wenn er, kam ein dritter hinzu, anfing, sich seiner zu schämen? Zuweilen war er ihm nahe und gewonnen, ja. Auf welche Weise verrät er ihn denn, Tonio? hatte er gefragt und ihn untergefaßt. Aber als dann Jimmerthal gekommen war, hatte er dennoch erleichtert aufgeatmet, hatte ihn verlassen und ihm ohne Not seinen fremden Rufnamen vorgeworfen. Wie weh es tat, dies alles durchschauen zu müssen!... Hans Hansen hatte ihn im Grunde ein wenig gern, wenn sie unter sich waren, er wußte es. Aber kam ein dritter, so schämte er sich dessen und opferte ihn auf. Und er war wieder allein. Er dachte an König Philipp. Der König hat geweint...

»Gott bewahre«, sagte Erwin Jimmerthal, »nun muß ich aber

wirklich zur Stadt! Adieu, ihr, und Dank für die Fruchtbonbons!« Darauf sprang er auf eine Bank, die am Wege stand, lief mit seinen krummen Beinen darauf entlang und trabte davon.

»Jimmerthal mag ich leiden!« sagte Hans mit Nachdruck. Er hatte eine verwöhnte und selbstbewußte Art, seine Sympathien und Abneigungen kundzugeben, sie gleichsam gnädigst zu verteilen... Und dann fuhr er fort, von der Reitstunde zu sprechen, weil er einmal im Zuge war. Es war auch nicht mehr so weit bis zum Hansenschen Wohnhause; der Weg über die Wälle nahm nicht so viel Zeit in Anspruch. Sie hielten ihre Mützen fest und beugten die Köpfe vor dem starken, feuchten Wind, der in dem kahlen Geäst der Bäume knarrte und stöhnte. Und Hans Hansen sprach, während Tonio nur dann und wann ein künstliches Ach und Jaja einfließen ließ, ohne Freude darüber, daß Hans ihn im Eifer der Rede wieder untergefaßt hatte, denn das war nur eine scheinbare Annäherung, ohne Bedeutung.

Dann verließen sie die Wallanlagen unfern des Bahnhofes, sahen einen Zug mit plumper Eilfertigkeit vorüberpuffen, zählten zum Zeitvertreib die Wagen und winkten dem Manne zu, der in seinen Pelz vermummt zuhöchst auf dem allerletzten saß. Und am Lindenplatze, vor Großhändler Hansens Villa, blieben sie stehen, und Hans zeigte ausführlich, wie amüsant es sei, sich unten auf die Gartenpforte zu stellen und sich in den Angeln hin und her zu schlenkern, daß es nur so kreischte. Aber hierauf verabschiedete er sich.

»Ja, nun muß ich hinein«, sagte er. »Adieu, Tonio. Das nächste Mal begleite ich dich nach Hause, sei sicher.«

»Adieu, Hans«, sagte Tonio, »es war nett, spazieren zu gehen.«

Ihre Hände, die sich drückten, waren ganz naß und rostig von der Gartenpforte. Als aber Hans in Tonios Augen sah, entstand etwas wie reuiges Besinnen in seinem hübschen Gesicht.

»Übrigens werde ich nächstens ›Don Carlos‹ lesen!« sagte er rasch. »Das mit dem König im Kabinett muß famos sein!«

Dann nahm er seine Mappe unter den Arm und lief durch den Vorgarten. Bevor er im Hause verschwand, nickte er noch einmal zurück.

Und Tonio Kröger ging ganz verklärt und beschwingt von dannen. Der Wind trug ihn von hinten, aber es war nicht darum allein, daß er so leicht von der Stelle kam.

Hans würde ›Don Carlos‹ lesen, und dann würden sie etwas miteinander haben, worüber weder Jimmerthal noch irgend ein Anderer mitreden konnte! Wie gut sie einander verstanden! Wer wußte, – vielleicht brachte er ihn noch dazu, ebenfalls Verse zu schreiben?... Nein, nein, das wollte er nicht! Hans sollte nicht werden, wie Tonio, sondern bleiben, wie er war, so hell und stark, wie alle ihn liebten und Tonio am meisten! Aber daß er ›Don Carlos‹ las, würde trotzdem nicht schaden... Und Tonio ging durch das alte, untersetzte Tor, ging am Hafen entlang und die steile, zugige und nasse Giebelgasse hinauf zum Haus seiner Eltern. Damals lebte sein Herz; Sehnsucht war darin und schwermütiger Neid und ein klein wenig Verachtung und eine ganze keusche Seligkeit.

2.

Die blonde Inge, Ingeborg Holm, Doktor Holms Tochter, der am Markte wohnte, dort, wo hoch, spitzig und vielfach der gotische Brunnen stand, sie war's, die Tonio Kröger liebte, als er sechzehn Jahre alt war.

Wie geschah das? Er hatte sie tausendmal gesehen; an einem Abend jedoch sah er sie in einer gewissen Beleuchtung, sah, wie sie im Gespräch mit einer Freundin auf eine gewisse übermütige Art lachend den Kopf zur Seite warf, auf eine gewisse Art ihre Hand, eine gar nicht besonders schmale, gar nicht besonders feine Klein-Mädchen-Hand zum Hinterkopfe führte, wobei der weiße Gaze-Ärmel von ihrem Ellenbogen zurückglitt, hörte, wie sie ein Wort, ein gleichgültiges Wort, auf eine gewisse Art betonte, wobei ein warmes Klingen in ihrer Stimme war, und ein Entzücken ergriff sein Herz, weit stärker als jenes, das er früher zuweilen empfunden hatte, wenn er Hans Hansen betrachtete, als er noch ein kleiner, dummer Junge war.

An diesem Abend nahm er ihr Bild mit fort, mit dem dicken, blonden Zopf, den länglich geschnittenen, lachenden, blauen Augen und dem zart angedeuteten Sattel von Sommersprossen über der Nase, konnte nicht einschlafen, weil er das Klingen in ihrer Stimme hörte, versuchte leise, die Betonung nachzuahmen, mit der sie das gleichgültige Wort ausgesprochen hatte, und erschauerte dabei. Die Erfahrung lehrte ihn, daß dies die Liebe sei. Aber obgleich er genau wußte, daß die Liebe ihm viel Schmerz, Drangsal und Demütigung bringen müsse, daß sie überdies den Frieden zerstöre und das Herz mit Melodieen überfülle, ohne daß man Ruhe fand, eine Sache rund zu formen und in Gelassenheit etwas Ganzes daraus zu schmieden, so nahm er sie doch mit Freuden auf, überließ sich ihr ganz und pflegte sie mit den Kräften seines Gemütes, denn er wußte, daß sie reich und lebendig mache, und er sehnte sich, reich und lebendig zu sein, statt in Gelassenheit etwas Ganzes zu schmieden...

Dies, daß Tonio Kröger sich an die lustige Inge Holm verlor, ereignete sich in dem ausgeräumten Salon der Konsulin Husteede, die es an jenem Abend traf, die Tanzstunde zu geben; denn es war ein Privat-Kursus, an dem nur Angehörige von ersten Familien teilnahmen, und man versammelte sich reihum in den elterlichen Häusern, um sich Unterricht in Tanz und Anstand erteilen zu lassen. Aber zu diesem Behufe kam allwöchentlich Ballettmeister Knaak eigens von Hamburg herbei.

François Knaak war sein Name, und was für ein Mann war das! »J'ai l'honneur de me vous représenter«, sagte er, »mon nom est Knaak... Und dies spricht man nicht aus, während man sich verbeugt, sondern wenn man wieder aufrecht steht, – gedämpft und dennoch deutlich. Man ist nicht täglich in der Lage, sich auf Französisch vorstellen zu müssen, aber kann man es in dieser Sprache korrekt und tadellos, so wird es einem auf Deutsch erst recht nicht fehlen.« Wie wunderbar der seidig schwarze Gehrock sich an seine fetten Hüften schmiegte! In weichen Falten fiel sein Beinkleid auf seine Lackschuhe hinab, die mit breiten Atlasschleifen geschmückt waren, und seine braunen Augen blickten mit einem müden Glück über ihre eigene Schönheit umher...

Jedermann ward erdrückt durch das Übermaß seiner Sicherheit und Wohlanständigkeit. Er schritt – und niemand schritt wie er, elastisch, wogend, wiegend, königlich – auf die Herrin des Hauses zu, verbeugte sich und wartete, daß man ihm die Hand reiche. Erhielt er sie, so dankte er mit leiser Stimme dafür, trat federnd zurück, wandte sich auf dem linken Fuße, schnellte den rechten mit niedergedrückter Spitze seitwärts vom Boden ab und schritt mit bebenden Hüften davon...

Man ging rückwärts und unter Verbeugungen zur Tür hinaus, wenn man eine Gesellschaft verließ, man schleppte einen Stuhl nicht herbei, indem man ihn an einem Bein ergriff, oder am Boden entlang schleifte, sondern man trug ihn leicht an der Lehne herzu und setzte ihn geräuschlos nieder. Man stand nicht da, indem man die Hände auf dem Bauch faltete und die Zunge in den Mundwinkel schob; tat man es dennoch, so hatte Herr Knaak eine Art, es ebenso zu machen, daß man für den Rest seines Lebens einen Ekel vor dieser Haltung bewahrte...

Dies war der Anstand. Was aber den Tanz betraf, so meisterte Herr Knaak ihn womöglich in noch höherem Grade. In dem ausgeräumten Salon brannten die Gasflammen des Kronleuchters und die Kerzen auf dem Kamin. Der Boden war mit Talkum bestreut, und in stummem Halbkreise standen die Eleven umher. Aber jenseits der Portièren, in der anstoßenden Stube, saßen auf Plüschstühlen die Mütter und Tanten, und betrachteten durch ihre Lorgnetten Herrn Knaak, wie er, in gebückter Haltung, den Saum seines Gehrockes mit je zwei Fingern erfaßt hielt und mit federnden Beinen die einzelnen Teile der Mazurka demonstrierte. Beabsichtigte er aber, sein Publikum gänzlich zu verblüffen, so schnellte er sich plötzlich und ohne zwingenden Grund vom Boden empor, indem er seine Beine mit verwirrender Schnelligkeit in der Luft umeinander wirbelte, gleichsam mit denselben trillerte, worauf er mit einem gedämpften, aber alles in seinen Festen erschütternden Plumps zu dieser Erde zurückkehrte...

Was für ein unbegreiflicher Affe, dachte Tonio Kröger in seinem Sinn. Aber er sah wohl, daß Inge Holm, die lustige Inge, oft mit einem selbstvergessenen Lächeln Herrn Knaaks Bewegungen verfolgte, und nicht dies allein war es, weshalb alle diese wundervoll beherrschte Körperlichkeit ihm im Grunde etwas wie Bewunderung abgewann. Wie ruhevoll und unverwirrbar Herrn Knaaks Augen blickten! Sie sahen nicht in die Dinge hinein, bis dorthin, wo sie kompliziert und traurig werden; sie wußten nichts, als daß sie braun und schön seien. Aber deshalb war seine Haltung so stolz! Ja, man mußte dumm sein, um so schreiten zu können, wie er; und dann wurde man geliebt, denn man war liebenswürdig. Er verstand es so gut, daß Inge, die blonde, süße Inge, auf Herrn Knaak blickte, wie sie es tat. Aber würde denn niemals ein Mädchen so auf ihn selbst blicken?

O doch, das kam vor. Da war Magdalena Vermehren, Rechtsanwalt Vermehrens Tochter, mit dem sanften Mund und den großen, dunklen, blanken Augen voll Ernst und Schwärmerei. Sie fiel oft hin beim Tanzen; aber sie kam zu ihm bei der Damenwahl, sie wußte, daß er Verse dichtete, sie hatte ihn zweimal gebeten, sie ihr zu zeigen, und oftmals schaute sie ihn von Weitem mit gesenktem Kopfe an. Aber was sollte ihm das? Er, er liebte Inge Holm, die blonde, lustige Inge, die ihn sicher darum verachtete, daß er poetische Sachen schrieb... er sah sie an, sah ihre schmalgeschnittenen, blauen Augen, die voll Glück und Spott waren, und eine neidische Sehnsucht, ein herber, drängender Schmerz, von ihr ausgeschlossen und ihr ewig fremd zu sein, saß in seiner Brust und brannte...

»Erstes Paar en avant!« sagte Herr Knaak, und keine Worte schildern, wie wunderbar der Mann den Nasal-Laut hervorbrachte. Man übte Quadrille, und zu Tonio Krögers tiefem Erschrecken befand er sich mit Inge Holm in ein und demselben Carré. Er mied sie, wie er konnte, und dennoch geriet er beständig in ihre Nähe; er wehrte seinen Augen, sich ihr zu nahen, und dennoch traf sein Blick beständig auf sie... Nun kam sie an der Hand des rotköpfigen Ferdinand Matthiessen gleitend und laufend herbei, warf den Zopf zurück und stellte sich aufatmend ihm gegenüber; Herr Heinzelmann, der Klavierspieler, griff mit seinen knochigen Händen in die Tasten, Herr Knaak kommandierte, die Quadrille begann.

Sie bewegte sich vor ihm hin und her, vorwärts und rückwärts, schreitend und drehend, ein Duft, der von ihrem Haar oder dem zarten, weißen Stoff ihres Kleides ausging, berührte ihn manchmal, und seine Augen trübten sich mehr und mehr. Ich liebe dich, liebe, süße Inge, sagte er innerlich, und er legte in diese Worte seinen ganzen Schmerz darüber, daß sie so eifrig und lustig bei der Sache war und sein nicht achtete. Ein wunderschönes Gedicht von Storm fiel ihm ein: »Ich möchte schlafen; aber du mußt tanzen.« Der demütigende Widersinn quälte ihn, der darin lag, tanzen zu müssen, während man liebte...

»Erstes Paar en avant!« sagte Herr Knaak, denn es kam eine neue Tour. »Compliment! Moulinet des dames! Tour de main!« Und niemand beschreibt, auf welch graziöse Art er das stumme e vom »de« verschluckte.

»Zweites Paar en avant!« Tonio Kröger und seine Dame waren daran. »Compliment!« Und Tonio Kröger verbeugte sich. »Moulinet des dames!« Und Tonio Kröger, mit gesenktem Kopfe und finsteren Brauen, legte seine Hand auf die Hände der vier Damen, auf die Inge Holms, und tanzte »moulinet«.

Ringsum entstand ein Kichern und Lachen. Herr Knaak fiel in eine Ballett-Pose, welche ein stilisiertes Entsetzen ausdrückte. »O weh!« rief er. »Halt, halt! Kröger ist unter die Damen geraten! En arrière, Fräulein Kröger, zurück, fi donc! Alle haben es nun verstanden, nur Sie nicht. Husch! Fort! Zurück mit Ihnen!« Und er zog sein gelbseidenes Taschentuch und scheuchte Tonio Kröger damit an seinen Platz zurück.

Alles lachte, die Jungen, die Mädchen und die Damen jenseits der Portièren, denn Herr Knaak hatte etwas gar zu Drolliges aus dem Zwischenfall gemacht, und man amüsierte sich wie im Theater. Nur Herr Heinzelmann wartete mit trockener Geschäftsmiene auf das Zeichen zum Weiterspielen, denn er war abgehärtet gegen Herrn Knaaks Wirkungen.

Dann ward die Quadrille fortgesetzt. Und dann war Pause. Das Folgmädchen klirrte mit einem Teebrett voll Weingelee-Gläsern zur Tür herein, und die Köchin folgte mit einer Ladung Plumcake in ihrem Kielwasser. Aber Tonio Kröger stahl sich fort, ging heimlich auf den Korridor hinaus und stellte sich dort, die Hände auf dem Rücken, vor ein Fenster mit herabgelassener Jalousie, ohne zu bedenken, daß man durch diese Jalousie gar nichts sehen konnte, und daß es also lächerlich sei, davorzustehen und zu tun, als blicke man hinaus.

Er blickte aber in sich hinein, wo so viel Gram und Sehnsucht war. Warum, warum war er hier? Warum saß er nicht in seiner Stube am Fenster und las in Storms »Immensee« und blickte hie und da in den abendlichen Garten hinaus, wo der alte Walnußbaum schwerfällig knarrte? Das wäre sein Platz gewesen. Mochten die anderen tanzen und frisch und geschickt bei der Sache sein!... Nein, nein, sein Platz war dennoch hier, wo er sich in Inges Nähe wußte, wenn er auch nur einsam von ferne stand und versuchte, in dem Summen, Klirren und Lachen dort drinnen ihre Stimme zu unterscheiden, in welcher es klang von warmem Leben. Deine länglich geschnittenen, blauen, lachenden Augen, du blonde Inge! So schön und heiter wie du kann man nur sein, wenn man nicht »Immensee« liest und niemals versucht, selbst dergleichen zu machen; das ist das Traurige!...

Sie müßte kommen! Sie müßte bemerken, daß er fort war, müßte fühlen, wie es um ihn stand, müßte ihm heimlich folgen, wenn auch nur aus Mitleid, ihm ihre Hand auf die Schulter legen und sagen: Komm herein zu uns, sei froh, ich liebe dich. Und er horchte hinter sich und wartete in unvernünftiger Spannung, daß sie kommen möge. Aber sie kam keines Weges. Dergleichen geschah nicht auf Erden.

Hatte auch sie ihn verlacht, gleich allen anderen? Ja, das hatte sie getan, so gern er es ihret- und seinetwegen geleugnet hätte. Und doch hatte er nur aus Versunkenheit in ihre Nähe »moulinet des dames« mitgetanzt. Und was verschlug das? Man würde vielleicht einmal aufhören, zu lachen! Hatte etwa nicht kürzlich eine Zeitschrift ein Gedicht von ihm angenommen, wenn sie dann auch wieder eingegangen war, bevor das Gedicht hatte erscheinen können? Es kam der Tag, wo er berühmt war, wo alles gedruckt wurde, was er schrieb, und dann würde man sehen, ob es nicht Eindruck auf Inge Holm machen würde... Es würde k e i n e n Eindruck machen, nein, das war es ja. Auf Magdalena Vermehren, die immer hinfiel, ja, auf die. Aber niemals auf Inge Holm, niemals auf die blauäugige, lustige Inge. Und war es also nicht vergebens?...

Tonio Krögers Herz zog sich schmerzlich zusammen bei diesem Gedanken. Zu fühlen, wie wunderbare spielende und schwermütige Kräfte sich in dir regen, und dabei zu wissen, daß diejenigen, zu denen du dich hinübersehnst, ihnen in heiterer Unzugänglichkeit gegenüberstehen, das tut sehr weh. Aber obgleich er einsam, ausgeschlossen und ohne Hoffnung vor einer geschlossenen Jalousie stand und in seinem Kummer tat, als könne er hindurchblicken, so war er dennoch glücklich. Denn damals lebte sein Herz. Warm und traurig schlug es für dich, Ingeborg Holm, und seine Seele umfaßte deine blonde, lichte und übermütig gewöhnliche kleine Persönlichkeit in seliger Selbstverleugnung.

Mehr als einmal stand er mit erhitztem Angesicht an einsamen Stellen, wohin Musik, Blumenduft und Gläsergeklirr nur leise drangen, und suchte in dem fernen Festgeräusch deine klingende Stimme zu unterscheiden, stand in Schmerzen um dich und war dennoch glücklich. Mehr als einmal kränkte es ihn, daß er mit Magdalena Vermehren, die immer hinfiel, sprechen konnte, daß sie ihn verstand und mit ihm lachte und ernst war, während die blonde Inge, saß er auch neben ihr, ihm fern und fremd und befremdet erschien, denn seine Sprache war nicht ihre Sprache; und dennoch war er glücklich. Denn das Glück, sagte er sich, ist nicht, geliebt zu werden; das ist eine mit Ekel gemischte Genugtuung für die Eitelkeit. Das Glück ist, zu lieben und vielleicht kleine, trügerische Annäherungen an den geliebten Gegenstand zu erhaschen. Und er schrieb diesen Gedanken innerlich auf, dachte ihn völlig aus und empfand ihn bis auf den Grund.

Treue! dachte Tonio Kröger. Ich will treu sein und dich lieben, Ingeborg, solange ich lebe! So wohlmeinend war er. Und dennoch flüsterte in ihm eine leise Furcht und Trauer, daß er ja auch Hans Hansen ganz und gar vergessen habe, obgleich er ihn täglich sah. Und es war das Häßliche und Erbärmliche, daß diese leise und ein wenig hämische Stimme recht behielt, daß die Zeit verging und Tage kamen, da Tonio Kröger nicht mehr so unbedingt wie ehemals für die lustige Inge zu sterben bereit war, weil er Lust und Kräfte in sich fühlte, auf seine Art in der Welt eine Menge des Merkwürdigen zu leisten.

Und er umkreiste behutsam den Opfer-Altar, auf dem die lautere und keusche Flamme seiner Liebe loderte, kniete davor und schürte und nährte sie auf alle Weise, weil er treu sein wollte. Und über eine Weile, unmerklich, ohne Aufsehen und Geräusch, war sie dennoch erloschen.

Aber Tonio Kröger stand noch eine Zeit lang vor dem erkalteten Altar, voll Staunen und Enttäuschung darüber, daß Treue auf Erden unmöglich war. Dann zuckte er die Achseln und ging seiner Wege.

3.

Er ging den Weg, den er gehen mußte, ein wenig nachlässig und ungleichmäßig, vor sich hinpfeifend, mit seitwärts geneigtem Kopfe ins Weite blickend, und wenn er irre ging, so geschah es, weil es für Etliche einen richtigen Weg überhaupt nicht gibt. Fragte man ihn, was in aller Welt er zu werden gedachte, so erteilte er wechselnde Auskunft, denn er pflegte zu sagen (und hatte es auch bereits aufgeschrieben), daß er die Möglichkeiten zu tausend Daseinsformen in sich trage, zusammen mit dem heimlichen Bewußtsein, daß es im Grunde lauter Unmöglichkeiten seien...

Schon bevor er von der engen Vaterstadt schied, hatten sich leise die Klammern und Fäden gelöst, mit denen sie ihn hielt.

Die alte Familie der Kröger war nach und nach in einen Zustand des Abbröckelns und der Zersetzung geraten, und die Leute hatten Grund, Tonio Krögers eigenes Sein und Wesen ebenfalls zu den Merkmalen dieses Zustandes zu rechnen. Seines Vaters Mutter war gestorben, das Haupt des Geschlechts, und nicht lange darauf, so folgte sein Vater, der lange, sinnende, sorgfältig gekleidete Herr mit der Feldblume im Knopfloch, ihr im Tode nach. Das große Krögersche Haus stand mitsamt seiner würdigen Geschichte zum Verkaufe, und die Firma ward ausgelöscht. Tonios Mutter jedoch, seine schöne, feurige Mutter, die so wunderbar den Flügel und die Mandoline spielte und der alles ganz einerlei war, vermählte sich nach Jahresfrist aufs Neue und zwar mit einem Musiker, einem Virtuosen mit italienischem Namen, dem sie in blaue Fernen folgte. Tonio Kröger fand dies ein wenig liederlich; aber war er berufen, es ihr zu wehren? Er schrieb Verse und konnte nicht einmal beantworten, was in aller Welt er zu werden gedachte...

Und er verließ die winklige Heimatstadt, um deren Giebel der feuchte Wind pfiff, verließ den Springbrunnen und den alten Walnußbaum im Garten, die Vertrauten seiner Jugend, verließ auch das Meer, das er so sehr liebte, und empfand keinen Schmerz dabei. Denn er war groß und klug geworden, hatte begriffen, was für eine Bewandtnis es mit ihm hatte, und war voller Spott für das plumpe und niedrige Dasein, das ihn so lange in seiner Mitte gehalten hatte.

Er ergab sich ganz der Macht, die ihm als die erhabenste auf Erden erschien, zu deren Dienst er sich berufen fühlte, und die ihm Hoheit und Ehren versprach, der Macht des Geistes und Wortes, die lächelnd über dem unbewußten und stummen Leben thront. Mit seiner jungen Leidenschaft ergab er sich ihr, und sie lohnte ihm mit allem, was sie zu schenken hat, und nahm ihm unerbittlich all das, was sie als Entgelt dafür zu nehmen pflegt.

Sie schärfte seinen Blick und ließ ihn die großen Wörter durchschauen, die der Menschen Busen blähen, sie erschloß ihm der Menschen Seelen und seine eigene, machte ihn hellsehend und zeigte ihm das Innere der Welt und alles Letzte, was hinter den Worten und Taten ist. Was er aber sah, war dies: Komik und Elend – Komik und Elend.

Da kam, mit der Qual und dem Hochmut der Erkenntnis, die Einsamkeit, weil es ihn im Kreise der Harmlosen mit dem fröhlich dunklen Sinn nicht litt und das Mal an seiner Stirn sie verstörte. Aber mehr und mehr versüßte sich ihm auch die Lust am Worte und der Form, denn er pflegte zu sagen (und hatte es auch bereits aufgeschrieben), daß die Kenntnis der Seele allein unfehlbar trübsinnig machen würde, wenn nicht die Vergnügungen des Ausdrucks uns wach und munter erhielten...

Er lebte in großen Städten und im Süden, von dessen Sonne er sich ein üppigeres Reifen seiner Kunst versprach; und vielleicht war es das Blut seiner Mutter, welches ihn dorthin zog. Aber da sein Herz tot und ohne Liebe war, so geriet er in Abenteuer des Fleisches, stieg tief hinab in Wollust und heiße Schuld und litt unsäglich dabei. Vielleicht war es das Erbteil seines Vaters in ihm, des langen, sinnenden, reinlich gekleideten Mannes mit der Feldblume im Knopfloch, das ihn dort unten so leiden machte und manchmal eine schwache, sehnsüchtige Erinnerung in ihm sich regen ließ an eine Lust der Seele, die einstmals sein eigen gewesen war, und die er in allen Lüsten nicht wiederfand.

Ein Ekel und Haß gegen die Sinne erfaßte ihn und ein Lechzen nach Reinheit und wohlanständigem Frieden, während er doch die Luft der Kunst atmete, die laue und süße, duftgeschwängerte Luft eines beständigen Frühlings, in der es treibt und braut und keimt in heimlicher Zeugungswonne. So kam es nur dahin, daß er, haltlos zwischen krassen Extremen, zwischen eisiger Geistigkeit und verzehrender Sinnenglut hin- und hergeworfen, unter Gewissensnöten ein erschöpfendes Leben führte, ein ausbündiges, ausschweifendes und außerordentliches Leben, das er, Tonio Kröger, im Grunde verabscheute. Welch Irrgang! dachte er zuweilen. Wie war es nur möglich, daß ich in alle diese excentrischen Abenteuer geriet? Ich bin doch kein Zigeuner im grünen Wagen, von Hause aus...

Aber in dem Maße, wie seine Gesundheit geschwächt ward,

verschärfte sich seine Künstlerschaft, ward wählerisch, erlesen, kostbar, fein, reizbar gegen das Banale und aufs höchste empfindlich in Fragen des Taktes und Geschmacks. Als er zum ersten Male hervortrat, wurde unter denen, die es anging, viel Beifall und Freude laut, denn es war ein wertvoll gearbeitetes Ding, was er geliefert hatte, voll Humor und Kenntnis des Leidens. Und schnell ward sein Name, derselbe, mit dem ihn einst seine Lehrer scheltend gerufen hatten, derselbe, mit dem er seine ersten Reime an den Walnußbaum, den Springbrunnen und das Meer unterzeichnet hatte, dieser aus Süd und Nord zusammengesetzte Klang, dieser exotisch angehauchte Bürgersname zu einer Formel, die Vortreffliches bezeichnete; denn der schmerzlichen Gründlichkeit seiner Erfahrungen gesellte sich ein seltener, zäh ausharrender und ehrsüchtiger Fleiß, der im Kampf mit der wählerischen Reizbarkeit seines Geschmacks unter heftigen Qualen ungewöhnliche Werke entstehen ließ.

Er arbeitete nicht wie Jemand, der arbeitet, um zu leben, sondern wie Einer, der nichts will, als arbeiten, weil er sich als lebendigen Menschen für nichts achtet, nur als Schaffender in Betracht zu kommen wünscht und im Übrigen grau und unauffällig umhergeht, wie ein abgeschminkter Schauspieler, der nichts ist, solange er nichts darzustellen hat. Er arbeitete stumm, abgeschlossen, unsichtbar und voller Verachtung für jene Kleinen, denen das Talent ein geselliger Schmuck war, die, ob sie nun arm oder reich waren, wild und abgerissen einhergingen oder mit persönlichen Krawatten Luxus trieben, in erster Linie glücklich, liebenswürdig und künstlerisch zu leben bedacht waren, unwissend darüber, daß gute Werke nur unter dem Druck eines schlimmen Lebens entstehen, daß, wer lebt, nicht arbeitet, und daß man gestorben sein muß, um ganz ein Schaffender zu sein.

4.

»Störe ich?« fragte Tonio Kröger auf der Schwelle des Ateliers. Er hielt seinen Hut in der Hand und verbeugte sich sogar ein wenig, obgleich Lisaweta Iwanowna seine Freundin war, der er Alles sagte.

»Erbarmen Sie sich, Tonio Kröger, und kommen Sie ohne Ceremonien herein!« antwortete sie mit ihrer hüpfenden Betonung. »Es ist bekannt, daß Sie eine gute Kinderstube genossen haben und wissen, was sich schickt.« Dabei steckte sie ihren Pinsel zu der Palette in die linke Hand, reichte ihm die rechte und blickte ihm lachend und kopfschüttelnd ins Gesicht.

»Ja, aber Sie arbeiten«, sagte er. »Lassen Sie sehen... O, Sie sind vorwärts gekommen.« Und er betrachtete abwechselnd die farbigen Skizzen, die zu beiden Seiten der Staffelei auf Stühlen lehnten, und die große, mit einem quadratischen Linien-Netz überzogene Leinwand, auf welcher, in dem verworrenen und schemenhaften Kohle-Entwurf, die ersten Farbflecke aufzutauchen begannen.

Es war in München, in einem Rückgebäude der Schellingstraße, mehrere Stiegen hoch. Draußen, hinter dem breiten Nordlicht-Fenster, herrschte Himmelsblau, Vogelgezwitscher und Sonnenschein, und des Frühlings junger, süßer Atem, der durch eine offene Klappe hereinströmte, vermischte sich mit dem Geruch von Fixativ und Ölfarbe, der den weiten Arbeitsraum erfüllte. Ungehindert überflutete das goldige Licht des hellen Nachmittags die weitläufige Kahlheit des Ateliers, beschien freimütig den ein wenig schadhaften Fußboden, den rohen, mit Fläschchen, Tuben und Pinseln bedeckten Tisch unterm Fenster und die ungerahmten Studien an den untapezierten Wänden, beschien den Wandschirm aus rissiger Seide, der in der Nähe der Tür einen kleinen, stilvoll möblierten Wohn- und Mußewinkel begrenzte, beschien das werdende Werk auf der Staffelei und davor die Malerin und den Dichter.

Sie mochte etwa so alt sein, wie er, nämlich ein wenig jenseits der Dreißig. In ihrem dunkelblauen, fleckigen Schürzenkleide saß sie auf einem niedrigen Schemel und stützte das Kinn in die Hand. Ihr braunes Haar, fest frisiert und an den Seiten schon leicht ergraut, bedeckte in leisen Scheitelwellen ihre Schläfen und gab den Rahmen zu ihrem brünetten, slavisch geformten, unendlich sympathischen Gesicht mit der Stumpfnase, den scharf herausgearbeiteten Wangenknochen und den kleinen, schwarzen, blanken Augen. Gespannt, mißtrauisch und gleichsam gereizt musterte sie schiefen und gekniffenen Blicks ihre Arbeit...

Er stand neben ihr, hielt die rechte Hand in die Hüfte gestemmt und drehte mit der Linken eilig an seinem braunen Schnurrbart. Seine schrägen Brauen waren in einer finsteren und angestrengten Bewegung, wobei er leise vor sich hinpfiff, wie gewöhnlich. Er war äußerst sorgfältig und gediegen gekleidet, in einen Anzug von ruhigem Grau und reserviertem Schnitt. Aber in seiner durcharbeiteten Stirn, über der sein dunkles Haar so außerordentlich simpel und korrekt sich scheitelte, war ein nervöses Zucken, und die Züge seines südlich geschnittenen Gesichts waren schon scharf, von einem harten Griffel gleichsam nachgezogen und ausgeprägt, während doch sein Mund so sanft umrissen, sein Kinn so weich gebildet erschien... Nach einer Weile strich er mit der Hand über Stirn und Augen und wandte sich ab.

»Ich hätte nicht kommen sollen«, sagte er.

»Warum hätten Sie nicht, Tonio Kröger?«

»Eben stehe ich von meiner Arbeit auf, Lisaweta, und in meinem Kopf sieht es genau aus wie auf dieser Leinwand. Ein Gerüst, ein blasser, von Korrekturen beschmutzter Entwurf und ein paar Farbflecke, ja; und nun komme ich hierher und sehe das Selbe. Und auch den Konflikt und Gegensatz finde ich hier wieder«, sagte er und schnupperte in die Luft, »der mich zu Hause quälte. Seltsam ist es. Beherrscht dich ein Gedanke, so findest du ihn überall ausgedrückt, du riechst ihn sogar im Winde. Fixativ und Frühlingsarom, nicht wahr? Kunst und – ja, was ist das Andere? Sagen Sie nicht ›Natur‹, Lisaweta, ›Natur‹ ist nicht erschöpfend. Ach, nein, ich hätte wohl lieber spazieren gehen sollen, obgleich es die Frage ist, ob ich mich dabei wohler befunden hätte: Vor fünf Minuten, nicht weit von hier, traf ich einen Kollegen, Adalbert, den Novellisten. ›Gott verdamme den Frühling!‹ sagte er in seinem aggressiven Stil. ›Er ist und bleibt die gräßlichste Jahreszeit! Können Sie einen vernünftigen Gedanken fassen, Kröger, können Sie die kleinste Pointe und Wirkung in Gelassenheit ausarbeiten, wenn es Ihnen auf eine unanständige Weise im Blute kribbelt und eine Menge von unzugehörigen Sensationen Sie beunruhigt, die, sobald Sie sie prüfen, sich als ausgemacht triviales und gänzlich unbrauchbares Zeug entpuppen? Was mich betrifft, so gehe ich nun ins Café. Das ist neutrales, vom Wechsel der Jahreszeiten unberührtes Gebiet, wissen Sie, das stellt sozusagen die entrückte und erhabene Sphäre des Literarischen dar, in der man nur vornehmerer Einfälle fähig ist...‹ Und er ging ins Café; und vielleicht hätte ich mitgehen sollen.«

Lisaweta amüsierte sich.

»Das ist gut, Tonio Kröger. Das mit dem ›unanständigen Kribbeln‹ ist gut. Und er hat ja gewissermaßen recht, denn mit dem Arbeiten ist es wirklich nicht sonderlich bestellt im Frühling. Aber nun geben Sie acht. Nun mache ich trotzdem noch diese kleine Sache hier, diese kleine Pointe und Wirkung, wie Adalbert sagen würde. Nachher gehen wir in den ›Salon‹ und trinken Tee, und Sie sprechen sich aus; denn das sehe ich genau, daß Sie heute geladen sind. Bis dahin gruppieren Sie sich wohl irgendwo, zum Beispiel auf der Kiste da, wenn Sie nicht für Ihre Patrizier-Gewänder fürchten...«

»Ach, lassen Sie mich mit meinen Gewändern in Ruh, Lisaweta Iwanowna! Wünschten Sie, daß ich in einer zerrissenen Sammetjacke oder einer rotseidenen Weste umherliefe? Man ist als Künstler innerlich immer Abenteurer genug. Äußerlich soll man sich gut anziehen, zum Teufel, und sich benehmen wie ein anständiger Mensch... Nein, geladen bin ich nicht«, sagte er und sah zu, wie sie auf der Palette eine Mischung bereitete. »Sie hören ja, daß es nur ein Problem und Gegensatz ist, was mir im Sinne liegt und mich bei der Arbeit störte... Ja, wovon sprachen wir eben? Von Adalbert, dem Novellisten, und was für ein stolzer und fester Mann er ist. ›Der Frühling ist die gräßlichste Jahreszeit‹, sagte er und ging ins Café. Denn man muß wissen, was man will, nicht wahr? Sehen Sie, auch mich macht der Frühling nervös, auch mich setzt die holde Trivialität der Erinnerungen und Empfindungen, die er erweckt, in Verwirrung; nur, daß ich es nicht über mich gewinne, ihn dafür zu schelten und zu verachten; denn die Sache ist die, daß ich mich vor ihm schäme, mich schäme vor seiner reinen Natürlichkeit und seiner siegenden Jugend. Und ich weiß nicht, ob ich Adalbert beneiden oder geringschätzen soll, dafür, daß er nichts davon weiß...

Man arbeitet schlecht im Frühling, gewiß, und warum? Weil man empfindet. Und weil der ein Stümper ist, der glaubt, der Schaffende dürfe empfinden. Jeder echte und aufrichtige Künstler lächelt über die Naivität dieses Pfuscher-Irrtums, – melancholisch vielleicht, aber er lächelt. Denn das, was man sagt, darf ja niemals die Hauptsache sein, sondern nur das an und für sich gleichgültige Material, aus dem das ästhetische Gebilde in spielender und gelassener Überlegenheit zusammenzusetzen ist. Liegt Ihnen zu viel an dem, was Sie zu sagen haben, schlägt Ihr Herz zu warm dafür, so können Sie eines vollständigen Fiaskos sicher sein. Sie werden pathetisch, Sie werden sentimental, etwas Schwerfälliges, Täppisch-Ernstes, Unbeherrschtes, Unironisches, Ungewürztes, Langweiliges, Banales entsteht unter Ihren Händen, und nichts als Gleichgültigkeit bei den Leuten, nichts als Enttäuschung und Jammer bei Ihnen selbst ist das Ende... Denn so ist es ja, Lisaweta: Das Gefühl, das warme, herzliche Gefühl ist immer banal und unbrauchbar, und künstlerisch sind bloß die Gereiztheiten und kalten Ekstasen unseres verdorbenen, unseres artistischen Nervensystems. Es ist nötig, daß man irgend etwas Außermenschliches und Unmenschliches sei, daß man zum Menschlichen in einem seltsam fernen und unbeteiligten Verhältnis stehe, um imstande und überhaupt versucht zu sein, es zu spielen, damit zu spielen, es wirksam und geschmackvoll darzustellen. Die Begabung für Stil, Form und Ausdruck setzt bereits dies kühle und wählerische Verhältnis zum Menschlichen, ja, eine gewisse menschliche Verarmung und Verödung voraus. Denn das gesunde und starke Gefühl, dabei bleibt es, hat keinen Geschmack. Es ist aus mit dem Künstler, sobald er Mensch wird und zu empfinden beginnt. Das wußte Adalbert, und darum begab er sich ins Café, in die ›entrückte Sphäre‹, jawohl!«

»Nun, Gott mit ihm, Batuschka«, sagte Lisaweta und wusch sich die Hände in einer Blechwanne; »Sie brauchen ihm ja nicht zu folgen.«

»Nein, Lisaweta, ich folge ihm nicht, und zwar einzig, weil ich hie und da imstande bin, mich vor dem Frühling meines Künstlertums ein wenig zu schämen. Sehen Sie, zuweilen erhalte ich Briefe von fremder Hand, Lob- und Dankschreiben aus meinem Publikum, bewunderungsvolle Zuschriften ergriffener Leute. Ich lese diese Zuschriften, und Rührung beschleicht mich angesichts des warmen und unbeholfenen menschlichen Gefühls, das meine Kunst hier bewirkt hat, eine Art von Mitleid faßt mich an gegenüber der begeisterten Naivetät, die aus den Zeilen spricht, und ich erröte bei dem Gedanken, wie sehr dieser redliche Mensch ernüchtert sein müßte, wenn er je einen Blick hinter die Kulissen täte, wenn seine Unschuld je begriffe, daß ein rechtschaffener, gesunder und anständiger Mensch überhaupt nicht schreibt, mimt, komponiert... was alles ja nicht hindert, daß ich seine Bewunderung für mein Genie benütze, um mich zu steigern und zu stimulieren, daß ich sie gewaltig ernst nehme, und ein Gesicht dazu mache, wie ein Affe, der den großen Mann spielt... Ach, reden Sie mir nicht darein, Lisaweta! Ich sage Ihnen, daß ich es oft sterbensmüde bin, das Menschliche darzustellen, ohne am Menschlichen teilzuhaben... Ist der Künstler überhaupt ein Mann? Man frage ›das Weib‹ danach! Mir scheint, wir Künstler teilen alle ein wenig das Schicksal jener präparierten päpstlichen Sänger... Wir singen ganz rührend schön. Jedoch –«

»Sie sollten sich ein bißchen schämen, Tonio Kröger. Kommen Sie nun zum Tee. Das Wasser wird gleich kochen, und hier sind Papyros. Beim Sopran-Singen waren Sie stehen geblieben;

und fahren Sie da nur fort. Aber schämen sollten Sie sich. Wenn ich nicht wüßte, mit welch stolzer Leidenschaft Sie Ihrem Berufe ergeben sind...«

»Sagen Sie nichts von ›Beruf‹, Lisaweta Iwanowna! Die Literatur ist überhaupt kein Beruf, sondern ein Fluch, – damit Sie's wissen. Wann beginnt er fühlbar zu werden, dieser Fluch? Früh, schrecklich früh. Zu einer Zeit, da man billig noch in Frieden und Eintracht mit Gott und der Welt leben sollte. Sie fangen an, sich gezeichnet, sich in einem rätselhaften Gegensatz zu den Anderen, den Gewöhnlichen, den Ordentlichen zu fühlen, der Abgrund von Ironie, Unglaube, Opposition, Erkenntnis, Gefühl, der Sie von den Menschen trennt, klafft tiefer und tiefer, Sie sind einsam, und fortan gibt es keine Verständigung mehr. Was für ein Schicksal! Gesetzt, daß das Herz lebendig genug, liebevoll genug geblieben ist, es als furchtbar zu empfinden!... Ihr Selbstbewußtsein entzündet sich, weil Sie unter Tausenden das Zeichen an Ihrer Stirne spüren und fühlen, daß es Niemandem entgeht. Ich kannte einen Schauspieler von Genie, der als Mensch mit einer krankhaften Befangenheit und Haltlosigkeit zu kämpfen hatte. Sein überreiztes Ichgefühl zusammen mit dem Mangel an Rolle, an darstellerischer Aufgabe, bewirkten das bei diesem vollkommenen Künstler und verarmten Menschen... Einen Künstler, einen wirklichen, nicht einen, dessen bürgerlicher Beruf die Kunst ist, sondern einen vorbestimmten und verdammten, ersehen Sie mit geringem Scharfblick aus einer Menschenmasse. Das Gefühl der Separation und Unzugehörigkeit, des Erkannt- und Beobachtetseins, etwas zugleich Königliches und Verlegenes ist in seinem Gesicht. In den Zügen eines Fürsten, der in Civil durch eine Volksmenge schreitet, kann man etwas Ähnliches beobachten. Aber da hilft kein Civil, Lisaweta! Verkleiden Sie sich, vermummen Sie sich, ziehen Sie sich an wie ein Attaché oder ein Gardeleutnant in Urlaub: Sie werden kaum die Augen aufzuschlagen und ein Wort zu sprechen brauchen, und jedermann wird wissen, daß Sie kein Mensch sind, sondern irgend etwas Fremdes, Befremdendes, Anderes...

Aber was ist der Künstler? Vor keiner Frage hat die Bequemlichkeit und Erkenntnisträgheit der Menschheit sich zäher erwiesen als vor dieser. ›Dergleichen ist Gabe‹, sagen demütig die braven Leute, die unter der Wirkung eines Künstlers stehen, und weil heitere und erhabene Wirkungen nach ihrer gutmütigen Meinung ganz unbedingt auch heitere und erhabene Ursprünge haben müssen, so argwöhnt niemand, daß es sich hier vielleicht um eine äußerst schlimm bedingte, äußerst fragwürdige ›Gabe‹ handelt... Man weiß, daß Künstler leicht verletzlich sind, – nun, man weiß auch, daß dies bei Leuten mit gutem Gewissen und solid gegründetem Selbstgefühl nicht zuzutreffen pflegt... Sehen Sie, Lisaweta, ich hege auf dem Grunde meiner Seele – ins Geistige übertragen – gegen den Typus des Künstlers den ganzen Verdacht, den jeder meiner ehrenfesten Vorfahren droben in der engen Stadt irgend einem Gaukler und abenteuernden Artisten entgegengebracht hätte, der in sein Haus gekommen wäre. Hören Sie Folgendes. Ich kenne einen Bankier, einen ergrauten Geschäftsmann, der die Gabe besitzt, Novellen zu schreiben. Er macht von dieser Gabe in seinen Mußestunden Gebrauch, und seine Arbeiten sind manchmal ganz ausgezeichnet. Trotz – ich sage ›trotz‹ – dieser sublimen Veranlagung ist dieser Mann nicht völlig unbescholten; er hat im Gegenteil bereits eine schwere Freiheitsstrafe zu verbüßen gehabt, und zwar aus triftigen Gründen. Ja, es geschah ganz eigentlich erst in der Strafanstalt, daß er seiner Begabung inne wurde, und seine Sträflingserfahrungen bilden das Grundmotiv in allen seinen Produktionen. Man könnte daraus, mit einiger Keckheit, folgern, daß es nötig sei, in irgend einer Art von Strafanstalt zu Hause zu sein, um zum Dichter zu werden. Aber drängt sich nicht der Verdacht auf, daß seine Erlebnisse im Zuchthause weniger innig mit den Wurzeln und Ursprüngen seiner Künstlerschaft verwachsen gewesen sein möchten, als das, was ihn hineinbrachte –? Ein Bankier, der Novellen dichtet, das ist eine Rarität, nicht wahr? Aber ein nicht krimineller, ein unbescholtener und solider Bankier, welcher Novellen dichtete, – das kommt nicht vor... Ja, da lachen Sie nun, und dennoch scherze ich nur halb und halb. Kein Problem, keines in der Welt, ist quälender, als das vom Künstlertum und seiner menschlichen Wirkung. Nehmen Sie das wunderartigste Gebilde des typischsten und darum mächtigsten Künstlers, nehmen Sie ein so morbides und tief zweideutiges Werk wie ›Tristan und Isolde‹ und beobachten Sie die Wirkung, die dieses Werk auf einen jungen, gesunden, stark normal empfindenden Menschen ausübt. Sie sehen Gehobenheit, Gestärktheit, warme, rechtschaffene Begeisterung, Angeregtheit vielleicht zu eigenem ›künstlerischen‹ Schaffen ... Der gute Dilettant! In uns Künstlern sieht es gründlich anders aus, als er mit seinem ›warmen Herzen‹ und ›ehrlichen Enthusiasmus‹ sich träumen mag. Ich habe Künstler von Frauen und Jünglingen umschwärmt und umjubelt gesehen, während ich über sie w u ß t e ... Man macht, was die Herkunft, die Miterscheinungen und Bedingungen des Künstlertums betrifft, immer wieder die merkwürdigsten Erfahrungen ...«

»An Anderen, Tonio Kröger – verzeihen Sie – oder nicht nur an Anderen?«

Er schwieg. Er zog seine schrägen Brauen zusammen und pfiff vor sich hin.

»Ich bitte um Ihre Tasse, Tonio. Er ist nicht stark. Und nehmen Sie eine neue Cigarette. Übrigens wissen Sie sehr wohl, daß Sie die Dinge ansehen, wie sie nicht notwendig angesehen zu werden brauchen ...«

»Das ist die Antwort des Horatio, liebe Lisaweta. ›Die Dinge so betrachten, hieße, sie zu genau betrachten‹, nicht wahr?«

»Ich sage, daß man sie ebenso genau von einer anderen Seite betrachten kann, Tonio Kröger. Ich bin bloß ein dummes malendes Frauenzimmer, und wenn ich Ihnen überhaupt etwas zu erwidern weiß, wenn ich Ihren eigenen Beruf ein wenig gegen Sie in Schutz nehmen kann, so ist es sicherlich nichts Neues, was ich vorbringe, sondern nur eine Mahnung an das, was Sie selbst sehr wohl wissen ... Wie also: Die reinigende, heiligende Wirkung der Literatur, die Zerstörung der Leidenschaften durch die Erkenntnis und das Wort, die Literatur als Weg zum Verstehen, zum Vergeben und zur Liebe, die erlösende Macht der Sprache, der literarische Geist als die edelste Erscheinung des Menschengeistes überhaupt, der Literat als vollkommener Mensch, als Heiliger, – die Dinge so betrachten, hieße, sie nicht genau genug betrachten?«

»Sie haben ein Recht, so zu sprechen, Lisaweta Iwanowna, und zwar im Hinblick auf das Werk Ihrer Dichter, auf die anbetungswürdige russische Literatur, die so recht eigentlich die heilige Literatur darstellt, von der Sie reden. Aber ich habe Ihre Einwände nicht außer Acht gelassen, sondern sie gehören mit zu dem, was mir heute im Sinne liegt... Sehen Sie mich an. Ich sehe nicht übermäßig munter aus, wie? Ein bißchen alt und scharfzügig und müde, nicht wahr? Nun, um auf die ›Erkenntnis‹ zurückzukommen, so ließe sich ein Mensch denken, der, von Hause aus gutgläubig, sanftmütig, wohlmeinend und ein wenig sentimental, durch die psychologische Hellsicht ganz einfach aufgerieben und zu Grunde gerichtet würde. Sich von der Traurigkeit der Welt nicht übermannen lassen; beobachten, merken, einfügen, auch das Quälendste, und übrigens guter Dinge sein, schon im Vollgefühl der sittlichen Überlegenheit über die abscheuliche Erfindung des Seins, – ja freilich! Jedoch zuweilen wächst Ihnen die Sache trotz aller Vergnügungen des Ausdrucks ein wenig über den Kopf. Alles verstehen hieße Alles verzeihen? Ich weiß doch nicht. Es gibt etwas, was ich Erkenntnisekel nenne, Lisaweta: Der Zustand, in dem es dem Menschen genügt, eine Sache zu durchschauen, um sich bereits zum Sterben angewidert (und durchaus nicht versöhnlich gestimmt) zu fühlen, – der Fall Hamlets, des Dänen, dieses typischen Literaten. Er wußte, was das ist: zum Wissen berufen werden, ohne dazu geboren zu sein. Hellsehen noch durch den Tränenschleier des Gefühls hindurch, erkennen, merken, beobachten und das Beobachtete lächelnd bei Seite legen müssen noch in Augenblikken, wo Hände sich umschlingen, Lippen sich finden, wo des Menschen Blick, erblindet von Empfindung, sich bricht, – es ist infam, Lisaweta, es ist niederträchtig, empörend... aber was hilft es, sich zu empören?

Eine andere, aber nicht minder liebenswürdige Seite der Sache ist dann freilich die Blasiertheit, Gleichgültigkeit und ironische Müdigkeit aller Wahrheit gegenüber, wie es denn Tatsache ist, daß es nirgends in der Welt stummer und hoffnungsloser zugeht als in einem Kreise von geistreichen Leuten, die bereits mit allen Hunden gehetzt sind. Alle Erkenntnis ist alt und langweilig. Sprechen Sie eine Wahrheit aus, an deren Eroberung und Besitz Sie vielleicht eine gewisse jugendliche Freude haben, und man wird Ihre ordinäre Aufgeklärtheit mit einem ganz kurzen Entlassen der Luft durch die Nase beantworten... Ach, ja, die Literatur macht müde, Lisaweta! In menschlicher Gesellschaft kann es einem, ich versichere Sie, geschehen, daß man vor lauter Skepsis und Meinungsenthaltsamkeit für dumm gehalten wird, während man doch nur hochmütig und mutlos ist... Dies zur ›Erkenntnis‹. Was aber das ›Wort‹ betrifft, so handelt es sich da vielleicht weniger um eine Erlösung als um ein Kaltstellen und Aufs-Eis-Legen der Empfindung? Im Ernst, es hat eine eisige und empörend anmaßliche Bewandtnis mit dieser prompten und oberflächlichen Erledigung des Gefühls durch die literarische Sprache. Ist Ihnen das Herz zu voll, fühlen Sie sich von einem süßen oder erhabenen Erlebnis allzu sehr ergriffen: nichts einfacher! Sie gehen zum Literaten, und Alles wird in kürzester Frist geregelt sein. Er wird Ihnen Ihre Angelegenheit analysieren und formulieren, bei Namen nennen, aussprechen und zum Reden bringen, wird Ihnen das Ganze für alle Zeit erledigen und gleichgültig machen und keinen Dank dafür nehmen. Sie aber werden erleichtert, gekühlt und geklärt nach Hause gehen und sich wundern, was an der Sache Sie eigentlich soeben noch mit so süßem Tumult verstören konnte. Und für diesen kalten und eitlen Charlatan wollen Sie ernstlich eintreten? Was ausgesprochen ist, so lautet sein Glaubensbekenntnis, ist erledigt. Ist die ganze Welt ausgesprochen, so ist sie erledigt, erlöst, abgetan... Sehr gut! Jedoch ich bin kein Nihilist...«

»Sie sind kein –« sagte Lisaweta... Sie hielt gerade ihr Löffelchen mit Tee in der Nähe des Mundes und erstarrte in dieser Haltung.

»Nun ja... nun ja... kommen Sie zu sich, Lisaweta! Ich bin es nicht, sage ich Ihnen, in Bezug auf das lebendige Gefühl. Sehen Sie, der Literat begreift im Grunde nicht, daß das Leben noch fortfahren mag, zu leben, daß es sich dessen nicht schämt, nachdem es doch ausgesprochen und ›erledigt‹ ist. Aber siehe da, es sündigt trotz aller Erlösung durch die Literatur unentwegt darauf los; denn alles Handeln ist Sünde in den Augen des Geistes...

Ich bin am Ziel, Lisaweta. Hören Sie mich an. Ich liebe das Leben – dies ist ein Geständnis. Nehmen Sie es und bewahren Sie es, – ich habe es noch Keinem gemacht. Man hat gesagt, man hat es sogar geschrieben und drucken lassen, daß ich das Leben hasse oder fürchte oder verachte oder verabscheue. Ich habe dies gern gehört, es hat mir geschmeichelt; aber darum ist es nicht weniger falsch. Ich liebe das Leben... Sie lächeln, Lisaweta, und ich weiß, worüber. Aber ich beschwöre Sie, halten Sie es nicht für Literatur, was ich da sage! Denken Sie nicht an Cesare Borgia oder an irgend eine trunkene Philosophie, die ihn aufs Schild erhebt! Er ist mir nichts, dieser Cesare Borgia, ich halte nicht das Geringste auf ihn, und ich werde nie und nimmer begreifen, wie man das Außerordentliche und Dämonische als Ideal verehren mag. Nein, das ›Leben‹, wie es als ewiger Gegensatz dem Geiste und der Kunst gegenübersteht, – nicht als eine Vision von blutiger Größe und wilder Schönheit, nicht als das Ungewöhnliche stellt es uns Ungewöhnlichen sich dar; sondern das Normale, Wohlanständige und Liebenswürdige ist das Reich unserer Sehnsucht, ist das Leben in seiner verführerischen Banalität! Der ist noch lange kein Künstler, meine Liebe, dessen letzte und tiefste Schwärmerei das Raffinierte, Excentrische und Satanische ist, der die Sehnsucht nicht kennt nach dem Harmlosen, Einfachen und Lebendigen, nach ein wenig Freundschaft, Hingebung, Vertraulichkeit und menschlichem Glück, – die verstohlene und zehrende Sehnsucht, Lisaweta, nach den Wonnen der Gewöhnlichkeit!...

Ein menschlicher Freund! Wollen Sie glauben, daß es mich stolz und glücklich machen würde, unter Menschen einen Freund zu besitzen? Aber bislang habe ich nur unter Dämonen,

Kobolden, tiefen Unholden und erkenntnisstummen Gespenstern, das heißt: unter Literaten Freunde gehabt.

Zuweilen gerate ich auf irgend ein Podium, finde mich in einem Saale Menschen gegenüber, die gekommen sind, mir zuzuhören. Sehen Sie, dann geschieht es, daß ich mich bei einer Umschau im Publikum beobachte, mich ertappe, wie ich heimlich im Auditorium umherspähe, mit der Frage im Herzen, wer es ist, der zu mir kam, wessen Beifall und Dank zu mir dringt, mit wem meine Kunst mir hier eine ideale Vereinigung schafft... Ich finde nicht, was ich suche, Lisaweta. Ich finde die Herde und Gemeinde, die mir wohlbekannt ist, eine Versammlung von ersten Christen gleichsam: Leute mit ungeschickten Körpern und feinen Seelen, Leute, die immer hinfallen, sozusagen, Sie versteh'n mich, und denen die Poesie eine sanfte Rache am Leben ist, – immer nur Leidende und Sehnsüchtige und Arme und niemals jemand von den Anderen, den Blauäugigen, Lisaweta, die den Geist nicht nötig haben!...

Und wäre es nicht zuletzt ein bedauerlicher Mangel an Folgerichtigkeit, sich zu freuen, wenn es anders wäre? Es ist widersinnig, das Leben zu lieben und dennoch mit allen Künsten bestrebt zu sein, es auf seine Seite zu ziehen, es für die Finessen und Melancholieen, den ganzen kranken Adel der Literatur zu gewinnen. Das Reich der Kunst nimmt zu, und das der Gesundheit und Unschuld nimmt ab auf Erden. Man sollte, was noch davon übrig ist, aufs Sorgfältigste konservieren und man sollte nicht Leute, die viel lieber in Pferdebüchern mit Momentaufnahmen lesen, zur Poesie verführen wollen!

Denn schließlich, – welcher Anblick wäre kläglicher, als der des Lebens, wenn es sich in der Kunst versucht? Wir Künstler verachten niemand gründlicher, als den Dilettanten, den Lebendigen, der glaubt, obendrein bei Gelegenheit einmal ein Künstler sein zu können. Ich versichere Sie, diese Art von Verachtung gehört zu meinen persönlichsten Erlebnissen. Ich befinde mich in einer Gesellschaft in gutem Hause, man ißt, trinkt und plaudert, man versteht sich aufs Beste, und ich fühle mich froh und dankbar, eine Weile unter harmlosen und regelrechten Leuten als ihresgleichen verschwinden zu können. Plötzlich (dies ist mir begegnet) erhebt sich ein Offizier, ein Leutnant, ein hübscher und strammer Mensch, dem ich niemals eine seines Ehrenkleides unwürdige Handlungsweise zugetraut hätte, und bittet mit unzweideutigen Worten um die Erlaubnis, uns einige Verse mitzuteilen, die er angefertigt habe. Man gibt ihm, mit bestürztem Lächeln, diese Erlaubnis, und er führt sein Vorhaben aus, indem er von einem Zettel, den er bis dahin in seinem Rockschoß verborgen gehalten hat, seine Arbeit vorliest, etwas an die Musik und die Liebe, kurzum, ebenso tief empfunden wie unwirksam. Nun bitte ich aber jedermann: ein Leutnant! Ein Herr der Welt! Er hätte es doch wahrhaftig nicht nötig...! Nun, es erfolgt, was erfolgen muß: Lange Gesichter, Stillschweigen, ein wenig künstlicher Beifall und tiefstes Mißbehagen ringsum. Die erste seelische Tatsache, deren ich mir bewußt werde, ist die, daß ich mich mitschuldig fühle an der Verstörung, die dieser unbedachte junge Mann über die Gesellschaft gebracht; und kein Zweifel: auch mich, in dessen Handwerk er gepfuscht hat, treffen spöttische und entfremdete Blicke. Aber die zweite besteht darin, daß dieser Mensch, vor dessen Sein und Wesen ich soeben noch den ehrlichsten Respekt empfand, in meinen Augen plötzlich sinkt, sinkt, sinkt... Ein mitleidiges Wohlwollen faßt mich an. Ich trete, gleich einigen anderen beherzten und gutmütigen Herren, an ihn heran und rede ihm zu. ›Meinen Glückwunsch‹, sage ich, ›Herr Leutnant! Welch hübsche Begabung! Nein, das war allerliebst!‹ Und es fehlt nicht viel, daß ich ihm auf die Schulter klopfe. Aber ist Wohlwollen die Empfindung, die man einem Leutnant entgegenzubringen hat?... Seine Schuld! Da stand er und büßte in großer Verlegenheit den Irrtum, daß man ein Blättchen pflücken dürfe, ein einziges, vom Lorbeerbaume der Kunst, ohne mit seinem Leben dafür zu zahlen. Nein, da halte ich es mit meinem Kollegen, dem kriminellen Bankier – –. Aber finden Sie nicht, Lisaweta, daß ich heute von einer hamletischen Redseligkeit bin?«

»Sind Sie nun fertig, Tonio Kröger?«

»Nein. Aber ich sage nichts mehr.«

»Und es genügt auch. – Erwarten Sie eine Antwort?«

»Haben Sie eine?«

»Ich dächte doch. – Ich habe Ihnen gut zugehört, Tonio, von Anfang bis zu Ende, und ich will Ihnen die Antwort geben, die auf Alles paßt, was Sie heute Nachmittag gesagt haben, und die die Lösung ist für das Problem, das Sie so sehr beunruhigt hat. Nun also! Die Lösung ist die, daß Sie, wie Sie da sitzen, ganz einfach ein Bürger sind.«

»Bin ich?« fragte er und sank ein wenig in sich zusammen...

»Nicht wahr, das trifft Sie hart, und das muß es ja auch. Und darum will ich den Urteilsspruch um etwas mildern, denn das kann ich. Sie sind ein Bürger auf Irrwegen, Tonio Kröger, – ein verirrter Bürger.«

– Stillschweigen. Dann stand er entschlossen auf und griff nach Hut und Stock.

»Ich danke Ihnen, Lisaweta Iwanowna; nun kann ich getrost nach Hause gehn. Ich bin erledigt.«

5.

Gegen den Herbst sagte Tonio Kröger zu Lisaweta Iwanowna:

»Ja, ich verreise nun, Lisaweta; ich muß mich auslüften, ich mache mich fort, ich suche das Weite.«

»Nun, wie denn, Väterchen, geruhen Sie wieder nach Italien zu fahren?«

»Gott, gehen Sie mir doch mit Italien, Lisaweta! Italien ist mir bis zur Verachtung gleichgültig! Das ist lange her, daß ich mir einbildete, dorthin zu gehören. Kunst, nicht wahr? Sammetblauer Himmel, heißer Wein und süße Sinnlichkeit... Kurzum, ich mag das nicht. Ich verzichte. Die ganze bellezza macht mich nervös. Ich mag auch alle diese fürchterlich lebhaften Menschen dort unten mit dem schwarzen Tierblick nicht leiden. Diese Romanen haben kein Gewissen in den Augen... Nein, ich gehe nun ein bißchen nach Dänemark.«

»Nach Dänemark?«

»Ja. Und ich verspreche mir Gutes davon. Ich bin aus Zufall noch niemals hinaufgelangt, so nah ich während meiner ganzen Jugend der Grenze war, und dennoch habe ich das Land von jeher gekannt und geliebt. Ich muß wohl diese nördliche Neigung von meinem Vater haben, denn meine Mutter war doch eigentlich mehr für die bellezza, sofern ihr nämlich nicht Alles ganz einerlei war. Aber nehmen Sie die Bücher, die dort oben geschrieben werden, diese tiefen, reinen und humoristischen Bücher, Lisaweta, – es geht mir nichts darüber, ich liebe sie. Nehmen Sie die skandinavischen Mahlzeiten, diese unvergleichlichen Mahlzeiten, die man nur in einer starken Salzluft verträgt (ich weiß nicht, ob ich sie überhaupt noch vertrage), und die ich von zu Hause aus ein wenig kenne, denn man ißt schon ganz so bei mir zu Hause. Nehmen Sie auch nur die Namen, die Vornamen, mit denen die Leute dort oben geschmückt sind und von denen es ebenfalls schon viele bei mir zu Hause gibt, einen Laut wie ›Ingeborg‹, ein Harfenschlag makellosester Poesie. Und dann die See, – sie haben die Ostsee dort oben!... Mit einem Worte, ich fahre hinauf, Lisaweta. Ich will die Ostsee wiedersehen, will diese Vornamen wieder hören, diese Bücher an Ort und Stelle lesen; ich will auch auf der Terrasse von Kronborg stehen, wo der ›Geist‹ zu Hamlet kam und Not und Tod über den armen, edlen jungen Menschen brachte...«

»Wie fahren Sie, Tonio, wenn ich fragen darf? Welche Route nehmen Sie?«

»Die übliche«, sagte er achselzuckend und errötete deutlich. »Ja, ich berühre meine – meinen Ausgangspunkt, Lisaweta, nach dreizehn Jahren, und das kann ziemlich komisch werden.«

Sie lächelte.

»Das ist es, was ich hören wollte, Tonio Kröger. Und also fahren Sie mit Gott. Versäumen Sie auch nicht, mir zu schreiben, hören Sie? Ich verspreche mir einen erlebnisvollen Brief von Ihrer Reise nach – Dänemark...«

6.

Und Tonio Kröger fuhr gen Norden. Er fuhr mit Komfort (denn er pflegte zu sagen, daß jemand, der es innerlich so viel schwerer hat, als andere Leute, gerechten Anspruch auf ein wenig äußeres Behagen habe), und er rastete nicht eher, als bis die Türme der engen Stadt, von der er ausgegangen war, sich vor ihm in die graue Luft erhoben. Dort nahm er einen kurzen, seltsamen Aufenthalt...

Ein trüber Nachmittag ging schon in den Abend über, als der Zug in die schmale, verräucherte, so wunderlich vertraute Halle einfuhr; noch immer ballte sich unter dem schmutzigen Glasdach der Qualm in Klumpen zusammen und zog in gedehnten Fetzen hin und wider, wie damals, als Tonio Kröger, nichts als Spott im Herzen, von hier gefahren war. – Er versorgte sein Gepäck, ordnete an, daß es ins Hotel geschafft werde, und verließ den Bahnhof.

Das waren die zweispännigen, schwarzen, unmäßig hohen und breiten Droschken der Stadt, die draußen in einer Reihe standen! Er nahm keine davon; er sah sie nur an, wie er Alles ansah, die schmalen Giebel und spitzen Türme, die über die nächsten Dächer herübergrüßten, die blonden und lässig-plumpen Menschen mit ihrer breiten und dennoch rapiden Redeweise rings um ihn her, und ein nervöses Gelächter stieg in ihm auf, das eine heimliche Verwandtschaft mit Schluchzen hatte. – Er ging zu Fuß, ging langsam, den unablässigen Druck des feuchten Windes im Gesicht, über die Brücke, an deren Geländer mythologische Statuen standen, und eine Strecke am Hafen entlang.

Großer Gott, wie winzig und winklig das Ganze erschien! Waren hier in all der Zeit die schmalen Giebelgassen so putzig steil zur Stadt emporgestiegen? Die Schornsteine und Maste der Schiffe schaukelten leise in Wind und Dämmerung auf dem trüben Flusse. Sollte er jene Straße hinaufgehen, die dort, an der das Haus lag, das er im Sinne hatte? Nein, morgen. Er war so schläfrig jetzt. Sein Kopf war schwer von der Fahrt, und langsame, nebelhafte Gedanken zogen ihm durch den Sinn.

Zuweilen in diesen dreizehn Jahren, wenn sein Magen verdorben gewesen war, hatte ihm geträumt, daß er wieder daheim sei in dem alten, hallenden Haus an der schrägen Gasse, daß auch sein Vater wieder da sei und ihn hart anlasse wegen seiner entarteten Lebensführung, was er jedesmal sehr in der Ordnung gefunden hatte. Und diese Gegenwart nun unterschied sich durch nichts von einem dieser betörenden und unzerreißbaren Traumgespinste, in denen man sich fragen kann, ob dies Trug oder Wirklichkeit ist, und sich notgedrungen mit Überzeugung für das Letztere entscheidet, um dennoch am Ende zu erwachen... Er schritt durch die wenig belebten, zugigen Straßen, hielt den Kopf gegen den Wind gebeugt und schritt wie schlafwandelnd in der Richtung des Hotels, des ersten der Stadt, wo er übernachten wollte. Ein krummbeiniger Mann mit einer Stange, an deren Spitze ein Feuerchen brannte, ging mit wiegendem Matrosentritt vor ihm her und zündete die Gaslaternen an.

Wie war ihm doch? Was war das alles, was unter der Asche seiner Müdigkeit, ohne zur klaren Flamme zu werden, so dunkel und schmerzlich glomm? Still, still und kein Wort! Keine Worte! Er wäre gern lange so dahingegangen, im Wind durch die dämmerigen, traumhaft vertrauten Gassen. Aber Alles war so eng und nah beieinander. Gleich war man am Ziel.

In der oberen Stadt gab es Bogenlampen, und eben erglühten sie. Da war das Hotel, und es waren die beiden schwarzen Löwen, die davor lagen, und vor denen er sich als Kind gefürchtet hatte. Noch immer blickten sie mit einer Miene, als wollten sie niesen, einander an; aber sie schienen viel kleiner geworden, seit damals. – Tonio Kröger ging zwischen ihnen hindurch.

Da er zu Fuß kam, wurde er ohne viel Feierlichkeit empfangen. Der Portier und ein sehr feiner, schwarzgekleideter Herr, welcher die Honneurs machte und beständig mit den kleinen Fingern seine Manschetten in die Ärmel zurückstieß, musterten ihn prüfend und wägend vom Scheitel bis zu den Stiefeln, sichtlich bestrebt, ihn gesellschaftlich ein wenig zu bestimmen, ihn hierarchisch und bürgerlich unterzubringen und ihm einen Platz in ihrer Achtung anzuweisen, ohne doch zu einem beruhigenden Ergebnis gelangen zu können, weshalb sie sich für eine gemäßigte Höflichkeit entschieden. Ein Kellner, ein milder Mensch mit brotblonden Backenbartstreifen, einem altersblanken Frack und Rosetten auf den lautlosen Schuhen, führte ihn zwei Treppen hinauf in ein reinlich und altväterlich eingerichtetes Zimmer, hinter dessen Fenster sich im Zwielicht ein pittoresker und mittelalterlicher Ausblick auf Höfe, Giebel und die bizarren Massen der Kirche eröffnete, in deren Nähe das Hotel gelegen war. Tonio Kröger stand eine Weile vor diesem Fenster; dann setzte er sich mit gekreuzten Armen auf das weitschweifige Sofa, zog seine Brauen zusammen und pfiff vor sich hin.

Man brachte Licht, und sein Gepäck kam. Gleichzeitig legte der milde Kellner den Meldezettel auf den Tisch, und Tonio Kröger malte mit seitwärts geneigtem Kopfe etwas darauf, das aussah wie Name, Stand und Herkunft. Hierauf bestellte er ein wenig Abendbrot, und fuhr fort, von seinem Sofawinkel aus ins Leere zu blicken. Als das Essen vor ihm stand, ließ er es noch lange unberührt, nahm endlich ein paar Bissen und ging noch eine Stunde im Zimmer auf und ab, wobei er zuweilen stehen blieb und die Augen schloß. Dann entkleidete er sich mit langsamen Bewegungen und ging zu Bette. Er schlief lange, unter verworrenen und seltsam sehnsüchtigen Träumen. –

Als er erwachte, sah er sein Zimmer von hellem Tage erfüllt. Verwirrt und hastig besann er sich, wo er sei, und machte sich auf, um die Vorhänge zu öffnen. Des Himmels schon ein wenig blasses Spätsommer-Blau war von dünnen, vom Wind zerzupften Wolkenfetzchen durchzogen; aber die Sonne schien über seiner Vaterstadt.

Er verwandte noch mehr Sorgfalt auf seine Toilette, als gewöhnlich, wusch und rasierte sich aufs Beste und machte sich so frisch und reinlich, als habe er einen Besuch in gutem, korrektem Hause vor, wo es gelte, einen schmucken und untadelhaften Eindruck zu machen; und während der Hantierungen des Ankleidens horchte er auf das ängstliche Pochen seines Herzens.

Wie hell es draußen war! Er hätte sich wohler gefühlt, wenn, wie gestern, Dämmerung in den Straßen gelegen hätte; nun aber sollte er unter den Augen der Leute durch den klaren Sonnenschein gehen. Würde er auf Bekannte stoßen, angehalten, befragt werden und Rede stehen müssen, wie er diese dreizehn Jahre verbracht? Nein, gottlob, es kannte ihn keiner mehr, und wer sich seiner erinnerte, würde ihn nicht erkennen, denn er hatte sich wirklich ein wenig verändert unterdessen. Er betrachtete sich aufmerksam im Spiegel, und plötzlich fühlte er sich sicherer hinter seiner Maske, hinter seinem früh durcharbeiteten Gesicht, das älter als seine Jahre war... Er ließ Frühstück kommen und ging dann aus, ging unter den abschätzenden Blicken des Portiers und des feinen Herrn in Schwarz durch das Vestibule und zwischen den beiden Löwen hindurch ins Freie.

Wohin ging er? Er wußte es kaum. Es war wie gestern. Kaum daß er sich wieder von diesem wunderlich würdigen und urvertrauten Beieinander von Giebeln, Türmchen, Arkaden, Brunnen umgeben sah, kaum daß er den Druck des Windes, des starken Windes, der ein zartes und herbes Aroma aus fernen Träumen mit sich führte, wieder im Angesicht spürte, als es sich ihm wie Schleier und Nebelgespinst um die Sinne legte... Die Muskeln seines Gesichtes spannten sich ab; und mit stille gewordenem Blick betrachtete er Menschen und Dinge. Vielleicht, daß er dort, an jener Straßenecke, dennoch erwachte...

Wohin ging er? Ihm war, als stehe die Richtung, die er einschlug, in einem Zusammenhange mit seinen traurigen und seltsam reuevollen Träumen zur Nacht... Auf den Markt ging er, unter den Bogengewölben des Rathauses hindurch, wo Fleischer mit blutigen Händen ihre Ware wogen, auf den Marktplatz, wo hoch, spitzig und vielfach der gotische Brunnen stand. Dort blieb er vor einem Hause stehen, einem schmalen und schlichten, gleich anderen mehr, mit einem geschwungenen, durchbrochenen Giebel, und versank in dessen Anblick. Er las das Namensschild an der Tür und ließ seine Augen ein Weilchen auf jedem der Fenster ruhen. Dann wandte er sich langsam zum Gehen.

Wohin ging er? Heimwärts. Aber er nahm einen Umweg, machte einen Spaziergang vors Tor hinaus, weil er Zeit hatte. Er ging über den Mühlenwall und den Holstenwall und hielt seinen Hut fest vor dem Winde, der in den Bäumen rauschte und knarrte. Dann verließ er die Wallanlagen unfern des Bahnhofes, sah einen Zug mit plumper Eilfertigkeit vorüberpuffen, zählte zum Zeitvertreib die Wagen und blickte dem Manne nach, der zuhöchst auf dem allerletzten saß. Aber am Lindenplatze machte er vor einer der hübschen Villen Halt, die dort standen, spähte lange in den Garten und zu den Fenstern hinauf und verfiel am Ende darauf, die Gatterpforte in ihren Angeln hin- und herzuschlenkern, so daß es kreischte. Dann betrachtete er eine Weile seine Hand, die kalt und rostig geworden war, und ging weiter, ging durch das alte, untersetzte Tor, am Hafen entlang und die steile zugige Gasse hinauf zum Haus seiner Eltern.

Es stand, eingeschlossen von den Nachbarhäusern, die sein Giebel überragte, grau und ernst wie seit dreihundert Jahren, und Tonio Kröger las den frommen Spruch, der in halb verwischten Lettern über dem Eingang stand. Dann atmete er auf und ging hinein.

Sein Herz schlug ängstlich, denn er gewärtigte, sein Vater könnte aus einer der Türen zu ebener Erde, an denen er vorüberschritt, hervortreten, im Kontor-Rock und die Feder hinterm Ohr, ihn anhalten und ihn wegen seines extravaganten Lebens streng zur Rede stellen, was er sehr in der Ordnung gefunden hätte. Aber er gelangte unbehelligt vorbei. Die Windfangtür war nicht geschlossen, sondern nur angelehnt, was er als tadelnswert empfand, während ihm gleichzeitig zu Mute war wie in gewissen leichten Träumen, in denen die Hindernisse von selbst vor einem weichen und man, von wunderbarem Glück begünstigt, ungehindert vorwärts dringt... Die weite Diele, mit großen, viereckigen Steinfliesen gepflastert, widerhallte von seinen Schritten. Der Küche gegenüber, in der es still war, sprangen wie vor Alters in beträchtlicher Höhe die seltsamen, plumpen, aber reinlich lackierten Holzgelasse aus der Wand hervor, die Mägdekammern, die nur durch eine Art freiliegender Stiege von der Diele aus zu erreichen waren. Aber die großen Schränke und die geschnitzte Truhe waren nicht mehr da, die hier gestanden hatten... Der Sohn des Hauses beschritt die gewaltige Treppe und stützte sich mit der Hand auf das weißlakkierte, durchbrochene Holzgeländer, indem er sie bei jedem Schritte erhob und beim nächsten sacht wieder darauf niedersinken ließ, wie als versuche er schüchtern, ob die ehemalige Vertrautheit mit diesem alten, soliden Geländer wieder herzustellen sei... Aber auf dem Treppenabsatz blieb er stehen, vorm Eingang zum Zwischengeschoß. An der Tür war ein weißes Schild befestigt, auf dem in schwarzen Buchstaben zu lesen war: Volksbibliothek.

Volksbibliothek? dachte Tonio Kröger, denn er fand, daß hier weder das Volk noch die Literatur etwas zu suchen hatten. Er klopfte an die Tür... Ein Herein ward laut, und er folgte ihm. Gespannt und finster blickte er in eine höchst unziemliche Veränderung hinein.

Das Geschoß war drei Stuben tief, deren Verbindungstüren offen standen. Die Wände waren fast in ihrer ganzen Höhe mit gleichförmig gebundenen Büchern bedeckt, die auf dunklen Gestellen in langen Reihen standen. In jedem Zimmer saß hinter einer Art von Ladentisch ein dürftiger Mensch und schrieb. Zwei davon wandten nur die Köpfe nach Tonio Kröger, aber der erste stand eilig auf, wobei er sich mit beiden Händen auf die Tischplatte stützte, den Kopf vorschob, die Lippen spitzte, die Brauen emporzog und den Besucher mit eifrig zwinkernden Augen anblickte...

»Verzeihung«, sagte Tonio Kröger, ohne den Blick von den vielen Büchern zu wenden. »Ich bin hier fremd, ich besichtige die Stadt. Dies ist also die Volksbibliothek? Würden Sie erlauben, daß ich mir ein wenig Einblick in die Sammlung verschaffe?«

»Gern!« sagte der Beamte und zwinkerte noch heftiger... »Gewiß, das steht jedermann frei. Wollen Sie sich nur umsehen... Ist Ihnen ein Katalog gefällig?«

»Danke«, antwortete Tonio Kröger. »Ich orientiere mich leicht.« Damit begann er, langsam an den Wänden entlang zu schreiten, indem er sich den Anschein gab, als studiere er die

Titel auf den Bücherrücken. Schließlich nahm er einen Band heraus, öffnete ihn und stellte sich damit ans Fenster.

Hier war das Frühstückszimmer gewesen. Man hatte hier morgens gefrühstückt, nicht droben im großen Eßsaal, wo aus der blauen Tapete weiße Götterstatuen hervortraten... Das dort hatte als Schlafzimmer gedient. Seines Vaters Mutter war dort gestorben, so alt sie war, unter schweren Kämpfen, denn sie war eine genußfrohe Weltdame und hing am Leben. Und später hatte dort sein Vater selbst den letzten Seufzer getan, der lange, korrekte, ein wenig wehmütige und nachdenkliche Herr mit der Feldblume im Knopfloch... Tonio hatte am Fußende seines Sterbebettes gesessen, mit heißen Augen, ehrlich und gänzlich hingegeben an ein stummes und starkes Gefühl, an Liebe und Schmerz. Und auch seine Mutter hatte am Lager gekniеet, seine schöne, feurige Mutter, ganz aufgelöst in heißen Tränen; worauf sie mit dem südlichen Künstler in blaue Fernen gezogen war... Aber dort hinten, das kleinere, dritte Zimmer, nun ebenfalls ganz mit Büchern angefüllt, die ein dürftiger Mensch bewachte, war lange Jahre hindurch sein eigenes gewesen. Dorthin war er nach der Schule heimgekehrt, nachdem er einen Spaziergang, wie eben jetzt, gemacht, an jener Wand hatte sein Tisch gestanden, in dessen Schublade er seine ersten, innigen und hilflosen Verse verwahrt hatte... Der Walnußbaum... Eine stechende Wehmut durchzuckte ihn. Er blickte seitwärts durchs Fenster hinaus. Der Garten lag wüst, aber der alte Walnußbaum stand an seinem Platze, schwerfällig knarrend und rauschend im Winde. Und Tonio Kröger ließ die Augen auf das Buch zurückgleiten, das er in Händen hielt, ein hervorragendes Dichtwerk und ihm wohlbekannt. Er blickte auf diese schwarzen Zeilen und Satzgruppen nieder, folgte eine Strecke dem kunstvollen Fluß des Vortrags, wie er in gestaltender Leidenschaft sich zu einer Pointe und Wirkung erhob und dann effektvoll absetzte...

Ja, das ist gut gemacht, sagte er, stellte das Dichtwerk weg und wandte sich. Da sah er, daß der Beamte noch immer aufrecht stand und mit einem Mischausdruck von Diensteifer und nachdenklichem Mißtrauen seine Augen zwinkern ließ.

»Eine ausgezeichnete Sammlung, wie ich sehe«, sagte Tonio Kröger. »Ich habe schon einen Überblick gewonnen. Ich bin Ihnen sehr verbunden. Adieu.« Damit ging er zur Tür hinaus; aber es war ein zweifelhafter Abgang, und er fühlte deutlich, daß der Beamte, voller Unruhe über diesen Besuch, noch minutenlang stehen und zwinkern würde.

Er spürte keine Neigung, noch weiter vorzudringen. Er war zu Hause gewesen. Droben, in den großen Zimmern hinter der Säulenhalle, wohnten fremde Leute, er sah es; denn der Treppenkopf war durch eine Glastür verschlossen, die ehemals nicht dagewesen war, und irgend ein Namensschild war daran. Er ging fort, ging die Treppe hinunter, über die hallende Diele, und verließ sein Elternhaus. In einem Winkel eines Restaurants nahm er in sich gekehrt eine schwere und fette Mahlzeit ein, und kehrte dann ins Hotel zurück.

»Ich bin fertig«, sagte er zu dem feinen Herrn in Schwarz. »Ich reise heute Nachmittag.« Und er bestellte seine Rechnung, sowie den Wagen, der ihn an den Hafen bringen sollte, zum Dampfschiff nach Kopenhagen. Dann ging er auf sein Zimmer und setzte sich an den Tisch, saß still und aufrecht, indem er die Wange in die Hand stützte und mit blicklosen Augen auf die Tischplatte niedersah. Später beglich er seine Rechnung und machte seine Sachen bereit. Zur festgesetzten Zeit ward der Wagen gemeldet, und Tonio Kröger stieg reisefertig hinab.

Drunten, am Fuße der Treppe, erwartete ihn der feine Herr in Schwarz.

»Um Vergebung!« sagte er und stieß mit den kleinen Fingern seine Manschetten in die Ärmel zurück... »Verzeihen Sie, mein Herr, daß wir Sie noch eine Minute in Anspruch nehmen müssen. Herr Seehaase – der Besitzer des Hotels – ersucht Sie um eine Unterredung von zwei Worten. Eine Formalität... Er befindet sich dort hinten... Wollen Sie die Güte haben, sich mit mir zu bemühen... Es ist n u r Herr Seehaase, der Besitzer des Hotels.«

Und er führte Tonio Kröger unter einladendem Gestenspiel in den Hintergrund des Vestibules. Dort stand in der Tat Herr

Seehaase. Tonio Kröger kannte ihn von Ansehen aus alter Zeit. Er war klein, fett und krummbeinig. Sein geschorener Backenbart war weiß geworden; aber noch immer trug er eine weit ausgeschnittene Frackjacke und dazu ein grün gesticktes Sammetmützchen. Übrigens war er nicht allein. Bei ihm, an einem kleinen, an der Wand befestigten Pultbrett, stand, den Helm auf dem Kopf, ein Polizist, welcher seine behandschuhte Rechte auf einem bunt beschriebenen Papier ruhen ließ, das vor ihm auf dem Pulte lag, und Tonio Kröger mit seinem ehrlichen Soldatengesicht so entgegensah, als erwartete er, daß dieser bei seinem Anblick in den Boden versinken müsse.

Tonio Kröger blickte von Einem zum Andern und verlegte sich aufs Warten.

»Sie kommen von München?« fragte endlich der Polizist mit einer gutmütigen und schwerfälligen Stimme.

Tonio Kröger bejahte dies.

»Sie reisen nach Kopenhagen?«

»Ja, ich bin auf der Reise in ein dänisches Seebad.«

»Seebad? – Ja, Sie müssen mal Ihre Papiere vorweisen«, sagte der Polizist, indem er das letzte Wort mit besonderer Genugtuung aussprach.

»Papiere...« Er hatte keine Papiere. Er zog seine Brieftasche hervor und blickte hinein; aber es befand sich außer einigen Geldscheinen nichts darin, als die Korrektur einer Novelle, die er an seinem Reiseziel zu erledigen gedachte. Er verkehrte nicht gern mit Beamten und hatte sich noch niemals einen Paß ausstellen lassen...

»Es tut mir leid«, sagte er, »aber ich führe keine Papiere bei mir.«

»So?« sagte der Polizist... »Gar keine? – Wie ist Ihr Name?«

Tonio Kröger antwortete ihm.

»Ist das auch wahr?!« fragte der Polizist, reckte sich auf und öffnete plötzlich seine Nasenlöcher, so weit er konnte...

»Vollkommen wahr«, antwortete Tonio Kröger.

»Was sind Sie denn?«

Tonio Kröger schluckte hinunter und nannte mit fester

Stimme sein Gewerbe. – Herr Seehaase hob den Kopf und sah neugierig in sein Gesicht empor.

»Hm!« sagte der Polizist. »Und Sie geben an, nicht identisch zu sein mit einem Individium namens –« Er sagte »Individium« und buchstabierte dann aus dem bunt beschriebenen Papier einen ganz verzwickten und romantischen Namen zusammen, der aus den Lauten verschiedener Rassen abenteuerlich gemischt erschien und den Tonio Kröger im nächsten Augenblick wieder vergessen hatte. »– Welcher«, fuhr er fort, »von unbekannten Eltern und unbestimmter Zuständigkeit wegen verschiedener Betrügereien und anderer Vergehen von der Münchener Polizei verfolgt wird und sich wahrscheinlich auf der Flucht nach Dänemark befindet?«

»Ich gebe das nicht nur an«, sagte Tonio Kröger und machte eine nervöse Bewegung mit den Schultern. – Dies rief einen gewissen Eindruck hervor.

»Wie? Ach so, na gewiß!« sagte der Polizist. »Aber daß Sie auch gar nichts vorweisen können!«

Auch Herr Seehaase legte sich beschwichtigend ins Mittel.

»Das Ganze ist eine Formalität«, sagte er, »nichts weiter! Sie müssen bedenken, daß der Beamte nur seine Schuldigkeit tut. Wenn Sie sich irgendwie legitimieren könnten... Ein Papier...«

Alle schwiegen. Sollte er der Sache ein Ende machen, indem er sich zu erkennen gab, indem er Herrn Seehaase eröffnete, daß er kein Hochstapler von unbestimmter Zuständigkeit sei, von Geburt kein Zigeuner im grünen Wagen, sondern der Sohn Konsul Krögers, aus der Familie der Kröger? Nein, er hatte keine Lust dazu. Und waren diese Männer der bürgerlichen Ordnung nicht im Grunde ein wenig im Recht? Gewissermaßen war er ganz einverstanden mit ihnen... Er zuckte die Achseln und blieb stumm.

»Was haben Sie denn da?« fragte der Polizist. »Da, in dem Porteföhch?«

»Hier? Nichts. Es ist eine Korrektur«, antwortete Tonio Kröger.

»Korrektur? Wieso? Lassen Sie mal sehen.«

Und Tonio Kröger überreichte ihm seine Arbeit. Der Polizist breitete sie auf der Pultplatte aus und begann, darin zu lesen. Auch Herr Seehaase trat näher herzu und beteiligte sich an der Lektüre. Tonio Kröger blickte ihnen über die Schultern und beobachtete, bei welcher Stelle sie seien. Es war ein guter Moment, eine Pointe und Wirkung, die er vortrefflich herausgearbeitet hatte. Er war zufrieden mit sich.

»Sehen Sie!« sagte er. »Da steht mein Name. Ich habe dies geschrieben, und nun wird es veröffentlicht, verstehen Sie.«

»Nun, das genügt!« sagte Herr Seehaase mit Entschluß, raffte die Blätter zusammen, faltete sie und gab sie ihm zurück. »Das muß genügen, Petersen!« wiederholte er kurz, in dem er verstohlen die Augen schloß und abwinkend den Kopf schüttelte. »Wir dürfen den Herrn nicht länger aufhalten. Der Wagen wartet. Ich bitte sehr, die kleine Störung zu entschuldigen, mein Herr. Der Beamte hat ja nur seine Pflicht getan, aber ich sagte ihm sofort, daß er auf falscher Fährte sei...«

So? dachte Tonio Kröger.

Der Polizist schien nicht ganz einverstanden; er wandte noch etwas ein von ›Individium‹ und ›vorweisen‹. Aber Herr Seehaase führte seinen Gast unter wiederholten Ausdrücken des Bedauerns durch das Vestibule zurück, geleitete ihn zwischen den beiden Löwen hindurch zum Wagen und schloß selbst unter Achtungsbezeugungen den Schlag hinter ihm. Und dann rollte die lächerlich hohe und breite Droschke stolpernd, klirrend und lärmend die steilen Gassen hinab zum Hafen...

Dies war Tonio Krögers seltsamer Aufenthalt in seiner Vaterstadt.

7.

Die Nacht fiel ein, und mit einem schwimmenden Silberglanz stieg schon der Mond empor, als Tonio Krögers Schiff die offene See gewann. Er stand am Bugspriet, in seinen Mantel gehüllt vor dem Winde, der mehr und mehr erstarkte, und blickte hinab in das dunkle Wandern und Treiben der starken, glatten Wellenleiber dort unten, die umeinander schwankten, sich klatschend begegneten, in unerwarteten Richtungen auseinanderschossen und plötzlich schaumig aufleuchteten...

Eine schaukelnde und still entzückte Stimmung erfüllte ihn. Er war ein wenig niedergeschlagen gewesen, daß man ihn daheim als Hochstapler hatte verhaften wollen, ja, – obgleich er es gewissermaßen in der Ordnung gefunden hatte. Aber dann, nachdem er sich eingeschifft, hatte er, wie als Knabe zuweilen mit seinem Vater, dem Verladen der Waren zugesehen, mit denen man, unter Rufen, die ein Gemisch aus Dänisch und Plattdeutsch waren, den tiefen Bauch des Dampfers füllte, hatte gesehen, wie man außer den Ballen und Kisten auch einen Eisbären und einen Königstiger in dick vergitterten Käfigen hinabließ, die wohl von Hamburg kamen und für eine dänische Menagerie bestimmt waren; und dies hatte ihn zerstreut. Während dann das Schiff zwischen den flachen Ufern den Fluß entlang glitt, hatte er Polizist Petersens Verhör ganz und gar vergessen, und alles, was vorher gewesen war, seine süßen, traurigen und reuigen Träume der Nacht, der Spaziergang, den er gemacht, der Anblick des Walnußbaumes, war wieder in seiner Seele stark geworden. Und nun, da das Meer sich öffnete, sah er von fern den Strand, an dem er als Knabe die sommerlichen Träume des Meeres hatte belauschen dürfen, sah die Glut des Leuchtturms und die Lichter des Kurhauses, darin er mit seinen Eltern gewohnt... Die Ostsee! Er lehnte den Kopf gegen den starken Salzwind, der frei und ohne Hindernis daherkam, die Ohren umhüllte und einen gelinden Schwindel, eine gedämpfte Betäubung hervorrief, in der die Erinnerung an alles Böse, an Qual und Irrsal, an Wollen und Mühen träge und selig unterging. Und in dem Sausen, Klatschen, Schäumen und Ächzen rings um ihn her glaubte er das Rauschen und Knarren des alten Walnußbaumes, das Kreischen einer Gartenpforte zu hören... Es dunkelte mehr und mehr.

»Die Sderne, Gott, sehen Sie doch bloß die Sderne an«, sagte plötzlich mit schwerfällig singender Betonung eine Stimme, die aus dem Innern einer Tonne zu kommen schien. Er kannte sie schon. Sie gehörte einem rotblonden und schlicht gekleideten Mann mit geröteten Augenlidern und einem feuchtkalten Aussehen, als habe er soeben gebadet. Beim Abendessen in der Kajüte war er Tonio Krögers Nachbar gewesen und hatte mit zagen und bescheidenen Bewegungen erstaunliche Mengen von Hummer-Omelette zu sich genommen. Nun lehnte er neben ihm an der Brüstung und blickte zum Himmel empor, indem er sein Kinn mit Daumen und Zeigefinger erfaßt hielt. Ohne Zweifel befand er sich in einer jener außerordentlichen und festlich-beschaulichen Stimmungen, in denen die Schranken zwischen den Menschen dahinsinken, in denen das Herz auch Fremden sich öffnet und der Mund Dinge spricht, vor denen er sich sonst schamhaft verschließen würde...

»Sehen Sie, Herr, doch bloß die Sderne an. Da sdehen sie und glitzern, es ist, weiß Gott, der ganze Himmel voll. Und nun bitt' ich Sie, wenn man hinaufsieht und bedenkt, daß viele davon doch hundertmal größer sein sollen als die Erde, wie wird einem da zu Sinn? Wir Menschen haben den Telegraphen erfunden und das Telephon und so viele Errungenschaften der Neuzeit, ja, das haben wir. Aber wenn wir da hinaufsehen, so müssen wir doch erkennen und versdehen, daß wir im Grunde Gewürm sind, elendes Gewürm und nichts weiter, – hab' ich Recht oder Unrecht, Herr? Ja, wir sind Gewürm!« antwortete er sich selbst und nickte demütig und zerknirscht zum Firmament empor.

Au... nein, der hat keine Literatur im Leibe! dachte Tonio Kröger. Und alsbald fiel ihm etwas ein, was er kürzlich gelesen hatte, der Aufsatz eines berühmten französischen Schriftstellers über kosmologische und psychologische Weltanschauung; es war ein recht feines Geschwätz gewesen.

Er gab dem jungen Mann etwas wie eine Antwort auf seine tief erlebte Bemerkung, und dann fuhren sie fort, miteinander zu sprechen, indem sie, über die Brüstung gelehnt, in den unruhig erhellten, bewegten Abend hinausblickten. Es erwies sich, daß der Reisegefährte ein junger Kaufmann aus Hamburg war, der seinen Urlaub zu dieser Vergnügungsfahrt benutzte...

»Sollst«, sagte er, »ein bißchen mit dem steamer nach Kopenhagen fahren, denk' ich, und da sdeh ich nun, und es ist ja so weit ganz schön. Aber das mit den Hummer-Omeletten, das war nicht richtig, Herr, das sollen Sie sehn, denn die Nacht wird sdürmisch, das hat der Kapitän selbst gesagt, und mit so einem unbekömmlichen Essen im Magen ist das kein Sbaß...«

Tonio Kröger lauschte all dieser zutunlichen Torheit mit einem heimlichen und freundschaftlichen Gefühl.

»Ja«, sagte er, »man ißt überhaupt zu schwer hier oben. Das macht faul und wehmütig.«

»Wehmütig?« wiederholte der junge Mann und betrachtete ihn verdutzt... »Sie sind wohl fremd hier, Herr?« fragte er plötzlich...

»Ach ja, ich komme weit her!« antwortete Tonio Kröger mit einer vagen und abwehrenden Armbewegung.

»Aber Sie haben Recht«, sagte der junge Mann; »Sie haben, weiß Gott, Recht in dem, was Sie von wehmütig sagen! Ich bin fast immer wehmütig, aber besonders an solchen Abenden, wie heute, wenn die Sderne am Himmel sdehn.« Und er stützte wieder sein Kinn mit Daumen und Zeigefinger.

Sicherlich schreibt er Verse, dachte Tonio Kröger, tief ehrlich empfundene Kaufmannsverse...

Der Abend rückte vor, und der Wind war nun so heftig geworden, daß er das Sprechen behinderte. So beschlossen sie, ein wenig zu schlafen, und wünschten einander gute Nacht.

Tonio Kröger streckte sich in seiner Koje auf der schmalen Bettstatt aus, aber er fand keine Ruhe. Der strenge Wind und sein herbes Arom hatten ihn seltsam erregt, und sein Herz war unruhig wie in ängstlicher Erwartung von etwas Süßem. Auch verursachte die Erschütterung, welche entstand, wenn das Schiff einen steilen Wogenberg hinabglitt und die Schraube wie im Krampf außerhalb des Wassers arbeitete, ihm arge Übelkeit. Er kleidete sich wieder vollends an und stieg ins Freie hinauf.

Wolken jagten am Monde vorbei. Das Meer tanzte. Nicht runde und gleichmäßige Wellen kamen in Ordnung daher, sondern weithin, in bleichem und flackerndem Licht, war die See zerrissen, zerpeitscht, zerwühlt, leckte und sprang in spitzen, flammenartigen Riesenzungen empor, warf neben schaumerfüllten Klüften zackige und unwahrscheinliche Gebilde auf und schien mit der Kraft ungeheurer Arme in tollem Spiel den Gischt in alle Lüfte zu schleudern. Das Schiff hatte schwere Fahrt; stampfend, schlenkernd und ächzend arbeitete es sich durch den Tumult, und manchmal hörte man den Eisbären und den Tiger, die unter dem Seegang litten, in seinem Innern brüllen. Ein Mann im Wachstuchmantel, die Kapuze überm Kopf und eine Laterne um den Leib geschnallt, ging breitbeinig und mühsam balancierend auf dem Verdecke hin und her. Aber dort hinten stand, tief über Bord gebeugt, der junge Mann aus Hamburg und ließ es sich schlecht ergehen. »Gott«, sagte er mit hohler und wankender Stimme, als er Tonio Kröger gewahrte, »sehen Sie doch bloß den Aufruhr der Elemente, Herr!« Aber dann wurde er unterbrochen und wandte sich eilig ab.

Tonio Kröger hielt sich an irgend einem gestrafften Tau und blickte hinaus in all den unbändigen Übermut. In ihm schwang sich ein Jauchzen auf, und ihm war, als sei es mächtig genug, um Sturm und Flut zu übertönen. Ein Sang an das Meer, begeistert von Liebe, tönte in ihm. Du meiner Jugend wilder Freund, so sind wir einmal noch vereint... Aber dann war das Gedicht zu Ende. Es ward nicht fertig, nicht rund geformt und nicht in Gelassenheit zu etwas Ganzem geschmiedet. Sein Herz lebte...

Lange stand er so; dann streckte er sich auf einer Bank am Kajütenhäuschen aus und blickte zum Himmel hinauf, an dem die Sterne flackerten. Er schlummerte sogar ein wenig. Und wenn der kalte Schaum in sein Gesicht spritzte, so war es ihm im Halbschlaf wie eine Liebkosung.

Senkrechte Kreidefelsen, gespenstisch im Mondschein, kamen in Sicht und näherten sich; das war Möen, die Insel. Und wieder trat Schlummer dazwischen, unterbrochen von salzigen Sprühschauern, die scharf ins Gesicht bissen und die Züge erstarren ließen... Als er völlig wach wurde, war es schon Tag, ein hellgrauer, frischer Tag, und die grüne See ging ruhiger. Beim Frühstück sah er den jungen Kaufmann wieder, der heftig errötete, wahrscheinlich vor Scham, im Dunklen so poetische und blamable Dinge geäußert zu haben, mit allen fünf Fingern seinen kleinen rötlichen Schnurrbart emporstrich und ihm einen soldatisch scharfen Morgengruß zurief, um ihn dann ängstlich zu meiden.

Und Tonio Kröger landete in Dänemark. Er hielt Ankunft in Kopenhagen, gab Trinkgeld an Jeden, der sich die Miene gab, als hätte er Anspruch darauf, durchwanderte von seinem Hotelzimmer aus drei Tage lang die Stadt, indem er sein Reisebüchlein aufgeschlagen vor sich her trug, und benahm sich ganz wie ein besserer Fremder, der seine Kenntnisse zu bereichern wünscht. Er betrachtete des Königs Neumarkt und das »Pferd« in seiner Mitte, blickte achtungsvoll an den Säulen der Frauenkirche empor, stand lange vor Thorwaldsens edlen und lieblichen Bildwerken, stieg auf den Runden Turm, besichtigte Schlösser und verbrachte zwei bunte Abende im Tivoli. Aber es war nicht so recht eigentlich all dies, was er sah.

An den Häusern, die oft ganz das Aussehen der alten Häuser seiner Vaterstadt mit geschwungenen, durchbrochenen Giebeln hatten, sah er Namen, die ihm aus alten Tagen bekannt waren, die ihm etwas Zartes und Köstliches zu bezeichnen schienen und bei alldem etwas wie Vorwurf, Klage und Sehnsucht nach Verlorenem in sich schlossen. Und allerwegen, indes er in verlangsamten, nachdenklichen Zügen die feuchte Seeluft atmete, sah er Augen, die so blau, Haare, die so blond, Gesichter, die von eben der Art und Bildung waren, wie er sie in den seltsam wehen und reuigen Träumen der Nacht geschaut, die er in seiner Vaterstadt verbracht hatte. Es konnte geschehen, daß auf offener Straße ein Blick, ein klingendes Wort, ein Auflachen ihn ins Innerste traf...

Es litt ihn nicht lange in der munteren Stadt. Eine Unruhe, süß und töricht, Erinnerung halb und halb Erwartung, bewegte ihn, zusammen mit dem Verlangen, irgendwo still am Strande liegen zu dürfen und nicht den angelegentlich sich umtuenden Touristen spielen zu müssen. So schiffte er sich aufs Neue ein und fuhr an einem trüben Tage (die See ging schwarz) nordwärts die Küste von Seeland entlang gen Helsingör. Von dort setzte er seine Reise unverzüglich zu Wagen auf dem Chausseewege fort, noch drei Viertelstunden lang, immer ein wenig oberhalb des Meeres, bis er an seinem letzten und eigentlichen Ziele hielt, dem kleinen weißen Badehotel mit grünen Fensterläden, das inmitten einer Siedelung niedriger Häuschen stand und mit seinem holzgedeckten Turm auf den Sund und die schwedische Küste hinausblickte. Hier stieg er ab, nahm Besitz von dem hellen Zimmer, das man ihm bereit gehalten, füllte Bord und Spind mit dem, was er mit sich führte, und schickte sich an, hier eine Weile zu leben.

8.

Schon rückte der September vor: es waren nicht mehr viele Gäste in Aalsgaard. Bei den Mahlzeiten in dem großen, balkengedeckten Eßsaal zu ebener Erde, dessen hohe Fenster auf die Glas-Veranda und die See hinausführten, führte die Wirtin den Vorsitz, ein bejahrtes Mädchen mit weißem Haar, farblosen Augen, zartrosigen Wangen und einer haltlosen Zwitscherstimme, das immer seine roten Hände auf dem Tafeltuche ein wenig vorteilhaft zu gruppieren trachtete. Ein kurzhalsiger alter Herr mit eisgrauem Schifferbart und dunkelbläulichem Gesicht war da, ein Fischhändler aus der Hauptstadt, der des Deutschen mächtig war. Er schien gänzlich verstopft und zum Schlagfluß geneigt, denn er atmete kurz und stoßweise und hob von Zeit zu Zeit den beringten Zeigefinger zu einem seiner Nasenlöcher empor, um es zuzudrücken und dem anderen durch starkes Blasen ein wenig Luft zu verschaffen. Nichtsdestoweniger sprach er beständig der Aquavitflasche zu, die sowohl beim Frühstück als beim Mittag- und Abendessen vor ihm stand. Dann waren nur noch drei große amerikanische Jünglinge mit ihrem Gouverneur oder Hauslehrer zugegen, der schweigend an seiner Brille rückte und tagüber mit ihnen Fußball spielte. Sie trugen ihr rotgelbes Haar in der Mitte gescheitelt und hatten lange, unbewegte Gesichter. »Please, give me the wurst-things there!« sagte der Eine. »That's not wurst, that's schinken!« sagte ein Anderer, und dies war alles, was sowohl sie als der Hauslehrer zur Unterhaltung beitrugen; denn sonst saßen sie still und tranken heißes Wasser.

Tonio Kröger hätte sich keine andere Art von Tischgesellschaft gewünscht. Er genoß seinen Frieden, horchte auf die dänischen Kehllaute, die hellen und trüben Vokale, in denen der Fischhändler und die Wirtin zuweilen konversierten, wechselte hie und da mit dem Ersteren eine schlichte Bemerkung über den Barometerstand und erhob sich dann, um durch die Veranda wieder an den Strand hinunterzugehen, wo er schon lange Morgenstunden verbracht hatte.

Manchmal war es dort still und sommerlich. Die See ruhte träge und glatt, in blauen, flaschengrünen und rötlichen Streifen, von silbrig glitzernden Lichtreflexen überspielt, der Tang dörrte zu Heu in der Sonne, und die Quallen lagen da und verdunsteten. Es roch ein wenig faulig und ein wenig auch nach dem Teer des Fischerbootes, an welches Tonio Kröger, im Sande sitzend, den Rücken lehnte, – so gewandt, daß er den offenen Horizont und nicht die schwedische Küste vor Augen hatte; aber des Meeres leiser Atem strich rein und frisch über alles hin.

Und graue, stürmische Tage kamen. Die Wellen beugten die Köpfe wie Stiere, die die Hörner zum Stoße einlegen, und rannten wütend gegen den Strand, der hoch hinauf überspült und mit naßglänzendem Seegras, Muscheln und angeschwemmtem Holzwerk bedeckt war. Zwischen den langgestreckten Wellenhügeln dehnten sich unter dem verhängten Himmel blaßgrünschaumig die Täler; aber dort, wo hinter den Wolken die Sonne stand, lag auf den Wassern ein weißlicher Sammetglanz.

Tonio Kröger stand in Wind und Brausen eingehüllt, versunken in dies ewige, schwere, betäubende Getöse, das er so sehr liebte. Wandte er sich und ging fort, so schien es plötzlich ganz ruhig und warm um ihn her. Aber im Rücken wußte er sich das Meer; es rief, lockte und grüßte. Und er lächelte.

Er ging landeinwärts, auf Wiesenwegen durch die Einsamkeit, und bald nahm Buchenwald ihn auf, der sich hügelig weit in die Gegend erstreckte. Er setzte sich ins Moos, an einen Baum gelehnt, so, daß er zwischen den Stämmen einen Streifen des Meeres gewahren konnte. Zuweilen trug der Wind das Geräusch der Brandung zu ihm, das klang, wie wenn in der Ferne Bretter aufeinander fallen. Krähengeschrei über den Wipfeln, heiser, öde und verloren... Er hielt ein Buch auf den Knieen, aber er las nicht eine Zeile darin. Er genoß ein tiefes Vergessen, ein erlöstes Schweben über Raum und Zeit, und nur zuweilen war es, als würde sein Herz von einem Weh durchzuckt, einem kurzen, stechenden Gefühl von Sehnsucht oder Reue, das nach Namen und Herkunft zu fragen er zu träge und versunken war.

So verging mancher Tag; er hätte nicht zu sagen vermocht, wie viele, und trug kein Verlangen danach, es zu wissen. Dann aber kam einer, an welchem etwas geschah; es geschah, während die Sonne am Himmel stand und Menschen zugegen waren, und Tonio Kröger war nicht einmal so außerordentlich erstaunt darüber.

Gleich dieses Tages Anfang gestaltete sich festlich und entzükkend. Tonio Kröger erwachte sehr früh und ganz plötzlich, fuhr mit einem feinen und unbestimmten Erschrecken aus dem Schlafe empor und glaubte, in ein Wunder, einen feenhaften Beleuchtungszauber hineinzublicken. Sein Zimmer, mit Glastür und Balkon nach dem Sunde hinaus gelegen und durch einen dünnen, weißen Gaze-Vorhang in Wohn- und Schlafraum geteilt, war zartfarbig tapeziert und mit leichten, hellen Möbeln versehen, sodaß es stets einen lichten und freundlichen Anblick bot. Nun aber sahen seine schlaftrunkenen Augen es in einer unirdischen Verklärung und Illumination vor sich liegen, über und über getaucht in einen unsäglich holden und duftigen Rosenschein, der Wände und Möbel vergoldete und den Gaze-Vorhang in ein mildes, rotes Glühen versetzte... Tonio Kröger begriff lange nicht, was sich ereignete. Als er aber vor der Glastür stand und hinausblickte, sah er, daß es die Sonne war, die aufging.

Mehrere Tage lang war es trüb und regnicht gewesen; jetzt aber spannte sich der Himmel wie aus straffer, blaßblauer Seide schimmernd klar über See und Land, und durchquert und umgeben von rot und golden durchleuchteten Wolken, erhob sich feierlich die Sonnenscheibe über das flimmernd gekrauste Meer, das unter ihr zu erschauern und zu erglühen schien... So hub der Tag an, und verwirrt und glücklich warf Tonio Kröger sich in die Kleider, frühstückte vor allen Anderen drunten in der Veranda, schwamm hierauf von dem kleinen hölzernen Badehäuschen aus eine Strecke in den Sund hinaus und tat dann einen stundenlangen Gang am Strande hin. Als er zurückkehrte, hielten mehrere omnibusartige Wagen vorm Hotel, und vom Eßsaal aus gewahrte er, daß sowohl in dem anstoßenden Gesellschaftszimmer, dort, wo das Klavier stand, als auch in der Veranda und auf der Terrasse, die davor lag, Menschen in großer Anzahl, kleinbürgerlich gekleidete Herrschaften, an runden Tischen saßen und unter angeregten Gesprächen Bier mit Butterbrot genossen. Es waren ganze Familien, ältere und junge Leute, ja sogar ein paar Kinder.

Beim zweiten Frühstück (der Tisch trug schwer an kalter Küche, Geräuchertem, Gesalzenem und Gebackenem) erkundigte sich Tonio Kröger, was vor sich gehe.

»Gäste!« sagte der Fischhändler. »Ausflügler und Ballgäste aus Helsingör! Ja, Gott soll uns bewahren, wir werden nicht schlafen können, diese Nacht! Es wird Tanz geben, Tanz und Musik, und man muß fürchten, daß das lange dauert. Es ist eine Familienvereinigung, eine Landpartie nebst Réunion, kurzum, eine Subskription oder dergleichen, und sie genießen den schönen Tag. Sie sind zu Boot und zu Wagen gekommen, und jetzt frühstücken sie. Später fahren sie noch weiter über Land, aber abends kommen sie wieder, und dann ist Tanzbelustigung hier im Saale. Ja, verdammt und verflucht, wir werden kein Auge zutun...«

»Das ist eine hübsche Abwechslung«, sagte Tonio Kröger.

Hierauf wurde längere Zeit nichts mehr gesprochen. Die Wirtin ordnete ihre roten Finger, der Fischhändler blies durch das rechte Nasenloch, um sich ein wenig Luft zu verschaffen, und die Amerikaner tranken heißes Wasser und machten lange Gesichter dazu.

Da geschah dies auf einmal: Hans Hansen und Ingeborg Holm gingen durch den Saal. –

Tonio Kröger lehnte, in einer wohligen Ermüdung nach dem Bade und seinem hurtigen Gang, im Stuhl und aß geräucherten Lachs auf Röstbrot; – er saß der Veranda und dem Meere zugewandt. Und plötzlich öffnete sich die Tür, und Hand in Hand kamen die Beiden herein, – schlendernd und ohne Eile. Ingeborg, die blonde Inge, war hell gekleidet, wie sie in der Tanzstunde bei Herrn Knaak zu sein pflegte. Das leichte, geblümte Kleid reichte ihr nur bis zu den Knöcheln, und um die Schultern trug sie einen breiten, weißen Tüllbesatz mit spitzem Ausschnitt, der ihren weichen, geschmeidigen Hals freiließ. Der Hut hing ihr an seinen zusammengeknüpften Bändern über dem einen Arm. Sie war vielleicht ein klein wenig erwachsener als sonst, und trug ihren wunderbaren Zopf nun um den Kopf gelegt; aber Hans Hansen war ganz wie immer. Er hatte seine Seemanns-Überjacke mit den goldenen Knöpfen an, über welcher auf Schultern und Rücken der breite, blaue Kragen lag; die Matrosenmütze mit den kurzen Bändern hielt er in der hinabhängenden Hand und schlenkerte sie sorglos hin und her. Ingeborg hielt ihre schmal geschnittenen Augen abgewandt, vielleicht ein wenig geniert durch die speisenden Leute, die auf sie schauten. Allein Hans Hansen wandte nun grade und aller Welt zum Trotz den Kopf nach der Frühstückstafel und musterte mit seinen stahlblauen Augen Einen nach dem Anderen herausfordernd und gewissermaßen verächtlich; er ließ sogar Ingeborgs Hand fahren und schwenkte seine Mütze noch heftiger hin und her, um zu zeigen, was für ein Mann er sei. So gingen die Beiden, mit dem still blauenden Meere als Hintergrund, vor Tonio Krögers Augen vorüber, durchmaßen den Saal seiner Länge nach und verschwanden durch die entgegengesetzte Tür im Klavierzimmer.

Dies begab sich um halb zwölf Uhr vormittags, und noch während die Kurgäste beim Frühstück saßen, brach nebenan und in der Veranda die Gesellschaft auf und verließ, ohne daß noch jemand den Eßsaal betreten hätte, durch den Seitenzugang, der vorhanden war, das Hotel. Man hörte, wie draußen unter

Scherzen und Gelächter die Wagen bestiegen wurden, wie ein Gefährt nach dem anderen auf der Landstraße sich knirschend in Bewegung setzte und davonrollte...

»Sie kommen also wieder?« fragte Tonio Kröger...

»Das tun sie!« sagte der Fischhändler. »Und Gott sei's geklagt. Sie haben Musik bestellt, müssen Sie wissen, und ich schlafe hier überm Saale.«

»Das ist eine hübsche Abwechslung«, wiederholte Tonio Kröger. Dann stand er auf und ging fort.

Er verbrachte den Tag, wie er die anderen verbracht hatte, am Strande, im Walde, hielt ein Buch auf den Knieen und blinzelte in die Sonne. Er bewegte nur einen Gedanken: diesen, daß sie wiederkehren und im Saale Tanzbelustigung abhalten würden, wie es der Fischhändler versprochen hatte; und er tat nichts, als sich hierauf freuen, mit einer so ängstlichen und süßen Freude, wie er sie lange, tote Jahre hindurch nicht mehr erprobt hatte. Einmal, durch irgend eine Verknüpfung von Vorstellungen, erinnerte er sich flüchtig eines fernen Bekannten, Adalberts, des Novellisten, der wußte, was er wollte, und sich ins Kaffeehaus begeben hatte, um der Frühlingsluft zu entgehen. Und er zuckte die Achseln über ihn...

Es wurde früher als gewöhnlich zu Mittag gegessen, und das Abendbrot nahm man ebenfalls zeitiger als sonst, im Klavierzimmer, weil im Saale schon Vorbereitungen zum Balle getroffen wurden: auf so festliche Art war alles in Unordnung gebracht. Dann, als es schon dunkel war und Tonio Kröger in seinem Zimmer saß, ward es wieder lebendig auf der Landstraße und im Hause. Die Ausflügler kehrten zurück; ja, aus der Richtung von Helsingör trafen zu Rad und zu Wagen noch neue Gäste ein, und bereits hörte man drunten im Hause eine Geige stimmen und eine Klarinette näselnde Übungsläufe vollführen... Alles versprach, daß es ein glänzendes Ballfest geben werde.

Nun setzte das kleine Orchester mit einem Marsche ein: gedämpft und taktfest scholl es herauf: man eröffnete den Tanz mit einer Polonaise. Tonio Kröger saß noch eine Weile still und lauschte. Als er aber vernahm, wie das Marschtempo in Walzertakt überging, machte er sich auf und schlich geräuschlos aus seinem Zimmer.

Von dem Korridor, an dem es gelegen war, konnte man über eine Nebentreppe zu dem Seiteneingang des Hotels und von dort, ohne ein Zimmer zu berühren, in die Glasveranda gelangen. Diesen Weg nahm er, leise und verstohlen, als befinde er sich auf verbotenen Pfaden, tastete sich behutsam durch das Dunkel, unwiderstehlich angezogen von dieser dummen und selig wiegenden Musik, deren Klänge schon klar und ungedämpft zu ihm drangen.

Die Veranda war leer und unerleuchtet, aber die Glastür zum Saale, wo die beiden großen, mit blanken Reflektoren versehenen Petroleum-Lampen hell erstrahlten, stand geöffnet. Dorthin schlich er sich auf leisen Sohlen, und der diebische Genuß, hier im Dunkeln stehen und ungesehen Die belauschen zu dürfen, die im Lichte tanzten, verursachte ein Prickeln in seiner Haut. Hastig und begierig sandte er seine Blicke nach den Beiden aus, die er suchte...

Die Fröhlichkeit des Festes schien schon ganz frei entfaltet, obgleich es kaum seit einer halben Stunde eröffnet war; aber man war ja bereits warm und angeregt hierhergekommen, nachdem man den ganzen Tag miteinander verbracht, sorglos, gemeinsam und glücklich. Im Klavierzimmer, das Tonio Kröger überblicken konnte, wenn er sich ein wenig weiter vorwagte, hatten sich mehrere ältere Herren rauchend und trinkend beim Kartenspiel vereinigt; aber andere saßen bei ihren Gattinnen im Vordergrunde auf den Plüschstühlen und an den Wänden des Saales und sahen dem Tanze zu. Sie hielten die Hände auf die gespreizten Kniee gestützt und bliesen mit einem wohlhabenden Ausdruck die Wangen auf, indes die Mütter, Kapotthütchen auf den Scheiteln, die Hände unter der Brust zusammenlegten und mit seitwärts geneigten Köpfen in das Getümmel der jungen Leute schauten. Ein Podium war an der einen Längswand des Saales errichtet worden, und dort taten die Musikanten ihr Bestes. Sogar eine Trompete war da, welche mit einer gewissen zögernden Behutsamkeit blies, als fürchtete sie sich vor ihrer eigenen Stimme, die sich dennoch beständig brach und überschlug... Wogend und kreisend bewegten sich die Paare umeinander, indes andere Arm in Arm den Saal umwandelten. Man war nicht ballmäßig gekleidet, sondern nur wie an einem Sommer-Sonntag, den man im Freien verbringt: die Kavaliere in kleinstädtisch geschnittenen Anzügen, denen man ansah, daß sie die ganze Woche geschont wurden, und die jungen Mädchen in lichten und leichten Kleidern mit Feldblumensträußchen an den Miedern. Auch ein paar Kinder waren im Saale und tanzten unter einander auf ihre Art, sogar, wenn die Musik pausierte. Ein langbeiniger Mensch in schwalbenschwanzförmigem Röckchen, ein Provinzlöwe mit Augenglas und gebranntem Haupthaar, Post-Adjunkt oder dergleichen und wie die fleischgewordene komische Figur aus einem dänischen Roman, schien Festordner und Kommandeur des Balles zu sein. Eilfertig, transpirierend und mit ganzer Seele bei der Sache, war er überall zugleich, schwänzelte übergeschäftig durch den Saal, indem er kunstvoll mit den Zehenspitzen zuerst auftrat und die Füße, die in glatten und spitzen Militär-Stiefeletten steckten, auf eine verzwickte Art kreuzweis übereinander setzte, schwang die Arme in der Luft, traf Anordnungen, rief nach Musik, klatschte in die Hände, und bei all dem flogen die Bänder der großen, bunten Schleife, die als Zeichen seiner Würde auf seiner Schulter befestigt war, und nach der er manchmal liebevoll den Kopf drehte, flatternd hinter ihm drein.

Ja, sie waren da, die Beiden, die heute im Sonnenlicht an Tonio Kröger vorübergezogen waren, er sah sie wieder und erschrak vor Freude, als er sie fast gleichzeitig gewahrte. Hier stand Hans Hansen, ganz nahe bei ihm, dicht an der Tür; breitbeinig und ein wenig vorgebeugt, verzehrte er bedächtig ein großes Stück Sandtorte, wobei er die hohle Hand unters Kinn hielt, um die Krümel aufzufangen. Und dort an der Wand saß Ingeborg Holm, die blonde Inge, und eben schwänzelte der Adjunkt auf sie zu, um sie durch eine ausgesuchte Verbeugung zum Tanze aufzufordern, wobei er die eine Hand auf den Rücken legte und die andere graziös in den Busen schob; aber sie schüttelte den Kopf und deutete an, daß sie zu atemlos sei und ein wenig ruhen müsse, worauf der Adjunkt sich neben sie setzte.

Tonio Kröger sah sie an, die Beiden, um die er vor Zeiten Liebe gelitten hatte, – Hans und Ingeborg. Sie waren es nicht so sehr vermöge einzelner Merkmale und der Ähnlichkeit der Kleidung, als kraft der Gleichheit der Rasse und des Typus, dieser lichten, stahlblauäugigen und blondhaarigen Art, die eine Vorstellung von Reinheit, Ungetrübtheit, Heiterkeit und einer zugleich stolzen und schlichten, unberührbaren Sprödigkeit hervorrief... Er sah sie an, sah, wie Hans Hansen so keck und wohlgestaltet wie nur jemals, breit in den Schultern und schmal in den Hüften, in seinem Matrosenanzug dastand, sah, wie Ingeborg auf eine gewisse übermütige Art lachend den Kopf zur Seite warf, auf eine gewisse Art ihre Hand, eine gar nicht besonders schmale, gar nicht besonders feine Klein-Mädchen-Hand, zum Hinterkopfe führte, wobei der leichte Ärmel von ihrem Ellenbogen zurückglitt, – und plötzlich erschütterte das Heimweh seine Brust mit einem solchen Schmerz, daß er unwillkürlich weiter ins Dunkel zurückwich, damit niemand das Zucken seines Gesichtes sähe.

Hatte ich euch vergessen? fragte er. Nein, niemals! Nicht dich, Hans, noch dich, blonde Inge! Ihr wart es ja, für die ich arbeitete, und wenn ich Applaus vernahm, blickte ich heimlich um mich, ob ihr daran teilhättet... Hast du nun den Don Carlos gelesen, Hans Hansen, wie du es mir an eurer Gartenpforte versprachst? Tu's nicht! ich verlange es nicht mehr von dir. Was geht dich der König an, der weint, weil er einsam ist? Du sollst deine hellen Augen nicht trüb und traumblöde machen vom Starren in Verse und Melancholie... Zu sein wie du! Noch einmal anfangen, aufwachsen gleich dir, rechtschaffen, fröhlich und schlicht, regelrecht, ordnungsgemäß und im Einverständnis mit Gott und der Welt, geliebt werden von den Harmlosen und Glücklichen, dich zum Weibe nehmen, Ingeborg Holm, und einen Sohn haben wie du, Hans Hansen, – frei vom Fluch der Erkenntnis und der schöpferischen Qual leben, lieben und loben in seliger Gewöhnlichkeit! ... Noch einmal anfangen?

Aber es hülfe nichts. Es würde wieder so werden, – Alles würde wieder so kommen, wie es gekommen ist. Denn Etliche gehen mit Notwendigkeit in die Irre, weil es einen rechten Weg für sie überhaupt nicht gibt.

Nun schwieg die Musik; es war Pause, und Erfrischungen wurden gereicht. Der Adjunkt eilte persönlich mit einem Teebrett voll Häringssalat umher und bediente die Damen; aber vor Ingeborg Holm ließ er sich sogar auf ein Knie nieder, als er ihr das Schälchen reichte, und sie errötete vor Freude darüber.

Man begann jetzt dennoch im Saale, auf den Zuschauer unter der Glastür aufmerksam zu werden, und aus hübschen, erhitzten Gesichtern trafen ihn fremde und forschende Blicke; aber er behauptete trotzdem seinen Platz. Auch Ingeborg und Hans streiften ihn beinahe gleichzeitig mit den Augen, mit jener vollkommenen Gleichgültigkeit, die fast das Ansehen der Verachtung hat. Plötzlich jedoch ward er sich bewußt, daß von irgendwoher ein Blick zu ihm drang und auf ihm ruhte... Er wandte den Kopf, und sofort trafen seine Augen mit denen zusammen, deren Berührung er empfunden hatte. Ein Mädchen stand nicht weit von ihm, mit blassem, schmalen und feinen Gesicht, das er schon früher bemerkt hatte. Sie hatte nicht viel getanzt, die Kavaliere hatten sich nicht sonderlich um sie bemüht, und er hatte sie einsam mit herb geschlossenen Lippen an der Wand sitzen sehen. Auch jetzt stand sie allein. Sie war hell und duftig gekleidet, wie die Anderen, aber unter dem durchsichtigen Stoff ihres Kleides schimmerten ihre bloßen Schultern spitz und dürftig, und der magere Hals stak so tief zwischen diesen armseligen Schultern, daß das stille Mädchen fast ein wenig verwachsen erschien. Ihre Hände, mit dünnen Halbhandschuhen bekleidet, hielt sie so vor der flachen Brust, daß die Fingerspitzen sich sacht berührten. Gesenkten Kopfes blickte sie Tonio Kröger von unten herauf mit schwarzen, schwimmenden Augen an. Er wandte sich ab...

Hier, ganz nahe bei ihm, saßen Hans und Ingeborg. Er hatte sich zu ihr gesetzt, die vielleicht seine Schwester war, und umgeben von anderen rotwangigen Menschenkindern aßen und tranken sie, schwatzten und vergnügten sich, riefen sich mit klingenden Stimmen Neckereien zu und lachten hell in die Luft. Konnte er sich ihnen nicht ein wenig nähern? Nicht an ihn oder sie ein Scherzwort richten, das ihm einfiel, und das sie ihm wenigstens mit einem Lächeln beantworten mußten? Es würde ihn beglücken, er sehnte sich danach; er würde dann zufriedener in sein Zimmer zurückkehren, mit dem Bewußtsein, eine kleine Gemeinschaft mit den Beiden hergestellt zu haben. Er dachte sich aus, was er sagen könnte; aber er fand nicht den Mut, es zu sagen. Auch war es ja wie immer: sie würden ihn nicht verstehen, würden befremdet auf das horchen, was er zu sagen vermöchte. Denn ihre Sprache war nicht seine Sprache.

Nun schien der Tanz aufs Neue beginnen zu sollen. Der Adjunkt entfaltete eine umfassende Tätigkeit. Er eilte umher und forderte alle Welt zum Engagieren auf, räumte mit Hilfe des Kellners Stühle und Gläser aus dem Wege, erteilte den Musikern Befehle und schob einzelne Täppische, die nicht wußten wohin, an den Schultern vor sich her. Was hatte man vor? Je vier und vier Paare bildeten Carrés... Eine schreckliche Erinnerung machte Tonio Kröger erröten. Man tanzte Quadrille.

Die Musik setzte ein, und die Paare schritten unter Verbeugungen durcheinander. Der Adjunkt kommandierte; er kommandierte, bei Gott, auf Französisch und brachte die Nasallaute auf unvergleichlich distinguierte Art hervor. Ingeborg Holm tanzte dicht vor Tonio Kröger, in dem Carré, das sich unmittelbar an der Glastür befand. Sie bewegte sich vor ihm hin und her, vorwärts und rückwärts, schreitend und drehend; ein Duft, der von ihrem Haar oder dem zarten Stoff ihres Kleides ausging, berührte ihn manchmal, und er schloß die Augen in einem Gefühl, das ihm von je so wohl bekannt gewesen, dessen Arom und herben Reiz er in all diesen letzten Tagen leise verspürt hatte, und das ihn nun wieder ganz mit seiner süßen Drangsal erfüllte. Was war es doch? Sehnsucht? Zärtlichkeit? Neid, Selbstverachtung? ... Moulinet des dames! Lachtest du, blonde Inge, lachtest du mich aus, als ich moulinet tanzte und mich so jämmerlich blamierte? Und würdest du auch heute noch lachen, nun, da ich doch so etwas wie ein berühmter Mann geworden bin? Ja, das würdest du und würdest dreimal recht daran tun! Und wenn ich, ich ganz allein, die neun Symphonieen, Die Welt als Wille und Vorstellung und Das Jüngste Gericht vollbracht hätte, – du würdest ewig Recht haben zu lachen... Er sah sie an, und eine Verszeile fiel ihm ein, deren er sich lange nicht erinnert hatte, und die ihm doch so vertraut und verwandt war: »Ich möchte schlafen, aber du mußt tanzen.« Er kannte sie so gut, die melancholisch-nordische, innig-ungeschickte Schwerfälligkeit der Empfindung, die daraus sprach. Schlafen... Sich danach sehnen, einfach und völlig dem Gefühle leben zu dürfen, das ohne die Verpflichtung, zur Tat und zum Tanz zu werden, süß und träge in sich selber ruht, – und dennoch tanzen, behend und geistesgegenwärtig den schweren, schweren und gefährlichen Messertanz der Kunst vollführen zu müssen, ohne je ganz des demütigenden Widersinnes zu vergessen, der darin lag, tanzen zu müssen, indes man liebte...

Auf einmal geriet das Ganze in eine tolle und ausgelassene Bewegung. Die Carrés hatten sich aufgelöst, und springend und gleitend stob Alles umher; man beschloß die Quadrille mit einem Galopp. Die Paare flogen zum rasenden Eiltakt der Musik an Tonio Kröger vorüber, chassierend, hastend, einander überholend, mit kurzem, atemlosem Gelächter. Eines kam daher, mitgerissen von der allgemeinen Jagd, kreisend und vorwärts sausend. Das Mädchen hatte ein blasses, feines Gesicht und magere, zu hohe Schultern. Und plötzlich, dicht vor ihm, entstand ein Stolpern, Rutschen und Stürzen... Das blasse Mädchen fiel hin. Sie fiel so hart und heftig, daß es fast gefährlich aussah, und mit ihr der Kavalier. Dieser mußte sich so gröblich weh getan haben, daß er seiner Tänzerin ganz vergaß, denn, nur halbwegs aufgerichtet, begann er unter Grimassen seine Kniee mit den Händen zu reiben; und das Mädchen, scheinbar ganz betäubt vom Falle, lag noch immer am Boden. Da trat Tonio Kröger vor, faßte sie sacht an den Armen und hob sie auf. Abgehetzt, verwirrt und unglücklich sah sie zu ihm empor, und plötzlich färbte ihr zartes Gesicht sich mit einer matten Röte.

»Tak! O, mange Tak!« sagte sie und sah ihn von unten herauf mit dunklen, schwimmenden Augen an.

»Sie sollten nicht mehr tanzen, Fräulein«, sagte er sanft. Dann blickte er sich noch einmal nach *ihnen* um, nach Hans und Ingeborg, und ging fort, verließ die Veranda und den Ball und ging in sein Zimmer hinauf.

Er war berauscht von dem Feste, an dem er nicht Teil gehabt, und müde von Eifersucht. Wie früher, ganz wie früher war es gewesen! Mit erhitztem Gesicht hatte er an dunkler Stelle gestanden, in Schmerzen um euch, ihr Blonden, Lebendigen, Glücklichen, und war dann einsam hinweggegangen. Jemand müßte nun kommen! Ingeborg müßte nun kommen, müßte bemerken, daß er fort war, müßte ihm heimlich folgen, ihm die Hand auf die Schulter legen und sagen: Komm herein zu uns! Sei froh! Ich liebe dich!... Aber sie kam keines Weges. Dergleichen geschah nicht. Ja, wie damals war es, und er war glücklich wie damals. Denn sein Herz lebte. Was aber war gewesen während all der Zeit, in der er das geworden, was er nun war? – Erstarrung; Öde; Eis; und Geist! Und Kunst!...

Er entkleidete sich, legte sich zur Ruhe, löschte das Licht. Er flüsterte zwei Namen in das Kissen hinein, diese paar keuschen, nordischen Silben, die ihm seine eigentliche und ursprüngliche Liebes-, Leides- und Glückesart, das Leben, das simple und innige Gefühl, die Heimat bezeichneten. Er blickte zurück auf die Jahre seit damals bis auf diesen Tag. Er gedachte der wüsten Abenteuer der Sinne, der Nerven und des Gedankens, die er durchlebt, sah sich zerfressen von Ironie und Geist, verödet und gelähmt von Erkenntnis, halb aufgerieben von den Fiebern und Frösten des Schaffens, haltlos und unter Gewissensnöten zwischen krassen Extremen, zwischen Heiligkeit und Brunst hin- und hergeworfen, raffiniert, verarmt, erschöpft von kalten und künstlich erlesenen Exaltationen, verirrt, verwüstet, zermartert, krank – und schluchzte vor Reue und Heimweh.

Um ihn war es still und dunkel. Aber von unten tönte gedämpft und wiegend des Lebens süßer, trivialer Dreitakt zu ihm herauf.

9.

Tonio Kröger saß im Norden und schrieb an Lisaweta Iwanowna, seine Freundin, wie er es ihr versprochen hatte.

Liebe Lisaweta dort unten in Arkadien, wohin ich bald zurückkehren werde, schrieb er. Hier ist nun also so etwas wie ein Brief, aber er wird Sie wohl enttäuschen, denn ich denke, ihn ein wenig allgemein zu halten. Nicht, daß ich so gar nichts zu erzählen, auf meine Weise nicht dies und das erlebt hätte. Zu Hause, in meiner Vaterstadt, wollte man mich sogar verhaften... aber davon sollen Sie mündlich hören. Ich habe jetzt manchmal Tage, an denen ich es vorziehe, auf gute Art etwas Allgemeines zu sagen, anstatt Geschichten zu erzählen.

Wissen Sie wohl noch, Lisaweta, daß Sie mich einmal einen Bürger, einen verirrten Bürger nannten? Sie nannten mich so in einer Stunde, da ich Ihnen, verführt durch andere Geständnisse, die ich mir vorher hatte entschlüpfen lassen, meine Liebe zu dem gestand, was ich das Leben nenne; und ich frage mich, ob Sie wohl wußten, wie sehr Sie damit die Wahrheit trafen, wie sehr mein Bürgertum und meine Liebe zum »Leben« eins und dasselbe sind. Diese Reise hat mir Veranlassung gegeben, darüber nachzudenken...

Mein Vater, wissen Sie, war ein nordisches Temperament: betrachtsam, gründlich, korrekt aus Puritanismus und zur Wehmut geneigt; meine Mutter von unbestimmt exotischem Blut, schön, sinnlich, naiv, zugleich fahrlässig und leidenschaftlich und von einer impulsiven Liederlichkeit. Ganz ohne Zweifel war dies eine Mischung, die außerordentliche Möglichkeiten – und außerordentliche Gefahren in sich schloß. Was herauskam, war dies: ein Bürger, der sich in die Kunst verirrte, ein Bohémien mit Heimweh nach der guten Kinderstube, ein Künstler mit schlechtem Gewissen. Denn mein bürgerliches Gewissen ist es ja, was mich in allem Künstlertum, aller Außerordentlichkeit und allem Genie etwas tief Zweideutiges, tief Anrüchiges, tief Zweifelhaftes erblicken läßt, was mich mit dieser verliebten Schwäche für das Simple, Treuherzige und Angenehm-Normale, das Ungeniale und Anständige erfüllt.

Ich stehe zwischen zwei Welten, bin in keiner daheim und habe es infolge dessen ein wenig schwer. Ihr Künstler nennt mich einen Bürger, und die Bürger sind versucht, mich zu verhaften... ich weiß nicht, was von beidem mich bitterer kränkt. Die Bürger sind dumm; ihr Anbeter der Schönheit aber, die ihr mich phlegmatisch und ohne Sehnsucht heißt, solltet bedenken, daß es ein Künstlertum gibt, so tief, so von Anbeginn und Schicksals wegen, daß keine Sehnsucht ihm süßer und empfindenswerter erscheint als die nach den Wonnen der Gewöhnlichkeit.

Ich bewundere die Stolzen und Kalten, die auf den Pfaden der großen, der dämonischen Schönheit abenteuern und den »Menschen« verachten, – aber ich beneide sie nicht. Denn wenn irgend etwas imstande ist, aus einem Literaten einen Dichter zu machen, so ist es diese meine Bürgerliebe zum Menschlichen, Lebendigen und Gewöhnlichen. Alle Wärme, alle Güte, aller Humor kommt aus ihr, und fast will mir scheinen, als sei sie jene Liebe selbst, von der geschrieben steht, daß Einer mit Menschen- und Engelszungen reden könne und ohne sie doch nur ein tönendes Erz und eine klingende Schelle sei.

Was ich getan habe, ist nichts, nicht viel, so gut wie nichts. Ich werde Besseres machen, Lisaweta, – dies ist ein Versprechen. Während ich schreibe, rauscht das Meer zu mir herauf, und ich schließe die Augen. Ich schaue in eine ungeborene und schemenhafte Welt hinein, die geordnet und gebildet sein will, ich sehe in ein Gewimmel von Schatten menschlicher Gestalten, die mir winken, daß ich sie banne und erlöse: tragische und lächerliche und solche, die beides zugleich sind, – und diesen bin ich sehr zugetan. Aber meine tiefste und verstohlenste Liebe gehört den Blonden und Blauäugigen, den hellen Lebendigen, den Glücklichen, Liebenswürdigen und Gewöhnlichen.

Schelten Sie diese Liebe nicht, Lisaweta; sie ist gut und fruchtbar. Sehnsucht ist darin und schwermütiger Neid und ein klein wenig Verachtung und eine ganze keusche Seligkeit.

Schwere Stunde

Er stand vom Schreibtisch auf, von seiner kleinen, gebrechlichen Schreibkommode, stand auf wie ein Verzweifelter und ging mit hängendem Kopfe in den entgegengesetzten Winkel des Zimmers zum Ofen, der lang und schlank war wie eine Säule. Er legte die Hände an die Kacheln, aber sie waren fast ganz erkaltet, denn Mitternacht war lange vorbei, und so lehnte er, ohne die kleine Wohltat empfangen zu haben, die er suchte, den Rücken daran, zog hustend die Schöße seines Schlafrockes zusammen, aus dessen Brustaufschlägen das verwaschene Spitzenjabot heraushing, und schnob mühsam durch die Nase, um sich ein wenig Luft zu verschaffen; denn er hatte den Schnupfen wie gewöhnlich.

Das war ein besonderer und unheimlicher Schnupfen, der ihn fast nie völlig verließ. Seine Augenlider waren entflammt und die Ränder seiner Nasenlöcher ganz wund davon, und in Kopf und Gliedern lag dieser Schnupfen ihm wie eine schwere, schmerzliche Trunkenheit. Oder war an all der Schlaffheit und Schwere das leidige Zimmergewahrsam schuld, das der Arzt nun schon wieder seit Wochen über ihn verhängt hielt? Gott wußte, ob er wohl daran tat. Der ewige Katarrh und die Krämpfe in Brust und Unterleib mochten es nötig machen, und schlechtes Wetter war über Jena, seit Wochen, seit Wochen, das war richtig, ein miserables und hassenswertes Wetter, das man in allen Nerven spürte, wüst, finster und kalt, und der Dezemberwind heulte im Ofenrohr, verwahrlost und gottverlassen, daß es klang nach nächtiger Heide im Sturm und Irrsal und heillosem Gram der Seele. Aber gut war sie nicht, diese enge Gefangenschaft, nicht gut für die Gedanken und den Rhythmus des Blutes, aus dem die Gedanken kamen...

Das sechseckige Zimmer, kahl, nüchtern und unbequem, mit seiner geweißten Decke, unter der Tabaksrauch schwebte, seiner schräg karierten Tapete, auf der oval gerahmte Silhouetten hingen, und seinen vier, fünf dünnbeinigen Möbeln, lag im Lichte der beiden Kerzen, die zu Häupten des Manuskripts auf der Schreibkommode brannten. Rote Vorhänge hingen über den oberen Rahmen der Fenster, Fähnchen nur, symmetrisch geraffte Kattune; aber sie waren rot, von einem warmen, sonoren Rot, und er liebte sie und wollte sie niemals missen, weil sie etwas von Üppigkeit und Wollust in die unsinnlich-enthaltsame Dürftigkeit seines Zimmers brachten...

Er stand am Ofen und blickte mit einem raschen und schmerzlich angestrengten Blinzeln hinüber zu dem Werk, von dem er geflohen war, dieser Last, diesem Druck, dieser Gewissensqual, diesem Meer, das auszutrinken, dieser furchtbaren Aufgabe, die sein Stolz und sein Elend, sein Himmel und seine Verdammnis war. Es schleppte sich, es stockte, es stand – schon wieder, schon wieder! Das Wetter war schuld und sein Katarrh und seine Müdigkeit. Oder das Werk? Die Arbeit selbst? Die eine unglückselige und der Verzweiflung geweihte Empfängnis war?

Er war aufgestanden, um sich ein wenig Distanz davon zu verschaffen, denn oft bewirkte die räumliche Entfernung vom Manuskript, daß man Übersicht gewann, einen weiteren Blick über den Stoff, und Verfügungen zu treffen vermochte. Ja, es gab Fälle, wo das Erleichterungsgefühl, wenn man sich abwendete von der Stätte des Ringens, begeisternd wirkte. Und das war eine unschuldigere Begeisterung, als wenn man Likör nahm oder schwarzen, starken Kaffee... Die kleine Tasse stand auf dem Tischchen. Wenn sie ihm über das Hemmnis hülfe? Nein, nein, nicht mehr! Nicht der Arzt nur, auch ein zweiter noch, ein Ansehnlicherer, hatte ihm dergleichen behutsam widerraten: der Andere, der dort, in Weimar, den er mit einer sehnsüchtigen Feindschaft liebte. Der war weise. Der wußte zu leben, zu schaffen; mißhandelte sich nicht; war voller Rücksicht gegen sich selbst...

Stille herrschte im Hause. Nur der Wind war hörbar, der die Schloßgasse hinunter sauste, und der Regen, wenn er prickelnd gegen die Fenster getrieben ward. Alles schlief, der Hauswirt und die Seinen, Lotte und die Kinder. Und er stand einsam wach am erkalteten Ofen und blinzelte gequält zu dem Werk hinüber, an das seine kranke Ungenügsamkeit ihn glauben ließ... Sein weißer Hals ragte lang aus der Binde hervor, und zwischen den Schößen des Schlafrocks sah man seine nach innen gekrümmten Beine. Sein rotes Haar war aus der hohen und zarten Stirn zurückgestrichen, ließ blaß geäderte Buchten über den Schläfen frei und bedeckte die Ohren in dünnen Locken. An der Wurzel der großen, gebogenen Nase, die unvermittelt in eine weißliche Spitze endete, traten die starken Brauen, dunkler als das Haupthaar, nahe zusammen, was dem Blick der tiefliegenden, wunden Augen etwas tragisch Schauendes gab. Gezwungen, durch den Mund zu atmen, öffnete er die dünnen Lippen, und seine Wangen, sommersprossig und von Stubenluft fahl, erschlafften und fielen ein...

Nein, es mißlang, und alles war vergebens! Die Armee! Die Armee hätte gezeigt werden müssen! Die Armee war die Basis von allem! Da sie nicht vors Auge gebracht werden konnte – war die ungeheure Kunst denkbar, sie der Einbildung aufzuzwingen? Und der Held war kein Held; er war unedel und kalt! Die Anlage war falsch, und die Sprache war falsch, und es war ein trockenes und schwungloses Kolleg in Historie, breit, nüchtern und für die Schaubühne verloren!

Gut, es war also aus. Eine Niederlage. Ein verfehltes Unternehmen. Bankerott. Er wollte es Körnern schreiben, dem guten Körner, der an ihn glaubte, der in kindischem Vertrauen seinem Genius anhing. Er würde höhnen, flehen, poltern – der Freund; würde ihn an den Carlos gemahnen, der auch aus Zweifeln und Mühen und Wandlungen hervorgegangen und sich am Ende, nach aller Qual, als ein weithin Vortreffliches, eine ruhmvolle Tat erwiesen hat. Doch das war anders gewesen. Damals war er der Mann noch, eine Sache mit glücklicher Hand zu packen und sich den Sieg daraus zu gestalten. Skrupel und Kämpfe? O ja. Und krank war er gewesen, wohl kränker als jetzt, ein Darbender, Flüchtiger, mit der Welt Zerfallener, gedrückt und im Menschlichen bettelarm. Aber jung, ganz jung noch! Jedesmal, wie tief auch gebeugt, war sein Geist geschmeidig emporgeschnellt, und nach den Stunden des Harms waren die anderen des Glaubens und des inneren Triumphes gekommen. Die kamen nicht mehr, kamen kaum noch. Eine Nacht der flammenden Stimmung, da man auf einmal in einem genialisch leidenschaftlichen Lichte sah, was werden könnte, wenn man immer solcher Gnade genießen dürfte, mußte bezahlt werden mit einer Woche der Finsternis und der Lähmung. Müde war er, siebenunddreißig erst alt und schon am Ende. Der Glaube lebte nicht mehr, der an die Zukunft, der im Elend sein Stern gewesen. Und so war es, dies war die verzweifelte Wahrheit: Die Jahre der Not und der Nichtigkeit, die er für Leidens- und Prüfungsjahre gehalten, sie eigentlich waren reiche und fruchtbare Jahre gewesen; und nun, da ein wenig Glück sich herniedergelassen, da er aus dem Freibeutertum des Geistes in einige Rechtlichkeit und bürgerliche Verbindung eingetreten war, Amt und Ehren trug, Weib und Kinder besaß, nun war er erschöpft und fertig. Versagen und verzagen – das war's, was übrig blieb.

Er stöhnte, preßte die Hände vor die Augen und ging wie gehetzt durch das Zimmer. Was er da eben gedacht, war so furchtbar, daß er nicht an der Stelle zu bleiben vermochte, wo ihm der Gedanke gekommen war. Er setzte sich auf einen Stuhl an der Wand, ließ die gefalteten Hände zwischen den Knien hangen und starrte trüb auf die Diele nieder.

Das Gewissen… wie laut sein Gewissen schrie! Er hatte gesündigt, sich versündigt gegen sich selbst in all den Jahren, gegen das zarte Instrument seines Körpers. Die Ausschweifungen seines Jugendmutes, die durchwachten Nächte, die Tage in tabakrauchiger Stubenluft, übergeistig und des Leibes uneingedenk, die Rauschmittel, mit denen er sich zur Arbeit gestachelt – das rächte, rächte sich jetzt!

Und rächte es sich, so wollte er den Göttern trotzen, die Schuld schickten und dann Strafe verhängten. Er hatte gelebt, wie er leben mußte, er hatte nicht Zeit gehabt, weise, nicht Zeit, bedächtig zu sein. Hier, an dieser Stelle der Brust, wenn er atmete, hustete, gähnte, immer am selben Punkt dieser Schmerz, diese kleine, teuflische, stechende, bohrende Mahnung, die nicht schwieg, seitdem vor fünf Jahren in Erfurt das Katarrhfieber, jene hitzige Brustkrankheit, ihn angefallen – was wollte sie sagen? In Wahrheit, er wußte es nur zu gut, was sie meinte – mochte der Arzt sich stellen wie er konnte und wollte. Er hatte nicht Zeit, sich mit kluger Schonung zu begegnen, mit milder Sittlichkeit hauszuhalten. Was er tun wollte, mußte er bald tun, heute noch, schnell... Sittlichkeit? Aber wie kam es zuletzt, daß die Sünde gerade, die Hingabe an das Schädliche und Verzehrende ihn moralischer dünkte als alle Weisheit und kühle Zucht? Nicht sie, nicht die verächtliche Kunst des guten Gewissens waren das Sittliche, sondern der Kampf und die Not, die Leidenschaft und der Schmerz!

Der Schmerz... Wie das Wort ihm die Brust weitete! Er reckte sich auf, verschränkte die Arme; und sein Blick, unter den rötlichen, zusammenstehenden Brauen, beseelte sich mit schöner Klage. Man war noch nicht elend, ganz elend noch nicht, solange es möglich war, seinem Elend eine stolze und edle Benennung zu schenken. Eins war not: Der gute Mut, seinem Leben große und schöne Namen zu geben! Das Leid nicht auf Stubenluft und Konstipation zurückzuführen! Gesund genug sein, um pathetisch sein – um über das Körperliche hinwegsehen, hinwegfühlen zu können! Nur hierin naiv sein, wenn auch sonst wissend in allem! Glauben, an den Schmerz glauben können... Aber er glaubte ja an den Schmerz, so tief, so innig, daß etwas, was unter Schmerzen geschah, diesem Glauben zufolge weder nutzlos noch schlecht sein konnte. Sein Blick schwang sich zum Manuskript hinüber, und seine Arme verschränkten sich fester über der Brust... Das Talent selbst – war es nicht Schmerz? Und wenn d a s dort, das unselige Werk, ihn leiden machte, war es nicht in der Ordnung so und fast schon ein gutes Zeichen? Es hatte noch niemals gesprudelt, und sein Mißtrauen würde erst eigentlich beginnen, wenn es das täte. Nur bei Stümpern und Dilettanten sprudelte es, bei den Schnellzufriedenen und Unwissenden, die nicht unter dem Druck und der Zucht des Talentes lebten. Denn das Talent, meine Herren und Damen dort unten, weithin im Parterre, das Talent ist nichts Leichtes, nichts Tändelndes, es ist nicht ohne weiteres ein Können. In der Wurzel ist es Bedürfnis, ein kritisches Wissen um das Ideal, eine Ungenügsamkeit, die sich ihr Können nicht ohne Qual erst schafft und steigert. Und den Größten, den Ungenügsamsten ist ihr Talent die schärfste Geißel... Nicht klagen! Nicht prahlen! Bescheiden, geduldig denken von dem, was man trug! Und wenn nicht ein Tag in der Woche, nicht eine Stunde von Leiden frei war – was weiter? Die Lasten und Leistungen, die Anforderungen, Beschwerden, Strapazen gering achten, klein sehen – das war's, was groß machte!

Er stand auf, zog die Dose und schnupfte gierig, warf dann die Hände auf den Rücken und schritt so heftig durch das Zimmer, daß die Flammen der Kerzen im Luftzuge flatterten... Größe! Außerordentlichkeit! Welteroberung und Unsterblichkeit des Namens! Was galt alles Glück der ewig Unbekannten gegen dies Ziel? Gekannt sein – gekannt und geliebt von den Völkern der Erde! Schwatzet von Ichsucht, die ihr nichts wißt von der Süßigkeit dieses Traumes und Dranges! Ichsüchtig ist alles Außerordentliche, sofern es leidet. Mögt ihr selbst zusehen, spricht es, ihr Sendungslosen, die ihr's auf Erden so viel leichter habt! Und der Ehrgeiz spricht: Soll das Leiden umsonst gewesen sein? Groß muß es mich machen!...

Die Flügel seiner großen Nase waren gespannt, sein Blick drohte und schweifte. Seine Rechte war heftig und tief in den Aufschlag seines Schlafrockes geschoben, während die Linke geballt herniederhing. Eine fliegende Röte war in seine hageren Wangen getreten, eine Lohe, emporgeschlagen aus der Glut seines Künstleregoismus, jener Leidenschaft für sein Ich, die unauslöschlich in seiner Tiefe brannte. Er kannte ihn wohl, den heimlichen Rausch dieser Liebe. Zuweilen brauchte er nur seine Hand zu betrachten, um von einer begeisterten Zärtlichkeit für sich selbst erfüllt zu werden, in deren Dienst er alles, was ihm an Waffen des Talentes und der Kunst gegeben war, zu stellen beschloß. Er durfte es, nichts war unedel daran. Denn tiefer noch, als diese Ichsucht, lebte das Bewußtsein, sich dennoch bei alldem im Dienste vor irgend etwas Hohem, ohne Verdienst freilich, sondern unter einer Notwendigkeit, uneigennützig zu verzehren und aufzuopfern. Und dies war seine Eifersucht: daß niemand größer werde als er, der nicht auch tiefer als er um dieses Hohe gelitten.

Niemand! ... Er blieb stehen, die Hand über den Augen, den Oberkörper halb seitwärts gewandt, ausweichend, fliehend. Aber er fühlte schon den Stachel dieses unvermeidlichen Gedankens in seinem Herzen, des Gedankens an ihn, den anderen, den Hellen, Tastseligen, Sinnlichen, Göttlich-Unbewußten, an den dort, in Weimar, den er mit einer sehnsüchtigen Feindschaft liebte... Und wieder, wie stets, in tiefer Unruhe, mit Hast und Eifer, fühlte er die Arbeit in sich beginnen, die diesem Gedanken folgte: das eigene Wesen und Künstlertum gegen das des anderen zu behaupten und abzugrenzen... War er denn größer? Worin? Warum? War es ein blutendes Trotzdem, wenn er siegte? Würde je sein Erliegen ein tragisches Schauspiel sein? Ein Gott, vielleicht – ein Held war er nicht. Aber es war leichter, ein Gott zu sein, als ein Held! – Leichter... Der andere hatte es leichter! Mit weiser und glücklicher Hand Erkennen und Schaffen zu scheiden, das mochte heiter und quallos und quellend fruchtbar machen. Aber war Schaffen göttlich, so war Erkenntnis Heldentum, und beides war der, ein Gott und ein Held, welcher erkennend schuf!

Der Wille zum Schweren... Ahnte man, wieviel Zucht und Selbstüberwindung ein Satz, ein strenger Gedanke ihn kostete? Denn zuletzt war er unwissend und wenig geschult, ein dumpfer und schwärmender Träumer. Es war schwerer, einen Brief des Julius zu schreiben, als die beste Szene zu machen – und war es nicht darum auch fast schon das Höhere? – Vom ersten rhythmischen Drange innerer Kunst nach Stoff, Materie, Möglichkeit des Ergusses – bis zum Gedanken, zum Bilde, zum Worte, zur Zeile: welch Ringen! welch Leidensweg! Wunder der Sehnsucht waren seine Werke, der Sehnsucht nach Form, Gestalt, Begrenzung, Körperlichkeit, der Sehnsucht hinüber in die klare Welt des anderen, der unmittelbar und mit göttlichem Mund die besonnten Dinge bei Namen nannte.

Dennoch, und jenem zum Trotz: Wer war ein Künstler, ein Dichter gleich ihm, ihm selbst? Wer schuf, wie er, aus dem Nichts, aus der eigenen Brust? War nicht als Musik, als reines Urbild des Seins ein Gedicht in seiner Seele geboren, lange bevor es sich Gleichnis und Kleid aus der Welt der Erscheinungen lieh? Geschichte, Weltweisheit, Leidenschaft: Mittel und Vorwände, nicht mehr, für etwas, was wenig mit ihnen zu schaffen, was seine Heimat in orphischen Tiefen hatte. Worte, Begriffe: Tasten nur, die sein Künstlertum schlug, um ein verborgenes Saitenspiel klingen zu machen... Wußte man das? Sie priesen ihn sehr, die guten Leute, für die Kraft der Gesinnung, mit welcher er die oder jene Taste schlug. Und sein Lieblingswort, sein letztes Pathos, die große Glocke, mit der er zu den höchsten Festen der Seele rief, sie lockte viele herbei... Freiheit... Mehr und weniger, wahrhaftig, begriff er darunter als sie, wenn sie jubelten. Freiheit – was hieß das? Ein wenig Bürgerwürde doch nicht vor Fürstenthronen? Laßt ihr euch träumen, was alles ein Geist mit dem Worte zu meinen wagt? Freiheit wovon? Wovon zuletzt noch? Vielleicht sogar noch vom Glück, vom Menschenglück, dieser seidenen Fessel, dieser weichen und holden Verpflichtung...

Vom Glück... Seine Lippen zuckten; es war, als kehrte sein Blick sich nach innen, und langsam ließ er das Gesicht in die Hände sinken... Er war im Nebenzimmer. Bläuliches Licht floß von der Ampel, und der geblümte Vorhang verhüllte in stillen Falten das Fenster. Er stand am Bette, beugte sich über das süße Haupt auf dem Kissen... Eine schwarze Locke ringelte sich über die Wange, die von der Blässe der Perlen schien, und die kindlichen Lippen waren im Schlummer geöffnet... Mein Weib! Geliebte! Folgtest du meiner Sehnsucht und tratest du zu mir, mein Glück zu sein? Du bist es, sei still! Und schlafe! Schlag jetzt nicht diese süßen, langschattenden Wimpern auf, um mich anzuschauen, so groß und dunkel, wie manchmal, als fragtest und suchtest du mich! Bei Gott, bei Gott, ich liebe dich sehr! Ich kann mein Gefühl nur zuweilen nicht finden, weil ich oft sehr müde vom Leiden bin und vom Ringen mit jener Aufgabe, welche mein Selbst mir stellt. Und ich darf nicht allzusehr dein, nie ganz in dir glücklich sein, um dessentwillen, was meine Sendung ist...

Er küßte sie, trennte sich von der lieblichen Wärme ihres Schlummers, sah um sich, kehrte zurück. Die Glocke mahnte ihn, wie weit schon die Nacht vorgeschritten, aber es war auch zugleich, als zeigte sie gütig das Ende einer schweren Stunde an. Er atmete auf, seine Lippen schlossen sich fest; er ging und ergriff die Feder... Nicht grübeln! Er war zu tief, um grübeln zu dürfen! Nicht ins Chaos hinabsteigen, sich wenigstens nicht dort aufhalten! Sondern aus dem Chaos, welches die Fülle ist, ans Licht emporheben, was fähig und reif ist, Form zu gewinnen. Nicht grübeln: Arbeiten! Begrenzen, ausschalten, gestalten, fertig werden...

Und es wurde fertig, das Leidenswerk. Es wurde vielleicht nicht gut, aber es wurde fertig. Und als es fertig war, siehe, da war es auch gut. Und aus seiner Seele, aus Musik und Idee, rangen sich neue Werke hervor, klingende und schimmernde Gebilde, die in heiliger Form die unendliche Heimat wunderbar ahnen ließen, wie in der Muschel das Meer saust, dem sie entfischt ist.

Das Eisenbahnunglück

Etwas erzählen? Aber ich weiß nichts. Gut, also ich werde etwas erzählen.

Einmal, es ist schon zwei Jahre her, habe ich ein Eisenbahnunglück mitgemacht – alle Einzelheiten stehen mir klar vor Augen.

Es war keines vom ersten Range, keine allgemeine Harmonika mit »unkenntlichen Massen« und so weiter, das nicht. Aber es war doch ein ganz richtiges Eisenbahnunglück mit Zubehör und obendrein zu nächtlicher Stunde. Nicht jeder hat das erlebt, und darum will ich es zum besten geben.

Ich fuhr damals nach Dresden, eingeladen von Förderern der Literatur. Eine Kunst- und Virtuosenfahrt also, wie ich sie von Zeit zu Zeit nicht ungern unternehme. Man repräsentiert, man tritt auf, man zeigt sich der jauchzenden Menge; man ist nicht umsonst ein Untertan Wilhelms II. Auch ist Dresden ja schön (besonders der Zwinger), und nachher wollte ich auf zehn, vierzehn Tage zum »Weißen Hirsch« hinauf, um mich ein wenig zu pflegen und, wenn vermöge der »Applikationen«, der Geist über mich käme, auch wohl zu arbeiten. Zu diesem Behufe hatte ich mein Manuskript zuunterst in meinen Koffer gelegt, zusammen mit dem Notizenmaterial, ein stattliches Konvolut, in braunes Packpapier geschlagen und mit starkem Spagat in den bayrischen Farben umwunden.

Ich reise gern mit Komfort, besonders, wenn man es mir bezahlt. Ich benützte also den Schlafwagen, hatte mir tags zuvor ein Abteil erster Klasse gesichert und war geborgen. Trotzdem hatte ich Fieber, wie immer bei solchen Gelegenheiten, denn eine Abreise bleibt ein Abenteuer, und nie werde ich in Verkehrsdingen die rechte Abgebrühtheit gewinnen. Ich weiß ganz gut, daß der Nachtzug nach Dresden gewohnheitsmäßig jeden Abend vom Münchener Hauptbahnhof abfährt und jeden Morgen in Dresden ist. Aber wenn ich selber mitfahre und mein bedeutsames Schicksal mit dem seinen verbinde, so ist das eben doch eine große Sache. Ich kann mich dann der Vorstellung nicht entschlagen, als führe er einzig heute und meinetwegen, und dieser unvernünftige Irrtum hat natürlich eine stille, tiefe Erregung zur Folge, die mich nicht eher verläßt, als bis ich alle Umständlichkeiten der Abreise, das Kofferpacken, die Fahrt mit der belasteten Droschke zum Bahnhof, die Ankunft dortselbst, die Aufgabe des Gepäcks hinter mir habe und mich endgültig untergebracht und in Sicherheit weiß. Dann freilich tritt eine wohlige Abspannung ein, der Geist wendet sich neuen Dingen zu, die große Fremde eröffnet sich dort hinter den Bogen des Glasgewölbes, und freudige Erwartung beschäftigt das Gemüt.

So war es auch diesmal. Ich hatte den Träger meines Handgepäcks reich belohnt, so daß er die Mütze gezogen und mir angenehme Reise gewünscht hatte, und stand mit meiner Abendzigarre an einem Gangfenster des Schlafwagens, um das Treiben auf dem Perron zu betrachten. Da war Zischen und Rollen, Hasten, Abschiednehmen und das singende Ausrufen der Zeitungs- und Erfrischungsverkäufer, und über allem glühten die großen elektrischen Monde im Nebel des Oktoberabends. Zwei rüstige Männer zogen einen Handkarren mit großem Gepäck den Zug entlang nach vorn zum Gepäckwagen. Ich erkannte wohl, an gewissen vertrauten Merkmalen, meinen eigenen Koffer. Da lag er, ein Stück unter vielen, und auf seinem Grunde ruhte das kostbare Konvolut. Nun, dachte ich, keine Besorgnis, es ist in guten Händen! Sieh diesen Schaffner an mit dem Lederbandelier, dem gewaltigen Wachtmeisterschnauzbart und dem unwirsch wachsamen Blick. Sieh, wie er die alte Frau in der fadenscheinigen schwarzen Mantille anherrscht, weil sie um ein Haar in die zweite Klasse gestiegen wäre. Das ist der Staat, unser Vater, die Autorität und die Sicherheit. Man verkehrt nicht gern mit ihm, er ist streng, er ist wohl gar rauh, aber Verlaß, Verlaß ist auf ihn, und dein Koffer ist aufgehoben wie in Abrahams Schoß.

Ein Herr lustwandelt auf dem Perron, in Gamaschen und gelbem Herbstpaletot, einen Hund an der Leine führend. Nie sah ich ein hübscheres Hündchen. Es ist eine gedrungene Dogge, blank, muskulös, schwarz gefleckt und so gepflegt und drollig wie die Hündchen, die man zuweilen im Zirkus sieht und die das Publikum belustigen, indem sie aus allen Kräften ihres kleinen Leibes um die Manege rennen. Der Hund trägt ein silbernes Halsband, und die Schnur, daran er geführt wird, ist aus farbig geflochtenem Leder. Aber das alles kann nicht wundernehmen angesichts seines Herrn, des Herrn in Gamaschen, der sicher von edelster Abkunft ist. Er trägt ein Glas im Auge, was seine Miene verschärft, ohne sie zu verzerren, und sein Schnurrbart ist trotzig aufgesetzt, wodurch seine Mundwinkel wie sein Kinn einen verachtungsvollen und willensstarken Ausdruck gewinnen. Er richtet eine Frage an den martialischen Schaffner, und der schlichte Mann, der deutlich fühlt, mit wem er es zu tun hat, antwortet ihm, die Hand an der Mütze. Da wandelt der Herr weiter, zufrieden mit der Wirkung seiner Person. Er wandelt sicher in seinen Gamaschen, sein Antlitz ist kalt, scharf faßt er Menschen und Dinge ins Auge. Er ist weit entfernt vom Reisefieber, das sieht man klar, für ihn ist etwas so Gewöhnliches wie eine Abreise kein Abenteuer. Er ist zu Hause im Leben und ohne Scheu vor seinen Einrichtungen und Gewalten, er selbst gehört zu diesen Gewalten, mit einem Worte: ein Herr. Ich kann mich nicht satt an ihm sehen.

Als es ihn an der Zeit dünkt, steigt er ein (der Schaffner wandte gerade den Rücken). Er geht im Korridor hinter mir vorbei, und obgleich er mich anstößt, sagt er nicht »Pardon!« Was für ein Herr! Aber das ist nichts gegen das Weitere, was nun folgt: Der Herr nimmt, ohne mit der Wimper zu zucken, seinen Hund mit sich in sein Schlafkabinett hinein! Das ist zweifellos verboten. Wie würde ich mich vermessen, einen Hund mit in den Schlafwagen zu nehmen. Er aber tut es kraft seines Herrenrechtes im Leben und zieht die Tür hinter sich zu.

Es pfiff, die Lokomotive antwortete, der Zug setzte sich sanft in Bewegung. Ich blieb noch ein wenig am Fenster stehen, sah die zurückbleibenden winkenden Menschen, sah die eiserne Brücke, sah Lichter schweben und wandern... Dann zog ich mich ins Innere des Wagens zurück.

Der Schlafwagen war nicht übermäßig besetzt; ein Abteil neben dem meinen war leer, war nicht zum Schlafen eingerichtet, und ich beschloß, es mir auf eine friedliche Lesestunde darin bequem zu machen. Ich holte also mein Buch und richtete mich ein. Das Sofa ist mit seidigem lachsfarbenen Stoff überzogen, auf dem Klapptischchen steht der Aschenbecher, das Gas brennt hell. Und rauchend las ich.

Der Schlafwagenkondukteur kommt dienstlich herein, er ersucht mich um mein Fahrscheinheft für die Nacht und ich übergebe es seinen schwärzlichen Händen. Er redet höflich, aber rein amtlich, er spart sich den »Gute Nacht!«-Gruß von Mensch zu Mensch und geht, um an das anstoßende Kabinett zu klopfen. Aber das hätte er lassen sollen, denn dort wohnte der Herr mit den Gamaschen, und sei es nun, daß der Herr seinen Hund nicht sehen lassen wollte oder daß er bereits zu Bette gegangen war, kurz, er wurde furchtbar zornig, weil man es unternahm, ihn zu stören, ja, trotz dem Rollen des Zuges vernahm ich durch die dünne Wand den unmittelbaren und elementaren Ausbruch seines Grimmes. »Was ist denn?!« schrie er. »Lassen Sie mich in Ruhe – Affenschwanz!!« Er gebrauchte den Ausdruck »Affenschwanz« – ein Herrenausdruck, ein Reiter- und Kavaliersausdruck, herzstärkend anzuhören. Aber der Schlafwagenkondukteur legte sich aufs Unterhandeln, denn er mußte den Fahrschein des Herrn wohl wirklich haben, und da ich auf den Gang trat, um alles genau zu verfolgen, so sah ich mit an, wie schließlich die Tür des Herrn mit kurzem Ruck ein wenig geöffnet wurde und das Fahrscheinheft dem Kondukteur ins Gesicht flog, hart und heftig gerade ins Gesicht. Er fing es mit beiden Armen auf, und obgleich er die eine Ecke ins Auge bekommen hatte, so daß es tränte, zog er die Beine zusammen und dankte, die Hand an der Mütze. Erschüttert kehrte ich zu meinem Buch zurück.

Ich erwäge, was etwa dagegen sprechen könnte, noch eine Zigarre zu rauchen, und finde, daß es so gut wie nichts ist. Ich rauche also noch eine im Rollen und Lesen und fühle mich wohl und gedankenreich. Die Zeit vergeht, es wird zehn Uhr, halb elf Uhr oder mehr, die Insassen des Schlafwagens sind alle zur Ruhe gegangen, und schließlich komme ich mit mir überein, ein Gleiches zu tun.

Ich erhebe mich also und gehe in mein Schlafkabinett. Ein richtiges, luxuriöses Schlafzimmerchen, mit gepreßter Ledertapete, mit Kleiderhaken und vernickeltem Waschbecken. Das untere Bett ist schneeig bereitet, die Decke einladend zurückgeschlagen. O große Neuzeit! denke ich. Man legt sich in dieses Bett wie zu Hause, es bebt ein wenig die Nacht hindurch, und das hat zur Folge, daß man am Morgen in Dresden ist. Ich nahm meine Handtasche aus dem Netz, um etwas Toilette zu machen. Mit ausgestreckten Armen hielt ich sie über meinem Kopfe.

In diesem Augenblick geschieht das Eisenbahnunglück. Ich weiß es wie heute.

Es gab einen Stoß – aber mit »Stoß« ist wenig gesagt. Es war ein Stoß, der sich sofort als unbedingt bösartig kennzeichnete, ein in sich abscheulich krachender Stoß und von solcher Gewalt, daß mir die Handtasche, ich weiß nicht, wohin, aus den Händen flog und ich selbst mit der Schulter schmerzhaft gegen die Wand geschleudert wurde. Dabei war keine Zeit zur Besinnung. Aber was folgte, war ein entsetzliches Schlenkern des Wagens, und während seiner Dauer hatte man Muße, sich zu ängstigen. Ein Eisenbahnwagen schlenkert wohl, bei Weichen, bei scharfen Kurven, das kennt man. Aber dies war ein Schlenkern, daß man nicht stehen konnte, daß man von einer Wand zur andern geworfen wurde und dem Kentern des Wagens entgegensah. Ich dachte etwas sehr Einfaches, aber ich dachte es konzentriert und ausschließlich. Ich dachte: »Das geht nicht gut, das geht nicht gut, das geht keinesfalls gut.« Wörtlich so. Außerdem dachte ich: »Halt! Halt! Halt!« Denn ich wußte, daß, wenn der Zug erst stünde, sehr viel gewonnen sein würde. Und siehe, auf dieses mein stilles und inbrünstiges Kommando stand der Zug.

Bisher hatte Totenstille im Schlafwagen geherrscht. Nun kam der Schrecken zum Ausbruch. Schrille Damenschreie mischen sich mit den dumpfen Bestürzungsrufen von Männern. Neben mir höre ich »Hilfe!« rufen, und kein Zweifel, es ist die Stimme, die sich vorhin des Ausdrucks »Affenschwanz« bediente, die

Stimme des Herrn in Gamaschen, seine von Angst entstellte Stimme. »Hilfe!« ruft er, und in dem Augenblick, wo ich den Gang betrete, auf dem die Fahrgäste zusammenlaufen, bricht er in seidenem Schlafanzug aus seinem Abteil hervor und steht da mit irren Blicken. »Großer Gott!« sagt er, »Allmächtiger Gott!« Und um sich gänzlich zu demütigen und so vielleicht seine Vernichtung abzuwenden, sagt er auch noch in bittendem Tone: »Lieber Gott...« Aber plötzlich besinnt er sich eines andern und greift zur Selbsthilfe. Er wirft sich auf das Wandschränkchen, in welchem für alle Fälle ein Beil und eine Säge hängen, schlägt mit der Faust die Glasscheibe entzwei, läßt aber, da er nicht gleich dazu gelangen kann, das Werkzeug in Ruh, bahnt sich mit wilden Püffen einen Weg durch die versammelten Fahrgäste, so daß die halbnackten Damen aufs neue kreischen, und springt ins Freie.

Das war das Werk eines Augenblicks. Ich spürte erst jetzt meinen Schrecken: eine gewisse Schwäche im Rücken, eine vorübergehende Unfähigkeit, hinunterzuschlucken. Alles umdrängte den schwarzhändigen Schlafwagenbeamten, der mit roten Augen ebenfalls herbeigekommen war; die Damen, mit bloßen Armen und Schultern, rangen die Hände.

Das sei eine Entgleisung, erklärte der Mann, wir seien entgleist. Was nicht zutraf, wie sich später erwies. Aber siehe, der Mann war gesprächig unter diesen Umständen, er ließ seine amtliche Sachlichkeit dahinfahren, die großen Ereignisse lösten seine Zunge und er sprach intim von seiner Frau. »Ich hab' noch zu meiner Frau gesagt: Frau, sag' ich, mir ist ganz, als ob heut was passieren müßt'!« Na und ob nun vielleicht nichts passiert sei. Ja, darin gaben alle ihm recht. Rauch entwickelte sich im Wagen, dichter Qualm, man wußte nicht, woher, und nun zogen wir alle es vor, uns in die Nacht hinauszubegeben.

Das war nur mittelst eines ziemlich hohen Sprunges vom Trittbrett auf den Bahnkörper möglich, denn es war kein Perron vorhanden, und zudem stand unser Schlafwagen bemerkbar schief, auf die andere Seite geneigt. Aber die Damen, die eilig ihre Blößen bedeckt hatten, sprangen verzweifelt, und bald standen wir alle zwischen den Schienensträngen.

Es war fast finster, aber man sah doch, daß bei uns hinten den Wagen eigentlich nichts fehlte, obgleich sie schief standen. Aber vorn – fünfzehn oder zwanzig Schritte weiter vorn! Nicht umsonst hatte der Stoß in sich so abscheulich gekracht. Dort war eine Trümmerwüste – man sah ihre Ränder, wenn man sich näherte, und die kleinen Laternen der Schaffner irrten darüber hin.

Nachrichten kamen von dort, aufgeregte Leute, die Meldungen über die Lage brachten. Wir befanden uns dicht bei einer kleinen Station, nicht weit hinter Regensburg, und durch Schuld einer defekten Weiche war unser Schnellzug auf ein falsches Geleise geraten und in voller Fahrt einem Güterzug, der dort hielt, in den Rücken gefahren, hatte ihn aus der Station hinausgeworfen, seinen hinteren Teil zermalmt und selbst schwer gelitten. Die große Schnellzugsmaschine von Maffei in München war hin und entzwei. Preis siebzigtausend Mark. Und in den vorderen Wagen, die beinahe auf der Seite lagen, waren zum Teil die Bänke ineinandergeschoben. Nein, Menschenverluste waren, gottlob, wohl nicht zu beklagen. Man sprach von einer alten Frau, die »herausgezogen« worden sei, aber niemand hatte sie gesehen. Jedenfalls waren die Leute durcheinandergeworfen worden, Kinder hatten unter Gepäck vergraben gelegen, und das Entsetzen war groß. Der Gepäckwagen war zertrümmert. Wie war das mit dem Gepäckwagen? Er war zertrümmert.

Da stand ich ...

Ein Beamter läuft ohne Mütze den Zug entlang, es ist der Stationschef, und wild und weinerlich erteilt er Befehle an die Passagiere, um sie in Zucht zu halten und von den Geleisen in die Wagen zu schicken. Aber niemand achtet sein, da er ohne Mütze und Haltung ist. Beklagenswerter Mann! Ihn traf wohl die Verantwortung. Vielleicht war seine Laufbahn zu Ende, sein Leben zerstört. Es wäre nicht taktvoll gewesen, ihn nach dem großen Gepäck zu fragen.

Ein anderer Beamter kommt daher – er h i n k t daher, und ich erkenne ihn an seinem Wachtmeisterschnauzbart. Es ist der Schaffner, der unwirsch wachsame Schaffner von heute abends, der Staat, unser Vater. Er hinkt gebückt, die eine Hand auf sein Knie gestützt, und kümmert sich um nichts, als um dieses sein Knie. »Ach, ach!« sagt er. »Ach!« – »Nun, nun, was ist denn?« – »Ach, mein Herr, ich steckte ja dazwischen, es ging mir ja gegen die Brust, ich bin ja über das Dach entkommen, ach, ach!« – Dieses »über das Dach entkommen« schmeckte nach Zeitungsbericht, der Mann brauchte bestimmt in der Regel nicht das Wort »entkommen«, er hatte nicht sowohl sein Unglück, als vielmehr einen Zeitungsbericht über sein Unglück erlebt, aber was half mir das? Er war nicht in dem Zustande, mir Auskunft über mein Manuskript zu geben. Und ich fragte einen jungen Menschen, der frisch, wichtig und angeregt von der Trümmerwüste kam, nach dem großen Gepäck.

»Ja, mein Herr, das weiß niemand nicht, wie es da ausschaut!« Und sein Ton bedeutete mir, daß ich froh sein solle, mit heilen Gliedern davongekommen zu sein. »Da liegt alles durcheinander. Damenschuhe...« sagte er mit einer wilden Vernichtungsgebärde und zog die Nase kraus. »Die Räumungsarbeiten müssen es zeigen. Damenschuhe...«

Da stand ich. Ganz für mich allein stand ich in der Nacht zwischen den Schienensträngen und prüfte mein Herz. Räumungsarbeiten. Es sollten Räumungsarbeiten mit meinem Manuskript vorgenommen werden. Zerstört also, zerfetzt, zerquetscht, wahrscheinlich. Mein Bienenstock, mein Kunstgespinst, mein kluger Fuchsbau, mein Stolz und Mühsal, das Beste von mir. Was würde ich tun, wenn es sich so verhielt? Ich hatte keine Abschrift von dem, was schon dastand, schon fertig gefügt und geschmiedet war, schon lebte und klang – zu schweigen von meinen Notizen und Studien, meinem ganzen in Jahren zusammengetragenen, erworbenen, erhorchten, erschlichenen, erlittenen Hamsterschatz von Material. Was würde ich also tun? Ich prüfte mich genau und ich erkannte, daß ich von vorn beginnen würde. Ja, mit tierischer Geduld, mit der Zähigkeit eines tiefstehenden Lebewesens, dem man das wunderliche und komplizierte Werk seines kleinen Scharfsinnes und Fleißes zerstört hat, würde ich nach einem Augenblick der Verwirrung und Ratlosigkeit das Ganze wieder von vorn beginnen, und vielleicht würde es diesmal ein wenig leichter gehen...

Aber unterdessen war Feuerwehr eingetroffen, mit Fackeln, die rotes Licht über die Trümmerwüste warfen, und als ich nach vorn ging, um nach dem Gepäckwagen zu sehen, da zeigte es sich, daß er fast heil war, und daß den Koffern nichts fehlte. Die Dinge und Waren, die dort verstreut lagen, stammten aus dem Güterzuge, eine unzählige Menge Spagatknäuel zumal, ein Meer von Spagatknäueln, das weithin den Boden bedeckte.

Da ward mir leicht, und ich mischte mich unter die Leute, die standen und schwatzten und sich anfreundeten gelegentlich ihres Mißgeschickes und aufschnitten und sich wichtig machten. So viel schien sicher, daß der Zugführer sich brav benommen und großem Unglück vorgebeugt hatte, indem er im letzten Augenblick die Notbremse gezogen. Sonst, sagte man, hätte es unweigerlich eine allgemeine Harmonika gegeben, und der Zug wäre wohl auch die ziemlich hohe Böschung zur Linken hinabgestürzt. Preiswürd'ger Zugführer! Er war nicht sichtbar, niemand hatte ihn gesehen. Aber sein Ruhm verbreitete sich den ganzen Zug entlang, und wir alle lobten ihn in seiner Abwesenheit. »Der Mann«, sagte ein Herr und wies mit der ausgestreckten Hand irgendwohin in die Nacht, »der Mann hat uns alle gerettet.« Und jeder nickte dazu.

Aber unser Zug stand auf einem Geleise, das ihm nicht zukam, und darum galt es, ihn nach hinten zu sichern, damit ihm kein anderer in den Rücken fahre. So stellten sich die Feuerwehrleute mit Pechfackeln am letzten Wagen auf, und auch der angeregte junge Mann, der mich so sehr mit seinen Damenstiefeln geängstigt, hatte eine Fackel ergriffen und schwenkte sie signalisierend, obgleich in aller Weite kein Zug zu sehen war.

Und mehr und mehr kam etwas wie Ordnung in die Sache, und der Staat, unser Vater, gewann wieder Haltung und Ansehen. Man hatte telegraphiert und alle Schritte getan, ein Hilfszug aus Regensburg dampfte behutsam in die Station und große Gasleuchtapparate mit Reflektoren wurden an der Trümmerstätte aufgestellt. Wir Passagiere wurden nun ausquartiert und angewiesen, im Stationshäuschen unserer Weiterbeförderung zu harren. Beladen mit unserem Handgepäck und zum Teil mit verbundenen Köpfen zogen wir durch ein Spalier von neugierigen Eingeborenen in das Warteräumchen ein, wo wir uns, wie es gehen wollte, zusammenpferchten. Und abermals nach einer Stunde war alles aufs Geratewohl in einem Extrazuge verstaut.

Ich hatte einen Fahrschein erster Klasse (weil man mir die Reise bezahlte), aber das half mir gar nichts, denn jedermann gab der ersten Klasse den Vorzug, und diese Abteile waren noch voller als die anderen. Jedoch, wie ich eben mein Plätzchen gefunden, wen gewahre ich mir schräg gegenüber, in eine Ecke gedrängt? Den Herrn mit den Gamaschen und den Reiterausdrücken, meinen Helden. Er hat sein Hündchen nicht bei sich, man hat es ihm genommen, es sitzt, allen Herrenrechten zuwider, in einem finsteren Verlies gleich hinter der Lokomotive und heult. Der Herr hat auch einen gelben Fahrschein, der ihm nichts nützt, und er murrt, er macht einen Versuch, sich aufzulehnen gegen den Kommunismus, gegen den großen Ausgleich vor der Majestät des Unglücks. Aber ein Mann antwortet ihm mit biederer Stimme: »San's froh, daß Sie sitzen!« Und sauer lächelnd ergibt sich der Herr in die tolle Lage.

Wer kommt herein, gestützt auf zwei Feuerwehrmänner? Eine kleine Alte, ein Mütterchen in zerschlissener Mantille, dasselbe, das in München um ein Haar in die zweite Klasse gestiegen wäre. »Ist dies die erste Klasse?« fragt sie immer wieder. »Ist dies auch wirklich die erste Klasse?« Und als man es ihr versichert und ihr Platz macht, sinkt sie mit einem »Gottlob!« auf das Plüschkissen nieder, als ob sie erst jetzt gerettet sei.

In Hof war es fünf Uhr und hell. Dort gab es Frühstück und dort nahm ein Schnellzug mich auf, der mich und das Meine mit dreistündiger Verspätung nach Dresden brachte.

Ja, das war das Eisenbahnunglück, das ich erlebte. Einmal mußte es ja wohl sein. Und obgleich die Logiker Einwände machen, glaube ich nun doch gute Chancen zu haben, daß mir sobald nicht wieder dergleichen begegnet.

Der Tod in Venedig

Erstes Kapitel

Gustav Aschenbach oder von Aschenbach, wie seit seinem fünfzigsten Geburtstag amtlich sein Name lautete, hatte an einem Frühlingsnachmittag des Jahres 19.., das unserem Kontinent monatelang eine so gefahrdrohende Miene zeigte, von seiner Wohnung in der Prinz-Regentenstraße zu München aus allein einen weiteren Spaziergang unternommen. Überreizt von der schwierigen und gefährlichen, eben jetzt eine höchste Behutsamkeit, Umsicht, Eindringlichkeit und Genauigkeit des Willens erfordernden Arbeit der Vormittagsstunden, hatte der Schriftsteller dem Fortschwingen des produzierenden Triebwerkes in seinem Innern, jenem »motus animi continuus«, worin nach Cicero das Wesen der Beredsamkeit besteht, auch nach der Mittagsmahlzeit nicht Einhalt zu tun vermocht und den entlastenden Schlummer nicht gefunden, der ihm, bei zunehmender Abnutzbarkeit seiner Kräfte, einmal untertags so nötig war. So hatte er bald nach dem Tee das Freie gesucht, in der Hoffnung, daß Luft und Bewegung ihn wiederherstellen und ihm zu einem ersprießlichen Abend verhelfen würden.

Es war Anfang Mai und, nach naßkalten Wochen, ein falscher Hochsommer eingefallen. Der Englische Garten, obgleich nur erst zart belaubt, war dumpfig wie im August und in der Nähe der Stadt voller Wagen und Spaziergänger gewesen. Beim Aumeister, wohin stillere und stillere Wege ihn geführt, hatte Aschenbach eine kleine Weile den volkstümlich belebten Wirtsgarten überblickt, an dessen Rand einige Droschken und Equipagen hielten, hatte von dort bei sinkender Sonne seinen Heimweg außerhalb des Parks über die offene Flur genommen und erwartete, da er sich müde fühlte und über Föhring Gewitter drohte, am Nördlichen Friedhof die Tram, die ihn in gerader Linie zur Stadt zurückbringen sollte.

Zufällig fand er den Halteplatz und seine Umgebung von Menschen leer. Weder auf der gepflasterten Ungererstraße, deren Schienengeleise sich einsam gleißend gegen Schwabing erstreckten, noch auf der Föhringer Chaussee war ein Fuhrwerk zu sehen; hinter den Zäunen der Steinmetzereien, wo zu Kauf stehende Kreuze, Gedächtnistafeln und Monumente ein zweites, unbehaustes Gräberfeld bilden, regte sich nichts, und das byzantinische Bauwerk der Aussegnungshalle gegenüber lag schweigend im Abglanz des scheidenden Tages. Ihre Stirnseite, mit griechischen Kreuzen und hieratischen Schildereien in lichten Farben geschmückt, weist überdies symmetrisch angeordnete Inschriften in Goldlettern auf, ausgewählte, das jenseitige Leben betreffende Schriftworte, wie etwa: »Sie gehen ein in die Wohnung Gottes« oder: »Das ewige Licht leuchte ihnen«; und der Wartende hatte während einiger Minuten eine ernste Zerstreuung darin gefunden, die Formeln abzulesen und sein geistiges Auge in ihrer durchscheinenden Mystik sich verlieren zu lassen, als er, aus seinen Träumereien zurückkehrend, im Portikus, oberhalb der beiden apokalyptischen Tiere, welche die Freitreppe bewachen, einen Mann bemerkte, dessen nicht ganz gewöhnliche Erscheinung seinen Gedanken eine völlig andere Richtung gab.

Ob er nun aus dem Innern der Halle durch das bronzene Tor hervorgetreten oder von außen unversehens heran und hinauf gelangt war, blieb ungewiß. Aschenbach, ohne sich sonderlich in die Frage zu vertiefen, neigte zur ersteren Annahme. Mäßig hochgewachsen, mager, bartlos und auffallend stumpfnäsig, gehörte der Mann zum rothaarigen Typ und besaß dessen milchige und sommersprossige Haut. Offenbar war er durchaus nicht bajuwarischen Schlages: wie denn wenigstens der breit und gerade gerandete Basthut, der ihm den Kopf bedeckte, seinem Aussehen ein Gepräge des Fremdländischen und Weitherkommenden verlieh. Freilich trug er dazu den landesüblichen Rucksack um die Schultern geschnallt, einen gelblichen Gurtanzug aus Lodenstoff, wie es schien, einen grauen Wetterkragen über dem linken Unterarm, den er in die Weiche gestützt hielt, und in der

Rechten einen mit eiserner Spitze versehenen Stock, welchen er schräg gegen den Boden stemmte und auf dessen Krücke er, bei gekreuzten Füßen, die Hüfte lehnte. Erhobenen Hauptes, so daß an seinem hager dem losen Sporthemd entwachsenden Halse der Adamsapfel stark und nackt hervortrat, blickte er mit farblosen, rotbewimperten Augen, zwischen denen, sonderbar genug zu seiner kurz aufgeworfenen Nase passend, zwei senkrechte, energische Furchen standen, scharf spähend ins Weite. So – und vielleicht trug sein erhöhter und erhöhender Standort zu diesem Eindruck bei – hatte seine Haltung etwas herrisch Überschauendes, Kühnes oder selbst Wildes; denn sei es, daß er, geblendet, gegen die untergehende Sonne grimassierte oder daß es sich um eine dauernde physiognomische Entstellung handelte: seine Lippen schienen zu kurz, sie waren völlig von den Zähnen zurückgezogen, dergestalt, daß diese, bis zum Zahnfleisch bloßgelegt, weiß und lang dazwischen hervorbleckten.

Wohl möglich, daß Aschenbach es bei seiner halb zerstreuten, halb inquisitiven Musterung des Fremden an Rücksicht hatte fehlen lassen, denn plötzlich ward er gewahr, daß jener seinen Blick erwiderte und zwar so kriegerisch, so gerade ins Auge hinein, so offenkundig gesonnen, die Sache aufs Äußerste zu treiben, und den Blick des andern zum Abzug zu zwingen, daß Aschenbach, peinlich berührt, sich abwandte und einen Gang die Zäune entlang begann, mit dem beiläufigen Entschluß, des Menschen nicht weiter achtzuhaben. Er hatte ihn in der nächsten Minute vergessen. Mochte nun aber das Wandererhafte in der Erscheinung des Fremden auf seine Einbildungskraft gewirkt haben oder sonst irgendein physischer oder seelischer Einfluß im Spiele sein: eine seltsame Ausweitung seines Innern ward ihm ganz überraschend bewußt, eine Art schweifender Unruhe, ein jugendlich durstiges Verlangen in die Ferne, ein Gefühl, so lebhaft, so neu oder doch so längst entwöhnt und verlernt, daß er, die Hände auf dem Rücken und den Blick am Boden, gefesselt stehen blieb, um die Empfindung auf Wesen und Ziel zu prüfen.

Es war Reiselust, nichts weiter; aber wahrhaft als Anfall auftretend und ins Leidenschaftliche, ja bis zur Sinnestäuschung gesteigert. Seine Begierde ward sehend, seine Einbildungskraft, noch nicht zur Ruhe gekommen seit den Stunden der Arbeit, schuf sich ein Beispiel für alle Wunder und Schrecken der mannigfaltigen Erde, die sie auf einmal sich vorzustellen bestrebt war: er sah, sah eine Landschaft, ein tropisches Sumpfgebiet unter dickdunstigem Himmel, feucht, üppig und ungeheuer, eine Art Urweltwildnis aus Inseln, Morästen und Schlamm führenden Wasserarmen, – sah aus geilem Farrengewucher, aus Gründen von fettem, gequollenem und abenteuerlich blühendem Pflanzenwerk haarige Palmenschäfte nah und ferne emporstreben, sah wunderlich ungestalte Bäume ihre Wurzeln durch die Luft in den Boden, in stockende, grünschattig spiegelnde Fluten versenken, wo zwischen schwimmenden Blumen, die milchweiß und groß wie Schüsseln waren, Vögel von fremder Art, hochschultrig, mit unförmigen Schnäbeln, im Seichten standen und unbeweglich zur Seite blickten, sah zwischen den knotigen Rohrstämmen des Bambusdickichts die Lichter eines kauernden Tigers funkeln – und fühlte sein Herz pochen vor Entsetzen und rätselhaftem Verlangen. Dann wich das Gesicht; und mit einem Kopfschütteln nahm Aschenbach seine Promenade an den Zäunen der Grabsteinmetzereien wieder auf.

Er hatte, zum mindesten, seit ihm die Mittel zu Gebote gewesen waren, die Vorteile des Weltverkehrs beliebig zu genießen, das Reisen nicht anders, denn als eine hygienische Maßregel betrachtet, die gegen Sinn und Neigung dann und wann hatte getroffen werden müssen. Zu beschäftigt mit den Aufgaben, welche sein Ich und die europäische Seele ihm stellten, zu belastet von der Verpflichtung zur Produktion, der Zerstreuung zu abgeneigt, um zum Liebhaber der bunten Außenwelt zu taugen, hatte er sich durchaus mit der Anschauung begnügt, die jedermann, ohne sich weit aus seinem Kreise zu rühren, von der Oberfläche der Erde gewinnen kann, und war niemals auch nur versucht gewesen, Europa zu verlassen. Zumal seit sein Leben sich langsam neigte, seit seine Künstlerfurcht, nicht fertig zu werden, – diese Besorgnis, die Uhr möchte abgelaufen sein, bevor er das Seine getan und völlig sich selbst gegeben, nicht mehr als bloße Grille von der Hand zu weisen war, hatte sein äußeres Dasein sich fast ausschließlich auf die schöne Stadt, die ihm zur Heimat geworden, und auf den rauhen Landsitz beschränkt, den er sich im Gebirge errichtet und wo er die regnerischen Sommer verbrachte.

Auch wurde denn, was ihn da eben so spät und plötzlich angewandelt, sehr bald durch Vernunft und von jung auf geübte Selbstzucht gemäßigt und richtig gestellt. Er hatte beabsichtigt, das Werk, für welches er lebte, bis zu einem gewissen Punkte zu fördern, bevor er aufs Land übersiedelte, und der Gedanke einer Weltbummelei, die ihn auf Monate seiner Arbeit entführen würde, schien allzu locker und planwidrig, er durfte nicht ernstlich in Frage kommen. Und doch wußte er nur zu wohl, aus welchem Grunde die Anfechtung so unversehens hervorgegangen war. Fluchtdrang war sie, daß er es sich eingestand, diese Sehnsucht ins Ferne und Neue, diese Begierde nach Befreiung, Entbürdung und Vergessen, – der Drang hinweg vom Werke, von der Alltagsstätte eines starren, kalten und leidenschaftlichen Dienstes. Zwar liebte er ihn und liebte auch fast schon den entnervenden, sich täglich erneuernden Kampf zwischen seinem zähen und stolzen, so oft erprobten Willen und dieser wachsenden Müdigkeit, von der niemand wissen und die das Produkt auf keine Weise, durch kein Anzeichen des Versagens und der Laßheit verraten durfte. Aber verständig schien es, den Bogen nicht zu überspannen und ein so lebhaft ausbrechendes Bedürfnis nicht eigensinnig zu ersticken. Er dachte an seine Arbeit, dachte an die Stelle, an der er sie auch heute wieder, wie gestern schon, hatte verlassen müssen und die weder geduldiger Pflege noch einem raschen Handstreich sich fügen zu wollen schien. Er prüfte sie aufs neue, versuchte die Hemmung zu durchbrechen oder aufzulösen und ließ mit einem Schauder des Widerwillens vom Angriff ab. Hier bot sich keine außerordentliche Schwierigkeit, sondern was ihn lähmte, waren die Skrupel der Unlust, die sich als eine durch nichts mehr zu befriedigende Ungenügsamkeit darstellte. Ungenügsamkeit freilich hatte schon dem Jüngling als Wesen und innerste Natur des Talentes gegolten, und um ihretwillen hatte er das Gefühl gezügelt und erkältet, weil er wußte, daß es geneigt ist, sich mit einem fröhlichen Ungefähr und mit einer halben Vollkommenheit zu begnügen. Rächte sich nun also die geknechtete Empfindung, indem sie ihn verließ, indem sie seine Kunst fürder zu tragen und zu beflügeln sich weigerte und alle Lust, alles Entzücken an der Form und am Ausdruck mit sich hinwegnahm? Nicht, daß er Schlechtes herstellte: dies wenigstens war der Vorteil seiner Jahre, daß er sich seiner Meisterschaft jeden Augenblick in Gelassenheit sicher fühlte. Aber er selbst, während die Nation sie ehrte, er ward ihrer nicht froh, und es schien ihm, als ermangle sein Werk jener Merkmale feurig spielender Laune, die, ein Erzeugnis der Freude, mehr als irgendein innerer Gehalt, ein gewichtigerer Vorzug, die Freude der genießenden Welt bildeten. Er fürchtete sich vor dem Sommer auf dem Lande, allein in dem kleinen Hause mit der Magd, die ihm das Essen bereitete, und dem Diener, der es ihm auftrug; fürchtete sich vor den vertrauten Angesichten der Berggipfel und -wände, die wiederum seine unzufriedene Langsamkeit umstehen würden. Und so tat denn eine Einschaltung not, etwas Stegreifdasein, Tagedieberei, Fernluft und Zufuhr neuen Blutes, damit der Sommer erträglich und ergiebig werde. Reisen also, – er war es zufrieden. Nicht gar weit, nicht gerade bis zu den Tigern. Eine Nacht im Schlafwagen und eine Siesta von drei, vier Wochen an irgendeinem Allerweltsferienplatze im liebenswürdigen Süden ...

So dachte er, während der Lärm der elektrischen Tram die Ungererstraße daher sich näherte, und einsteigend beschloß er, diesen Abend dem Studium von Karte und Kursbuch zu widmen. Auf der Plattform fiel ihm ein, nach dem Manne im Basthut, dem Genossen dieses immerhin folgereichen Aufenthaltes, Umschau zu halten. Doch wurde ihm dessen Verbleib nicht deutlich, da er weder an seinem vorherigen Standort, noch auf dem weiteren Halteplatz, noch auch im Wagen ausfindig zu machen war.

Der Autor der klaren und mächtigen Prosa-Epopöe vom Leben Friedrichs von Preußen; der geduldige Künstler, der in langem Fleiß den figurenreichen, so vielerlei Menschenschicksal im Schatten einer Idee versammelnden Romanteppich, »Maja« mit Namen, wob; der Schöpfer jener starken Erzählung, die »Ein Elender« überschrieben ist und einer ganzen dankbaren Jugend die Möglichkeit sittlicher Entschlossenheit jenseits der tiefsten Erkenntnis zeigte; der Verfasser endlich (und damit sind die Werke seiner Reifezeit kurz bezeichnet) der leidenschaftlichen Abhandlung über »Geist und Kunst«, deren ordnende Kraft und antithetische Beredsamkeit ernste Beurteiler vermochte, sie unmittelbar neben Schillers Raisonnement über naive und sentimentalische Dichtung zu stellen: Gustav Aschenbach also war zu L., einer Kreisstadt der Provinz Schlesien, als Sohn eines höheren Justizbeamten geboren. Seine Vorfahren waren Offiziere, Richter, Verwaltungsfunktionäre gewesen, Männer, die im Dienste des Königs, des Staates ihr straffes, anständig karges Leben geführt hatten. Innigere Geistigkeit hatte sich einmal, in der Person eines Predigers, unter ihnen verkörpert; rascheres, sinnlicheres Blut war der Familie in der vorigen Generation durch die Mutter des Dichters, Tochter eines böhmischen Kapellmeisters, zugekommen. Von ihr stammten die Merkmale fremder Rasse in seinem Äußern. Die Vermählung dienstlich nüchterner Gewissenhaftigkeit mit dunkleren, feurigeren Impulsen ließ einen Künstler und diesen besonderen Künstler erstehen.

Da sein ganzes Wesen auf Ruhm gestellt war, zeigte er sich, wenn nicht eigentlich frühreif, so doch, dank der Entschiedenheit und persönlichen Prägnanz seines Tonfalls, früh für die Öffentlichkeit reif und geschickt. Beinahe noch Gymnasiast, besaß er einen Namen. Zehn Jahre später hatte er gelernt, von seinem Schreibtische aus zu repräsentieren, seinen Ruhm zu verwalten, in einem Briefsatz, der kurz sein mußte (denn viele Ansprüche dringen auf den Erfolgreichen, den Vertrauenswürdigen ein) gütig und bedeutend zu sein. Der Vierziger hatte, ermattet von den Strapazen und Wechselfällen der eigentlichen Arbeit, alltäglich eine Post zu bewältigen, die Wertzeichen aus aller Herren Ländern trug.

Ebenso weit entfernt vom Banalen wie vom Exzentrischen, war sein Talent geschaffen, den Glauben des breiten Publikums und die bewundernde, fordernde Teilnahme der Wählerischen zugleich zu gewinnen. So, schon als Jüngling von allen Seiten auf die Leistung – und zwar die außerordentliche – verpflichtet, hatte er niemals den Müßiggang, niemals die sorglose Fahrlässigkeit der Jugend gekannt. Als er um sein fünfunddreißigstes Jahr in Wien erkrankte, äußerte ein feiner Beobachter über ihn in Gesellschaft: »Sehen Sie, Aschenbach hat von jeher nur so gelebt« – und der Sprecher schloß die Finger seiner Linken fest zur Faust –; »niemals *so*« – und er ließ die geöffnete Hand bequem von der Lehne des Sessels hängen. Das traf zu; und das Tapfer-Sittliche daran war, daß seine Natur von nichts weniger als robuster Verfassung und zur ständigen Anspannung nur berufen, nicht eigentlich geboren war.

Ärztliche Fürsorge hatte den Knaben vom Schulbesuch ausgeschlossen und auf häuslichen Unterricht gedrungen. Einzeln, ohne Kameradschaft war er aufgewachsen und hatte doch zeitig erkennen müssen, daß er einem Geschlecht angehörte, in dem nicht das Talent, wohl aber die physische Basis eine Seltenheit war, deren das Talent zu seiner Erfüllung bedarf, – einem Geschlechte, das früh sein Bestes zu geben pflegt und in dem das Können es selten zu Jahren bringt. Aber sein Lieblingswort war »Durchhalten«, – er sah in seinem Friedrich-Roman nichts anderes als die Apotheose dieses Befehlswortes, das ihm als der Inbegriff leidend-tätiger Tugend erschien. Auch wünschte er sehnlichst, alt zu werden, denn er hatte von jeher dafür gehalten, daß wahrhaft groß, umfassend, ja wahrhaft ehrenwert nur das Künstlertum zu nennen sei, dem es beschieden war, auf allen Stufen des Menschlichen charakteristisch fruchtbar zu sein.

Da er also die Aufgaben, mit denen sein Talent ihn belud, auf zarten Schultern tragen und weit gehen wollte, so bedurfte er höchlich der Zucht, – und Zucht war ja zum Glücke sein eingeborenes Erbteil von väterlicher Seite. Mit vierzig, mit fünfzig Jahren wie schon in einem Alter, wo andere verschwenden, schwärmen, die Ausführung großer Pläne getrost verschieben, begann er seinen Tag beizeiten mit Stürzen kalten Wassers über Brust und Rücken und brachte dann, ein Paar hoher Wachskerzen in silbernen Leuchtern zu Häupten des Manuskripts, die Kräfte, die er im Schlaf gesammelt, in zwei oder drei inbrünstig gewissenhaften Morgenstunden der Kunst zum Opfer dar. Es war verzeihlich, ja, es bedeutete recht eigentlich den Sieg seiner Moralität, wenn Unkundige die Maja-Welt oder die epischen Massen, in denen sich Friedrichs Heldenleben entrollte, für das Erzeugnis gedrungener Kraft und eines langen Atems hielten, während sie vielmehr in kleinen Tagewerken aus aberhundert Einzelinspirationen zur Größe emporgeschichtet und nur darum so durchaus und an jedem Punkte vortrefflich waren, weil ihr Schöpfer mit einer Willensdauer und Zähigkeit, derjenigen ähnlich, die seine Heimatprovinz eroberte, jahrelang unter der Spannung eines und desselben Werkes ausgehalten und an die eigentliche Herstellung ausschließlich seine stärksten und würdigsten Stunden gewandt hatte.

Damit ein bedeutendes Geistesprodukt auf der Stelle eine breite und tiefe Wirkung zu üben vermöge, muß eine geheime Verwandtschaft, ja Übereinstimmung zwischen dem persönlichen Schicksal seines Urhebers und dem allgemeinen des mitlebenden Geschlechtes bestehen. Die Menschen wissen nicht, warum sie einem Kunstwerke Ruhm bereiten. Weit entfernt von Kennerschaft, glauben sie hundert Vorzüge daran zu entdecken, um so viel Teilnahme zu rechtfertigen; aber der eigentliche Grund ihres Beifalls ist ein Unwägbares, ist Sympathie. Aschenbach hatte es einmal an wenig sichtbarer Stelle unmittelbar ausgesprochen, daß beinahe alles Große, was dastehe, als ein Trotzdem dastehe, trotz Kummer und Qual, Armut, Verlassenheit, Körperschwäche, Laster, Leidenschaft und tausend Hemmnissen zustande gekommen sei. Aber das war mehr als eine Bemerkung, es war eine Erfahrung, war geradezu die Formel seines

Lebens und Ruhmes, der Schlüssel zu seinem Werk; und was Wunder also, wenn es auch der sittliche Charakter, die äußere Gebärde seiner eigentümlichsten Figuren war?

Über den neuen, in mannigfach individuellen Erscheinungen wiederkehrenden Heldentyp, den dieser Schriftsteller bevorzugte, hatte schon frühzeitig ein kluger Zergliederer geschrieben: daß er die Konzeption »einer intellektuellen und jünglinghaften Männlichkeit« sei, »die in stolzer Scham die Zähne aufeinanderbeißt und ruhig dasteht, während ihr die Schwerter und Speere durch den Leib gehen«. Das war schön, geistreich und exakt, trotz seiner scheinbar allzu passivischen Prägung. Denn Haltung im Schicksal, Anmut in der Qual bedeutet nicht nur ein Dulden; sie ist eine aktive Leistung, ein positiver Triumph, und die Sebastian-Gestalt ist das schönste Sinnbild, wenn nicht der Kunst überhaupt, so doch gewiß der in Rede stehenden Kunst. Blickte man hinein in diese erzählte Welt, sah man: die elegante Selbstbeherrschung, die bis zum letzten Augenblick eine innere Unterhöhlung, den biologischen Verfall vor den Augen der Welt verbirgt; die gelbe, sinnlich benachteiligte Häßlichkeit, die es vermag, ihre schwelende Brunst zur reinen Flamme zu entfachen, ja, sich zur Herrschaft im Reiche der Schönheit aufzuschwingen; die bleiche Ohnmacht, welche aus den glühenden Tiefen des Geistes die Kraft holt, ein ganzes übermütiges Volk zu Füßen des Kreuzes, zu ihren Füßen niederzuwerfen; die liebenswürdige Haltung im leeren und strengen Dienste der Form; das falsche, gefährliche Leben, die rasch entnervende Sehnsucht und Kunst des geborenen Betrügers: betrachtete man all dies Schicksal und wieviel gleichartiges noch, so konnte man zweifeln, ob es überhaupt einen anderen Heroismus gäbe, als denjenigen der Schwäche. Welches Heldentum aber jedenfalls wäre zeitgemäßer als dieses? Gustav Aschenbach war der Dichter all derer, die am Rande der Erschöpfung arbeiten, der Überbürdeten, schon Aufgeriebenen, sich noch Aufrechthaltenden, all dieser Moralisten der Leistung, die, schmächtig von Wuchs und spröde von Mitteln, durch Willensverzückung und kluge Verwaltung sich wenigstens eine Zeitlang die Wirkungen der Größe abgewinnen. Ihrer sind viele, sie sind die Helden des Zeitalters. Und sie alle erkannten sich wieder in seinem Werk, sie fanden sich bestätigt, erhoben, besungen darin, sie wußten ihm Dank, sie verkündeten seinen Namen.

Er war jung und roh gewesen mit der Zeit und, schlecht beraten von ihr, war er öffentlich gestrauchelt, hatte Mißgriffe getan, sich bloßgestellt, Verstöße gegen Takt und Besonnenheit begangen in Wort und Werk. Aber er hatte die Würde gewonnen, nach welcher, wie er behauptete, jedem großen Talente ein natürlicher Drang und Stachel eingeboren ist, ja, man kann sagen, daß seine ganze Entwicklung ein bewußter und trotziger, alle Hemmungen des Zweifels und der Ironie zurücklassender Aufstieg zur Würde gewesen war.

Lebendige, geistig unverbindliche Greifbarkeit der Gestaltung bildet das Ergötzen der bürgerlichen Massen, aber leidenschaftlich unbedingte Jugend wird nur durch das Problematische gefesselt: und Aschenbach war problematisch, war unbedingt gewesen wie nur irgendein Jüngling. Er hatte dem Geiste gefrönt, mit der Erkenntnis Raubbau getrieben, Saatfrucht vermahlen, Geheimnisse preisgegeben, das Talent verdächtigt, die Kunst verraten, – ja, während seine Bildwerke die gläubig Genießenden unterhielten, erhoben, belebten, hatte er, der jugendliche Künstler, die Zwanzigjährigen durch seine Zynismen über das fragwürdige Wesen der Kunst, des Künstlertums selbst in Atem gehalten.

Aber es scheint, daß gegen nichts ein edler und tüchtiger Geist sich rascher, sich gründlicher abstumpft, als gegen den scharfen und bitteren Reiz der Erkenntnis; und gewiß ist, daß die schwermütig gewissenhafteste Gründlichkeit des Jünglings Seichtheit bedeutet im Vergleich mit dem tiefen Entschlusse des Meister gewordenen Mannes, das Wissen zu leugnen, es abzulehnen, erhobenen Hauptes darüber hinwegzugehen, sofern es den Willen, die Tat, das Gefühl und selbst die Leidenschaft im geringsten zu lähmen, zu entmutigen, zu entwürdigen geeignet ist. Wie wäre die berühmte Erzählung vom »Elenden« wohl anders zu deuten, denn als Ausbruch des Ekels gegen den unanständigen Psychologismus der Zeit, verkörpert in der Figur jenes weichen und albernen Halbschurken, der sich ein Schicksal erschleicht, indem er sein Weib, aus Ohnmacht, aus Lasterhaftigkeit, aus ethischer Velleität, in die Arme eines Unbärtigen treibt und aus Tiefe Nichtswürdigkeiten begehen zu dürfen glaubt? Die Wucht des Wortes, mit welchem hier das Verworfene verworfen wurde, verkündete die Abkehr von allem moralischen Zweifelsinn, von jeder Sympathie mit dem Abgrund, die Absage an die Laxheit des Mitleidssatzes, daß alles verstehen alles verzeihen heiße, und was sich hier vorbereitete, ja schon vollzog, war jenes »Wunder der wiedergeborenen Unbefangenheit«, auf welches ein wenig später in einem der Dialoge des Autors ausdrücklich und nicht ohne geheimnisvolle Betonung die Rede kam. Seltsame Zusammenhänge! War es eine geistige Folge dieser »Wiedergeburt«, dieser neuen Würde und Strenge, daß man um dieselbe Zeit ein fast übermäßiges Erstarken seines Schönheitssinnes beobachtete, jene adelige Reinheit, Einfachheit und Ebenmäßigkeit der Formgebung, welche seinen Produkten fortan ein so sinnfälliges, ja gewolltes Gepräge der Meisterlichkeit und Klassizität verlieh? Aber moralische Entschlossenheit jenseits des Wissens, der auflösenden und hemmenden Erkenntnis, – bedeutet sie nicht wiederum eine Vereinfachung, eine sittliche Vereinfältigung der Welt und der Seele und also auch ein Erstarken zum Bösen, Verbotenen, zum sittlich Unmöglichen? Und hat Form nicht zweierlei Gesicht? Ist sie nicht sittlich und unsittlich zugleich, – sittlich als Ergebnis und Ausdruck der Zucht, unsittlich aber und selbst widersittlich, sofern sie von Natur eine moralische Gleichgültigkeit in sich schließt, ja wesentlich bestrebt ist, das Moralische unter ihr stolzes und unumschränktes Szepter zu beugen?

Wie dem auch sei! Eine Entwicklung ist ein Schicksal; und wie sollte nicht diejenige anders verlaufen, die von der Teilnahme, dem Massenzutrauen einer weiten Öffentlichkeit begleitet wird, als jene, die sich ohne den Glanz und die Verbindlichkeiten des Ruhmes vollzieht? Nur ewiges Zigeunertum findet es langweilig und ist zu spotten geneigt, wenn ein großes Talent dem libertinischen Puppenstande entwächst, die Würde des Geistes ausdrucksvoll wahrzunehmen sich gewöhnt und die Hofsitten einer Einsamkeit annimmt, die voll unberatener, hart selbständiger Leiden und Kämpfe war und es zu Macht und Ehren unter den Menschen brachte. Wieviel Spiel, Trotz, Genuß ist übrigens in der Selbstgestaltung des Talentes! Etwas Amtlich-Erzieherisches trat mit der Zeit in Gustav Aschenbachs Vorführungen ein, sein Stil entriet in späteren Jahren der unmittelbaren Kühnheiten, der subtilen und neuen Abschattungen, er wandelte sich ins Mustergültig-Feststehende, Geschliffen-Herkömmliche, Erhaltende, Formelle, selbst Formelhafte, und wie die Überlieferung es von Ludwig dem XIV. wissen will, so verbannte der Alternde aus seiner Sprachweise jedes gemeine Wort. Damals geschah es, daß die Unterrichtsbehörde ausgewählte Seiten von ihm in die vorgeschriebenen Schul-Lesebücher übernahm. Es war ihm innerlich gemäß, und er lehnte nicht ab, als ein deutscher Fürst, soeben zum Throne gelangt, dem Dichter des »Friedrich« zu seinem fünfzigsten Geburtstag den persönlichen Adel verlieh.

Nach einigen Jahren der Unruhe, einigen Versuchsaufenthalten da und dort wählte er frühzeitig München zum dauernden Wohnsitz und lebte dort in bürgerlichem Ehrenstande, wie er dem Geiste in besonderen Einzelfällen zuteil wird. Die Ehe, die er in noch jugendlichem Alter mit einem Mädchen aus gelehrter Familie eingegangen, wurde nach kurzer Glücksfrist durch den Tod getrennt. Eine Tochter, schon Gattin, war ihm geblieben. Einen Sohn hatte er nie besessen.

Gustav von Aschenbach war etwas unter Mittelgröße, brünett, rasiert. Sein Kopf erschien ein wenig zu groß im Verhältnis zu der fast zierlichen Gestalt. Sein rückwärts gebürstetes Haar, am Scheitel gelichtet, an den Schläfen sehr voll und stark ergraut, umrahmte eine hohe, zerklüftete und gleichsam narbige Stirn. Der Bügel einer Goldbrille mit randlosen Gläsern schnitt in die Wurzel der gedrungenen, edel gebogenen Nase ein. Der Mund war groß, oft schlaff, oft plötzlich schmal und gespannt; die Wangenpartie mager und gefurcht, das wohlausgebildete

Kinn weich gespalten. Bedeutende Schicksale schienen über dies meist leidend seitwärts geneigte Haupt hinweggegangen zu sein, und doch war die Kunst es gewesen, die hier jene physiognomische Durchbildung übernommen hatte, welche sonst das Werk eines schweren, bewegten Lebens ist. Hinter dieser Stirn waren die blitzenden Repliken des Gesprächs zwischen Voltaire und dem Könige über den Krieg geboren; diese Augen, müde und tief durch die Gläser blickend, hatten das blutige Inferno der Lazarette des Siebenjährigen Krieges gesehen. Auch persönlich genommen ist ja die Kunst ein erhöhtes Leben. Sie beglückt tiefer, sie verzehrt rascher. Sie gräbt in das Antlitz ihres Dieners die Spuren imaginärer und geistiger Abenteuer, und sie erzeugt, selbst bei klösterlicher Stille des äußeren Daseins, auf die Dauer eine Verwöhntheit, Überfeinerung, Müdigkeit und Neugier der Nerven, wie ein Leben voll ausschweifender Leidenschaften und Genüsse sie kaum hervorzubringen vermag.

Drittes Kapitel

Mehrere Geschäfte weltlicher und literarischer Natur hielten den Reiselustigen noch etwa zwei Wochen nach jenem Spaziergang in München zurück. Er gab endlich Auftrag, sein Landhaus binnen vier Wochen zum Einzuge instandzusetzen und reiste an einem Tage zwischen Mitte und Ende des Mai mit dem Nachtzuge nach Triest, wo er nur vierundzwanzig Stunden verweilte und sich am nächstfolgenden Morgen nach Pola einschiffte.

Was er suchte, war das Fremdartige und Bezuglose, welches jedoch rasch zu erreichen wäre, und so nahm er Aufenthalt auf einer seit einigen Jahren gerühmten Insel der Adria, unfern der istrischen Küste gelegen, mit farbig zerlumptem, in wildfremden Lauten redendem Landvolk und schön zerrissenen Klippenpartien dort, wo das Meer offen war. Allein Regen und schwere Luft, eine kleinweltliche, geschlossen österreichische Hotelgesellschaft und der Mangel jenes ruhevoll innigen Verhältnisses zum Meere, das nur ein sanfter, sandiger Strand gewährt, verdrossen ihn, ließen ihn nicht das Bewußtsein gewinnen, den Ort seiner Bestimmung getroffen zu haben; ein Zug seines Innern, ihm war noch nicht deutlich, wohin, beunruhigte ihn, er studierte Schiffsverbindungen, er blickte suchend umher, und auf einmal, zugleich überraschend und selbstverständlich, stand ihm sein Ziel vor Augen. Wenn man über Nacht das Unvergleichliche, das märchenhaft Abweichende zu erreichen wünschte, wohin ging man? Aber das war klar. Was sollte er hier? Er war fehlgegangen. Dorthin hatte er reisen wollen. Er säumte nicht, den irrigen Aufenthalt zu kündigen. Anderthalb Wochen nach seiner Ankunft auf der Insel trug ein geschwindes Motorboot ihn und sein Gepäck in dunstiger Frühe über die Wasser in den Kriegshafen zurück, und er ging dort nur an Land, um sogleich über einen Brettersteg das feuchte Verdeck eines Schiffes zu beschreiten, das unter Dampf zur Fahrt nach Venedig lag.

Es war ein betagtes Fahrzeug italienischer Nationalität, veraltet, rußig und düster. In einer höhlenartigen, künstlich erleuchteten Koje des inneren Raumes, wohin Aschenbach sofort nach Betreten des Schiffes von einem buckligen und unreinlichen Matrosen mit grinsender Höflichkeit genötigt wurde, saß hinter einem Tische, den Hut schief in der Stirn und einen Zigarettenstummel im Mundwinkel, ein ziegenbärtiger Mann von der Physiognomie eines altmodischen Zirkusdirektors, der mit grimassenhaft leichtem Geschäftsgebaren die Personalien der Reisenden aufnahm und ihnen die Fahrscheine ausstellte. »Nach Venedig!« wiederholte er Aschenbachs Ansuchen, indem er den Arm reckte und die Feder in den breiigen Restinhalt eines schräg geneigten Tintenfasses stieß. »Nach Venedig erster Klasse! Sie sind bedient, mein Herr!« Und er schrieb große Krähenfüße, streute aus einer Büchse blauen Sand auf die Schrift, ließ ihn in eine tönerne Schale ablaufen, faltete das Papier mit gelben und knochigen Fingern und schrieb aufs neue. »Ein glücklich gewähltes Reiseziel!« schwatzte er unterdessen. »Ah, Venedig! Eine herrliche Stadt! Eine Stadt von unwiderstehlicher Anziehungskraft für den Gebildeten, ihrer Geschichte sowohl wie ihrer gegenwärtigen Reize wegen!« Die glatte Raschheit seiner Bewegungen und das leere Gerede, womit er sie begleitete, hatten etwas Betäubendes und Ablenkendes, etwa als besorgte er, der Reisende möchte in seinem Entschluß, nach Venedig zu fahren, noch wankend werden. Er kassierte eilig und ließ mit Croupiergewandtheit den Differenzbetrag auf den fleckigen Tuchbezug des Tisches fallen. »Gute Unterhaltung, mein Herr!« sagte er mit schauspielerischer Verbeugung. »Es ist mir eine Ehre, Sie zu befördern... Meine Herren!« rief er sogleich mit erhobenem Arm und tat, als sei das Geschäft im flottesten Gange, obgleich niemand mehr da war, der nach Abfertigung verlangt hätte. Aschenbach kehrte auf das Verdeck zurück.

Einen Arm auf die Brüstung gelehnt, betrachtete er das müßige Volk, das, der Abfahrt des Schiffes beizuwohnen, am Quai lungerte, und die Passagiere an Bord. Diejenigen der zweiten Klasse kauerten, Männer und Weiber, auf dem Vorderdeck, indem sie Kisten und Bündel als Sitze benutzten. Eine Gruppe junger Leute bildete die Reisegesellschaft des ersten Verdecks, Polenser Handelsgehilfen, wie es schien, die sich in angeregter Laune zu einem Ausfluge nach Italien vereinigt hatten. Sie machten nicht wenig Aufhebens von sich und ihrem Unternehmen, schwatzten, lachten, genossen selbstgefällig das eigene Gebärdenspiel und riefen den Kameraden, die, Portefeuilles unterm Arm, in Geschäften die Hafenstraße entlang gingen und den Feiernden mit dem Stöckchen drohten, über das Geländer gebeugt, zungengeläufige Spottreden nach. Einer, in hellgelbem, übermodisch geschnittenem Sommeranzug, roter Krawatte und kühn aufgebogenem Panama, tat sich mit krähender Stimme an Aufgeräumtheit vor allen andern hervor. Kaum aber hatte Aschenbach ihn genauer ins Auge gefaßt, als er mit einer Art von Entsetzen erkannte, daß der Jüngling falsch war. Er war alt, man konnte nicht zweifeln. Runzeln umgaben ihm Augen und Mund. Das matte Karmesin der Wangen war Schminke, das braune Haar unter dem farbig umwundenen Strohhut Perücke, sein Hals verfallen und sehnig, sein aufgesetztes Schnurrbärtchen und die Fliege am Kinn gefärbt, sein gelbes und vollzähliges Gebiß, das er lachend zeigte, ein billiger Ersatz, und seine Hände, mit Siegelringen an beiden Zeigefingern, waren die eines Greises. Schauerlich angemutet sah Aschenbach ihm und seiner Gemeinschaft mit den Freunden zu. Wußten, bemerkten sie nicht, daß er alt war, daß er zu Unrecht ihre stutzerhafte und bunte Kleidung trug, zu Unrecht einen der ihren spielte? Selbstverständlich und gewohnheitsmäßig, wie es schien, duldeten sie ihn in ihrer Mitte, behandelten ihn als ihresgleichen, erwiderten ohne Widerwillen seine neckischen Rippenstöße. Wie ging das zu? Aschenbach bedeckte seine Stirn mit der Hand und schloß die Augen, die heiß waren, da er zu wenig geschlafen hatte. Ihm war, als lasse nicht alles sich ganz gewöhnlich an, als beginne eine träumerische Entfremdung, eine Entstellung der Welt ins Sonderbare um sich zu greifen, der vielleicht Einhalt zu tun wäre, wenn er sein Gesicht ein wenig verdunkelte und aufs neue um sich schaute. In diesem Augenblick jedoch berührte ihn das Gefühl des Schwimmens, und mit unvernünftigem Erschrecken aufsehend, gewahrte er, daß der schwere und düstere Körper des Schiffes sich langsam vom gemauerten Ufer löste. Zollweise, unter dem Vorwärts- und Rückwärtsarbeiten der Maschine, verbreiterte sich der Streifen schmutzig schillernden Wassers zwischen Quai und Schiffswand, und nach schwerfälligen Manövern kehrte der Dampfer seinen Bugspriet dem offenen Meere zu. Aschenbach ging nach der Steuerbordseite hinüber, wo der Bucklige ihm einen Liegestuhl aufgeschlagen hatte und ein Steward in fleckigem Frack nach seinen Befehlen fragte.

Der Himmel war grau, der Wind feucht. Hafen und Inseln waren zurückgeblieben, und rasch verlor sich aus dem dunstigen Gesichtskreise alles Land. Flocken von Kohlenstaub gingen, gedunsen von Nässe, auf das gewaschene Deck nieder, das nicht trocknen wollte. Schon nach einer Stunde spannte man ein Segeldach aus, da es zu regnen begann.

In seinen Mantel geschlossen, ein Buch im Schoße, ruhte der

Reisende, und die Stunden verrannen ihm unversehens. Es hatte zu regnen aufgehört; man entfernte das leinene Dach. Der Horizont war vollkommen. Unter der trüben Kuppel des Himmels dehnte sich rings die ungeheure Scheibe des öden Meeres. Aber im leeren, im ungegliederten Raume fehlt unserem Sinn auch das Maß der Zeit, und wir dämmern im Ungemessenen. Schattenhaft sonderbare Gestalten, der greise Geck, der Ziegenbart aus dem Schiffsinnern, gingen mit unbestimmten Gebärden, mit verwirrten Traumworten durch den Geist des Ruhenden, und er schlief ein.

Um Mittag nötigte man ihn zur Kollation in den korridorartigen Speisesaal hinab, auf den die Türen der Schlafkojen mündeten und wo am Ende des langen Tisches, zu dessen Häupten er speiste, die Handelsgehilfen, einschließlich des Alten, seit zehn Uhr mit dem munteren Kapitän pokulierten. Die Mahlzeit war armselig, und er beendete sie rasch. Es trieb ihn ins Freie, nach dem Himmel zu sehen: ob er denn nicht über Venedig sich erhellen wollte.

Er hatte nicht anders gedacht, als daß dies geschehen müsse, denn stets hatte die Stadt ihn im Glanze empfangen. Aber Himmel und Meer blieben trüb und bleiern, zeitweilig ging neblichter Regen nieder, und er fand sich darein, auf dem Wasserwege ein anderes Venedig zu erreichen, als er, zu Lande sich nähernd, je angetroffen hatte. Er stand am Fockmast, den Blick im Weiten, das Land erwartend. Er gedachte des schwermütig-enthusiastischen Dichters, dem vormals die Kuppeln und Glockentürme seines Traumes aus diesen Fluten gestiegen waren, er wiederholte im stillen einiges von dem, was damals an Ehrfurcht, Glück und Trauer zu maßvollem Gesange geworden, und von schon gestalteter Empfindung mühelos bewegt, prüfte er sein ernstes und müdes Herz, ob eine neue Begeisterung und Verwirrung, ein spätes Abenteuer des Gefühles dem fahrenden Müßiggänger vielleicht noch vorbehalten sein könne.

Da tauchte zur Rechten die flache Küste auf, Fischerboote belebten das Meer, die Bäderinsel erschien, der Dampfer ließ sie zur Linken, glitt verlangsamten Ganges durch den schmalen Port, der nach ihr benannt ist, und auf der Lagune, angesichts bunt armseliger Behausungen, hielt er ganz, da die Barke des Sanitätsdienstes erwartet werden mußte.

Eine Stunde verging, bis sie erschien. Man war angekommen und war es nicht; man hatte keine Eile und fühlte sich doch von Ungeduld getrieben. Die jungen Polesaner, patriotisch angezogen auch wohl von den militärischen Hornsignalen, die aus der Gegend der öffentlichen Gärten her über das Wasser klangen, waren auf Deck gekommen und, vom Asti begeistert, brachten sie Lebehochs auf die drüben exerzierenden Bersaglieri aus. Aber widerlich war es zu sehen, in welchen Zustand den aufgestutzten Greisen seine falsche Gemeinschaft mit der Jugend gebracht hatte. Sein altes Hirn hatte dem Weine nicht wie die jugendlich rüstigen standzuhalten vermocht, er war kläglich betrunken. Verblödeten Blicks, eine Zigarette zwischen den zitternden Fingern, schwankte er, mühsam das Gleichgewicht haltend, auf der Stelle, vom Rausche vorwärts und rückwärts gezogen. Da er beim ersten Schritte gefallen wäre, getraute er sich nicht vom Fleck, doch zeigte er einen jammervollen Übermut, hielt jeden, der sich ihm näherte, am Knopfe fest, lallte, zwinkerte, kicherte, hob seinen beringten, runzeligen Zeigefinger zu alberner Neckerei und leckte auf abscheulich zweideutige Art mit der Zungenspitze die Mundwinkel. Aschenbach sah ihm mit finsteren Brauen zu, und wiederum kam ein Gefühl von Benommenheit ihn an, so, als zeige die Welt eine leichte, doch nicht zu hemmende Neigung, sich ins Sonderbare und Fratzenhafte zu entstellen: ein Gefühl, dem nachzuhängen freilich die Umstände ihn abhielten, da eben die stampfende Tätigkeit der Maschine aufs neue begann und das Schiff seine so nah dem Ziel unterbrochene Fahrt durch den Kanal von San Marco wieder aufnahm.

So sah er ihn denn wieder, den erstaunlichsten Landungsplatz, jene blendende Komposition phantastischen Bauwerks, welche die Republik den ehrfürchtigen Blicken nahender Seefahrer entgegenstellte: die leichte Herrlichkeit des Palastes und die Seufzerbrücke, die Säulen mit Löw' und Heiligem am Ufer, die prunkend vortretende Flanke des Märchentempels, den Durchblick auf Torweg und Riesenuhr, und anschauend bedachte er, daß zu Lande, auf dem Bahnhof in Venedig anlangen, einen Palast durch eine Hintertür betreten heiße, und daß man nicht anders, als wie nun er, als zu Schiffe, als über das hohe Meer die unwahrscheinlichste der Städte erreichen sollte.

Die Maschine stoppte, Gondeln drängten herzu, die Fallreepstreppe ward hinabgelassen, Zollbeamte stiegen an Bord und walteten obenhin ihres Amtes; die Ausschiffung konnte beginnen. Aschenbach gab zu verstehen, daß er eine Gondel wünsche, die ihn und sein Gepäck zur Station jener kleinen Dampfer bringen solle, welche zwischen der Stadt und dem Lido verkehren; denn er gedachte am Meere Wohnung zu nehmen. Man billigt sein Vorhaben, man schreit seinen Wunsch zur Wasserfläche hinab, wo die Gondelführer im Dialekt miteinander zanken. Er ist noch gehindert, hinabzusteigen, sein Koffer hindert ihn, der eben mit Mühsal die leiterartige Treppe hinuntergezerrt und geschleppt wird. So sieht er sich minutenlang außerstande, den Zudringlichkeiten des schauderhaften Alten zu entkommen, den die Trunkenheit dunkel antreibt, dem Fremden Abschiedshonneurs zu machen. »Wir wünschen den glücklichsten Aufenthalt«, meckert er unter Kratzfüßen. »Man empfiehlt sich geneigter Erinnerung! Au revoir, excusez und bon jour, Euer Exzellenz!« Sein Mund wässert, er drückt die Augen zu, er leckt die Mundwinkel, und die gefärbte Bartfliege an seiner Greisenlippe sträubt sich empor. »Unsere Komplimente«, lallt er, zwei Fingerspitzen am Munde, »unsere Komplimente dem Liebchen, dem allerliebsten, dem schönsten Liebchen...« Und plötzlich fällt ihm das falsche Obergebiß vom Kiefer auf die Unterlippe. Aschenbach konnte entweichen. »Dem Liebchen, dem feinen Liebchen«, hörte er in girrenden, hohlen und behinderten Lauten in seinem Rücken, während er, am Strickgeländer sich haltend, die Fallreepstreppe hinabklomm.

Wer hätte nicht einen flüchtigen Schauder, eine geheime Scheu und Beklommenheit zu bekämpfen gehabt, wenn es zum ersten Male oder nach langer Entwöhnung galt, eine venezianische Gondel zu besteigen? Das seltsame Fahrzeug, aus balladesken Zeiten ganz unverändert überkommen und so eigentümlich schwarz, wie sonst unter allen Dingen nur Särge es sind, – es erinnert an lautlose und verbrecherische Abenteuer in plätschernder Nacht, es erinnert noch mehr an den Tod selbst, an Bahre und düsteres Begängnis und letzte, schweigsame Fahrt. Und hat man bemerkt, daß der Sitz einer solchen Barke, dieser sargschwarz lackierte, mattschwarz gepolsterte Armstuhl, der weichste, üppigste, der erschlaffendste Sitz von der Welt ist? Aschenbach ward es gewahr, als er zu Füßen des Gondoliers, seinem Gepäck gegenüber, das am Schnabel reinlich beisammen lag, sich niedergelassen hatte. Die Ruderer zankten immer noch, rauh, unverständlich, mit drohenden Gebärden. Aber die besondere Stille der Wasserstadt schien ihre Stimmen sanft aufzunehmen, zu entkörpern, über der Flut zu zerstreuen. Es war warm hier im Hafen. Lau angerührt vom Hauch des Scirocco, auf dem nachgiebigen Element in Kissen gelehnt, schloß der Reisende die Augen im Genusse einer so ungewohnten als süßen Lässigkeit. Die Fahrt wird kurz sein, dachte er; möchte sie immer währen! In leisem Schwanken fühlte er sich dem Gedränge, dem Stimmengewirr entgleiten.

Wie still und stiller es um ihn wurde! Nichts war zu vernehmen, als das Plätschern des Ruders, das hohle Aufschlagen der Wellen gegen den Schnabel der Barke, der steil, schwarz und an der Spitze hellebardenartig bewehrt über dem Wasser stand, und noch ein drittes, ein Reden, ein Raunen, – das Flüstern des Gondoliers, der zwischen den Zähnen, stoßweise, in Lauten, die von der Arbeit seiner Arme gepreßt waren, zu sich selber sprach. Aschenbach blickte auf, und mit leichter Befremdung gewahrte er, daß um ihn her die Lagune sich weitete und seine Fahrt gegen das offene Meer gerichtet war. Es schien folglich, daß er nicht allzu sehr ruhen dürfe, sondern auf den Vollzug seines Willens ein wenig bedacht sein müsse.

»Zur Dampferstation also,« sagte er mit einer halben Wendung rückwärts. Das Raunen verstummte. Er erhielt keine Antwort.

»Zur Dampferstation also!« wiederholte er, indem er sich vollends umwandte und in das Gesicht des Gondoliers emporblickte, der hinter ihm, auf erhöhtem Borde stehend, vor dem fahlen Himmel aufragte. Es war ein Mann von ungefälliger, ja brutaler Physiognomie, seemännisch blau gekleidet, mit einer gelben Schärpe gegürtet und einen formlosen Strohhut, dessen Geflecht sich aufzulösen begann, verwegen schief auf dem Kopfe. Seine Gesichtsbildung, sein blonder, lockiger Schnurrbart unter der kurz aufgeworfenen Nase ließen ihn durchaus nicht italienischen Schlages erscheinen. Obgleich eher schmächtig von Leibesbeschaffenheit, so daß man ihn für seinen Beruf nicht sonderlich geschickt geglaubt hätte, führte er das Ruder, bei jedem Schlage den ganzen Körper einsetzend, mit großer Energie. Ein paarmal zog er vor Anstrengung die Lippen zurück und entblößte seine weißen Zähne. Die rötlichen Brauen gerunzelt, blickte er über den Gast hinweg, indem er bestimmten, fast groben Tones erwiderte:

»Sie fahren zum Lido.«

Aschenbach entgegnete:

»Allerdings. Aber ich habe die Gondel nur genommen, um mich nach San Marco übersetzen zu lassen. Ich wünsche den Vaporetto zu benutzen.«

»Sie können den Vaporetto nicht benutzen, mein Herr.«

»Und warum nicht?«

»Weil der Vaporetto kein Gepäck befördert.«

Das war richtig; Aschenbach erinnerte sich. Er schwieg. Aber die schroffe, überhebliche, einem Fremden gegenüber so wenig landesübliche Art des Menschen schien unleidlich. Er sagte:

»Das ist meine Sache. Vielleicht will ich mein Gepäck in Verwahrung geben. Sie werden umkehren.«

Es blieb still. Das Ruder plätscherte, das Wasser schlug dumpf an den Bug. Und das Reden und Raunen begann wieder: Der Gondolier sprach zwischen den Zähnen mit sich selbst.

Was war zu tun? Allein auf der Flut mit dem sonderbar unbotmäßigen, unheimlich entschlossenen Menschen, sah der Reisende kein Mittel, seinen Willen durchzusetzen. Wie weich er übrigens ruhen durfte, wenn er sich nicht empörte! Hatte er nicht gewünscht, daß die Fahrt lange, daß sie immer dauern möge? Es war das Klügste, den Dingen ihren Lauf zu lassen, und es war hauptsächlich höchst angenehm. Ein Bann der Trägheit schien auszugehen von seinem Sitz, von diesem niedrigen, schwarzgepolsterten Armstuhl, so sanft gewiegt von den Ruderschlägen des eigenmächtigen Gondoliers in seinem Rücken. Die Vorstellung, einem Verbrecher in die Hände gefallen zu sein, streifte träumerisch Aschenbachs Sinne, – unvermögend, seine Gedanken zu tätiger Abwehr aufzurufen. Verdrießlicher schien die Möglichkeit, daß alles auf simple Geldschneiderei angelegt sei. Eine Art von Pflichtgefühl oder Stolz, die Erinnerung gleichsam, daß man dem vorbeugen müsse, vermochte ihn, sich noch einmal aufzuraffen. Er fragte:

»Was fordern Sie für die Fahrt?«

Und über ihn hinsehend antwortete der Gondolier:

»Sie werden bezahlen.«

Es stand fest, was hierauf zurückzugeben war. Aschenbach sagte mechanisch:

»Ich werde nichts bezahlen, durchaus nichts, wenn Sie mich fahren, wohin ich nicht will.«

»Sie wollen zum Lido.«

»Aber nicht mit Ihnen.«

»Ich fahre Sie gut.«

Das ist wahr, dachte Aschenbach und spannte sich ab. Das ist wahr, du fährst mich gut. Selbst, wenn du es auf meine Barschaft abgesehen hast und mich hinterrücks mit einem Ruderschlage ins Haus des Aides schickst, wirst du mich gut gefahren haben.

Allein nichts dergleichen geschah. Sogar Gesellschaft stellte sich ein, ein Boot mit musikalischen Wegelagerern, Männern und Weibern, die zur Gitarre, zur Mandoline sangen, aufdringlich Bord an Bord mit der Gondel fuhren und die Stille über den Wassern mit ihrer gewinnsüchtigen Fremdenpoesie erfüllten. Aschenbach warf Geld in den hingehaltenen Hut. Sie schwiegen dann und fuhren davon. Und das Flüstern des Gondoliers war wieder wahrnehmbar, der stoßweise und abgerissen mit sich selber sprach.

So kam man denn an, geschaukelt vom Kielwasser eines zur Stadt fahrenden Dampfers. Zwei Munizipalbeamte, die Hände auf dem Rücken, die Gesichter der Lagune zugewandt, gingen am Ufer auf und ab. Aschenbach verließ am Stege die Gondel, unterstützt von jenem Alten, der an jedem Landungsplatze Venedigs mit seinem Enterhaken zur Stelle ist; und da es ihm an kleinerem Gelde fehlte, ging er hinüber in das der Dampferbrücke benachbarte Hotel, um dort zu wechseln und den Ruderer nach Gutdünken abzulohnen. Er wird in der Halle bedient, er kehrt zurück, er findet sein Reisegut auf einem Karren am Quai, und Gondel und Gondolier sind verschwunden.

»Er hat sich fortgemacht«, sagte der Alte mit dem Enterhaken. »Ein schlechter Mann, ein Mann ohne Konzession, gnädiger Herr. Er ist der einzige Gondolier, der keine Konzession besitzt. Die andern haben hierher telephoniert. Er sah, daß er erwartet wurde. Da hat er sich fortgemacht.«

Aschenbach zuckte die Achseln.

»Der Herr ist umsonst gefahren«, sagte der Alte und hielt den Hut hin. Aschenbach warf Münzen hinein. Er gab Weisung, sein Gepäck ins Bäder-Hotel zu bringen und folgte dem Karren durch die Allee, die weißblühende Allee, welche, Tavernen, Basare, Pensionen zu beiden Seiten, quer über die Insel zum Strande läuft.

Er betrat das weitläufige Hotel von hinten, von der Gartenterrasse aus und begab sich durch die große Halle und die Vorhalle ins Office. Da er angemeldet war, wurde er mit dienstfertigem Einverständnis empfangen. Ein Manager, ein kleiner, leiser, schmeichelnd höflicher Mann mit schwarzem Schnurrbart und in französisch geschnittenem Gehrock, begleitete ihn im Lift zum zweiten Stockwerk hinauf und wies ihm sein Zimmer an, einen angenehmen, in Kirschholz möblierten Raum, den man mit stark duftenden Blumen geschmückt hatte und dessen hohe Fenster die Aussicht aufs offene Meer gewährten. Er trat an eins davon, nachdem der Angestellte sich zurückgezogen, und während man hinter ihm sein Gepäck hereinschaffte und im Zimmer unterbrachte, blickte er hinaus auf den nachmittäglich menschenarmen Strand und die unbesonnte See, die Flutzeit hatte und niedrige, gestreckte Wellen in ruhigem Gleichtakt gegen das Ufer sandte.

Die Beobachtungen und Begegnisse des Einsam-Stummen sind zugleich verschwommener und eindringlicher, als die des Geselligen, seine Gedanken schwerer, wunderlicher und nie ohne einen Anflug von Traurigkeit. Bilder und Wahrnehmungen, die mit einem Blick, einem Lachen, einem Urteilsaustausch leichthin abzutun wären, beschäftigen ihn über Gebühr, vertiefen sich im Schweigen, werden bedeutsam, Erlebnis, Abenteuer, Gefühl. Einsamkeit zeitigt das Originale, das gewagt und befremdend Schöne, das Gedicht. Einsamkeit zeitigt aber auch das Verkehrte, das Unverhältnismäßige, das Absurde und Unerlaubte. – So beunruhigten die Erscheinungen der Herreise, der gräßliche alte Stutzer mit seinem Gefasel vom Liebchen, der verpönte, um seinen Lohn geprellte Gondolier, noch jetzt das Gemüt des Reisenden. Ohne der Vernunft Schwierigkeiten zu bieten, ohne eigentlich Stoff zum Nachdenken zu geben, waren sie dennoch grundsonderbar von Natur, wie es ihm schien, und beunruhigend wohl eben durch diesen Widerspruch. Dazwischen grüßte er das Meer mit den Augen und empfand Freude, Venedig in so leicht erreichbarer Nähe zu wissen. Er wandte sich endlich, badete sein Gesicht, traf gegen das Zimmermädchen einige Anordnungen zur Vervollständigung seiner Bequemlichkeit und ließ sich von dem grüngekleideten Schweizer, der den Lift bediente, ins Erdgeschoß hinunterfahren.

Er nahm seinen Tee auf der Terrasse der Seeseite, stieg dann hinab und verfolgte den Promenadenquai eine gute Strecke in der Richtung auf das Hotel Excelsior. Als er zurückkehrte, schien es schon an der Zeit, sich zur Abendmahlzeit umzukleiden. Er tat es langsam und genau, nach seiner Art, da er bei der Toilette zu arbeiten gewöhnt war, und fand sich trotzdem ein wenig verfrüht in der Halle ein, wo er einen großen Teil der Hotelgäste, fremd untereinander und in gespielter gegenseitiger

Teilnahmslosigkeit, aber in der gemeinsamen Erwartung des Essens, versammelt fand. Er nahm eine Zeitung vom Tische, ließ sich in einen Ledersessel nieder und betrachtete die Gesellschaft, die sich von derjenigen seines ersten Aufenthaltes in einer ihm angenehmen Weise unterschied.

Ein weiter, duldsam vieles umfassender Horizont tat sich auf. Gedämpft vermischten sich die Laute der großen Sprachen. Der weltgültige Abendanzug, eine Uniform der Gesittung, faßte äußerlich die Spielarten des Menschlichen zu anständiger Einheit zusammen. Man sah die trockene und lange Miene des Amerikaners, die vielgliedrige russische Familie, englische Damen, deutsche Kinder mit französischen Bonnen. Der slawische Bestandteil schien vorzuherrschen. Gleich in der Nähe ward polnisch gesprochen.

Es war eine Gruppe halb und kaum Erwachsener, unter der Obhut einer Erzieherin oder Gesellschafterin um ein Rohrtischchen versammelt: Drei junge Mädchen, fünfzehn- bis siebzehnjährig, wie es schien, und ein langhaariger Knabe von vielleicht vierzehn Jahren. Mit Erstaunen bemerkte Aschenbach, daß der Knabe vollkommen schön war. Sein Antlitz, bleich und anmutig verschlossen, von honigfarbenem Haar umringelt, mit der gerade abfallenden Nase, dem lieblichen Munde, dem Ausdruck von holdem und göttlichem Ernst, erinnerte an griechische Bildwerke aus edelster Zeit, und bei reinster Vollendung der Form war es von so einmalig persönlichem Reiz, daß der Schauende weder in Natur noch bildender Kunst etwas ähnlich Geglücktes angetroffen zu haben glaubte. Was ferner auffiel, war ein offenbar grundsätzlicher Kontrast zwischen den erzieherischen Gesichtspunkten, nach denen die Geschwister gekleidet und allgemein gehalten schienen. Die Herrichtung der drei Mädchen, von denen die Älteste für erwachsen gelten konnte, war bis zum Entstellenden herb und keusch. Eine gleichmäßig klösterliche Tracht, schieferfarben, halblang, nüchtern und gewollt unkleidsam von Schnitt, mit weißen Fallkrägen als einziger Aufhellung, unterdrückte und verhinderte jede Gefälligkeit der Gestalt. Das glatt und fest an den Kopf geklebte Haar ließ die Gesichter nonnenhaft leer und nichtssagend erscheinen. Gewiß, es war eine Mutter, die hier waltete, und sie dachte nicht einmal daran, auch auf den Knaben die pädagogische Strenge anzuwenden, die ihr den Mädchen gegenüber geboten schien. Weichheit und Zärtlichkeit bestimmten ersichtlich seine Existenz. Man hatte sich gehütet, die Schere an sein schönes Haar zu legen; wie beim Dornauszieher lockte es sich in die Stirn, über die Ohren und tiefer noch in den Nacken. Das englische Matrosenkostüm, dessen bauschige Ärmel sich nach unten verengerten und die feinen Gelenke seiner noch kindlichen, aber schmalen Hände knapp umspannten, verlieh mit seinen Schnüren, Maschen und Stickereien der zarten Gestalt etwas Reiches und Verwöhntes. Er saß, im Halbprofil gegen den Betrachtenden, einen Fuß im schwarzen Lackschuh vor den andern gestellt, einen Ellenbogen auf die Armlehne seines Korbsessels gestützt, die Wange an die geschlossene Hand geschmiegt, in einer Haltung von lässigem Anstand und ganz ohne die fast untergeordnete Steifheit, an die seine weiblichen Geschwister gewöhnt schienen. War er leidend? Denn die Haut seines Gesichtes stach weiß wie Elfenbein gegen das goldige Dunkel der umrahmenden Locken ab. Oder war er einfach ein verzärteltes Vorzugskind, von parteilicher und launischer Liebe getragen? Aschenbach war geneigt, dies zu glauben. Fast jedem Künstlernaturell ist ein üppiger und verräterischer Hang eingeboren, Schönheit schaffende Ungerechtigkeit anzuerkennen und aristokratischer Bevorzugung Teilnahme und Huldigung entgegenzubringen.

Ein Kellner ging umher und meldete auf englisch, daß die Mahlzeit bereit sei. Allmählich verlor sich die Gesellschaft durch die Glastür in den Speisesaal. Nachzügler, vom Vestibül, von den Lifts kommend, gingen vorüber. Man hatte drinnen zu servieren begonnen, aber die jungen Polen verharrten noch um ihr Rohrtischchen, und Aschenbach, in tiefem Sessel behaglich aufgehoben und übrigens das Schöne vor Augen, wartete mit ihnen.

Die Gouvernante, eine kleine und korpulente Halbdame mit

rotem Gesicht, gab endlich das Zeichen, sich zu erheben. Mit hochgezogenen Brauen schob sie ihren Stuhl zurück und verneigte sich, als eine große Frau, grau-weiß gekleidet und sehr reich mit Perlen geschmückt, die Halle betrat. Die Haltung dieser Frau war kühl und gemessen, die Anordnung ihres leicht gepuderten Haares sowohl wie die Machart ihres Kleides von jener Einfachheit, die überall da den Geschmack bestimmt, wo Frömmigkeit als Bestandteil der Vornehmheit gilt. Sie hätte die Frau eines hohen deutschen Beamten sein können. Etwas phantastisch Luxuriöses kam in ihre Erscheinung einzig durch ihren Schmuck, der in der Tat kaum schätzbar war und aus Ohrgehängen, sowie einer dreifachen, sehr langen Kette kirschengroßer, mild schimmernder Perlen bestand.

Die Geschwister waren rasch aufgestanden. Sie beugten sich zum Kuß über die Hand ihrer Mutter, die mit einem zurückhaltenden Lächeln ihres gepflegten, doch etwas müden und spitznäsigen Gesichtes über ihre Köpfe hinwegblickte und einige Worte in französischer Sprache an die Erzieherin richtete. Dann schritt sie zur Glastür. Die Geschwister folgten ihr: die Mädchen in der Reihenfolge ihres Alters, nach ihnen die Gouvernante, zuletzt der Knabe. Aus irgendeinem Grunde wandte er sich um, bevor er die Schwelle überschritt, und da niemand sonst mehr in der Halle sich aufhielt, begegneten seine eigentümlich dämmergrauen Augen denen Aschenbachs, der, seine Zeitung auf den Knien, in Anschauung versunken, der Gruppe nachblickte.

Was er gesehen, war gewiß in keiner Einzelheit auffallend gewesen. Man war nicht vor der Mutter zu Tische gegangen, man hatte sie erwartet, sie ehrerbietig begrüßt und beim Eintritt in den Saal gebräuchliche Formen beobachtet. Allein das alles hatte sich so ausdrücklich, mit einem solchen Akzent von Zucht, Verpflichtung und Selbstachtung dargestellt, daß Aschenbach sich sonderbar ergriffen fühlte. Er zögerte noch einige Augenblicke, ging dann auch seinerseits in den Speisesaal hinüber und ließ sich sein Tischchen anweisen, das, wie er mit einer kurzen Regung des Bedauerns feststellte, sehr weit von dem der polnischen Familie entfernt war.

Müde und dennoch geistig bewegt, unterhielt er sich während der langwierigen Mahlzeit mit abstrakten, ja transzendenten Dingen, sann nach über die geheimnisvolle Verbindung, welche das Gesetzmäßige mit dem Individuellen eingehen müsse, damit menschliche Schönheit entstehe, kam von da aus auf allgemeine Probleme der Form und der Kunst und fand am Ende, daß seine Gedanken und Funde gewissen scheinbar glücklichen Einflüsterungen des Traumes glichen, die sich bei ernüchtertem Sinn als vollständig schal und untauglich erweisen. Er hielt sich nach Tische rauchend, sitzend, umherwandelnd, in dem abendlich duftenden Parke auf, ging zeitig zur Ruhe und verbrachte die Nacht in anhaltend tiefem, aber von Traumbildern verschiedentlich belebtem Schlaf.

Das Wetter ließ sich am folgenden Tage nicht günstiger an. Landwind ging. Unter fahl bedecktem Himmel lag das Meer in stumpfer Ruhe, verschrumpft gleichsam, mit nüchtern nahem Horizont und so weit vom Strande zurückgetreten, daß es mehrere Reihen langer Sandbänke freiließ. Als Aschenbach sein Fenster öffnete, glaubte er den fauligen Geruch der Lagune zu spüren.

Verstimmung befiel ihn. Schon in diesem Augenblick dachte er an Abreise. Einmal, vor Jahren, hatte nach heiteren Frühlingswochen hier dies Wetter ihn heimgesucht und sein Befinden so schwer geschädigt, daß er Venedig wie ein Fliehender hatte verlassen müssen. Stellte nicht schon wieder die fiebrige Unlust von damals, der Druck in den Schläfen, die Schwere der Augenlider sich ein? Noch einmal den Aufenthalt zu wechseln würde lästig sein; wenn aber der Wind nicht umschlug, so war seines Bleibens hier nicht. Er packte zur Sicherheit nicht völlig aus. Um neun Uhr frühstückte er in dem hiefür vorbehaltenen Büfettzimmer zwischen Halle und Speisesaal.

In dem Raum herrschte die feierliche Stille, die zum Ehrgeiz der großen Hotels gehört. Die bedienenden Kellner gingen auf leisen Sohlen umher. Ein Klappern des Teegerätes, ein halbgeflüstertes Wort war alles, was man vernahm. In einem Winkel, schräg gegenüber der Tür und zwei Tische von seinem entfernt, bemerkte Aschenbach die polnischen Mädchen mit ihrer Erzieherin. Sehr aufrecht, das aschblonde Haar neu geglättet und mit geröteten Augen, in steifen blauleinenen Kleidern mit kleinen weißen Fallkrägen und Manschetten saßen sie da und reichten einander ein Glas mit Eingemachtem. Sie waren mit ihrem Frühstück fast fertig. Der Knabe fehlte.

Aschenbach lächelte. Nun kleiner Phäake! dachte er. Du scheinst vor diesen das Vorrecht beliebigen Ausschlafens zu genießen. Und plötzlich aufgeheitert rezitierte er bei sich selbst den Vers:

»Oft veränderten Schmuck und warme Bäder und Ruhe.«

Er frühstückte ohne Eile, empfing aus der Hand des Portiers, der mit gezogener Tressenmütze in den Saal kam, einige nachgesandte Post und öffnete, eine Zigarette rauchend, ein paar Briefe. So geschah es, daß er dem Eintritt des Langschläfers noch beiwohnte, den man dort drüben erwartete.

Er kam durch die Glastür und ging in der Stille schräg durch den Raum zum Tisch seiner Schwestern. Sein Gehen war sowohl in der Haltung des Oberkörpers wie in der Bewegung der Knie, dem Aufsetzen des weiß beschuhten Fußes von außerordentlicher Anmut, sehr leicht, zugleich zart und stolz und verschönt noch durch die kindliche Verschämtheit, in welcher er zweimal unterwegs, mit einer Kopfwendung in den Saal, die Augen aufschlug und senkte. Lächelnd, mit einem halblauten Wort in seiner weich verschwommenen Sprache nahm er seinen Platz ein, und jetzt zumal, da er dem Schauenden sein genaues Profil zuwandte, erstaunte dieser aufs neue, ja erschrak über die wahrhaft gottähnliche Schönheit des Menschenkindes. Der Knabe trug heute einen leichten Blusenanzug aus blau und weiß gestreiftem Waschstoff mit rotseidener Masche auf der Brust und am Halse von einem einfachen weißen Stehkragen abgeschlossen. Auf diesem Kragen aber, der nicht einmal sonderlich elegant zum Charakter des Anzugs passen wollte, ruhte die Blüte des Hauptes in unvergleichlichem Liebreiz, – das Haupt des Eros, vom gelblichen Schmelze parischen Marmors, mit feinen und ernsten Brauen, Schläfen und Ohr vom rechtwinklig einspringenden Geringel des Haares dunkel und weich bedeckt.

Gut, gut! dachte Aschenbach mit jener fachmännisch kühlen Billigung, in welche Künstler zuweilen einem Meisterwerk gegenüber ihr Entzücken, ihre Hingerissenheit kleiden. Und weiter dachte er: Wahrhaftig, erwarteten mich nicht Meer und Strand, ich bliebe hier, solange du bleibst! So aber ging er denn, ging unter den Aufmerksamkeiten des Personals durch die Halle, die große Terrasse hinab und geradeaus über den Bittersteg zum abgesperrten Strand der Hotelgäste. Er ließ sich von dem barfüßigen Alten, der sich in Leinwandhose, Matrosenbluse und Strohhut dort unten als Bademeister tätig zeigte, die gemietete Strandhütte zuweisen, ließ Tisch und Sessel hinaus auf die sandig bretterne Plattform stellen und machte es sich bequem in dem Liegestuhl, den er weiter zum Meere hin in den wachsgelben Sand gezogen hatte.

Das Strandbild, dieser Anblick sorglos sinnlich genießender Kultur am Rande des Elementes, unterhielt und erfreute ihn wie nur je. Schon war die graue und flache See belebt von watenden Kindern, Schwimmern, bunten Gestalten, welche die Arme unter dem Kopf verschränkt auf den Sandbänken lagen. Andere ruderten in kleinen rot und blau gestrichenen Booten ohne Kiel und kenterten lachend. Vor der gedehnten Zeile der Capannen, auf deren Plattformen man wie auf kleinen Veranden saß, gab es spielende Bewegung und träg hingestreckte Ruhe, Besuche und Geplauder, sorgfältige Morgen-Eleganz neben der Nacktheit, die keck-behaglich die Freiheiten des Ortes genoß. Vorn auf dem feuchten und festen Sande lustwandelten einzelne in weißen Bademänteln, in weiten, starkfarbigen Hemdgewändern. Eine vielfältige Sandburg zur Rechten, von Kindern hergestellt, war rings mit kleinen Flaggen in den Farben aller Länder besteckt. Verkäufer von Muscheln, Kuchen und Früchten breiteten kniend ihre Waren aus. Links, vor einer der Hütten, die quer zu den übrigen und zum Meere standen und auf dieser Seite einen Abschluß des Strandes bildeten, kampierte eine russische Familie: Männer mit Bärten und großen Zähnen, mürbe und träge

Frauen, ein baltisches Fräulein, das an einer Staffelei sitzend unter Ausrufen der Verzweiflung das Meer malte, zwei gutmütighäßliche Kinder, eine alte Magd im Kopftuch und mit zärtlich unterwürfigen Sklavenmanieren. Dankbar genießend lebten sie dort, riefen unermüdlich die Namen der unfolgsam sich tummelnden Kinder, scherzten vermittelst weniger italienischer Worte lange mit dem humoristischen Alten, von dem sie Zukkerwerk kauften, küßten einander auf die Wangen und kümmerten sich um keinen Beobachter ihrer menschlichen Gemeinschaft.

Ich will also bleiben, dachte Aschenbach. Wo wäre es besser? Und die Hände im Schoß gefaltet, ließ er seine Augen sich in den Weiten des Meeres verlieren, seinen Blick entgleiten, verschwimmen, sich brechen im eintönigen Dunst der Raumeswüste. Er liebte das Meer aus tiefen Gründen: aus dem Ruheverlangen des schwer arbeitenden Künstlers, der vor der anspruchsvollen Vielgestalt der Erscheinungen an der Brust des Einfachen, Ungeheueren sich zu bergen begehrt; aus einem verbotenen, seiner Aufgabe gerade entgegengesetzten und ebendarum verführerischen Hange zum Ungegliederten, Maßlosen, Ewigen, zum Nichts. Am Vollkommenen zu ruhen, ist die Sehnsucht dessen, der sich um das Vortreffliche müht; und ist nicht das Nichts eine Form des Vollkommenen? Wie er nun aber so tief ins Leere träumte, ward plötzlich die Horizontale des Ufersaumes von einer menschlichen Gestalt überschnitten, und als er seinen Blick aus dem Unbegrenzten einholte und sammelte, da war es der schöne Knabe, der von links kommend vor ihm im Sande vorüberging. Er ging barfuß, zum Waten bereit, die schlanken Beine bis über die Knie entblößt, langsam, aber so leicht und stolz, als sei er ohne Schuhwerk sich zu bewegen ganz gewöhnt, und schaute sich nach den querstehenden Hütten um. Kaum aber hatte er die russische Familie bemerkt, die dort in dankbarer Eintracht ihr Wesen trieb, als ein Unwetter zorniger Verachtung sein Gesicht überzog. Seine Stirn verfinsterte sich, sein Mund ward emporgehoben, von den Lippen nach einer Seite ging ein erbittertes Zerren, das die Wange zerriß, und seine Brauen waren so schwer gerunzelt, daß unter ihrem Druck die Augen eingesunken schienen und böse und dunkel darunter hervor die Sprache des Hasses führten. Er blickte zu Boden, blickte noch einmal drohend zurück, tat dann mit der Schulter eine heftig wegwerfende, sich abwendende Bewegung und ließ die Feinde im Rücken.

Eine Art Zartgefühl oder Erschrockenheit, etwas wie Achtung und Scham, veranlaßte Aschenbach, sich abzuwenden, als ob er nichts gesehen hätte; denn dem ernsten Zufallsbeobachter der Leidenschaft widerstrebt es, von seinen Wahrnehmungen auch nur vor sich selber Gebrauch zu machen. Er war aber erheitert und erschüttert zugleich, das heißt: beglückt. Dieser kindische Fanatismus, gerichtet gegen das gutmütigste Stück Leben, – er stellte das Göttlich-Nichtssagende in menschliche Beziehungen, er ließ ein kostbares Bildwerk der Natur, das nur zur Augenweide getaugt hatte, einer tieferen Teilnahme wert erscheinen; und er verlieh der ohnehin durch Schönheit bedeutenden Gestalt des Halbwüchsigen eine Folie, die gestattete, ihn über seine Jahre ernst zu nehmen.

Noch abgewandt, lauschte Aschenbach auf die Stimme des Knaben, seine helle, ein wenig schwache Stimme, mit der er sich von weitem schon den um die Sandburg beschäftigten Gespielen grüßend anzukündigen suchte. Man antwortete ihm, indem man ihm seinen Namen oder eine Koseform seines Namens mehrfach entgegenrief, und Aschenbach horchte mit einer gewissen Neugier darauf, ohne Genaueres erfassen zu können, als zwei melodische Silben wie »Adgio« oder öfter noch »Adgiu« mit rufend gedehntem u-Laut am Ende. Er freute sich des Klanges, er fand ihn in seinem Wohllaut dem Gegenstande angemessen, wiederholte ihn im stillen und wandte sich befriedigt seinen Briefen und Papieren zu.

Seine kleine Reise-Schreibmappe auf den Knien, begann er, mit dem Füllfederhalter diese und jene Korrespondenz zu erledigen. Aber nach einer Viertelstunde schon fand er es schade, die Situation, die genießenswerteste, die er kannte, so im Geist zu verlassen und durch gleichgültige Tätigkeit zu versäumen. Er warf das Schreibzeug beiseite, er kehrte zum Meere zurück; und nicht lange, so wandte er, abgelenkt von den Stimmen der Jugend am Sandbau, den Kopf bequem an der Lehne des Stuhles nach rechts, um sich nach dem Treiben und Bleiben des trefflichen Adgio wieder umzutun.

Der erste Blick fand ihn; die rote Masche auf seiner Brust war nicht zu verfehlen. Mit anderen beschäftigt, eine alte Planke als Brücke über den feuchten Graben der Sandburg zu legen, gab er rufend und mit dem Kopfe winkend seine Anweisungen zu diesem Werk. Es waren da mit ihm ungefähr zehn Genossen, Knaben und Mädchen, von seinem Alter und einige jünger, die in Zungen, polnisch, französisch und auch in Balkan-Idiomen durcheinander schwatzten. Aber sein Name war es, der am öftesten erklang. Offenbar war er begehrt, umworben, bewundert. Einer namentlich, Pole gleich ihm, ein stämmiger Bursche, der ähnlich wie »Jaschu« gerufen wurde, mit schwarzem, pomadisiertem Haar und leinenem Gürtelanzug, schien sein nächster Vasall und Freund. Sie gingen, als für diesmal die Arbeit am Sandbau beendigt war, umschlungen den Strand entlang und der, welcher »Jaschu« gerufen wurde, küßte den Schönen.

Aschenbach war versucht, ihm mit dem Finger zu drohen. »Dir aber rat ich, Kritobulos«, dachte er lächelnd, »geh ein Jahr auf Reisen! Denn soviel brauchst du mindestens Zeit zur Genesung.« Und dann frühstückte er große, vollreife Erdbeeren, die er von einem Händler erstand. Es war sehr warm geworden, obgleich die Sonne die Dunstschicht des Himmels nicht zu durchdringen vermochte. Trägheit fesselte den Geist, indes die Sinne die ungeheure und betäubende Unterhaltung der Meeresstille genossen. Zu erraten, zu erforschen, welcher Name es sei, der ungefähr »Adgio« lautete, schien dem ernsten Mann eine angemessene, vollkommen ausfüllende Aufgabe und Beschäftigung. Und mit Hilfe einiger polnischer Erinnerungen stellte er fest, daß »Tadzio« gemeint sein müsse, die Abkürzung von »Tadeusz« und im Anrufe »Tadziu« lautend.

Tadzio badete. Aschenbach, der ihn aus den Augen verloren

hatte, entdeckte seinen Kopf, seinen Arm, mit dem er rudernd ausholte, weit draußen im Meer; denn das Meer mochte flach sein bis weit hinaus. Aber schon schien man besorgt um ihn, schon riefen Frauenstimmen nach ihm von den Hütten, stießen wiederum diesen Namen aus, der den Strand beinahe wie eine Losung beherrschte und, mit seinen weichen Mitlauten, seinem gezogenen u-Ruf am Ende, etwas zugleich Süßes und Wildes hatte: »Tadziu, Tadziu!« Er kehrte zurück, er lief, das widerstrebende Wasser mit den Beinen zu Schaum schlagend, hintübergeworfenen Kopfes durch die Flut; und zu sehen, wie die lebendige Gestalt, vormännlich hold und herb, mit triefenden Locken und schön wie ein zarter Gott, herkommend aus den Tiefen von Himmel und Meer, dem Elemente entstieg und entrann: dieser Anblick gab mythische Vorstellungen ein, er war wie Dichterkunde von anfänglichen Zeiten, vom Ursprung der Form und von der Geburt der Götter. Aschenbach lauschte mit geschlossenen Augen auf diesen in seinem Innern antönenden Gesang, und abermals dachte er, daß es hier gut sei und daß er bleiben wolle.

Später lag Tadzio, vom Bade ausruhend, im Sande, gehüllt in sein weißes Laken, das unter der rechten Schulter durchgezogen war, den Kopf auf den bloßen Arm gebettet; und auch wenn Aschenbach ihn nicht betrachtete, sondern einige Seiten in seinem Buche las, vergaß er fast niemals, daß jener dort lag und daß es ihn nur eine leichte Wendung des Kopfes nach rechts kostete, um das Bewunderungswürdige zu erblicken. Beinahe schien es ihm, als säße er hier, um den Ruhenden zu behüten, – mit eigenen Angelegenheiten beschäftigt und dabei doch in beständiger Wachsamkeit für das edle Menschenbild dort zur Rechten, nicht weit von ihm. Und eine väterliche Huld, die gerührte Hinneigung dessen, der sich opfernd im Geiste das Schöne zeugt, zu dem, der die Schönheit hat, erfüllte und bewegte sein Herz.

Nach Mittag verließ er den Strand, kehrte ins Hotel zurück und ließ sich hinauf vor sein Zimmer fahren. Er verweilte dort drinnen längere Zeit vor dem Spiegel und betrachtete sein graues Haar, sein müdes und scharfes Gesicht. In diesem Augenblick dachte er an seinen Ruhm und daran, daß viele ihn auf den Straßen kannten und ehrerbietig betrachteten, um seines sicher treffenden und mit Anmut gekrönten Wortes willen, – rief alle äußeren Erfolge seines Talentes auf, die ihm irgend einfallen wollten, und gedachte sogar seiner Nobilitierung. Er begab sich dann zum Lunch hinab in den Saal und speiste an seinem Tischchen. Als er nach beendeter Mahlzeit den Lift bestieg, drängte junges Volk, das gleichfalls vom Frühstück kam, ihm nach in das schwebende Kämmerchen, und auch Tadzio trat ein. Er stand ganz nahe bei Aschenbach, zum ersten Male so nah, daß dieser ihn nicht in bildmäßigem Abstand, sondern genau, mit den Einzelheiten seiner Menschlichkeit wahrnahm und erkannte. Der Knabe ward angeredet von irgend jemandem, und während er mit unbeschreiblich lieblichem Lächeln antwortete, trat er schon wieder aus, im ersten Stockwerk, rückwärts, mit niedergeschlagenen Augen. Schönheit macht schamhaft, dachte Aschenbach und bedachte sehr eindringlich, warum. Er hatte jedoch bemerkt, daß Tadzios Zähne nicht recht erfreulich waren: etwas zackig und blaß, ohne den Schmelz der Gesundheit und von eigentümlich spröder Durchsichtigkeit, wie zuweilen bei Bleichsüchtigen. Er ist sehr zart, er ist kränklich, dachte Aschenbach. Er wird wahrscheinlich nicht alt werden. Und er verzichtete darauf, sich Rechenschaft von einem Gefühl der Genugtuung oder Beruhigung zu geben, das diesen Gedanken begleitete.

Er verbrachte zwei Stunden auf seinem Zimmer und fuhr am Nachmittag mit dem Vaporetto über die faul riechende Lagune nach Venedig. Er stieg aus bei San Marco, nahm den Tee auf dem Platze und trat dann, seiner hiesigen Tagesordnung gemäß, einen Spaziergang durch die Straßen an. Es war jedoch dieser Gang, der einen völligen Umschwung seiner Stimmung, seiner Entschlüsse herbeiführte.

Eine widerliche Schwüle lag in den Gassen; die Luft war so dick, daß die Gerüche, die aus Wohnungen, Läden, Garküchen quollen, Öldunst, Wolken von Parfum und viele andere in

Schwaden standen, ohne sich zu zerstreuen. Zigarettenrauch hing an seinem Orte und entwich nur langsam. Das Menschengeschiebe in der Enge belästigte den Spaziergänger statt ihn zu unterhalten. Je länger er ging, desto quälender bemächtigte sich seiner der abscheuliche Zustand, den die Seeluft zusammen mit dem Scirocco hervorbringen kann, und der zugleich Erregung und Erschlaffung ist. Peinlicher Schweiß brach ihm aus. Die Augen versagten den Dienst, die Brust war beklommen, er fieberte, das Blut pochte im Kopf. Er floh aus den drangvollen Geschäftsgassen über Brücken in die Gänge der Armen. Dort behelligten ihn Bettler, und die üblen Ausdünstungen der Kanäle verleideten das Atmen. Auf stillem Platz, einer jener vergessen und verwunschen anmutenden Örtlichkeiten, die sich im Innern Venedigs finden, am Rande eines Brunnens rastend, trocknete er die Stirn und sah ein, daß er reisen müsse.

Zum zweitenmal und nun endgültig war es erwiesen, daß diese Stadt bei dieser Witterung ihm höchst schädlich war. Eigensinniges Ausharren erschien vernunftwidrig, die Aussicht auf ein Umschlagen des Windes ganz ungewiß. Es galt rasche Entscheidung. Schon jetzt nach Hause zurückzukehren, verbot sich. Weder Sommer- noch Winterquartier war bereit, ihn aufzunehmen. Aber nicht nur hier gab es Meer und Strand, und anderwärts fanden sie sich ohne die böse Zutat der Lagune und ihres Fieberdunstes. Er erinnerte sich eines kleinen Seebades nicht weit von Triest, das man ihm rühmlich genannt hatte. Warum nicht dorthin? Und zwar ohne Verzug, damit der abermalige Aufenthaltswechsel sich noch lohne. Er erklärte sich für entschlossen und stand auf. Am nächsten Gondel-Halteplatz nahm er ein Fahrzeug und ließ sich durch das trübe Labyrinth der Kanäle, unter zierlichen Marmorbalkonen hin, die von Löwenbildern flankiert waren, um glitschige Mauerecken, vorbei an trauernden Palastfassaden, die große Firmenschilder im Abfall schaukelnden Wasser spiegelten, nach San Marco leiten. Er hatte Mühe, dorthin zu gelangen, denn der Gondolier, der mit Spitzenfabriken und Glasbläsereien im Bunde stand, versuchte überall, ihn zu Besichtigung und Einkauf abzusetzen, und wenn die bizarre Fahrt durch Venedig ihren Zauber zu üben begann, so tat der beutelschneiderische Geschäftsgeist der gesunkenen Königin das Seine, den Sinn wieder verdrießlich zu ernüchtern.

Ins Hotel zurückgekehrt, gab er noch vor dem Diner im Bureau die Erklärung ab, daß unvorhergesehene Umstände ihn nötigten, morgen früh abzureisen. Man bedauerte, man quittierte seine Rechnung. Er speiste und verbrachte den lauen Abend, Journale lesend, in einem Schaukelstuhl auf der rückwärtigen Terrasse. Bevor er zur Ruhe ging, machte er sein Gepäck vollkommen zur Abreise fertig.

Er schlief nicht zum besten, da der bevorstehende Wiederaufbruch ihn beunruhigte. Als er am Morgen die Fenster öffnete, war der Himmel bezogen nach wie vor, aber die Luft schien frischer, und – es begann auch schon seine Reue. War diese Kündigung nicht überstürzt und irrtümlich, die Handlung eines kranken und unmaßgeblichen Zustandes gewesen? Hätte er sie ein wenig zurückbehalten, hätte er es, ohne so rasch zu verzagen, auf den Versuch einer Anpassung an die venezianische Luft oder auf Besserung des Wetters ankommen lassen, so stand ihm jetzt, statt Hast und Last, ein Vormittag am Strande gleich dem gestrigen bevor. Zu spät. Nun mußte er fortfahren, zu wollen, was er gestern gewollt hatte. Er kleidete sich an und fuhr um acht Uhr zum Frühstück ins Erdgeschoß hinab.

Der Büfettraum war, als er eintrat, noch leer von Gästen. Einzelne kamen, während er saß und das Bestellte erwartete. Die Teetasse am Munde, sah er die polnischen Mädchen nebst ihrer Begleiterin sich einfinden; streng und morgenfrisch, mit geröteten Augen, schritten sie zu ihrem Tisch in der Fensterecke. Gleich darauf näherte sich ihm der Portier mit gezogener Mütze und mahnte zum Aufbruch. Das Automobil stehe bereit, ihn und andere Reisende nach dem Hotel Excelsior zu bringen, von wo das Motorboot die Herrschaften durch den Privatkanal der Gesellschaft zum Bahnhof befördern werde. Die Zeit dränge. – Aschenbach fand, daß sie das keineswegs tue. Mehr als eine Stunde blieb bis zur Abfahrt seines Zuges. Er ärgerte sich an der Gasthofssitte, den Abreisenden vorzeitig aus dem Hause zu schaffen und bedeutete den Portier, daß er in Ruhe zu frühstükken wünsche. Der Mann zog sich zögernd zurück, um nach fünf Minuten wieder aufzutreten. Unmöglich, daß der Wagen länger warte. Dann möge er fahren und seinen Koffer mitnehmen, entgegnete Aschenbach gereizt. Er selbst wolle zur gegebenen Zeit das öffentliche Dampfboot benutzen und bitte, die Sorge um sein Fortkommen ihm selber zu überlassen. Der Angestellte verbeugte sich. Aschenbach, froh, die lästigen Mahnungen abgewehrt zu haben, beendete seinen Imbiß ohne Eile, ja, ließ sich sogar noch vom Kellner eine Zeitung reichen. Die Zeit war recht knapp geworden, als er sich endlich erhob. Es fügte sich, daß im selben Augenblick Tadzio durch die Glastür hereinkam.

Er kreuzte, zum Tische der Seinen gehend, den Weg des Aufbrechenden, schlug vor dem grauhaarigen, hochgestirnten Mann bescheiden die Augen nieder, um sie nach seiner lieblichen Art sogleich wieder weich und voll zu ihm aufzuschlagen und war vorüber. Adieu, Tadzio! dachte Aschenbach. Ich sah dich kurz. Und indem er gegen seine Gewohnheit das Gedachte wirklich mit den Lippen ausbildete und vor sich hinsprach, fügte er hinzu: »Sei gesegnet!« – Er hielt dann Abreise, verteilte Trinkgelder, ward von dem kleinen, leisen Manager im französischen Gehrock verabschiedet und verließ das Hotel zu Fuß, wie er gekommen, um sich, gefolgt von dem Handgepäck tragenden Hausdiener, durch die weiß blühende Allee quer über die Insel zur Dampferbrücke zu begeben. Er erreicht sie, er nimmt Platz, – und was folgte, war eine Leidensfahrt, kummervoll, durch alle Tiefen der Reue.

Es war die vertraute Fahrt über die Lagune, an San Marco vorbei, den großen Kanal hinauf. Aschenbach saß auf der Rundbank am Buge, den Arm aufs Geländer gestützt, mit der Hand die Augen beschattend. Die öffentlichen Gärten blieben zurück, die Piazzetta eröffnete sich noch einmal in fürstlicher Anmut und ward verlassen, es kam die große Flucht der Paläste, und als die Wasserstraße sich wendete, erschien des Rialto prächtig gespannter Marmorbogen. Der Reisende schaute, und seine Brust war zerrissen. Die Atmosphäre der Stadt, diesen leis fauligen

Geruch von Meer und Sumpf, den zu fliehen es ihn so sehr gedrängt hatte, – er atmete ihn jetzt in tiefen, zärtlich schmerzlichen Zügen. War es möglich, daß er nicht gewußt, nicht bedacht hatte, wie sehr sein Herz an dem allen hing? Was heute morgen ein halbes Bedauern, ein leiser Zweifel an der Richtigkeit seines Tuns gewesen war, das wurde jetzt zum Harm, zum wirklichen Weh, zu einer Seelennot, so bitter, daß sie ihm mehrmals Tränen in die Augen trieb, und von der er sich sagte, daß er sie unmöglich habe vorhersehen können. Was er als so schwer erträglich, ja zuweilen als völlig unleidlich empfand, war offenbar der Gedanke, daß er Venedig nie wiedersehen solle, daß dies ein Abschied für immer sei. Denn da sich zum zweiten Male gezeigt hatte, daß die Stadt ihn krank mache, da er sie zum zweiten Male Hals über Kopf zu verlassen gezwungen war, so hatte er sie ja fortan als einen ihm unmöglichen und verbotenen Aufenthalt zu betrachten, dem er nicht gewachsen war und den wieder aufzusuchen sinnlos gewesen wäre. Ja, er empfand, daß, wenn er jetzt abreise, Scham und Trotz ihn hindern müßten, die geliebte Stadt je wiederzusehen, vor der er zweimal körperlich versagt hatte; und dieser Streitfall zwischen seelischer Neigung und körperlichem Vermögen schien dem Alternden auf einmal so schwer und wichtig, die physische Niederlage so schmählich, so um jeden Preis hintanzuhalten, daß er die leichtfertige Ergebung nicht begriff, mit welcher er gestern, ohne ernstlichen Kampf, sie zu tragen und anzuerkennen beschlossen hatte.

Unterdessen nähert sich das Dampfboot dem Bahnhof, und Schmerz und Ratlosigkeit steigen bis zur Verwirrung. Die Abreise dünkt den Gequälten unmöglich, die Umkehr nicht minder. So ganz zerrissen betritt er die Station. Es ist sehr spät, er hat keinen Augenblick zu verlieren, wenn er den Zug erreichen will. Er will es und will es nicht. Aber die Zeit drängt, sie geißelt ihn vorwärts; er eilt, sich sein Billett zu verschaffen und sieht sich im Tumult der Halle nach dem hier stationierten Beamten der Hotelgesellschaft um. Der Mensch zeigt sich und meldet, der große Koffer sei aufgegeben. Schon aufgegeben? Ja, bestens, – nach

Como. Nach Como? Und aus hastigem Hin und Her, aus zornigen Fragen und betretenen Antworten kommt zutage, daß der Koffer, schon im Gepäckbeförderungsamt des Hotels Excelsior, zusammen mit anderer, fremder Bagage, in völlig falsche Richtung geleitet wurde.

Aschenbach hatte Mühe, die Miene zu bewahren, die unter diesen Umständen einzig begreiflich war. Eine abenteuerliche Freude, eine unglaubliche Heiterkeit erschütterte von innen fast krampfhaft seine Brust. Der Angestellte stürzte davon, um möglicherweise den Koffer noch anzuhalten und kehrte, wie zu erwarten gewesen, unverrichteter Dinge zurück. Da erklärte denn Aschenbach, daß er ohne sein Gepäck nicht zu reisen wünsche, sondern umzukehren und das Wiedereintreffen des Stückes im Bäder-Hotel zu erwarten entschlossen sei. Ob das Motorboot der Gesellschaft am Bahnhof liege. Der Mann beteuerte, es liege vor der Tür. Er bestimmte in italienischer Suade den Schalterbeamten, den gelösten Fahrschein zurückzunehmen, er schwor, daß depeschiert werden, daß nichts gespart und versäumt werden solle, um den Koffer in Bälde zurückzugewinnen, und – so fand das Seltsame statt, daß der Reisende, zwanzig Minuten nach seiner Ankunft am Bahnhof, sich wieder im Großen Kanal auf dem Rückweg zum Lido sah.

Wunderlich unglaubhaftes, beschämendes, komisch-traumartiges Abenteuer: Stätten, von denen man eben in tiefster Wehmut Abschied auf immer genommen, vom Schicksal umgewandt und zurückverschlagen, in derselben Stunde noch wiederzusehen! Schaum vor dem Buge, drollig behend zwischen Gondeln und Dampfern lavierend, schoß das kleine eilfertige Fahrzeug seinem Ziele zu, indes sein einziger Passagier unter der Maske ärgerlicher Resignation die ängstlich-übermütige Erregung eines entlaufenen Knaben verbarg. Noch immer, von Zeit zu Zeit, ward seine Brust bewegt von Lachen über dies Mißgeschick, das, wie er sich sagte, ein Sonntagskind nicht gefälliger hätte heimsuchen können. Es waren Erklärungen zu geben, erstaunte Gesichter zu bestehen, – dann war, so sagte er sich, alles wieder gut, dann war ein Unglück verhütet, ein schwerer Irrtum richtig gestellt, und alles, was er im Rücken zu lassen geglaubt hatte, eröffnete sich ihm wieder, war auf beliebige Zeit wieder sein... Täuschte ihn übrigens die rasche Fahrt oder kam wirklich zum Überfluß der Wind nun dennoch vom Meere her?

Die Wellen schlugen gegen die betonierten Wände des schmalen Kanals, der durch die Insel zum Hotel Excelsior gelegt ist. Ein automobiler Omnibus erwartete dort den Wiederkehrenden und führte ihn oberhalb des gekräuselten Meeres auf geradem Wege zum Bäder-Hotel. Der kleine schnurrbärtige Manager im geschweiften Gehrock kam zur Begrüßung die Freitreppe herab.

Leise schmeichelnd bedauerte er den Zwischenfall, nannte ihn äußerst peinlich für ihn und das Institut, billigte aber mit Überzeugung Aschenbachs Entschluß, das Gepäckstück hier zu erwarten. Freilich sei sein Zimmer vergeben, ein anderes jedoch, nicht schlechter, sogleich zur Verfügung. »Pas de chance, monsieur«, sagte der schweizerische Liftführer lächelnd, als man hinaufglitt. Und so wurde der Flüchtling wieder einquartiert, in einem Zimmer, das dem vorigen nach Lage und Einrichtung fast vollkommen glich.

Ermüdet, betäubt von dem Wirbel dieses seltsamen Vormittags, ließ er sich, nachdem er den Inhalt seiner Handtasche im Zimmer verteilt, in einem Lehnstuhl am offenen Fenster nieder. Das Meer hatte eine blaßgrüne Färbung angenommen, die Luft schien dünner und reiner, der Strand mit seinen Hütten und Booten farbiger, obgleich der Himmel noch grau war. Aschenbach blickte hinaus, die Hände im Schoß gefaltet, zufrieden, wieder hier zu sein, kopfschüttelnd unzufrieden über seinen Wankelmut, seine Unkenntnis der eigenen Wünsche. So saß er wohl eine Stunde, ruhend und gedankenlos träumend. Um Mittag erblickte er Tadzio, der in gestreiftem Leinenanzug mit roter Masche, vom Meere her, durch die Strandsperre und die Bretterwege entlang zum Hotel zurückkehrte. Aschenbach erkannte ihn aus seiner Höhe sofort, bevor er ihn eigentlich ins Auge gefaßt, und wollte etwas denken, wie: Sieh, Tadzio, da bist ja auch du wieder! Aber im gleichen Augenblick fühlte er, wie der lässige Gruß vor der Wahrheit seines Herzens hinsank und verstummte, – fühlte die Begeisterung seines Blutes, die Freude, den Schmerz seiner Seele und erkannte, daß ihm um Tadzios willen der Abschied so schwer geworden war.

Er saß ganz still, ganz ungesehen an seinem hohen Platze und blickte in sich hinein. Seine Züge waren erwacht, seine Brauen stiegen, ein aufmerksames, neugierig geistreiches Lächeln spannte seinen Mund. Dann hob er den Kopf und beschrieb mit beiden schlaff über die Lehne des Sessels hinabhängenden Armen eine langsam drehende und hebende Bewegung, die Handflächen vorwärtskehrend, so, als deute er ein Öffnen und Ausbreiten der Arme an. Es war eine bereitwillig willkommen heißende, gelassen aufnehmende Gebärde.

Viertes Kapitel

Nun lenkte Tag für Tag der Gott mit den hitzigen Wangen nakkend sein gluthauchendes Viergespann durch die Räume des Himmels, und sein gelbes Gelock flatterte im zugleich ausstürmenden Ostwind. Weißlich seidiger Glanz lag auf den Weiten des träge wallenden Pontos. Der Sand glühte. Unter der silbrig flirrenden Bläue des Äthers waren rostfarbene Segeltücher vor den Strandhütten ausgespannt, und auf dem scharf umgrenzten Schattenfleck, den sie boten, verbrachte man die Vormittagsstunden. Aber köstlich war auch der Abend, wenn die Pflanzen des Parks balsamisch dufteten, die Gestirne droben ihren Reigen schritten und das Murmeln des umnachteten Meeres, leise her aufdringend, die Seele besprach. Solch ein Abend trug in sich die freudige Gewähr eines neuen Sonnentages von leicht geordneter Muße und geschmückt mit zahllosen, dicht beieinander liegenden Möglichkeiten lieblichen Zufalls.

Der Gast, den ein so gefügiges Mißgeschick hier festgehalten, war weit entfernt, in der Rückgewinnung seiner Habe einen Grund zu erneutem Aufbruch zu sehen. Er hatte zwei Tage lang einige Entbehrung dulden und zu den Mahlzeiten im großen

Speisesaal im Reiseanzug erscheinen müssen. Dann, als man endlich die verirrte Last wieder in seinem Zimmer niedersetzte, packte er gründlich aus und füllte Schrank und Schubfächer mit dem Seinen, entschlossen zu vorläufig unabsehbarem Verweilen, vergnügt, die Stunden des Strandes in seidenem Anzug verbringen und beim Diner sich wieder in schicklicher Abendtracht an seinem Tischchen zeigen zu können.

Der wohlige Gleichtakt dieses Daseins hatte ihn schon in seinen Bann gezogen, die weiche und glänzende Milde dieser Lebensführung ihn rasch berückt. Welch ein Aufenthalt in der Tat, der die Reize eines gepflegten Badelebens an südlichem Strande mit der traulich bereiten Nähe der wunderlich-wundersamen Stadt verbindet! Aschenbach liebte nicht den Genuß. Wann immer und wo es galt, zu feiern, der Ruhe zu pflegen, sich gute Tage zu machen, verlangte ihn bald – und namentlich in jüngeren Jahren war dies so gewesen – mit Unruhe und Widerwillen zurück in die hohe Mühsal, den heilig nüchternen Dienst seines Alltags. Nur dieser Ort verzauberte ihn, entspannte sein Wollen, machte ihn glücklich. Manchmal vormittags, unter dem Schattentuch seiner Hütte, hinträumend über die Bläue des Südmeers, oder bei lauer Nacht auch wohl, gelehnt in die Kissen der Gondel, die ihn vom Markusplatz, wo er sich lange verweilt, unter dem groß gestirnten Himmel heimwärts zum Lido führte – und die bunten Lichter, die schmelzenden Klänge der Serenade blieben zurück, – erinnerte er sich seines Landsitzes in den Bergen, der Stätte seines sommerlichen Ringens, wo die Wolken tief durch den Garten zogen, fürchterliche Gewitter am Abend das Licht des Hauses löschten und die Raben, die er fütterte, sich in den Wipfeln der Fichten schwangen. Dann schien es ihm wohl, als sei er entrückt ins elysische Land, an die Grenzen der Erde, wo leichtestes Leben den Menschen beschert ist, wo nicht Schnee ist und Winter, noch Sturm und strömender Regen, sondern immer sanft kühlenden Anhauch Okeanos aufsteigen läßt und in seliger Muße die Tage verrinnen, mühelos, kampflos und ganz nur der Sonne und ihren Festen geweiht.

Viel, fast beständig sah Aschenbach den Knaben Tadzio; ein

beschränkter Raum, eine jedem gegebene Lebensordnung brachten es mit sich, daß der Schöne ihm tagüber mit kurzen Unterbrechungen nahe war. Er sah, er traf ihn überall: in den unteren Räumen des Hotels, auf den kühlenden Wasserfahrten zur Stadt und von dort zurück, im Gepränge des Platzes selbst und oft noch zwischenein auf Wegen und Stegen, wenn der Zufall ein Übriges tat. Hauptsächlich aber und mit der glücklichsten Regelmäßigkeit bot ihm der Vormittag am Strande ausgedehnte Gelegenheit, der holden Erscheinung Andacht und Studium zu widmen. Ja, diese Gebundenheit des Glückes, diese täglich gleichmäßig wieder anbrechende Gunst der Umstände war es so recht, was ihn mit Zufriedenheit und Lebensfreude erfüllte, was ihm den Aufenthalt teuer machte und einen Sonnentag so gefällig hinhaltend sich an den anderen reihen ließ.

Er war früh auf, wie sonst wohl bei pochendem Arbeitsdrange, und vor den Meisten am Strand, wenn die Sonne noch milde war und das Meer weiß blendend in Morgenträumen lag. Er grüßte menschenfreundlich den Wächter der Sperre, grüßte auch vertraulich den barfüßigen Weißbart, der ihm die Stätte bereitet, das braune Schattentuch ausgespannt, die Möbel der Hütte hinaus auf die Plattform gerückt hatte, und ließ sich nieder. Drei Stunden oder vier waren dann sein, in denen die Sonne zur Höhe stieg und furchtbare Macht gewann, in denen das Meer tiefer und tiefer blaute und in denen er Tadzio sehen durfte.

Er sah ihn kommen, von links, am Rande des Meeres daher, sah ihn von rückwärts zwischen den Hütten hervortreten oder fand auch wohl plötzlich, und nicht ohne ein frohes Erschrekken, daß er sein Kommen versäumt und daß er schon da war, schon in dem blau und weißen Badeanzug, der jetzt am Strand seine einzige Kleidung war, sein gewohntes Treiben in Sonne und Sand wieder aufgenommen hatte, – dies lieblich nichtige, müßig unstete Leben, das Spiel war und Ruhe, ein Schlendern, Waten, Graben, Haschen, Lagern und Schwimmen, bewacht, berufen von den Frauen auf der Plattform, die mit Kopfstimmen seinen Namen ertönen ließen: »Tadziu! Tadziu!« und zu denen er mit eifrigem Gebärdenspiel gelaufen kam, ihnen zu erzählen, was er erlebt, ihnen zu zeigen, was er gefunden, gefangen: Muscheln, Seepferdchen, Quallen und seitlich laufende Krebse. Aschenbach verstand nicht ein Wort von dem, was er sagte, und mochte es das Alltäglichste sein, es war verschwommener Wohllaut in seinem Ohr. So erhob Fremdheit des Knaben Rede zur Musik, eine übermütige Sonne goß verschwenderischen Glanz über ihn aus, und die erhabene Tiefsicht des Meeres war immer seiner Erscheinung Folie und Hintergrund.

Bald kannte der Betrachtende jede Linie und Pose dieses so gehobenen, so frei sich darstellenden Körpers, begrüßte freudig jede schon vertraute Schönheit aufs neue und fand der Bewunderung, der zarten Sinneslust kein Ende. Man rief den Knaben, einen Gast zu begrüßen, der den Frauen bei der Hütte aufwartete; er lief herbei, lief naß vielleicht aus der Flut, er warf die Locken, und indem er die Hand reichte, auf einem Beine ruhend, den anderen Fuß auf die Zehenspitzen gestellt, hatte er eine reizende Drehung und Wendung des Körpers, anmutig spannungsvoll, verschämt aus Liebenswürdigkeit, gefallsüchtig aus adeliger Pflicht. Er lag ausgestreckt, das Badetuch um die Brust geschlungen, den zart gemeißelten Arm in den Sand gestützt, das Kinn in der hohlen Hand; der, welcher »Jaschu« gerufen wurde, saß kauernd bei ihm und tat ihm schön, und nichts konnte bezaubernder sein, als das Lächeln der Augen und Lippen, mit dem der Ausgezeichnete zu dem Geringeren, Dienenden aufblickte. Er stand am Rande der See, allein, abseits von den Seinen, ganz nahe bei Aschenbach, – aufrecht, die Hände im Nacken verschlungen, langsam sich auf den Fußballen schaukelnd, und träumte ins Blaue, während kleine Wellen, die anliefen, seine Zehen badeten. Sein honigfarbenes Haar schmiegte sich in Ringeln an die Schläfen und in den Nacken, die Sonne erleuchtete den Flaum des oberen Rückgrats, die feine Zeichnung der Rippen, das Gleichmaß der Brust traten durch die knappe Umhüllung des Rumpfes hervor, seine Achselhöhlen waren noch glatt wie bei einer Statue, seine Kniekehlen glänzten, und ihr bläuliches Geäder ließ seinen Körper wie aus klarerem Stoffe gebildet erscheinen. Welch eine Zucht, welche Präzision des Gedankens war ausgedrückt in diesem gestreckten und jugendlich vollkommenen Leibe! Der strenge und reine Wille jedoch, der, dunkel tätig, dies göttliche Bildwerk ans Licht zu treiben vermocht hatte, – war er nicht ihm, dem Künstler, bekannt und vertraut? Wirkte er nicht auch in ihm, wenn er, nüchterner Leidenschaft voll, aus der Marmormasse der Sprache die schlanke Form befreite, die er im Geiste geschaut und die er als Standbild und Spiegel geistiger Schönheit den Menschen darstellte?

Standbild und Spiegel! Seine Augen umfaßten die edle Gestalt dort am Rande des Blauen, und in aufschwärmendem Entzükken glaubte er mit diesem Blick das Schöne selbst zu begreifen, die Form als Gottesgedanken, die eine und reine Vollkommenheit, die im Geiste lebt und von der ein menschliches Abbild und Gleichnis hier leicht und hold zur Anbetung aufgerichtet war. Das war der Rausch; und unbedenklich, ja gierig hieß der alternde Künstler ihn willkommen. Sein Geist kreißte, seine Bildung geriet ins Wallen, sein Gedächtnis warf uralte, seiner Jugend überlieferte und bis dahin niemals von eigenem Feuer belebte Gedanken auf. Stand nicht geschrieben, daß die Sonne unsere Aufmerksamkeit von den intellektuellen auf die sinnlichen Dinge wendet? Sie betäube und bezaubere, hieß es, Verstand und Gedächtnis dergestalt, daß die Seele vor Vergnügen ihres eigentlichen Zustandes ganz vergesse und mit staunender Bewunderung an dem schönsten der besonnten Gegenstände hängen bleibe: ja, nur mit Hilfe eines Körpers vermöge sie dann noch zu höherer Betrachtung sich zu erheben. Amor fürwahr tat es den Mathematikern gleich, die unfähigen Kindern greifbare Bilder der reinen Formen vorzeigen: So auch bediente der Gott sich, um uns das Geistige sichtbar zu machen, gern der Gestalt und Farbe menschlicher Jugend, die er zum Werkzeug der Erinnerung mit allem Abglanz der Schönheit schmückte und bei deren Anblick wir dann wohl in Schmerz und Hoffnung entbrannten.

So dachte der Enthusiasmierte; so vermochte er zu empfinden. Und aus Meerrausch und Sonnenglast spann sich ihm ein reizendes Bild. Es war die alte Platane unfern den Mauern Athens, – war jener heilig-schattige, vom Dufte der Keuschbaumblüten erfüllte Ort, den Weihbilder und fromme Gaben schmückten zu Ehren der Nymphen und des Acheloos. Ganz klar fiel der Bach zu Füßen des breitgeästeten Baums über glatte Kiesel; die Grillen geigten. Auf dem Rasen aber, der sanft abfiel, so, daß man im Liegen den Kopf hochhalten konnte, lagerten zwei, geborgen hier vor der Glut des Tages: ein Ältlicher und ein Junger, ein Häßlicher und ein Schöner, der Weise beim Liebenswürdigen. Und unter Artigkeiten und geistreich werbenden Scherzen belehrte Sokrates den Phaidros über Sehnsucht und Tugend. Er sprach ihm von dem heißen Erschrecken, das der Fühlende leidet, wenn sein Auge ein Gleichnis der ewigen Schönheit erblickt; sprach ihm von den Begierden des Weihelosen und Schlechten, der die Schönheit nicht denken kann, wenn er ihr Abbild sieht, und der Ehrfurcht nicht fähig ist; sprach von der heiligen Angst, die den Edlen befällt, wenn ein gottgleiches Antlitz, ein vollkommener Leib ihm erscheint, – wie er dann aufbebt und außer sich ist und hinzusehen sich kaum getraut und den verehrt, der die Schönheit hat, ja, ihm opfern würde, wie einer Bildsäule, wenn er nicht fürchten müßte, den Menschen närrisch zu scheinen. Denn die Schönheit, mein Phaidros, nur sie, ist liebenswürdig und sichtbar zugleich: sie ist, merke das wohl! die einzige Form des Geistigen, welche wir sinnlich empfangen, sinnlich ertragen können. Oder was würde aus uns, wenn das Göttliche sonst, wenn Vernunft und Tugend und Wahrheit uns sinnlich erscheinen wollten? Würden wir nicht vergehen und verbrennen vor Liebe, wie Semele einstmals vor Zeus? So ist die Schönheit der Weg des Fühlenden zum Geiste, – nur der Weg, ein Mittel nur, kleiner Phaidros... Und dann sprach er das Feinste aus, der verschlagene Hofmacher: Dies, daß der Liebende göttlicher sei als der Geliebte, weil in jenem der Gott sei, nicht aber im andern, – diesen zärtlichsten, spöttischsten Gedanken vielleicht, der jemals gedacht ward und dem alle Schalkheit und heimlichste Wollust der Sehnsucht entspringt.

Glück des Schriftstellers ist der Gedanke, der ganz Gefühl, ist das Gefühl, das ganz Gedanke zu werden vermag. Solch ein pulsender Gedanke, solch genaues Gefühl gehörte und gehorchte dem Einsamen damals: nämlich, daß die Natur vor Wonne erschaure, wenn der Geist sich huldigend vor der Schönheit neige. Er wünschte plötzlich, zu schreiben. Zwar liebt Eros, heißt es, den Müßiggang und für solchen nur ist er geschaffen. Aber an diesem Punkte der Krisis war die Erregung des Heimgesuchten auf Produktion gerichtet. Fast gleichgültig der Anlaß. Eine Frage, eine Anregung, über ein gewisses großes und brennendes Problem der Kultur und des Geschmackes sich bekennend vernehmen zu lassen, war in die geistige Welt ergangen und bei dem Verreisten eingelaufen. Der Gegenstand war ihm geläufig, war ihm Erlebnis; sein Gelüst ihn im Licht seines Wortes erglänzen zu lassen auf einmal unwiderstehlich. Und zwar ging sein Verlangen dahin, in Tadzios Gegenwart zu arbeiten, beim Schreiben den Wuchs des Knaben zum Muster zu nehmen, seinen Stil den Linien dieses Körpers folgen zu lassen, der ihm göttlich schien, und seine Schönheit ins Geistige zu tragen, wie der Adler einst den troischen Hirten zum Äther trug. Nie hatte er die Lust des Wortes süßer empfunden, nie so gewußt, daß Eros im Worte sei, wie während der gefährlich köstlichen Stunden, in denen er, an seinem rohen Tische unter dem Schattentuch, im Angesicht des Idols und die Musik seiner Stimme im Ohr, nach Tadzios Schönheit seine kleine Abhandlung, – jene anderthalb Seiten erlesener Prosa formte, deren Lauterkeit, Adel und schwingende Gefühlsspannung binnen kurzem die Bewunderung vieler erregen sollte. Es ist sicher gut, daß die Welt nur das schöne Werk, nicht auch seine Ursprünge, nicht seine Entstehungsbedingungen kennt; denn die Kenntnis der Quellen, aus denen dem Künstler Eingebung floß, würde sie oftmals verwirren, abschrecken und so die Wirkungen des Vortrefflichen aufheben. Sonderbare Stunden! Sonderbar entnervende Mühe! Seltsam zeugender Verkehr des Geistes mit einem Körper! Als Aschenbach seine Arbeit verwahrte und vom Strande aufbrach, fühlte er sich erschöpft, ja zerrüttet, und ihm war, als ob sein Gewissen wie nach einer Ausschweifung Klage führe.

Es war am folgenden Morgen, daß er, im Begriff das Hotel zu verlassen, von der Freitreppe aus gewahrte, wie Tadzio, schon unterwegs zum Meere – und zwar allein –, sich eben der Strandsperre näherte. Der Wunsch, der einfache Gedanke, die Gelegenheit zu nutzen und mit dem, der ihm unwissentlich so viel Erhebung und Bewegung bereitet, leichte, heitere Bekanntschaft zu machen, ihn anzureden, sich seiner Antwort, seines Blickes zu erfreuen, lag nahe und drängte sich auf. Der Schöne ging schlendernd, er war einzuholen, und Aschenbach beschleunigte seine Schritte. Er erreicht ihn auf dem Brettersteig hinter den Hütten, er will ihm die Hand aufs Haupt, auf die Schulter legen und irgendein Wort, eine freundliche französische Phrase schwebt ihm auf den Lippen: da fühlt er, daß sein Herz, vielleicht auch vom schnellen Gang, wie ein Hammer schlägt, daß er, so knapp bei Atem, nur gepreßt und bebend wird sprechen können; er zögert, er sucht sich zu beherrschen, er fürchtet plötzlich, schon zu lange dicht hinter dem Schönen zu gehen, fürchtet sein Aufmerksamwerden, sein fragendes Umschauen, nimmt noch einen Anlauf, versagt, verzichtet und geht gesenkten Hauptes vorüber.

Zu spät! dachte er in diesem Augenblick. Zu spät! Jedoch war es zu spät? Dieser Schritt, den zu tun er versäumte, er hätte sehr möglicherweise zum Guten, Leichten und Frohen, zu heilsamer Ernüchterung geführt. Allein es war wohl an dem, daß der Alternde die Ernüchterung nicht wollte, daß der Rausch ihm zu teuer war. Wer enträtselt Wesen und Gepräge des Künstlertums! Wer begreift die tiefe Instinktverschmelzung von Zucht und Zügellosigkeit, worin es beruht! Denn heilsame Ernüchterung nicht wollen zu können, ist Zügellosigkeit. Aschenbach war zur Selbstkritik nicht mehr aufgelegt; der Geschmack, die geistige Verfassung seiner Jahre, Selbstachtung, Reife und späte Einfachheit machten ihn nicht geneigt, Beweggründe zu zergliedern und zu entscheiden, ob er aus Gewissen, ob aus Liederlichkeit und Schwäche sein Vorhaben nicht ausgeführt habe. Er war verwirrt, er fürchtete, daß irgend jemand, wenn auch der Strandwächter nur, seinen Lauf, seine Niederlage beobachtet haben möchte, fürchtete sehr die Lächerlichkeit. Im übrigen scherzte er bei sich selbst über seine komisch-heilige Angst. »Bestürzt«, dachte er, »bestürzt wie ein Hahn, der angstvoll seine Flügel im Kampfe hängen läßt. Das ist wahrlich der Gott, der beim Anblick des Liebenswürdigen so unseren Mut bricht und unseren stolzen Sinn so gänzlich zu Boden drückt...« Er spielte, schwärmte und war viel zu hochmütig, um ein Gefühl zu fürchten.

Schon überwachte er nicht mehr den Ablauf der Mußezeit, die er sich selber gewährt; der Gedanke an Heimkehr berührte ihn nicht einmal. Er hatte sich reichlich Geld verschrieben. Seine Besorgnis galt einzig der möglichen Abreise der polnischen Familie; doch hatte er unter der Hand, durch beiläufige Erkundigung beim Coiffeur des Hotels erfahren, daß diese Herrschaften ganz kurz vor seiner eigenen Ankunft hier abgestiegen seien. Die Sonne bräunte ihm Antlitz und Hände, der erregende Salzhauch stärkte ihn zum Gefühl, und wie er sonst jede Erquickung, die Schlaf, Nahrung oder Natur ihm gespendet, sogleich an ein Werk zu verausgaben gewohnt gewesen war, so ließ er nun alles, was Sonne, Muße und Meerluft ihm an täglicher Kräftigung zuführten, hochherzig-unwirtschaftlich aufgehen in Rausch und Empfindung.

Sein Schlaf war flüchtig; die köstlich einförmigen Tage waren getrennt durch kurze Nächte voll glücklicher Unruhe. Zwar zog er sich zeitig zurück, denn um neun Uhr, wenn Tadzio vom Schauplatz verschwunden war, schien der Tag ihm beendet. Aber ums erste Morgengrauen weckte ihn ein zart durchdringendes Erschrecken, sein Herz erinnerte sich seines Abenteuers, es litt ihn nicht mehr in den Kissen, er erhob sich, und leicht eingehüllt gegen die Schauer der Frühe setzte er sich ans offene Fenster, den Aufgang der Sonne zu erwarten. Das wundervolle Ereignis erfüllte seine vom Schlafe geweihte Seele mit Andacht. Noch lagen Himmel, Erde und Meer in geisterhaft glasiger Dämmerblässe; noch schwamm ein vergehender Stern im Wesenlosen. Aber ein Wehen kam, eine beschwingte Kunde von unnahbaren Wohnplätzen, daß Eos sich von der Seite des Gatten erhebe, und jenes erste, süße Erröten der fernsten Himmels- und Meeresstriche geschah, durch welches das Sinnlichwerden der Schöpfung sich anzeigt. Die Göttin nahte, die Jünglingsentführerin, die den Kleitos, den Kephalos raubte und dem Neide aller Olympischen trotzend die Liebe des schönen Orion genoß. Ein Rosenstreuen begann da am Rande der Welt, ein unsäglich holdes Scheinen und Blühen, kindliche Wolken, verklärt, durchleuchtet, schwebten gleich dienenden Amoretten im rosigen, bläulichen Duft, Purpur fiel auf das Meer, das ihn wallend vorwärts zu schwemmen schien, goldene Speere zuckten von unten zur Höhe des Himmels hinauf, der Glanz ward zum Brande, lautlos, mit göttlicher Übergewalt wälzten sich Glut und Brunst und lodernde Flammen herauf, und mit raffenden Hufen stiegen des Bruders heilige Renner über den Erdkreis empor. Angestrahlt von der Pracht des Gottes saß der Einsam-Wache, er schloß die Augen und ließ von der Glorie seine Lider küssen. Ehemalige Gefühle, frühe, köstliche Drangsale des Herzens, die im strengen Dienst seines Lebens erstorben waren und nun so sonderbar gewandelt zurückkehrten, – er erkannte sie mit verwirrtem, verwundertem Lächeln. Er sann, er träumte, langsam bildeten seine Lippen einen Namen, und noch immer lächelnd, mit aufwärts gekehrtem Antlitz, die Hände im Schoß gefaltet, entschlummerte er in seinem Sessel noch einmal.

Aber der Tag, der so feurig-festlich begann, war im ganzen seltsam gehoben und mythisch verwandelt. Woher kam und stammte der Hauch, der auf einmal so sanft und bedeutend, höherer Einflüsterung gleich, Schläfe und Ohr umspielte? Weiße Federwölkchen standen in verbreiteten Scharen am Himmel, gleich weidenden Herden der Götter. Stärkerer Wind erhob sich, und die Rosse Poseidons liefen, sich bäumend, daher, Stiere auch wohl, dem Bläulichgelockten gehörig, welche mit Brüllen anrennend die Hörner senkten. Zwischen dem Felsengeröll des entfernteren Strandes jedoch hüpften die Wellen empor als springende Ziegen. Eine heilig entstellte Welt voll panischen Lebens schloß den Berückten ein, und sein Herz träumte zarte Fabeln. Mehrmals, wenn hinter Venedig die Sonne sank, saß er auf einer Bank im Park, um Tadzio zuzuschauen, der sich, weiß gekleidet und farbig gegürtet, auf dem gewalzten Kiesplatz mit Ballspiel vergnügte, und Hyakinthos war es, den er zu sehen glaubte, und der sterben mußte, weil zwei Götter ihn liebten. Ja, er empfand Zephyrs schmerzenden Neid auf den Nebenbuhler, der des Orakels, des Bogens und der Kithara vergaß, um immer mit dem Schönen zu spielen; er sah die Wurfscheibe, von grausamer Eifersucht gelenkt, das liebliche Haupt treffen, er empfing, erblassend auch er, den geknickten Leib, und die Blume, dem süßen Blute entsprossen, trug die Inschrift seiner unendlichen Klage...

Seltsamer, heikler ist nichts als das Verhältnis von Menschen, die sich nur mit den Augen kennen, – die täglich, ja stündlich einander begegnen, beobachten und dabei den Schein gleichgültiger Fremdheit grußlos und wortlos aufrecht zu halten durch Sittenzwang oder eigene Grille genötigt sind. Zwischen ihnen ist Unruhe und überreizte Neugier, die Hysterie eines unbefriedigten, unnatürlich unterdrückten Erkenntnis- und Austauschbedürfnisses und namentlich auch eine Art von gespannter Achtung. Denn der Mensch liebt und ehrt den Menschen, solange er ihn nicht zu beurteilen vermag, und die Sehnsucht ist ein Erzeugnis mangelhafter Erkenntnis.

Irgendeine Beziehung und Bekanntschaft mußte sich notwendig ausbilden zwischen Aschenbach und dem jungen Tadzio, und mit durchdringender Freude konnte der Ältere feststellen, daß Teilnahme und Aufmerksamkeit nicht völlig unerwidert blieben. Was bewog zum Beispiel den Schönen, niemals mehr, wenn er morgens am Strande erschien, den Brettersteg an der Rückseite der Hütten zu benutzen, sondern nur noch auf dem vorderen Wege, durch den Sand, an Aschenbachs Wohnplatz vorbei und manchmal unnötig dicht an ihm vorbei, seinen Tisch, seinen Stuhl fast streifend, zur Hütte der Seinen zu schlendern? Wirkte so die Anziehung, die Faszination eines überlegenen Gefühls auf seinen zarten und gedankenlosen Gegenstand?

Aschenbach erwartete täglich Tadzios Auftreten, und zuweilen tat er, als sei er beschäftigt, wenn es sich vollzog, und ließ den Schönen scheinbar unbeachtet vorübergehen. Zuweilen aber auch blickte er auf, und ihre Blicke trafen sich. Sie waren beide tiefernst, wenn das geschah. In der gebildeten und würdevollen Miene des Älteren verriet nichts eine innere Bewegung; aber in Tadzios Augen war ein Forschen, ein nachdenkliches Fragen, in seinen Gang kam ein Zögern, er blickte zu Boden, er blickte lieblich wieder auf, und wenn er vorüber war, so schien ein Etwas in seiner Haltung auszudrücken, daß nur Erziehung ihn hinderte, sich umzuwenden.

Einmal jedoch, eines Abends, begab es sich anders. Die polnischen Geschwister hatten nebst ihrer Gouvernante bei der Hauptmahlzeit im großen Saale gefehlt, – mit Besorgnis hatte Aschenbach es wahrgenommen. Er erging sich nach Tische, sehr unruhig über ihren Verbleib, in Abendanzug und Strohhut vor dem Hotel, zu Füßen der Terrasse, als er plötzlich die nonnenähnlichen Schwestern mit der Erzieherin und vier Schritte hinter ihnen Tadzio im Lichte der Bogenlampen auftauchen sah. Offenbar kamen sie von der Dampferbrücke, nachdem sie aus irgendeinem Grunde in der Stadt gespeist. Auf dem Wasser war es wohl kühl gewesen; Tadzio trug eine dunkelblaue Seemanns-Überjacke mit goldenen Knöpfen und auf dem Kopf eine zugehörige Mütze. Sonne und Seeluft verbrannten ihn nicht, seine Hautfarbe war marmorhaft gelblich geblieben wie zu Beginn; doch schien er blässer heute, als sonst, sei es infolge der Kühle oder durch den bleichenden Mondschein der Lampen. Seine ebenmäßigen Brauen zeichneten sich schärfer ab, seine Augen dunkelten tief. Er war schöner, als es sich sagen läßt, und Aschenbach empfand wie schon oftmals mit Schmerzen, daß das Wort die sinnliche Schönheit nur zu preisen, nicht wiederzugeben vermag.

Er war der teuren Erscheinung nicht gewärtig gewesen, sie kam unverhofft, er hatte nicht Zeit gehabt, seine Miene zu Ruhe und Würde zu befestigen. Freude, Überraschung, Bewunderung mochten sich offen darin malen, als sein Blick dem des

Vermißten begegnete, – und in dieser Sekunde geschah es, daß Tadzio lächelte: ihn anlächelte, sprechend, vertraut, liebreizend und unverhohlen, mit Lippen, die sich im Lächeln erst langsam öffneten. Es war das Lächeln des Narziß, der sich über das spiegelnde Wasser neigt, jenes tiefe, bezauberte, hingezogene Lächeln, mit dem er nach dem Widerscheine der eigenen Schönheit die Arme streckt, – ein ganz wenig verzerrtes Lächeln, verzerrt von der Aussichtslosigkeit seines Trachtens, die holden Lippen seines Schattens zu küssen, kokett, neugierig und leise gequält, betört und betörend.

Der, welcher dies Lächeln empfangen, enteilte damit wie mit einem verhängnisvollen Geschenk. Er war so sehr erschüttert, daß er das Licht der Terrasse, des Vorgartens zu fliehen gezwungen war und mit hastigen Schritten das Dunkel des rückwärtigen Parkes suchte. Sonderbar entrüstete und zärtliche Vermahnungen entrangen sich ihm: »Du darfst so nicht lächeln! Höre, man darf so niemandem lächeln!« Er warf sich auf eine Bank, er atmete außer sich den nächtlichen Duft der Pflanzen. Und zurückgelehnt, mit hängenden Armen, überwältigt und mehrfach von Schauern überlaufen, flüsterte er die stehende Formel der Sehnsucht, – unmöglich hier, absurd, verworfen, lächerlich und heilig doch, ehrwürdig auch hier noch: »Ich liebe dich!«

Fünftes Kapitel

In der vierten Woche seines Aufenthalts auf dem Lido machte Gustav von Aschenbach einige die Außenwelt betreffende unheimliche Wahrnehmungen. Erstens schien es ihm, als ob bei steigender Jahreszeit die Frequenz seines Gasthofes eher ab- als zunähme, und insbesondere, als ob die deutsche Sprache um ihn her versiege und verstumme, so daß bei Tisch und am Strand endlich nur noch fremde Laute sein Ohr trafen. Eines Tages dann fing er beim Coiffeur, den er jetzt häufig besuchte, im Gespräche ein Wort auf, das ihn stutzig machte. Der Mann hatte einer deutschen Familie erwähnt, die soeben nach kurzem Verweilen abgereist war und setzte plaudernd und schmeichelnd hinzu: »Sie bleiben, mein Herr; Sie haben keine Furcht vor dem Übel.« Aschenbach sah ihn an. »Dem Übel?« wiederholte er. Der Schwätzer verstummte, tat beschäftigt, überhörte die Frage. Und als sie dringlicher gestellt ward, erklärte er, er wisse von nichts und suchte mit verlegener Beredsamkeit abzulenken.

Das war um Mittag. Nachmittags fuhr Aschenbach bei Windstille und schwerem Sonnenbrand nach Venedig; denn ihn trieb die Manie, den polnischen Geschwistern zu folgen, die er mit ihrer Begleiterin den Weg zur Dampferbrücke hatte einschlagen sehen. Er fand den Abgott nicht bei San Marco. Aber beim Tee, an seinem eisernen Rundtischchen auf der Schattenseite des Platzes sitzend, witterte er plötzlich in der Luft ein eigentümliches Arom, von dem ihm jetzt schien, als habe es schon seit Tagen, ohne ihm ins Bewußtsein zu dringen, seinen Sinn berührt, – einen süßlich-offizinellen Geruch, der an Elend und Wunden und verdächtige Reinlichkeit erinnerte. Er prüfte und erkannte ihn nachdenklich, beendete seinen Imbiß und verließ den Platz auf der dem Tempel gegenüberliegenden Seite. In der Enge verstärkte sich der Geruch. An den Straßenecken hafteten gedruckte Anschläge, durch welche die Bevölkerung wegen gewisser Erkrankungen des gastrischen Systems, die bei dieser Witterung an der Tagesordnung seien, vor dem Genusse von Austern und Muscheln, auch vor dem Wasser der Kanäle stadtväterlich gewarnt wurde. Die beschönigende Natur des Erlasses war deutlich. Volksgruppen standen schweigsam auf Brücken und Plätzen beisammen; und der Fremde stand spürend und grübelnd unter ihnen.

Einen Ladeninhaber, der zwischen Korallenschnüren und falschen Amethyst-Geschmeiden in der Tür seines Gewölbes lehnte, bat er um Auskunft über den fatalen Geruch. Der Mann maß ihn mit schweren Augen und ermunterte sich hastig. »Eine vorbeugende Maßregel, mein Herr!« antwortete er mit Gebärdenspiel. »Eine Verfügung der Polizei, die man billigen muß. Diese Witterung drückt, der Scirocco ist der Gesundheit nicht zuträglich. Kurz, Sie verstehen, – eine vielleicht übertriebene

Vorsicht...« Aschenbach dankte ihm und ging weiter. Auch auf dem Dampfer, der ihn zum Lido zurücktrug, spürte er jetzt den Geruch des keimbekämpfenden Mittels.

Ins Hotel zurückgekehrt, begab er sich sogleich in die Halle zum Zeitungstisch und hielt in den Blättern Umschau. Er fand in den fremdsprachigen nichts. Die heimatlichen verzeichneten Gerüchte, führten schwankende Ziffern an, gaben amtliche Ableugnungen wieder und bezweifelten deren Wahrhaftigkeit. So erklärte sich der Abzug des deutschen und österreichischen Elementes. Die Angehörigen der anderen Nationen wußten offenbar nichts, ahnten nichts, waren noch nicht beunruhigt. »Man soll schweigen!« dachte Aschenbach erregt, indem er die Journale auf den Tisch zurückwarf. »Man soll das verschweigen!« Aber zugleich füllte sein Herz sich mit Genugtuung über das Abenteuer, in welches die Außenwelt geraten wollte. Denn der Leidenschaft ist, wie dem Verbrechen, die gesicherte Ordnung und Wohlfahrt des Alltags nicht gemäß, und jede Lockerung des bürgerlichen Gefüges, jede Verwirrung und Heimsuchung der Welt muß ihr willkommen sein, weil sie ihren Vorteil dabei zu finden unbestimmt hoffen kann. So empfand Aschenbach eine dunkle Zufriedenheit über die obrigkeitlich bemäntelten Vorgänge in den schmutzigen Gäßchen Venedigs, – dieses schlimme Geheimnis der Stadt, das mit seinem eigensten Geheimnis verschmolz, und an dessen Bewahrung auch ihm so sehr gelegen war. Denn der Verliebte besorgte nichts, als daß Tadzio abreisen könnte und erkannte nicht ohne Entsetzen, daß er nicht mehr zu leben wissen werde, wenn das geschähe.

Neuerdings begnügte er sich nicht damit, Nähe und Anblick des Schönen der Tagesregel und dem Glücke zu danken; er verfolgte ihn, er stellte ihm nach. Sonntags zum Beispiel erschienen die Polen niemals am Strande; er erriet, daß sie die Messe in San Marco besuchten, er eilte dorthin, und aus der Glut des Platzes in die goldene Dämmerung des Heiligtums eintretend, fand er den Entbehrten, über ein Betpult gebeugt beim Gottesdienst. Dann stand er im Hintergrunde, auf zerklüftetem Mosaikboden, inmitten knienden, murmelnden, kreuzschlagenden Volkes, und die gedrungene Pracht des morgenländischen Tempels lastete üppig auf seinen Sinnen. Vorn wandelte, hantierte und sang der schwergeschmückte Priester, Weihrauch quoll auf, er umnebelte die kraftlosen Flämmchen der Altarkerzen, und in den dumpfsüßen Opferduft schien sich leise ein anderer zu mischen: der Geruch der erkrankten Stadt. Aber durch Dunst und Gefunkel sah Aschenbach, wie der Schöne dort vorn den Kopf wandte, ihn suchte und ihn erblickte.

Wenn dann die Menge durch die geöffneten Portale hinausströmte auf den leuchtenden, von Tauben wimmelnden Platz, verbarg sich der Betörte in der Vorhalle, er versteckte sich, er legte sich auf die Lauer. Er sah die Polen die Kirche verlassen, sah, wie die Geschwister sich auf zeremoniöse Art von der Mutter verabschiedeten und wie diese sich heimkehrend zur Piazzetta wandte; er stellte fest, daß der Schöne, die klösterlichen Schwestern und die Gouvernante den Weg zur Rechten durch das Tor des Uhrturmes und in die Merceria einschlugen, und nachdem er sie einigen Vorsprung hatte gewinnen lassen, folgte er ihnen, folgte ihnen verstohlen auf ihrem Spaziergang durch Venedig. Er mußte stehen bleiben, wenn sie sich verweilten, mußte in Garküchen und Höfe flüchten, um die Umkehrenden vorüber zu lassen; er verlor sie, suchte erhitzt und erschöpft nach ihnen über Brücken und in schmutzigen Sackgassen und erduldete Minuten tödlicher Pein, wenn er sie plötzlich in enger Passage, wo kein Ausweichen möglich war, sich entgegenkommen sah. Dennoch kann man nicht sagen, daß er litt. Haupt und Herz waren ihm trunken, und seine Schritte folgten den Weisungen des Dämons, dem es Lust ist, des Menschen Vernunft und Würde unter seine Füße zu treten.

Irgendwo nahmen Tadzio und die Seinen dann wohl eine Gondel, und Aschenbach, den, während sie einstiegen, ein Vorbau, ein Brunnen verborgen gehalten hatte, tat, kurz nachdem sie vom Ufer abgestoßen, ein Gleiches. Er sprach hastig und gedämpft, wenn er den Ruderer, unter dem Versprechen eines reichlichen Trinkgeldes, anwies, jener Gondel, die eben dort um die Ecke biege, unauffällig in einigem Abstand zu folgen; und es überrieselte ihn, wenn der Mensch, mit der spitzbübischen Erbötigkeit eines Gelegenheitsmachers, ihm in demselben Tone versicherte, daß er bedient, daß er gewissenhaft bedient werden solle.

So glitt und schwankte er denn, in weiche, schwarze Kissen gelehnt, der anderen schwarzen, geschnabelten Barke nach, an deren Spur die Passion ihn fesselte. Zuweilen entschwand sie ihm: dann fühlte er Kummer und Unruhe. Aber sein Führer, als sei er in solchen Aufträgen wohl geübt, wußte ihm stets durch schlaue Manöver, durch rasche Querfahrten und Abkürzungen das Begehrte wieder vor Augen zu bringen. Die Luft war still und riechend, schwer brannte die Sonne durch den Dunst, der den Himmel schieferig färbte. Wasser schlug glucksend gegen Holz und Stein. Der Ruf des Gondoliers, halb Warnung, halb Gruß, ward fernher aus der Stille des Labyrinths nach sonderbarer Übereinkunft beantwortet. Aus kleinen, hochliegenden Gärten hingen Blütendolden, weiß und purpurn, nach Mandeln duftend, über morsches Gemäuer. Arabische Fensterumrahmungen bildeten sich im Trüben ab. Die Marmorstufen einer Kirche stiegen in die Flut; ein Bettler, darauf kauernd, sein Elend beteuernd, hielt seinen Hut hin und zeigte das Weiße der Augen, als sei er blind; ein Altertumshändler, vor seiner Spelunke, lud den Vorüberziehenden mit kriecherischen Gebärden zum Aufenthalt ein, in der Hoffnung, ihn zu betrügen. Das war Venedig, die schmeichlerische und verdächtige Schöne, – diese Stadt, halb Märchen, halb Fremdenfalle, in deren fauliger Luft die Kunst einst schwelgerisch aufwucherte und welche den Musikern Klänge eingab, die wiegen und buhlerisch einlullen. Dem Abenteuernden war es, als tränke sein Auge dergleichen Üppigkeit, als würde sein Ohr von solchen Melodien umworben; er erinnerte sich auch, daß die Stadt krank sei und es aus Gewinnsucht verheimliche, und er spähte ungezügelter aus nach der voranschwebenden Gondel.

So wußte und wollte denn der Verwirrte nichts anderes mehr, als den Gegenstand, der ihn entzündete, ohne Unterlaß zu verfolgen, von ihm zu träumen, wenn er abwesend war, und, nach der Weise der Liebenden, seinem bloßen Schattenbild zärtliche Worte zu geben. Einsamkeit, Fremde und das Glück eines späten und tiefen Rausches ermutigten und überredeten ihn, sich auch das Befremdlichste ohne Scheu und Erröten durchgehen zu lassen, wie es denn vorgekommen war, daß er, spät abends von Venedig heimkehrend, im ersten Stock des Hotels an des Schönen Zimmertür Halt gemacht, seine Stirn in völliger Trunkenheit an die Angel der Tür gelehnt und sich lange von dort nicht zu trennen vermocht hatte, auf die Gefahr, in einer so wahnsinnigen Lage ertappt und betroffen zu werden.

Dennoch fehlte es nicht an Augenblicken des Innehaltens und der halben Besinnung. Auf welchen Wegen! dachte er dann mit Bestürzung. Auf welchen Wegen! Wie jeder Mann, dem natürliche Verdienste ein aristokratisches Interesse für seine Abstammung einflößen, war er gewohnt, bei den Leistungen und Erfolgen seines Lebens der Vorfahren zu gedenken, sich ihrer Zustimmung, ihrer Genugtuung, ihrer notgedrungenen Achtung im Geiste zu versichern. Er dachte ihrer auch jetzt und hier, verstrickt in ein so unstatthaftes Erlebnis, begriffen in so exotischen Ausschweifungen des Gefühls, gedachte der haltungsvollen Strenge, der anständigen Männlichkeit ihres Wesens und lächelte schwermütig. Was würden sie sagen? Aber freilich, was hätten sie zu seinem ganzen Leben gesagt, das von dem ihren so bis zur Entartung abgewichen war, zu diesem Leben im Banne der Kunst, über das er selbst einst, im Bürgersinne der Väter, so spöttische Jünglingserkenntnisse hatte verlauten lassen und das dem ihren im Grunde so ähnlich gewesen war! Auch er hatte gedient, auch er war Soldat und Kriegsmann gewesen, gleich manchem von ihnen, – denn die Kunst war ein Krieg, ein aufreibender Kampf, für welchen man heute nicht lange taugte. Ein Leben der Selbstüberwindung und des Trotzdem, ein herbes, standhaftes und enthaltsames Leben, das er zum Sinnbild für einen zarten und zeitgemäßen Heroismus gestaltet hatte, – wohl durfte er es männlich, durfte es tapfer nennen, und es wollte ihm scheinen, als sei der Eros, der sich seiner bemeistert, einem solchen Leben auf irgendeine Weise besonders gemäß und geneigt.

Hatte er nicht bei den tapfersten Völkern vorzüglich in Ansehen gestanden, ja, hieß es nicht, daß er durch Tapferkeit in ihren Städten geblüht habe? Zahlreiche Kriegshelden der Vorzeit hatten willig sein Joch getragen, denn gar keine Erniedrigung galt, die der Gott verhängte, und Taten, die als Merkmale der Feigheit wären gescholten worden, wenn sie um anderer Zwecke willen geschehen wären: Fußfälle, Schwüre, inständige Bitten und sklavisches Wesen, solche gereichten dem Liebenden nicht zur Schande, sondern er erntete vielmehr noch Lob dafür.

So war des Betörten Denkweise bestimmt, so suchte er sich zu stützen, seine Würde zu wahren. Aber zugleich wandte er beständig eine spürende und eigensinnige Aufmerksamkeit den unsauberen Vorgängen im Inneren Venedigs zu, jenem Abenteuer der Außenwelt, das mit dem seines Herzens dunkel zusammenfloß und seine Leidenschaft mit unbestimmten, gesetzlosen Hoffnungen nährte. Versessen darauf, Neues und Sicheres über Stand und Fortschritt des Übels zu erfahren, durchstöberte er in den Kaffeehäusern der Stadt die heimatlichen Blätter, da sie vom Lesetisch der Hotelhalle seit mehreren Tagen verschwunden waren. Behauptungen und Widerrufe wechselten darin. Die Zahl der Erkrankungs-, der Todesfälle sollte sich auf zwanzig, auf vierzig, ja hundert und mehr belaufen, und gleich darauf wurde jedes Auftreten der Seuche, wenn nicht rundweg in Abrede gestellt, so doch auf völlig vereinzelte, von außen eingeschleppte Fälle zurückgeführt. Warnende Bedenken, Proteste gegen das gefährliche Spiel der welschen Behörden waren eingestreut. Gewißheit war nicht zu erlangen.

Dennoch war sich der Einsame eines besonderen Anrechtes bewußt, an dem Geheimnis teilzuhaben, und, gleichwohl ausgeschlossen, fand er eine bizarre Genugtuung darin, die Wissenden mit verfänglichen Fragen anzugehen und sie, die zum Schweigen verbündet waren, zur ausdrücklichen Lüge zu nötigen. Eines Tages beim Frühstück im großen Speisesaal stellte er so den Geschäftsführer zur Rede, jenen kleinen, leise auftretenden Menschen im französischen Gehrock, der sich grüßend und beaufsichtigend zwischen den Speisenden bewegte und auch an

Aschenbachs Tischchen zu einigen Plauderworten Halt machte. Warum man denn eigentlich, fragte der Gast in lässiger und beiläufiger Weise, warum in aller Welt man seit einiger Zeit Venedig desinfiziere? – »Es handelt sich«, antwortete der Schleicher, »um eine Maßnahme der Polizei, bestimmt, allerlei Unzuträglichkeiten oder Störungen der öffentlichen Gesundheit, welche durch die brütende und ausnehmend warme Witterung erzeugt werden möchten, pflichtgemäß und bei Zeiten hintanzuhalten.« – »Die Polizei ist zu loben«, erwiderte Aschenbach; und nach Austausch einiger meteorologischer Bemerkungen empfahl sich der Manager.

Selbigen Tages noch, abends, nach dem Diner, geschah es, daß eine kleine Bande von Straßensängern aus der Stadt sich im Vorgarten des Gasthofes hören ließ. Sie standen, zwei Männer und zwei Weiber, an dem eisernen Mast einer Bogenlampe und wandten ihre weißbeschienenen Gesichter zur großen Terrasse empor, wo die Kurgesellschaft sich bei Kaffee und kühlenden Getränken die volkstümliche Darbietung gefallen ließ. Das Hotel-Personal, Liftboys, Kellner und Angestellte des Office, zeigte sich lauschend an den Türen zur Halle. Die russische Familie, eifrig und genau im Genuß, hatte sich Rohrstühle in den Garten hinabstellen lassen, um den Ausübenden näher zu sein, und saß dort dankbar im Halbkreise. Hinter der Herrschaft, in turbanartigem Kopftuch, stand ihre alte Sklavin.

Mandoline, Guitarre, Harmonika und eine quinkelierende Geige waren unter den Händen der Bettelvirtuosen in Tätigkeit. Mit instrumentalen Durchführungen wechselten Gesangsnummern, wie denn das jüngere der Weiber, scharf und quäkend von Stimme, sich mit dem süß falsettierenden Tenor zu einem verlangenden Liebesduett zusammentat. Aber als das eigentliche Talent und Haupt der Vereinigung zeigte sich unzweideutig der andere der Männer, Inhaber der Guitarre und im Charakter eine Art Bariton-Buffo, fast ohne Stimme dabei, aber mimisch begabt und von bemerkenswerter komischer Energie. Oftmals löste er sich, sein großes Instrument im Arm, von der Gruppe der anderen los und drang agierend gegen die Rampe vor, wo man seine Eulenspiegeleien mit aufmunterndem Lachen belohnte. Namentlich die Russen, in ihrem Parterre, zeigten sich entzückt über soviel südliche Beweglichkeit und ermutigten ihn durch Beifall und Zurufe, immer kecker und sicherer aus sich heraus zu gehen.

Aschenbach saß an der Balustrade und kühlte zuweilen die Lippen mit einem Gemisch aus Granatapfelsaft und Soda, das vor ihm rubinrot im Glase funkelte. Seine Nerven nahmen die dudelnden Klänge, die vulgären und schmachtenden Melodien begierig auf, denn die Leidenschaft lähmt den wählerischen Sinn und läßt sich allen Ernstes mit Reizen ein, welche die Nüchternheit humoristisch aufnehmen oder unwillig ablehnen würde. Seine Züge waren durch die Sprünge des Gauklers zu einem fix gewordenen und schon schmerzenden Lächeln verrenkt. Er saß lässig da, während eine äußerste Aufmerksamkeit sein Inneres spannte; denn sechs Schritte von ihm lehnte Tadzio am Steingeländer.

Er stand dort in dem weißen Gürtelanzug, den er zuweilen zur Hauptmahlzeit anlegte, in unvermeidlicher und anerschaffener Grazie, den linken Unterarm auf der Brüstung, die Füße gekreuzt, die rechte Hand in der tragenden Hüfte, und blickte mit einem Ausdruck, der kaum ein Lächeln, nur eine entfernte Neugier, ein höfliches Entgegennehmen war, zu den Bänkelsängern hinab. Manchmal richtete er sich gerade auf und zog, indem er die Brust dehnte, mit einer schönen Bewegung beider Arme den weißen Kittel durch den Ledergürtel hinunter. Manchmal aber auch, und der Alternde gewahrte es mit Triumph, mit einem Taumeln seiner Vernunft und auch mit Entsetzen, wandte er zögernd und behutsam oder auch rasch und plötzlich, als gelte es eine Überrumpelung, den Kopf über die linke Schulter gegen den Platz seines Liebhabers. Er fand nicht dessen Augen, denn eine schmähliche Besorgnis zwang den Verirrten, seine Blicke ängstlich im Zaum zu halten. Im Hintergrund der Terrasse saßen die Frauen, die Tadzio behüteten, und es war dahin gekommen, daß der Verliebte fürchten mußte, auffällig geworden und beargwöhnt zu sein. Ja, mit einer Art von Erstarrung hatte er mehrmals, am Strande, in der Hotelhalle und auf der Piazza San Marco, zu bemerken gehabt, daß man Tadzio aus seiner Nähe zurückrief, ihn von ihm fernzuhalten bedacht war – und eine furchtbare Beleidigung daraus entnehmen müssen, unter der sein Stolz sich in ungekannten Qualen wand und welche von sich zu weisen sein Gewissen ihn hinderte.

Unterdessen hatte der Guitarrist zu eigener Begleitung ein Solo begonnen, einen mehrstrophigen, eben in ganz Italien florierenden Gassenhauer, in dessen Kehrreim seine Gesellschaft jedesmal mit Gesang und sämtlichem Musikzeug einfiel und den er auf eine plastisch-dramatische Art zum Vortrag zu bringen wußte. Schmächtig gebaut und auch von Antlitz mager und ausgemergelt, stand er, abgetrennt von den Seinen, den schäbigen Filz im Nacken, so daß ein Wulst seines roten Haars unter der Krempe hervorquoll, in einer Haltung von frecher Bravour auf dem Kies und schleuderte zum Schollern der Saiten in eindringlichem Sprechgesang seine Späße zur Terrasse empor, indes vor produzierender Anstrengung die Adern auf seiner Stirne schwollen. Er schien nicht venezianischen Schlages, vielmehr von der Rasse der neapolitanischen Komiker, halb Zuhälter, halb Komödiant, brutal und verwegen, gefährlich und unterhaltend. Sein Lied, lediglich albern dem Wortlaut nach, gewann in seinem Munde, durch sein Mienenspiel, seine Körperbewegungen, seine Art, andeutend zu blinzeln und die Zunge schlüpfrig im Mundwinkel spielen zu lassen etwas Zweideutiges, unbestimmt Anstößiges. Dem weichen Kragen des Sporthemdes, das er zu übrigens städtischer Kleidung trug, entwuchs sein hagerer Hals mit auffallend groß und nackt wirkendem Adamsapfel. Sein bleiches, stumpfnäsiges Gesicht, aus dessen bartlosen Zügen schwer auf sein Alter zu schließen war, schien durchpflügt von Grimassen und Laster, und sonderbar wollten zum Grinsen seines beweglichen Mundes die beiden Furchen passen, die trotzig, herrisch, fast wild zwischen seinen rötlichen Brauen standen. Was jedoch des Einsamen tiefe Achtsamkeit eigentlich auf ihn lenkte, war die Bemerkung, daß die verdächtige Figur auch ihre eigene verdächtige Atmosphäre mit sich zu führen schien. Jedesmal nämlich, wenn der Refrain wieder einsetzte, unternahm der Sänger unter Faxen und grüßendem Handschütteln einen grotesken Rundmarsch, der ihn unmittelbar unter Aschenbachs Platz vorüberführte, und jedesmal, wenn das geschah, wehte, von seinen Kleidern, seinem Körper ausgehend, ein Schwaden starken Karbolgeruchs zur Terrasse empor.

Nach geendigtem Couplet begann er, Geld einzuziehen. Er fing bei den Russen an, die man bereitwillig spenden sah, und kam dann die Stufen herauf. So frech er sich bei der Produktion benommen, so demütig zeigte er sich hier oben. Katzbuckelnd, unter Kratzfüßen schlich er zwischen den Tischen umher, und ein Lächeln tückischer Unterwürfigkeit entblößte seine starken Zähne, während doch immer noch die beiden Furchen drohend zwischen seinen roten Brauen standen. Man musterte das fremdartige, seinen Unterhalt einsammelnde Wesen mit Neugier und einigem Abscheu, man warf mit spitzen Fingern Münzen in seinen Filz und hütete sich, ihn zu berühren. Die Aufhebung der physischen Distanz zwischen dem Komödianten und den Anständigen erzeugt, und war das Vergnügen noch so groß, stets eine gewisse Verlegenheit. Er fühlte sie und suchte, sich durch Kriecherei zu entschuldigen. Er kam zu Aschenbach und mit ihm der Geruch, über den niemand ringsum sich Gedanken zu machen schien.

»Höre!« sagte der Einsame gedämpft und fast mechanisch. »Man desinfiziert Venedig. Warum?« – Der Spaßmacher antwortete heiser: »Von wegen der Polizei! Das ist Vorschrift, mein Herr, bei solcher Hitze und bei Scirocco. Der Scirocco drückt. Er ist der Gesundheit nicht zuträglich...« Er sprach wie verwundert darüber, daß man dergleichen fragen könne und demonstrierte mit der flachen Hand, wie sehr der Scirocco drücke. – »Es ist also kein Übel in Venedig?« fragte Aschenbach sehr leise und zwischen den Zähnen. – Die muskulösen Züge des Possenreißers fielen in eine Grimasse komischer Ratlosigkeit. »Ein Übel? Aber was für ein Übel? Ist der Scirocco ein Übel? Ist vielleicht unsere Polizei ein Übel? Sie belieben zu scherzen! Ein Übel! Warum nicht gar! Eine vorbeugende Maßregel, verstehen Sie doch! Eine polizeiliche Anordnung gegen die Wirkungen der drückenden Witterung...« Er gestikulierte. – »Es ist gut«, sagte Aschenbach wiederum kurz und leise und ließ rasch ein ungebührlich bedeutendes Geldstück in den Hut fallen. Dann winkte er dem Menschen mit den Augen, zu gehen. Er gehorchte grinsend, unter Bücklingen. Aber er hatte noch nicht die Treppe erreicht, als zwei Hotel-Angestellte sich auf ihn warfen und ihn, ihre Gesichter dicht an dem seinen, in ein geflüstertes Kreuzverhör nahmen. Er zuckte die Achseln, er gab Beteuerungen, er schwor, verschwiegen gewesen zu sein; man sah es. Entlassen, kehrte er in den Garten zurück, und, nach einer kurzen Verabredung mit den Seinen unter der Bogenlampe, trat er zu einem Dank- und Abschiedsliede noch einmal vor.

Es war ein Lied, das jemals gehört zu haben der Einsame sich nicht erinnerte; ein dreister Schlager in unverständlichem Dialekt und ausgestattet mit einem Lach-Refrain, in den die Bande regelmäßig aus vollem Halse einfiel. Es hörten hierbei sowohl die Worte wie auch die Begleitung der Instrumente auf, und nichts blieb übrig als ein rhythmisch irgendwie geordnetes, aber sehr natürlich behandeltes Lachen, das namentlich der Solist mit großem Talent zu täuschendster Lebendigkeit zu gestalten wußte. Er hatte bei wiederhergestelltem künstlerischen Abstand zwischen ihm und den Herrschaften seine ganze Frechheit wiedergefunden, und sein Kunstlachen, unverschämt zur Terrasse emporgesandt, war Hohngelächter. Schon gegen das Ende des artikulierten Teiles der Strophe schien er mit einem unwiderstehlichen Kitzel zu kämpfen. Er schluchzte, seine Stimme schwankte, er preßte die Hand gegen den Mund, er verzog die Schultern, und im gegebenen Augenblick brach, heulte und platzte das unbändige Lachen aus ihm hervor, mit solcher Wahrheit, daß es ansteckend wirkte und sich den Zuhörern mitteilte, daß auch auf der Terrasse eine gegenstandlose und nur von sich selbst lebende Heiterkeit um sich griff. Dies aber eben schien des Sängers Ausgelassenheit zu verdoppeln. Er beugte die Knie, er schlug die Schenkel, er hielt sich die Seiten, er wollte sich ausschütten, er lachte nicht mehr, er schrie; er wies mit dem Finger hinauf, als gäbe es nichts Komischeres als die lachende Gesellschaft dort oben, und endlich lachte dann alles im Garten und auf der Veranda, bis zu den Kellnern, Liftboys und Hausdienern in den Türen.

Aschenbach ruhte nicht mehr im Stuhl, er saß aufgerichtet wie zum Versuche der Abwehr oder Flucht. Aber das Gelächter, der heraufwehende Hospitalgeruch und die Nähe des Schönen verwoben sich ihm zu einem Traumbann, der unzerreißbar und unentrinnbar sein Haupt, seinen Sinn umfangen hielt. In der allgemeinen Bewegung und Zerstreuung wagte er es, zu Tadzio hinüberzublicken, und indem er es tat, durfte er bemerken, daß der Schöne, in Erwiderung seines Blickes, ebenfalls ernst blieb, ganz so, als richte er Verhalten und Miene nach der des anderen und als vermöge die allgemeine Stimmung nichts über ihn, da jener sich ihr entzog. Diese kindliche und beziehungsvolle Folgsamkeit hatte etwas so Entwaffnendes, Überwältigendes, daß der Grauhaarige sich mit Mühe enthielt, sein Gesicht in den Händen zu verbergen. Auch hatte es ihm geschienen, als bedeute Tadzios gelegentliches Sichaufrichten und Aufatmen ein Seufzen, eine Beklemmung der Brust. »Er ist kränklich, er wird wahrscheinlich nicht alt werden«, dachte er wiederum mit jener Sachlichkeit, zu welcher Rausch und Sehnsucht bisweilen sich sonderbar emanzipieren; und reine Fürsorge zugleich mit einer ausschweifenden Genugtuung erfüllte sein Herz.

Die Venezianer unterdessen hatten geendigt und zogen ab. Beifall begleitete sie, und ihr Anführer versäumte nicht, noch seinen Abgang mit Späßen auszuschmücken. Seine Kratzfüße, seine Kußhände wurden belacht, und er verdoppelte sie daher. Als die Seinen schon draußen waren, tat er noch, als renne er rückwärts empfindlich gegen einen Lampenmast und schlich scheinbar krumm vor Schmerzen zur Pforte. Dort endlich warf er auf einmal die Maske des komischen Pechvogels ab, richtete sich, ja schnellte elastisch auf, bleckte den Gästen auf der Terrasse frech die Zunge heraus und schlüpfte ins Dunkel. Die Badegesellschaft verlor sich; Tadzio stand längst nicht mehr an der Balustrade. Aber der Einsame saß noch lange, zum Befremden der Kellner, bei dem Rest seines Granatapfel-Getränks an seinem Tischchen. Die Nacht schritt vor, die Zeit zerfiel. Im Hause seiner Eltern, vor vielen Jahren, hatte es eine Sanduhr gegeben, – er sah das gebrechliche und bedeutende Gerätchen auf einmal wieder, als stünde es vor ihm. Lautlos und fein rann der rostrot gefärbte Sand durch die gläserne Enge, und da er in der oberen Höhlung zur Neige ging, hatte sich dort ein kleiner, reißender Strudel gebildet.

Schon am folgenden Tage, nachmittags, tat der Starrsinnige einen neuen Schritt zur Versuchung der Außenwelt und diesmal mit allem möglichen Erfolge. Er trat nämlich vom Markusplatz in das dort gelegene englische Reisebureau, und nachdem er an der Kasse einiges Geld gewechselt, richtete er mit der Miene des mißtrauischen Fremden an den ihn bedienenden Clerk seine fatale Frage. Es war ein wollig gekleideter Brite, noch jung, mit in der Mitte geteiltem Haar, nahe beieinander liegenden Augen und von jener gesetzten Loyalität des Wesens, die im spitzbübisch behenden Süden so fremd, so merkwürdig anmutet. Er fing an: »Kein Grund zur Besorgnis, Sir. Eine Maßregel ohne ernste Bedeutung. Solche Anordnungen werden häufig getroffen, um gesundheitsschädlichen Wirkungen der Hitze und des Scirocco vorzubeugen...« Aber seine blauen Augen aufschlagend, begegnete er dem Blicke des Fremden, einem müden und etwas traurigen Blick, der mit leichter Verachtung auf seine Lippen gerichtet war. Da errötete der Engländer. »Dies ist«, fuhr er halblaut und in einiger Bewegung fort, »die amtliche Erklärung, auf der zu bestehen man hier für gut befindet. Ich werde Ihnen sagen, daß noch etwas anderes dahinter steckt.« Und dann sagte er in seiner redlichen und bequemen Sprache die Wahrheit.

Seit mehreren Jahren schon hatte die indische Cholera eine verstärkte Neigung zur Ausbreitung und Wanderung an den Tag gelegt. Erzeugt aus den warmen Morästen des Ganges-Deltas, aufgestiegen mit dem mephitischen Odem jener üppig-untauglichen, von Menschen gemiedenen Urwelt- und Inselwildnis, in deren Bambusdickichten der Tiger kauert, hatte die Seuche in ganz Hindustan andauernd und ungewöhnlich heftig gewütet, hatte östlich nach China, westlich nach Afghanistan und Persien übergegriffen und, den Hauptstraßen des Karawanenverkehrs folgend, ihre Schrecken bis Astrachan, ja selbst bis Moskau getragen. Aber während Europa zitterte, das Gespenst möchte von dort aus und zu Lande seinen Einzug halten, war es, von syrischen Kauffahrern übers Meer verschleppt, fast gleichzeitig in mehreren Mittelmeerhäfen aufgetaucht, hatte in Toulon und Malaga sein Haupt erhoben, in Palermo und Neapel mehrfach seine Maske gezeigt und schien aus ganz Kalabrien und Apulien nicht mehr weichen zu wollen. Der Norden der Halbinsel war verschont geblieben. Jedoch Mitte Mai dieses Jahres fand man zu Venedig an ein und demselben Tage die furchtbaren Vibrionen in den ausgemergelten, schwärzlichen Leichnamen eines Schifferknechtes und einer Grünwarenhändlerin. Die Fälle wurden verheimlicht. Aber nach einer Woche waren es deren zehn, waren es zwanzig, dreißig und zwar in verschiedenen Quartieren. Ein Mann aus der österreichischen Provinz, der sich zu seinem Vergnügen einige Tage in Venedig aufgehalten, starb, in sein Heimatstädtchen zurückgekehrt, unter unzweideutigen Anzeichen, und so kam es, daß die ersten Gerüchte von der Heimsuchung der Lagunenstadt in deutsche Tagesblätter gelangten. Venedigs Obrigkeit ließ antworten, daß die Gesundheitsverhältnisse der Stadt nie besser gewesen seien und traf die notwendigsten Maßregeln zur Bekämpfung. Aber wahrscheinlich waren Nahrungsmittel infiziert worden, Gemüse, Fleisch oder Milch, denn geleugnet und vertuscht fraß das Sterben in der Enge der Gäßchen um sich, und die vorzeitig eingefallene Sommerhitze, welche das Wasser der Kanäle laulich erwärmte, war der Verbreitung besonders günstig. Ja, es schien, als ob die Seuche eine Neubelebung ihrer Kräfte erfahren, als ob die Tenazität und Fruchtbarkeit ihrer Erreger sich verdoppelt hätte. Fälle der Genesung waren selten; achtzig vom Hundert der Befallenen starben und zwar auf entsetzliche Weise, denn das Übel trat mit äußerster Wildheit auf und zeigte häufig jene gefährlichste Form, welche »die trockene« benannt ist. Hierbei vermochte der Körper das aus den Blutgefäßen massenhaft abgesonderte Wasser nicht einmal auszutreiben. Binnen wenigen Stunden verdorrte der Kranke und erstickte am pechartig zähe gewordenen Blut unter Krämpfen und heiseren Klagen. Wohl ihm, wenn, was zuweilen geschah, der Ausbruch nach leichtem Übelbefinden in Gestalt einer tiefen Ohnmacht erfolgte, aus der er nicht mehr oder kaum noch erwachte. Anfang Juni füllten sich in der Stille die Isolierbaracken des Ospedale civico, in den beiden Waisenhäusern begann es an Platz zu mangeln, und ein schauerlich reger Verkehr herrschte zwischen dem Kai der neuen Fundamente und San Michele, der Friedhofsinsel. Aber die Furcht vor allgemeiner Schädigung, die Rücksicht auf die kürzlich eröffnete Gemäldeausstellung in den öffentlichen Gärten, auf die gewaltigen Ausfälle, von denen im Falle der Panik und des Verrufes die Hotels, die Geschäfte, das ganze vielfältige Fremdengewerbe bedroht waren, zeigte sich mächtiger in der Stadt als Wahrheitsliebe und Achtung vor internationalen Abmachungen; sie vermochte die Behörde, ihre Politik des Verschweigens und des Ableugnens hartnäckig aufrecht zu erhalten. Der oberste Medizinalbeamte Venedigs, ein verdienter Mann, war entrüstet von seinem Posten zurückgetreten und unter der Hand durch eine gefügigere Persönlichkeit ersetzt worden. Das Volk wußte das; und die Korruption der Oberen zusammen mit der herrschenden Unsicherheit, dem Ausnahmezustand, in welchen der umgehende Tod die Stadt versetzte, brachte eine gewisse Entsittlichung der unteren Schichten hervor, eine Ermutigung lichtscheuer und antisozialer Triebe, die sich in Unmäßigkeit, Schamlosigkeit und wachsender Kriminalität bekundete. Gegen die Regel bemerkte man abends viele Betrunkene; bösartiges Gesindel machte, so hieß es, nachts die Straßen unsicher; räuberische Anfälle und selbst Mordtaten wiederholten sich, denn schon zweimal hatte sich erwiesen, daß angeblich der Seuche zum Opfer gefallene Personen vielmehr von ihren eigenen Anverwandten mit Gift aus dem Leben geräumt worden waren; und die gewerbsmäßige Liederlichkeit nahm aufdringliche und ausschweifende Formen an, wie sie sonst hier nicht bekannt und nur im Süden des Landes und im Orient zu Hause gewesen waren.

Von diesen Dingen sprach der Engländer das Entscheidende aus. »Sie täten gut«, schloß er, »lieber heute als morgen zu reisen. Länger als ein paar Tage noch, kann die Verhängung der Sperre kaum auf sich warten lassen.« – »Danke Ihnen«, sagte Aschenbach und verließ das Amt.

Der Platz lag in sonnenloser Schwüle. Unwissende Fremde saßen vor den Cafés oder standen, ganz von Tauben bedeckt, vor der Kirche und sahen zu, wie die Tiere, wimmelnd, flügelschlagend, einander verdrängend, nach den in hohlen Händen dargebotenen Maiskörnern pickten. In fiebriger Erregung, triumphierend im Besitze der Wahrheit, einen Geschmack von Ekel dabei auf der Zunge und ein phantastisches Grauen im Herzen, schritt der Einsame die Fliesen des Prachthofes auf und nieder. Er erwog eine reinigende und anständige Handlung. Er konnte heute Abend nach dem Diner der perlengeschmückten Frau sich nähern und zu ihr sprechen, was er wörtlich entwarf: »Gestatten Sie dem Fremden, Madame, Ihnen mit einem Rat, einer Warnung zu dienen, die der Eigennutz Ihnen vorenthält. Reisen Sie ab, sogleich, mit Tadzio und Ihren Töchtern! Venedig ist verseucht.« Er konnte dann dem Werkzeug einer höhnischen Gottheit zum Abschied die Hand aufs Haupt legen, sich wegwenden und diesem Sumpfe entfliehen. Aber er fühlte zugleich, daß er unendlich weit entfernt war, einen solchen Schritt im Ernste zu wollen. Er würde ihn zurückführen, würde ihn sich selber wiedergeben; aber wer außer sich ist, verabscheut nichts mehr, als wieder in sich zu gehen. Er erinnerte sich eines weißen Bauwerks, geschmückt mit abendlich gleißenden Inschriften, in deren durchscheinender Mystik das Auge seines Geistes sich verloren hatte; jener seltsamen Wandrergestalt sodann, die dem Alternden schweifende Jünglingssehnsucht ins Weite und Fremde erweckt hatte; und der Gedanke an Heimkehr, an Besonnenheit, Nüchternheit, Mühsal und Meisterschaft, widerte ihn in solchem Maße, daß sein Gesicht sich zum Ausdruck physischer Übelkeit verzerrte. »Man soll schweigen!« flüsterte er heftig. Und: »Ich werde schweigen!« Das Bewußtsein seiner Mitwisserschaft, seiner Mitschuld berauschte ihn, wie geringe Mengen Weines ein müdes Hirn berauschen. Das Bild der heimgesuchten und verwahrlosten Stadt, wüst seinem Geiste vorschwebend, entzündete in ihm Hoffnungen, unfaßbar, die Vernunft überschreitend, und von ungeheuerlicher Süßigkeit. Was war ihm das zarte Glück, von dem er vorhin einen Augenblick geträumt, verglichen mit diesen Erwartungen? Was galt ihm noch Kunst und Tugend gegenüber den Vorteilen des Chaos? Er schwieg und blieb.

In dieser Nacht hatte er einen furchtbaren Traum, – wenn man als Traum ein körperhaft-geistiges Erlebnis bezeichnen kann, das ihm zwar im tiefsten Schlaf und in völligster Unabhängigkeit und sinnlicher Gegenwart widerfuhr, aber ohne daß er sich außer den Geschehnissen im Raume wandelnd und anwesend sah; sondern ihr Schauplatz war vielmehr seine Seele selbst, und sie brachen von außen herein, seinen Widerstand – einen tiefen und geistigen Widerstand – gewalttätig niederwerfend, gingen hindurch und ließen seine Existenz, ließen die Kultur seines Lebens verheert, vernichtet zurück.

Angst war der Anfang, Angst und Lust und eine entsetzte Neugier nach dem, was kommen wollte. Nacht herrschte und seine Sinne lauschten; denn von weither näherte sich Getümmel, Getöse, ein Gemisch von Lärm: Rasseln, Schmettern und dumpfes Donnern, schrilles Jauchzen dazu und ein bestimmtes Geheul im gezogenen u-Laut, – alles durchsetzt und grauenhaft süß übertönt von tief girrendem, ruchlos beharrlichem Flötenspiel, welches auf schamlos zudringende Art die Eingeweide bezauberte. Aber er wußte ein Wort, dunkel, doch das benennend, was kam: »Der fremde Gott!« Qualmige Glut glomm auf: da erkannte er Bergland, ähnlich dem um sein Sommerhaus. Und in zerrissenem Licht, von bewaldeter Höhe, zwischen Stämmen und moosigen Felstrümmern wälzte es sich und stürzte wirbelnd herab: Menschen, Tiere, ein Schwarm, eine tobende Rotte, –

und überschwemmte die Halde mit Leibern, Flammen, Tumult und taumelndem Rundtanz. Weiber, strauchelnd über zu lange Fellgewänder, die ihnen vom Gürtel hingen, schüttelten Schellentrommeln über ihren stöhnend zurückgeworfenen Häuptern, schwangen stiebende Fackelbrände und nackte Dolche, hielten züngelnde Schlangen in der Mitte des Leibes erfaßt oder trugen schreiend ihre Brüste in beiden Händen. Männer, Hörner über den Stirnen, mit Pelzwerk geschürzt und zottig von Haut, beugten die Nacken und hoben Arme und Schenkel, ließen eherne Becken erdröhnen und schlugen wütend auf Pauken, während glatte Knaben mit umlaubten Stäben Böcke stachelten, an deren Hörner sie sich klammerten und von deren Sprüngen sie sich jauchzend schleifen ließen. Und die Begeisterten heulten den Ruf aus weichen Mitlauten und gezogenem u-Ruf am Ende, süß und wild zugleich, wie kein jemals erhörter: – hier klang er auf, in die Lüfte geröhrt, wie von Hirschen, und dort gab man ihn wieder, vielstimmig, in wüstem Triumph, hetzte einander damit zum Tanz und Schleudern der Glieder und ließ ihn niemals verstummen. Aber alles durchdrang und beherrschte der tiefe, lockende Flötenton. Lockte er nicht auch ihn, den widerstrebend Erlebenden, schamlos beharrlich zum Fest und Unmaß des äußersten Opfers? Groß war sein Abscheu, groß seine Furcht, redlich sein Wille, bis zuletzt das Seine zu schützen gegen den Fremden, den Feind des gefaßten und würdigen Geistes. Aber der Lärm, das Geheul, vervielfacht von hallender Bergwand, wuchs, nahm überhand, schwoll zu hinreißendem Wahnsinn. Dünste bedrängten den Sinn, der beizende Ruch der Böcke, Witterung keuchender Leiber und ein Hauch wie von faulenden Wassern, dazu ein anderer noch, vertraut: nach Wunden und umlaufender Krankheit. Mit den Paukenschlägen dröhnte sein Herz, sein Gehirn kreiste, Wut ergriff ihn, Verblendung, betäubende Wollust, und seine Seele begehrte, sich anzuschließen dem Reigen des Gottes. Das obszöne Symbol, riesig, aus Holz, ward enthüllt und erhöht: da heulten sie zügelloser die Losung. Schaum vor den Lippen tobten sie, reizten einander mit geilen Gebärden und buhlenden Händen, lachend und ächzend, stießen die Stachelstäbe einander ins Fleisch und leckten das Blut von den Gliedern. Aber mit ihnen, in ihnen war der Träumende nun und dem fremden Gotte gehörig. Ja, sie waren er selbst, als sie reißend und mordend sich auf die Tiere hinwarfen und dampfende Fetzen verschlangen, als auf zerwühltem Moosgrund grenzenlose Vermischung begann, dem Gotte zum Opfer. Und seine Seele kostete Unzucht und Raserei des Unterganges.

Aus diesem Traum erwachte der Heimgesuchte entnervt, zerrüttet und kraftlos dem Dämon verfallen. Er scheute nicht mehr die beobachtenden Blicke der Menschen; ob er sich ihrem Verdacht aussetze, kümmerte ihn nicht. Auch flohen sie ja, reisten ab; zahlreiche Strandhütten standen leer, die Besetzung des Speisesaals wies größere Lücken auf, und in der Stadt sah man selten noch einen Fremden. Die Wahrheit schien durchgesickert, die Panik, trotz zähen Zusammenhaltens der Interessenten, nicht länger hintanzuhalten. Aber die Frau im Perlenschmuck blieb mit den Ihren, sei es, weil die Gerüchte nicht zu ihr drangen, oder weil sie zu stolz und furchtlos war, um ihnen zu weichen: Tadzio blieb; und jenem, in seiner Umfangenheit, war es zuweilen, als könne Flucht und Tod alles störende Leben in der Runde entfernen und er allein mit dem Schönen auf dieser Insel zurückbleiben, – ja, wenn vormittags am Meere sein Blick schwer, unverantwortlich, unverwandt auf dem Begehrten ruhte, wenn er bei sinkendem Tage durch Gassen, in denen verheimlichter Weise das ekle Sterben umging, ihm unwürdig nachfolgte, so schien das Ungeheuerliche ihm aussichtsreich und hinfällig das Sittengesetz.

Wie irgendein Liebender wünschte er, zu gefallen und empfand bittere Angst, daß es nicht möglich sein möchte. Er fügte seinem Anzuge jugendlich aufheiternde Einzelheiten hinzu, er legte Edelsteine an und benutzte Parfums, er brauchte mehrmals am Tage viel Zeit für seine Toilette und kam geschmückt, erregt und gespannt zu Tische. Angesichts der süßen Jugend, die es ihm angetan, ekelte ihn sein alternder Leib; der Anblick seines grauen Haares, seiner scharfen Gesichtszüge stürzte ihn in

Scham und Hoffnungslosigkeit. Es trieb ihn, sich körperlich zu erquicken und wiederherzustellen; er besuchte häufig den Coiffeur des Hauses.

Im Frisiermantel, unter den pflegenden Händen des Schwätzers im Stuhle zurückgelehnt, betrachtete er gequälten Blickes sein Spiegelbild.

»Grau«, sagte er mit verzerrtem Munde.

»Ein wenig«, antwortete der Mensch. »Nämlich durch Schuld einer kleinen Vernachlässigung, einer Indifferenz in äußerlichen Dingen, die bei bedeutenden Personen begreiflich ist, die man aber doch nicht unbedingt loben kann und zwar um so weniger, als gerade solchen Personen Vorurteile in Sachen des Natürlichen oder Künstlichen wenig angemessen sind. Würde sich die Sittenstrenge gewisser Leute gegenüber der kosmetischen Kunst logischer Weise auch auf ihre Zähne erstrecken, so würden sie nicht wenig Anstoß erregen. Schließlich sind wir so alt, wie unser Geist, unser Herz sich fühlen, und graues Haar bedeutet unter Umständen eine wirklichere Unwahrheit, als die verschmähte Korrektur bedeuten würde. In Ihrem Falle, mein Herr, hat man ein Recht auf seine natürliche Haarfarbe. Sie erlauben mir, Ihnen die Ihrige einfach zurückzugeben?«

»Wie das?« fragte Aschenbach.

Da wusch der Beredte das Haar des Gastes mit zweierlei Wasser, einem klaren und einem dunklen, und es war schwarz wie in jungen Jahren. Er bog es hierauf mit der Brennschere in weiche Lagen, trat rückwärts und musterte das behandelte Haupt.

»Es wäre nun nur noch«, sagte er, »die Gesichtshaut ein wenig aufzufrischen.«

Und wie jemand, der nicht enden, sich nicht genugtun kann, ging er mit immer neu belebter Geschäftigkeit von einer Hantierung zur anderen über. Aschenbach, bequem ruhend, der Abwehr nicht fähig, hoffnungsvoll erregt vielmehr von dem, was geschah, sah im Glase seine Brauen sich entschiedener und ebenmäßiger wölben, den Schnitt seiner Augen sich verlängern, ihren Glanz durch eine leichte Untermalung des Lides sich heben, sah weiter unten, wo die Haut bräunlich-ledern gewesen, weich aufgetragen, ein zartes Karmin erwachen, seine Lippen, blutarm soeben noch, himbeerfarben schwellen, die Furchen der Wangen, des Mundes, die Runzeln der Augen unter Crème und Jugendhauch verschwinden, – erblickte mit Herzklopfen einen blühenden Jüngling. Der Kosmetiker gab sich endlich zufrieden, indem er nach Art solcher Leute dem, den er bedient hatte, mit kriechender Höflichkeit dankte. »Eine unbedeutende Nachhilfe«, sagte er, indem er eine letzte Hand an Aschenbachs Äußeres legte. »Nun kann der Herr sich unbedenklich verlieben.« Der Berückte ging, traumglücklich, verwirrt und furchtsam. Seine Kravatte war rot, sein breitschattender Strohhut mit einem mehrfarbigen Bande umwunden.

Lauwarmer Sturmwind war aufgekommen; es regnete selten und spärlich, aber die Luft war feucht, dick und von Fäulnisdünsten erfüllt. Flattern, Klatschen und Sausen umgab das Gehör, und dem unter der Schminke Fiebernden schienen Windgeister üblen Geschlechts im Raume ihr Wesen zu treiben, unholdes Gevögel des Meeres, das des Verurteilten Mahl zerwühlt, zernagt und mit Unrat schändet. Denn die Schwüle wehrte der Eßlust, und die Vorstellung drängte sich auf, daß die Speisen mit Ansteckungsstoffen vergiftet seien.

Auf den Spuren des Schönen hatte Aschenbach sich eines Nachmittags in das innere Gewirr der kranken Stadt vertieft. Mit versagendem Ortssinn, da die Gäßchen, Gewässer, Brücken und Plätzchen des Labyrinthes zu sehr einander gleichen, auch der Himmelsgegenden nicht mehr sicher, war er durchaus darauf bedacht, das sehnlich verfolgte Bild nicht aus den Augen zu verlieren, und, zu schmählicher Behutsamkeit genötigt, an Mauern gedrückt, hinter dem Rücken Vorangehender Schutz suchend, ward er sich lange nicht der Müdigkeit, der Erschöpfung bewußt, welche Gefühl und immerwährende Spannung seinem Körper, seinem Geiste zugefügt hatten. Tadzio ging hinter den Seinen, er ließ der Pflegerin und den nonnenähnlichen Schwestern in der Enge gewöhnlich den Vortritt, und einzeln schlendernd wandte er zuweilen das Haupt, um sich über die Schulter hinweg der Gefolgschaft seines Liebhabers mit einem

Blick seiner eigentümlich dämmergrauen Augen zu versichern. Er sah ihn und er verriet ihn nicht. Berauscht von dieser Erkenntnis, von diesen Augen vorwärts gelockt, am Narrenseile geleitet von der Passion, stahl der Verliebte sich seiner unziemlichen Hoffnung nach – und sah sich schließlich dennoch um ihren Anblick betrogen. Die Polen hatten eine kurz gewölbte Brücke überschritten, die Höhe des Bogens verbarg sie dem Nachfolgenden, und seinerseits hinaufgelangt, entdeckte er sie nicht mehr. Er forschte nach ihnen in drei Richtungen, geradeaus und nach beiden Seiten den schmalen und schmutzigen Quai entlang, vergebens. Entnervung, Hinfälligkeit nötigten ihn endlich, vom Suchen abzulassen.

Sein Kopf brannte, sein Körper war mit klebrigem Schweiß bedeckt, sein Genick zitterte, ein nicht mehr erträglicher Durst peinigte ihn, er sah sich nach irgendwelcher, nach augenblicklicher Labung um. Vor einem kleinen Gemüseladen kaufte er einige Früchte, Erdbeeren, überreife und weiche Ware, und aß im Gehen davon. Ein kleiner Platz, verlassen, verwunschen anmutend, öffnete sich vor ihm, er erkannte ihn, es war hier gewesen, wo er vor Wochen den vereitelten Fluchtplan gefaßt hatte. Auf den Stufen der Zisterne, inmitten des Ortes, ließ er sich niedersinken und lehnte den Kopf an das steinerne Rund. Es war still, Gras wuchs zwischen dem Pflaster, Abfälle lagen umher. Unter den verwitterten, unregelmäßig hohen Häusern in der Runde erschien eines palastartig, mit Spitzbogenfenstern, hinter denen die Leere wohnte, und kleinen Löwenbalkonen. Im Erdgeschoß eines anderen befand sich eine Apotheke. Warme Windstöße brachten zuweilen Karbolgeruch.

Er saß dort, der Meister, der würdig gewordene Künstler, der Autor des »Elenden«, der in so vorbildlich reiner Form dem Zigeunertum und der trüben Tiefe abgesagt, dem Abgrunde die Sympathie gekündigt und das Verworfene verworfen hatte, der Hochgestiegene, der, Überwinder seines Wissens und aller Ironie entwachsen, in die Verbindlichkeiten des Massenzutrauens sich gewöhnt hatte, er, dessen Ruhm amtlich, dessen Name geadelt war und an dessen Stil die Knaben sich zu bilden angehalten, wurden, – er saß dort, seine Lider waren geschlossen, nur zuweilen glitt, rasch sich wieder verbergend, ein spöttischer und betretener Blick seitlich darunter hervor, und seine schlaffen Lippen, kosmetisch aufgehöht, bildeten einzelne Worte aus von dem, was sein halb schlummerndes Hirn an seltsamer Traumlogik hervorbrachte.

»Denn die Schönheit, Phaidros, merke das wohl, nur die Schönheit ist göttlich und sichtbar zugleich, und so ist sie denn also des Sinnlichen Weg, ist, kleiner Phaidros, der Weg des Künstlers zum Geiste. Glaubst du nun aber, mein Lieber, daß derjenige jemals Weisheit und wahre Manneswürde gewinnen könne, für den der Weg zum Geistigen durch die Sinne führt? Oder glaubst du vielmehr (ich stelle dir die Entscheidung frei), daß dies ein gefährlich-lieblicher Weg sei, wahrhaft ein Irr- und Sündenweg, der mit Notwendigkeit in die Irre leitet? Denn du mußt wissen, daß wir Dichter den Weg der Schönheit nicht gehen können, ohne daß Eros sich zugesellt und sich zum Führer aufwirft; ja, mögen wir auch Helden auf unsere Art und züchtige Kriegsleute sein, so sind wir wie Weiber, denn Leidenschaft ist unsere Erhebung, und unsere Sehnsucht muß Liebe bleiben, – das ist unsere Lust und unsere Schande. Siehst du nun wohl, daß wir Dichter nicht weise noch würdig sein können? Daß wir notwendig in die Irre gehen, notwendig liederlich und Abenteurer des Gefühles bleiben? Die Meisterhaltung unseres Stiles ist Lüge und Narrentum, unser Ruhm und Ehrenstand eine Posse, das Vertrauen der Menge zu uns höchst lächerlich, Volks- und Jugenderziehung durch die Kunst ein gewagtes, zu verbietendes Unternehmen. Denn wie sollte wohl der zum Erzieher taugen, dem eine unverbesserliche und natürliche Richtung zum Abgrunde eingeboren ist? Wir möchten ihn wohl verleugnen und Würde gewinnen, aber wie wir uns auch wenden mögen, er zieht uns an. So sagen wir etwa der auflösenden Erkenntnis ab, denn die Erkenntnis, Phaidros, hat keine Würde und Strenge; sie ist wissend, verstehend, verzeihend, ohne Haltung und Form; sie hat Sympathie mit dem Abgrund, sie *ist* der Abgrund. Diese also verwerfen wir mit

Entschlossenheit, und fortan gilt unser Trachten einzig der Schönheit, das will sagen der Einfachheit, Größe und neuen Strenge, der zweiten Unbefangenheit und der Form. Aber Form und Unbefangenheit, Phaidros, führen zum Rausch und zur Begierde, führen den Edlen vielleicht zu grauenhaftem Gefühlsfrevel, den seine eigene schöne Strenge als infam verwirft, führen zum Abgrund, zum Abgrund auch sie. Uns Dichter, sage ich, führen sie dahin, denn wir vermögen nicht, uns aufzuschwingen, wir vermögen nur auszuschweifen. Und nun gehe ich, Phaidros, bleibe du hier; und erst wenn du mich nicht mehr siehst, so gehe auch du.«

Einige Tage später verließ Gustav von Aschenbach, da er sich leidend fühlte, das Bäder-Hotel zu späterer Morgenstunde, als gewöhnlich. Er hatte mit gewissen, nur halb körperlichen Schwindelanfällen zu kämpfen, die von einer heftig aufsteigenden Angst begleitet waren, einem Gefühl der Ausweg- und Aussichtslosigkeit, von dem nicht klar wurde, ob es sich auf die äußere Welt oder auf seine eigene Existenz bezog. In der Halle bemerkte er eine große Menge zum Transport bereitliegenden Gepäcks, fragte einen Türhüter, wer es sei, der reise, und erhielt zur Antwort den polnischen Adelsnamen, dessen er insgeheim gewärtig gewesen war. Er empfing ihn, ohne daß seine verfallenen Gesichtszüge sich verändert hätten, mit jener kurzen Hebung des Kopfes, mit der man etwas, was man nicht zu wissen brauchte, beiläufig zur Kenntnis nimmt, und fragte noch: »Wann?« Man antwortete ihm: »Nach dem Lunch.« Er nickte und ging zum Meere.

Es war unwirtlich dort. Über das weite, flache Gewässer, das den Strand von der ersten gestreckten Sandbank trennte, liefen kräuselnde Schauer von vorn nach hinten. Herbstlichkeit, Überlebtheit schien über dem einst so farbig belebten, nun fast verlassenen Lustorte zu liegen, dessen Sand nicht mehr reinlich gehalten wurde. Ein photographischer Apparat, scheinbar herrenlos, stand auf seinem dreibeinigen Stativ am Rande der See, und ein schwarzes Tuch, darüber gebreitet, flatterte klatschend im kälteren Winde.

Tadzio, mit drei oder vier Gespielen, die ihm geblieben waren, bewegte sich zur Rechten vor der Hütte der Seinen, und, eine Decke über den Knien, etwa in der Mitte zwischen dem Meer und der Reihe der Strandhütten in seinem Liegestuhl ruhend, sah Aschenbach ihm noch einmal zu. Das Spiel, das unbeaufsichtigt war, denn die Frauen mochten mit Reisevorbereitungen beschäftigt sein, schien regellos und artete aus. Jener Stämmige, im Gürtelanzug und mit schwarzem, pomadisiertem Haar, der »Jaschu« gerufen wurde, durch einen Sandwurf ins Gesicht gereizt und geblendet, zwang Tadzio zum Ringkampf, der rasch mit dem Fall des schwächeren Schönen endete. Aber als ob in der Abschiedsstunde das dienende Gefühl des Geringeren sich in grausame Roheit verkehre und für eine lange Sklaverei Rache zu nehmen trachte, ließ der Sieger auch dann noch nicht von dem Unterlegenen ab, sondern drückte, auf seinem Rücken kniend, dessen Gesicht so anhaltend in den Sand, daß Tadzio, ohnedies vom Kampf außer Atem, zu ersticken drohte. Seine Versuche, den Lastenden abzuschütteln, waren krampfhaft, sie unterblieben auf Augenblicke ganz und wiederholten sich nur noch als ein Zucken. Entsetzt wollte Aschenbach zur Rettung aufspringen, als der Gewalttätige endlich sein Opfer freigab. Tadzio, sehr bleich, richtete sich zur Hälfte auf und saß, auf einen Arm gestützt, mehrere Minuten lang unbeweglich, mit verwirrtem Haar und dunkelnden Augen. Dann stand er vollends auf und entfernte sich langsam. Man rief ihn, anfänglich munter, dann bänglich und bittend; er hörte nicht. Der Schwarze, den Reue über seine Ausschreitung sogleich erfaßt haben mochte, holte ihn ein und suchte ihn zu versöhnen. Eine Schulterbewegung wies ihn zurück. Tadzio ging schräg hinunter zum Wasser. Er war barfuß und trug seinen gestreiften Leinenanzug mit roter Schleife.

Am Rande der Flut verweilte er sich, gesenkten Hauptes mit einer Fußspitze Figuren im feuchten Sande zeichnend, und ging dann in die seichte Vorsee, die an ihrer tiefsten Stelle noch nicht seine Knie benetzte, durchschritt sie, lässig vordringend, und gelangte zur Sandbank. Dort stand er einen Augenblick, das Gesicht der Weite zugekehrt, und begann hierauf, die lange und schmale Strecke entblößten Grundes nach links hin langsam abzuschreiten. Vom Festlande geschieden durch breite Wasser, geschieden von den Genossen durch stolze Laune, wandelte er, eine höchst abgesonderte und verbindungslose Erscheinung, mit flatterndem Haar dort draußen im Meere, im Winde, vorm Nebelhaft-Grenzenlosen. Abermals blieb er zur Ausschau stehen. Und plötzlich, wie unter einer Erinnerung, einem Impuls, wandte er den Oberkörper, eine Hand in der Hüfte, in schöner Drehung aus seiner Grundpositur und blickte über die Schulter zum Ufer. Der Schauende dort saß, wie er einst gesessen, als zuerst, von jener Schwelle zurückgesandt, dieser dämmergraue Blick dem seinen begegnet war. Sein Haupt war an der Lehne des Stuhles langsam der Bewegung des draußen Schreitenden gefolgt; nun hob es sich, gleichsam dem Blicke entgegen, und sank auf die Brust, so daß seine Augen von unten sahen, indes sein Antlitz den schlaffen, innig versunkenen Ausdruck tiefen Schlummers zeigte. Ihm war aber, als ob der bleiche und liebliche Psychagog dort draußen ihm lächle, ihm winke; als ob er, die Hand aus der Hüfte lösend, hinausdeute, voranschwebe ins Verheißungsvoll-Ungeheure. Und, wie so oft, machte er sich auf, ihm zu folgen.

Minuten vergingen, bis man dem seitlich im Stuhle Hinabgesunkenen zu Hilfe eilte. Man brachte ihn auf sein Zimmer. Und noch desselben Tages empfing eine respektvoll erschütterte Welt die Nachricht von seinem Tode.

Unordnung und frühes Leid

Als Hauptgericht hat es nur Gemüse gegeben, Wirsing-Koteletts; darum folgt noch ein Flammeri, hergestellt aus einem der nach Mandeln und Seife schmeckenden Puddingpulver, die man jetzt kauft, und während Xaver, der jugendliche Hausdiener, in einer gestreiften Jacke, welcher er entwachsen ist, weißwollenen Handschuhen und gelben Sandalen, ihn auftischt, erinnern die Großen ihren Vater auf schonende Art daran, daß sie heute Gesellschaft haben.

Die Großen, das sind die achtzehnjährige und braunäugige Ingrid, ein sehr reizvolles Mädchen, das zwar vor dem Abiturium steht und es wahrscheinlich auch ablegen wird, wenn auch nur, weil sie den Lehrern und namentlich dem Direktor die Köpfe bis zu absoluter Nachsicht zu verdrehen gewußt hat, von ihrem Berechtigungsschein aber keinen Gebrauch zu machen gedenkt, sondern auf Grund ihres angenehmen Lächelns, ihrer ebenfalls wohltuenden Stimme und eines ausgesprochenen und sehr amüsanten parodistischen Talentes zum Theater drängt – und Bert, blond und siebzehnjährig, der die Schule um keinen Preis zu beenden, sondern sich so bald wie möglich ins Leben zu werfen wünscht und entweder Tänzer oder Kabarett-Rezitator oder aber Kellner werden will: dies letztere unbedingt »in Kairo« – zu welchem Ziel er schon einmal, morgens um fünf, einen knapp vereitelten Fluchtversuch unternommen hat. Er zeigt entschiedene Ähnlichkeit mit Xaver Kleinsgütl, dem gleichaltrigen Hausdiener: nicht weil er gewöhnlich aussähe – er gleicht in den Zügen sogar auffallend seinem Vater, Professor Cornelius –, sondern eher kraft einer Annäherung von der anderen Seite her, oder allenfalls vermöge einer wechselseitigen Anpassung der Typen, bei der ein weitgehender Ausgleich der Kleidung und allgemeinen Haltung die Hauptrolle spielt. Beide tragen ihr dichtes Haar auf dem Kopfe sehr lang, flüchtig in der

Mitte gescheitelt, und haben folglich die gleiche Kopfbewegung, um es aus der Stirn zurückzuwerfen. Wenn einer von ihnen durch die Gartenpforte das Haus verläßt, barhaupt bei jedem Wetter, in einer Windjacke, die aus bloßer Koketterie mit einem Lederriemen gegürtet ist, und mit etwas vorgeneigtem Oberkörper, dazu noch den Kopf auf der Schulter, davonschiebt oder sich aufs Rad setzt – Xaver benutzt willkürlich die Räder seiner Herrschaft, auch die weiblichen und in besonders sorgloser Laune sogar das des Professors –, so kann Doktor Cornelius von seinem Schlafzimmerfenster aus beim besten Willen nicht unterscheiden, wen er vor sich hat, den Burschen oder seinen Sohn. Wie junge Mushiks, findet er, sehen sie aus, einer wie der andere, und beide sind sie leidenschaftliche Zigarettenraucher, wenn auch Bert nicht über die Mittel verfügt, so viele zu rauchen wie Xaver, der es auf dreißig Stück pro Tag gebracht hat, und zwar von einer Marke, die den Namen einer in Flor stehenden Kino-Diva trägt.

Die Großen nennen ihre Eltern »die Greise« – nicht hinter ihrem Rücken, sondern anredeweise und in aller Anhänglichkeit, obgleich Cornelius erst siebenundvierzig und seine Frau noch acht Jahre jünger ist. »Geschätzter Greis!« sagen sie, »treuherzige Greisin!«, und die Eltern des Professors, die in seiner Heimat das bestürzte und verschüchterte Leben alter Leute führen, heißen in ihrem Munde »die Urgreise«. Was die »Kleinen« betrifft, Lorchen und Beißer, die mit der »blauen Anna«, so genannt nach der Bläue ihrer Backen, auf der oberen Diele essen, so reden sie nach dem Beispiel der Mutter den Vater mit Vornamen an, sagen also Abel. Es klingt unbeschreiblich drollig in seiner extravaganten Zutraulichkeit, wenn sie ihn so rufen und nennen, besonders in dem süßen Stimmklang der fünfjährigen Eleonore, die genau aussieht wie Frau Cornelius auf ihren Kinderbildern und die der Professor über alles liebt.

»Greislein«, sagt Ingrid angenehm, indem sie ihre große, aber schöne Hand auf die des Vaters legt, der nach bürgerlichem und nicht unnatürlichem Herkommen dem Familientisch vorsitzt und zu dessen Linken sie, der Mutter gegenüber, ihren Platz hat

– »guter Vorfahr, laß dich nun sanft gemahnen, denn sicher hast du's verdrängt. Es war also heute nachmittag, daß wir unsere kleine Lustbarkeit haben sollten, unser Gänsehüpfen mit Heringssalat – da heißt es für deine Person denn Fassung bewahren und nicht verzagen, um neun Uhr ist alles vorüber.«

»Ach?« sagt Cornelius mit verlängerter Miene – »Gut, gut«, sagt er und schüttelt den Kopf, um sich in Harmonie mit dem Notwendigen zu zeigen. »Ich dachte nur – ist das schon fällig? Donnerstag, ja. Wie die Zeit verfliegt. Wann kommen sie denn?«

Um halb fünf, antwortet Ingrid, der ihr Bruder im Verkehr mit dem Vater den Vortritt läßt, würden die Gäste wohl einlaufen. Im Oberstock, solange er ruhe, höre er fast nichts, und von sieben bis acht halte er seinen Spaziergang. Wenn er wolle, könne er sogar über die Terrasse entweichen.

»Oh –« macht Cornelius im Sinne von »Du übertreibst«. Aber Bert sagt nun doch:

»Es ist der einzige Abend der Woche, an dem Wanja nicht spielen muß. Um halb sieben müßte er gehen an jedem andern. Das wäre doch schmerzlich für alle Beteiligten.«

»Wanja«, das ist Iwan Herzl, der gefeierte jugendliche Liebhaber des Staatstheaters, sehr befreundet mit Bert und Ingrid, die häufig bei ihm Tee trinken und ihn in seiner Garderobe besuchen. Er ist ein Künstler der neueren Schule, der in sonderbaren und, wie es dem Professor scheint, äußerst gezierten und unnatürlichen Tänzerposen auf der Bühne steht und leidvoll schreit. Einen Professor der Geschichte kann das unmöglich ansprechen, aber Bert hat sich stark unter Herzls Einfluß begeben, schwärzt sich den Rand der unteren Augenlider, worüber es zu einigen schweren, aber fruchtlosen Szenen mit dem Vater gekommen ist, und erklärt mit jugendlicher Gefühllosigkeit für die Herzenspein der Altvorderen, daß er sich Herzl nicht nur zum Vorbild nehmen wolle, falls er sich für den Tänzerberuf entscheide, sondern sich auch als Kellner in Kairo genau so zu bewegen gedenke wie er.

Cornelius verbeugt sich leicht gegen seinen Sohn, die Augenbrauen etwas hochgezogen, jene loyale Bescheidung und Selbstbeherrschung andeutend, die seiner Generation gebührt. Die Pantomime ist frei von nachweisbarer Ironie und allgemeingültig. Bert mag sie sowohl auf sich, wie auf das Ausdruckstalent seines Freundes beziehen.

Wer sonst noch komme, erkundigt sich der Hausherr. Man nennt ihm einige Namen, ihm mehr oder weniger bekannt, Namen aus der Villenkolonie, aus der Stadt, Namen von Kolleginnen Ingrids aus der Oberklasse des Mädchengymnasiums... Man müsse noch telephonieren, heißt es. Man müsse zum Beispiel mit Max telephonieren, Max Hergesell, stud. ing., dessen Namen Ingrid sofort in der gedehnten und näselnden Weise vorbringt, die nach ihrer Angabe die Privat-Sprechmanier aller Hergesells sein soll, und die sie auf äußerst drollige und lebenswahrscheinliche Weise zu parodieren fortfährt, so daß die Eltern vor Lachen in Gefahr kommen, sich mit dem schlechten Flammeri zu verschlucken. Denn auch in diesen Zeiten muß man lachen, wenn etwas komisch ist.

Zwischendurch ruft das Telephon im Arbeitszimmer des Professors, und die Großen laufen hinüber, denn sie wissen, daß es sie angeht. Viele Leute haben das Telephon bei der letzten Verteuerung aufgeben müssen, aber die Cornelius' haben es gerade noch halten können, wie sie die vor dem Kriege gebaute Villa bis jetzt noch haben halten können, kraft des leidlich den Umständen angepaßten Millionengehalts, das der Professor als Ordinarius für Geschichte bezieht. Das Vorstadthaus ist elegant und bequem, wenn auch etwas verwahrlost, weil Reparaturen aus Materialmangel unmöglich sind, und entstellt von eisernen Öfen mit langen Rohren. Aber es ist der Lebensrahmen des höheren Mittelstandes von ehemals, worin man nun lebt, wie es nicht mehr dazu paßt, das heißt ärmlich und schwierig, in abgetragenen und gewendeten Kleidern. Die Kinder wissen nichts anderes, für sie ist es Norm und Ordnung, es sind geborene Villenproletarier. Die Kleiderfrage kümmert sie wenig. Dies Geschlecht hat sich ein zeitgemäßes Kostüm erfunden, ein Produkt aus Armut und Pfadfindergeschmack, das im Sommer beinahe nur aus einem gegürteten Leinenkittel und Sandalen besteht. Die bürgerlich Alten haben es schwerer.

Die Großen reden nebenan mit den Freunden, während ihre Servietten über den Stuhllehnen hängen. Es sind Eingeladene, die anrufen. Sie wollen zusagen oder absagen oder über irgend etwas verhandeln, und die Großen verhandeln mit ihnen im Jargon des Kreises, einem Rotwelsch voller Redensartlichkeit und Übermut, von dem die »Greise« selten ein Wort verstehen. Auch diese beraten unterdessen: über die Verpflegung, die man den Gästen bieten wird. Der Professor zeigt bürgerlichen Ehrgeiz. Er möchte, daß es zum Abendessen, nach dem italienischen Salat und dem belegten Schwarzbrot eine Torte gebe, etwas Tortenähnliches; aber Frau Cornelius erklärt, daß das zu weit führen würde – die jungen Leute erwarten es gar nicht, meint sie, und die Kinder stimmen ihr zu, als sie sich noch einmal zum Flammeri setzen.

Die Hausfrau, von der die höher gewachsene Ingrid den Typus hat, ist mürbe und matt von den verrückten Schwierigkeiten der Wirtschaft. Sie müßte ein Bad aufsuchen, aber das Schwanken des Bodens unter den Füßen, das Drüber und Drunter aller Dinge machen das vorläufig untunlich. Sie denkt an die Eier, die heute unbedingt eingekauft werden müssen, und spricht davon: von den Sechstausend-Mark-Eiern, die nur an diesem Wochentage von einem bestimmten Geschäft, eine Viertelstunde von hier, in bestimmter Anzahl abgegeben werden, und zu deren Entgegennahme sich die Kinder unmittelbar nach Tische vor allem anderen aufmachen müssen. Danny, der Nachbarssohn, wird kommen, sie abzuholen, und Xaver wird sich in Zivilkleidung den jungen Herrschaften ebenfalls anschließen. Denn das Geschäft gibt nur fünf Eier pro Woche an einen und denselben Hausstand ab, und darum werden die jungen Leute einzeln, nacheinander und unter verschiedenen angenommenen Namen den Laden betreten, um zwanzig Eier im ganzen für die Villa Cornelius zu erringen: ein wöchentlicher Hauptspaß für alle Beteiligten, den Mushik Kleinsgütl nicht ausgenommen, namentlich aber für Ingrid und Bert, die außerordentlich zur Mystifikation und Irreführung ihrer Mitmenschen neigen und dergleichen auf Schritt und Tritt um seiner selbst willen betreiben, auch wenn durchaus keine Eier dabei herauskommen. Sie lieben es, sich im Trambahnwagen indirekt und auf dem Wege der Darstellung für ganz andere junge Personen auszugeben, als sie in Wirklichkeit sind, indem sie miteinander im Landesdialekt, den sie sonst gar nicht sprechen, öffentlich lange, gefälschte Gespräche führen, so recht ordinäre Gespräche, wie die Leute sie führen: das allergewöhnlichste Zeug über Politik und Lebensmittelpreise und Menschen, die es nicht gibt, so daß der ganze Wagen mit Sympathie und doch mit dem dunklen Argwohn, daß hier irgend etwas nicht stimmt, ihrer grenzenlos gewöhnlichen Zungenfertigkeit lauscht. Dann werden sie immer frecher und fangen an, sich von den Menschen, die es nicht gibt, die abscheulichsten Geschichten zu erzählen. Ingrid ist imstande, mit hoher, schwankender, ordinär zwitschernder Stimme vorzugeben, daß sie ein Ladenfräulein ist, welches ein uneheliches Kind besitzt, einen Sohn, der sadistisch veranlagt ist und neulich auf dem Lande eine Kuh so unbeschreiblich gemartert hat, daß es für einen Christenmenschen kaum anzusehen gewesen ist. Über die Art, wie sie das Wort »gemartert« zwitschert, ist Bert dicht daran herauszuplatzen, legt aber eine schaurige Teilnahme an den Tag und tritt mit dem unglücklichen Ladenfräulein in ein langes und schauriges, zugleich verderbtes und dummes Gespräch über die Natur der krankhaften Grausamkeit ein, bis ein alter Herr, schräg gegenüber, der sein Billett zusammengefaltet zwischen Zeigefinger und Siegelring trägt, das Maß voll findet und sich öffentlich dagegen verwahrt, daß so junge Leute solche Themata (er gebraucht den griechischen Plural »Themata«) in dieser Ausführlichkeit erörtern. Worauf Ingrid so tut, als ob sie in Tränen schwömme, und Bert sich den Anschein gibt, als ob er eine tödliche Wut auf den alten Herrn mit äußerster Anstrengung, aber kaum noch auf lange Zeit, unterdrücke und bändige: die Fäuste geballt, zähneknirschend und am ganzen Leibe zitternd, so daß der alte Herr, der es nur gut gemeint hat, an der nächsten Station schleunig den Wagen verläßt.

Solcherart sind die Unterhaltungen der »Großen«. Das Telephon spielt eine hervorragende Rolle dabei: sie klingeln an bei aller Welt, bei Opernsängern, Staatspersonen und Kirchenfürsten, melden sich als Ladenfräulein oder als Graf und Gräfin Mannsteufel und bequemen sich nur schwer zu der Einsicht, daß sie falsch verbunden sind. Einmal haben sie die Besuchskartenschale der Eltern ausgeleert und die Karten kreuz und quer, aber nicht ohne Sinn für das Verwirrend-Halbwahrscheinliche, in die Briefkästen des Viertels verteilt, woraus viel Unruhe erwuchs, da plötzlich Gott weiß wer bei der Himmel weiß wem Besuch abgelegt zu haben schien.

Xaver, jetzt ohne Servierhandschuhe, so daß man den gelben Kettenring sieht, den er an der Linken trägt, kommt haarwerfend herein, um abzudecken, und während der Professor sein Achttausend-Mark-Dünnbier austrinkt und sich eine Zigarette anzündet, hört man die »Kleinen« sich auf Treppe und Diele tummeln. Sie kommen, wie üblich, die Eltern nach Tisch zu begrüßen, stürmen das Eßzimmer, im Kampf mit der Tür, an deren Klinke sie sich gemeinsam mit den Händchen hängen, und stapfen und stolpern mit ihren eiligen, ungeschickten Beinchen, in roten Filzhausschuhen, über denen die Söckchen faltig heruntergerutscht sind, rufend, berichtend und schwatzend über den Teppich, indem ein jedes nach seinem gewohnten Ziele steuert: Beißer zur Mutter, auf deren Schoß er mit den Knien klettert, um ihr zu sagen, wieviel er gegessen hat, und ihr zum Beweise seinen geschwollenen Bauch zu zeigen, und Lorchen zu ihrem »Abel«, – so sehr der Ihre, weil sie so sehr die Seine ist, weil sie die innige und wie alles tiefe Gefühl etwas melancholische Zärtlichkeit spürt und lächelnd genießt, mit der er ihre Klein-Mädchen-Person umfängt, die Liebe, mit der er sie anblickt und ihr fein gestaltetes Händchen oder ihre Schläfe küßt, auf der sich bläuliche Äderchen so zart und rührend abzeichnen.

Die Kinder zeigen die zugleich starke und unbestimmte, durch gleichmäßige Kleidung und Haartracht unterstützte Ähnlichkeit des Geschwisterpärchens, unterscheiden sich aber auch wieder auffallend voneinander, und zwar im Sinne des Männlichen und Weiblichen. Das ist ein kleiner Adam und eine kleine Eva, deutlich betont, – auf seiten Beißers, wie es scheint, sogar bewußt und vom Selbstgefühl her betont: von Figur schon ist er gedrungener, stämmiger, stärker, unterstreicht aber seine vierjährige Manneswürde noch in Haltung, Miene und Redeweise, indem er die Ärmchen athletisch, wie ein junger Amerikaner, von den etwas gehobenen Schultern hängen läßt, beim Sprechen den Mund hinunterzieht und seiner Stimme einen tiefen, biederen Klang zu geben sucht. Übrigens ist all diese Würde und Männlichkeit mehr angestrebt als wahrhaft in seiner Natur gesichert; denn, gehegt und geboren in wüsten, verstörten Zeiten, hat er ein recht labiles und reizbares Nervensystem mitbekommen, leidet schwer unter den Mißhelligkeiten des Lebens, neigt zu Jähzorn und Wutgetrampel, zu verzweifelten und erbitterten Tränenergüssen über jede Kleinigkeit und ist schon darum der besondere Pflegling der Mutter. Er hat kastanienbraune Kugelaugen, die leicht etwas schielen, weshalb er wohl bald eine korrigierende Brille wird tragen müssen, ein langes Näschen und einen kleinen Mund. Es sind die Nase und der Mund des Vaters, wie recht deutlich geworden, seitdem der Professor sich den Spitzbart hat abnehmen lassen und glatt rasiert geht. (Der Spitzbart war wirklich nicht länger zu halten; auch der historische Mensch bequemt sich schließlich zu solchen Zugeständnissen an die Sitten der Gegenwart.) Aber Cornelius hält sein Töchterchen auf den Knien, sein Eleonorchen, die kleine Eva – so viel graziler, im Ausdruck süßer als der Junge – und läßt sie, indem er die Zigarette weit von ihr weghält, mit ihren feinen Händchen an seiner Brille fingern, deren zum Lesen und Fernsehen abgeteilte Gläser täglich wieder ihre Neugier beschäftigen.

Im Grunde hat er ein Gefühl dafür, daß die Vorliebe seiner Frau wohl hochherziger gewählt hat als die seine und daß die schwierige Männlichkeit Beißers vielleicht mehr wiegt als der ausgeglichenere Liebreiz seines Kindchens. Aber dem Herzen, meint er, läßt sich nicht gebieten, und sein Herz gehört nun einmal der Kleinen, seitdem sie da ist, seitdem er sie zum erstenmal gesehen. Auch erinnert er sich fast immer, wenn er sie in den Armen hält, an dieses erste Mal: es war in einem hellen Zimmer der Frauenklinik, wo Lorchen zur Welt gekommen, in zwölfjährigem Abstand von ihren großen Geschwistern. Er trat herzu, und in dem Augenblick fast, wo er unter dem Lächeln der Mutter behutsam die Gardine von dem Puppenhimmelbettchen zog, das neben dem großen stand, und das kleine Wunder gewahrte, das da so wohlausgebildet und wie von der Klarheit süßen Ebenmaßes umflossen in den Kissen lag, mit Händchen, die schon damals, in noch viel winzigeren Maßen so schön waren, wie jetzt, mit offenen Augen, die damals himmelblau waren und den hellen Tag widerstrahlten – fast in derselben Sekunde fühlte er sich ergriffen und gebunden; es war Liebe auf den ersten Blick und für immer, ein Gefühl, das ungekannt, unerwartet und unerhofft – soweit das Bewußtsein in Frage kam – von ihm Besitz ergriff und das er sofort mit Erstaunen und Freude als lebensendgültig verstand.

Übrigens weiß Doktor Cornelius, daß es mit der Unverhofftheit, der gänzlichen Ungeahntheit dieses Gefühls und selbst seiner völligen Unwillkürlichkeit, genau erforscht, nicht ganz richtig ist. Er versteht im Grunde, daß es ihn nicht so von ungefähr überkommen und sich mit seinem Leben verbunden hat, sondern daß er unbewußt dennoch darauf vorbereitet oder richtiger: dafür bereitet gewesen ist; daß etwas in ihm bereit war, es im gegebenen Augenblick aus sich zu erzeugen, und daß dies Etwas seine Eigenschaft als Professor der Geschichte gewesen ist – höchst sonderbar zu sagen. Aber Doktor Cornelius sagt es auch nicht, sondern weiß es eben nur manchmal, mit geheimem Lächeln. Er weiß, daß Professoren der Geschichte die Geschichte nicht lieben, sofern sie geschieht, sondern sofern sie geschehen ist; daß sie die gegenwärtige Umwälzung hassen, weil sie sie als gesetzlos, unzusammenhängend und frech, mit einem Worte, als »unhistorisch« empfinden, und daß ihr Herz der zusammenhängenden, frommen und historischen Vergangenheit angehört. Denn über dem Vergangenen, so gesteht sich der Universitätsgelehrte, wenn er vor dem Abendessen am Flusse spazieren geht, liegt die Stimmung des Zeitlosen und Ewigen, und das ist eine Stimmung, die den Nerven eines Geschichtsprofessors weit mehr zusagt als die Frechheiten der Gegenwart. Das Vergangene ist verewigt, das heißt: es ist tot, und der Tod ist die Quelle aller Frömmigkeit und alles erhaltenden Sinnes. Der Doktor sieht das heimlich ein, wenn er allein im Dunkeln geht. Es ist sein erhaltender Instinkt, sein Sinn für das »Ewige« gewesen, der sich vor den Frechheiten der Zeit in die Liebe zu diesem Töchterchen gerettet hat. Denn Vaterliebe und ein Kindchen an der Mutterbrust, das ist zeitlos und ewig und darum sehr heilig und schön. Und doch versteht Cornelius im Dunkeln, daß etwas nicht ganz recht und gut ist in dieser seiner Liebe – er gesteht es sich theoretisch um der Wissenschaft willen ein. Sie hat ihrem Ursprunge nach etwas Tendenziöses, diese Liebe; es ist Feindseligkeit darin, Opposition gegen die geschehende Geschichte zugunsten der geschehenen, das heißt des Todes. Ja, sonderbar genug, aber wahr, gewissermaßen wahr. Seine Inbrunst für dies süße Stückchen Leben und Nachwuchs hat etwas mit dem Tode zu tun, sie hält zu ihm, gegen das Leben, und das ist in gewissem Sinne nicht ganz schön und gut – obgleich es natürlich die wahnsinnigste Askese wäre, sich wegen solcher gelegentlichen wissenschaftlichen Einsicht das liebste und reinste Gefühl aus dem Herzen zu reißen.

Er hält das Töchterchen auf dem Schoß, das seine dünnen, rosigen Beinchen von seinen Knien hängen läßt, spricht zu ihr, die Augenbrauen hochgezogen, im Ton einer zarten, spaßhaften Ehrerbietung und lauscht entzückt auf das süße, hohe Stimmchen, mit dem sie ihm antwortet und ihn »Abel« nennt. Er tauscht sprechende Blicke dabei mit der Mutter, die ihren Beißer betreut und ihn mit sanftem Vorwurf zu Vernunft und Fassung ermahnt, da er heute, gereizt durch das Leben, wieder einem Wutanfall unterlegen ist und sich wie ein heulender Derwisch benommen hat. Auch zu den »Großen« wirft Cornelius manchmal einen etwas argwöhnischen Blick hinüber, denn er hält es nicht für unmöglich, daß ihnen gewisse wissenschaftliche Einsichten seiner Abendspaziergänge auch nicht ganz fremd sind.

Aber wenn dem so ist, so lassen sie es nicht merken. Hinter ihren Stühlen stehend, die Arme auf die Lehnen gestützt, sehen sie wohlwollend, wenn auch mit einiger Ironie, dem elterlichen Glücke zu.

Die Kinder tragen dicke, ziegelrote, modern bestickte Künstlerkleidchen, die seinerzeit schon Bert und Ingrid gehört haben, und die ganz gleich sind, mit dem einzigen Unterschied, daß bei Beißer kleine, kurze Hosen unter dem Kittel hervorkommen. Auch den gleichen Haarschnitt tragen sie, die Pagenfrisur. Beißers Haar ist unregelmäßig blond, noch in langsamem Nachdunkeln begriffen, ungeschickt angewachsen überall, struppig, und sieht aus wie eine kleine, komische, schlechtsitzende Perücke. Lorchens dagegen ist kastanienbraun, seidenfein, spiegelnd und so angenehm wie das ganze Persönchen. Es verdeckt ihre Ohren, die, wie man weiß, verschieden groß sind: das eine hat richtiges Verhältnis, das andere aber ist etwas ausgeartet, entschieden zu groß. Der Vater holt die Ohren zuweilen hervor, um sich in starken Akzenten darüber zu verwundern, als hätte er den kleinen Schaden noch nie bemerkt, was Lorchen zugleich beschämt und amüsiert. Ihre weit auseinander liegenden Augen sind goldig braun und haben einen süßen Schimmer, den klarsten und lieblichsten Blick. Die Brauen darüber sind blond. Ihre Nase ist noch ganz formlos, mit ziemlich dicken Nüstern, so daß die Löcher fast kreisrund sind, ihr Mündchen groß und ausdrucksvoll, mit schön geschwungener, beweglicher Oberlippe. Wenn sie lacht und ihre getrennt stehenden Perlzähne zeigt (erst einen hat sie verloren; sie hat sich das nach allen Seiten wakkelnde Ding von ihrem Vater mit dem Taschentuch herausbiegen lassen, wobei sie sehr blaß geworden ist und gezittert hat), so bekommt sie Grübchen in die Wangen, die ihre charakteristische, bei aller kindlichen Weichheit etwas gehöhlte Form daher haben, daß ihr Untergesichtchen leicht vorgebaut ist. Auf der einen Wange, nahe gegen den schlichten Fall des Haares hin, hat sie einen Leberflecken mit Flaum darauf.

Im ganzen ist sie selbst von ihrem Äußeren wenig befriedigt – ein Zeichen, daß sie sich darum kümmert. Ihr Gesichtchen, urteilt sie traurig, sei leider nun einmal häßlich, dagegen »das Figürle« recht nett. Sie liebt kleine gewählte, gebildete Ausdrücke und reiht sie aneinander, wie »vielleicht, freilich, am End'«. Beißers selbstkritische Sorgen betreffen mehr das Moralische. Er neigt zur Zerknirschung, hält sich auf Grund seiner Wutanfälle für einen großen Sünder und ist überzeugt, daß er nicht in den Himmel kommen wird, sondern in die »Höhle«. Da hilft kein Zureden, daß Gott viel Einsicht besitze und fünf gern einmal gerade sein lasse: er schüttelt in verstockter Schwermut den Kopf mit der schlechtsitzenden Perücke und erklärt sein Eingehen in die Seligkeit für völlig unmöglich. Ist er erkältet, so scheint er ganz voll von Schleim; er rasselt und knarrt von oben bis unten, wenn man ihn nur anrührt, und hat sofort das höchste Fieber, so daß er nur so pustet. Kinds-Anna neigt denn auch zur Schwarzseherei, was seine Konstitution betrifft, und ist der Meinung, daß einen Knaben mit so »ungemein fettem Blut« jeden Augenblick der Schlag treffen könne. Einmal hat sie diesen furchtbaren Augenblick schon gekommen gewähnt: als man nämlich Beißer, zur Buße für einen berserkerhaften Wutanfall, das Gesicht zur Wand gekehrt, in die Ecke gestellt hatte – und dieses Gesicht bei zufälliger Prüfung sich als über und über blau angelaufen erwies, viel blauer als Kinds-Annas eigenes. Sie brachte das Haus auf die Beine, verkündend, daß des Jungen allzu fettes Blut sein letztes Stündlein nun herbeigeführt habe, und der böse Beißer fand sich zu seiner gerechten Verwunderung plötzlich in angstvolle Zärtlichkeit eingehüllt, bis sich herausstellte, daß die Bläue seiner Züge nicht vom Schlagfluß, sondern von der gestrichenen Wand des Kinderzimmers herrührte, die ihr Indigo an sein tränenüberschwemmtes Gesicht abgegeben hatte.

Kinds-Anna ist ebenfalls mit eingetreten und mit zusammengelegten Händen an der Tür stehen geblieben: in weißer Schürze, mit öliger Frisur, Gänseaugen und einer Miene, in der sich die strenge Würde der Beschränktheit malt. »Die Kinder«, erklärt sie, stolz auf ihre Pflege und Unterweisung, »entziffern sich wunderbar.« Siebzehn vereiterte Zahnstümpfe hat sie sich kürzlich entfernen und sich ein ebenmäßiges Kunstgebiß gelber Zähne mit dunkelrotem Kautschukgaumen dafür anmessen lassen, das nun ihr Bäuerinnengesicht verschönt. Ihr Geist ist von der eigentümlichen Vorstellung umfangen, daß ihr Gebiß den Gesprächsstoff weiter Kreise bildet, daß gleichsam die Spatzen diese Angelegenheit von den Dächern pfeifen. »Es hat viel unnützes Gerede gegeben«, sagt sie streng und mystisch, »weil ich mir bekanntlich Zähne habe setzen lassen.« Überhaupt neigt sie zu dunklen und undeutlichen, dem Verständnis anderer nicht angepaßten Reden, wie zum Beispiel von einem Doktor Bleifuß, den jedes Kind kenne, und »da wohnen mehr im Haus«, sagt sie, »die sich für ihn ausgeben«. Man kann nur nachgiebig darüber hinweggehen. Sie lehrt die Kinder schöne Gedichte, wie zum Beispiel:

»Eisenbahn, Eisenbahn,
Lokomotiv'.
Fahrt sie fort, bleibt sie da,
Tut sie einen Pfief.«

Oder jenen zeitgemäß entbehrungsreichen, dabei aber vergnügten Wochen-Küchenzettel, der lautet:

»Montag fängt die Woche an.
Dienstag sind wir übel dran.
Mittwoch sind wir mitten drin.
Donnerstag gibt's Kümmerling.
Freitag gibt's gebratnen Fisch.
Samstag tanzen wir um den Tisch.
Sonntag gibt es Schweinebrätle
Und dazu ein gut's Salätle.«

Oder auch einen gewissen Vierzeiler von unbegreiflicher und ungelöster Romantik:

»Macht auf das Tor, macht auf das Tor,
Es kommt ein großer Wagen.
Wer sitzt in diesem Wagen?
Ein Herr mit goldenen Haaren!«

Oder endlich die schrecklich aufgeräumte Ballade von Mariechen, die auf einem Stein, einem Stein, einem Stein saß und sich ihr gleichfalls goldnes Haar, goldnes Haar, goldnes Haar kämmte. Und von Rudolf, der ein Messer raus, Messer raus, Messer rauszog, und mit dem es denn auch ein fürchterliches Ende nahm.

Lorchen sagt und singt das alles ganz reizend mit ihrem beweglichen Mäulchen und ihrer süßen Stimme – viel besser als Beißer. Sie macht alles besser als er, und er bewundert sie denn auch ehrlich und ordnet sich ihr, von Anfällen der Auflehnung und des raufsüchtigen Kollers abgesehen, in allen Stücken unter. Oft unterrichtet sie ihn wissenschaftlich, erklärt ihm die Vögel im Bilderbuch, macht sie ihm namhaft: den Wolkenfresser, den Hagelfresser, den Rabenfresser. Das muß er nachsprechen. Auch medizinisch unterweist sie ihn, lehrt ihn Krankheiten, wie Brustentzündung, Blutentzündung und Luftentzündung. Wenn er nicht achtgibt und es nicht nachsprechen kann, stellt sie ihn in die Ecke. Einmal hat sie ihm noch dazu eine Ohrfeige gegeben, aber darüber hat sie sich so geschämt, daß sie sich selber auf längere Zeit in die Ecke gestellt hat. Ja, sie kommen gut miteinander aus, sind ein Herz und eine Seele. Alles erleben sie gemeinsam, alle Abenteuer. Sie kommen nach Hause und erzählen noch ganz erregt und wie aus einem Munde, daß sie auf der Landstraße »zwei Kuhli-Muhli und ein Kalbfleisch« gesehen haben. Mit den Dienstboten unten, mit Xaver und den Damen Hinterhöfer, zwei ehemals bürgerlichen Schwestern, die »au pair«, wie man sagt, das ist gegen Kost und Logis, die Ämter der Köchin und des Zimmermädchens versehen, leben sie auf vertrautem Fuß, empfinden wenigstens zeitweise eine gewisse Verwandtschaft des Verhältnisses dieser Unteren zu den Eltern mit dem ihren. Sind sie gescholten worden, so gehen sie in die Küche und sagen: »Unsere Herrschaften sind bös!« Dennoch aber ist es ein schöneres Spielen mit den Oberen und namentlich mit »Abel«, wenn er nicht lesen und schreiben muß. Ihm fallen wundervollere Dinge ein als Xaver und den Damen. Die Beiden spielen, daß sie »vier Herren« sind und spazieren gehen. Dann macht

»Abel« ganz krumme Knie, so daß er ebenso klein ist wie sie, und geht so mit spazieren, Hand in Hand mit ihnen, wovon sie nicht genug haben können. Den ganzen Tag könnten sie, alles in allem fünf Herren, mit dem klein gewordenen »Abel« rund um das Eßzimmer spazieren gehn.

Ferner ist da das äußerst spannende Kissenspiel, darin bestehend, daß eines der Kinder, aber meistens Lorchen, sich, scheinbar unbemerkt von Abel, auf seinen Stuhl am Eßtisch setzt und mäuschenstill sein Kommen erwartet. In der Luft herumblikkend und unter Reden, die laut und stark dem Vertrauen auf die Bequemlichkeit seines Stuhles Ausdruck geben, nähert er sich und nimmt auf Lorchen Platz. »Wie?« sagt er. »Was?« Und rückt hin und her, ohne das versteckte Kichern zu hören, das hinter ihm laut wird. »Man hat mir ein Kissen auf meinen Stuhl gelegt? Was für ein hartes, unregelmäßiges, vertracktes Kissen ist das, auf dem ich so auffallend unbequem sitze?!« Und immer stärker rutscht er auf dem befremdenden Kissen hin und her und greift hinter sich in das entzückte Kichern und Quieken hinein, bis er sich endlich umwendet und eine große Entdeckungs- und Erkennungsszene das Drama beschließt. Auch dieses Spiel büßt durch hundertfache Wiederholung nichts von seinen Spannungsreizen ein.

Heut kommt es nicht zu solchen Vergnügungen. Die Unruhe des bevorstehenden Festes der »Großen« liegt in der Luft, dem noch der Einkauf mit verteilten Rollen vorangehen muß: Lorchen hat nur eben »Eisenbahn, Eisenbahn« rezitiert und Doktor Cornelius gerade zu ihrer Beschämung entdeckt, daß ja ihre Ohren ganz verschieden groß sind, als Danny, der Nachbarssohn, eintrifft, um Bert und Ingrid abzuholen; und auch Xaver hat schon seine gestreifte Livree mit der Ziviljacke vertauscht, die ihm sofort ein etwas strizzihaftes, wenn auch immer noch flottes und sympathisches Aussehen verleiht. So suchen denn die Kleinen mit Kinds-Anna ihr Reich im Obergeschoß wieder auf, während der Professor sich in sein Arbeitszimmer zurückzieht, um zu lesen, wie es nach Tische seine Gewohnheit ist, und seine Frau Gedanken und Tätigkeit auf die Anchovis-Brötchen und den italienischen Salat richtet, die für die Tanzgesellschaft vorzubereiten sind. Sie muß, bevor die Jugend eintrifft, auch noch zu Rade mit ihrer Einkaufstasche zur Stadt fahren, um eine Summe Geldes, die sie in Händen hat, und die sie nicht der Entwertung aussetzen darf, in Lebensmittel umzusetzen.

Cornelius liest, in seinen Stuhl zurückgelehnt. Die Zigarre zwischen Zeige- und Mittelfinger liest er im Macaulay etwas nach über die Entstehung der englischen Staatsschuld zu Ende des siebzehnten Jahrhunderts und danach bei einem französischen Autor etwas über die wachsende Verschuldung Spaniens gegen Ende des sechzehnten – beides für sein Kolleg von morgen vormittag. Denn er will Englands überraschende wirtschaftliche Prosperität von damals vergleichen mit den verhängnisvollen Wirkungen, die die Staatsverschuldung hundert Jahre früher in Spanien zeitigte, und die ethischen und psychologischen Ursachen dieses Unterschiedes analysieren. Das gibt ihm nämlich Gelegenheit, von dem England Wilhelms III., um das es sich eigentlich gerade handelt, auf das Zeitalter Philipps II. und der Gegenreformation zu kommen, das sein Steckenpferd ist, und über das er selbst ein verdienstvolles Buch geschrieben hat – ein vielzitiertes Werk, dem er sein Ordinariat verdankt. Während seine Zigarre zu Ende geht und dabei etwas zu schwer wird, bewegt er bei sich ein paar leise melancholisch gefärbte Sätze, die er morgen vor seinen Studenten sprechen will, über den sachlich aussichtslosen Kampf des langsamen Philipp gegen das Neue, den Gang der Geschichte, die reichzersetzenden Kräfte des Individuums und der germanischen Freiheit, über diesen vom Leben verurteilten und also auch von Gott verworfenen Kampf beharrender Vornehmheit gegen die Mächte des Fortschritts und der Umgestaltung. Er findet die Sätze gut und feilt noch daran, während er die benutzten Bücher wieder einräumt und hinauf in sein Schlafzimmer geht, um seinem Tag die gewohnte Zäsur zu geben, diese Stunde bei geschlossenen Läden und mit geschlossenen Augen, die er braucht, und die heute, wie ihm nach der wissenschaftlichen Ablenkung wieder einfällt, im Zeichen häuslich-festlicher Unruhe stehen wird. Er lächelt über das schwache Herzklopfen, das diese Erinnerung ihm verursacht; in seinem Kopfe vermischen sich die Satzentwürfe über den in schwarzes Seidentuch gekleideten Philipp mit dem Gedanken an den Hausball der Kinder, und so schläft er auf fünf Minuten ein.

Wiederholt, während er liegt und ruht, hört er die Hausglocke gehen, die Gartenpforte zufallen, und jedesmal empfindet er einen kleinen Stich der Erregung, Erwartung und Beklemmung bei dem Gedanken, daß es die jungen Leute sind, die eintreffen und schon die Diele zu füllen beginnen. Jedesmal wieder lächelt er bei sich selbst über den Stich, aber auch dieses Lächeln noch ist ein Ausdruck einer Nervosität, die natürlich übrigens auch etwas Freude enthält; denn wer freute sich nicht auf ein Fest. Um halb fünf (es ist schon Abend) steht er auf und erfrischt sich am Waschtisch. Die Waschschüssel ist seit einem Jahre entzwei. Es ist eine Kippschüssel, die an einer Seite aus dem Gelenke gebrochen ist und nicht repariert werden kann, weil keine Handwerker kommen, und nicht erneuert, weil kein Geschäft in der Lage ist, eine zu liefern. So ist sie notdürftig über ihrem Ablauf an den Rändern der Marmorplatte aufgehängt und kann nur entleert werden, indem man sie mit beiden Händen hochhebt und ausgießt. Cornelius schüttelt, wie täglich mehrmals, den Kopf über die Schüssel, macht sich dann fertig – mit Sorgfalt übrigens; er putzt unter dem Deckenlicht seine Brille vollkommen blank und durchsichtig – und tritt den Gang hinunter ins Eßzimmer an.

Als er unterwegs die Stimmen hört, die drunten ineinander gehen, und das Grammophon, das schon in Bewegung gesetzt ist, nimmt seine Miene einen gesellschaftlich verbindlichen Ausdruck an. »Bitte, sich nicht stören zu lassen!« beschließt er zu sagen und geradeswegs ins Eßzimmer zum Tee zu gehen. Der Satz erscheint ihm als das gegebene Wort der Stunde: heiter-rücksichtsvoll nach außen, wie es ist, und eine gute Brustwehr für ihn selber.

Die Diele ist hell erleuchtet; alle elektrischen Kerzen des Kronleuchters brennen, bis auf eine ganz ausgebrannte. Auf einer unteren Stufe der Treppe bleibt Cornelius stehen und überblickt die Diele. Sie nimmt sich hübsch aus im Licht, mit der Marées-Kopie über dem Backsteinkamin, der Täfelung, die übrigens weiches Holz ist, und dem roten Teppich, darauf die Gäste umherstehen, plaudernd, in den Händen Teetassen und halbe Brotscheiben, die mit Anchovispaste bestrichen sind. Festatmosphäre, ein leichter Dunst von Kleidern, Haar und Atem webt über der Diele, charakteristisch und erinnerungsvoll. Die Tür zur Garderobe ist offen, denn noch kommen neue Geladene.

Gesellschaft blendet im ersten Augenblick; der Professor sieht nur das allgemeine Bild. Er hat nicht bemerkt, daß Ingrid, in dunklem Seidenkleid mit weißem plissierten Schulterüberfall und bloßen Armen, dicht vor ihm mit Freunden am Fuße der Stufen steht. Sie nickt und lächelt mit ihren schönen Zähnen zu ihm herauf.

»Ausgeruht?« fragt sie leise, unter vier Augen. Und als er sie mit ungerechtfertigter Überraschung erkennt, macht sie ihn mit den Freunden bekannt.

»Darf ich dir Herrn Zuber vorstellen?« sagt sie. »Das ist Fräulein Plaichinger.«

Herr Zuber ist dürftigen Ansehens, die Plaichinger dagegen eine Germania, blond, üppig und locker gekleidet, mit Stumpfnase und der hohen Stimme beleibter Frauen, wie sich herausstellt, als sie dem Professor auf seine artige Begrüßung antwortet.

»Oh, herzlich willkommen«, sagt er. »Das ist ja schön, daß Sie uns die Ehre schenken. Coabiturientin wahrscheinlich?«

Herr Zuber ist Golfklub-Genosse Ingrids. Er steht im Wirtschaftsleben, ist in der Brauerei seines Onkels tätig, und der Professor scherzt einen Augenblick mit ihm über das dünne Bier, indem er tut, als ob er den Einfluß des jungen Zuber auf die Qualität des Bieres grenzenlos überschätze. »Aber wollen Sie sich doch ja nicht stören lassen!« sagt er dann und will ins Eßzimmer hinübergehen.

»Da kommt ja auch Max«, sagt Ingrid. »Nun, Max, du Schlot, was bummelst du so spät heran zu Spiel und Tanz!«

Das duzt sich allgemein und geht miteinander um, wie es den

Alten ganz fremd ist: von Züchtigkeit, Galanterie und Salon ist wenig zu spüren.

Ein junger Mensch mit weißer Hemdbrust und schmaler Smokingschleife kommt von der Garderobe her zur Treppe und grüßt – brünett, aber rosig, rasiert natürlich, aber mit einem kleinen Ansatz von Backenbart neben den Ohren, ein bildhübscher Junge, – nicht lächerlich und lodernd schön, wie ein Violin-Zigeuner, sondern hübsch auf eine sehr angenehme, gesittete und gewinnende Art, mit freundlichen, schwarzen Augen, und der Smoking sitzt ihm sogar noch etwas ungeschickt.

»Na, na, nicht schimpfen, Cornelia. Das blöde Kolleg«, sagt er; und Ingrid stellt ihn dem Vater vor als Herrn Hergesell.

So, das ist also Herr Hergesell. Wohlerzogen bedankt er sich beim Hausherrn, der ihm die Hand schüttelt, für die freundliche Einladung. »Ich zügele etwas nach«, sagt er und macht einen kleinen sprachlichen Scherz. »Ausgerechnet Bananen muß ich heute bis vier Uhr Kolleg haben; und dann sollte ich doch noch nach Hause, mich umziehen.« Hierauf spricht er von seinen Pumps, mit denen er eben in der Garderobe große Plage gehabt haben will.

»Ich habe sie im Beutel mitgebracht«, erzählt er. »Es geht doch nicht, daß wir Ihnen hier mit den Straßenschuhen den Teppich zertrampeln. Nun hatte ich aber verblendeterweise keinen Schuhlöffel eingesteckt und konnte bei Gott nicht hineinkommen, haha, stellen Sie sich vor, eine unglaubliche Kiste! Mein Lebtag habe ich nicht so enge Pumps gehabt. Die Nummern fallen verschieden aus, es ist kein Verlaß darauf, und dann ist das Zeug auch hart heutzutage – schauen Sie, das ist kein Leder, das ist Gußeisen! Den ganzen Zeigefinger habe ich mir zerquetscht...« Und er weist zutraulich seinen geröteten Zeigefinger vor, indem er das Ganze noch einmal als eine »Kiste« bezeichnet, und zwar als eine ekelhafte. Er spricht wirklich ganz so, wie Ingrid es nachgemacht hat: nasal und auf besondere Weise gedehnt, aber offenbar ohne jede Affektation, sondern eben nur, weil es so in der Art aller Hergesells liegt.

Doktor Cornelius rügt es, daß kein Schuhlöffel in der Garderobe ist, und erweist dem Zeigefinger alle Teilnahme. »Nun dürfen Sie sich aber absolut nicht stören lassen«, sagt er. »Auf Wiedersehen!« Und er geht über die Diele ins Eßzimmer.

Auch dort sind Gäste; der Familientisch ist lang ausgezogen, und es wird Tee daran getrunken. Aber der Professor geht geradeswegs in den mit Stickerei ausgeschlagenen und von einem eigenen kleinen Deckenkörper besonders beleuchteten Winkel, an dessen Rundtischchen er Tee zu trinken pflegt. Er findet dort seine Frau im Gespräch mit Bert und zwei anderen jungen Herren. Der eine ist Herzl; Cornelius kennt und begrüßt ihn. Der andere heißt Möller – ein Wandervogeltyp, der bürgerliche Festkleider offenbar weder besitzt noch besitzen will (im Grunde gibt es das gar nicht mehr), ein junger Mensch, der fern davon ist, den »Herrn« zu spielen (das gibt es im Grunde auch nicht mehr) – in gegürteter Bluse und kurzer Hose, mit einer dicken Haartolle, langem Hals und einer Hornbrille. Er ist im Bankfach tätig, wie der Professor erfährt, ist aber außerdem etwas wie ein künstlerischer Folklorist, ein Sammler und Sänger von Volksliedern aus allen Zonen und Zungen. Auch heute hat er auf Wunsch seine Gitarre mitgebracht. Sie hängt noch im Wachstuchsack in der Garderobe.

Schauspieler Herzl ist schmal und klein, hat aber einen mächtigen schwarzen Bartwuchs, wie man an der überpuderten Rasur erkennt. Seine Augen sind übergroß, glutvoll und tief schwermütig; dabei hat er jedoch außer dem vielen Rasierpuder offenbar auch etwas Rot aufgelegt – das matte Karmesin auf der Höhe seiner Wangen ist sichtlich kosmetischer Herkunft. Sonderbar, denkt der Professor. Man sollte meinen, entweder Schwermut oder Schminke. Zusammen bildet es doch einen seelischen Widerspruch. Wie mag ein Schwermütiger sich schminken? Aber da haben wir wohl eben die besondere, fremdartige seelische Form des Künstlers, die diesen Widerspruch möglich macht, vielleicht geradezu daraus besteht. Interessant und kein Grund, es an Zuvorkommenheit fehlen zu lassen. Es ist eine legitime Form, eine Urform... »Nehmen Sie etwas Zitrone, Herr Hofschauspieler!«

Hofschauspieler gibt es gar nicht mehr, aber Herzl hört den Titel gern, obgleich er ein revolutionärer Künstler ist. Das ist auch so ein Widerspruch, der zu seiner seelischen Form gehört. Mit Recht setzt der Professor sein Vorhandensein voraus und schmeichelt ihm, gewissermaßen zur Sühne für den geheimen Anstoß, den er an dem leichten Auftrag von Rouge auf Herzls Wangen genommen.

»Allerverbindlichsten Dank, verehrter Herr Professor!« sagt Herzl so überstürzt, daß nur seine hervorragende Sprechtechnik eine Entgleisung seiner Zunge verhütet. Überhaupt ist sein Verhalten gegen die Wirte und gegen den Hausherrn im besonderen von dem größten Respekt, ja von fast übertriebener und unterwürfiger Höflichkeit getragen. Es ist, als habe er ein schlechtes Gewissen wegen des Rouge, das aufzulegen er zwar innerlich gezwungen war, das er aber selbst aus der Seele des Professors heraus mißbilligt, und mit dem er durch größte Bescheidenheit gegen die nicht geschminkte Welt zu versöhnen sucht.

Man unterhält sich, während man Tee trinkt, von Möllers Volksliedern, von spanischen, baskischen Volksliedern, und von da kommt man auf die Neu-Einstudierung von Schillers »Don Carlos« im Staatstheater, eine Aufführung, in der Herzl die Titelrolle spielt. Er spricht von seinem Carlos. »Ich hoffe«, sagt er, »mein Carlos ist aus einem Guß.« Auch von der übrigen Besetzung ist kritisch die Rede, von den Werten der Inszenierung, dem Milieu, und schon sieht sich der Professor wieder in sein Fahrwasser bugsiert, auf das Spanien der Gegenreformation gebracht, was ihn fast peinlich dünkt. Er ist ganz unschuldig daran, hat gar nichts getan, dem Gespräch diese Wendung zu geben. Er fürchtet, daß es aussehen könnte, als habe er die Gelegenheit gesucht, zu dozieren, wundert sich und wird darüber schweigsam. Es ist ihm lieb, daß die Kleinen an den Tisch kommen, Lorchen und Beißer. Sie haben blaue Sammetkleidchen an, ihr Sonntagshabit, und wollen ebenfalls bis zur Schlafensstunde auf ihre Art an dem Feste der Großen teilnehmen. Schüchtern und mit großen Augen sagen sie den Fremden guten Tag, müssen ihre Namen und ihr Alter sagen. Herr Möller sieht sie nur ernsthaft an, aber Schauspieler Herzl zeigt sich völlig berückt, beglückt und entzückt von ihnen. Er segnet sie geradezu, hebt die Augen zum Himmel und faltet die Hände vor seinem Mund. Es kommt ihm gewiß von Herzen, aber die Gewöhnung an die Wirkungsbedingungen des Theaters macht seine Worte und Taten fürchterlich falsch, und außerdem scheint es, als solle auch seine Devotion vor den Kindern mit dem Rouge auf der Höhe seiner Wangen versöhnen.

Der Teetisch der Gäste hat sich schon geleert, auf der Diele wird nun getanzt, die Kleinen laufen dorthin, und der Professor zieht sich zurück. »Recht viel Vergnügen!« sagt er, indem er den Herren Möller und Herzl, die aufgesprungen sind, die Hand schüttelt. Und er geht in sein Arbeitszimmer hinüber, sein gefriedetes Reich, wo er die Rolläden herunterläßt, die Schreibtischlampe andreht und sich zu seiner Arbeit setzt.

Es ist Arbeit, die sich bei unruhiger Umgebung zur Not erledigen läßt: ein paar Briefe, ein paar Exzerpte. Natürlich ist Cornelius zerstreut. Er hängt kleinen Eindrücken nach, den ungeschmeidigen Pumps des Herrn Hergesell, der hohen Stimme in dem dicken Körper der Plaichinger. Auch auf Möllers baskische Liedersammlung gehen seine Gedanken zurück, während er schreibt oder zurückgelehnt ins Leere blickt, auf Herzls Demut und Übertriebenheit, »seinen« Carlos und Philipps Hof. Mit Gesprächen, findet er, ist es geheimnisvoll. Sie sind gefügig, gehen ganz ungelenkt einem insgeheim dominierenden Interesse nach. Er meint das öfters beobachtet zu haben. Zwischendurch lauscht er auf die übrigens keineswegs lärmenden Geräusche des Hausballes draußen. Nur einiges Reden, nicht einmal Tanzgeschlürf ist zu hören. Sie schlürfen und kreisen ja nicht, sie gehen sonderbar auf dem Teppich herum, der sie nicht stört, ganz anders angefaßt, als es zu seiner Zeit geschah, zu den Klängen des Grammophons, denen er hauptsächlich nachhängt, diesen sonderbaren Weisen der neuen Welt, jazzartig instrumentiert, mit allerlei Schlagzeug, das der Apparat vorzüglich wiedergibt, und dem schnalzenden Geknack der Kastagnetten, die aber eben nur als Jazz-Instrument und durchaus nicht spanisch wirken. Nein, spanisch nicht. Und er ist wieder bei seinen Berufsgedanken.

Nach einer halben Stunde fällt ihm ein, daß es nicht mehr als freundlich von ihm wäre, mit einer Schachtel Zigaretten zu der Lustbarkeit beizutragen. Es geht nicht an, findet er, daß die jungen Leute ihre eigenen Zigaretten rauchen – obgleich sie selbst sich wohl nicht viel dabei denken würden. Und er geht ins leere Eßzimmer und nimmt aus dem Wandschränkchen eine Schachtel von seinem Vorrat, nicht gerade die besten, oder doch nicht gerade die, die er selber am liebsten raucht, ein etwas zu langes und dünnes Format, das er nicht ungern los wird bei dieser Gelegenheit, denn schließlich sind es ja junge Leute. Er geht damit auf die Diele, hebt lächelnd die Schachtel hoch und stellt sie offen auf die Kaminplatte, um sich sogleich und nur unter leichter Umschau wieder gegen sein Zimmer zu wenden.

Eben ist Tanzpause, der Musikapparat schweigt. Man steht und sitzt an den Rändern der Diele plaudernd umher, an dem Mappentisch vor den Fenstern, auf den Stühlen vor dem Kamin. Auch auf den Stufen der eingebauten Treppe, ihrem reichlich schadhaften Plüschläufer sitzt junge Welt amphitheatralisch: Max Hergesell zum Beispiel sitzt dort mit der üppig-hochstimmigen Plaichinger, die ihm ins Gesicht blickt, während er halb liegend zu ihr spricht, den einen Ellbogen hinter sich auf die nächsthöhere Stufe gestützt und mit der anderen Hand zu seinen Reden gestikulierend. Die Hauptfläche des Raumes ist leer; nur in der Mitte, gerade unter dem Kronleuchter, sieht man die beiden Kleinen in ihren blauen Kleidchen, ungeschickt umschlungen, sich still, benommen und langsam um sich selber drehen. Cornelius beugt sich im Vorbeigehen zu ihnen nieder und streicht ihnen mit einem guten Wort über das Haar, ohne daß sie sich dadurch stören ließen in ihrem kleinen, ernsthaften Tun. Aber an seiner Türe sieht er noch, wie stud. ing. Hergesell, wahrscheinlich weil er den Professor bemerkt hat, sich mit dem Ellbogen von der Stufe abstößt, herunterkommt und Lorchen aus den Ärmchen ihres Bruders nimmt, um selber drollig und ohne Musik mit ihr zu tanzen. Beinahe wie Cornelius selbst macht er es, wenn dieser mit den »vier Herren« spazieren geht, beugt tief die Knie, indem er sie anzufassen sucht wie eine Große und macht einige Shimmy-Schritte mit dem verschämten Lorchen. Wer es bemerkt, amüsiert sich sehr. Es ist das Zeichen, das Grammophon wieder laufen zu lassen, den Tanz allgemein wieder aufzunehmen. Der Professor, den Türgriff in der Hand, sieht einen Augenblick nickend und mit den Schultern lachend zu und tritt in sein Zimmer. Noch einige Minuten lang halten seine Züge das Lächeln von draußen mechanisch fest.

Er blättert wieder bei seiner Schirmlampe und schreibt, erledigt ein paar anspruchslose Sachlichkeiten. Nach einer Weile beobachtet er, daß die Gesellschaft sich von der Diele in den Salon seiner Frau hinüberzieht, welcher sowohl mit der Diele wie mit seinem Zimmer Verbindung hat. Dort wird nun gesprochen, und Gitarrenklänge mischen sich versuchend darein. Herr Möller will also singen, und er singt auch schon. Zu tönenden Gitarrengriffen singt der junge Beamte mit kräftiger Baßstimme ein Lied in fremder Sprache – kann sein, daß es Schwedisch ist; mit voller Bestimmtheit vermag der Professor es bis zum Schluß, dem mit großem Beifall aufgenommenen Schluß, nicht zu erkennen. Eine Portière ist hinter der Tür zum Salon, sie dämpft den Schall. Als ein neues Lied beginnt, geht Cornelius vorsichtig hinüber.

Es ist halb dunkel im Salon. Nur die verhüllte Stehlampe brennt, und in ihrer Nähe sitzt Möller mit übergeschlagenem Bein auf dem Truhenpolster und greift mit dem Daumen in die Saiten. Die Anordnung des Publikums ist zwanglos, trägt das Gepräge lässigen Notbehelfs, da für so viele Zuhörer nicht Sitzplätze vorhanden sind. Einige stehen, aber viele, auch junge Damen, sitzen einfach am Boden, auf dem Teppich, die Knie mit den Armen umschlungen oder auch die Beine vor sich gestreckt. Hergesell zum Beispiel, wiewohl im Smoking, sitzt so an der Erde, zu Füßen des Flügels, und neben ihm die Plaichinger. Auch die »Kleinen« sind da: Frau Cornelius, in ihrem Lehnstuhl dem Sänger gegenüber, hält sie beide auf dem Schoß, und Beißer, der Barbar, fängt in den Gesang hinein laut zu reden an, so daß er durch Zischen und Fingerdrohen eingeschüchtert werden muß. Nie würde Lorchen sich so etwas zuschulden kommen lassen: sie hält sich zart und still auf dem Knie der Mutter. Der Professor sucht ihren Blick, um seinem Kindchen heimlich zuzuwinken; aber sie sieht ihn nicht, obgleich sie auch den Künstler nicht zu beachten scheint. Ihre Augen gehen tiefer.

Möller singt den »Joli tambour«:

»Sire, mon roi, donnez-moi votre fille –«

Alle sind entzückt. »Wie gut!« hört man Hergesell in der nasalen und besonderen, gleichsam verwöhnten Art aller Hergesells sagen. Es folgt dann etwas Deutsches, wozu Herr Möller selbst die Melodie komponiert hat und was stürmischen Beifall bei der Jugend findet, ein Bettlerlied:

»Bettelweibel will kirfarten gehn,
Jejucheh!
Bettelmandl will a mitgehn,
Tideldumteideh.«

Geradezu Jubel herrscht nach dem fröhlichen Bettlerlied. »Wie ausnehmend gut!« sagt Hergesell wieder auf seine Art. Noch etwas Ungarisches kommt, auch ein Schlager, in der wildfremden Originalsprache vorgetragen, und Möller hat starken Erfolg. Auch der Professor beteiligt sich ostentativ an dem Applaus. Dieser Einschlag von Bildung und historisierend-rückblickender Kunstübung in die Shimmy-Geselligkeit erwärmt ihn. Er tritt an Möller heran, gratuliert ihm und unterhält sich mit ihm über das Vorgetragene, über seine Quellen, ein Liederbuch mit Noten, das Möller ihm zur Einsichtnahme zu leihen verspricht. Cornelius ist um so liebenswürdiger gegen ihn, als er, nach Art aller Väter, die Gaben und Werte des fremden jungen Menschen sofort mit denen seines eigenen Sohnes vergleicht und Unruhe, Neid und Beschämung dabei empfindet. Da ist nun dieser Möller, denkt er, ein tüchtiger Bankbeamter. (Er weiß gar nicht, ob Möller in der Bank so sehr tüchtig ist.) Und dabei hat er noch dies spezielle Talent aufzuweisen, zu dessen Ausbildung natürlich Energie und Studium gehört haben. Dagegen mein armer Bert, der nichts weiß und nichts kann und nur daran denkt, den Hanswursten zu spielen, obgleich er gewiß nicht einmal dazu Talent hat! – Er möchte gerecht sein, sagt sich versuchsweise, daß Bert bei alledem ein feiner Junge ist, mit mehr Fonds vielleicht als der erfolgreiche Möller; daß möglicherweise ein Dichter in ihm steckt oder so etwas, und daß seine tänzerischen Kellnerpläne bloß knabenhaftes und zeitverstörtes Irrlichtelieren sind. Aber sein neidvoller Vaterpessimismus ist stärker. – Als Möller noch einmal zu singen beginnt, geht Doktor Cornelius wieder zu sich hinüber.

Es wird sieben, während er es bei geteilter Aufmerksamkeit treibt wie bisher; und da ihm noch ein kurzer, sachlicher Brief einfällt, den er ganz gut jetzt schreiben kann, wird es – denn Schreiben ist ein sehr starker Zeitvertreib – beinahe halb acht. Halb neun Uhr soll der italienische Salat eingenommen werden, und so heißt es denn nun ausgehen für den Professor, seine Post einwerfen und sich im Winterdunkel sein Quantum Luft und Bewegung verschaffen. Längst ist der Ball auf der Diele wieder eröffnet; er muß hindurch, um zu seinem Mantel und seinen Überschuhen zu gelangen, aber das hat weiter nichts Spannendes mehr: er ist ja ein wiederholt gesehener Hospitant bei der Jugendgeselligkeit und braucht nicht zu fürchten, daß er stört. Er tritt hinaus, nachdem er seine Papiere verwahrt und seine Briefe an sich genommen, und verweilt sich sogar etwas auf der Diele, da er seine Frau in einem Lehnstuhl neben der Tür seines Zimmers sitzend findet.

Sie sitzt dort und sieht zu, zuweilen besucht von den Großen und anderen jungen Leuten, und Cornelius stellt sich neben sie und blickt ebenfalls lächelnd in das Treiben, das nun offenbar auf den Höhepunkt seiner Lebhaftigkeit gekommen ist. Es sind noch mehr Zuschauer da: die blaue Anna, in strenger Beschränktheit, steht an der Treppe, weil die Kleinen der Festivität nicht satt werden und weil sie achtgeben muß, daß Beißer sich nicht zu heftig dreht und so sein allzu fettes Blut in gefährliche Wallung bringt. Aber auch die untere Welt will etwas vom Tanzvergnügen der Großen haben: sowohl die Damen Hinterhöfer wie auch Xaver stehen an der Tür zur Anrichte und unterhalten sich mit Zusehen. Fräulein Walburga, die ältere der deklassierten Schwestern und der kochende Teil (um sie nicht geradezu als Köchin zu bezeichnen, da sie es nicht gerne hört), schaut mit braunen Augen durch ihre dick geschliffene Rundbrille, deren Nasenbügel, damit er nicht drücke, mit einem Leinenläppchen umwunden ist – ein gutmütig-humoristischer Typ, während Fräulein Cäcilia, die jüngere, wenn auch nicht eben junge, wie stets eine äußerst süffisante Miene zur Schau trägt – in Wahrung ihrer Würde als ehemalige Angehörige des dritten Standes. Sehr bitter leidet Fräulein Cäcilia unter ihrem Sturz aus der kleinbürgerlichen Sphäre in die Dienstbotenregion. Sie lehnt es strikte ab, ein Mützchen oder sonst irgendein Abzeichen des Zimmermädchenberufs zu tragen, und ihre schwerste Stunde kommt regelmäßig am Mittwochabend, wenn Xaver Ausgang hat und sie servieren muß. Sie serviert mit abgewandtem Gesicht und gerümpfter Nase, eine gefallene Königin; es ist eine Qual und tiefe Bedrückung, ihre Erniedrigung mit anzusehen, und die »Kleinen«, als sie einmal zufällig am Abendessen teilnahmen, haben bei ihrem Anblick alle beide und genau gleichzeitig laut zu weinen begonnen.

Solche Leiden kennt Jung-Xaver nicht. Er serviert sogar recht gern, tut es mit einem gewissen sowohl natürlichen wie geübten Geschick, denn er war einmal Pikkolo. Sonst aber ist er wirklich ein ausgemachter Taugenichts und Windbeutel – mit positiven Eigenschaften, wie seine bescheidene Herrschaft jederzeit zuzugeben bereit ist, aber ein unmöglicher Windbeutel eben doch. Man muß ihn nehmen, wie er ist, und von dem Dornbusch nicht Feigen verlangen. Er ist ein Kind und Früchtchen der gelösten Zeit, ein rechtes Beispiel seiner Generation, ein Revolutionsdiener, ein sympathischer Bolschewist. Der Professor pflegt ihn als »Festordner« zu kennzeichnen, da er bei außerordentlichen, bei amüsanten Gelegenheiten durchaus seinen Mann steht, sich anstellig und gefällig erweist. Aber, völlig unbekannt mit der Vorstellung der Pflicht, ist er für die Erfüllung langweilig laufender, alltäglicher Obliegenheiten so wenig zu gewinnen, wie man gewisse Hunde dazu bringt, über den Stock zu springen. Offensichtlich wäre es gegen seine Natur, und das entwaffnet und stimmt zum Verzicht. Aus einem bestimmten, ungewöhnlichen und amüsanten Anlaß wäre er bereit, zu jeder beliebigen Nachtstunde das Bett zu verlassen. Alltäglich aber steht er nicht vor acht Uhr auf – er tut es nicht, er springt nicht über den Stock; aber den ganzen Tag schallen die Äußerungen seiner gelösten Existenz, sein Mundharmonikaspiel, sein rauher, aber gefühlvoller Gesang, sein fröhliches Pfeifen aus dem Küchen-Souterrain ins obere Haus empor, während der Rauch seiner Zigaretten die Anrichte füllt. Er steht und sieht den gefallenen Damen zu, die arbeiten. Des Morgens, wenn der Professor frühstückt, reißt er auf dessen Schreibtisch das Kalenderblatt ab – sonst legt er keine Hand an das Zimmer. Er soll das Kalenderblatt in Ruhe lassen, Doktor Cornelius hat es ihm oftmals anbefohlen, da dieser dazu neigt, auch das nächste noch abzureißen, und so Gefahr läuft, aus aller Ordnung zu geraten. Aber diese Arbeit des Blattabreißens gefällt dem jungen Xaver, und darum läßt er sie sich nicht nehmen.

Übrigens ist er ein Kinderfreund, das gehört zu seinen gewinnenden Seiten. Er spielt aufs treuherzigste mit den Kleinen im Garten, schnitzt und bastelt ihnen talentvoll dieses und jenes, ja liest ihnen sogar mit seinen dicken Lippen aus ihren Büchern vor, was wunderlich genug zu hören ist. Das Kino liebt er von ganzer Seele und neigt zu Schwermut, Sehnsucht und Selbstgesprächen, wenn er es besucht hat. Unbestimmte Hoffnungen, dieser Welt eines Tages persönlich anzugehören und darin sein Glück zu machen, bewegen ihn. Er begründet sie auf sein Schüttelhaar und seine körperliche Gewandtheit und Waghalsigkeit. Öfters besteigt er die Esche im Vorgarten, einen hohen, aber schwanken Baum, klettert von Zweig zu Zweig bis in den obersten Wipfel, so daß jedem angst und bange wird, der ihm zusieht. Oben zündet er sich eine Zigarette an, schwingt sich hin und her, daß der hohe Mast bis in seine Wurzeln schwankt, und hält Ausschau nach einem Kinodirektor, der des Weges kommen und ihn engagieren könnte.

Zöge er seine gestreifte Jacke aus und legte Zivil an, so könnte er einfach mittanzen; er würde nicht sonderlich aus dem Rahmen fallen. Die Freundschaft der Großen ist von gemischtem Äußeren; der bürgerliche Gesellschaftsanzug kommt wohl mehrmals vor unter den jungen Leuten, ist aber nicht herrschend: Typen von der Art des Lieder-Möller sind vielfach eingesprengt, und zwar sowohl weiblicherseits wie unter den jungen Herren. Dem Professor, der neben dem Sessel seiner Frau stehend ins Bild blickt, sind die sozialen Umstände dieses Nachwuchses beiläufig und vom Hörensagen bekannt. Es sind Gymnasiastinnen, Studentinnen und Kunstgewerblerinnen; es sind im männlichen Teil manchmal rein abenteuerliche und von der Zeit ganz eigens erfundene Existenzen. Ein bleicher, lang aufgeschossener Jüngling mit Perlen im Hemd, Sohn eines Zahnarztes, ist nichts als Börsenspekulant und lebt nach allem, was der Professor hört, in dieser Eigenschaft wie Aladdin mit der Wunderlampe. Er hält sich ein Auto, gibt seinen Freunden Champagnersoupers und liebt es, bei jeder Gelegenheit Geschenke unter sie zu verteilen, kostbare kleine Andenken aus Gold und Perlmutter. Auch heute hat er den jungen Gastgebern Geschenke mitgebracht: einen goldenen Bleistift für Bert und für Ingrid ein Paar riesiger Ohrringe, wirkliche Ringe und von barbarischer Größe, die aber gottlob nicht im Ernst durchs Läppchen zu ziehen, sondern nur mit einer Zwicke darüber zu befestigen sind. Die »Großen« kommen und zeigen ihre Geschenke lachend den Eltern, und diese schütteln die Köpfe, indem sie sie bewundern, während Aladdin sich wiederholt aus der Ferne verbeugt.

Die Jugend tanzt eifrig, soweit man es Tanzen nennen kann, was sie da mit ruhiger Hingebung vollzieht. Das schiebt sich eigentümlich umfaßt und in neuartiger Haltung, den Unterleib vorgedrückt, die Schultern hochgezogen und mit einigem Wiegen der Hüften, nach undurchsichtiger Vorschrift schreitend, langsam auf dem Teppich umher, ohne zu ermüden, da man auf diese Weise gar nicht ermüden kann. Wogende Busen, erhöhte Wangen auch nur, sind nicht zu bemerken. Hie und da tanzen zwei junge Mädchen zusammen, zuweilen sogar zwei junge

Männer; es ist ihnen alles einerlei. Sie gehen so zu den exotischen Klängen des Grammophons, das mit robusten Nadeln bedient wird, damit es laut klingt, und seine Shimmys, Foxtrotts und Onesteps erschallen läßt, diese Double Fox, Afrikanischen Shimmys, Java dances und Polka Creolas – wildes, parfümiertes Zeug, teils schmachtend, teils exerzierend, von fremdem Rhythmus, ein monotones, mit orchestralem Zierat, Schlagzeug, Geklimper und Schnalzen aufgeputztes Neger-Amüsement.

»Wie heißt die Platte?« erkundigt sich Cornelius bei der mit dem bleichen Spekulanten vorüberschiebenden Ingrid nach einem Stück, das nicht übel schmachtet und exerziert und ihn durch gewisse Einzelheiten der Erfindung vergleichsweise anmutet.

»Fürst von Pappenheim, Tröste dich, mein schönes Kind«, sagt sie und lächelt angenehm mit ihren weißen Zähnen.

Zigarettenrauch schwebt unter dem Kronleuchter. Der Geselligkeitsdunst hat sich verstärkt – dieser trockensüßliche, verdickte, erregende, an Ingredienzien reiche Festbrodem, der für jeden Menschen, besonders aber für den, der eine allzu empfindliche Jugend überstand, so voll ist von Erinnerungen unreifer Herzenspein... Die »Kleinen« sind immer noch auf der Diele; bis acht dürfen sie mittun, da ihnen das Fest so große Freude macht. Die jungen Leute haben sich an ihre Teilnahme gewöhnt; sie gehören dazu auf ihre Art und gewissermaßen. Übrigens haben sie sich getrennt: Beißer dreht sich allein in seinem blausamtenen Kittelchen in der Mitte des Teppichs, während Lorchen drolligerweise hinter einem schiebenden Paar herläuft und den Tänzer an seinem Smoking festzuhalten sucht. Es ist Max Hergesell mit seiner Dame, der Plaichinger. Sie schieben gut, es ist ein Vergnügen, ihnen zuzusehen. Man muß einräumen, daß aus diesen Tänzen der wilden Neuzeit sehr wohl etwas Erfreuliches gemacht werden kann, wenn die rechten Leute sich ihrer annehmen. Der junge Hergesell führt vorzüglich, frei innerhalb der Regel, wie es scheint. Wie elegant er rückwärts auszuschreiten weiß, wenn Raum vorhanden ist! Aber auch auf dem Platz, im

Gedränge versteht er sich mit Geschmack zu halten, unterstützt von der Schmiegsamkeit einer Partnerin, die die überraschende Grazie entwickelt, über welche volleibige Frauen manchmal verfügen. Sie plaudern Gesicht an Gesicht und scheinen das sie verfolgende Lorchen nicht zu beachten. Andere lachen über die Hartnäckigkeit der Kleinen, und Doktor Cornelius sucht, als die Gruppe an ihm vorüberkommt, sein Kindchen abzufangen und an sich zu ziehen. Aber Lorchen entwindet sich ihm fast gequält und will von Abel zur Zeit nichts wissen. Sie kennt ihn nicht, stemmt das Ärmchen gegen seine Brust und strebt, das liebe Gesichtchen abgewandt, nervös und belästigt von ihm fort, ihrer Caprice nach.

Der Professor kann nicht umhin, sich schmerzlich berührt zu fühlen. In diesem Augenblick haßt er das Fest, das mit seinen Ingredienzien das Herz seines Lieblings verwirrt und es ihm entfremdet. Seine Liebe, diese nicht ganz tendenzlose, an ihrer Wurzel nicht ganz einwandfreie Liebe ist empfindlich. Er lächelt mechanisch, aber seine Augen haben sich getrübt und sich irgendwo vor ihm auf dem Teppichmuster, zwischen den Füßen der Tanzenden »festgesehen«.

»Die Kleinen sollten zu Bette gehn«, sagt er zu seiner Frau. Aber sie bittet um noch eine Viertelstunde für die Kinder. Man habe sie ihnen zugesagt, da sie den Trubel so sehr genössen. Er lächelt wieder und schüttelt den Kopf, bleibt noch einen Augenblick an seinem Platz und geht dann in die Garderobe, die überfüllt ist von Mänteln, Tüchern, Hüten und Überschuhen.

Er hat Mühe, seine eigenen Sachen aus dem Wust hervorzukramen, und darüber kommt Max Hergesell in die Garderobe, indem er sich mit dem Taschentuch die Stirn wischt.

»Herr Professor«, sagt er im Tone aller Hergesells und dienert jugendlich, »... wollen Sie ausgehen? Das ist eine ganz blöde Kiste mit meinen Pumps, sie drücken wie Karl der Große. Das Zeug ist mir einfach zu klein, wie sich herausstellt, von der Härte ganz abgesehen. Es drückt mich hier auf den Nagel vom großen Zeh«, sagt er und steht auf einem Bein, während er den andern Fuß in beiden Händen hält, »daß es knapp in Worte zu fassen ist. Ich habe mich entschließen müssen, zu wechseln, die Straßenschuhe müssen nun doch dran glauben... Oh, darf ich Ihnen behilflich sein?«

»Aber danke!« sagt Cornelius. »Lassen Sie doch! Befreien Sie sich lieber von Ihrer Plage! Sehr liebenswürdig von Ihnen.« Denn Hergesell hat sich auf ein Knie niedergelassen und hakt ihm die Schließen seiner Überschuhe zu.

Der Professor bedankt sich, angenehm berührt von soviel respektvoll treuherziger Dienstfertigkeit. »Noch recht viel Vergnügen«, wünscht er, »wenn Sie gewechselt haben! Das geht natürlich nicht an, daß Sie in drückenden Schuhen tanzen. Unbedingt müssen Sie wechseln. Auf Wiedersehn, ich muß etwas Luft schöpfen.«

»Gleich tanze ich wieder mit Lorchen«, ruft Hergesell ihm noch nach. »Das wird mal eine prima Tänzerin, wenn sie in die Jahre kommt. Garantie!«

»Meinen Sie?« antwortet Cornelius vom Hausflur her. »Ja, Sie sind Fachmann und Champion. Daß Sie sich nur keine Rückgratverkrümmung zuziehen beim Bücken!«

Er winkt und geht. Netter Junge, denkt er, während er das Anwesen verläßt. Stud. ing., klare Direktion, alles in Ordnung. Dabei so gut aussehend und freundlich. – Und schon wieder faßt ihn der Vaterneid seines »armen Bert« wegen, diese Unruhe, die ihm die Existenz des fremden jungen Mannes im rosigsten Licht, die seines Sohnes aber im allertrübsten erscheinen läßt. So tritt er seinen Abendspaziergang an.

Er geht die Allee hinauf, über die Brücke und jenseits ein Stück flußaufwärts, die Uferpromenade entlang bis zur übernächsten Brücke. Es ist naßkalt und schneit zuweilen etwas. Er hat den Mantelkragen aufgestellt, hält den Stock im Rücken, die Krücke an den einen Oberarm gehakt und ventiliert dann und wann seine Lunge tief mit der winterlichen Abendluft. Wie gewöhnlich bei dieser Bewegung denkt er an seine wissenschaftlichen Angelegenheiten, sein Kolleg, die Sätze, die er morgen über Philipps Kampf gegen den germanischen Umsturz sprechen will und die getränkt sein sollen mit Gerechtigkeit und

Melancholie. Namentlich mit Gerechtigkeit! denkt er. Sie ist der Geist der Wissenschaft, das Prinzip der Erkenntnis und das Licht, in dem man den jungen Leuten die Dinge zeigen muß, sowohl um der geistigen Zucht willen, wie auch aus menschlich-persönlichen Gründen: um nicht bei ihnen anzustoßen und sie nicht mittelbar in ihren politischen Gesinnungen zu verletzen, die heutzutage natürlich schrecklich zerklüftet und gegensätzlich sind, so daß viel Zündstoff vorhanden ist und man sich leicht das Gescharr der einen Seite zuziehen, womöglich Skandal erregen kann, wenn man historisch Partei nimmt. Aber Parteinahme, denkt er, ist eben auch unhistorisch; historisch allein ist die Gerechtigkeit. Nur allerdings, eben darum und wohlüberlegt... Gerechtigkeit ist nicht Jugendhitze und frisch-fromm-fröhliche Entschlossenheit, sie ist Melancholie. Da sie jedoch von Natur Melancholie ist, so sympathisiert sie auch von Natur und insgeheim mit der melancholischen, der aussichtslosen Partei und Geschichtsmacht mehr als mit der frisch-fromm-fröhlichen. Am Ende besteht sie aus solcher Sympathie und wäre ohne sie gar nicht vorhanden? Am Ende gibt es also gar keine Gerechtigkeit? fragt sich der Professor und ist in diesen Gedanken so vertieft, daß er seine Briefe ganz unbewußt in den Kasten bei der übernächsten Brücke wirft und anfängt zurückzugehen. Es ist ein die Wissenschaft störender Gedanke, dem er da nachhängt, aber er ist selber Wissenschaft, Gewissensangelegenheit, Psychologie und muß pflichtgemäß vorurteilslos aufgenommen werden, ob er nun stört oder nicht... Unter solchen Träumereien kehrt Doktor Cornelius nach Hause zurück.

Im Torbogen der Haustür steht Xaver und scheint nach ihm auszuschauen.

»Herr Professor«, sagt Xaver mit seinen dicken Lippen und wirft das Haar zurück, »gehen S' nur glei nauf zum Lorchen. Die hat's.«

»Was gibt es?« fragt Cornelius erschrocken. »Ist sie krank?«

»Ne, krank grad net«, antwortet Xaver. »Bloß erwischt hat sie's und recht weinen tut s' alleweil recht heftik. Es is zwegn den Herrn, der wo mit ihr tanzt hat, den Frackjacketen, Herrn

Hergesell. Net weg hat s' mögn von der Diele um kein Preis net und weint ganze Bäch. Recht erwischt hat sie's halt bereits recht heftik.«

»Unsinn«, sagt der Professor, der eingetreten ist und seine Sachen in die Garderobe wirft. Er sagt nichts weiter, öffnet die verkleidete Glastür zur Diele und gönnt der Tanzgesellschaft keinen Blick, während er rechtshin zur Treppe geht. Er nimmt die Treppe, indem er jede zweite Stufe überschlägt, und begibt sich über die obere Diele und noch einen kleinen Flur direkt ins Kinderzimmer, gefolgt von Xaver, der an der Tür stehen bleibt.

Im Kinderzimmer ist noch helles Licht. Ein bunter Bilderfries aus Papier läuft rings um die Wände, ein großes Regal ist da, das wirr mit Spielzeug gefüllt ist, ein Schaukelpferd mit rotlackierten Nüstern stemmt die Hufe auf seine geschwungenen Wiegebalken, und weiteres Spielzeug – eine kleine Trompete, Bauklötze, Eisenbahnwaggons – liegt noch auf dem Linoleum des Fußbodens umher. Die weißen Geländerbettchen stehen nicht weit voneinander: das Lorchens ganz in der Ecke am Fenster und Beißers einen Schritt davon, frei ins Zimmer hinein.

Beißer schläft. Er hat wie gewöhnlich, unter Blau-Annas Assistenz, mit schallender Stimme gebetet und ist dann sofort in Schlaf gefallen, in seinen stürmischen, rot glühenden, ungeheuer festen Schlaf, in dem auch ein neben seinem Lager abgefeuerter Kanonenschuß ihn nicht stören würde: seine geballten Fäuste, aufs Kissen zurückgeworfen, liegen zu beiden Seiten des Kopfes, neben der von vehementem Schlaf zerzausten, verklebten, schlecht sitzenden kleinen Perücke.

Lorchens Bett ist von Frauen umgeben: außer der blauen Anna stehen auch die Damen Hinterhöfer an seinem Geländer und besprechen sich mit jener sowohl wie untereinander. Sie treten zur Seite, als der Professor sich nähert, und da sieht man denn Lorchen in ihren kleinen Kissen sitzen, bleich und so bitterlich weinend und schluchzend, wie Doktor Cornelius sich nicht erinnert, sie je gesehn zu haben. Ihre schönen kleinen Hände liegen vor ihr auf der Decke, das mit einer schmalen Spitzenkante versehene Nachthemdchen ist ihr von einer ihrer spatzenhaft mageren Schultern geglitten, und den Kopf, dies süße Köpfchen, das Cornelius so liebt, weil es mit seinem vorgebauten Untergesichtchen so ungewöhnlich blütenhaft auf dem dünnen Stengel des Hälschens sitzt, hat sie schräg in den Nacken gelegt, so daß ihre weinenden Augen hinauf in den Winkel von Decke und Wand gerichtet sind, und dorthin scheint sie ihrem eigenen großen Herzeleid beständig zuzunicken; denn, sei es willkürlich und ausdrucksweise, sei es durch die Erschütterung des Schluchzens – ihr Köpfchen nickt und wackelt immerfort, ihr beweglicher Mund aber, mit der bogenförmig geschnittenen Oberlippe, ist halb geöffnet, wie bei einer kleinen mater dolorosa, und während die Tränen ihren Augen entstürzen, stößt sie monotone Klagelaute aus, die nichts mit dem ärgerlichen und überflüssigen Geschrei unartiger Kinder zu tun haben, sondern aus wirklicher Herzensnot kommen und dem Professor, der Lorchen überhaupt nicht weinen sehen kann, sie aber so noch nie gesehen hat, ein unerträgliches Mitleid zufügen. Dies Mitleid äußert sich vor allem in schärfster Nervosität gegen die beistehenden Damen Hinterhöfer.

»Mit dem Abendessen«, sagt er bewegt, »gibt es sicher eine Menge zu tun. Wie es scheint, überläßt man es der gnädigen Frau allein, sich darum zu kümmern?«

Das genügt für die Feinhörigkeit ehemaliger Mittelstandspersonen. In echter Gekränktheit entfernen sie sich, an der Tür auch noch mimisch verhöhnt von Xaver Kleinsgütl, der frischweg und von vornherein gleich niedrig geboren ist und dem die Gesunkenheit der Damen allezeit den größten Spaß macht.

»Kindchen, Kindchen«, sagt Cornelius gepreßt und schließt das leidende Lorchen in seine Arme, indem er sich auf den Stuhl am Gitterbettchen niederläßt. »Was ist denn mit meinem Kindchen?«

Sie benäßt sein Gesicht mit ihren Tränen.

»Abel... Abel...« stammelt sie schluchzend, »warum... ist... Max... nicht mein Bruder? Max... soll... mein Bruder sein...«

Was für ein Unglück, was für ein peinliches Unglück! Was hat die Tanzgeselligkeit da angerichtet mit ihren Ingredienzien! denkt Cornelius und blickt in voller Ratlosigkeit zur blauen Kinds-Anna auf, welche, die Hände auf der Schürze zusammengelegt, in würdiger Beschränktheit am Fußende des Bettchens steht. »Es verhält sich an dem«, sagt sie streng und weise, mit angezogener Unterlippe, »daß bei dem Kind die weiblichen Triebe ganz uhngemein lepphaft in Vorschein treten.«

»Halten Sie doch den Mund«, antwortet Cornelius gequält. Er muß noch froh sein, daß Lorchen sich ihm wenigstens nicht entzieht, ihn nicht von sich weist, wie vorhin auf der Diele, sondern sich hilfesuchend an ihn schmiegt, während sie ihren törichten, verworrenen Wunsch wiederholt, daß Max doch ihr Bruder sein möchte, und aufjammernd verlangt, zu ihm, auf die Diele, zurückzukehren, damit er wieder mit ihr tanze. Aber Max tanzt ja auf der Diele mit Fräulein Plaichinger, die ein ausgewachsener Koloß ist und alle Rechte auf ihn hat – während Lorchen dem von Mitleid zerrissenen Professor noch nie so winzig und spatzenhaft vorgekommen ist wie jetzt, da sie sich hilflos, von Schluchzen gestoßen, an ihn schmiegt und nicht weiß, wie ihrem armen Seelchen geschieht. Sie weiß es nicht. Es ist ihr nicht deutlich, daß sie um der dicken, ausgewachsenen, vollberechtigten Plaichinger willen leidet, die auf der Diele mit Max Hergesell tanzen darf, während Lorchen es nur spaßeshalber einmal durfte, nur im Scherz, obgleich sie die unvergleichlich Lieblichere ist. Daraus aber dem jungen Hergesell einen Vorwurf zu machen, ist durchaus unmöglich, da es eine wahnsinnige Zumutung an ihn enthalten würde. Lorchens Kummer ist recht- und heillos und müßte sich also verbergen. Da er aber ohne Verstand ist, ist er auch ohne Hemmung, und das erzeugt eine große Peinlichkeit. Blau-Anna und Xaver machen sich gar nichts aus dieser Peinlichkeit, zeigen sich unempfindlich für sie, sei es aus Dummheit, sei es aus trockenem Natursinn. Aber des Professors Vaterherz ist ganz zerrissen von ihr und von den beschämenden Schrecken der recht- und heillosen Leidenschaft.

Es hilft nichts, daß er dem armen Lorchen vorhält, wie sie ja doch einen ausgezeichneten kleinen Bruder habe, in der Person des heftig schlafenden Beißer nebenan. Sie wirft nur durch ihre Tränen einen verächtlichen Schmerzensblick hinüber zum andern Bettchen und verlangt nach Max. Es hilft auch nichts, daß er ihr für morgen einen ausgedehnten Fünf-Herren-Spaziergang ums Eßzimmer verspricht und ihr zu schildern versucht, in welcher glänzenden Ausführlichkeit sie das Kissenspiel vor Tische vollziehen wollen. Sie will von alldem nichts wissen, auch nicht davon, sich niederzulegen und einzuschlafen. Sie will nicht schlafen, sie will aufrecht sitzen und leiden... Aber da horchen beide, Abel und Lorchen, auf etwas Wunderbares, was nun geschieht, was sich schrittweise, in zwei Paar Schritten, dem Kinderzimmer nähert und überwältigend in Erscheinung tritt...

Es ist Xavers Werk – sofort wird das klar. Xaver Kleinsgütl ist nicht die ganze Zeit an der Tür gestanden, wo er die ausgewiesenen Damen verhöhnte. Er hat sich geregt, etwas unternommen und seine Anstalten getroffen. Er ist auf die Diele hinuntergestiegen, hat Herrn Hergesell am Ärmel gezogen, ihm mit seinen dicken Lippen etwas gesagt und eine Bitte an ihn gerichtet. Da sind sie nun beide. Xaver bleibt wiederum an der Tür zurück, nachdem er das Seine getan; aber Max Hergesell kommt durch das Zimmer auf Lorchens Gitterbett zu, in seinem Smoking, mit seinem kleinen dunklen Backenbart-Anflug neben den Ohren und seinen hübschen schwarzen Augen – kommt daher im sichtlichen Vollgefühl seiner Rolle als Glückbringer, Märchenprinz und Schwanenritter, wie einer, der sagt: Nun denn, da bin ich, alle Not hat nun restlos ein Ende!

Cornelius ist fast ebenso überwältigt wie Lorchen.

»Sieh einmal«, sagt er schwach, »wer da kommt. Das ist aber außerordentlich freundlich von Herrn Hergesell.«

»Das ist gar nicht besonders freundlich von ihm!« sagt Hergesell. »Das ist ganz selbstverständlich, daß er noch mal nach seiner Tänzerin sieht und ihr gute Nacht sagt.«

Und er tritt an das Gitter, hinter dem das verstummte Lorchen sitzt. Sie lächelt selig durch ihre Tränen. Ein kleiner, hoher Laut, ein halbes Seufzen des Glücks kommt noch aus ihrem Mund,

und dann blickt sie schweigend zum Schwanenritter auf, mit ihren goldnen Augen, die, obgleich nun verquollen und rot, so unvergleichlich viel lieblicher sind als die der vollbeleibten Plaichinger. Sie hebt nicht die Ärmchen, ihn zu umhalsen. Ihr Glück, wie ihr Schmerz, ist ohne Verstand, aber sie tut das nicht. Ihre schönen, kleinen Hände bleiben still auf der Decke, während Max Hergesell sich mit den Armen auf das Gitter stützt wie auf eine Balkonbrüstung.

»Damit sie nicht«, sagt er, »auf ihrem Bette weinend sitzt die kummervollen Nächte!« Und er äugelt nach dem Professor, um Beifall einzuheimsen für seine Bildung. »Ha, ha, ha, in den Jahren! ›Tröste dich, mein schönes Kind!‹ Du bist gut. Aus dir kann was werden. Du brauchst bloß so zu bleiben. Ha, ha, ha, in den Jahren! Wirst du nun schlafen und nicht mehr weinen, Loreleyerl, wo ich gekommen bin?«

Verklärt blickt Lorchen ihn an. Ihr Spatzenschulterchen ist bloß; der Professor zieht ihr die schmale Klöppelborte darüber. Er muß an eine sentimentale Geschichte denken von dem sterbenden Kind, dem man einen Clown bestellt, den es im Zirkus mit unauslöschlichem Entzücken gesehen. Er kam im Kostüm zu dem Kind in dessen letzter Stunde, vorn und hinten mit silbernen Schmetterlingen bestickt, und es starb in Seligkeit. Max Hergesell ist nicht bestickt, und Lorchen soll gottlob nicht sterben, sondern es hat sie nur »recht heftik erwischt«; aber sonst ist es wirklich eine verwandte Geschichte, und die Empfindungen, die den Professor gegen den jungen Hergesell beseelen, der da lehnt und gar dämlich schwatzt – mehr für den Vater als für das Kind, was Lorchen aber nicht merkt –, sind ganz eigentümlich aus Dankbarkeit, Verlegenheit, Haß und Bewunderung zusammengequirlt.

»Gute Nacht, Loreleyerl!« sagt Hergesell und gibt ihr über das Gitter die Hand. Ihr kleines, schönes, weißes Händchen verschwindet in seiner großen, kräftigen, rötlichen. »Schlafe gut«, sagt er. »Träume süß! Aber nicht von mir! Um Gottes willen! In den Jahren! Ha, ha, ha, ha!« Und er beendet seinen märchenhaften Clownsbesuch, von Cornelius zur Tür geleitet.

»Aber nichts zu danken! Aber absolut kein Wort zu verlieren!« wehrt er höflich-hochherzig ab, während sie zusammen dorthin gehen; und Xaver schließt sich ihm an, um drunten den italienischen Salat zu servieren.

Aber Doktor Cornelius kehrt zu Lorchen zurück, die sich nun niedergelassen, die Wange auf ihr flaches kleines Kopfkissen gelegt hat.

»Das war aber schön«, sagt er, während er zart die Decke über ihr ordnet, und sie nickt mit einem nachschluchzenden Atemzug. Wohl noch eine Viertelstunde sitzt er am Gitter und sieht sie entschlummern, dem Brüderchen nach, das den guten Weg schon soviel früher gefunden. Ihr seidiges braunes Haar gewinnt den schönen, geringelten Fall, den es im Schlafe zu zeigen pflegt; tief liegen die langen Wimpern über den Augen, aus denen sich soviel Leid ergossen; der engelhafte Mund mit der gewölbten, geschwungenen Oberlippe steht in süßer Befriedigung offen, und nur noch manchmal zittert in ihrem langsamen Atem ein verspätetes Schluchzen nach.

Und ihre Händchen, die weiß-rosig blütenhaften Händchen, wie sie da ruhen, das eine auf dem Blau der Steppdecke, das andere vor ihrem Gesicht auf dem Kissen! Doktor Cornelius' Herz füllt sich mit Zärtlichkeit wie mit Wein.

Welch ein Glück, denkt er, daß Lethe mit jedem Atemzug dieses Schlummers in ihre kleine Seele strömt; daß so eine Kindernacht zwischen Tag und Tag einen tiefen und breiten Abgrund bildet! Morgen, das ist gewiß, wird der junge Hergesell nur noch ein blasser Schatten sein, unkräftig, ihrem Herzen irgendwelche Verstörung zuzufügen, und in gedächtnisloser Lust wird sie mit Abel und Beißer dem Fünf-Herren-Spaziergang, dem spannenden Kissenspiel obliegen.

Dem Himmel sei Dank dafür!

Die Betrogene

In den zwanziger Jahren unseres Jahrhunderts lebte in Düsseldorf am Rhein, verwitwet seit mehr als einem Jahrzehnt, Frau Rosalie von Tümmler mit ihrer Tochter Anna und ihrem Sohne Eduard in bequemen, wenn auch nicht üppigen Verhältnissen. Ihr Gatte, Oberstleutnant von Tümmler, war ganz zu Anfang des Krieges, nicht im Gefecht, sondern auf recht sinnlose Weise durch einen Automobilunfall, doch konnte man trotzdem sagen: auf dem Felde der Ehre, ums Leben gekommen, – ein harter Schlag, in patriotischer Ergebung hingenommen von der damals erst vierzigjährigen Frau, die nun für ihre Kinder des Vaters, für sich selbst aber eines heiteren Gemahls entbehren mußte, dessen öftere Abweichungen von der Richtschnur ehelicher Treue nur das Merkmal überschüssiger Rüstigkeit gewesen waren.

Rheinländerin von Geblüt und Mundart, hatte Rosalie die Jahre ihrer Ehe, zwanzig an der Zahl, in dem gewerbfleißigen Duisburg verbracht, wo von Tümmler garnisonierte, war aber nach dem Verlust des Gatten mit der achtzehnjährigen Tochter und dem um zwölf Jahre jüngeren Söhnchen nach Düsseldorf übergesiedelt, teils um der schönen Parkanlagen willen, die diese Stadt auszeichnen (denn Frau von Tümmler war eine große Naturfreundin), teils weil Anna, ein ernstes Mädchen, der Malerei zuneigte und die berühmte Kunstakademie zu besuchen wünschte. Seit einem Jahrzehnt bewohnte die kleine Familie in einer ruhigen mit Linden bepflanzten, nach Peter von Cornelius benannten Villenstraße ein gartenumschlossenes, mit dem etwas verjährten, aber behaglichen Mobiliar im Stil von Rosaliens Vermählungszeit ausgestattetes Häuschen, das einem kleinen Kreis von Verwandten und Freunden, darunter Professoren der Maler- und auch der medizinischen Akademie, dann ein und das andere Ehepaar aus industrieller Sphäre, öfters zu anständig aufgeräumten, nach Landesart auch gern ein wenig weinseligen Abendfeiern gastlich offenstand.

Frau von Tümmler war gesellig von Anlage. Sie liebte es, auszugehen und in den ihr gesteckten Grenzen ein Haus zu machen. Ihre schlichte und heitere Gemütsart, ihre Herzenswärme, von der ihre Liebe zur Natur ein Ausdruck war, erwarben ihr allgemeine Zuneigung. Nicht groß von Person, die Figur aber wohlerhalten, mit schon stark ergrautem, reichlichem, welligem Haar und feinen, wenn auch etwas alternden Händen, auf deren Rücken gar zu viele und große, sommersprossenähnliche Hautverfärbungen sich mit den Jahren hervorgetan hatten (eine Erscheinung, gegen die noch kein Mittel gefunden ist), wirkte sie jugendlich kraft eines Paars prächtiger, lebendiger brauner Augen, die, genau von der Farbe geschälter Kastanien, aus einem fraulich lieben Gesicht von den angenehmsten Zügen leuchteten. Einer kleinen Neigung zur Nasenröte, die sich gerade in Gesellschaft, bei angeregter Stimmung, geltend machte, suchte sie durch ein wenig Puder abzuhelfen – unnötigerweise, da sie sie nach allgemeinem Urteil herzig kleidete.

Im Frühling geboren, ein Maienkind, hatte Rosalie ihr fünfzigstes Wiegenfest mit ihren Kindern und zehn oder zwölf Hausfreunden, Damen und Herren, an blumenbestreuter Tafel in einem mit bunten Lampions geschmückten Wirtsgarten vor der Stadt bei Gläserklang und teils gemütvollen, teils scherzhaften Toastsprüchen begangen und war fröhlich gewesen mit den Fröhlichen – nicht ganz ohne Anstrengung; denn seit längerem schon, und so gerade an diesem Abend, litt ihr Wohlbefinden unter organisch-kritischen Vorgängen ihrer Jahre, dem stockenden, bei ihr unter seelischen Widerständen sich vollziehenden Erlöschen ihrer physischen Weiblichkeit. Es schuf ihr ängstliche Wallungen, Unruhe des Herzens, Kopfweh, Tage der Schwermut und einer Reizbarkeit, die ihr auch an jenem Festabend einige der zu ihren Ehren gehaltenen launigen Herrenreden als unleidlich dumm hatten erscheinen lassen. Sie hatte deswegen leicht verzweifelte Blicke mit ihrer Tochter getauscht, bei der es, wie sie wußte, keiner besonderen Dispositition zur Unduldsamkeit bedurfte, um dergleichen Bowlenhumor albern zu finden.

Sie stand auf sehr herzlichem, vertrautem Fuß mit diesem Kinde, das ihr, dem Sohne an Jahren so weit voran, zu einer Freundin geworden war, vor der sie auch mit den Nöten ihres Übergangszustandes nicht schweigsam zurückhielt. Anna, jetzt neunundzwanzig, bald dreißig schon, war unverheiratet geblieben, was Rosalie aus einfachem Egoismus, weil sie die Tochter lieber als Hausgenossin und Lebensgefährtin behielt, als sie einem Manne abzutreten, nicht ungern sah. Höher gewachsen als ihre Mutter, hatte Fräulein von Tümmler dieselben kastanienfarbenen Augen wie jene, – und dieselben doch nicht, da ihnen die naive Lebendigkeit der mütterlichen fehlte, ihr Blick vielmehr von sinnender Kühle war. Anna war mit einem Klumpfuß geboren, der, in ihrer Kindheit einmal ohne nachhaltigen Erfolg operiert, sie immer von Tanz und Sport, eigentlich von aller Teilnahme an jugendlichem Leben ausgeschlossen hatte. Eine ungewöhnliche Intelligenz, in der Anlage gegeben, verstärkt durch die Benachteiligung, mußte aufkommen für das Versagte. Sie hatte mit Leichtigkeit, bei nur zwei oder drei privaten Unterrichtsstunden am Tage, das Gymnasium absolviert, die Reifeprüfung bestanden, dann aber keine Wissenschaft weiter verfolgt, sondern sich der bildenden Kunst, zunächst der Plastik, hierauf der Malerei zugewandt und dabei schon als Schülerin eine höchst geistige, die bloße Naturnachahmung verschmähende, den Sinneseindruck ins streng Gedankliche, abstrakt Symbolische, oft ins kubisch Mathematische transfigurierende Richtung eingeschlagen. Frau von Tümmler betrachtete die Bilder ihrer Tochter, in denen sich das Hochentwickelte dem Primitiven, das Dekorative dem Tiefsinnigen, ein sehr verfeinerter Sinn für Farbenkombinationen dem Asketischen der Gestaltung vereinte, mit betrübter Hochachtung.

»Bedeutend, sicher bedeutend, liebes Kind«, sagte sie. »Professor Zumsteg wird es schätzen. Er hat dich in dieser Malweise bestärkt und hat das Auge und den Verstand dafür. Man muß das Auge und den Verstand dafür haben. Wie nennst du es?«

»Bäume im Abendwind.«

»Das gibt doch einen Wink dafür, wohin deine Absichten gingen. Sollten diese Kegel und Kreise auf grau-gelbem Grunde die Bäume – und diese eigentümliche Linie, die sich spiralförmig aufwickelt, den Abendwind vorstellen? Interessant, Anna, interessant. Aber guter Gott, mein Kind, die liebe Natur, was macht ihr aus ihr! Wolltest du doch ein einzig Mal dem Gemüt etwas bieten mit deiner Kunst, etwas fürs Herz malen, ein schönes Blumenstilleben, einen frischen Fliederstrauß, so anschaulich, daß man seinen entzückenden Duft zu spüren meinte, bei der Vase aber stünden ein paar zierliche Meißener Porzellanfiguren, ein Herr, der einer Dame eine Kußhand zuwirft, und alles müßte sich in der glänzend polierten Tischplatte spiegeln...«

»Halt, halt, Mama! Du hast ja eine ausschweifende Phantasie. Aber so kann man doch nicht mehr malen!«

»Anna, du wirst mir nicht einreden wollen, daß du etwas Herzerquickendes dieser Art nicht malen könntest, bei deiner Begabung.«

»Du mißverstehst mich, Mama. Es handelt sich nicht darum, ob ich es könnte. Man kann es nicht. Der Stand von Zeit und Kunst läßt es nicht mehr zu.«

»Desto trauriger für Zeit und Kunst! Nein, verzeih, mein Kind, ich wollte das nicht so sagen. Wenn es das fortschreitende Leben ist, das es verhindert, so ist keine Trauer am Platze. Im Gegenteil wäre es traurig, hinter ihm zurückzubleiben. Ich verstehe das vollkommen. Und ich verstehe auch, daß Genie dazu gehört, sich eine so vielsagende Linie wie deine da auszudenken. Mir sagt sie nichts, aber ich sehe ihr deutlich an, daß sie vielsagend ist.«

Anna küßte ihre Mutter, indem sie die Palette und den nassen Pinsel in ihren Händen weit von ihr abhielt. Und Rosalie küßte sie auch, in der Seele froh darüber, daß die Tochter in ihrem zwar abgezogenen und, wie ihr schien, abtötenden, aber doch handwerklich-praktischen Tun, im Malerkittel, Trost und Ausgleich fand für vielen Verzicht.

Wie sehr ein hinkender Gang dem anderen Geschlecht die sinnliche Teilnahme an einer Mädchenerscheinung verkümmert, hatte Fräulein von Tümmler früh erfahren und sich dagegen mit einem Stolz gewappnet, der nun wieder, wie es so geht, in Fällen, wo trotz ihrem Gebrechen die Neigung eines jungen Mannes sich ihr hatte zuwenden wollen, sie durch kalt abweisenden Unglauben entmutigt und im Keim erstickt hatte. Einmal, bald nach vollzogenem Aufenthaltswechsel, hatte sie geliebt – und sich ihrer Leidenschaft qualvoll geschämt, da sie der körperlichen Schönheit des jungen Mannes galt, eines Chemikers von Ausbildung, nach dessen Sinn es gewesen war, die Wissenschaft möglichst bald zu Gelde zu machen, so daß er es nach Ablegung des Doktorexamens schnell zu einer ansehnlich-einträglichen Position in einer Düsseldorfer chemischen Fabrik gebracht hatte. Seine bräunliche Mannespracht, bei einem offenen, auch die Männer gewinnenden Wesen und soviel Tüchtigkeit, war Gegenstand der Schwärmerei aller Mädchen und Frauen der Gesellschaft, der Verhimmelung durch Gänse und Puten; und Annas schnödes Leid war es nun gewesen, zu schmachten, wo alle schmachteten, und sich durch ihre Sinne zu einem Allerweltsgefühl verurteilt zu finden, für dessen Tiefe sie vor sich selbst vergebens um Eigenwürde kämpfte.

Übrigens unterhielt Dr. Brünner (so hieß der Herrliche), gerade weil er sich als praktischen Streber kannte, eine gewisse korrigierende Neigung zum Höheren und Aparten und bemühte sich eine Zeitlang unverhohlen um Fräulein von Tümmler, plauderte in Gesellschaft mit ihr über Literatur und Kunst, raunte ihr mit seiner einschmeichelnden Stimme abschätzig-moquante Bemerkungen zu über diese und jene seiner Verehrerinnen und schien einen Bund mit ihr schließen zu wollen gegen die ihn lüstern belästigende, durch kein Gebrechen verfeinerte Durchschnittlichkeit. Wie es um sie selber stand, und welche qualvolle Beglückung er ihr durch die Verspottung anderer Frauen bereitete, davon schien er keine Ahnung zu haben, sondern nur Schutz zu suchen und zu finden in ihrer intelligenten Nähe vor den Beschwernissen verliebter Nachstellung, deren

Opfer er war, und um ihre Achtung zu werben eben dafür, daß er Wert legte auf diese Achtung. Die Versuchung, sie ihm zu gewähren, war groß und tief gewesen für Anna, obgleich sie wußte, daß ihr nur daran lag, ihre Schwäche für seinen Mannesreiz damit zu beschönigen. Zu ihrem süßen Entsetzen hatte sein Werben angefangen, nach wirklicher Werbung, nach Wahl und Antrag auszusehen, und Anna mußte sich immer gestehen, daß sie ihn rettungslos geheiratet hätte, wenn es zum entscheidenden Wort gekommen wäre. Dieses blieb aber aus. Ihn sich hinwegsetzen zu lassen über ihren Körperschaden und dazu noch über ihre bescheidene Mitgift, hatte sein Ehrgeiz nach dem Höheren nicht zugereicht. Er hatte sich bald von ihr gelöst und eine reiche Fabrikantentochter aus Bochum geehelicht, in deren Stadt und väterliches Chemikaliengeschäft er denn auch zum Jammer der Düsseldorfer Frauenwelt und zu Annas Erleichterung verzogen war.

Rosalie wußte von diesem schmerzlichen Erlebnis ihrer Tochter und hätte davon gewußt, auch wenn diese damals nicht eines Tages, in einer Anwandlung hemmungsloser Ergießung, an ihrem Busen über das, was sie ihre Schmach nannte, bittere Tränen vergossen hätte. Frau von Tümmler besaß, obgleich sonst nicht sehr klug, einen ungewöhnlichen, nicht etwa boshaften, sondern rein sympathetischen Scharfblick für alles weibliche Leben, das seelische und das physische, für alles, was die Natur dem Weibe auferlegt hat, so daß ihr in ihrem Kreise nicht leicht ein Vorgang und Zustand dieses Bezirks entging. Sie erkannte an einem vermeintlich unbeobachteten Vorsichhinlächeln, einem Erröten oder einem Aufglänzen der Augen, welches Mädchen für welchen jungen Mann eingenommen war und berichtete der vertrauten Tochter, die nichts davon wußte und kaum davon wissen wollte, über ihre Wahrnehmungen. Instinktweise, zu ihrem Vergnügen oder Bedauern, war ihr bekannt, ob eine Frau in ihrer Ehe Zufriedenstellung fand oder es daran fehlte. Eine Schwangerschaft stellte sie mit Sicherheit im alleranfänglichsten Stadium fest, wobei sie, wohl weil es sich um Erfreulich-Natürliches handelte, in den Dialekt fiel und sagte: »Da is wat am kommen.« Es freute sie, zu sehen, daß Anna dem jungen Bruder, der die oberen Gymnasialklassen besuchte, gern bei seinen Schulaufgaben half; denn, vermöge einer so naiven wie treffenden psychologischen Gewitztheit erriet sie die Genugtuung, die dieser überlegene Dienst am Männlichen der Verschmähten bewußt oder unbewußt bereitete.

Man kann nicht sagen, daß sie an dem Sohn, einem lang aufgeschossenen Rotkopf, der dem verstorbenen Vater ähnlich sah und übrigens für die humanistischen Studien wenig veranlagt war, sondern vielmehr vom Brücken- und Wegebau träumte und Ingenieur werden wollte, besonderen Anteil genommen hätte. Eine kühle, nur obenhin und mehr der Form wegen sich erkundigende Freundlichkeit war alles, was sie ihm entgegenbrachte. Der Tochter dagegen, der hing sie an, ihrer einzigen wirklichen Freundin. Bei Annas Verschlossenheit hätte man das Vertrauensverhältnis zwischen den beiden einseitig nennen können, wenn nicht die Mutter ohnehin alles von ihres gehemmten Kindes Seelenleben, der stolzen und bitteren Resignation dieser Seele gewußt und daraus das Recht und die Schuldigkeit abgeleitet hätte, sich ihr ebenfalls rückhaltlos aufzuschließen.

Ohne Empfindlichkeit, mit gutem Humor, nahm sie dabei so manches liebevoll-nachsichtige, auch wehmütig-spöttische, sogar etwas gepeinigte Lächeln der töchterlichen Freundin in den Kauf und ließ sich, selbst gütig, gern gütig behandeln, zum Lachen bereit über die eigene Herzenseinfalt, die sie ja doch für das Glücklich-Rechte hielt, so daß sie zugleich über sich selbst und über Annas verzogene Miene lachte. So war es oft, besonders wenn sie ihrer Naturinnigkeit die Zügel schießen ließ, für die sie das geistige Mädchen immerfort zu gewinnen trachtete. Es ist nicht zu sagen, wie sie den Frühling liebte, *ihre* Jahreszeit, in der sie geboren war, und die ihr, so behauptete sie, von jeher ganz persönlich geheime Ströme von Gesundheit und Lebenslust zugeführt habe. Beim Locken der Vögel in den lind gewordenen Lüften verklärte sich ihr Gesicht. Im Garten die ersten Krokus und Märzenbecher, das Sprießen und Prangen der Hyazinthen und Tulpen in den Rabatten am Haus freute die Gute zu

Tränen. Die lieben Veilchen an ihren Wegen ins Land, das gelb erblühende Ginster- und Forsythiengebüsch, der Rot- und Weißdorn, der Flieder gar, und wie die Kastanien ihre Kerzen aufsteckten, weiße und rote, – die Tochter mußte es alles mit ihr bewundern und in ihr Entzücken einstimmen: Rosalie holte sie aus ihrer zum Atelier eingerichteten Nordstube, von ihrem abstrakten Handwerk, und willig lächelnd legte Anna den Kittel ab und begleitete die Mutter stundenlang; denn sie war überraschend gut zu Fuß, und, wenn sie in Gesellschaft ihr Hinken durch möglichste Sparsamkeit der Bewegung verbarg, so ging sie doch, wenn sie frei und beliebig stampfen durfte, mit großer Ausdauer.

Die Baumblüte, wenn die Chausseen poetisch wurden, die heimatliche Landschaft um ihre Spazierwege sich in weiße und rosige, fruchtverheißende Lieblichkeit kleidete – was für eine bezaubernde Jahreszeit! Von den Blütenkätzchen der hohen Silberpappeln, die den Wasserlauf säumten, wo sie oft gingen, stäubte es schneeig auf sie hinab, trieb im Winde, bedeckte den Boden; und Rosalie, die auch dies entzückend fand, wußte genug Botanik, um die Tochter belehren zu können, daß die Pappelbäume »zweihäusige« Gewächse seien, bei denen die einen nur eingeschlechtig männliche, die anderen nur weibliche Blüten tragen. Sie sprach auch gern von Windbestäubung, will sagen: vom Liebesdienste des Zephirs an den Kindern der Flur, seinem gefälligen Hintragen des Blütenstaubes auf die keusch wartende weibliche Narbe, – eine Art der Befruchtung, die ihr besonders anmutig schien.

Die Rosenzeit war ihre ganze Wonne. Sie zog die Königin der Blumen an Stöcken in ihrem Garten, schützte sie sorgfältig, mit gebotenen Mitteln, gegen fressende Raupen, und immer standen, solange die Glorie nur währte, auf den Etagèren und Tischchen ihres Boudoirs Sträuße von wohlerquickten Rosen, knospenden, halb- und vollerblühten, roten namentlich (denn weiße sah sie nicht gern), von eigener Zucht oder Gaben der Aufmerksamkeit von Besucherinnen, denen ihre Passion bekannt war. Sie konnte lange, mit geschlossenen Augen ihr Gesicht in solchem Strauße bergen und, wenn sie es wieder daraus erhob, versichern, das sei Götterduft; als Psyche sich mit der Lampe über den schlafenden Amor beugte, habe sein Hauch, hätten seine Locken und Wangen ihr Näschen gewiß mit diesem Wohlgeruch erfüllt; es sei Himmelsarom, und sie zweifle nicht, daß man als seliger Geist dort oben in Ewigkeit Rosenduft atmen werde. – Dann werde man sich, war Annas skeptische Bemerkung dazu, sehr bald bis zu dem Grade an ihn gewöhnt haben, daß man ihn überhaupt nicht mehr spüren werde. Aber Frau von Tümmler verwies ihr die Altklugheit. Was sie da vorbringe, könne man ja, wenn man spotten wolle, von der ganzen Seligkeit sagen, und unbewußtes Glück sei Glück nichtsdestoweniger. Es war eine der Gelegenheiten, wo Anna der Mutter einen Kuß zärtlicher Nachsicht und Versöhnung gab, worauf sie zusammen lachten.

Fabrizierte Riechstoffe, Parfüms, gebrauchte Rosalie niemals, nur ausgenommen ein wenig erfrischendes Kölnisches Wasser von J. M. Farina, gegenüber dem Jülichsplatz. Aber was die Natur unserem Geruchssensorium an Holdheit, Süßigkeit, würziger Bitternis, auch an Schwülem, Berauschendem zu bieten hat, das liebte sie aus der Maßen und nahm es tief und dankbar, mit der sinnlichsten Andacht auf. An einem ihrer Spazierwege gab es einen Abhang, eine gestreckte Bodenfalte und untiefe Schlucht, auf ihrem Grunde dicht bewachsen mit Jasmin- und Faulbaumgesträuch, von dem an feucht-warmen, zum Gewitter neigenden Junitagen ganze Schwaden, Wolken erwärmten Wohlgeruchs beinahe betäubend emporquollen. Anna, obgleich sie leicht Kopfschmerzen davon bekam, mußte die Mutter immer wieder dorthin begleiten. Rosalie atmete den schwer aufwallenden Brodem mit bewunderndem Genuß, blieb stehen, ging weiter, verweilte wieder, beugte sich über den Hang und seufzte: »Kind, Kind, wie wundervoll! Das ist der Atem der Natur, das ist er, ihr süßer Lebenshauch, sonnerhitzt und getränkt mit Feuchte, so weht er uns wonnig aus ihrem Schoße zu. Genießen wir ihn in Verehrung, die wir auch ihre lieben Kinder sind.«

»Wenigstens du, Mama«, sagte Anna, indem sie den Arm der Schwärmerin nahm und sie hinkend weiterzog. »Mich mag sie weniger und verursacht mir diesen Druck in den Schläfen mit ihrem Duftgebräu.«

»Ja, weil du deinen Kopf gegen sie setzest«, antwortete Rosalie, »und ihr nicht huldigst mit deinem Talent, sondern dich mit ihm über sie erheben willst, sie zum bloßen Gedankenthema machst, wie du selber dich rühmst, und deine Sinneseindrücke Gott weiß wohin überträgst, ins Kalte. Ich achte es, Anna, aber an Stelle der lieben Natur würde ich es euch ebenfalls übelnehmen.« Und sie schlug ihr ernstlich vor: wenn sie schon auf Abstraktheit versessen sei und durchaus übertragen sein müsse, so solle sie doch einmal versuchen, Düfte in Farben auszudrücken.

Auf diesen Gedanken kam sie zur Zeit der Lindenblüte, gegen den Juli, – dieser denn doch für sie nun wieder einzig lieblichen Zeit, wenn ein paar Wochen lang die Alleebäume draußen bei offenen Fenstern das ganze Haus mit dem unbeschreiblich reinen und milden Geruchszauber ihres späten Flors erfüllten und das entzückte Lächeln überhaupt nicht von Rosaliens Lippen wich. Da sagte sie denn: »Das solltet ihr malen, euch künstlerisch daran versuchen! Ihr wollt die Natur ja nicht ganz und gar aus der Kunst vertreiben, sondern geht immerhin von ihr aus bei eueren Abstraktionen und braucht das Sinnliche zu seiner Vergeistigung. Nun, der Duft ist, wenn ich so sagen darf, sinnfällig und abstrakt zugleich, man sieht ihn nicht, ätherisch spricht er uns an, und der Versuch müßte euch reizen, das unsichtbar Beglückende dem Augensinn zu überliefern, auf dem doch schließlich die Malkunst beruht. Auf! Wo habt ihr eure Palette? Mischt das Beseligende darauf und tragt's auf die Leinwand als farbiges Glück, das ihr dann ›Lindenduft‹ etikettieren mögt, damit der Beschauer weiß, worauf ihr hinauswolltet.«

»Liebste Mama, du bist erstaunlich!« erwiderte Fräulein von Tümmler. »Problemstellungen denkst du dir aus, auf die kein Malprofessor verfällt! Aber weißt du auch, daß du eine ausgepichte Romantikerin bist mit deiner synästhetischen Vermischung der Sinne und deiner mystischen Wandlung von Düften in Farben?«

»Ich verdiene wohl deinen gelehrten Spott.«

»Nein, du verdienst keinen Spott«, sagte Anna mit Innigkeit.

Aber auf einem Spaziergang im hohen August, am Nachmittag, bei großer Hitze, kam ihnen etwas Sonderbares vor, das an Spott gemahnte. Zwischen Wiesenland und dem Rand eines Gehölzes gehend, fühlten sie sich plötzlich von Moschusduft angerührt, fast unmerklich leise erst, dann stärker. Rosalie war es, die ihn zuerst erschnupperte und mit einem »Ah! Woher das?« ihre Wahrnehmung aussprach; aber gleich mußte die Tochter ihr zustimmen: Ja, da war so ein Geruch, und zwar von der Klasse des Moschusparfüms – unverkennbar. Zwei Schritte genügten, um sie seiner Quelle ansichtig zu machen, die widerwärtig war. Es war, am Wegesrand, ein in der Sonne kochendes, mit Schmeißfliegen dicht besetztes und von ihnen umflogenes Unrathäufchen, das sie lieber gar nicht genauer betrachteten. Auf kleinem Raum waren da Tierexkremente, oder auch menschliche, mit faulig Pflanzlichem zusammengekommen, und der weit schon verweste Kadaver irgendeines kleinen Waldgeschöpfes war auch wohl dabei. Kurz, fieser konnte nichts sein als dies brütende Häufchen; seine üble, die Schmeißfliegen zu Hunderten anziehende Ausdünstung aber war in ihrer zweideutigen Übergänglichkeit und Ambivalenz schon nicht mehr Gestank zu nennen, sondern ohne Zweifel als Moschusgeruch anzusprechen.

»Komm weiter«, sagten die Damen gleichzeitig, und Anna, stärker den Fuß schleppend beim neuen Ansatz zum Gehen, hängte sich bei der Mutter ein. Eine Weile schwiegen sie, als ob sie den wunderlichen Eindruck bei sich verarbeiten müßten. Dann sagte Rosalie:

»Da sieht man's, ich habe doch Moschus nie gemocht, noch Bisam, was wohl dasselbe ist, und verstehe nicht, wie man sich damit parfümieren mag. Zibet, glaube ich, gehört auch dahin. Es riecht ja auch keine Blume und Blüte so, sondern in der Naturgeschichtsstunde haben wir es gehabt, daß manche Tiere es absondern aus gewissen Drüsen, Ratten, Katzen, die Zibetkatze, das Moschustier. Erinnerst du dich: In Schillers ›Kabale und Liebe‹ kommt ein Männchen vor, so eine Schranze, höchst läppisch, von dem es heißt, daß er mit großem Gekreisch hereinkommt und einen Bisamgeruch über das ganze Parterre verbreitet. Wie habe ich immer lachen müssen über die Stelle!«

Und sie erheiterten sich. Rosalie konnte noch immer ihr warmes, vom Herzen aufquellendes Lachen haben, auch damals, als die organischen Anpassungsschwierigkeiten ihrer Jahre, die stockende, dorrende Rückbildung ihres Weibtums ihr körperlich und seelisch zu schaffen machten. In der Natur hatte sie zu der Zeit einen Freund, ganz nahe bei ihrem Heim, in einem Winkel des Hofgartens (die Straße ›Malkasten‹ führte dorthin). Es war ein alter, einzeln stehender Eichbaum, knorrig verkrüppelt, mit zum Teil bloßliegenden Wurzeln, einem gedrungenen Stamm, der sich schon in geringer Höhe in knotige Äste teilte, dicke und davon abzweigende dünne. Der Stamm war hohl da und dort, mit Zement plombiert, – die Parkverwaltung tat etwas für den hundertjährigen Burschen; aber mancher Ast war schon abgestorben und brachte kein Laub mehr zustande, sondern griff kahl und verkrümmt in die Luft; andere dagegen, einzelne nur, aber bis hoch hinauf, begrünten im Frühling sich noch mit den immer heilig gehaltenen, zackig gebuchteten Blättern, aus welchen man Siegeskränze flicht. Rosalie sah das gar zu gern, verfolgte um die Zeit ihres Geburtstags das Keimen, Sprießen und Sichentfalten des Laubes an den Zweigen und Zweiglein des Baumes, zu denen noch Leben drang, teilnehmend von Tag zu Tag. Nahe bei ihm, auf einer Bank am Rande der Wiese, wo er stand, nahm sie mit Anna Platz und sagte:

»Wackerer Alter! Kannst du's ohne Rührung sehen, wie der sich hält und es immer noch treibt? Sieh dir die Wurzeln an, die armdicken, holzigen, wie die breithin sich ans Erdreich klammern und fest im Nährenden ankern. Hat manchen Sturm erlebt und wird noch manchen überleben. Der fällt nicht um. Hohl, zementiert, und zu voller Belaubung reicht es nicht mehr. Aber kommt seine Zeit, da steigen die Säfte ihm doch – nicht überall hin, aber er bringt's fertig, ein bißchen zu grünen, und man achtet es und schont seine Tapferkeit. Siehst du da oben das dünne Ausläuferchen mit seinen Blattknospen im Winde nicken? Rund herum will's nicht mehr recht, aber das Zweiglein da macht den Ehrenretter.«

»Gewiß, Mama, es ist achtenswert, wie du sagst«, entgegnete Anna. »Aber wenn es dir recht ist, möchte ich nun doch lieber nach Hause gehen. Ich habe Schmerzen.«

»Schmerzen? Sind es deine – aber ja, liebes Kind, wie konnte ich das vergessen! Ich mache mir Vorwürfe, dich mitgenommen zu haben. Gaffe den Alten an und achte nicht darauf, daß du dich vorbeugst beim Sitzen. Verzeih! Nimm meinem Arm, und wir gehen.«

Fräulein von Tümmler litt von jeher an heftigen Leibschmerzen, wenn ihre Regel im Anzuge war, – es hatte nichts auf sich damit, war nur eine längst gewohnte, auch von ärztlicher Seite als solche angesprochene konstitutionelle Unannehmlichkeit, die nun einmal in den Kauf zu nehmen war. So konnte die Mutter denn auch, auf dem kurzen Heimweg, geruhig tröstend, gut gemeint erheiternd und übrigens, ja dies besonders, mit Neid darüber zu der Geplagten sprechen.

»Weißt du noch«, sagte sie, »wie es schon gleich das erste Mal so war, als es dir jungem Dinge zuerst geschah und du so erschrakst, ich aber dich aufklärte, daß das nur natürlich und notwendig sei und erfreulich, ja eine Art von Ehrentag, weil sich daran zeige, daß du nun zum Weibe gereift seist? Du hast Leibweh zuvor, gut, das ist lästig und nicht unbedingt nötig, ich habe nie welches gehabt, aber es kommt vor, ich kenne außer dir noch zwei, drei Fälle, wo Schmerzen sind, und ich denke mir: Schmerzen, à la bonne heure, die sind bei uns Frauen was anderes als sonst wohl in der Natur und bei den Männern, die haben keine, außer nur, sie sind krank, und dann geben sie furchtbar an, auch Tümmler tat das, dein Vater, sobald er irgendwo Schmerzen hatte, obgleich er doch Offizier war und den Heldentod gestorben ist. Unser Geschlecht verhält sich da anders, leidet Schmerzen geduldiger, wir sind Dulderinnen, sozusagen zum Schmerz geboren. Denn vor allem kennen wir ja den natürlichen und gesunden Schmerz, den gottgewollten und heiligen bei der Geburt, der etwas ganz und gar Weibliches ist, den Männern erspart oder vorenthalten. Die dummen Männer entsetzen sich wohl vor unserem halb bewußtlosen Schreien und machen sich Vorwürfe und halten sich den Kopf, und bei allem Schreien lachen wir sie im Grunde aus. Als ich dich zur Welt brachte, Anna, da war es sehr arg. Von der ersten Wehe an dauerte es sechsunddreißig Stunden, und Tümmler lief die ganze Zeit in der Wohnung herum und hielt sich den Kopf, aber es war doch ein großes Lebensfest, und ich schrie auch nicht selbst, es schrie, es war eine heilige Ekstase der Schmerzen. Bei Eduard späterhin war es nicht halb so schlimm, aber für einen Mann wär's immer noch übergenug gewesen, die Herren Männer, die würden sich schönstens bedanken. Siehst du, Schmerzen, die sind gewöhnlich das Warnungssignal der immer wohlmeinenden Natur, daß eine Krankheit sich im Körper entwickelt, – holla, heißt es, da ist was in Unordnung, tu gleich etwas dagegen, nicht sowohl gegen die Schmerzen, als gegen das, was damit gemeint ist. Es kann auch bei uns so sein und diese Meinung haben, gewiß. Aber, wie du ja weißt, dein Leibweh da, vor der Regel, das ist nicht von dieser Meinung und warnt dich vor nichts. Eine Spielart von Weibesschmerzen ist das und darum ehrwürdig, so mußt du es nehmen, als weiblichen Lebensakt. Immer, solange wir Weib sind, kein Kind mehr und noch keine unfähige Alte, immer wieder ist da ein verstärktes strotzendes Blutleben unseres mütterlichen Organs, wodurch die liebe Natur es vorbereitet, das befruchtete Ei aufzunehmen, und wenn eines da ist, wie es ja schließlich auch in meinem langen Leben nur zweimal in großem Abstande der Fall war, dann bleibt es aus, das Monatliche, und wir sind in gesegneten Umständen. Himmel, wie ich freudig erschrak, als es mir ausblieb das erste Mal, vor dreißig Jahren! Das warst du, mein liebes Kind, mit der ich da gesegnet war, und ich weiß noch, wie ich es Tümmler anvertraute und errötend meinen Kopf an seinen lehnte und ganz leise sagte: ›Robert, es ist an dem, alle Anzeichen sprechen dafür, und bei mir, da is wat am kommen‹...«

»Liebe Mama, tu mir die einzige Liebe und sprich nicht so rheinisch, es irritiert mich im Augenblick.«

»Oh, verzeih, Herzenskind, das ist gewiß das Letzte, was ich beabsichtige, daß ich dich auch noch irritiere. Es ist nur, daß ich damals in meiner glückseligen Verschämtheit wirklich zu Tümmlern so sagte. Und dann: wir sprechen ja von natürlichen Dingen, nicht wahr, und Natur und Dialekt, die haben für mein Gefühl was miteinander zu tun, wie Natur und Volk miteinander zu tun haben, – wenn es Unsinn ist, so verbessere mich, du bist soviel klüger, als ich. Ja, klug bist du und stehst als Künstlerin mit der Natur nicht auf bestem Fuß, sondern mußt sie ins Geistige übertragen, in Kubusse und Spiralen, und da wir schon davon sprechen, wie eins mit dem andern zu tun hat, so möchte ich wohl wissen, ob das nicht zusammenhängt, dein stolzes, geistreiches Verhalten zu der Natur – und daß sie gerade dir diese Leibschmerzen macht bei der Regel.«

»Aber Mama«, sagte Anna und mußte lachen. »Mich schiltst du geistreich und stellst selber ganz unerlaubt geistreiche Theorien auf!«

»Wenn ich dich ein bißchen gaudiere damit, Kind, soll die einfältigste Theorie mir recht sein. Was ich aber sagte von redlichen Weibesschmerzen, damit meine ich es ganz ernst und tröstlich. Sei nur froh und stolz mit deinen dreißig Jahren, daß du in voller Blüte stehst deines Blutes. Glaube mir: ich wollte beliebige Leibwehen gern in Kauf nehmen, wenn es mir noch ginge wie dir. Aber leider will es mir nicht mehr so gehen, immer spärlicher und unregelmäßiger geschah es mir, und seit zwei Monaten schon ist es überhaupt nicht mehr eingetreten. Ach, es geht mir nicht mehr nach der Weiber Weise, wie es in der Bibel heißt, ich glaube, von Sara, ja, von Sara, bei der dann ein Fruchtbarkeitswunder geschah, aber das ist wohl nur so eine fromme Geschichte, wie sie heutzutage nicht mehr geschieht. Wenn es uns nicht mehr geht nach der Weiber Weise, dann sind wir eben kein Weib mehr, sondern nur noch die vertrocknete Hülle von einem solchen, verbraucht, untauglich, ausgeschieden aus der Natur. Mein liebes Kind, das ist sehr bitter. Bei den Männern, da braucht es, glaube ich, ihr Leben lang nicht zu enden. Ich kenne welche, die lassen mit achtzig noch keine Frau in Ruh, und Tümmler, dein Vater, war auch so einer, – wie habe ich dem durch die Finger sehen müssen, als er schon Oberstleutnant war! Was sind auch fünfzig Jahre für einen Mann? Ein bißchen Temperament vorausgesetzt, hindern die ihn noch lange nicht, den Schwerenöter zu machen, und mancher hat Glück mit grauen Schläfen bei ganz jungen Mädchen. Aber uns Frauen sind alles in allem fünfunddreißig gesetzt für unser Blut- und Weibesleben, für unser Vollmenschentum, und wenn wir fünfzig sind, da sind wir ausgedient, da erlischt unsere Fähigkeit, zu gebären, und vor der Natur sind wir bloß noch Gerümpel.«

Auf diese Worte von naturfrommer Härte antwortete Anna anders, als manche Frau zu Recht wohl geantwortet hätte. Sie sagte aber:

»Wie du doch sprichst, Mama, und wie du die Würde schmähst und zu verschmähen scheinst, die der älteren Frau gebührt, wenn sie ihr Leben erfüllt hat und von der Natur, die du doch liebst, in einen neuen und milden Stand überführt wird, einen Würdenstand höherer Liebenswürdigkeit, worin sie den Menschen, Nächsten und Ferneren, so viel noch zu geben, zu sein vermag. Die Männer, du willst sie beneiden, weil ihr Geschlechtsleben ungenauere Grenzen hat, als das weibliche. Aber ich zweifle, ob das gar so achtbar, ob es ein Grund ist zum Neide, und jedenfalls haben alle gesitteten Völker immer der Matrone die ausgesuchteste Ehrerbietung entgegengebracht, haben sie geradezu heilig gehalten, und heilig halten wollen wir dich in deiner lieben, reizenden Alterswürde.«

»Liebste« – und Rosalie zog die Tochter an sich im Gehen –, »du sprichst so schön und klug und überlegen, trotz deiner Schmerzen, über die ich dich trösten wollte, und nun tröstest du deine törichte Mutter ob ihrer unwürdigen Kümmernisse.

Aber es ist recht schwer mit der Würde und mit dem Abschied, mein liebes Kind, recht schwierig schon für den Körper allein, sich in seinen neuen Stand zu finden, das bringt viel Plage an und für sich schon. Und wenn da nun auch noch ein Gemüt ist, das von Würde und vom verehrten Matronenstande noch gar nicht viel wissen will und in Widerspruch steht zur Vertrocknung des Körpers, – da ist es schwierig erst recht. Die Anpassung der Seele an die neue Körperverfassung, die ist das Schwierigste.«

»Gewiß, Mama, ich verstehe das wohl. Aber sieh doch, Körper und Seele, die sind ja eins; das Psychische ist nicht weniger Natur, als das Physische; die Natur schließt auch jenes ein, und dir braucht nicht bange zu sein, daß dein Seelisches lange sich disharmonisch verhalten kann zur natürlichen Wandlung des Körpers. Du mußt es dir so denken, daß das Seelische nur eine Ausstrahlung ist des Körperlichen, und wenn die liebe Seele glaubt, ihr falle die allzu schwere Aufgabe zu, sich dem veränderten Körperleben anzupassen, so wird sie bald merken, daß sie gar nichts zu tun hat, als dieses gewähren und auch an ihr sein Werk tun zu lassen. Denn es ist der Körper, der sich die Seele schon bildet nach seinem Stande.«

Fräulein von Tümmler wußte, warum sie das sagte, denn um die Zeit, als die vertraute Mutter zu ihr sprach, wie oben, war daheim schon öfters ein neues Gesicht zu sehen, eines mehr als bisher, und verlegenheitsträchtige Entwicklungen hatten sich angebahnt, die Annas stiller, besorgter Beobachtung nicht entgingen.

Das neue Gesicht, herzlich wenig bemerkenswert, wie Anna fand, nicht eben vom Geiste gezeichnet, gehörte einem jungen Mann namens Ken Keaton, einem etwa vierundzwanzig Jahre alten, vom Kriege herübergeführten Amerikaner, der sich seit einiger Zeit in der Stadt aufhielt und in einem und dem anderen Hause englischen Unterricht erteilte oder auch nur zu englischer Konversation von reichen Industriellendamen gegen Honorar herangezogen wurde. Davon hatte Eduard, seit Ostern in Oberprima, gehört und seine Mutter recht sehr um die Gunst gebeten, sich von Mr. Keaton einige Male die Woche, nachmittags, ins Englische einführen zu lassen. Denn das Gymnasium bot ihm zwar eine Menge Griechisch und Latein und glücklicherweise auch hinlänglich viel Mathematik, aber kein Englisch, welches ihm doch für seine Zukunftsziele sehr wichtig schien. Sobald er schlecht und recht mit dem langweiligen Humanismus zu Rande gekommen sein würde, wollte er das Polytechnikum beziehen und, so plante er, später zu weiterer Ausbildung nach England oder auch gleich ins Dorado der Technik, nach den Vereinigten Staaten gehen. Darum war er froh und dankbar, daß die Mutter, aus Achtung vor der Klarheit und Entschiedenheit seiner Willensrichtung, ihm seinen Wunsch bereitwillig erfüllte, und die Arbeit mit Keaton, montags, mittwochs und samstags, machte ihm großes Vergnügen, ihrer Zweckmäßigkeit halber und dann weil es spaßig war, eine neue Sprache so ganz aus den Anfangsgründen, wie ein ABC-Schütz, zuerst an Hand einer kleinen ›primer‹, will sagen einer Kinderfibel, zu lernen: Vokabeln, ihre oft abenteuerliche Rechtschreibung, ihre höchst wunderliche Aussprache, die Ken dem Schüler, indem er das l auf mehr als rheinische Art im Halse bildete und das r am Gaumen ungerollt tönen ließ, in so gedehnter Übertriebenheit vormachte, als wollte er seine eigene Muttersprache ins Komische ziehen. »Scrr-ew the top on!« sagte er. »I sllept like a top.« »Alfred is a tennis play-err. His shoulders are thirty inches brr-oaoadd.« Eduard konnte über Alfred, den breitschultrigen Tennisspieler, über den noch so manches Rühmliche, unter Verwendung von möglichst viel »though« und »thought« und »taught« und »tough« ausgesagt wurde, die ganzen anderthalb Unterrichtsstunden lachen, machte aber sehr gute Fortschritte, gerade weil Keaton gar kein gelernter Lehrer war und eine völlig lockere Methode verfolgte, will sagen: alles aufs Gelegentliche abstellte und unbekümmert drauflos praktizierend, mit slang-Geschwätz und nonsense den Schüler, der sich nichts besseres wünschte, in seine bequeme und humoristische, weltläufige Sprache hineinzog.

Frau von Tümmler, angelockt von der in Eduards Zimmer herrschenden Vergnügtheit, kam manchmal zu den jungen Leuten herüber und nahm etwas teil an der förderlichen Kurzweil, lachte herzlich mit über Alfred, the tennis play-err und fand eine gewisse Ähnlichkeit zwischen ihm und dem jungen Privatlehrer ihres Sohnes, besonders was die Schultern betraf, die auch bei diesem von stattlicher Breite waren. Übrigens hatte Ken dichtes blondes Haar, ein nicht sonderlich hübsches, aber auch nicht unangenehmes, harmlos freundliches Jungengesicht, das dank einem Anfluge angelsächsischen Gepräges denn doch hier nicht ganz gewöhnlich wirkte, und war vorzüglich gewachsen, was sich trotz seiner lockeren, weiten Kleidung ersehen ließ, jugendlich kräftig, mit langen Beinen und schmalen Hüften. Sehr anständige Hände hatte er auch, mit einem nicht zu schmuckhaften Ring an der linken. Sein einfaches, völlig ungezwungenes, aber nicht unmanierliches Wesen, sein drolliges Deutsch, das sein Mund ebenso unverleugbar englisch formte wie die französischen und italienischen Brocken, die er wußte (denn er war in mehreren europäischen Ländern gewesen) – dies alles gefiel Rosalien sehr; namentlich seine große Natürlichkeit nahm sie für ihn ein; und dann und wann, schließlich beinahe regelmäßig, lud sie ihn nach dem Unterricht, ob sie diesem nun beigewohnt hatte oder nicht, zum Abendessen ein. Zum Teil beruhte ihr Interesse für ihn darauf, daß sie gehört hatte, er habe viel Glück bei Frauen. Mit diesem Gedanken musterte sie ihn und fand das Gerücht nicht unbegreiflich, obgleich es ihr nicht ganz gefallen wollte, daß er, wenn er beim Essen und Sprechen ein wenig aufstoßen mußte, die Hand vor den Mund legte und »Pardon me!« sagte, was manierlich gemeint war, aber auf den Zwischenfall ganz unnötig aufmerksam machte.

Ken war, wie er bei Tische erzählte, in einer kleinen Stadt eines östlichen Staates geboren, wo sein Vater in wechselnden Berufen tätig gewesen war, einmal als broker, einmal als Leiter einer Tankstelle, und im realestate business hatte er zeitweise auch etwas Geld gemacht. Der Sohn hatte die High School besucht, wo man, wenn man ihm glauben sollte, – »nach europäischen Begriffen«, wie er respektvoll hinzufügte – überhaupt nichts lernte, und war dann, ohne erst viel zu fragen, eben um noch etwas zu lernen, in Detroit, Michigan, in ein College eingetreten, wo er sich das Studium durch seiner Hände Arbeit, als Geschirrwäscher, Koch, Speisenträger, Campus-Gärtner verdient hatte. Frau von Tümmler fragte ihn, wie er sich denn dabei die weißen, man könne sagen: herrschaftlichen Hände habe bewahren können, und er antwortete, bei grober Arbeit habe er immer Handschuhe getragen, kurze Polohemdärmel wohl, oder auch gar nichts am Oberkörper, aber Handschuhe. Das täten viele oder die meisten Arbeiter drüben, Bauarbeiter etwa, damit sie keine schwieligen Proletarierpfoten bekämen, sondern Hände behielten wie Advokatenschreiber, mit einem Ring daran.

Rosalie lobte den Brauch, aber Keaton meinte: Brauch? Das Wort sei zu gut dafür, und einen ›Brauch‹, im Sinne alter europäischer Volksbräuche – er pflegte ›continental‹ für ›europäisch‹ zu sagen – könne man es nicht nennen. So ein alter deutscher Volksbrauch zum Beispiel, wie der der ›Lebensrute‹ – daß nämlich die Burschen in der Weihnachts- und der Osterzeit die Mädchen und auch wohl Vieh und Bäume mit frischen Birken- und Weidengerten schlügen, oder ›pfefferten‹ oder ›fitzten‹, wie sie es nannten, wobei es auf Gesundheit und Fruchtbarkeit abgesehen sei, – ja das sei ein Brauch, ein urtümlicher, und das gefalle ihm. ›Schmackostern‹ heiße das Pfeffern oder Fitzen im Frühjahr.

Tümmlers wußten gar nichts vom Schmackostern und wunderten sich über Kens Beschlagenheit im Volkstümlichen. Eduard lachte über die Lebensrute, Anna zog ein Gesicht, und nur Rosalie zeigte sich, ganz in Übereinstimmung mit dem Gaste, entzückt davon. Der sagte, das sei allerdings was anderes als Handschuhe beim Arbeiten, und so etwas könne man lange suchen in Amerika, schon weil es dort Dörfer nicht gäbe und die Bauern gar keine Bauern seien, sondern Unternehmer wie alle anderen und keinerlei Bräuche hätten. Überhaupt ließ er, obgleich so unverwechselbar amerikanisch nach seinem ganzen

Habitus, geringe Anhänglichkeit merken an sein großes Heimatland. »He didn't care for America«, er machte sich nichts daraus, ja fand es mit seiner Dollarjagd und Kirchengängerei, seiner Erfolgsbigotterie und kolossalen Durchschnittlichkeit, vor allem aber mit seinem Mangel an historischer Atmosphäre eigentlich greulich. Natürlich habe es eine Geschichte, aber das sei nicht ›History‹, sondern bloß eine kurze, platte success story. Gewiß habe es, außer seinen enormen Wüsten, schöne und großartige Landschaften, aber es sei ›nichts dahinter‹, während in Europa bei allem so viel dahinter sei, besonders hinter den Städten mit ihrer tiefen historischen Perspektive. Die amerikanischen Städte – he didn't care for them. Sie seien gestern hingestellt und könnten morgen ebensogut wieder weggenommen werden. Die kleinen seien stumpfsinnige Nester, von denen eines genau aussehe wie das andere, und die großen aufgeplusterte, grausame Ungeheuer mit Museen voll aufgekauften ›continentalen‹ Kulturgutes. Aufgekauft sei ja besser, als wenn es gestohlen wäre, aber viel besser nicht, denn was von 1400 und 1200 nach Christo sei, das sei an gewissem Ort doch so gut wie gestohlen.

Man lachte über Kens pietätlose Redereien und tadelte ihn auch deswegen, aber er entgegnete, es sei gerade Pietät, was ihn so reden lasse, nämlich der Respekt vor der Perspektive und vor der Atmosphäre. Ganz frühe Geschichtszahlen, 1100, 700 nach Christo, die seien seine Passion und sein hobby, und in Geschichte sei er auf dem College immer am besten gewesen – in Geschichte und in athletics. Es habe ihn schon längst nach Europa gezogen, wo die frühen Geschichtszahlen zu Hause seien, und bestimmt hätte er sich auch ohne Krieg, auf eigene Hand, als Matrose oder Tellerwäscher, herübergearbeitet, um nur historische Luft zu atmen. Aber der Krieg sei ihm freilich wie gerufen gekommen, und 1917 habe er sich gleich zur army gemeldet und während des trainings immer gefürchtet, der Krieg möchte zu Ende gehen, bevor sie ihn hinüberbrächten. Gerade war er dann doch noch vor Torschluß in der Pferche eines Truppentransports hergelangt, nach Frankreich, und war wirklich noch ins Gefecht gekommen, nahe Compiègne, wobei er denn auch eine Verwundung davongetragen hatte, gar keine ganz leichte, so daß er wochenlang im Hospital habe liegen müssen. Es war eine Nierenverletzung gewesen, und nur eine seiner Nieren arbeitete jetzt noch, was ihm aber völlig genügte. Immerhin, sagte er lachend, sei er etwas wie ein Invalide und beziehe auch eine kleine Invalidenpension, die ihm mehr wert sei, als die zerschossene Niere.

Vom Invaliden habe er wirklich gar nichts, stellte Frau von Tümmler fest, und er erwiderte: »Nein, gottlob, only a little cash!«

Aus dem Hospital entlassen, hatte er den Dienst quittiert, war ›honorably discharged‹ worden, mit einer Tapferkeitsmedaille, und war für unbestimmte Zeit in Europa geblieben, wo er es wundervoll fand und wo er in frühen Geschichtszahlen schwelgte. Die französischen Kathedralen, die italienischen Campaniles, Palazzi und Galerien, die Schweizer Ortschaften, ein Platz wie Stein am Rhein, das sei ja most delightful indeed. Und der Wein überall, die bistro's in Frankreich, die Trattorien in Italien, die gemütlichen Wirtshäuser in der Schweiz und in Deutschland, ›zum Ochsen‹, ›zum Mohren‹, ›zum Sternen‹, – wo gebe es so etwas drüben? Da gebe es gar keinen Wein, sondern nur drinks, Whisky und Rum und keinen kühlen Schoppen Elsässer oder Tiroler oder Johannisberger am eichenen Tisch in der historischen Trinkstube oder in einer Geißblattlaube. Good heavens! Die in Amerika, die wüßten überhaupt nicht zu leben.

Deutschland! Das war sein Lieblingsland, obgleich er wenig weit darin vorgedrungen war und eigentlich nur die Ortschaften am Bodensee und dann, dies allerdings sehr genau, das Rheinland kannte. Das Rheinland mit seinen lieben, lustigen Leuten, so amiable, besonders wenn sie ein bißchen ›knüll‹ seien; mit seinen altehrwürdigen Städten voller Atmosphäre, Trier, Aachen, Koblenz, dem heiligen Köln, – man solle nur einmal versuchen eine amerikanische Stadt ›heilig‹ zu nennen – Holy Kansas City, haha! Der Goldschatz, gehütet von den Nixen des

Missouri-River, hahaha – Pardon me! Von Düsseldorf und seiner langen Geschichte seit den Merowingern wußte er mehr, als Rosalie und ihre Kinder zusammengenommen, und sprach vom Hausmeier Pippin, vom Barbarossa, der die Kaiserpfalz von Rindhusen erbaut, und von der Salierkirche in Kaiserswerth, wo Heinrich IV. als Kind zum König gekrönt wurde, von Albert vom Berg, Jan Wellem vom Palatin und von viel anderem noch, wie ein Professor.

Rosalie sagte denn auch, er könne ja ebensogut Geschichtsunterricht erteilen wie englischen. Da wäre die Nachfrage zu gering, erwiderte er. Oh, nicht doch, gab sie zur Antwort. Sie selbst zum Beispiel, die durch ihn recht gewahr werde, wie wenig sie wisse, würde gleich Stunden bei ihm nehmen. »A bit fainthearted« würde er sein, gestand er; und da äußerte sie etwas mit Empfindung Beobachtetes: Es sei im Leben so seltsam und gewissermaßen schmerzlich, daß Zaghaftigkeit herrsche zwischen Jugend und Alter. Die Jugend sei scheu vor dem Alter, weil sie von seiner Würde kein Verständnis für ihren grünen Lebenszustand erwarte, und das Alter scheue die Jugend, weil es sie, eben als Jugend, in tiefster Seele bewundere, es aber seiner Würde schuldig zu sein glaube, diese Bewunderung hinter Spott und falscher Herablassung zu verbergen.

Ken lachte vergnügt und beifällig, Eduard meinte, die Mama rede ja wie ein Buch, und Anna sah ihre Mutter forschend an. Diese war recht lebhaft in Mr. Keatons Gegenwart, leider sogar manchmal etwas geziert; sie lud ihn oft ein und betrachtete ihn, selbst wenn er hinter der Hand »Pardon me« sagte, mit einem Ausdruck mütterlicher Rührung, welcher Anna, die trotz der Europaschwärmerei des jungen Menschen, seiner Passion für Jahreszahlen wie 700 und seiner Kenntnis sämtlicher Altbierkneipen Düsseldorfs, nichts an ihm fand, etwas fragwürdig im Punkte der Mütterlichkeit erschien und ihr wenig behaglich war. Zu oft erkundigte Frau von Tümmler sich, wenn Mr. Keatons Gegenwart bevorstand, mit nervöser Besorgnis bei ihr, ob auch ihre Nase nicht gerötet sei. Sie war es, obgleich Anna es beruhigend bestritt. Und war sie es nicht im voraus, so rötete sie sich doch ungewöhnlich stark beim Zusammensein mit dem Jungen. Dann aber schien die Mutter nicht mehr daran zu denken.

Anna sah recht: Rosalie hatte begonnen, sich an den jugendlichen Präzeptor ihres Sohnes zärtlich zu verlieren, ohne dem raschen Aufkeimen dieser Neigung Widerstand zu leisten, vielleicht ohne ihrer recht gewahr zu werden und jedenfalls ohne sich um ihre Geheimhaltung sonderlich zu bemühen. Merkmale, die ihrer weiblichen Beobachtung bei jeder anderen nicht entgangen wären: ein girrendes und überentzücktes Lachen bei Kens Plaudereien, ein inniges Blicken und dann Sichverbergen der glänzender gewordenen Augen, schien sie bei sich selbst für unbemerkbar zu halten, – wenn sie nicht trotzte auf ihr Gefühl und zu stolz darauf war, um ein Hehl daraus zu machen.

Ganz deutlich wurde der gequälten Anna die Lage der Dinge an einem sehr sommerlich warmen Septemberabend, als Ken zu Tische geblieben war und Eduard nach der Suppe, der großen Hitze wegen, um die Erlaubnis bat, seine Jacke abzulegen. Die jungen Leute, hieß es, möchten sich doch keinen Zwang auferlegen, und so folgte Ken dem Beispiel seines Schülers. Er machte sich nicht das geringste daraus, daß er, anders als Eduard, der ein farbiges Hemd mit langen Manschettenärmeln trug, seine Jacke einfach über sein weißes, ärmelloses Trikothemd gezogen hatte und nun also seine bloßen Arme zeigte, – sehr ansehnliche, runde, kräftige, weiße junge Arme, die es ganz glaubhaft machten, daß er auf dem College in ›athletics‹ ebensogut gewesen war, wie in Geschichte. Die Erschütterung, die ihr Anblick der Hausfrau zufügte, war er sicher weit entfernt zu bemerken, und auch Eduard hatte kein Auge dafür. Aber Anna beobachtete diese Erschütterung mit Pein und Erbarmen. Rosalie, fieberhaft sprechend und lachend, war abwechselnd wie mit Blut übergossen und erschreckend bleich, und ihre entweichenden Augen kehrten nach jeder Flucht, unbändig angezogen, zu diesen Armen zurück, um für selbstvergessene Sekunden mit einem Ausdruck tiefer sinnlicher Trauer darauf zu verweilen.

Anna, erbittert über Kens primitive Harmlosigkeit, der sie nicht einmal völlig traute, machte, sobald es sich irgend rechtfertigen ließ auf die nun doch durch die offene Glastür vom Garten hereindringende Abendkühle aufmerksam und empfahl, vor Erkältung warnend, das Wiederanlegen der Jacken. Aber Frau von Tümmler beendete den Abend fast unmittelbar nach Tische. Sie schützte Migräne vor, verabschiedete sich von dem Gast auf eine gewisse fliegende Weise und zog sich in ihr Schlafzimmer zurück. Auf ihre Ottomane hingestreckt, das Gesicht mit den Händen bedeckt und wieder noch im Kissen verborgen, machte sie sich, überwältigt von Scham, Schrecken und Wonne, das Geständnis ihrer Leidenschaft.

»Großer Gott, ich liebe ihn ja, liebe ihn, wie ich nie geliebt, ist das denn zu fassen? Bin ich doch zur Ruhe gesetzt, von der Natur in den milden, würdigen Matronenstand überführt. Ist es da nicht ein Gelächter, daß ich noch Wollust pflegen soll, wie ich es tue in meinen verschreckten, wonnevollen Gedanken bei seinem Anblick, beim Anblick seiner Götterarme, von denen umschlossen zu sein mich wahnsinnig verlangt, seiner herrlichen Brust, die ich in Jammer und Begeisterung unter dem Trikot sich abzeichnen sah? Bin ich eine schamlose Alte? Nein, nicht schamlos, denn vor ihm schäme ich mich, vor seiner Jugend, und weiß nicht, wie ich ihm begegnen und ihm in die Augen, die schlichten, freundlichen Knabenaugen blicken soll, die sich von mir keines heißen Gefühles versehen. Ich aber bin mit der Lebensrute geschlagen, er selbst, der Nichtsahnende, hat mich damit gefitzt und gepfeffert, Schmackostern hat er mir angetan! Warum mußte er davon sprechen in seiner Jugendfreude an altem Volksbrauch? Nun läßt der Gedanke an seine weckenden Rutenstreiche mein ganzes Inneres überströmt, überschwemmt sein von schamvoller Süßigkeit. Ich begehre ihn – habe ich denn je schon begehrt? Tümmler begehrte mich, als ich jung war, und ich ließ mir's gefallen, willigte in sein Werben, nahm ihn zur Ehe in seiner Stattlichkeit, und wir pflegten der Wollust auf sein Begehren. Diesmal bin ich's, die begehrt, von mir aus, auf eigene Hand, und habe mein Auge auf ihn geworfen wie ein Mann auf das junge Weib seiner Wahl – das machen die Jahre, mein Alter macht es und seine Jugend. Jugend ist weiblich und männlich das Verhältnis des Alters zu ihr, aber nicht froh und zuversichtlich in seinem Begehren, sondern voll Scham und Zagen vor ihr und der ganzen Natur, seiner Untauglichkeit wegen. Ach, viel Leiden steht mir bevor, denn wie kann ich hoffen, daß er sich mein Begehren gefallen läßt, und wenn gefallen, daß er willigt in mein Werben, wie ich in Tümmlers. Ist er ja doch auch kein Mädchen mit seinen festen Armen, – nichts weniger als das, sondern ein junger Mann, der selbst begehren will und, so sagt man, viel Glück darin hat bei Frauen. Frauen hat er, soviel er will, hier in der Stadt. Meine Seele windet sich und schreit auf bei dem Gedanken vor Eifersucht. Er macht englische Konversation mit Louise Pfingsten in der Pempelforter Straße und mit der Lützenkirchen, Amélie Lützenkirchen, deren Mann, der Topffabrikant, dick, kurzatmig und faul ist. Louise ist überlang von Statur und hat einen schlechten Haaransatz, ist aber erst achtunddreißig und kann süße Augen machen. Amélie ist nur wenig älter und hübsch, sie ist leider hübsch, und der Dicke läßt ihr jede Freiheit. Ist es möglich, daß sie in seinen Armen liegen, oder doch eine von ihnen, wahrscheinlich Amélie, kann aber auch gleichzeitig sein die lange Louise, – in diesen Armen, nach deren Umschlingung mich mit einer Inbrunst verlangt, die ihre dummen Seelen nicht aufbringen? Daß sie seines heißen Atems, seiner Lippen, seiner Hände genießen, die ihre Formen liebkosen? Meine Zähne, diese noch so guten, wenig ausgebesserten Zähne knirschen, ich knirsche mit ihnen, da ich es denke. Auch meine Formen sind besser, der Liebkosung seiner Hände würdiger, als ihre, und welche Zärtlichkeit hätte ich ihm bereit, welche unsägliche Hingabe! Sie aber sind fließende Brunnen und ich ein versiegter, dem keine Eifersucht mehr zukommt. Eifersucht, quälende, zehrende, knirschende! Habe ich einmal nicht, auf der Gartenpartie bei Rollwagens, dem Maschinen-Rollwagen und seiner Frau, wo er mit eingeladen war, – habe ich nicht mit meinen Augen, die alles sehen, einen raschen Austausch von Blick und Lächeln zwischen ihm und Amélie aufgefangen, der fast unzweifelhaft auf Heimlichkeit deutete? Damals schon zog sich mein Herz zusammen in schnürendem Schmerz, doch ich verstand es nicht und dachte nicht, daß es Eifersucht sei, weil ich mich ihrer nicht mehr für fähig erachtete. Aber ich bin's, nun verstehe ich es und leugne es mir nicht ab, sondern juble ob meiner Schmerzen, die da in wunderbarer Disharmonie stehen zur Wandlung des Körpers. Das Seelische nur eine Ausstrahlung des Körperlichen, sagt Anna, und dieses bildet sich schon die Seele nach seinem Stande? Anna weiß viel, Anna weiß gar nichts. Nein, ich will nicht sagen, daß sie nichts weiß. Sie hat gelitten, sinnlos geliebt und schamvoll gelitten, und so weiß sie manches. Aber daß die Seele mit dem Körper zusammen in den milden, ehrwürdigen Matronenstand überführt wird, das weiß sie falsch, denn sie glaubt nicht an Wunder, weiß nicht, daß die Natur die Seele kann wunderbar aufblühen lassen, wenn es schon spät ist, ja zu spät ist, – aufblühen in Liebe, Begehren und Eifersucht, wie ich es in seliger Qual erfahre. Sara, die Greisin, hörte es hinter der Tür der Hütten, was ihr noch zugedacht war, und lachte. Dafür zürnte ihr Gott und sprach: Warum lachet deß Sara? Ich, ich will nicht gelacht haben. Ich will glauben an das Wunder meiner Seele und Sinne, will das Naturwunder verehren meines schmerz- und schamhaften Seelenfrühlings, und meine Scham soll nur der Begnadung gelten durch diese späte Heimsuchung...«

So Rosalie, für sich allein, an jenem Abend. Nach einer Nacht voll auffahrender Unruhe und einigen Stunden tiefen Morgenschlafs, war ihr erster Gedanke beim Erwachen der an die Leidenschaft, mit der sie geschlagen, gesegnet war, und der sich zu verweigern, die sittlich von sich zu weisen, ihr nicht einmal in den Sinn kam. Die liebe Frau war begeistert von der überlebenden Fähigkeit ihrer Seele, zu blühen in süßem Leide. Fromm war sie nicht besonders und ließ Gott, den Herrn, aus dem Spiel. Ihre Frömmigkeit galt der Natur und ließ sie bewundern und hochhalten, was diese, gleichsam gegen sich selbst, in ihr wirkte. Ja, gegen die natürliche Schicklichkeit war es, dies Aufblühen ihrer Seele und Sinne, beglückend zwar, doch ermutigend nicht und wollte verhehlt und verschwiegen sein vor aller Welt, sogar vor der vertrauten Tochter, besonders aber vor ihm, dem Geliebten, der nichts ahnte und nichts ahnen durfte; denn wie durfte sie mutig die Augen aufschlagen zu seiner Jugend?

So kam in ihr Verhalten zu Keaton ein gesellschaftlich völlig absurdes Etwas von Unterwürfigkeit und Demut, das Rosalie trotz allem Stolze auf ihr Gefühl nicht daraus zu verbannen vermochte, und das auf den Sehenden, auf Anna also, peinvoller wirkte, als alle anfängliche Lebhaftigkeit und Überheiterkeit des Gebarens. Schließlich sah sogar Eduard, und es gab Augenblicke, wo die Geschwister, über ihre Teller geneigt, sich auf die Lippen bissen, während Ken, vom verlegenen Schweigen verständnislos angerührt, fragend um sich blickte. Rat und Aufklärung suchend stellte Eduard bei Gelegenheit seine Schwester zur Rede.

»Was ist mit Mama?« fragte er sie. »Mag sie Keaton nicht mehr?« Und da Anna schwieg, setzte der junge Mensch verzogenen Mundes hinzu: »Oder mag sie ihn zu gern?«

»Was fällt dir ein«, war die verweisende Antwort. »Das sind nicht Dinge für Jungen. Nimm deinen Anstand zusammen und erlaube dir keine unzukömmlichen Wahrnehmungen!« Es folgte noch: Soviel könne er sich pietätvollerweise sagen, daß die Mutter, wie alle Frauen einmal, durch eine Periode dem Wohlbefinden abträglicher Schwierigkeiten zu gehen habe.

»Sehr neu und lehrreich für mich!« meinte der Primaner ironisch. Aber die Erläuterung sei ihm zu allgemein. Die Mutter quäle sich auf speziellere Art, und auch sie selbst, die sehr verehrte Schwester, sei ja offensichtlich gequält, – von ihm, dem dummen Jungen, hier nicht zu reden. Vielleicht könne der dumme Junge sich nützlich machen, indem er die Entfernung seines allzu netten Lehrers anrege. Er habe genug von Keaton profitiert, könne er der Mutter sagen, und dieser möge wieder einmal ›honorably discharged‹ werden.

»Tu das, lieber Eduard«, sagte Anna; und er tat es.

»Mama«, sagte er, »ich denke, wir könnten nun mit den Englischstunden und mit den laufenden Ausgaben dafür, die ich dir zugemutet habe, ein Ende machen. Eine gute Grundlage ist dank deiner Generosität mit Mr. Keatons Hilfe gelegt, und durch etwas private Lektüre kann ich dafür sorgen, daß sie sich nicht verliert. Im übrigen lernt niemand wirklich eine fremde Sprache zu Hause, außerhalb des Landes, wo alle sie reden, und wo man ganz auf sie angewiesen ist. Bin ich einmal in England oder Amerika, so wird mir nach der Vorbereitung, die du mir gegönnt hast, das Weitere schon mühelos anfliegen. Jetzt nähert sich, weißt du, allmählich das Abitur, und dabei prüft niemand mich im Englischen. Dagegen muß ich sehen, daß ich in den alten Sprachen nicht durchrassele, und dazu gehört Konzentration. So ist wohl der Augenblick da, meinst du nicht?, Keaton recht schönen Dank zu sagen für seine Bemühungen und ihn freundlichst davon zu entbinden.«

»Aber Eduard«, entgegnete Frau von Tümmler rasch, ja anfänglich mit einiger Hast. »Was du da sagst, überrascht mich, und ich kann nicht sagen, daß ich es billige. Wohl verstanden, es ist zartfühlend von dir, daß du mir weitere Ausgaben für diesen Zweck ersparen möchtest. Aber der Zweck ist gut, er ist für dein späteres Leben, wie es dir vorschwebt, von Wichtigkeit, und so steht es nicht mit uns, daß wir für deine sprachliche Ausbildung nicht aufkommen könnten, so gut, wie früher für Annas Studium auf der Akademie. Ich begreife nicht, warum du bei deinem Vorsatz, dir die Kenntnis des Englischen zu erobern, auf halbem Wege stehenbleiben willst. Man könnte sagen, lieber Junge, nimm's mir nicht übel, daß du mir gerade damit schlecht für meine Bereitwilligkeit danken würdest. Dein Abitur – gewiß, das ist eine ernste Sache, und ich verstehe, daß du für die alten Sprachen, mit denen dir's nun einmal sauer wird, noch tüchtig wirst büffeln müssen. Aber die Englischstunden, ein paarmal die Woche, – du wirst nicht behaupten wollen, Eduard, daß die dir nicht eher zur Erholung und wohltätigen Zerstreuung dabei dienen werden, als daß sie eine zusätzliche Anstrengung bedeuteten. Außerdem – und nun laß mich aufs Persönliche, Menschliche kommen – steht Ken, wie er genannt wird, steht also Herr Keaton zu unserem Hause doch längst nicht mehr in dem Verhältnis, daß man zu ihm sagen könnte: Sie sind nun überflüssig – und ihm so einfach den Laufpaß geben. So einfach erklären: Der Mohr kann gehen. Er ist zu einem Hausfreund, gewissermaßen zu einem Glied der Familie geworden und wäre mit Recht verletzt von solcher Abfertigung. Uns allen würde er fehlen, besonders Anna, glaube ich, wäre verstimmt, wenn er nicht mehr käme und unsere Mahlzeiten belebte durch seine intime Kenntnis der Düsseldorfer Geschichte, uns nicht mehr vom jülich-klevischen Erbfolgestreit erzählte und vom Kurfürsten Jan Wellem, der auf dem Marktplatz steht. Auch du würdest ihn vermissen und sogar ich. Kurz, Eduard, dein Vorschlag ist gut gemeint, seine Ausführung aber weder notwendig noch auch recht möglich. Wir lassen am besten alles beim alten.«

»Wie du meinst, Mama«, sagte Eduard und berichtete der Schwester von seinem Mißerfolg, die ihm erwiderte:

»Ich dachte es mir, mein Junge. Mama hat die Situation im Grunde richtig gekennzeichnet, und ich hatte ähnliche Bedenken wie sie, als du mir deinen Schritt bei ihr ankündigtest. Soweit jedenfalls hat sie ja recht, daß Keaton ein angenehmer Gesellschafter ist und wir sein Wegbleiben alle bedauern würden. Mach also nur weiter mit ihm.«

Eduard sah der Sprechenden ins Gesicht, das sich nicht bewegte, zuckte die Achseln und ging. Ken erwartete ihn gerade in seinem Zimmer, las ein paar Seiten Emerson oder Macaulay mit ihm, dann eine amerikanische Mystery Story, die für die letzte halbe Stunde Stoff zum Schwatzen gab, und blieb zum Abendessen, wozu er längst nicht mehr eigens gebeten wurde. Sein Bleiben nach dem Unterricht war zur stehenden Einrichtung geworden, und Rosalie hielt Rat an den Wochentagen ihres unzukömmlichen und furchtsamen, von Schmach getrübten Glückes mit Babette, der Wirtschafterin, über das Menü, ließ Gutes anrichten, sorgte für einen gehaltvollen Pfälzer oder Rüdesheimer, bei dem man nach dem Essen im Wohnzimmer noch eine Stunde zusammenblieb, und dem sie über ihre Gewohnheit zusprach, um den unvernünftig Geliebten mutiger anblicken zu können. Oft aber auch machte der Wein sie müde und verzweifelt, und dann kämpfte sie einen verschieden ausgehenden Kampf, ob sie bleiben und unter seinen Augen leiden oder sich zurückziehen und in der Einsamkeit um ihn weinen sollte.

Da mit dem Oktober die gesellschaftliche Saison begonnen hatte, sah sie Keaton auch außer ihrem Hause, bei Pfingstens in der Pempelforter Straße, bei Lützenkirchens, bei Oberingenieur Rollwagen in größerem Kreise. Sie suchte und mied ihn dann, floh die Menschengruppe, der er sich zugesellt hatte, wartete in einer anderen mechanisch plaudernd darauf, daß er zu ihr käme und ihr Aufmerksamkeit erwiese, wußte immer, wo er war, erlauschte im Gewirr der Stimmen die seine und litt entsetzlich, wenn sie Anzeichen heimlichen Einverständnisses wahrzunehmen glaubte zwischen ihm und Louise Pfingsten oder Amélie Lützenkirchen. Obgleich der junge Mann außer seinem guten Körperbau, seiner vollkommenen Unbefangenheit und freundlichen Schlichtheit des Geistes nichts Sonderliches zu bieten hatte, war er beliebt und gesucht in diesem Kreise, profitierte vergnüglich von der deutschen Schwäche für alles Ausländische und wußte recht wohl, daß seine Aussprache des Deutschen, die kindlichen Wendungen, deren er sich dabei bediente, sehr gefielen. Übrigens sprach man gern englisch mit ihm. Kleiden mochte er sich, wie er wollte. Er verfügte über keinen evening dress; aber ohnehin hatten die gesellschaftlichen Sitten sich seit Jahren gelockert, weder in der Theaterloge noch bei Abendgesellschaften war der Smoking mehr strikte Vorschrift, und auch bei Gelegenheiten, wo die Mehrzahl der Herren ihn trug, war Keaton im gewöhnlichen Straßenanzug, seiner losen, bequemen Tracht, der gegürteten braunen Hose, braunen Schuhen und grauer, wolliger Jacke willkommen.

So bewegte er sich zwanglos in den Salons, machte sich angenehm bei den Damen, mit denen er Englisch trieb, und bei solchen, von denen er noch dafür gewonnen zu werden wünschte, schnitt sich, nach der Sitte seines Landes, bei Tische das Fleisch zuerst in kleine Stücke, legte dann das Messer quer über den Rand des Tellers, ließ den linken Arm hängen und aß auf, die

Gabel mit der Rechten führend, was er sich zubereitet. Bei dieser Gewohnheit blieb er, weil er sah, daß seine Nachbarinnen und der Herr gegenüber sie mit so großem Interesse beobachteten.

Mit Rosalie plauderte er gern, auch abseits, unter vier Augen, – nicht nur weil sie zu seinen Brotgebern und ›bosses‹ gehörte, sondern aus wirklicher Hingezogenheit. Denn während die kühle Intelligenz und die geistigen Ansprüche ihrer Tochter ihm Furcht einflößten, sprach die treuherzige Fraulichkeit der Mutter ihn sympathisch an, und ohne ihre Empfindungen richtig zu deuten (er kam nicht darauf, das zu tun), ließ er sich's wohl sein in der Wärme, die ausging von ihr zu ihm, gefiel sich in ihr und kümmerte sich wenig um dabei vorkommende Merkmale der Spannung, Beklommenheit, Verwirrung, die er als Äußerungen europäischer Nervosität verstand und darum hochachtete. Es kam hinzu, daß, so sehr sie litt, ihre Erscheinung damals ein Neuerblühen, eine Verjüngung ins Auge fallen ließ, über die man ihr Komplimente machte. Immer hatte ihre Gestalt sich ja jugendlich erhalten, aber was auffiel, war der Glanz ihrer schönen braunen Augen, der, mochte er auch etwas fieberhaft Heißes haben, ihr doch reizend zustatten kam, die Erhöhung ihrer Gesichtsfarbe, die sich aus gelegentlichem Erbleichen rasch wiederherstellte, die Beweglichkeit der Züge ihres voller gewordenen Gesichtes bei Gesprächen, die lustig zu sein pflegten und ihr immer die Möglichkeit gaben, eine sich eindrängende Verzerrung ihrer Miene durch ein Lachen zu korrigieren. Man lachte viel und laut bei diesen Geselligkeiten, denn in einmütiger Reichlichkeit sprach man dem Wein und der Bowle zu, und was exzentrisch hätte wirken können in Rosalies Wesen, ging unter in der allgemeinen, zur Verwunderung wenig aufgelegten Gelöstheit. Wie glücklich war sie aber, wenn es in Kens Gegenwart geschah, daß eine der Frauen zu ihr sagte: »Liebste, Sie sind erstaunlich! Wie entzückend Sie aussehen heute abend! Sie stechen die Zwanzigjährigen aus. Sagen Sie doch, welchen Jungbrunnen haben Sie ausfindig gemacht?« Und wenn der Geliebte dann gar bestätigte: »Right you are! Frau von Tümmler ist perfectly delightful tonight.« Sie lachte, wobei ihr tiefes Erröten aus der

Freude über die empfangene Schmeichelei erklärt werden mochte. Sie sah weg von ihm, aber sie dachte seiner Arme, und wieder fühlte sie dies Überströmt-, Überschwemmtwerden ihres Inneren von ungeheuerer Süßigkeit, das ihr so oft jetzt geschah, und das die anderen wohl mit Augen sehen mußten, wenn sie sie jung, wenn sie sie reizend fanden.

Es war an einem dieser Abende, nach dem Auseinandergehen der Gesellschaft, daß sie ihrem Vorsatz untreu wurde, das Geheimnis ihres Herzens, dies unstatthafte und leidvolle, aber berückende Seelenwunder tief bei sich zu bewahren und sich auch der töchterlichen Freundin nicht darüber zu eröffnen. Ein unwiderstehliches Mitteilungsbedürfnis zwang sie, das Versprechen, das sie sich gegeben, zu brechen und sich der klugen Anna anzuvertrauen, nicht nur, weil sie liebend verstehende Teilnahme ersehnte, sondern auch aus dem Wunsch, was die Natur an ihr tat, als die menschliche Merkwürdigkeit, die es war, zu intelligenten Ehren zu bringen.

Die beiden Damen waren bei nassem Schneewetter um Mitternacht in einer Taxi-Droschke nach Hause zurückgekehrt. Rosalie fröstelte. »Laß mich«, sagte sie, »liebes Kind, noch für eine halbe Stunde bei dir einkehren, in deinem gemütlichen Schlafzimmer. Mich friert, aber mein Kopf, der glüht, und an Schlaf, fürchte ich, wird so bald nicht zu denken sein. Wenn du uns einen Tee machtest, zu guter Letzt, ich meine, das wäre nicht schlecht. Diese Rollwagensche Bowle setzt einem zu. Rollwagen braut sie selbst, hat aber nicht die glücklichste Hand dabei und gießt einen zweifelhaften Apfelsinenschabau in den Mosel und dann deutschen Sekt. Wir werden morgen wieder alle gehörige Kopfschmerzen, einen bösen hang-over haben. Das heißt, du nicht. Du bist besonnen und trinkst nicht viel. Aber ich vergesse mich beim Plaudern und achte nicht darauf, daß sie mein Glas immer auffüllen und denke, es ist noch das erste Glas. Ja, mach uns einen Tee, das ist recht. Tee regt an, aber er beruhigt zugleich, und ein heißer Tee, im rechten Augenblick genommen, schützt vor Erkältung. Bei Rollwagens war es überheizt – jedenfalls kam es mir so vor –, und dann draußen das Schlackerwetter. Meldet am Ende gar schon der Frühling sich darin an? Heut mittag im Hofgarten glaubt' ich ihn tatsächlich schon zu erschnuppern. Aber das tut deine närrische Mutter sobald nur der kürzeste Tag vorbei und das Licht wieder wächst. Eine gute Idee, daß du die elektrische Sonne einschaltest; hier ist die Heizung schon schwach geworden. Mein liebes Kind, du weißt es uns behaglich zu machen und trauliche Umstände herzustellen für ein kleines Gespräch unter vier Augen vor Schlafengehen. Sieh, Anna, ich habe längst den Wunsch nach einer Aussprache mit dir, – zu der du mir, da hast du recht, die Gelegenheit nie vorenthalten hast. Aber es gibt Dinge, Kind, zu deren Aussprache, deren Besprechung es besonders trauliche Umstände braucht, eine günstige Stunde, die einem die Zunge löst...«

»Was für Dinge, Mama? Mit Rahm kann ich nicht aufwarten. Nimmst du ein paar Tropfen Zitrone?«

»Dinge des Herzens, Kind, Dinge der Natur, der wundervollen, der rätselhaften, allmächtigen, die uns zuweilen so Seltsames, Widerspruchsvolles, ja Unbegreifliches antut. Du weißt es auch. Ich habe, liebe Anna, in letzter Zeit viel an deine einstige – verzeih, daß ich daran rühre –, an deine Affäre von damals mit Brünner denken müssen, an dein Leid, das du mir in einer Stunde, nicht unähnlich dieser, klagtest, und das du in deiner Erbitterung gegen dich selbst sogar eine Schmach nanntest, nämlich des beschämenden Konfliktes wegen, in dem deine Vernunft, dein Urteil mit deinem Herzen lagen, oder, wenn du lieber willst, mit deinen Sinnen.«

»Du verbesserst dich sehr zu recht, Mama. Herz ist sentimentaler Schwindel. Man soll nicht Herz nennen, was ganz etwas anderes ist. Unser Herz spricht doch wahrhaft nur unter Zustimmung des Urteils und der Vernunft.«

»So magst du wohl sagen. Denn du warst immer für Einheit und hieltest dafür, daß die Natur schon ganz von selbst Harmonie herstellt zwischen Seele und Körper. Aber daß du damals in Disharmonie lebtest, nämlich zwischen deinen Wünschen und deinem Urteil, das kannst du nicht leugnen. Du warst sehr jung zu der Zeit, und vor der Natur brauchte dein Verlangen sich nicht zu schämen, nur vor deinem Urteil, das dieses Verlangen erniedrigend nannte. Es bestand nicht vor ihm, und das war deine Scham und dein Leiden. Denn du bist stolz, Anna, sehr stolz, und daß es einen Stolz geben könnte auf das Gefühl allein, einen Stolz des Gefühls, der leugnet, daß es vor irgend etwas zu bestehen und sich zu verantworten habe – Urteil und Vernunft und sogar die Natur selbst –, das willst du nicht wahrhaben, und darin sind wir verschieden. Denn mir geht das Herz über alles, und wenn die Natur ihm Empfindungen einflößt, die ihm nicht mehr gebühren und einen Widerspruch zu schaffen scheint zwischen dem Herzen und ihr, – gewiß, das ist eine schmerzliche Scham, aber die Scham gilt nur der Unwürdigkeit und ist süßes Staunen, ist Ehrfurcht im Grunde vor der Natur und vor dem Leben, das ihr am Abgelebten zu wirken gefällt.«

»Meine liebe Mama«, erwiderte Anna, »laß mich vor allem die Ehre zurückweisen, die du meinem Stolz und meiner Vernunft erweist. Die wären kläglich damals dem unterlegen, was du poetisch das Herz nennst, wenn nicht ein gnädiges Schicksal sich ins Mittel gelegt hätte, und wenn ich denke, wohin mein Herz mich geführt hätte, so muß ich Gott danken, daß es nicht nach seinen Wünschen ging. Ich bin die letzte, die einen Stein aufheben dürfte. Aber nicht von mir ist die Rede, sondern von dir, und die Ehre will ich nicht zurückweisen, daß du dich mir eröffnen willst. Denn nicht wahr, das willst du. Deine Worte deuten darauf, nur sind sie dunkel in ihrer Allgemeinheit. Lehre mich, bitte, wie ich sie auf dich zu beziehen und sie zu verstehen habe!«

»Was würdest du sagen, Anna, wenn deine Mutter auf ihre alten Tage von einem heißen Gefühl ergriffen wäre, wie es nur der vermögenden Jugend, der Reife nur und nicht einem abgeblühten Weibtum zukommt?«

»Wozu das Konditionale, Mama? Offenbar steht es so mit dir, wie du sagst. Du liebst?«

»Wie du das sagst, mein süßes Kind! Wie frei und kühn und offen du das Wort aussprichst, das mir so schwer über die Lippen ginge, und das ich tief in mir verschlossen gehalten habe so lange

Zeit, nebst allem, was es an schamhaftem Glück und Leid besagt, – es verhehlt habe vor aller Welt und auch vor dir, so streng, daß du eigentlich aus den Wolken fallen müßtest, den Wolken deines Glaubens an die Matronenwürde deiner Mutter! Ja, ich liebe, liebe heiß und begehrend und selig und jammervoll, wie du einst liebtest in deiner Jugend. Vor der Vernunft hält mein Gefühl so wenig stand, wie einst das deine, und wenn ich auch stolz bin auf den Seelenfrühling, mit dem mich die Natur wunderbarerweise beschenkt, so leide ich doch, wie du einst littest, und unwiderstehlich trieb es mich, dir alles zu sagen.«

»Meine liebe, gute Mama! So sage mir ruhig alles. Wo es so schwer ist, zu sprechen, da will gefragt sein. Wer ist es?«

»Es muß dir eine erschütternde Überraschung sein, mein Kind. Der junge Freund unseres Hauses. Der Lehrer deines Bruders.«

»Ken Keaton?«

»Er.«

»Er also. Nun gut. Du hast von mir nicht zu fürchten, Mama, daß ich in den Ruf ›Unbegreiflich!‹ ausbreche, obgleich das Menschenart ist. Es ist so billig und dumm, ein Gefühl unbegreiflich zu schelten, in das man sich nicht versetzen kann. Und doch – so sehr ich fürchten muß, dich zu verletzen – verzeih meiner Teilnahme die Frage: Du sprichst von einer Ergriffenheit, die deinen Jahren nicht mehr gebühre, klagst dich an, Gefühle zu hegen, deren du nicht mehr würdig bist. Hast du dich je gefragt, ob er, dieser junge Mensch, deiner Gefühle würdig ist?«

»Er, würdig? Ich verstehe kaum, was du meinst. Ich liebe, Anna. Ken ist das Herrlichste an junger Männlichkeit, was meinen Augen je vorgekommen.«

»Und darum liebst du ihn. Wollen wir nicht versuchen, Ursache und Wirkung die Plätze tauschen zu lassen und sie damit vielleicht richtig zu stellen? Könnte es nicht so sein, daß er dir nur so herrlich erscheint, weil du in ihn ... weil du ihn liebst?«

»O Kind, du trennst, was untrennbar ist. In meinem Herzen hier sind meine Liebe und seine Herrlichkeit eines.«

»Aber du leidest, liebste, beste Mama, und so unendlich gern möchte ich dir helfen. Könntest du nicht versuchen, ihn einen Augenblick – nur einen Augenblick, vielleicht wäre schon das dir heilsam – nicht im verklärenden Licht deiner Liebe zu sehen, sondern bei Tageslicht, in seiner Wirklichkeit, als den netten, ansprechenden – gewiß, ich gebe dir das zu! – ansprechenden Jungen, der er ist, der aber doch zur Leidenschaft, zum Leiden um ihn, an und für sich so wenig Anlaß gibt?«

»Du meinst es gut, Anna, ich weiß. Du möchtest mir wohltun, ich bin überzeugt davon. Aber nicht auf seine Kosten darf das geschehen, nicht, indem du ihm Unrecht tust. Und Unrecht tust du ihm mit deinem ›Tageslicht‹, das ein so falsches, so gänzlich irreführendes Licht ist. Du nennst ihn nett, nennst ihn eben nur ansprechend und willst damit sagen, daß er ein Durchschnittsmensch und nichts Besonderes an ihm ist. Aber er ist ja ein ganz außergewöhnlicher Mensch, dessen Leben ans Herz greift. Bedenke seine schlichte Herkunft, wie er sich mit eiserner Willenskraft durchs College gearbeitet und dabei in der Geschichte und in den Leibesübungen alle seine Mitschüler übertraf, wie er dann zu den Fahnen eilte und sich als Soldat so vorzüglich verhielt, daß er am Ende honorably discharged wurde...«

»Verzeih, das wird jeder, der sich nicht geradezu eine Ehrlosigkeit hat zuschulden kommen lassen.«

»Jeder. Immer spielst du auf seine Durchschnittlichkeit an und willst ihn mir damit ausreden, daß du ihn, wenn nicht direkt, so doch andeutungsweise als simpel, als einen einfältigen Jungen hinstellst. Aber du vergißt, daß Einfalt etwas Erhabenes und Siegreiches sein kann, und daß seine Einfalt den großen demokratischen Geist seines weiten Heimatlandes zum Hintergrunde hat...«

»Er mag sein Land ja gar nicht.«

»Darum ist er doch sein echter Sohn, und wenn er Europa liebt, der historischen Perspektive und der alten Volksbräuche wegen, so ehrt ihn auch das und zeichnet ihn aus vor der Mehrzahl. Für sein Land aber hat er sein Blut gegeben. Honorably discharged, sagst du, wird jeder. Aber wird auch jedem eine

Tapferkeitsmedaille verliehen, das Purple heart, zum Zeichen, daß der Heldenmut, mit dem einer sich dem Feinde entgegengeworfen, ihm eine Verwundung, vielleicht eine schwere eingetragen hat?«

»Ach, liebe Mama, ich glaube, im Kriege erwischt es den einen und den anderen nicht, der eine fällt, und der andere kommt davon, ohne daß das mit der Tapferkeit des einen und des anderen viel zu tun hätte. Wird einem ein Bein abgerissen oder die Niere zerschossen, so ist die Medaille ein Trost und eine kleine Entschädigung für sein Mißgeschick, aber ein Abzeichen besonderer Tapferkeit ist sie meistens wohl nicht.«

»Jedenfalls hat er eine seiner Nieren auf dem Altar des Vaterlandes geopfert!«

»Ja, er hatte dies Mißgeschick. Und gottlob kommt man zur Not mit einer Niere aus. Aber eben nur zur Not, und es ist doch ein Mangel, ein Defekt, der Gedanke daran schränkt die Herrlichkeit seiner Jugend doch etwas ein, und zu dem Tageslicht, in dem man ihn sehen sollte, gehört es, daß er trotz seiner guten – oder sagen wir: normalen – Gestalt körperlich nicht ganz komplett, ein Invalide und kein ganz vollständiger Mensch mehr ist.«

»Du großer Gott, Ken nicht mehr komplett, Ken kein ganzer Mensch! Mein armes Kind, der ist komplett bis zur Herrlichkeit und kann spielend auf eine Niere verzichten – nicht nur nach seiner eigenen Meinung, sondern nach der Meinung aller, der Frauen nämlich, die alle hinter ihm her sind, und bei denen er denn auch wohl sein Vergnügen findet! Liebe, gute, kluge Anna, weißt du denn nicht, warum, hauptsächlich, ich mich dir anvertraut und dieses Gespräch mit dir begonnen habe? Weil ich dich fragen wollte und deine aufrichtige Meinung darüber erfahren, ob er nach deiner Beobachtung und Überzeugung mit Louise Pfingsten ein Verhältnis hat, oder mit Amélie Lützenkirchen, oder vielleicht mit beiden, wozu er durchaus komplett genug wäre! Das ist es, worüber ich im quälendsten Zweifel schwebe, und ich wollte so gern von dir reinen Wein darüber eingeschenkt bekommen, die du die Dinge ruhigeren Blutes, bei Tageslicht sozusagen, betrachten kannst...«

»Arme Herzensmama, wie du dich quälst, wie du leidest! Es tut mir so weh. Nein doch, ich glaube nicht – ich weiß ja wenig von seiner Lebensweise und fühle keinen Beruf, sie auszuforschen –, aber ich glaube nicht und habe nie sagen hören, daß er zu Frau Pfingsten oder Frau Lützenkirchen in den Beziehungen steht, die du argwöhnst. Beruhige dich doch, bitte, darüber!«

»Gebe Gott, gutes Kind, daß du das nicht nur sagst, um mich zu trösten und Balsam auf meine Qual zu träufeln, aus Mitleid! Aber sieh, das Mitleid – obgleich ich es vielleicht sogar bei dir suche – ist ja auch wieder gar nicht am Platze, weil ich ja selig bin in meiner Qual und Scham und voller Stolz auf den Schmerzensfrühling meiner Seele, das bedenke, Kind, wenn ich auch scheinbar um Mitleid bettle!«

»Ich finde nicht, daß du bettelst. Aber das Glück und der Stolz, die sind in solchem Falle doch eng verquickt mit dem Leiden, sie sind mit ihm ein und dasselbe, und solltest du auch kein Mitleid suchen, so kommt es dir doch zu von denen, die dich lieben und die dir wünschen, du hättest selber Mitleid mit dir und suchtest dich aus dieser absurden Verzauberung zu befreien... Verzeih meine Worte! Gewiß sind sie falsch, aber ich kann mich nicht sorgen um Worte. Um dich, Liebste, sorge ich mich und nicht erst seit heute, nicht erst seit deinem Geständnis, für das ich dir dankbar bin. Du hast dein Geheimnis mit großer Selbstbeherrschung in dich verschlossen, aber daß es ein solches gab, daß es um dich seit Monaten schon ganz besonders und eigentümlich stand, das konnte doch denen, die dich lieben, unmöglich verborgen bleiben, und sie sahen es mit gemischten Gefühlen.«

»Wen meinst du mit ›sie‹?«

»Ich spreche von mir. Du hast dich in letzter Zeit auffallend verändert, Mama, – das heißt: nicht verändert, ich sage es nicht recht, du bist ja dieselbe geblieben, und wenn ich sage: verändert, so meine ich damit, daß eine Art von Verjüngung über dein Wesen gekommen ist, – was aber auch das rechte Wort wieder nicht ist, denn natürlich kann es sich nicht um eine wirkliche und eigentlich nachweisbare Verjüngung deines lieben Bildes handeln. Aber meinem Auge war es zuweilen, für Augenblicke, auf eine gewisse phantasmagorische Weise, als ob aus deiner lieben Matronengestalt auf einmal die Mama von vor zwanzig Jahren hervorträte, wie ich sie kannte, als ich ein junges Mädchen war, – ja mehr noch, ich glaubte plötzlich dich zu sehen, wie ich dich nie gesehen habe, nämlich so, wie du ausgeschaut haben magst, als du selber ein ganz junges Mädchen warst. Und diese Sinnestäuschung, wenn es eine bloße Sinnestäuschung war, aber es war etwas Wirklichkeit daran, hätte mir doch Freude machen, hätte mir doch vor Vergnügen das Herz hüpfen lassen müssen, nicht wahr? Das tat sie aber nicht, sondern nur schwer machte sie mir das Herz, und gerade in solchen Augenblicken, wo du dich vor meinen Augen verjüngtest, hatte ich furchtbares Mitleid mit dir. Denn zugleich sah ich ja, daß du littest, und daß die Phantasmagorie, von der ich spreche, nicht nur mit deinem Leiden zu tun hatte, sondern geradezu der Ausdruck, die Erscheinung davon war, ein ›Schmerzensfrühling‹, wie du dich eben ausdrücktest. Liebe Mama, wie kommt es, daß du dich so ausdrückst? Es liegt nicht in deiner Art. Du bist ein schlichtes Gemüt, höchst liebenswert; deine Augen gehen gut und klar in Natur und Welt, nicht in Bücher, du hast nie viel gelesen. Du brauchtest bisher nicht Worte, wie Dichter sie bilden, so wehe und kranke Worte, und wenn du es nun dennoch tust, so hat das etwas von –«

»Wovon denn, Anna? Wenn Dichter solche Worte brauchen, so eben, weil sie sie *brauchen*, weil Gefühl und Erleben sie aus ihnen hervortreiben, und so ist es denn auch wohl mit mir, der sie nach deiner Meinung nicht zukommen. Das ist nicht richtig. Sie kommen dem zu, der sie nötig hat, und er kennt keine Scheu vor ihnen, da sie aus ihm hervorgetrieben werden. Deine Sinnestäuschung aber, oder Phantasmagorie, was du nämlich an mir zu sehen glaubtest, das will ich dir erklären. Es war das Werk *seiner* Jugend. Es war das Ringen meiner Seele, es seiner Jugend gleichzutun, um nicht in Scham und Schande vor ihr vergehen zu müssen.«

Anna weinte. Sie hielten einander in den Armen, und ihre Tränen vermischten sich.

»Auch dies«, sagte die Lahme mit Anstrengung, »auch das, was du da sagst, geliebtes Herz, ist dem fremden Wort verwandt, das du brauchtest, und es hat, wie dieses, in deinem Munde etwas von Zerstörung. Diese unselige Anwandlung zerstört dich, ich sehe es mit Augen, ich höre es deiner Rede an. Wir müssen ihr Einhalt tun, ein Ende machen, dich vor ihr retten, um jeden Preis. Man vergißt, Mama, wenn man nicht mehr sieht. Nur auf einen Entschluß kommt es an, einen rettenden Entschluß. Der junge Mann darf nicht mehr zu uns kommen, wir müssen ihm aufsagen. Das ist nicht genug. Du siehst ihn anderswo in Gesellschaft. Gut, so müssen wir ihn bestimmen, die Stadt zu verlassen. Ich getraue mich, ihn dazu zu bringen. Ich werde freundschaftlich mit ihm reden, ihm vorhalten, er verliege und vertue sich hier, er sei längst fertig mit Düsseldorf und dürfe nicht ewig hier hängenbleiben, Düsseldorf sei nicht Deutschland, das er besser und weiter kennenlernen müsse, München, Hamburg, Berlin, die seien auch noch da und wollten ausprobiert sein, beweglich müsse er sich halten und da und dort eine Weile leben, bevor er, wie es seine natürliche Pflicht sei, in seine Heimat zurückkehre und einen ordentlichen Beruf ergreife, statt in Europa den invaliden Sprachlehrer zu machen. Ich werde ihm das schon zu Gemüte führen. Und will er nicht und versteift sich auf Düsseldorf, wo er nun einmal seine Verbindungen hat, nun, Mama, dann gehen wir selbst. Dann geben wir das Haus hier auf und siedeln nach Köln oder Frankfurt über oder an einen schönen Ort im Taunus, und du läßt hier zurück, was dich quälte und dich zerstören wollte, und vergissest mit Hilfe des Nicht-mehr-Sehens. Man muß nur nicht mehr sehen, das hilft unfehlbar, denn nicht vergessen können, das gibt es nicht. Du magst es eine Schande nennen, daß man vergißt, aber man tut es, verlaß dich darauf. Und du genießt dann im Taunus die liebe Natur und bist wieder unsere alte, liebe Mama.«

So Anna mit vieler Inständigkeit, aber wie ganz vergebens!

»Halt, halt, Anna, nichts mehr von dem, was du sagst, ich kann es nicht hören! Du weinst mit mir, und deine Sorge ist liebreich, aber was du sagst, deine Anträge, die sind unmöglich und mir entsetzlich. Vertreiben, ihn? Fortziehen, wir? Wohin verirrt sich deine Fürsorge! Du sprichst von der lieben Natur, aber du schlägst ihr ins Gesicht mit deinen Zumutungen, du willst, daß ich ihr ins Gesicht schlage, indem ich den Schmerzensfrühling ersticke, mit dem sie wunderbarerweise meine Seele begnadet! Welche Sünde wäre das, welcher Undank wäre es wohl, welche Treulosigkeit gegen sie, die Natur, und welche Verleugnung des Glaubens an ihre gütige Allmacht! Weißt du noch, – Sara, wie die sich versündigte? Die lachte bei sich hinter der Tür und sprach: ›Nun ich alt bin, soll ich noch Wollust pflegen, und mein Herr auch alt ist?‹ Gott, der Herr, aber sagte empfindlich: ›Warum lachet deß Sara?‹ Meiner Meinung nach lachte sie weniger ihres eigenen versiegten Alters wegen, als weil auch Abraham, ihr Herr, so sehr alt und wohlbetagt war, schon neunundneunzig. Welcher Frau müßte denn nicht der Gedanke zum Lachen sein, mit einem Neunundneunzigjährigen Wollust zu pflegen, möge auch das Liebesleben der Männer weniger scharf begrenzt sein, als das weibliche. Mein Herr aber ist jung, blutjung, und wieviel leichter und lockender muß mir der Gedanke – – Ach, Anna, mein treues Kind, ich pflege Wollust, scham- und gramvolle Wollust in meinem Blut, meinen Wünschen und kann nicht lassen von ihr, kann nicht in den Taunus fliehen, und wenn du Ken überredetest, fortzuziehen, – ich glaube, ich würde dich hassen bis in den Tod!«

Die Pein war groß, mit der Anna diese hemmungslosen, berauschten Worte mit anhörte.

»Liebste Mama«, sagte sie mit gepreßter Stimme, »du bist sehr erregt. Was dir not tut jetzt, ist Ruhe und Schlaf. Nimm zwanzig Tropfen Baldrian in Wasser, auch fünfundzwanzig. Dies harmlose Mittel ist oft sehr hilfreich. Und sei versichert, daß ich auf eigene Hand nichts unternehmen werde, was deinem Gefühl entgegen ist. Laß diese Versicherung auch zu deiner Beruhigung dienen, an der mir alles gelegen ist! Wenn ich abschätzig von Keaton sprach, den ich achte als Gegenstand deiner Neigung, obgleich ich ihn verwünschen muß als Ursache deiner Leiden, so wirst du verstehen, daß ich es damit auch nur um deiner Beruhigung willen versuchte. Für dein Vertrauen bin ich dir unendlich dankbar und hoffe, ja glaube fest, daß du dir durch diese Aussprache mit mir das Herz doch etwas erleichtert hast. Vielleicht war diese Aussprache die Voraussetzung für deine Genesung – ich meine: für deine Beruhigung. Dies liebe, frohe, uns allen teuere Herz wird sich wiederfinden. Es liebt unter Leiden – meinst du nicht, daß es, sagen wir: mit der Zeit, lernen könnte, leidlos und nach der Vernunft zu lieben? Siehst du, die Liebe –«, (Anna sagte dies, indem sie die Mutter sorgsam in ihr Schlafzimmer hinüberführte, um ihr dort selbst den Baldrian ins Glas zu träufeln) »die Liebe, was ist sie nicht alles, wie Vielartiges deckt ihr Name, und wie ist sie doch immer die Eine! Die Liebe einer Mutter zu ihrem Sohne etwa – ich weiß, Eduard steht dir nicht besonders nahe –, aber diese Liebe kann sehr innig, sehr leidenschaftlich sein, sie kann sich zart, aber deutlich von der Liebe zu einem Kinde des eigenen Geschlechts unterscheiden und doch keinen Augenblick aus den Schranken der Mutterliebe treten. Wie, wenn du die Tatsache, daß Ken dein Sohn sein könnte, dazu benutztest, die Zärtlichkeit, die du für ihn hegst, aufs Mütterliche abzustellen, sie dir zum Heil im Mütterlichen anzusiedeln?«

Rosalie lächelte unter Tränen.

»Damit das rechte Einvernehmen herrsche zwischen Körper und Seele, nicht wahr?« spottete sie traurig. »Mein liebes Kind, wie ich deine Klugheit in Anspruch nehme, sie strapaziere und mißbrauche! Es ist nicht recht von mir, denn umsonst bemühe ich sie. Das Mütterliche – das ist ja denn auch wohl so etwas wie der Taunus... Rede ich nicht mehr ganz klar? Ich bin todmüde, da hast du recht. Hab Dank, Liebste, für deine Geduld, deine Teilnahme! Dank auch dafür, daß du Ken achtest um dessentwillen, was du meine Neigung nennst. Und hasse ihn nicht zugleich, wie ich dich hassen müßte, wenn du ihn vertriebest! Er ist das Mittel der Natur, an meiner Seele ihr Wunder zu tun.«

Anna verließ sie. Eine Woche verging, während welcher Ken Keaton zweimal bei Tümmlers zu Nacht aß. Das erste Mal war ein älteres Ehepaar aus Duisburg dabei, Verwandte Rosaliens: die Frau war eine Cousine von ihr. Anna, die wohl wußte, daß von gewissen Beziehungen und Gefühlsspannungen fast unabwendbar ein Fluidum von Auffälligkeit ausgeht gerade auf ganz Fernstehende, beobachtete die Gäste scharf. Sie sah die Cousine ein paarmal verwundert hin und her blicken zwischen Keaton und der Hausfrau, sah einmal sogar ein Lächeln im Schnurrbart des Mannes. An diesem Abend bemerkte sie auch eine Veränderung von Kens Verhalten zu ihrer Mutter, eine neckische Umstellung und Anpassung seiner Reaktionen, und daß er es nicht dulden wollte, wenn sie, mühsam genug, vorgab, sich nicht um ihn zu kümmern, sondern sie nötigte, sich ihm zuzuwenden. – Das andere Mal war sonst niemand zugegen. Frau von Tümmler verstand sich da zu einer skurrilen, ihrer Tochter zugedachten und von jenem Gespräch mit ihr inspirierten Aufführung, mit der sie gewisse Ratschläge Annas verspottete und zugleich aus der Travestie ihren Nutzen zog. Es hatte sich nämlich herausgestellt, daß Ken letzte Nacht ausgiebig gebummelt, mit ein paar guten Freunden, einem Mal-Eleven und zwei Fabrikantensöhnen, bis in den Morgen hinein eine Altbierreise getan hatte und mit einem gehörigen Brummschädel, einem hang-over ersten Ranges, wie Eduard sagte, der die Sache ausplauderte, zu Tümmlers gekommen war. Beim Abschied, als man einander gute Nacht sagte, sah Rosalie die Tochter einen Augenblick mit erregter Verschmitztheit an, ja, hielt zunächst noch den Blick auf sie gerichtet, während sie schon den jungen Mann am Ohrläppchen faßte und zu ihm sagte:

»Und du, Söhnchen, nimm von Mama Rosalie einen ernsten Verweis und laß dir sagen, daß ihr Haus nur Leuten von gesetzten Sitten und nicht Nachtvögeln und Bierinvaliden offensteht, die kaum noch imstande sind, Deutsch zu sprechen oder nur, aus den Augen zu sehen! Hast du's gehört, Taugenichts? Bessere dich! Wenn dich die bösen Buben locken, so folge ihnen nicht und verfahre fortan so wüst nicht mit deiner Gesundheit! Willst du dich bessern, dich bessern?« Immerfort zupfte sie ihn dabei am Ohrläppchen, und Ken gab dem leichten Zuge übertrieben nach, tat, als sei die Strafe wunder wie schmerzhaft und bog sich recht kläglich grimassierend unter ihrer Hand, wobei er seine hübschen, blanken Zähne entblößte. Sein Gesicht war ganz nahe dem ihren, und in dies nahe Gesicht hinein sagte sie noch:

»Denn tust du's wieder und besserst dich nicht, unartiges Söhnchen, so verweise ich dich aus der Stadt, weißt du das wohl? Ich schicke dich an einen stillen Ort im Taunus, wo zwar die Natur sehr schön ist, es aber keine Versuchungen gibt und du die Bauernkinder im Englischen unterrichten magst. Für diesmal nun schlaf deinen schwarzen Kater aus, Bösewicht!« Und sie ließ von seinem Ohr, nahm Abschied von der Nähe seines Gesichtes, sah Anna noch einmal mit bleicher Verschmitztheit an und ging.

Acht Tage später ereignete sich etwas Außerordentliches, das Anna von Tümmler im höchsten Grade erstaunte, ergriff und verwirrte – verwirrte insofern, als sie sich zwar für ihre Mutter darüber freute, dabei aber nicht recht wußte, ob sie es als ein Glück oder Unglück betrachten sollte. Sie wurde um zehn Uhr vormittags durch das Zimmermädchen zur gnädigen Frau gebeten. Da die kleine Familie getrennt frühstückte – Eduard zuerst, dann Anna, die Hausfrau zuletzt –, so hatte sie die Mutter heute noch nicht gesehen. Rosalie lag auf der Chaiselongue ihres Schlafzimmers, mit einer leichten Kaschmirdecke zugedeckt, bläßlich, aber mit gerötetem Näschen. Sie nickte der aufstampfend eintretenden Tochter mit einem Lächeln von etwas gezierter Mattigkeit zu, sagte aber nichts und ließ diese fragen:

»Was gibt es, Mama? Du bist doch nicht krank?«

»O nein, mein Kind, beunruhige dich nicht, das ist keine Krankheit. Ich war sehr versucht, statt dich rufen zu lassen, selbst zu dir hinüberzugehen und dich zu begrüßen. Aber ich bin etwas schonungsbedürftig, etwas darauf angewiesen, mich ruhig zu halten, wie wir Frauen es mitunter sind.«

»Mama! Wie soll ich deine Worte verstehen?«

Da richtete Rosalie sich auf, schlang die Arme um den Hals

der Tochter, wodurch sie sie zu sich niederzog, auf den Rand der Chaiselongue, und flüsterte, Wange an Wange mit ihr, an ihrem Ohr, schnell, selig, in einem Atem:

»Triumph, Anna, Triumph, es ist mir wiedergekehrt, mir wiedergekehrt nach so langer Unterbrechung, in voller Natürlichkeit und ganz wie es sich schickt für eine reife, lebendige Frau! Teures Kind, welches Wunder! Was tut die große, gute Natur für ein Wunder an mir und segnet damit meinen Glauben! Denn ich habe geglaubt, Anna, und nicht gelacht, dafür lohnt mir nun die gute Natur und nimmt zurück, was sie mit meinem Körper schon veranstaltet zu haben schien, sie erweist es als Irrtum und stellt die Harmonie wieder her zwischen Seele und Körper, aber auf andere Weise, als du wolltest, daß es geschähe. Nicht so, daß die Seele ergeben den Körper sein Werk an ihr tun und sich von ihm überführen läßt in den würdigen Matronenstand, sondern umgekehrt, umgekehrt, liebes Kind, so, daß die Seele sich als Meisterin erweist über den Körper. Beglückwünsche mich, Liebste, denn ich bin sehr glücklich! Bin ich doch wieder Weib, ein Vollmensch wieder, eine fähige Frau, darf mich würdig fühlen der Mannesjugend, die es mir angetan, und brauche vor ihr nicht mehr im Gefühl der Ohnmacht die Augen niederzuschlagen. Die Lebensrute, mit der sie mich schlug, hat nicht nur die Seele, hat auch den Körper getroffen und ihn wieder zum fließenden Brunnen gemacht. Küsse mich, mein vertrautes Kind, nenne mich glücklich, so glücklich wie ich es bin, und preise mit mir die Wundermacht der großen und guten Natur!«

Sie sank zurück, schloß die Augen und lächelte selbstgefällig, das Näschen hochrot.

»Liebe, süße Mama«, sagte Anna, zur Mitfreude willig genug und doch beklommenen Herzens, »das ist wirklich ein großes, rührendes Vorkommnis und ein Zeichen für die Prächtigkeit deiner Natur, die sich schon in der Frische deines Gefühls erwies und nun diesem auch noch solche Macht gewährt über dein Körperleben. Du siehst, ich finde mich ganz in deine Auffassung, daß, was dir körperlich widerfahren, das Produkt des Seelischen, deines jugendstarken Gefühles ist. Was ich auch je und je einmal gesagt haben mag über diese Dinge, – für so philiströs darfst du mich nicht halten, daß ich dem Seelischen alle Macht abstritte über das Körperliche und diesem allein das entscheidende Wort ließe in ihrer beider Verhältnis. Daß beide voneinander abhängig sind, soviel weiß ich auch von der Natur und ihrer Einheit. Wie sehr die Seele unterworfen sein mag den Zuständen des Körpers, – was sie ihrerseits auszurichten vermag an ihm, grenzt oft ans Wunderbare, und dein Beispiel dafür ist eines der prächtigsten. Und doch laß mich sagen: dies schöne, heitere Geschehnis, auf das du so stolz bist – und mit Recht, gewiß darfst du stolz darauf sein –, es will mir, wie ich nun einmal bin, einen solchen Eindruck nicht machen, wie dir. Ich finde, es ändert nicht viel, meine prächtige Mama, und erhöht nicht wesentlich meine Bewunderung für deine Natur – oder die Natur überhaupt. Ich Lahmfuß und alterndes Mädchen habe wohl Grund, aufs Körperliche nicht gar viel Gewicht zu legen. Deine Gefühlsfrische, im Widerspruch gerade zur Altersverfassung des Körpers, schien mir prächtig genug, Triumph genug – beinahe als ein reinerer Sieg des Seelischen erschien sie mir, als nun dies, daß die Unverwüstlichkeit deines Gemüts organisches Ereignis geworden.«

»Sei du lieber still, mein armes Kind. Was du meine Gefühlsfrische nennst, und woran du dich erlabt haben willst, das hast du mir mehr oder minder unumwunden als Narretei hingestellt, mit der ich mich lächerlich machte, und hast mir geraten, aufs mütterliche Altenteil mich zurückzuziehen, mein Gefühl abzustellen aufs Mütterliche. Ei, dazu wäre es denn doch zu früh gewesen, meinst du das nun nicht auch, Ännchen? Die Natur hat dagegen gesprochen. Sie hat mein Gefühl zu ihrer Sache gemacht und mich unmißverständlich bedeutet, daß es sich nicht zu schämen hat vor ihr und vor der blühenden Jugend, der es gilt. Und du meinst wirklich, das ändert nicht viel?«

»Was ich meine, du liebe, wunderbare Mama, ist nun einmal gewiß nicht, daß ich das Wort der Natur mißachtete. Es ist vor allem nicht, daß ich dir die Freude verkümmern möchte an ihrem Spruch. Du wirst das nicht glauben. Wenn ich meinte, das Geschehene ändere nicht viel, so bezog sich das auf die äußere Wirklichkeit, aufs Praktische sozusagen. Als ich dir riet, dir innig wünschte, du möchtest es über dich gewinnen, es möchte dir nicht einmal schwerfallen, dein Gefühl für den jungen Mann – verzeih, daß ich so kühl von ihm spreche – für unsern Freund Keaton also – einzufrieden ins Mütterliche, da stützte meine Hoffnung sich auf die Tatsache, daß er dein Sohn sein könnte. An dieser Tatsache, nicht wahr, hat sich doch nichts geändert, und sie wird nicht umhin können, das Verhältnis zwischen dir und ihm von beiden Seiten her, von deiner und auch von seiner her zu bestimmen.«

»Und auch von seiner. Du sprichst von beiden Seiten, meinst aber nur seine. Du glaubst nicht, daß er mich anders lieben könnte, als allenfalls wie ein Sohn?«

»Ich will das nicht sagen, liebste, beste Mama.«

»Wie könntest du es auch sagen, Anna, mein treues Kind! Bedenke, du hast das Recht nicht dazu, die nötige Autorität nicht in Liebesdingen. Du hast wenig Scharfblick auf diesem Gebiet, weil du früh resigniertest, mein Herz, und deine Augen wegwandtest von derlei Belangen. Das Geistige bot dir Ersatz fürs Natürliche, das ist gut, wohl dir, es ist schön. Aber wie willst du urteilen und mich verurteilen zur Hoffnungslosigkeit? Du hast keine Beobachtung und siehst nicht, was ich sehe, fängst die Zeichen nicht auf, die mir dafür sprechen, daß sein Gefühl bereit ist, dem meinen entgegenzukommen. Willst du behaupten, daß er in solchen Augenblicken nur sein Spiel mit mir treibt? Hältst du ihn lieber für frech und herzlos, als daß du mir Hoffnung gönntest auf das Einstimmen seines Gefühls in meines? Was wäre so Wunderbares daran? Bei all deiner Distanz zum Liebesleben wird dir nicht unbekannt sein, daß junge Leute sehr oft eine gereifte Weiblichkeit der unerfahrenen Jugend, dem blöden Gänschentyp vorziehen. Da mag wohl ein Heimverlangen nach der Mutter im Spiele sein – wie umgekehrt mütterliche Gefühle mit einfließen mögen in die Leidenschaft einer Frau von Jahren für einen jungen Mann. Wem sag' ich es? Mir ist doch ganz, als hättest du kürzlich selbst gesprächsweise Verwandtes geäußert.«

»Wirklich? Jedenfalls hast du recht, Mama. Ich gebe dir überhaupt recht in allem, was du sagst.«

»Dann darfst du mich nicht hoffnungslos nennen, heute dazu, wo die Natur sich zu meinem Gefühl bekannt hat. Du darfst es nicht, trotz meinen grauen Haaren, auf die du, wie mir scheint, die Augen richtest. Ja, ich bin leider recht grau. Es war ein Fehler, daß ich nicht längst begonnen habe, mir das Haar zu färben. Jetzt kann ich nicht plötzlich damit anfangen, obgleich die Natur mich gewissermaßen dazu ermächtigt hat. Aber für mein Gesicht kann ich einiges tun, nicht nur durch Massage, sondern auch durch die Verwendung von etwas Rouge. Ihr Kinder werdet doch keinen Anstoß daran nehmen?«

»Wie sollten wir, Mama. Eduard merkt es gar nicht, wenn du nur einigermaßen diskret dabei zu Werke gehst. Und ich... finde zwar, daß das Künstliche zu deinem Natursinn nicht recht passen will, aber es ist ja gewiß keine Sünde gegen die Natur, ihr auf so gebräuchliche Weise nachzuhelfen.«

»Nicht wahr? Und es gilt doch, zu verhindern, daß in Kens Gefühlen der Hang zum Mütterlichen eine zu große, eine überwiegende Rolle spielt. Das wäre gegen meine Hoffnung. Ja, liebes, treues Kind, dies Herz – ich weiß, du sprichst und hörst nicht gern vom ›Herzen‹ – aber mein Herz ist geschwellt von Stolz und Freude, von dem Gedanken, wie so ganz anders ich seiner Jugend begegnen werde, mit wie anderem Selbstvertrauen. Geschwellt ist das Herz deiner Mutter von Hoffnung auf Glück und Leben!«

»Wie schön, liebste Mama! Und wie reizend von dir, daß du mich teilnehmen läßt an deiner Beglückung! Ich teile sie, teile sie von Herzen, du wirst daran nicht zweifeln, auch nicht, wenn ich sage, daß etwas Sorge sich in meine Mitfreude mischt, – das sieht mir ähnlich, nicht wahr? – etwas Bedenklichkeit –, praktische Bedenklichkeit, um das Wort zu wiederholen, das ich statt eines besseren schon einmal gebrauchte. Du sprichst von deiner Hoffnung und allem, was dich dazu berechtigt – ich finde, es ist vor allem ganz einfach deine liebenswürdige Person. Aber du unterläßt es, diese Hoffnung näher zu bestimmen und mir zu sagen, worauf sie zielt, worauf sie in der Wirklichkeit des Lebens hinauswill. Hast du die Absicht, dich wieder zu verheiraten? Ken Keaton zu unserem Stiefvater zu machen? Mit ihm vor den Traualtar zu treten? Es mag feig von mir sein, aber da der Unterschied euerer Jahre dem zwischen Mutter und Sohn gleichkommt, fürchte ich etwas das Befremden, das dieser Schritt erregen würde.«

Frau von Tümmler sah ihre Tochter groß an.

»Nein«, antwortete sie, »dieser Gedanke ist mir neu, und wenn es dich beruhigt, kann ich dich versichern, daß er mir auch fremd ist. Nein, Anna, närrisches Ding, ich habe nicht vor, euch einen vierundzwanzigjährigen Stiefvater zu geben. Wie sonderbar von dir, so starr und fromm von ›Traualtar‹ zu sprechen!«

Anna schwieg, die Augen mit einem Nicken der Lider an ihrer Mutter vorbei ins Leere gerichtet.

»Die Hoffnung«, sagte diese, »wer will sie bestimmen, wie du es verlangst? Die Hoffnung ist die Hoffnung, wie willst du, daß sie sich selbst, wie du es nennst, nach praktischen Zielen frage? Was die Natur an mir getan hat, ist so schön – nur Schönes kann ich davon erwarten, dir aber nicht sagen, wie ich mir denke, daß es kommen, wie sich verwirklichen und wohin führen wird. Das ist die Hoffnung. Sie denkt überhaupt nicht – am wenigsten an den Traualtar.«

Annas Lippen waren leicht verpreßt. Zwischen ihnen äußerte sie leise, wie unwillkürlich und mit Widerstreben:

»Der wäre ein relativ vernünftiger Gedanke.«

Mit Bestürzung betrachtete Frau von Tümmler die Lahme, die sie nicht ansah, und suchte in ihren Zügen zu lesen.

»Anna!« rief sie gedämpft. »Wie denkst du und wie verhältst du dich? Laß mich gestehen, daß ich dich gar nicht wiedererkenne! Sage, wer ist denn die Künstlerin von uns beiden, – ich oder du? Nie hätte ich gedacht, daß du an Vorurteilslosigkeit so hinter deiner Mutter zurückstehen könntest – und nicht bloß hinter der, sondern auch hinter der Zeit und ihren freieren Sitten! In deiner Kunst bist du so fortgeschritten und betreibst das Allerneueste, so daß ein Mensch von meinem schlichten Verstande mit Mühe nur folgen kann. Aber moralisch scheinst du weiß Gott wann zu leben, Anno dazumal, vor dem Kriege. Wir haben doch jetzt die Republik, wir haben die Freiheit, und die Begriffe haben sich sehr verändert zum Légèren, Gelockerten hin, das zeigt sich in allen Stücken. So ist es jetzt unter den jungen Leuten guter Ton, daß sie das Taschentuch, von dem früher immer nur ein Eckchen in der Brusttasche sichtbar war, lang heraushängen lassen, – wie eine Fahne lassen sie es heraushängen, das halbe Taschentuch, – ganz deutlich ist darin ein Zeichen und sogar eine bewußte Kundgebung republikanischer Auflokkerung der Sitten zu erkennen. Auch Eduard läßt so nach der Mode sein Taschentuch hängen, und ich sehe es mit einem gewissen Vergnügen.«

»Du beobachtest sehr hübsch, Mama. Aber ich glaube, dein Taschentuchsymbol ist in Eduards Fall nicht sehr persönlich zu nehmen. Du selbst sagst oft, der junge Mann – ein solcher ist er nachgerade ja schon – habe viel von unserem Vater, dem Oberstleutnant. Es ist im Moment vielleicht nicht ganz taktvoll, daß ich Papas Person in unser Gespräch und in unsere Gedanken bringe. Und doch –«

»Anna, euer Vater war ein vorzüglicher Offizier und ist auf dem Felde der Ehre gefallen, aber ein Junker Leichtfuß war er und ein Mann der Seitensprünge bis ganz zuletzt, das schlagendste Beispiel für die ungenaue Umgrenztheit des männlichen Geschlechtslebens, und unaufhörlich habe ich seinetwegen beide Augen zudrücken müssen. Ich kann es darum nicht als besondere Taktlosigkeit empfinden, daß du auf ihn die Rede bringst.«

»Desto besser, Mama, – wenn ich so sagen darf. Aber Papa war Edelmann und Offizier und lebte bei alldem, was du seine Leichtfüßigkeit nennst, in bestimmten Ehrbegriffen, die mich nicht viel angehen, von denen aber, glaube ich, auf Eduard manches gekommen ist. Nicht nur äußerlich, nach Figur und Gesichtszügen, sieht er dem Vater ähnlich. Unter gewissen Umständen würde er unwillkürlich reagieren wie er.«

»Das heißt – unter was für Umständen?«

»Liebe Mama, laß mich ganz offen sein, wie wir es immer gegeneinander waren! Es ist sehr wohl denkbar, daß Beziehungen, wie sie dir zwischen Ken Keaton und dir vorschweben, völlig in Dunkel gehüllt, der Gesellschaft ganz unbekannt bleiben können. Allerdings habe ich meine Zweifel, ob das bei deiner reizenden Impulsivität, deiner liebenswerten Unfähigkeit, dich zu verstellen und aus deinem Herzen eine Mördergrube zu machen, so ganz gelingen würde. Laß irgendeinen Frechling unserem Eduard spöttische Andeutungen machen, ihm zu verstehen geben, man wisse, daß seine Mutter – nun, wie sagt man – einen leichten Lebenswandel führe, und er würde zuschlagen, er würde den Burschen ohrfeigen, und wer weiß, was für polizeiwidrige Dummheiten gefährlicher Art sich aus seiner Ritterlichkeit ergeben würden.«

»Um Gottes willen, Anna, was denkst du dir aus! Du ängstigst mich! Ich weiß, du tust es aus Fürsorge, aber grausam ist sie, deine Fürsorge, grausam wie Kinderurteil über die Mutter…«

Rosalie weinte etwas. Anna war ihr behilflich beim Trocknen ihrer Tränen, indem sie ihr liebevoll die Hand führte, in der sie das Tüchlein hielt.

»Liebste, beste Mama, verzeih! Wie ungern tu' ich dir weh! Aber du – sprich nicht von Kinderurteil! Meinst du, ich würde nicht – nein, nicht mit Duldsamkeit, das klingt schon überheblich – sondern mit Ehrerbietung und zartester Rücksicht dem zusehen, was du nun einmal für dein Glück erachtest? Und Eduard – ich weiß kaum, wie ich auf ihn kam, – nur durch sein republikanisches Taschentuch. Nicht von uns ist die Rede, noch auch nur von den Leuten. Sondern von dir, Mama. Sieh, du nanntest dich vorurteilslos. Aber bist du es wirklich? Wir sprachen von Papa und von gewissen überkommenen Begriffen, in denen er lebte, und gegen die seines Wissens die Seitensprünge nicht verstießen, mit denen er dich betrübte. Daß du sie ihm immer wieder verziehst, kam daher – mache dir das doch klar –, daß du im Grunde derselben Meinung warst, – des Wissens nämlich, daß sie mit eigentlicher Libertinage nichts zu tun hatten. Für die war er nicht geboren und geistig nicht auf sie eingerichtet. Auch du bist das nicht, – höchstens ich, als Künstlerin, bin da aus der Art geschlagen, aber ich bin nun wieder auf andere Weise ungeeignet, von meiner Emanzipation und moralischen Deklassiertheit Gebrauch zu machen.«

»Mein armes Kind«, unterbrach sie Frau von Tümmler, »sprich nicht so traurig von dir!«

»Als ob ich überhaupt von mir spräche«, erwiderte Anna. »Von dir, von dir spreche ich und sorge mich innig um dich. Für dich wäre wirklich Libertinage, was für Papa, den Lebemann, nur Flottheit ganz ohne Widerspruch gegen sich selbst noch gegen das gesellschaftliche Urteil war. Harmonie zwischen Körper und Seele, das ist gewiß eine gute, unentbehrliche Sache, und du bist stolz und glücklich, weil die Natur, deine Natur, dich auf fast wunderbare Weise damit beschenkt hat. Aber Harmonie zwischen Leben und angeborener sittlicher Überzeugung, die ist am Ende noch unentbehrlicher, und wo sie zerrissen ist, da kann nur Zerrissenheit des Gemüts und das heißt: Unglück herauskommen. Ahnt dir nicht, daß das wahr ist? Daß du gegen dich selbst leben würdest, wenn du zu Wirklichkeit machtest, wovon du träumst? Im Grunde bist du, so gut wie Papa es war, an bestimmte Begriffe gebunden, und die Zerstörung dieser Bindung käme der Zerstörung gleich deiner selbst... Ich sage es, wie ich es mit Bangigkeit fühle. Warum kommt mir wieder dies Wort auf die Lippen: Zerstörung? Ich weiß, ich habe es in Ängsten schon einmal gebraucht, und empfunden hab ich es mehr als einmal. Warum muß mir immer zumute sein, als ob diese ganze Heimsuchung, deren beglücktes Opfer du bist, etwas mit Zerstörung zu tun hätte? Ich will dir ein Geständnis machen. Neulich, vor ein paar Wochen, nach unserer Unterredung beim Tee, spät abends bei mir, als du so sehr erregt warst, da war ich versucht, mit Dr. Oberloskamp, der Eduard behandelte, als er die Gelbsucht hatte, und mich einmal, als ich vor Halsentzündung nicht schlucken konnte – du brauchst ja nie einen Arzt –, mit ihm also war ich damals versucht, über dich zu sprechen und über alles, was du mir anvertraut, nur um mir deinetwegen Beruhigung von ihm zu holen. Aber ich verbot es mir dann, sehr bald verbot ich es mir, aus Stolz, Mama, das wirst du verstehen, aus Stolz auf dich und für dich, und weil es mir erniedrigend schien, dein Erleben so einem Medizinmann auszuliefern, bei dem es mit Gottes Hilfe reicht für Gelbsucht und Halsentzündung, aber doch nicht für tieferes Menschenleid. Ich bin der Meinung, daß es Krankheiten gibt, die für den Doktor zu gut sind.«

»Für beides bin ich dir dankbar, mein liebes Kind«, sagte Rosalie, »für die Sorge, die dich trieb, mit Oberloskamp über mich zu reden, und dafür, daß du die Regung verwarfst. Wie willst du denn auch, was du meine Heimsuchung nennst, das Ostern meiner Weiblichkeit und was die Seele an meinem Körper getan, auch nur aufs loseste in Verbindung bringen mit dem Begriff der Krankheit? Ist Glück – Krankheit? Leichtfertigkeit ist es freilich auch nicht, sondern Leben, Leben in Wonne und Leid, und Leben ist Hoffnung, – die Hoffnung, über die ich deiner Vernunft keine Auskunft geben kann.«

»Ich verlange keine von dir, liebste Mama.«

»So geh, mein Kind. Laß mich ruhen. Du weißt, ein wenig stille Zurückgezogenheit empfiehlt sich uns Frauen an solchen Ehrentagen.«

Anna küßte die Mutter und verließ aufstampfend das Schlafzimmer. Beide Frauen hingen für sich dem eben gepflogenen Gespräche nach. Anna hatte nicht alles gesagt, noch sagen können, was sie auf dem Herzen hatte. Wie lange, zweifelte sie, würde bei der Mutter, was sie als das ›Ostern ihrer Weiblichkeit‹ pries, diese rührende Wiederbelebung, denn vorhalten? Und Ken, wenn er – es war ganz wahrscheinlich – sich ihr ergab, – wie lange vorhalten würde auch das, wie würde die spät Liebende beständig vor jeder Jüngeren zu zittern haben, wie sehr, vom ersten Tage an, um seine Treue, um seine Achtung sogar? Nur gut noch, daß sie das Glück nicht als Lust und Freude begriff, sondern als Leben mit seinem Leid. Denn viel Leid sah Anna bangend voraus bei dem, was die Mutter erträumte.

Frau Rosalie ihrerseits war von den Vorhaltungen der Tochter tiefer beeindruckt, als sie sich hatte merken lassen. Nicht so sehr von dem Gedanken, daß Eduard unter Umständen für ihre Ehre sein junges Leben möchte in die Schanze zu schlagen haben, – die romantische Vorstellung, obgleich sie darüber geweint hatte, ließ ihr Herz eher höher schlagen. Aber was Anna von Zweifeln an ihrer ›Vorurteilslosigkeit‹, von Libertinage und der unentbehrlichen Harmonie zwischen Leben und sittlicher Überzeugung geäußert hatte, beschäftigte die gute Seele angestrengt während ihres Ruhetages, und nicht konnte sie umhin, diesen Zweifeln Berechtigung, den töchterlichen Vorstellungen ein gut Teil Wahrheit zuzuerkennen. Zwar konnte sie ebensowenig die innigste Freude unterdrücken auf das Wiedersehen mit dem jungen Geliebten unter so neuen Umständen. Aber dem Wort der klugen Tochter von einem Gegen-sich-selbst-Leben, dem hing sie grübelnd nach, und woran ihre Seele arbeitete, war, den Gedanken der Entsagung in den des Glücks aufzunehmen. Ja, konnte Entsagung nicht selber Glück sein, wenn sie kein klägliches Müssen war, sondern in Freiheit und in dem Bewußtsein der Ebenbürtigkeit geübt wurde? Rosalie kam zu dem Schluß, daß dem so sein könne.

Ken stellte sich drei Tage nach ihrer großen physiologischen Tröstung wieder bei Tümmlers ein, las und sprach englisch mit Eduard und blieb zur Abendmahlzeit. Die Beglückung durch den Anblick seines netten Jungengesichts, seiner hübschen Zähne, seiner breiten Schultern und schmalen Hüften leuchtete Rosalien aus den lieben Augen, und dieser lebendige Glanz rechtfertigte, so konnte man sagen, die Aufhöhung ihrer Wangen durch etwas künstliches Rot, ohne welches in der Tat die Blässe ihres Gesichts in Widerspruch gestanden haben würde zu jenem frohen Feuer. Sie hatte eine Art, bei der Begrüßung, diesmal und dann jedesmal, wenn Keaton kam, alle acht Tage, seine Hand zu nehmen, durch eine ziehende Bewegung seine Person der ihren nahe zu bringen und ihm dabei ernst, leuchtend und bedeutsam in die Augen zu blicken, daß Anna den Eindruck hatte, sie habe die größte Lust und sei geradezu im Begriffe, dem jungen Mann die Erfahrung bekannt zu geben, die sie mit ihrer Natur gemacht. Absurde Befürchtung! Selbstverständlich geschah es nicht, und im Verlauf des Abends dann war das Verhalten der Hausfrau zu dem jungen Gast von einer heiter gefestigten Güte, die sowohl die falsche Mütterlichkeit, mit der sie der Tochter damals einen Streich gespielt, wie auch alle Scham- und Zaghaftigkeit, alle peinigende Demut, die es zeitweise entstellt hatten, angenehm vermissen ließ.

Keaton, dem längst zu seinem Vergnügen klar geworden war, daß er, wie er da war, an dieser grauhaarigen, aber reizvollen Europäerin eine Eroberung gemacht hatte, wurde nicht recht klug aus der Veränderung ihres Wesens. Sein Respekt vor ihr, wie sich begreifen läßt, war gesunken durch das Gewahrwerden ihrer Schwäche; die aber hatte es seiner Männlichkeit auch wieder erregend angetan; seine Schlichtheit fühlte sich zu der ihren sympathisch hingezogen, und er fand, daß so prächtige, jugendlich dreinschauende Augen wohl aufkämen für fünfzig Jahre und alternde Hände. Der Gedanke, ein Liebesverhältnis mit ihr anzufangen, wie er es eine Zeitlang – nicht gerade mit Amélie Lützenkirchen oder Louise Pfingsten, aber mit einer anderen Frau der Gesellschaft, auf die Rosalie gar nicht verfallen war – unterhalten hatte, war ihm keineswegs unvertraut, und wie Anna beobachtete, hatte er begonnen, den Ton, in dem er mit der Mutter seines Schülers verkehrte, wenigstens dann und wann aufs Schäkernd-Herausfordernde zu stellen.

Das wollte dem Guten nun gar nicht mehr recht gedeihen. Trotz dem Händedruck zu Anfang jeder Begegnung, bei dem sie ihn dicht an sich heranzog, so daß ihre Körper sich fast berührten, und trotz dem nahen und tiefen Blick in seine Augen, stieß er bei solchen Experimenten auf eine freundliche, aber entschiedene Würde, die ihn in seine Schranken wies, nichts von dem aufkommen ließ, was er aufkommen zu lassen versuchte, und sein Verhalten sofort zur Unterwürfigkeit ernüchterte. Einleuchten wollte ihm diese wiederholte Erfahrung nicht. Ist sie verliebt in mich oder nicht, fragte er sich und schob die Zurück- und Zurechtweisung auf die Gegenwart ihrer Kinder, der Lahmen und des Primaners. Aber es ging ihm nicht anders, wenn es sich traf, daß er in einem Salonwinkel für einige Zeit mit ihr unter vier Augen war, – und nicht anders, wenn er dann seinen kleinen Vorstößen keinen neckischen, sondern einen ernsthaft zärtlichen und drängenden, sozusagen leidenschaftlichen Charakter verlieh. Er unternahm es einmal, sie mit seinem nicht gerollten Gaumen-R, das alle so gern hörten, in heißerem Tone »Rosalie« zu nennen, was, nur als Anrede genommen, nach seinen heimischen Begriffen nicht einmal eine besondere Kühnheit war. Aber, war sie auch einen Augenblick glühend errötet, so hatte sie sich doch fast sofort erhoben, war fortgegangen und hatte ihm diesen Abend weder Wort noch Blick mehr gewährt.

Der Winter, der sich wenig grimm erwiesen, kaum Frost und Schnee und nur desto mehr Regen gebracht hatte, ging dieses Jahr auch noch früh zu Ende. Schon im Februar gab es sonnig durchwärmte Tage, die Frühling atmeten. Winzige Blattknospen wagten sich da und dort am Gesträuch hervor. Rosalie, die die Schneeglöckchen ihres Gartens mit Liebe begrüßt hatte, konnte sich früher als sonst, fast vorzeitig, am Märzenbecher – dann gleich auch am kurzgestielten Krokus erfreuen, der überall in den Vorgärten der Villen und im Hofgarten sproß, und vor dem die Spaziergänger stehenblieben, um ihn einander zu zeigen und sich an seinem bunten Gedränge zu weiden.

»Ist es nicht merkwürdig«, sagte Frau von Tümmler zu ihrer Tochter, »wie er der Herbstzeitlose gleicht? Es ist ja so gut wie dieselbe Blume! Ende und Anfang – man könnte sie verwechseln, so ähneln sie einander, – könnte sich in den Herbst zurückversetzt meinen beim Anblick des Krokus und an Frühling glauben, wenn man die Abschiedsblume sieht.«

»Ja, eine kleine Verwirrung«, antwortete Anna. »Deine alte Freundin, Mutter Natur, hat wohl überhaupt eine anmutige Neigung zur Zweideutigkeit und Mystifikation.«

»Gleich hast du spitze Worte gegen sie auf der Zunge, böses Kind, und wo ich mich verwundere, da spöttelst du. Laß gut sein, du wirst mir mein zärtlich Verhältnis zu ihr, der lieben Natur, nicht wegspotten – am wenigsten jetzt, wo sie im Begriffe ist, meine Jahreszeit heraufzubringen, – ich nenne sie mein, weil doch die Jahreszeit unsrer Geburt uns besonders verwandt ist, und wir sind es ihr. Du bist ein Adventskind und kannst also wahrhaftig sagen, daß deine Ankunft in einem guten Zeichen stand – schon fast in dem des lieben Weihnachtsfestes. Du mußt dich sympathisch angesprochen fühlen von dieser wohl frostigen, aber dem Gedanken nach doch so freudig erwärmten Periode. Denn wirklich, sympathische Beziehungen sind es nach meiner Erfahrung, in denen wir stehen zu der Jahreszeit, die uns hervorbrachte. Ihre Wiederkehr hat etwas Bestätigendes und Bekräftigendes für unser Leben, etwas Erneuerndes, wie denn also für mich der Frühling es hat, – nicht weil es eben der Frühling ist, oder der Lenz, wie es in Gedichten heißt, eine allgemein beliebte Saison, sondern weil ich persönlich ihm zugehöre und mir ist, als lächelte er ganz persönlich mir zu.«

»Er tut es gewiß, liebste Mama«, erwiderte die Winterliche. »Und sei nur versichert, daß mir dazu kein einziges spitzes Wort auf die Zunge kommen wird!«

Es ist aber zu sagen, daß der Lebensauftrieb, den Rosalie von dem Nahen und Sichentfalten ›ihrer‹ Jahreszeit zu empfangen gewohnt war – oder gewohnt zu sein glaubte –, gerade als sie so sprach, sich nicht recht bewähren wollte. Fast war es, als ob die moralischen Vorsätze, die das Gespräch mit der Tochter ihr eingegeben, und an denen sie so getreulich festhielt, ihr gegen die Natur gingen, als ob sie auch damit oder gerade damit ›gegen sich lebte‹. Ganz dies war der Eindruck, den Anna gewann, und das lahmende Mädchen machte sich Vorwürfe, weil sie die Mutter zu einer Enthaltsamkeit überredet hatte, auf die ihre eigene freie Weltansicht gar nicht bestand, sondern die ihr eben nur für die Seelenruhe der lieben Frau als notwendig erschienen war. Etwas mehr noch: sie verdächtigte sich uneingestandener schlechter Motive. Sie fragte sich, ob sie, die Sinnenglück einmal gramvoll ersehnt, aber nie gekannt hatte, es nicht der Mutter heimlich mißgönnt und sie darum mit allerlei erklügelten Argumenten zur Sittsamkeit angehalten hatte. Nein, sie konnte das nicht von sich glauben, und doch bekümmerte und belastete, was sie sah, ihr Gewissen.

Sie sah, daß Rosalie auf ihren doch so geliebten Spaziergängen rasch ermüdete und daß sie es war, die, zuweilen unter dem Vorwand irgendeines häuslichen Geschäftes, nach einer halben Stunde schon, oder früher, auf Heimkehr drang. Sie ruhte viel, verlor aber trotz eingeschränkter Bewegung an Körpergewicht, und Anna beobachtete sorgenvoll die Magerkeit ihrer Unterarme, wenn diese einmal vom Kleide frei waren. Man hätte sie neuestens nicht mehr nach dem Jungbrunnen gefragt, aus dem sie getrunken haben müsse. Es sah nicht gut aus unter ihren Augen, bläulich-müde, und das Wangenrot, das sie dem jungen Mann zuliebe und zu Ehren ihrer wiedergewonnenen Vollweiblichkeit auflegte, täuschte schlecht über die gelbliche Blässe ihrer Gesichtsfarbe. Da sie aber Erkundigungen nach ihrem Befinden heiter-wegwerfend mit einem »Was willst du, es geht mir gut« beantwortete, so nahm Fräulein von Tümmler Abstand von dem Gedanken, Dr. Oberloskamp mit der rückgängigen Gesundheit ihrer Mutter zu befassen. Nicht nur Schuldgefühl, auch Pietät wirkte mit bei diesem Verzicht, – dieselbe, die sie in das Wort gefaßt hatte, es gebe Krankheiten, die für den Doktor zu schade seien.

Desto froher war Anna über die Unternehmungslust, das Zutrauen zu ihren Kräften, wie Rosalie sie bei einer kleinen Verabredung an den Tag legte, die eines Abends beim Wein zwischen ihr, ihren Kindern und Ken Keaton, der gerade anwesend war, getroffen wurde. Damals war noch kein voller Monat seit jener wunderbarlichen Mitteilung vergangen, zu der Anna ins Schlafzimmer der Mutter gerufen worden war. Rosalie war lieb und munter wie in alten Tagen an diesem Abend und konnte als Anregerin des Ausflugs gelten, auf den man sich einigte, – wenn man nicht Keaton das Verdienst daran zuschreiben wollte, da er durch historisierende Plauderei zu dem Gedanken hingeführt hatte. Er hatte von allerlei Schlössern und Burgen im Bergischen Land gesprochen, die er vormals aufgesucht, von der Burg an der Wupper, von Bensberg, Ehreshoven, Gimborn, Homburg und Krottorf und fiel dann auf den Kurfürsten Carl Theodor, der im achtzehnten Jahrhundert die Hofhaltung weg von Düsseldorf, nach Schwetzingen, sodann nach München verlegt hatte – kein Hindernis für seinen Statthalter, einen Grafen Goltstein, unterdessen hier allerlei Gärtnerisch-Bauliches von Bedeutung zu unternehmen und auszurichten: Unter ihm war die kurfürstliche Kunstakademie, die erste Anlage zum Hofgarten entstanden, Schloß Jägerhof erbaut worden – und, fügte Eduard hinzu, seines Wissens in denselben Jahren auch das etwas entlegenere Schloß Holterhof beim gleichnamigen Dorfe südlich der Stadt. Natürlich, auch Holterhof, bestätigte Keaton, mußte dann aber zu seiner eigenen Verwunderung bekennen, daß er gerade dies Erzeugnis des späten Rokoko nie mit Augen gesehen, noch auch nur den zugehörigen, bis zum Rhein sich hinziehenden Park, berühmt wie er war, je besucht habe. Frau von Tümmler und Anna hatten sich dort wohl ein und das andere Mal ergangen, waren aber, wie übrigens auch Eduard, nie dazu gekommen, das Innere des reizend placierten Schlosses zu besichtigen.

»Wat et nit all jibt!« sagte die Hausfrau lustig mißbilligend. Es war immer ein Zeichen von Frohmut und Behagen, wenn sie dem Dialekt huldigte. Schöne Düsseldorfer, setzte sie hinzu, seien sie alle vier! Der eine sei überhaupt noch nicht dort gewesen, und die anderen hätten die Räumlichkeiten dieses Bijous von Schloß nicht gesehen, durch die doch jeder Fremde sich führen lasse. »Kinder«, rief sie, »so geht es nicht weiter und darf dabei nicht sein Bewenden haben. Auf zum Ausflug nach Holterhof, wie wir da beisammen sind, gleich in den nächsten Tagen! Es ist so schön jetzt, die Jahreszeit so reizend, und das Barometer steht auf Beständig. Im Park wird es sprießen, er mag in seiner Frühlingsverfassung lieblicher sein, als zur Zeit der Sommerschwüle, als Anna und ich dort spazierten. Ich habe plötzlich geradezu Sehnsucht nach den schwarzen Schwänen, die auf dem Wassergraben im Park – du erinnerst dich, Anna – mit ihren roten Schnäbeln und Ruderfüßen so melancholisch hochmütig dahinglitten. Wie sie ihren Appetit in Herablassung zu kleiden wußten, als wir sie fütterten! Wir wollen Weißbrot mitnehmen für sie... Wartet, heute ist Freitag – am Sonntag wollen wir fahren, ist das abgemacht? Nur der kommt ja für Eduard in Betracht und für Mr. Keaton wohl auch. Zwar werden am Sonntag viele Leut' unterwegs sein, aber mir macht das nichts, ich mische mich gern unters geputzte Volk und genieße mit den Genießenden, bin gern dabei, wo wat jefällig ist – bei Volksfesten draußen vor Oberkassel, wenn es nach Schmalzgebackenem riecht, die Kinder rote Zuckerstangen lutschen und vor einer Zirkusbude so abenteuerlich ordinäre Leute klingeln, tuten und schreien. Das finde ich wundervoll. Anna denkt da anders. Sie findet es traurig. Doch, Anna, das tust du und bist mehr für die vornehme Traurigkeit des schwarzen Schwanenpaars auf dem Wassergraben... Da fällt mir ein, Kinder, wir wollen zu Wasser fahren! Die Überlandfahrt mit der Elektrischen ist ohnehin langweilig. Kein bißchen Wald und kaum freies Feld. Auf dem Wasser ist's lustiger, der Vater Rhein soll uns tragen. Eduard, würdest du dich nach dem Fahrplan der Dampfschiffahrtsgesellschaft umtun? Oder wart, wenn wir's fein machen wollen, so leisten wir's uns und mieten ein Privat-Motorboot für die Fahrt rheinauf. Da sind wir unter uns wie die schwarzen Schwäne... Fragt sich nur, ob wir voroder nachmittags losgondeln wollen.«

Man war für den Vormittag. Eduard glaubte zu wissen, daß das Schloß ohnehin nur wenige Stunden in den Nachmittag hinein der Besichtigung offenstehe. Am Sonntagmorgen also. Unter Rosaliens energischem Antrieb war die Abmachung schnell und fest getroffen. Es war Keaton, der mit dem Chartern des Motorbootes beauftragt wurde. Bei der Pegeluhr, am Rathausufer, der Abfahrtsstelle, wollte man sich früh neun Uhr am übernächsten Tage zusammenfinden.

So geschah es. Der Morgen war sonnig und etwas windig. Am Quai staute sich viel unternehmendes Publikum, das mit Kindern und Fahrrädern den Zutritt zu einem der weißen Dampfer der Köln-Düsseldorfer Schiffahrtslinie erwartete. Für Tümmlers und ihren Begleiter lag das gemietete Motorboot bereit. Sein Führer, ein Mann mit Ringen in den Ohrläppchen, rasierter Oberlippe und einem rötlichen Schifferbart unterm Kinn, half den Damen beim Einsteigen. Man fuhr ab, kaum daß die Gäste auf der Rundbank unter dem auf Stangen ruhenden Verdeck Platz genommen. Das Boot hielt gutes Tempo gegen die Strömung der breiten Wasser, deren Ufer übrigens voller Nüchternheit waren. Der alte Schloßturm, der krumme Turm der Lambertuskirche, die Hafenanlagen der Stadt blieben zurück. Mehr ihresgleichen erschien hinter der nächsten Schleife des Stromes, Lagerschuppen, Fabrikgebäude. Nach und nach wurde es ländlich hinter den vom Ufer in den Fluß hineinragenden Steinmolen. Ortschaften, alte Fischerdörfer, deren Namen Eduard und auch Keaton wußten, lagen im Schutz der Deiche vor flacher Landschaft aus Wiesen, Feldern, Weidenbüschen und Tümpeln. So würde es bleiben, wie oft auch der Strom sich wand, wohl anderthalb Stunden lang, bis zu ihrem Ziel. Aber wie gut, rief Rosalie, hätten sie doch getan, sich für das Boot zu entscheiden, statt den Weg auf greulichen Vorstadtstraßen in einem Bruchteil der Zeit zurückzulegen! Sie schien den elementaren Reiz der Wasserfahrt von Herzen zu genießen. Die Augen geschlossen, sang sie mit halber Stimme irgend etwas Freudiges in den zuweilen fast stürmischen Wind hinein: »O Wasserwind, ich liebe dich; liebst du mich auch, du Wasserwind?« Ihr verschmälertes Gesicht war sehr lieblich unter dem Filzhütchen mit der Feder darauf, und der grau und rot karierte Mantel aus leichtem Wollstoff, mit Umlegekragen, den sie trug, kleidete sie vorzüglich. Auch Anna und Eduard hatten sich für die Fahrt mit Mänteln versehen, und nur Keaton, der zwischen Mutter und Tochter saß, begnügte sich mit einem grauwollenen Sweater unter seiner Flausjacke. Das Taschentuch hing ihm lang aus der Brusttasche, und mit einer plötzlichen Wendung, die Augen auf einmal offen, stopfte Rosalie es ihm tief in die Tasche hinein.

»Sittsam, sittsam, junger Mann!« sagte sie mit ehrbar verweisendem Kopfschütteln.

Er lächelte: »Thank you« und wollte dann wissen, was für ein song das gewesen sei, den man eben von ihr gehört.

»Song?« fragte sie, »habe ich denn gesungen? Das war ein

Singsang und kein song.« Und schon schloß sie wieder die Augen und summte mit kaum bewegten Lippen: »Du Wasserwind, wie lieb' ich dich!«

Dann plauderte sie im Geräusch des Motors und oft gezwungen, ihr Hütchen festzuhalten, das ihr der Wind vom noch reichen, gewellten grauen Haar reißen wollte, – ließ sich darüber aus, wie es weitergehen könnte mit der Rheinfahrt über Holterhof hinaus nach Leverkusen und Köln und weiter von da über Bonn nach Godesberg und Bad Honnef zu Füßen des Siebengebirges. Dort sei es hübsch, in Weinbergen und Obstpflanzungen liege der schmucke Kurort am Rhein, und einen alkalischen Säuerling gebe es da, sehr gut gegen Rheumatismus. Anna sah ihre Mutter an. Sie wußte, daß diese jetzt zuweilen an Kreuzschmerzen litt, und hatte gelegentlich mit ihr einen Kuraufenthalt in Godesberg oder Honnef für den Frühsommer ins Auge gefaßt. Das ein wenig kurzatmige Geplauder in den Wind hinein über den guten Säuerling hatte etwas Unwillkürliches und ließ Anna vermuten, daß die Mutter auch eben jetzt von dieser ziehenden Beschwerde nicht frei war.

Nach einer Stunde frühstückte man einige Schinkenbrötchen und trank Portwein dazu aus kleinen Reisebechern. Es war halb elf Uhr, als das Boot sich an einen leichten Landungssteg legte, der, für größere Schiffe unbenutzbar, ganz nahe beim Schloß und Park in den Fluß gebaut war. Rosalie entlohnte den Schiffer, denn die Rückfahrt sollte denn doch der Einfachheit halber zu Lande, mit der Straßenbahn, vonstatten gehen. Nicht ganz erstreckte der Park sich bis an den Strom. Sie hatten einen noch ziemlich feuchten Wiesenweg zurückzulegen, ehe alt-herrschaftliche Natur sie aufnahm, wohlgepflegt und gestutzt. Von erhöhtem Rondell mit Ruhebänken in Taxusnischen gingen da- und dorthin Alleen prächtiger Bäume aus, knospend fast alle schon, wenn auch mancher Trieb sich noch in braunblanker Schutzhülle barg, – fein bekieste, oft vom Gezweig überwölbte Wandelwege zwischen manchmal gar vierfach gereihten Buchen, Eiben, Linden, Roßkastanien, hochstämmigen Ulmen. Auch weithergeholte Baumraritäten, einzeln, auf Wiesenplänen, gab es zu sehen, fremdartige Koniferen, farnblättrige Buchen, und Keaton erkannte den kalifornischen Mammutbaum, die Sumpfzypresse mit weichen Atemwurzeln.

Rosalie nahm an diesen Sehenswürdigkeiten kein Interesse. Natur, meinte sie, müsse vertraut sein, sonst spreche sie nicht zum Gemüt. Aber die Parkherrlichkeit schien es ihrem Natursinn überhaupt nicht sehr anzutun. Kaum hie und da an den stolzen Stämmen emporblickend, ging sie schweigsam an Eduards Seite hinter dessen jungem Sprachmeister und der aufstampfenden Anna dahin, die übrigens diese Anordnung durch ein Manöver zu ändern wußte. Sie blieb stehen und rief den Bruder an ihre Seite, um sich bei ihm nach dem Namen des Baumganges, den sie verfolgten, und dem das geschlängelten Fußpfades zu erkundigen, der ihn durchkreuzte. Denn alle diese Wege hatten althergebrachte Namen, wie ›Fächerallee‹, ›Trompetenallee‹ und so fort. Anna behielt dann im Weitergehen Eduard bei sich und ließ Ken bei Rosalie zurück. Er trug ihren Mantel, den sie abgelegt hatte, da es windstill im Park und viel wärmer war als auf dem Wasser. Mild schien die Frühlingssonne durch das hohe Gezweig, sprenkelte die Wege und spielte auf den Gesichtern, die sie blinzeln machte.

In ihrem hübsch gearbeiteten, knapp ihre jugendlich schlanke Gestalt umschließenden braunen Jackenkleid schritt Frau von Tümmler an Kens Seite und warf dann und wann einen verschleiert lächelnden Blick auf ihren über seinem Arm hängenden Mantel. »Da sind sie!« rief sie und meinte das schwarze Schwanenpaar; denn sie gingen nun an dem von Silberpappeln gesäumten Graben hin, und in gemessener Eile glitten die Vögel bei Annäherung der Besucher auf dem etwas schleimigen Gewässer heran. »Wie schön sie sind! Anna, erkennst du sie wieder? Wie majestätisch sie die Hälse tragen! Wo ist ihr Brot?« – Keaton zog es aus der Tasche, in Zeitungspapier gewickelt, und reichte es ihr. Es war warm von seinem Körper, und sie nahm von dem Brot und aß davon.

»But it is old and hard!« rief er mit einer Bewegung aus, die zu spät kam, ihr Einhalt zu tun.

»Ich habe gute Zähne«, erwiderte sie.

Einer der Schwäne aber, ganz nahe ans Ufer stoßend, breitete seine dunklen Schwingen aus und schlug die Luft damit, indem er den Hals vorreckend zornig zu ihnen emporzischte. Man lachte über seine Eifersucht, zugleich etwas erschrocken. Die Vögel kamen dann zu dem Ihren. Rosalie warf ihnen nach und nach die altbackenen Brocken zu, und würdevoll, in unüberstürztem Hinundherschwimmen, nahmen sie sie entgegen.

»Ich fürchte doch«, meinte Anna im Weitergehen, »daß der Böse dir den Raub an seinem Futter nicht leicht vergessen wird. Er markierte vornehme Gekränktheit die ganze Zeit.«

»Warum nicht gar«, antwortete Rosalie. »Er hatte nur einen Augenblick Angst, daß ich ihm alles wegessen würde. Desto besser mußte ihm schmecken, wovon ich mir selbst hatte schmecken lassen.«

Sie kamen zum Schloß, zu dem blanken, kreisrunden Weiher, in dem es sich spiegelte, mit einem Inselchen seitlich darin, auf dem eine einzelne Pappel stand. Auf dem Kiesplatz vor der Freitreppe des in Flügelbogen leicht geschwungenen Bauwerks, dessen beträchtliche Dimensionen in Zierlichkeit aufgelöst schienen, und dessen rosa Fassade freilich bröckelte, standen einige Leute, die in Erwartung der Elf-Uhr-Führung sich die Zeit damit vertrieben, die Figuren des Wappengiebels, die zeitvergessene, von einem Engel getragene Uhr darüber, die steinernen Blumengewinde über den hohen weißen Türen mit den Angaben ihrer Handbücher zu vergleichen. Unsere Freunde gesellten sich zu ihnen und sahen wie sie an der reizend geschmückten Feudalarchitektur zu den ovalen œils-de-bœuf im schieferfarbenen Dachgeschoß empor. Mythologisch leichtgeschürzte Figuren, Pan und seine Nymphen, standen auf Sockeln zu seiten der tiefreichenden Fenster, verwitternd wie die vier Sandsteinlöwen, die, grämlich von Miene, die Pranken gekreuzt, Freitreppe und Auffahrt flankierten.

Keaton zeigte sich historisch begeistert. Er fand alles ›splendid‹ und ›excitingly continental‹. O dear, wenn er an sein prosaisches Land drüben dachte! Da gab es so etwas in aristokratischer

Grazie Bröckelndes nicht, denn es hatte an Kurfürsten und Landgrafen gefehlt, die souverän zur eigenen Ehre und der der Kultur ihrer Prachtlust hatten frönen können. Übrigens verhielt er sich auch wieder keck genug gegen die würdig in der Zeit stehengebliebene Kultur, daß er sich zur Erheiterung der Wartenden einem der wachthaltenden Löwen rittlings auf die Kruppe setzte, obgleich die mit einem spitzen Zapfen versehen war, wie manche Spielpferdchen, von denen man den Reiter abnehmen kann. Er faßte den Dorn vor sich mit beiden Händen, tat mit Hi! und On, old chap! als ob er der Bestie die Sporen gäbe und hätte wirklich kein netteres, jungenhafteres Bild abgeben können in seinem Übermut. Anna und Eduard vermieden es, ihre Mutter anzusehen.

Dann knarrten Riegel, und Keaton beeilte sich, von seinem Reittier herunterzukommen, da der Kastellan, ein Mann mit leer aufgerolltem linken Ärmel und in Militärhosen, kriegsbeschädigter Unteroffizier allem Anschein nach, den man mit diesem stillen Amte getröstet, den Flügel des Mittelportals aufschlug und den Zutritt eröffnete. Er stellte sich im hohen Türrahmen auf, ließ das Publikum an sich vorüber, indem er von einem kleinen Block Entreebilletts abgab, die er mit seiner einzigen Hand gleich auch noch halb durchzureißen verstand. Dabei begann er auch schon zu reden, mit schief gestelltem Mund und heiser verschrieener Stimme die auswendig gelernten und hundertmal vorgebrachten Belehrungen herzusagen: Daß der plastische Schmuck der Fassade von einem Bildhauer stamme, den der Kurfürst eigens von Rom herberufen habe; daß Schloß und Park das Werk eines französischen Baumeisters seien, und daß man es mit dem bedeutendsten Rokokobau am Rheine zu tun habe, der allerdings schon Übergänge zum Stil Ludwigs XVI. zeige; daß das Schloß fünfundfünfzig Säle und Zimmer enthalte und 800000 Taler gekostet habe – und so fort.

Das Vestibül atmete vermuffte Kälte. Große, kahnartige Filzpantoffeln standen dort aufgereiht, in die man unter viel Damengekicher zu steigen hatte, zur Schonung der kostbaren Parketts, die wirklich beinahe die Hauptsehenswürdigkeit der Lustgemächer waren, durch welche man dem hersagenden Einarm in unbeholfenem Schlurfen und Gleiten folgte. Verschieden gemustert von Raum zu Raum, bildeten ihre Intarsien in der Mitte Sternformen aller Art und Phantasieen von Blumen. Ihre Blankheit nahm wie stilles Wasser die Schatten der Menschen, der geschweiften Prunkmöbel in sich auf, während hohe Spiegel, zwischen goldenen, von Girlanden umschlungenen Säulen und in Goldleisten gefaßten Tapetenfeldern aus geblümter Seide, einander die Bilder der Kristall-Lüster, der zärtlichen Deckengemälde, der Medaillons und Embleme der Jagd und Musik über den Türen wiederholend zuwarfen und trotz so manchem Blindflecken noch immer die Illusion unabsehbarer Raumfluchten erwecken konnten. Rechenschaftsfreie Üppigkeit, unbedingter Wille zum Vergnügen sprachen aus dem Geriesel von Zierlichkeit und goldenem Schnörkelwerk, gehalten, gebunden allein durch den unverbrüchlichen Geschmacksstil der Zeit, die es hervorgebracht. Im runden Bankettsaal, den in Nischen Apoll und die Musen umstanden, wurde das eingelegte Holzwerk des Fußbodens zum Marmor, gleich dem, der die Wände bekleidete. Rosige Putten zogen dort eine gemalte Draperie von der durchbrochenen Kuppel zurück, durch die das Tageslicht fiel, und von deren Galerie, wie der Schloßwart hersagte, einst Musik zu den unten Tafelnden heraberklungen war.

Ken Keaton führte Frau von Tümmler am Ellbogen. Jeder Amerikaner führt so seine Dame über den Fahrdamm. Unter Fremden, von Anna und Eduard getrennt, hielten sie sich hinter dem Pedell, der heiser, in hölzernem Buchdeutsch seinen Text abspulte und den Leuten vorsprach, was sie sahen. Sie sähen nicht alles, was da sei, war seine Rede. Von den fünfundfünfzig Räumen des Schlosses, sagte er her und fiel nach der Schablone ein wenig ins Hölzern-Anzügliche, ohne daß seine Miene mit dem schiefen Mund sich im geringsten auf die Scherzhaftigkeit seiner Worte eingelassen hätte, – lägen nicht alle so ohne weiteres offen. Die Herrschaften von damals hätten viel Sinn fürs Neckische, Geheime und Verborgene gehabt, für Verstecke des Hintergrundes und Gelegenheit bietende Abgelegenheiten, zugänglich durch mechanische Tricks, wie zum Beispiel diesen hier. Und er blieb bei einem Wandspiegel stehen, der sich, dem Druck auf eine Feder gehorchend, beiseite schob und überraschend den Blick auf eine enge Wendeltreppe mit fein durchbrochenem Geländer freigab. An ihrem Fuß, gleich zur Linken, stand auf einem Sockel der armlose Dreiviertelstorso eines Mannes, der, einen Beerenkranz im Haar und geschürzt mit einem nicht authentischen Blattgewinde, etwas zurückgelehnten Oberleibes, über seinem Bocksbart priapisch bewillkommnend ins Leere hinunterlächelte. Es gab Aha's und Oho's. »Und so weiter«, sagte der Führer, wie er es jedesmal sagte, und ließ den Vexierspiegel an seinen Platz zurückkehren. »Oder auch so«, sagte er im Weitergehen und machte, daß ein Feld der Seidentapete, dem nichts anzusehen gewesen war, sich als Geheimtür auftat und einen ins Ungewisse führenden Gang eröffnete, aus dem Moderduft drang. »Das hatten sie gern«, sagte der Einarm. »Andere Zeiten, andere Sitten«, sagte er noch mit sentenziöser Ödigkeit und setzte die Führung fort.

Die Filzkähne waren nicht leicht an den Füßen zu halten. Frau von Tümmler verlor einen der ihren; er fuhr auf dem glatten Boden ein Stück von ihr weg, und während Keaton ihn lachend einfing und ihn niederknieend ihr wieder anlegte, wurden sie von der Besichtigungsgesellschaft überholt. Aufs neue legte er seine Hand unter ihren Ellbogen, aber mit einem verträumten Lächeln blieb sie noch stehen, den in weiteren Gemächern Verschwindenden nachblickend, und, immer von seiner Hand unterstützt, wandte sie sich zurück und tastete hastig an der Tapete, dort, wo sie sich geöffnet hatte.

»You aren't doing it right«, flüsterte er. »Leave it to me. 't was here.« Er fand die Druckfeder, die Tür gehorchte, und die Moderluft des Geheimganges nahm sie auf, in dem sie einige Schritte vorwärts taten. Es war dunkel um sie. Mit einem aus letzten Tiefen heraufgeholten Seufzer schlang Rosalie die Arme um den Nacken des Jungen, und auch er umfing beglückt ihre zitternde Gestalt. »Ken, Ken«, stammelte sie, das Gesicht an seinem Halse, »ich liebe dich, ich liebe dich, nicht wahr, du weißt es, nicht ganz hab ich's dir verbergen können, und du, und du, liebst du mich auch, ein wenig, ein wenig nur, sag, kannst du mich lieben mit deiner Jugend, wie die Natur mir gab, dich zu lieben im grauen Haar? Ja? Ja? Deinen Mund, oh, endlich denn deinen jungen Mund, nach dem ich gedarbt, deine lieben Lippen, so, so -- Kann ich küssen? Sag, kann ich's, mein süßer Erwecker? Alles kann ich, wie du. Ken, die Liebe ist stark, ein Wunder, so kommt sie, und tut große Wunder. Küsse mich, Liebling! Nach deinen Lippen hab ich gedarbt, oh, wie gedarbt, denn du mußt wissen, mein armer Kopf verfiel auf allerlei Klügeleien, wie daß Vorurteilslosigkeit und Libertinage nicht meine Sache seien, und daß mir Zerstörung drohe vom Widerspruch zwischen Lebenswandel und angeborener Überzeugung. Ach, Ken, fast hätte die Klügelei mich zerstört und das Darben nach dir... Das bist du, das bist endlich du, das ist dein Haar, das ist dein Mund, der Atem ist das deiner Nase, die Arme, die Arme umschlingen mich, die ich kenne, das ist deines Leibes Wärme, von der ich kostete, und der Schwan war böse...«

Es fehlte nicht viel, so wäre sie an ihm hingesunken. Er hielt sie und zog sie fort im Gange, der sich ihren Augen ein wenig erhellte. Stufen gingen da vorn hinab vor den offenen Rundbogen einer Tür, hinter der getrübtes Oberlicht in einen Alkoven fiel, dessen Tapeten mit schnäbelnden Taubenpaaren durchwirkt waren. Eine Art von Causeuse stand da, an der ein geschnitzter Amor mit verbundenen Augen in einer Hand ein Ding hielt wie eine Fackelleuchte. Dort saßen sie nieder im Dumpfen.

»Hu, Totenluft«, schauderte Rosalie an seiner Schulter. »Wie traurig, Ken, mein Liebling, daß wir uns finden müssen hier bei den Abgestorbenen. Im Schoß der guten Natur, umfächelt von ihrem Duft, im süßen Gedünst von Jasmin und Faulbaum, hab ich geträumt, da hätte es sein, da hätt' ich dich küssen sollen zum erstenmal und nicht in diesem Grabe! Geh, laß, Böser, ich will dir ja gehören, aber im Moder nicht. Morgen komm ich zu dir, auf deine Stube, morgen vormittag, wer weiß, noch heute abend. Ich richte es ein, ich schlage der klügelnden Anna ein

Schnippchen...« Er ließ sich's versichern. Sie fanden ja auch, daß sie zu den anderen müßten, zurück oder vorwärts. Keaton entschied sich fürs Vorwärts. Durch eine andere Tür verließen sie das tote Lustgemach, ein dunkler Gang war wieder da, der wendete sich, der stieg, und sie gelangten vor eine verrostete Pforte, die unter Kens kräftigem Stemmen und Rütteln schütternd nachgab und außen so dicht mit ledrigem Schlingwerk umwachsen war, daß sie kaum durchdrangen. Himmelsluft wehte sie an. Es rauschte von Wasser; Kaskaden gingen hinter ausgebreiteten Beeten nieder, bestellt mit Blumen des frühen Jahres, gelben Narzissen. Es war der rückwärtige Schloßgarten. Eben näherte sich von rechts die Gruppe der Besucher, schon ohne den Führer, Anna und ihr Bruder zuletzt. Das Paar mischte sich unter die Vorderen, die anfingen, sich gegen die Wasserkünste und in der Richtung des Baumparks zu zerstreuen. Es war richtig, stehenzubleiben, sich umzuschauen, den Geschwistern entgegenzugehen. »Wo wart ihr nur geblieben?« hieß es und: »Das fragen wir euch« und: »Kann man sich so aus den Augen verlieren?« Anna und Eduard wollten sogar umgekehrt sein, um die Abhandengekommenen zu suchen, aber vergebens. »Schließlich konntet ihr nicht aus der Welt gekommen sein«, sagte Anna. »So wenig wie ihr«, erwiderte Rosalie. Es sah keiner den anderen an.

Zwischen Rhododendronsträuchern umgingen sie die Flanke des Schlosses und kehrten zum vorderen Weiher zurück, dem die Haltestelle der Straßenbahn ganz nahe lag. So langwierig das Schiffen stroman durch die Rheinwindungen gewesen, so rasch ging die Rückfahrt mit der lärmend durch Fabrikbezirke und vorbei an Kolonien von Arbeiterhäusern eilenden elektrischen Tram vonstatten. Die Geschwister tauschten hie und da ein Wort miteinander oder mit der Mutter, deren Hand Anna eine Weile hielt, da sie sie hatte zittern sehen. In der Stadt, nahe der Königsallee, nahm man Abschied. –

Frau von Tümmler kam nicht zu Ken Keaton. Diese Nacht, gegen Morgen, befiel sie schwere Unpäßlichkeit und versetzte das

Haus in Schrecken. Das, was sie bei erster Wiederkehr so stolz, so glücklich gemacht, was sie als Wundertat der Natur und hohes Werk des Gefühls gepriesen, erneuerte sich auf eine unheilvolle Weise. Sie hatte die Kraft gehabt, zu klingeln, aber ohnmächtig fanden die Herbeieilenden, Tochter und Magd, sie in ihrem Blut.

Der Arzt, Dr. Oberloskamp, war rasch zur Stelle. Unter seinen Händen zu sich kommend zeigte sie sich erstaunt über seine Anwesenheit.

»Wie, Doktor, Sie hier?« sagte sie. »Hat Anna Sie wohl bemüht? Aber es geht mir doch nur nach der Weiber Weise.«

»Unter Umständen, meine liebe gnädige Frau, bedürfen diese Funktionen einer gewissen Überwachung«, antwortete der Graukopf. Der Tochter erklärte er mit Entschiedenheit, daß die Verbringung der Patientin, am besten mit Ambulanz, in die gynäkologische Klinik geboten sei. Der Fall fordere genaueste Untersuchung, – die übrigens seine Harmlosigkeit ergeben möge. Durchaus könnten die Metrorrhagien, die erste, von der er nun höre, und diese alarmierendere zweite, von einem Myom herrühren, das operativ ohne Schwierigkeit zu beseitigen sei. Bei dem Direktor und ersten Chirurgen der Klinik, Professor Muthesius, werde die Frau Mama sich in der zuverlässigsten Obhut befinden.

Man handelte nach seiner Verfügung – ohne Widerstand von Frau von Tümmlers Seite, zu Annas stiller Verwunderung. Nur sehr große, fernblickende Augen hatte die Mutter bei allem, was mit ihr geschah.

Die bimanuelle Untersuchung, von Muthesius vorgenommen, ließ einen für das Alter der Patientin viel zu großen Uterus, beim Verfolgen des Eileiters unregelmäßig verdicktes Gewebe und statt eines schon sehr kleinen Ovariums einen unförmigen Geschwulstkörper erkennen. Die Curettage ergab Carcinomzellen, dem Charakter nach vom Eierstock herrührend zum Teil; doch ließen andere nicht zweifeln, daß im Uterus selbst Gebärmutterkrebszellen in voller Entwicklung begriffen waren. Es wies all die Bösartigkeit Zeichen rapiden Wachstums auf.

Der Professor, ein Mann mit Doppelkinn und stark gerötetem Gesicht, in dessen wasserblaue Augen leicht Tränen traten, ohne daß das mit Gemütsbewegung eben zu tun gehabt hätte, erhob den Kopf vom Mikroskop.

»Nenne ich ausgedehnten Befund«, sagte er zu seinem Assistenten, der Dr. Knepperges hieß. »Wir operieren aber doch, Knepperges. Die Totalexstirpation bis zum letzten Bindegewebe im kleinen Becken und zu allem lymphatischen Gewebe kann allenfalls Lebensverlängerung bringen.«

Doch die Eröffnung der Bauchhöhle bot Ärzten und Schwestern im weißen Licht der Bogenlampen ein zu furchtbares Bild, als daß auch nur auf vorübergehende Besserung zu hoffen gewesen wäre. Der Zeitpunkt, sie zu bewirken, war offenbar längst versäumt. Nicht nur, daß alle Beckenorgane bereits vom Verderben befallen waren: auch das Bauchfell zeigte, dem bloßen Auge schon, die mörderische Zellenansiedlung, alle Drüsen des lymphatischen Systems waren carcinomatös verdickt, und kein Zweifel war, daß es Krebszellenherde gab auch in der Leber.

»Nun sehen Sie sich die Bescherung an, Knepperges«, sagte Muthesius. »Wahrscheinlich übertrifft sie Ihre Erwartungen.« Daß sie auch seine eigenen übertraf, ließ er nicht merken. »Unserer edlen Kunst«, fügte er hinzu, in den Augen Tränen, die nichts zu bedeuten hatten, »wird da ein bißchen viel zugemutet. Das kann man nicht alles herausschneiden. Wenn Sie zu bemerken glauben, daß das Zeug auch in beide Harnleiter schon metastatisch hineingewachsen ist, so bemerken Sie recht. Die Urämie kann nicht lange säumen. Sehen Sie, ich leugne gar nicht, daß die Gebärmutter das Freßgezücht selbst produziert. Und doch rate ich Ihnen, meine Vermutung zu übernehmen, daß die Geschichte vom Eicrstock ausging, – von unbenützten granulösen Zellen nämlich, die seit der Geburt da manchmal ruhen und nach dem Einsetzen der Wechseljahre durch Gott weiß welchen Reizvorgang zu maligner Entwicklung kommen. Da wird denn der Organismus, post festum, wenn Sie so wollen, mit Estrogenhormonen überschüttet, überströmt, überschwemmt, was zur hormonalen Hyperplasie der Gebärmutter-Schleimhaut mit obligaten Blutungen führt.«

Knepperges, ein hagerer, ehrgeizig-selbstbewußter Mensch, verbeugte sich knapp, mit versteckter Ironie für die Belehrung dankend.

»Also los, ut aliquid fieri videatur«, sagte der Professor. »Das Lebenswichtige müssen wir ihr lassen, so tief hier das Wort in Melancholie getaucht ist.« –

Anna erwartete die Mutter droben im Krankenzimmer, als diese, vom Lift emporgeführt, auf ihrer Tragbahre dorthin zurückkehrte und von Schwestern gebettet wurde. Dabei erwachte sie aus dem nachnarkotischen Schlaf und sprach unklar:

»Anna, mein Kind, er hat mich angezischt.«

»Wer, liebste Mama?«

»Der schwarze Schwan.«

Sie schlief schon wieder. Des Schwans aber gedachte sie noch öfter in den folgenden paar Wochen, seines blutroten Schnabels, des schwarzen Schlags seiner Schwingen. Ihr Leiden war kurz. Das urämische Koma senkte sie bald in tiefe Bewußtlosigkeit, und einer doppelseitigen Lungenentzündung, die sich unterdessen entwickelte, konnte das ermattete Herz nur Tage noch standhalten.

Ganz kurz vor dem Ende jedoch, nur einige Stunden vorher, lichtete sich ihr Geist noch einmal. Sie schlug die Augen auf zu der Tochter, die, Hand in Hand mit ihr, an ihrem Bette saß.

»Anna«, sagte sie und vermochte, ihren Oberkörper etwas weiter zum Bettrand hin, der Vertrauten näher, zu rücken, »hörst du mich?«

»Gewiß höre ich dich, liebe, liebe Mama.«

»Anna, sprich nicht von Betrug und höhnischer Grausamkeit der Natur. Schmäle nicht mit ihr, wie ich es nicht tue. Ungern geh ich dahin – von euch, vom Leben mit seinem Frühling. Aber wie wäre denn Frühling ohne den Tod? Ist ja doch der Tod ein großes Mittel des Lebens, und wenn er für mich die Gestalt lieh von Auferstehung und Liebeslust, so war das nicht Lug, sondern Güte und Gnade.«

Ein kleines Rücken noch, näher zur Tochter, und ein vergehendes Flüstern:

»Die Natur – ich habe sie immer geliebt, und Liebe – hat sie ihrem Kinde erwiesen.«

Rosalie starb einen milden Tod, betrauert von allen, die sie kannten.

Nachwort

»Die Amme hatte die Schuld.« Fünf Worte und ein Punkt: dieser meisterhaft knappe Einsatz zu »Der kleine Herr Friedemann« markiert Thomas Manns Eintritt in die Literatur. Meisterhaft, weil dieser rätselhaft dunkle Satz wie ein Fluch seinen Schatten wirft auf die nun zu erzählende Geschichte eines verunglückten Kindes und eines bemüht glücklichen Buckligen, weil er diese Geschichte im Kern schon in sich zusammenfaßt. Zum ersten Mal, im Alter von gerade einundzwanzig Jahren gelingt es hier dem Autor, einen Erzähltext so zwingend und doch so scheinbar selbstverständlich und leicht zu entfalten wie ein Musikstück, als ein Netz von Motiven, die sich unaufhaltsam fortpflanzen, verändern, steigern bis zum jämmerlichen Ende, dem Selbstmord des kleinen Buckligen am nächtlichen Flußufer.

»Ich sehe allem zu, still, nachdenklich und ein wenig müde vor Einsamkeit«, so schreibt der gleiche junge Autor einige Monate später, im Oktober 1896 aus Neapel, ausgerechnet Neapel. Als wäre er selbst der kleine Herr Friedemann, resigniert und früh vergreist, ein müder Zuschauer des brausenden Lebens da draußen, weit weg und unerreichbar. Aber er ist nicht bucklig, auch nicht wirklich müde, sondern plant ehrgeizig seine Karriere. Und dieser Karriere, das spürt er sofort, wird sein Spiel mit der Geschichte des kleinen Herrn Friedemann dienen. Nun habe er sie endlich gefunden, schreibt er an den Jugendfreund Grautoff, die »diskreten Formen und Masken, in denen ich mit meinen Erlebnissen unter die Leute gehen kann«. Die »novellistischen, öffentlichkeitsfähigen Formen und Masken«, in denen er sich »künstlerisch auszuleben« hoffe, so wird er später präzisieren.

Auszuleben? Das paßt kaum zu dem kühlen, kontrollierten

Duktus seiner frühen Prosa, deren Könnerschaft, ja heitere Altherrenmanier den kaum über Zwanzigjährigen eher verbergen als verraten. Auch deshalb also der Auftritt hinter einer Maske. Sie verdeckt das Gesicht, die Haut, die Nacktheit und ist gerade deshalb »öffentlichkeitsfähig«, dient dem Auftritt vor Publikum. Geschützt durch die Maske kann, darf und muß ihr Träger eine Rolle spielen. Genau das wird der Erzähler von nun an, in immer neuen Variationen einer immer ähnlichen Geschichte.

Er wird sich verwandeln in Friedrich Schiller, um dessen »Schwere Stunde« zu erzählen, oder in den melancholischen Professor Cornelius mitten in »Unordnung und frühem Leid« der Inflationszeit. Er wird gemeinsam mit dem »verwesten Säugling«, dem Dandy Detlef Spinell eine junge, kranke Frau dazu verführen, den »Tristan« vorzuspielen, damit ihren Tod heraufbeschwören und die eigene Passion für Wagner so auf die Spitze treiben und kritisch brechen. Noch am Ende seines Lebens, in seinem letzten vollendeten Text wird er die Glücks- und Passionsrolle der »Betrogenen« durchspielen, der alternden rheinischen Witwe, die einem naiven und muskulösen amerikanischen Hauslehrer verfällt und dann einen euphorisch verklärten Krebstod stirbt.

In dieser seiner letzten Maske wird der Erzähler am kühnsten (und peinlichsten) verraten, was er immer nur »künstlerisch ausgelebt«, nie gelebt hat, die bange Passion für das eigene Geschlecht. Doch gerade diese Qual und heimliche Lust seines Lebens, dieses Nichtfestgelegtsein auf eine eindeutig männliche oder weibliche Lebensrolle hat ihn zu einem unverwechselbaren Erzähler werden lassen, zu einem Meister der Ambivalenz, der Zwischentöne und Zwischenpositionen, eines souveränen Sowohl-Als-auch, dem immer wieder das Unmögliche gelingt: Nietzsches »Pathos der Distanz« zu verbinden mit Heinescher Ironie.

Ohne diese heikle Balance hätte die wehste, bekenntnishafteste und damit riskanteste seiner frühen Erzählungen, die Geschichte des »Tonio Kröger« kaum gelingen können. Denn die erzählt zunächst nichts weiter als eine vage Knabenliebe zu einem blonden Allerweltshans und einer ewig lustigen Inge. Reiner, später Theodor Storm, meint man, bis plötzlich Ton und Thema umschlagen, in einer amüsant kalten, an Nietzsche geschulten Analyse der künstlerischen Existenz, als Rache am Leben. Doch am Ende verkündet dann Tonio Kröger, und in seiner Maske der Autor, seine Versöhnung von Kunst und Leben, freilich mit einer undurchdringlichen Ambivalenz von Pathos und Ironie. In Manns Werk ist das die Schlüsselgeschichte, wie in Goethes der »Werther«. Dieser wird zum Tode, Kröger zum Leben verurteilt.

Und doch bleibt vom Fall Friedemann über den »Tod in Venedig« bis hin zur »Betrogenen« federführend in diesem Werk ein Thema, das Thomas Mann mitten in seinem dritten Josephsroman »Heimsuchung« nennt und mit großer Feier- und Umständlichkeit erklärt: »Es ist die Idee der Heimsuchung, des Einbruchs trunken zerstörender Mächte in ein Gefaßtes und mit allen seinen Hoffnungen auf Würde und ein bedingtes Glück der Fassung verschworenes Leben. Das Lied vom errungenen, scheinbar gesicherten Frieden und das des den treuen Kunstbau lachend wegfegenden Lebens, von Meisterschaft und Überwältigung, vom Kommen des fremden Gottes war im Anfang, wie es in der Mitte war.«

Formelhaft bündig und mythisch raunend wird hier zurückverwiesen auf den »Anfang« des Mannschen Schreiblebens, auf die Heimsuchung des kleinen Herrn Friedemann, auf die Wiederkehr des Themas in der »Mitte« des Werks, wenn der überspannte Artist Aschenbach seinen »Tod in Venedig« stirbt, verfallen dem schönen Knaben Tadzio, dem »trunken« dionysischen Rausch des »fremden Gotts«, der ihm seine »Meisterschaft«, den würdigen »Kunstbau« seines Lebens »hinfegt«. Doch über einen Fall von Heimsuchung beugt sich auch der Professor Cornelius, wenn er das »frühe Leid« seiner zum ersten Mal vom Liebeswahn geschüttelten fünfjährigen Tochter zu trösten sucht. Und alle Heimsuchungsgeschichten werden sich noch einmal in der redseligen Komödie der »Betrogenen« wie in einem Zerrspiegel grotesk wiederholen, zersplittern, auflösen.

So gelesen, demonstriert der Korpus der Mannschen Erzählungen, was auch der Autor an seinem Werk immer wieder mit Staunen, Stolz, aber auch mit einem gelinden Grauen erkannt hat: seine fast gespenstische Einheit. Diese Treue zum Grundthema, dazu die von Anfang an souveräne, am Ende übermütig virtuose Kompositionstechnik, die ewig zitternde Balance zwischen Ironie und Pathos. Diesen »Kunstbau« wird keine Heimsuchung, keine Überwältigung durch etwas unerhört, unerwartet Neues je aus den Fugen reißen. Dieser Meister und seine Meisterschaft bleiben »gefaßt«. Einmal, im »Tod in Venedig«, als er sein Geheimnis, die verdrängte Homosexualität offen auszuspielen wagt, wollte er auch formal den Ausbruch aus einer hoch kontrollierten Form und Sprache versuchen. Doch die ästhetische Revolte mißlang geradezu triumphal: es entstand eine besonders streng, musterhaft durchkomponierte Novelle. Die Maske wollte nicht zerbrechen.

Als bloße Zugaben zu den kathedralenhaft reich gebauten Romanen Thomas Manns können also seine Erzählungen sicher nicht verstanden werden. Noch vor zwanzig, dreißig Jahren sah man es eher umgekehrt. Da fanden junge Literaten, die Enkel und Urenkel des Meisters, daß dessen große Werke die eines großen, pedantischen Langweilers wären, und fügten dann gern seufzend und gönnerhaft hinzu: seine frühen Erzählungen immerhin, die seien doch schön scharf.

Launen der Nachgeborenen, Schwankungen der Rezeption. Mag sein, daß sich nun allmählich auf den frühen Erzählungen Manns, den Geschichten von müden Rentiers, gierigen Kranken und erschöpften wiewohl scharfen Künstlern, die Patina einer fernen Zeit, der müde Glanz der Dekadenz und letzten Jahrhundertwende verdichtet hat. Mag sein, daß auch die federnde Sicherheit des jungen Autors wie auch sein zuweilen wehes Timbre uns fremd geworden sind, einen spontanen Zugang erschweren. Maskenkunst ist und bleibt das, darauf beruht ihre Größe, das hält sie in Form und in Spannung. Nur so und nur hier auf dem kleinen Terrain der kurzen Prosa fühlte sich Thomas Mann am Anfang sicher. Sie war sein Trainingsgelände für das erst später breit einsetzende Romanwerk.

Denn zu leicht vergessen wir, daß er die »Buddenbrooks«, sein immer noch weltweit populärstes Buch, nicht eigenem Entschluß, sondern dem Drängen seines Verlegers Fischer verdankt, der wie jeder Verleger heute noch davon überzeugt war, daß sich Erfolg am Markt nur mit großen Formaten erreichen läßt. Doch was wählt sich der Nachwuchsautor dann als Sujet seines ersten Romans? Eine fiktive Version seiner eigenen Familiengeschichte – eine nicht eben originelle Idee. Wie und daß daraus ein Epochenroman, das Wunderwerk eines Fünfundzwanzigjährigen wurde, muß auch ihn selbst überrascht haben, und erst recht der nun jäh einsetzende Ruhm und Erwartungsdruck. Jahrelang gerät der junge Mann in ein fiebriges Planen und Entwerfen, doch in dem fast Vierteljahrhundert zwischen »Buddenbrooks« (1901) und »Der Zauberberg« (1924) erscheint nur das Romänchen über »Königliche Hoheit«, dieses »Lustspiel in Romanform«, wie der Verfasser fast entschuldigend erklärt.

Erst mit fast fünfzig Jahren also setzt Thomas Manns wahre, nun ununterbrochene Karriere als Romanschreiber ein, und gleichzeitig beginnt die Produktion von Erzählungen zu versiegen. Nur noch ganze vier wird er in seinen letzten drei Jahrzehnten vollenden, über zwei Dutzend waren es in den ersten über zwanzig Schreibjahren. Die Anfänge, das Werden und Wachsen dieses Erzählers können wir also kontinuierlich nur in seiner kurzen Prosa verfolgen. Daß er je etwas anderes schreiben könnte, war ihm am Anfang nicht klar, und noch 1940 seufzt er: »Ich war im Grunde überzeugt, daß die Kurzgeschichte, wie ich sie in der Schule Maupassants, Tschechows und Turgenjews erlernt hatte, mein Genre sei. Nie, so glaubte ich, würde ich es mit der großen Form des Romans aufnehmen können.« Ein schöner Irrtum, denn als Leser seiner Erzählungen profitieren wir davon.

Reinhard Baumgart